MILLENNIUMS SPIEL

TEIL 3

DRACHENSTERN

Ein Fantasyroman
von

CLANNON MILLER

Über die Autorin

Clannon Miller wurde in den Sechzigern in eine große Nachkriegs-Patchworkfamilie in Süddeutschland hineingeboren und ist eine Frau mit viel Lebenserfahrung, frecher Sprache und einem ganz eigenen, unverwechselbaren Humor.
Nach Schule, Studium und etlichen Umzügen lebte sie heute mit ihrer Familie am Rand von Berlin. Neben ihrem Beruf schreibt sie in ihrer Freizeit epische Romane. Ob Liebesroman, Fantasy, Krimi oder historische Liebesromane, sie schreibt wozu sie gerade Lust hat, wichtig ist ihr nur, dass die Liebe und die Leidenschaft in ihren Geschichten nicht zu kurz kommen. Ja, sie glaubt tatsächlich an Romantik und an die wahre Liebe und daran, dass Bücher die Leser verzaubern müssen.

***

Millenniumsspiel – Drachenstern

ISBN: 9798326547811
Imprint: Independently published

Coverdesign: Giusy Ame www.Magicalcover.de
Bildquelle: Depositphoto und Freepiks
Druck: Amazon Media EU S.à r.l., 5 Rue Plaetis, L-2338, Luxembourg

c/o Autorenservice
Karl-Heinz Goetz
Ahornallee 20
15537 Erkner

E-Mail: autorin@clannonmiller.de
Website: www.clannonmiller.com
Facebook: www.facebook.com/Autorin.ClannonMiller

Wer ist wer im Millenniumsspiel?

Adlara: geheimnisvolles Versteck der Memori weit im Norden, tief unter dem Meer.

Askender: einst ein blinder Bettlerjunge, jetzt ein Drachenlord.

Bar Nashka: unbesiegbare Cyber-Soldaten, die durch einen Virus infiziert wurden und ihre menschlichen Erinnerungen zurückerlangen.

Elohim und Haèl afel: zwei Göttergeschlechter, die sich die Langeweile mit dem Millenniumsspiel vertreiben.

Gilbesh: Karawanenherr aus Izeh und Vasall des Drachenlords. Er hat den Auftrag, Askender und Tala nach Adlara zu bringen

Kessa oder Tokessa oder Anina: Schwester von Miri, einflussreiche Memora und Braut des Großkönigs von Sassaris.

Kyros oder El Shaddaj: ehemaliger Elohim-Gott. Er begleitet Miri bei ihrer Mission.

Millenniumsspiel: tausend Jahre währender Wettkampf zwischen Haèl und Elohim, bei dem Menschen und andere Lebewesen als Spielfiguren eingesetzt werden.

Mirisandra die Kohini: verfügt über übermenschliche Fähigkeiten. Sie stellt sich den Göttern entgegen, um das Millenniumsspiel ein für alle Mal zu beenden.

Mykan: Ruinenstadt, liegt in der sogenannten Narbe, Stützpunkt und Sommersitz von Tyrannos

Nimrod: abtrünniger Haèl.

Pukia: einst Mätresse des Königs von Lyria, dann Gefangene der Bar Nashka, jetzt im Auftrag der Memori unterwegs.

Sassaris: Weltreich und gleichnamige Hauptstadt. Die Stufenpyramide (Zikkurat) in Sassaris ist der wichtigste Stützpunkt der Götter.

Shachar, Großkönig von Sassaris oder Bel Asharu: geflügelter und gehörnter Haèl, mächtigster Gott und Wächter der Zikkurat.

Sin Kishar oder Kieran: Anführer der Bar Nashka. Er wurde von Kyros erschaffen, von Miri mit dem Kohini-Virus infiziert und sucht nach Erlösung.

Tala von Lyria: Prinzessin aus Lyria. Sie ist mit Askender und mit Gilbesh auf dem Weg nach Adlara, um ihre Ausbildung als Memora zu beginnen.

Trac: Arzt der Bar Nashka

Tyrannos: König der Haèl afel. Geflügelt, gehörnt und nicht gerade charmant.

Wilma: Erstmenschenfrau, Tochter von Adam und Eva, Meisterin des Ka-Tai.

Zarastra: Oberster Herr der Elohim, mächtiger und unsterblicher Gott mit Allüren.

PROLOG - MÄNNERABEND

Aus den Erinnerungen des El Shaddaj:
Die Kongregation ist kein gleichberechtigtes oder demokratisches Gremium,
sondern lediglich die Gesamtheit aller Götter.
Der Stärkste bestimmt und die Schwachen folgen.
Wenn ein Gott aus der Kongregation verbannt wird,
wird ihm der Zugang zur Energiequelle und zur Ambrosia entzogen,
was einem Todesurteil gleichkommt.

Sin Kishar:

Sin lag neben dem Silbervögelchen auf dem Bett und beobachtete sie im Schlaf. Er lauschte auf ihren Atem, hörte ihrem gleichmäßigen Herzschlag zu und inhalierte ihren Duft. Endlich war sie bei ihm! Es fühlte sich an, als ob ihm ein amputierter Körperteil nachgewachsen wäre, als ob er etwas Verlorenes zurückbekommen hätte:

Sein Herz und seine Seele.

Er strich mit seinen Fingern durch ihr seidiges Silberhaar und ließ dann seine Hand auf ihrem Bauch liegen. Diese Hand, die schon so unendlich viele Menschen getötet hatte, sollte gar nicht den Leib der Kohini besudeln. Er sollte sie nicht berühren und mit dem Blut beschmutzen, das er vergossen hatte, aber er konnte nicht anders. Diese eine harmlose Berührung ließ Licht in die Dunkelheit seiner Seele strömen, gab ihm Wärme und Hoffnung.

»Hey, Arschgesicht!« Kyros, der geflügelte Ex-Gott, zischte ihn an. Vor einem Augenblick hatte er noch auf der anderen Seite des Bettes neben Miri gelegen und ihre Hand gehalten, und jetzt stand er plötzlich auf Sins Seite und war über ihn gebeugt. Verdammt, wie hatte er das denn gemacht? Hatte er nicht angeblich all seine göttlichen Kräfte verloren? Sin schnellte im Bett hoch und schnappte sein Schwert, das neben ihm lag, aber der Elohim hob beschwichtigend die Hände. »Sei leise und komm mit raus. Wir müssen unter vier Augen reden. Ich habe einen Plan, von dem sie nichts wissen darf«, flüsterte er.

Ein Plan? Ach ja? Sin hatte auch einen Plan, nämlich den Plan, diesem Mistkerl das Schwert in die Eier zu rammen, ihn auszuweiden und ihn dann an seinen Gedärmen zu erhängen als kleines Dankeschön für rund neunhundert Jahre Hölle. Aber Miri schien diesen Affen sehr zu mögen, und sie würde es ihm zweifellos verübeln, wenn er ihn zerstückeln würde.

Er beugte sich über Miri, schob seine Nase in ihr Haar und atmete ihren Duft ein. Mit geschlossenen Augen lauschte er auf ihren gleichmäßigen Herzschlag. Sie schlief tief und bemerkte nicht, wie er ihr einen zarten Kuss auf ihre halb offenen Lippen hauchte.

»Jetzt mach schon, Kuschelfritze«, drängte Kyros und winkte ungeduldig in Richtung des Zeltausgangs.

Sin zog den Kuss extra noch ein wenig in die Länge, bevor er sich schließlich aus dem Bett hievte, sein Schwert umgürtete und Kyros nach draußen folgte. Vielleicht ergab sich ja die Gelegenheit, dem Arsch zumindest die Faust auf die göttliche Nase zu hämmern. Seine Blutergüsse von ihrer Schlägerei am Nachmittag waren leider fast wieder verblasst.

»Was willst du?«, fuhr er Kyros an, nachdem sie sich einige Schritte vom Kommandozelt entfernt hatten. Auch wenn Kyros behauptete, seine Taten zu bereuen und ihm und seinen Männern helfen zu wollen, Sin traute diesem Elohim nicht über den Weg. Nicht eine Sekunde. Kyros hielt eine dunkle, von dickem Staub überzogene Glasflasche hoch.

»Was hältst du von Alkohol?«

Sin zuckte die Schultern. »Da du meine cybergenetischen Implantate erschaffen hast, solltest du wissen, dass Alkohol bei mir keine Wirkung zeigt und dass ich mit wenigen Schlucken herkömmlichen Wassers über Wochen hinweg hinreichend versorgt bin. Außerdem sehe ich keinen Grund, mit dir zu trinken.« Ihm die Flasche über den Lockenkopf zu ziehen, wäre weitaus mehr nach Sins Geschmack.

»Laber nicht so vernagelt«, sagte Kyros. Er reckte die Flasche hoch in die Luft und ging voran, halb flatterte er, halb rannte er, aber Sin hatte keine Mühe, ihm zu folgen. Mit riesigen Schritten hielt er mit dem Angeber mit, als wäre das ein Sonntagsspaziergang. Sie gingen an Kyros' Zelt vorbei, das er sowieso nicht nutzte, und in Richtung des Haupttors des Zeltlagers. Sin spielte das lächerliche Spielchen mit, denn er war neugierig auf das, was der Götter-Idiot mit ihm besprechen wollte.

Fast fünfhundert Meter vom Heerlager entfernt, an der Straße, die zum Burgenpass hinaufführte, blieb Kyros endlich stehen und ließ sich auf einen Stapel mit vergilbten Styroporplatten fallen. Es war Nacht, aber die Scheinwerfer der Wachtürme des Lagers leuchteten jeden Winkel der Umgebung aus. Sin schaute sich nach Feinden und Gefahren um, lauschte in die Nacht hinein, wie er es seit Jahrhunderten tat, immer auf der Hut, immer bereit zum Angriff, zu töten, zu vernichten. Aber bis auf ein paar nachtaktive Tiere war niemand hier, der sie belauschen oder ihnen gefährlich werden könnte. Die Cordi-Nomaden, die sonst in diesem Tal lagerten, hatten eilig das Weite gesucht, als sie das Bar-Nashka-Heer gesehen hatten, wie es vom Pass heruntergezogen war – zehntausend Mann in schwarzen Cyberrüstungen, wegen denen man sie auch überall als die Schwarzen Bestien bezeichnete. Na ja, nicht nur wegen der Rüstungen.

An diesem Ort hier hatte einstmals ein Baumarkt gestanden, in einer Stadt, mit Zigtausenden von Einwohnern, bevor die Kalong-Geschwader sie weggebombt hatten. Von dem Baumarkt war nichts übrig geblieben, nur ein paar verwitterte Betonfundamente. Aber man konnte noch einige der Lagerbestände vorfinden, nämlich all das Material, das quasi niemals verrottete, wie Glas, Aluminium, Plastik und Styropor, und auf einem Stapel mit Dämmplatten aus Styropor hatte der Ex-Gott mit einem behaglichen Seufzen Platz genommen.

»Warum können wir uns nicht im Heerlager unterhalten? Warum hier?«, fragte Sin.

»Wir warten hier auf jemanden.«

»Auf wen?« Sin sah sich erneut um. Plante dieser Idiot etwa einen Hinterhalt? So dumm konnte er doch nicht sein. Wenn jemand in der Nähe wäre, würde Sin den auf fünfhundert Meter Entfernung hören und riechen können. Dennoch griff er unwillkürlich an seine Seite und umfasste den Schwertknauf.

»Entspann dich mal, Mann, wenn ich dir an den Kragen wollte, wärest du längst tot. Wir sind hier verabredet, und solange wir warten, trinken wir und ich erzähle dir von meinem Plan.«

»Verabredet? Mit wem?« Sin ballte die Faust und knurrte. Dieses Geschwafel ging ihm auf die Nerven. Die Zeiten, wo er sich von einem Elohim belabern und an der Nase herumführen ließ, waren vorbei.

»Zuerst musst du meinen Plan anhören, dann verstehst du, warum wir verabredet sind.« Kyros hielt ihm die Flasche hin. »Los, probier das Zeug, du Spaßverderber! Uralter Whisky. Hab ich in den Ruinen des Supermarkts gefunden.« Er zeigte Richtung Norden, wo die Reste des alten Gewerbeparks längst von der Natur zurückerobert worden waren und nur noch ein paar vereinzelte Betonpfeiler wie dünne Zahnstocher in den Himmel hinaufstachen. »Solange ich noch ein Gott war, hat Alkohol bei mir auch nichts bewirkt. Und seit ich sterblich bin, hatte ich keine Gelegenheit, zu probieren, wie er wirkt. Ich hab keine Ahnung, ob der Schnaps nach all den Jahrhunderten überhaupt noch schmeckt, aber es wäre doch interessant, herauszufinden, ob sich bei dir durch den Virus etwas an deinem Metabolismus verändert hat. Da mir kein Labor zur Verfügung steht, ist das eine valide Testmethode.«

Die letzten zwei Sätze überzeugten Sin und er griff nach der Flasche. Er brach einfach den oberen Teil des Flaschenhalses ab und nahm einen kräftigen Schluck. Zu seiner Überraschung schmeckte das Getränk gut, nach Rauch und Malz und Zucker, und das Brennen auf seiner Zunge weckte Erinnerungen, die jahrhundertelang einfach verschwunden gewesen waren:

Da war ein Abend, den er zusammen mit seinem Vater und seinen drei Brüdern verbracht hatte. Ein Feuer knisterte im Kamin. Sie tranken Whisky und redeten. Sie diskutierten hitzig über die Politik und den Krieg und über die Elohim. Das war eine hoch entwickelte außerirdische Spezies, die vor zwanzig Jahren auf die Erde gekommen war und der Menschheit mit ihrer überragenden Technologie Hilfe in allen Bereichen angeboten hatte. Sein Vater war der Meinung gewesen, dass man diesen Außerirdischen nicht trauen durfte, und seine Brüder versuchten ihn von seinen altmodischen Ansichten abzubringen.

Sin, der damals noch Kieran geheißen hatte, war ein feuriger Verehrer und Befürworter der Elohim gewesen. Er wäre für sie durch die Hölle gegangen, und das hatte er seinem Vater an jenem Abend mit Gluteifer erklärt, nicht ahnend, dass genau das sein Schicksal sein würde. Mit dem Auftauchen der Elohim war doch alles besser geworden und die schlimmsten Probleme der Menschheit, wie Überbevölkerung, Umweltverschmutzung, Krankheiten und Kriege, waren nach und nach verschwunden.

Aber dann – plötzlich – hatte eine andere außerirdische Spezies, die sogenannten Haèl, ihre Monster auf die Erde losgelassen und eine entsetzliche Verwüstung hatte begonnen. Die scheinbar gütigen Elohim boten ihre Hilfe an und rekrutierten zehntausend freiwillige menschliche Soldaten, die sie in unbesiegbare Cyber-Marines, sogenannte Bar Nashka, umwandelten. Kieran war einer der ersten, der sich freiwillig gemeldet hatte. Seine Brüder hatten ihn an jenem whiskygeschwängerten Abend angespornt, sein Vater war ablehnend geblieben. Aber Kieran war vollkommen von der Sache überzeugt gewesen, als er sich in das Labor der Elohim begeben hatte, um sich dem Eingriff zu unterziehen.

Die Bar Nashka hatten sich tatsächlich als unbesiegbar erwiesen. Sie hatten die Angreifer schnell besiegen und von der Erde tilgen können, aber dabei hatten sie auch den Rest der Welt binnen weniger Jahrzehnte in die völlige Vernichtung und das Vergessen gestürzt.

Doch das alles erkannte Sin erst jetzt, nachdem seine Erinnerungen zurückgekehrt waren, und er verstand auch jetzt erst, dass die vorgebliche Hilfsbereitschaft der Elohim rein gar nichts mit selbstloser Nächstenliebe zu tun gehabt hatte. Sie hatten die Menschen auf hinterhältig manipuliert und sie wie die Statisten auf ihrem großen Spielfeld in Position gebracht. Sie hatten hübsche Landschaften und Städte entstehen lassen, nur um dann dabei zusehen zu können, wie sie im Millenniumsspiel plattgemacht wurden. Diese beschissenen Bastarde hatten sich nicht mit einem virtuellen Spielfeld zufriedengeben wollen, ihr Kriegsspiel musste real sein: zerstörte Städte, verwüstete Landstriche, Millionen von Toten und Flüsse von Blut, Schreie, Schmerz, Leid, Elend … alles real. Das liebten sie.

Nie wieder würde er auch nur ein einziges Wort glauben, das aus dem Mund eines Elohim kam. »Also rück heraus mit deinem Plan, von dem Miri nichts wissen darf«, sagte er jetzt und nahm noch einen Schluck, bevor er die Flasche an Kyros zurückreichte. »Das klingt für mich nach typischer, hinterhältiger Elohim-Scheiße.«

»Ich brauche deine Hilfe.«

»Ich helfe dir gern beim Sterben, du Vogel!«

Kyros verdrehte die Augen. »Ich verstehe deinen Hass auf mich, und ich würde dir auch gerne den Schwanz amputieren dafür, dass du mir Miri abspenstig gemacht hast, aber im Augenblick können wir uns leider nicht gegenseitig umbringen, weil sie uns beide dringend braucht für das, was vor ihr liegt.« Der Elohim setzte nun auch die Flasche an und trank, als wäre Wasser da drin. »Scheiße, schmeckt das gut.«

Sin schnaufte nur, weil Kyros leider recht hatte – in beiden Punkten.

»Dein Plan?«, beharrte er und streckte die Hand wieder nach der Flasche aus. Er spürte nichts vom Alkohol, aber dieses seltsame Sauf-Ritual löste zumindest seine innere Härte ein wenig, weil die Erinnerungen, die es wachrief, gut waren.

»Es geht um die Mistress von Chad, die schöne Pukia. Sie ist unsere Gefangene.«

»Wenn ich nur den Namen höre, wird mir schon schlecht«, sagte Sin und spürte eine Aufwallung von Abscheu, ein Gefühl, das ihm bis vor Kurzem fremd gewesen war, ebenso wie Zuneigung und Liebe. »Sie hat meinen Adjutanten dazu aufgestachelt, mich zu töten. Sie hat versucht, Miri zu töten. Ich hätte ihr schon in Lyria den Hals umdrehen sollen. Warum lebt dieses zähe Miststück immer noch?«

Kyros hob beschwichtigend die Hände. »Mir geht es genauso, und obwohl sie ein verdammt heißer Ofen ist, finde ich sie ebenfalls abstoßend. Ich glaube, das liegt daran, dass du und ich eine besondere mentale Verbindung zu Miri haben. Sie verabscheut Pukia, und wir können niemanden mögen, den sie hasst, und niemanden hassen, den sie liebt.«

»Ich hasse dich, obwohl Miri dich liebt.«

»Ich glaube nicht, dass du mich hasst, ich glaube, du magst mich.«

»Wenn die Hölle zufriert, geflügeltes Arschloch.«

»Da es keine Hölle gibt, ist deine Metapher ziemlich lahm, aber egal, es geht um Pukia. Ich muss dich bitten, sie am Leben zu lassen.«

Sin nahm einen weiteren Schluck aus der Flasche, bevor er den Kopf schüttelte. »Nein.«

»Ich bin mir sicher, dass sie für die Memori arbeitet und dass sie weiß, wo Adlara liegt.«

»Die? Eine Memora? Dass ich nicht lache.«

»Pukia hat behauptet, sie hätte mächtige Verbündete. Das hat mich zum Grübeln gebracht. Zuerst dachte ich, sie wäre auf der Seite der Elohim, aber inzwischen weiß ich, dass weder die Elohim noch die Haèl etwas mit ihr zu tun haben, ja, nicht mal etwas von ihrer Existenz wissen. Bleiben also nur noch die Memori als mächtige Verbündete übrig. Wobei ich befürchte, dass die Memori sehr viel mächtiger sind, als wir ahnen. Deshalb möchte ich Pukia mit einem Tracker versehen und sie freilassen. Sie wird uns auf direktem Weg nach Adlara führen.«

»Woher weißt du so gut Bescheid über das, was die Götter wissen und nicht wissen? Haben sie dich nicht ausgestoßen? Und warum willst du jetzt plötzlich den Memori nachjagen? Ich will unsere Kräfte auf Sassaris konzentrieren.«

Das war ihr Plan: Die Bar Nashka würden nach Sassaris, in das Machtzentrum der Götter, vorrücken und die Stufenpyramide erobern, in der sich das Labor und die Technologie der Götter befand. Das war eine Todesmission, weil die Götter um so vieles mächtiger waren und Sassaris das Zentrum ihrer Macht war, das sie gut gesichert hatten und bis zum Letzten verteidigen würden. Aber es war nun mal der einzige verdammte Plan, den sie überhaupt hatten.

»Ich will doch nur ein kleines Spionagegimmick bei den Memori einschleusen im Körper von Pukia. Es ist ein taktischer Vorteil für uns, wenn wir wissen, wo dieses Adlara liegt und was die Memori planen«, sagte Kyros. »Dazu brauche ich Bar-Nashka-Technologie, genauer gesagt, du musst einen Mikro-Tracker für mich synthetisieren lassen, den ich Pukia implantiere, bevor wir sie freilassen.«

»Ich will Pukia tot sehen, das sind wir Miri schuldig«, brauste Sin auf. Allein die Vorstellung, dass Miri deswegen wütend auf ihn sein könnte, verursachte ihm Übelkeit. »Der Drachenjunge und die Prinzessin wollen sich auf den Weg nach Adlara machen. Wenn du wissen willst, wo das Versteck der Memori ist, dann verpass den beiden Kindern einen Tracker oder frag die Prinzessin einfach, sie ist doch selbst eine allwissende Memora. Und warum hast du das gestern Nachmittag nicht erwähnt, als wir uns alle zur Beratung im Zollkastell getroffen haben?«

»Weil ich das mit Pukia gestern Nachmittag noch gar nicht gewusst habe. Aber seither habe ich ein paar erhellende Unterhaltungen geführt und langsam hat sich ein klares Bild ergeben. Meine schlimmsten Vermutungen haben sich bestätigt, nämlich, dass die Memori eine mächtige Verschwörung aushecken.«

»Ich habe die Nase voll von deinem Geschwafel!«, rief Sin und packte Kyros am Kragen. Mit einem wütenden Knurren riss er ihn auf die Beine und hielt ihn in die Höhe, sodass seine Füße den Boden nur noch mit den Zehenspitzen berührten. Die Flasche, die Kyros gerade hatte zum Trinken ansetzen wollen, fiel ihm aus der Hand, und er schlug erschrocken mit den Flügeln. »Komm endlich auf den Punkt, du Flügelaffe! Woher weißt du das alles? Was für schlimme Vermutungen hast du? Welche verdammte Verschwörung meinst du?«

»Wollte ich dir doch gerade erzählen«, krächzte Kyros und schlug ihm die Faust auf die Nase, während er ihm gleichzeitig mit dem Flügel einen Hieb in die Niere verpasste. Sin sprangen vor Schmerz fast die Augen aus dem Kopf. Scheiße, war dieser Mistkerl stark. Er ließ Kyros mit einem Keuchen los und der landete viel zu galant für Sins Geschmack auf seinen Füßen. Lässig zog Kyros seine Jacke gerade, hob die Flasche wieder vom Boden auf. Sie war halb voll.

»Das hast du nicht erwartet, was? Ich hab größere Eier als du, Cyber-Idiot«, sagte Kyros und grinste.

Sins Gegenschlag kam blitzschnell und traf direkt das göttliche Auge. Der Kopf des Elohim schnappte von der Wucht des Schlages zurück. Kyros taumelte einige Schritte nach hinten und wäre dabei fast über den Stapel mit Dämmplatten gestolpert. Er jaulte auf und hüpfte hin und her, während er sich mit einer Hand das Auge zuhielt.

»Das hat wehgetan, du Cyber-Arsch. Nun bleib doch endlich mal gelassen. Ich will dir ja alles erzählen. Die ganze Geschichte. Verdammte Scheiße, tut das weh!«

»Das war nur eine Erinnerung daran, dass du jetzt sterblich bist! Und nun leg los: Ich will alles wissen – und lüg mich nicht an, sonst bist du tot.«

Kyros tastete sein Auge vorsichtig mit den Fingerkuppen ab und zuckte bei jeder Berührung vor Schmerzen zusammen. Sin hoffte, dass das Auge dick und blau und hässlich zuschwellen würde. Aber immerhin revanchierte der Affe sich nicht mit einem weiteren Schlag, sondern setzte sich stöhnend zurück auf den vergilbten Dämmplattenstapel. Es war klug von ihm, dass er auf eine ausgiebige Schlägerei verzichtete, aber auch irgendwie schade. Stattdessen nahm er noch einen Schluck aus der Flasche, bevor er weitersprach.

»Ich dachte die ganze Zeit, dass König Tyrannos Miris Mutter manipuliert hätte. Ich dachte, dass er ihr das Gehirn herausgevögelt hätte und sie sich deshalb vor lauter blinder Verliebtheit darauf eingelassen hat, die Kohini für ihn auszutragen. Ich dachte, sie wäre eines der vielen ahnungslosen Opfer der Haèl-Super-Sexgott-Manipulation gewesen.«

»Als ob die Elohim nicht die gleichen manipulativen Arschlöcher wären. Wo ist die Pointe?«

»Die Pointe ist, dass es umgekehrt war.«

»Der Haèl-König wurde von der Memora manipuliert?« Sin schüttelte ungläubig den Kopf.

»Miri verhält sich nicht so, wie Tyrannos es geplant hat«, erklärte Kyros. »Er wollte, dass seine Kohini dich und deine Männer mit dem Virus infiziert, und dann, wenn ihr schwach, orientierungslos und schutzlos geworden seid, sollte sie kaltblütig wie ein Schnitter durch eure Reihen fegen und euch alle niedermähen. Zu diesem Zweck verfügt sie über die entsprechenden Synapsen, um eine Bar-Nashka-Waffe zu benutzen. Sie ist die Einzige, die euch besiegen könnte. Aber statt euch abzuschlachten, hat sie sich in dich verliebt und will euch helfen. Darüber hinaus besitzt sie auch noch die Frechheit, den Göttern den Krieg zu erklären und sich gegen das Millenniumsspiel aufzulehnen. Diesen eigenen Willen dürfte sie nach Tyrannos' Plan gar nicht haben, und sie dürfte auch keine menschlichen Emotionen besitzen, geschweige denn ein gutes Herz oder Eigenschaften wie Freundlichkeit und Mitleid.« Kyros lachte und Sin spürte einen heißen Stich im Magen. Vermutlich wären er und seine Männer schon tot, wenn Miri zu jener entsetzlichen Kriegerin geworden wäre, wie

Tyrannos sie geplant hatte. Er griff nach der Flasche und trank, während Kyros mit seiner Geschichte fortfuhr.

»Was aber der sichere Beweis dafür ist, dass Miri unmöglich das Geschöpf von Tyrannos sein kann, ist die Tatsache, dass sie auf unbegrenzte Mengen an Energie zurückgreifen kann, und keiner aus den Reihen der Götter kann sich erklären, wie sie das macht oder woher die Energie kommt. Und glaub mir, wenn irgendein Gott wüsste, wo man solche Mengen an Energie herbekommt, dann hätten sie diese Quelle längst angezapft. Wenn ich es in meinen eigenen Worten ausdrücken darf: Die Ficker scheißen sich in die Hose und die Scheiße reicht ihnen schon bis unter die Achseln. Sie haben Angst vor Miri.«

»Obwohl sie sterblich ist?« Ein schadenfrohes Lachen kam ungewollt aus Sins Brustkorb. Er hatte nicht mal gewusst, dass er so etwas wie Schadenfreude empfinden konnte. Kyros machte eine kleine Pause und sah ihn erstaunt an. Auch er schien sich über den Gefühlsausbruch zu wundern, aber nach einer Weile fuhr er mit ernster Miene wieder fort.

»Die bisherigen Versuche, Miri zu töten, haben auf wundersame Weise nicht funktioniert. Vielleicht wären die Elohim erfolgreich, wenn sie Miri einfach mit einem Blitz erschlagen würden, aber dann hätten sie das Spiel verloren, und das Spiel ist so ziemlich das Wichtigste in unserer … in ihrer Existenz. Zu diesem letzten Mittel werden sie erst greifen, wenn alles andere versagt. Bis jetzt versuchen sie es mit den herkömmlichen Methoden: Heimtücke und Manipulation anderer. Deshalb hat Tyrannos die Prinzessin bedroht und bestochen. Sie sollte Miri mit einem Protovirus infizieren, der ihr Gedächtnis auf null gestellt hätte.«

»Miris Erinnerungen löschen?«, rief Sin. »Das ist die gleiche Scheiße, die du bei uns gemacht hast.«

»Nicht ganz das Gleiche, denn die Erinnerungen der Bar Nashka sind nicht zerstört, sie können wiedererweckt werden, wie du gerade am eigenen Leib erfährst. Miris Erinnerungen wären einfach weg gewesen, ausradiert. Aber die gute Nachricht ist: Prinzessin Tala hat den Plan nicht durchgeführt. Gestern hat es mich so wütend gemacht, dass sie zu Miri so zurückweisend war und ihr nicht mal die Hand reichen wollte, aber das war, wie ich inzwischen weiß, eine gute Tat der Prinzessin und die Rettung für Miri. Hätte die Prinzessin sie berührt und sich von ihr umarmen lassen, dann hätte Miri sich nach kurzer Zeit schon nicht mehr an dich erinnern können oder an mich oder an unsere Mission.« Kyros fletschte die Zähne. »Ich habe die Prinzessin falsch eingeschätzt. Obwohl Tyrannos ihr angeboten hat, ihre Stadt wieder aufzubauen und sie zur Königin von Lyria zu machen, wenn sie den Auftrag ausführt, hat sie sich am Ende doch nicht von dem Schafsarsch kaufen lassen. Das nötigt mir Respekt ab.«

»Und woher weißt du das alles? Hast du dich mit Tyrannos vielleicht auch auf eine Flasche Schnaps aus dem Supermarkt getroffen?«

»Ich habe einen Spion bei Tyrannos und der hat mich gestern kontaktiert und mich auf den neuesten Stand gebracht. Der Haèl-König denkt zwar, das wäre sein Geschöpf, aber Katzen sind treulose und egomanische kleine Viecher, und es ist nicht schwer, sie zu bestechen und zu verlocken. Man muss ihnen nur huldigen und ihnen Opfer darbieten und schon streichen sie dir um die Beine und schnurren.«

»Katzen? Du sprichst von einer Katze?«

»Sag ich doch. Hast du Hörprobleme? Ich rede von meinem Doppelagenten, dem Kater Theodor. Im Grunde ist es eine schwache KI im Körper einer Katze. Das Vieh ist mit ein paar Cyber-Extensions versehen worden und kann es leicht mit einem ausgewachsenen Mann aufnehmen. Es kann telepathisch kommunizieren, und es verfügt über ausreichende Intelligenz, um Informationen zu sammeln und sie einigermaßen verständlich weiterzugeben. Beim Befolgen von Befehlen hapert es allerdings. Tyrannos hat den Kater auf Miri angesetzt, um sie zu überwachen, aber als mir das Vieh in den Ruinen von Lyria in die Arme gelaufen ist, habe ich es kurzerhand dazu überredet – oder vielmehr bestochen –, für mich zu spionieren.«

»Du hast eine Cyber-Katze, die eigentlich Tyrannos gehört, als Spion bei ihm eingeschleust?« Erneut kam ein Lachen aus Sins Kehle. Vielleicht lag es ja am Alkohol, dass plötzlich der Humor in ihm erwacht war, vielleicht lag es aber auch an der Absurdität von Kyros' Geschichte. Der Mann war entweder hochgradig genial oder hochgradig verrückt.

»Wie gesagt, das Vieh ist launenhaft und verräterisch, aber er hält mich auf dem Laufenden. Kaum war unsere gestrige Beratung vorbei, kam Theodor zu mir und behauptete, dass er wichtige Informationen habe. Als Entlohnung wollte er einen von Gilbeshs Kameltreibern fressen. Ich habe ihn davon überzeugt, sich stattdessen mit zwei Kamelen zu begnügen, und dann hat er wie ein Wasserfall geredet und mir alle Geheimnisse von Tyrannos verraten. Er hat von dem Handel erzählt, den Tyrannos mit der Prinzessin hatte, und wie böse sein Meister werden würde, wenn er erfährt, dass sie die Vereinbarung nicht eingehalten hat. Er hat auch erzählt, dass Tyrannos sehr wütend ist, weil die Kohini nicht so funktioniert, wie er es geplant hat. Er denkt, dass sie eine Fehlfunktion hat, aber meiner Meinung nach ist das, was bei Miri scheinbar nicht funktioniert, kein Defekt, sondern Absicht. Ihre Memora-Mutter und der ganze Haufen von überheblichen Betschwestern stecken dahinter. Miris Mutter Hyraka hat eine lebendige Waffe in die Welt gebracht, und jetzt regt sich Tyrannos auf, weil er Miri nicht kontrollieren kann und das Ausmaß ihrer Fähigkeiten nicht begreift. Ich glaube, dass nicht Tyrannos die Kohini erschaffen hat, sondern dass es die Memori waren, dass sie Tyrannos ausgetrickst haben.«

Sin war im ersten Moment so überrumpelt, dass er die Luft anhielt und dann mit einem gezischten Lachen antwortete: »Das würde ja bedeuten, dass die Memori mächtiger sind als ihr Arschloch-Götter. Unvorstellbar.«

»Es ist die einzig logische Erklärung für Miris unbegreifliche Fähigkeiten. Die Memori müssen Energiequellen kennen, von denen wir nicht einmal träumen können. Sie müssen technisch viel weiter fortgeschritten sein als die Götter, und sie planen irgendetwas Gigantisches, etwas Wahnsinniges, etwas, von dem wir keine Ahnung haben. Und sie gehen über Leichen, vielleicht auch über Miris Leiche.«

Sin spürte eine plötzliche Enge in der Brust. Der Ausdruck *Miris Leiche* jagte seinen Puls in die Höhe. »Wenn das stimmt, dann wären sie nicht besser als die Götter.«

»Wir wissen gar nichts über die Memori. Ich kann nur Rückschlüsse aus den wenigen Informationen ziehen, die ich habe. Was ich sicher weiß, ist, dass das alles auf lange Hand geplant gewesen sein muss. Miris Mutter hat sogar den Untergang der ganzen Stadt Lyria in Kauf genommen, um ihr Ziel zu erreichen, um euch mit einem Virus zu verseuchen. Ich bin mir inzwischen nicht mal sicher, ob Tyrannos den Virus erschaffen hat oder ob das nicht auch die Memori waren. Ich fürchte mich vor denen. Sie sind mächtiger als die Götter. Und wir wissen nichts über sie, kennen weder ihre Ziele noch den Ort, an dem sie sich verstecken.«

»Aber ihr Götter wusstet doch, dass es die Memori gibt und dass sie euch hassen.«

Kyros nickte. »Sie erschienen uns unwichtig. Wir hielten sie für ein paar sich selbst überschätzende Nonnen, die leere Worte über ihre angebliche Allwissenheit daherschwafeln und witzlose Drohungen ausstoßen. Sie haben uns getäuscht und ihre wahre Macht verborgen. Ich denke, dass dieses rätselhafte Adlara weitaus mehr ist als nur ein einfaches Kloster. Es muss über hoch entwickelte Tarntechnologien verfügen, von denen sogar die Elohim nur träumen können. Und während wir mit unserem Heer nach Sassaris ziehen, um uns dort mit den Göttern zu prügeln, planen diese Memori vielleicht im Hintergrund die Eroberung der Welt.«

»Wir müssen herausfinden, wo dieses Adlara ist und was sie vorhaben und ob sie für oder gegen uns sind«, rief Sin, dem eine Gänsehaut den Rücken hinunterrieselte.

»Na, endlich bist du geistig da angekommen, wo ich angefangen habe: Wir müssen Pukia tracken.«

»Gut, einverstanden. Wir versehen die Frau mit einem Mikro-Tracker und lassen sie frei. Aber zuerst nehmen wir Prinzessin Tala gefangen und verhören sie. Sie ist eine Memora. Sie muss wissen, was ihre dubiosen Ordensschwestern planen. Gilbesh der Karawanenführer und die beiden Kinder sind noch im Zollkastell auf der Passhöhe. Sie brechen erst im Morgengrauen auf. Du kannst zum Pass hinauffliegen und das Mädchen holen. Ich nehme sie in die Mangel.«

Kyros verzog das Gesicht, als ob er Schmerzen hätte. »Nicht deine beste Idee, Cyber-Arsch. Kannst du dir Miris Reaktion vorstellen, wenn sie davon erfährt? Über die Freilassung von Pukia wird sie empört sein, aber das wird sie uns verzeihen. Doch wenn wir der Prinzessin wehtun, können wir unsere Eier einpacken und uns als Eunuchen in Shachars Harem bewerben.«

»Das Silbervögelchen wird verstehen, dass wir die Prinzessin angemessen verhören müssen, es geht schließlich um Miris Leben und unsere Mission.«

Kyros schüttelte den Kopf. »Wenn du das denkst, dann kennst du Miri nicht. Sie wird es gar nicht verstehen. Miri ist ... Sie hat ein großes Herz und eine gütige Seele, und die Prinzessin trägt die Gnostika ihrer Schwester in sich. Sie hat ihrer Schwester versprochen, dass die Gnostika sicher nach Adlara gebracht wird. Kannst du verstehen, was dieses Versprechen für Miri bedeutet? Was ihre Schwester für sie bedeutet hat? Wie sehr sie sie geliebt hat?«

Sin ließ sich mit einem entmutigten Seufzen neben Kyros auf den Stapel mit Platten fallen und nahm einen tiefen Schluck aus der Flasche. »Du hast recht. Sie würde mich dafür hassen.«

»Miri kann dich nicht hassen, aber sie würde fürchterlich leiden, und sie leiden zu sehen, ist viel schlimmer als ihr Hass.«

Sin verkniff sich die Frage, seit wann Kyros wusste, was das Wort leiden überhaupt bedeutete, denn er hatte recht. Miri hatte für ihre Schwester alle nur denkbaren Strapazen und Schmerzen auf sich genommen, nur um sie aus Lyria und vor den Bar Nashka zu retten. Sie sah in dieser ätzenden Prinzessin so etwas wie ihre weiterlebende Schwester.

»Aber wir müssen uns diese Prinzessin doch irgendwie vorknöpfen. Sie trägt diese Gnostika in sich und kann uns alles sagen, was wir wissen wollen«, murrte er.

»Theodor behauptet, dass sie gar nichts weiß. Tyrannos, der über mehr telepathische Fähigkeiten verfügt als alle Götter zusammen, glaubt, dass ihre Gnostika defekt ist und dass Hyraka und Tokessa nicht mehr existieren, dass sie bei der Übertragung ausgelöscht wurden.«

»Ich werde mich doch nicht auf die Aussage eines Cyber-Kater-Doppelagenten verlassen, der irgendwas aus zweiter Hand berichtet. Ich will Gewissheit. Wir müssen etwas tun.«

»Wir warten«, sagte Kyros mit einem Seufzen und nahm die Flasche aus Sins Hand.

»Worauf denn, Arschloch?«

»Wir warten auf die Prinzessin und den Drachenjungen.« Er gönnte sich einen Schluck und ignorierte Sins Gesichtsausdruck: gerümpfte Nase, offener Mund und ein verständnisloses Kopfschütteln. »Miri würde uns die Hölle heißmachen, wenn wir die Prinzessin gefangen nehmen und sie verhören oder gar foltern, aber wenn die Prinzessin freiwillig zu uns kommt und all unsere Fragen freiwillig beantwortet, dann kann Miri nicht sauer sein.«

»Und warum sollte das Mädchen zu uns kommen? Mitten in der Nacht? Den weiten Weg vom Pass herunter?«

»Ich habe Theodor zu ihr geschickt und ihr ausrichten lassen, dass sie und der Drachenjunge unbedingt zu einem geheimen Treffen kommen müssen. Es ginge um ihre Gnostika und die Memori, um den Standort von Adlara und um Askender und Miri und um einfach alles, was ihr wichtig ist. Sie wird kommen, da bin ich mir sicher, und der Drachenjunge wird sie begleiten. Anstatt sie mit Gewalt zu holen und sie zu verhören, appellieren wir an ihre Vernunft.«

»Vernunft? Das sind Kinder. Eine kleine, nicht mehr ganz so dicke Prinzessin und ein magerer Drachenjüngling. Wo soll da Vernunft sein?«

»Die beiden haben sich in den vergangenen Tagen heldenhafter und vernünftiger verhalten als manche deiner Bar Nashka, und beide schulden mir etwas. Die Prinzessin verdankt mir ihr Leben und dem Drachenjungen habe ich das Augenlicht geschenkt. Außerdem ist Askender der Kohini treu ergeben. Er wird alles tun, was Miri hilft, und die Prinzessin wird alles mitmachen, was der Drachenjunge für richtig hält. Wir müssen nur das Vertrauen der beiden gewinnen, und wenn wir das schaffen, werden sie uns helfen.«

»Ausgerechnet du willst jemandes Vertrauen gewinnen, Elohim-Arsch?« Sin lachte.

»Wir müssen ihnen einfach die Wahrheit sagen. Unser Vertrauen gegen ihr Vertrauen. Wir versehen Tala ebenfalls mit einem Tracker, den wir mit Pukias Tracker koppeln, sodass die Koordinaten von Adlara automatisch auch an Tala gesandt werden, sobald Pukia dort eingetroffen ist. So wird Tala den Ort auf Anhieb finden. Sie kann für uns Vermittlerin oder Spionin sein, je nachdem. Außerdem können wir die Kinder auf diese Weise im Auge behalten und vielleicht sogar einschreiten, wenn ihnen etwas zustößt. Letzteres wird Miri ganz besonders gut gefallen.«

»Scheiße, du bist so ein intriganter Mistkerl, aber es könnte funktionieren.«

»Und wenn es funktioniert, werde ich Miris Liebling sein.«

»Gib mir den Schnaps zurück, du Idiot.«

»Das ist Whisky.«

»Scheißegal, ich hoffe, es hilft mir dabei, deine Gegenwart zu ertragen, während wir auf zwei Kinder warten, um mit ihnen einen Plan gegen die Verschwörung einer übermächtigen Geheimorganisation von größenwahnsinnigen Frauen zu schmieden.«

»Ich finde es geil, dass dein Humor langsam zurückkehrt, Cyber-Arsch.«

I Osbolli-Kumtschak

Aus dem Buch von Tannin dem Drachen:
Viele Drachengeborene haben ein fotografisches Gedächtnis.
Sie sind mathematisch hochbegabt und lieben alles Schöne und Ästhetische.
Sie neigen zur Habgier und sammeln Kunstwerke und Kostbarkeiten.
Sie sind äußerst friedfertig, doch wenn sie oder ihre Schätze bedroht werden,
können sie zu furchtbaren Bestien werden.
Das sind die Eigenschaften, die ich meinen Nachkommen vererbt habe.
Beinahe hätte ich die wichtigste Eigenschaft vergessen.
Drachengeborene sind loyal bis in den Tod
und beschützen, was ihnen anbefohlen wurde, mit ihrem Leben.

Tala:

Es passierte an dem Tag, als sie den Fluss überquerten.

Es war kein tiefer, aber ein reißender Strom, der keinen Namen zu haben schien. Zumindest kannte Gilbesh der Karawanenführer den Namen nicht. Der Fluss kam aus dem Kadingyr herunter und sie hatten sein Donnern und Rauschen schon aus der Ferne gehört. Eine hölzerne Brücke überspannte das Gewässer, aber das Bauwerk war so schmal, dass keine zwei Kamele nebeneinander darübergehen konnten. Die Kameltreiber und Söldner hatten stundenlang zu tun, um die Überquerung zu koordinieren. Zum Teil mussten Waren abgeladen werden und die Tiere mussten einzeln darübergeführt werden.

Gilbesh hatte verkündet, dass sie auf der anderen Seite am Fuß einer bewaldeten Hügelkette das Lager aufschlagen würden. Die Überquerung des Flusses würde den Rest des Tages in Anspruch nehmen und danach hatten sich alle eine ausgiebige Rast verdient.

Tala stöhnte vor Erleichterung: endlich eine Pause, endlich Zeit, sich zu waschen und die gepeinigten Knochen ein wenig auszuruhen!

Die Karawane war vor vier Tagen vom Zollkastell auf dem Burgenpass aufgebrochen und durch die Graslande von Cordi gezogen. Am ersten Tag ihrer Reise waren sie einem Nomadenstamm begegnet, mit dem Gilbesh Tauschhandel getrieben hatte, aber seither war die Gegend immer einsamer geworden und es waren ihnen nicht mal mehr Hasen oder Baumhörnchen über den Weg gelaufen. Tagsüber hatten sie nur kurze Pausen eingelegt, und in der Nacht hatten sie keine Zelte aufgeschlagen, sondern unter freiem Himmel und um das Lagerfeuer herum geschlafen. Sogar Gilbesh hatte auf sein Zelt verzichtet, um Zeit zu sparen.

Mittlerweile konnte Tala den Kamelgestank kaum noch von ihrem eigenen Schweiß unterscheiden, und nachdem sie ihr Kamel einem der

Treiber übergeben hatte, hielt sie nichts mehr im Lager, das gerade aufgeschlagen wurde. Sie lief ein ganzes Stück weg und suchte nach einer seichteren Stelle im Fluss, an der die Strömung nicht so stark war und sie sich waschen konnte. Direkt da, wo der Fluss einen Bogen machte und den Waldrand streifte, befand sich ein kleines Bassin, das entstanden war, weil ein paar große Felsbrocken die Strömung ablenkten.

Sie zog ihre Kleider bis auf ihr Unterhemd aus und watete in den eiskalten Fluss. Es störte sie nicht, dass das auch die Stelle war, an der die Kameltreiber Wasser für ihre Tiere schöpften. Tala bespritzte sich das Gesicht mit dem glasklaren Wasser und wusch sich unter den Armen und auch zwischen den Beinen. Es war ihr inzwischen sogar egal, dass die Kameltreiber sie angafften und dabei vor lauter Gaffen fast selbst ins Wasser fielen. Sie war das einzige Mädchen in der Karawane, und wären da nicht Askender der Drachenlord und Gilbesh, der sich selbst als Askenders Vasall ansah, hätten die ungehobelten Kerle aus dem barbarischen Izeh sie bestimmt schon längst belästigt oder vielleicht sogar vergewaltigt.

Vor ein paar Monaten noch hätte Tala sich auch viel zu sehr geschämt und nach ihren Sklavinnen, einem Sichtschutz, Handtüchern, Kämmen und Seife verlangt, aber inzwischen hatte sie die Eitelkeiten und Empfindlichkeiten der verwöhnten Prinzessin abgelegt – ablegen müssen – und versuchte einfach irgendwie am Leben zu bleiben und ihre Mission zu erfüllen.

Außerdem wollte sie nicht wie ein altes Kamel stinken, wenn Askender nachts neben ihr schlief. Sie lagen zwar nicht unter einer Decke, aber sehr nahe beieinander, um sich gegenseitig warm zu halten. Obwohl sie vor wenigen Tagen noch den stickigen Hochsommer in Burgen erlebt hatten, waren sie jetzt sieben Wochen in die Zukunft gesprungen und im frühen Herbst angekommen. Während die Tage noch warm und voll goldenen Sonnenlichts waren, wurde es in den Nächten kühl, und Tala war froh, dass Askender sich immer so nahe an sie kuschelte. Obwohl er ein magerer Junge war, strahlte er Stärke und Hitze aus, was vermutlich daran lag, dass der einstmals blinde Bettlerjunge aus Kandaros sich als Herr der Drachen entpuppt hatte.

Auf jeden Fall war es nicht so zwischen ihnen beiden, wie Gilbesh und alle anderen dachten. Sie waren kein Paar mit Händchen halten und küssen und sich Liebe versprechen und mit all den anderen Dingen, die Jungs und Mädchen taten, wenn sie verliebt waren. Sie hatten sich noch nie geküsst, und Tala wusste auch nicht, ob sie das überhaupt wollte. Sie wusste nicht einmal, ob sie in Askender verliebt war. Aber eines wusste sie sicher: Er war ihr bester Freund, ihr einziger Freund. Sie waren ehrlich zueinander, konnten sich aufeinander verlassen und beschützten sich gegenseitig bei dem gefährlichen Abenteuer, das sie zusammen überstehen mussten. Das war doch viel mehr als Verliebtheit.

Linaria, die alte Memora-Schreckschraube, die Tala in ihrem Bewusstsein mit sich herumtrug, meldete regelmäßig Zweifel an. *»Natürlich bist du in den dürren Spinner verknallt, du dämliches Ding«*, meckerte sie jetzt, als Tala einen verstohlenen Blick hinüber zum Lager warf, wo Askender gerade mit seinem Kamel eingetroffen war.

»Solche albernen Jungmädchen-Gefühle kannst du dir nicht leisten. Du bist eine Memora und du musst nach Adlara«, ermahnte die energische Gwendolyn-Persönlichkeit sie.

Tala konnte die Stimmen der diversen Memori, die in ihrem Kopf hausten, inzwischen ganz gut aus ihren Gedanken ausblenden und ignorieren. Was sollte sie denen zum Thema Verliebt-Sein auch antworten? Die alle hatten ein langes Leben hinter sich und bildeten sich ein, die Weisheit mit Löffeln gefressen zu haben. Aber in Wahrheit wussten sie nicht einmal, wo Adlara lag. Inzwischen hatten die Damen in Talas Kopf auch festgestellt, dass sie bei Weitem nicht vollzählig waren – ganz im Gegenteil. Von den Hunderten von Memori, welche die Gnostika einst in sich getragen hatte, waren nach der Übertragung auf Tala nur noch vierunddreißig in Talas Kopf übrig geblieben. Keine von denen wusste, was mit den anderen fünfhundertzwölf Memori geschehen war. Sie vermuteten, dass die Gnostika bei der Übertragung beschädigt worden war und dabei nicht nur ihre Allwissenheit verloren hatte, sondern auch den größten Teil der ursprünglichen Memora-Persönlichkeiten. Kyros, der Elohim, hingegen witterte einen heimtückischen Verrat der Memori und hatte Tala gewarnt. Sie dürfe den Memori nicht vertrauen, auch nicht denen in ihrem Kopf. Sie selbst wusste überhaupt nicht, was sie glauben sollte. Sie würde erst Gewissheit haben, wenn sie in Adlara angekommen war.

Bis es so weit war, musste sie akzeptieren, wer oder was sie war: überhaupt nicht allwissend, sondern eine Mischung aus einem Haufen von Altweiber-Personen und einer Daten-Schlange, die anscheinend nur belanglose Daten gespeichert hatte. Und sie selbst war ein fünfzehnjähriges Mädchen, das keine richtige Königin und keine richtige Memora war, dem nichts mehr in ihrem Leben geblieben war, weder eine Familie noch eine Heimat. Sie hatte nur noch Askender. Deshalb antwortete sie auf Linarias Gemecker nicht, sondern konzentrierte sich darauf, ihre Tunika im Fluss zu waschen. Vielleicht würden die in der Sonne trocknen.

»Warte auf mich. Ich komme zu dir ins Wasser!«, rief Askender ihr jetzt zu. »Ich glaube, ich bin auch schmutzig und muss mich waschen.« Er war eilig von seinem Kamel gehüpft, hatte es einfach stehen lassen und war zu ihr gerannt, als er sie im Fluss entdeckt hatte. Aber jetzt stand er am Flussufer in respektvollem Abstand und starrte sie mit riesigen Augen an. Wobei sie sich sicher war, dass sein Respekt und die weit aufgerissenen Augen nicht ihr galten, sondern dem Element Wasser, vor dem er sich fürchtete. Normalerweise machte er um alles, was auch nur nach Wasser und Körperpflege aussah, einen großen Bogen.

»Nun komm schon herein, Drachenlord!«, rief sie ihm zu und spritzte Wasser auf ihn. Er hüpfte erschrocken rückwärts, was Tala dazu verleitete, noch mehr Wasser nach ihm zu schleudern. Askender kreischte, als eine ganze Ladung ihn traf, aber dann riss er sich den Umhang und die Tunika herunter, nahm Anlauf und landete mit einem hohen Sprung und einem schrillen Schrei neben Tala im Fluss. Das Wasser spritzte in alle Richtungen und die Kameltreiber, die ein paar Schritte entfernt flussaufwärts standen und gafften, wurden pudelnass. Sie fluchten wüst, aber Askender scherte sich nicht darum und Tala auch nicht. Kreischend und kichernd begannen sie eine Wasserschlacht und bespritzten sich gegenseitig, versuchten einander umzustoßen und sich unterzutauchen, dem anderen die Füße wegzutreten oder mit hohlen Händen noch mehr Wasser auf den Gegner zu schaufeln. Tala konnte sich nicht erinnern, wann sie in ihrem früheren Prinzessinnenleben jemals so viel Spaß gehabt hatte.

»Was der für eine Hühnerbrust hat«, lästerte Celian, die mannstolle Memora, in Talas Kopf. *»Aber er ist eindeutig verschossen in dich.«*

Ein paar andere dämliche, alte Memori kicherten, und Tala errötete trotz des kalten Flusswassers bis zu den Haarspitzen. Sie fand Askenders Brust nicht schmächtig und sie fand ihn auch nicht mehr hässlich wie am Anfang. Ganz im Gegenteil. Er sah hübsch aus – süß irgendwie. Und außerdem war er ihr Freund und sie hatte ihn gern.

Plötzlich hielt Askender mitten in der Bewegung inne und starrte an Tala vorbei in die Luft.

»Was ist? Was siehst du?« Sie fuhr erschrocken herum, ob da irgendein Feind im Anmarsch war. Nach allem, was sie inzwischen über die Welt wusste, war der Überfall von Hyänenmonstern genauso wahrscheinlich wie der Angriff von irgendwelchen wilden Stämmen, die in den Wäldern hausten, ganz zu schweigen von geflügelten Dämonen.

»Heiliger Drachenvater! Was ist das?«, rief Askender und zeigte an Tala vorbei in die Luft. »Ein Osbolli-Kumtschak!«

»Ein was?« Jetzt erst entdeckte Tala, was er meinte. Er zeigte auf einen knallgelben Schmetterling, der blaue Punkte auf den Flügeln hatte und munter über den warmen Geröllbrocken tanzte.

»Das ist ein Schmetterling, kein Osbolli-Irgendwas, du Spinner!«, rief Tala und kicherte. Aber gleichzeitig wurde ihr bewusst, dass Askender vermutlich noch nie in seinem Leben einen Schmetterling gesehen hatte – wie so viele andere Dinge auf der Welt, die er zum ersten Mal sah, weil er bis vor wenigen Wochen noch stockblind gewesen war.

»Nein, das ist ein Osbolli-Kumtschak.« Askender stakste durch das Wasser zu den Felsbrocken hinüber, um den Schmetterling zu fangen, aber der flatterte über Askenders Kopf dahin und in Richtung des Waldes davon. Askender sprang aus dem Wasser und rannte dem Schmetterling über die Wiese hinterher, dabei hüpfte er auf und ab und wedelte mit den dürren Armen, weil er versuchte, das Tier einzufangen.

»Komm zurück, Osbolli-Kumtschak! Bleib bei mir!«, rief er und verschwand hüpfend und winkend im Wald.

Tala stieg eilig aus dem Fluss und lief ihm hinterher. »Das ist doch nur ein Schmetterling. Es gibt Tausende davon auf der Wiese. Lauf nicht in den Wald. Gilbesh hat verboten, dass wir uns von der Karawane entfernen.« Aber sie lief selbst in den Wald und vergaß sogar dabei, dass sie tropfnass und barfuß war und nur ein Unterhemd anhatte. Als sie Askender endlich wiederfand, hatte er den Schmetterling längst vergessen. Er lag auf einer Lichtung eingebettet in ein Nest von Moos und Sträuchern, an denen dunkelrote Beeren hingen. Er musste schon jede Menge von den Beeren gegessen haben, denn seine Finger und Lippen waren blutrot vom Fruchtsaft.

»Das musst du probieren. Die schmecken so köstlich. Köstlicher als alles auf der ganzen Welt«, rief er ihr zu.

»Du kannst nicht einfach irgendwelche Beeren essen, die du nicht kennst!«, regte Tala sich auf und ließ sich keuchend neben Askender ins Moos fallen. »Sie könnten giftig sein.«

»Meine Enten haben mir gesagt, dass das Osbolli-Kumtschak-Beeren sind und dass man die essen kann«, rief Askender und reckte ihr die andere Hand entgegen, die voll war mit roten Beeren.

»Osbolli-Kumtschak! Was hast du nur mit diesem Wort? Das gibt es doch gar nicht.« Tala kicherte und probierte eine der Beeren, indem sie ganz vorsichtig mit den Zähnen daran nippelte. Aber die fruchtige Süße explodierte in ihrem Mund – Wahnsinn, wie köstlich die schmeckten –, und sie nahm gleich noch ein paar weitere Beeren aus Askenders Hand.

»Du bist auch ein Osbolli-Kumtschak.«

»So eine Frechheit! Ich bin Tala und kein Osbollibumbatsch.«

Askender setzte sich auf und hielt Tala eine ganz besonders große Beere vor den Mund, und sie ließ sich von ihm füttern. Ach herrje, ihr armes Herz hämmerte wie ein verrückter Buntspecht.

»Doch, du bist sehr wohl ein Osbolli-Kumtschak.« Askender beugte sich ein wenig über sie. Nur ein klein wenig und ihr besagtes Herz stolperte noch wilder in ihrer Brust herum.

»Was bedeutet das überhaupt? Du hast das Wort doch erfunden«, fragte sie leise und atemlos.

»Das ist Entensprache oder vielmehr Drachensprache und es bedeutet: wunderschön und zuckersüß.« Jetzt berührte er mit seinen Fingern vorsichtig ihre Lippen und beugte sich noch ein wenig tiefer über sie.

Heiliger Widder, er würde sie bestimmt gleich küssen. O nein! Bloß nicht! Oder doch, bitte, ja. Irgendeine Memora meldete sich in Talas Bewusstsein, aber sie hörte nicht hin. Sie wollte so gerne von Askender geküsst werden. Sie wollte gerade in sehnsüchtiger Erwartung die Augen schließen, doch im gleichen Moment raste ein dunkler Schatten über sie dahin und verdeckte die Sonne. Ein Aufschrei löste sich aus ihrer Kehle.

Aber es war zu spät.

Ein riesiger Kalong stürzte sich mit einem schrillen Fiepen auf sie herab, packte sie beide mit den krallenbewehrten Füßen und riss sie im Flug aus ihrem Bett im Moos heraus, wie ein Adler im Vorbeiflug eine Maus mit sich riss oder genauer gesagt zwei Mäuse, die eine umfasst von den riesigen Krallen des linken Fußes, die andere in den Krallen des rechten. Mit zwei wuchtigen Flügelschlägen schoss die Riesenfledermaus schon wieder in die Luft hinauf, und Tala hatte ihren Schrei noch nicht beendet, da war der Kalong schon hoch über den Baumwipfeln und brauste in Richtung Norden davon. Sie konnte nicht einmal mehr erkennen, wo die Karawane lagerte. Irgendwo weit entfernt, tief unter ihnen an der Flussbiegung.

Jetzt erst begann Askender zu schreien und zu zappeln und sich gegen das Haèl-Monster zu wehren – aber vergeblich. Diese Riesenfledermaus war so unfassbar stark und schnell. Askender konnte nicht mehr gegen den Kalong ausrichten als sie, und selbst wenn er das Tier dazu bringen könnte, sie fallen zu lassen, dann würden sie beide so tief stürzen, dass sie unten am Boden zerschellen würden.

Der Kalong stieg immer höher hinauf in den wolkigen Herbsthimmel und flog so furchtbar schnell dahin, dass der eisige Gegenwind wie scharfe Nadeln in Talas Haut stach und ihr fast das dünne Unterhemd vom Leib riss. Die Gnostika ließ sie wissen, dass der Kalong mit einer Durchschnittsgeschwindigkeit von etwa hundertzwanzig Stundenkilometern über die Graslande dahinrase und sich in Richtung West-Nordwest bewege. Wenn er den Kurs und die Geschwindigkeit beibehielte, würde er in weniger als zwei Stunden die Narbe erreichen.

Toll! Sie hatte keine Ahnung, was diese Narbe war, und wollte es auch nicht von der Gnostika erklärt bekommen. Der Name hörte sich schon schlimm genug an. Sie hatte Angst und wollte schreien und weinen, denn sie ahnte längst, was sie erwarten würde:

Tyrannos, ein düsterer und gefährlicher Haèl-Gott, halb Teufel, halb Vampir, mit Hörnern und Reißzähnen und schwarzen Schwingen. Und der würde vor Wut rasen, weil Tala sich nicht an den Pakt gehalten hatte, den sie mit ihm eingegangen war.

»Hilfeeee! Askender! Hilfeeee!« Auch wenn sie wusste, dass Schreien nichts nutzte, sie konnte es dennoch nicht unterdrücken.

»Bleib ruhig. Hab keine Angst«, rief Askender ihr zu. »Mach einfach die Augen zu. Alles wird gut. Ich bin bei dir.«

Sie glaubte zwar nicht daran, dass alles gut werden würde – nie wurde irgendwas gut –, aber Askenders Stimme beruhigte sie, und er hatte recht: Sie waren zusammen, und was auch immer vor ihnen lag, Tala musste es nicht allein bewältigen. Sie kniff die Augen zu und betete zu den Göttern, an die sie längst nicht mehr glaubte. Die anderen Memori in ihrem Bewusstsein, die ihr sonst immer gerne herablassend erklärten, wie infantil

Talas Götterglaube war, waren stumm vor Schreck und hatten keine Besserwisser-Ratschläge zu ihrer Situation beizusteuern. Die Memori fürchteten sich noch mehr vor Tyrannos als Tala. Sie wussten, dass er sie alle aus Talas Bewusstsein verbannen und zum Schweigen bringen konnte.

Erst als der Kalong etwas langsamer wurde und tiefer flog, wagte Tala es wieder, die Augen zu öffnen. Askender hing wie die besagte erjagte Maus in den Krallen des Mistviehs. Seine Gliedmaßen baumelten schlaff herab. Entweder er war ohnmächtig oder tot oder … Nein, er schien es zu genießen, denn er hatte die Augen weit offen und grinste.

Verrückter Drachenlord!

»Wir haben die Narbe jetzt erreicht«, sagte die Gnostika.

Tala hatte bisher noch nie etwas von der Narbe gehört. In Lyria hatte man sich nicht für die Welt jenseits des Gebirges interessiert, und nach allem, was Tala bisher von dieser Welt gesehen hatte, war das auch gut so. Aber während der Kalong zum Sinkflug ansetzte, informierte die Gnostika sie, dass die Narbe ein zweihundert Kilometer langer und fünfzig Kilometer breiter Krater sei, der während einer der vielen Schlachten zwischen den Bar Nashka und den Mutanten der Haèl entstanden sei. Die Landschaft sei seither verwüstet. Wie toll! König Tyrannos wollte sie zur Strafe also in einer Wüste aussetzen.

Die Landschaft unter ihnen hatte sich nach und nach von saftigen, grünen Hügeln in eine gelbe Steppe verwandelt, und jetzt sah sie in der Ferne den besagten Krater. Das war wie eine endlose Fläche aus Asche. Nichts wuchs hier, alles war schwarz und staubig. Von oben sah es wirklich aus wie eine hässliche Narbe, die man in die Oberfläche der Erde eingebrannt hatte, etwas, das nicht schön verheilt war.

Liebe Güte, wenn der Kalong sie hier zurücklassen würde, würden sie jämmerlich verdursten und verhungern und nebenher verrückt werden.

Und dann sah sie die Stadt.

»Askender! Sieh nur!«, keuchte sie, und der Drachenlord wand sich wild in den Klauen des Kalongs, sodass er nach unten blicken konnte.

Unter ihnen lag eine schwarze Stadt. Mitten im Krater aus Asche und dunklem Sand ragten Hunderte, nein, Tausende von schwarzen Türmen und hohen Bauwerken wie die Stacheln eines Riesenstachelschweins in den Himmel hinein. Die Stadt war gewaltig und die Gebäude groß, es mussten Millionen von Menschen dort wohnen, aber schon bevor sie die Türme und Wolkenkratzer aus der Nähe sehen konnte, wusste Tala, dass hier niemand mehr lebte. Das waren nichts als verkohlte Ruinen. Eine Geisterstadt. Eine Totenstadt.

»Das ist der Ort! Die Enten haben es mir gesagt«, rief Askender in einer Mischung aus Ehrfurcht und Abscheu. »Mykan! Die Ruinenstadt. Das hier ist das Gegenteil von Osbolli-Kumtschak.«

»Wir werden sterben«, jammerte Tala. »Wir werden bestimmt sterben.«

»Hab keine Angst, ich beschütze dich!«, sagte Askender, und dann setzte der Kalong zum Sturzflug an und schoss durch die schwarzen Straßenschluchten der Geisterstadt. Askenders Worte gingen in einen schrillen Schrei über. Tala schrie noch schriller und riss die Arme vor ihr Gesicht, als der Kalong haarscharf an einer schwarzen Betonwand und an leeren Fenstern vorbeizischte. Dabei stürzte er im Flug immer tiefer, und für Tala war klar, er würde sie hier irgendwo auf einer der verlassenen Straßen absetzen und dann wären sie sich selbst überlassen, ausgesetzt, um zu verhungern und zu verdursten oder um von den Geistern gejagt zu werden, die in dieser Stadt hausen mussten.

Aber die Riesenfledermaus setzte sich nicht ab. Sie flog zu einem schwarzen See, der sich mitten in der Stadt befand. Sie kreiste einmal über das dunkle Gewässer, das so unbewegt aussah wie zäher Teer, und dann ließ der Kalong sie beide einfach fallen.

Tala schrie und schrie, aber seltsamerweise kam kein einziger Ton aus ihr heraus, und als sie auf die Oberfläche des Sees aufschlug, hörte sie nicht mal ein Klatschen. Es war, als würde die Flüssigkeit sie einfach einsaugen.

Ihre Stimme, ihren Körper, ihre Seele.

Kessa:

Sie lag in den Armen des Großkönigs Shachar und wünschte sich, diese Illusion von Seligkeit würde nie enden. Aber man musste nicht zweiundvierzigtausend Jahre alt sein, um zu wissen, dass das Glück und die Liebe so vergänglich waren wie die letzte Rose eines Sommers.

Auf der obersten Plattform der Stufenpyramide hatten sie sich geliebt – Anina die Königsbraut und Shachar der Großkönig von Sassaris, der noch zig weitere Namen und schwülstige Titel trug und in Wahrheit ein mächtiger Gott war. Aber auch sie war nicht wirklich die jugendliche, süße Anina, sondern die Memora Tokessa, hochrangiges Mitglied des Konzils und Trägerin der dritten, uralten Wa'ari. Und ihre Mission war es, Shachar und seine verdammte Stufenpyramide zu vernichten.

Zu dumm, dass sie sich bei dieser Mission mit Haut und Haar in den vermeintlich bösen Gott verliebt hatte. Shachar hatte sie vor dem Tod gerettet, war mit ihr auf die Spitze seiner Stufenpyramide geflogen und hatte sie dort geliebt, wie sie noch nie zuvor geliebt worden war. In seine Augen zu schauen, war wie ein Flug hinauf zum blauen Himmel für sie gewesen, ihn in sich zu fühlen hatte einen jahrtausendealten Hunger gestillt. Sie war so glücklich und so unendlich traurig zugleich.

»Ich liebe dich«, sagte sie kaum hörbar.

Shachar drehte sich mit ihr in seinen Armen herum und kniete nun über ihr. Seine dunklen Augen glitzerten voller Zuneigung, aber seine Stirn war tief gefurcht. »Das ist das erste Mal, dass du diese Worte zu mir sagst. Ich möchte sie so gerne glauben, Saèli.«

»Sie sind wahr.« Vielleicht waren diese Worte das Einzige, das keine Lüge von ihr war. Der Rest von ihr, ihr Klonkörper, ihr Name, ihre Identität und ihre neue Position als Königsbraut waren nur Tarnung und Lüge.

Lüge, Lüge, Lüge.

Shachar schloss für ein paar Momente die Augen, als würde ihm etwas wehtun, aber dann sprang er plötzlich auf die Beine und zog sie mit sich hoch. »Zieh dich an, ich muss dir etwas zeigen.«

Er reichte ihr das seidene Unterhemd, das er ihr vor einer halben Stunde ausgezogen hatte, und schlüpfte hektisch in seine eigene Hose. Gute Güte, der Mann hatte einen Oberkörper wie ein Gott, goldene nackte Haut, perfekt definierte Brust- und Bauchmuskeln, ein Bizeps so hart wie Stahl und Beine, lang und muskulös … Na ja, er war ein Gott.

Kessas Unterhemd reichte ihr gerade über den Po und war nur ein durchsichtiger Hauch von einem Nichts, aber sie gab sich damit zufrieden, denn sie würde ewig brauchen, um das schwere, mit Gold durchwirkte Königsbraut-Kleid, das sie während der Parade getragen hatte, wieder anzuziehen. Außerdem war es schmutzig und an vielen Stellen zerrissen, denn sie wäre bei der Panik in den Straßen beinahe zu Tode getrampelt worden. Aber Shachar hatte ihre Prellungen und Schürfwunden geheilt, während er sie gleichzeitig geliebt hatte, und nun fühlte sie sich frisch und voller Kraft, beinahe selbst wie eine Göttin.

Er begutachtete sie mit einem Lächeln, dann legte er ihr noch seinen roten Soldatenumhang um die Schultern und nahm sie an der Hand. Eilig zog er sie über das flache Dach der Stufenpyramide, hinüber zur Westseite, von wo aus in der Ferne das Meer zu sehen war. Kessa hörte immer noch vereinzelte Schreie der Menschen durch die Straßen gellen. Es waren Abertausende gewesen, die nach einem ohrenbetäubenden Knall am Hafen angsterfüllt losgerannt waren und einfach jeden niedergetrampelt hatten, der nicht schnell genug mitrennen konnte. Niemand hatte gewusst, was überhaupt los war oder wovor er eigentlich floh. Am Hafen stieg noch eine schwarze Rauchsäule in den Himmel, aber Kessa konnte nicht genau erkennen, was da brannte.

Das alles war kein Unfall gewesen. Kessas neidische Ordensschwester Lindeval hatte dieses Unglück geplant, ob mit oder ohne Billigung des Konzils, das wusste Kessa nicht, aber Lindeval hatte das Chaos und die Panik bewusst herbeigeführt, um die umjubelte Königsbraut von ihrer Leibgarde und von Shachar zu trennen. Sie hatte vorgehabt, Kessas Klonkörper zu töten und die Gnostika auf sich zu übertragen. Aber Kessa hatte sich wie eine Verrückte dagegen gewehrt. Sie hatte ihre eigene Ordensschwester getötet und Shachar hatte deren Helfershelfer, den ehrenwerten Mik, zerfetzt.

Eine beschissene Tagesbilanz für eine Memora, aber in jenem Moment hatte Kessa Todesangst gehabt und um ihr Leben gebettelt. Wäre sie in diesem Moment mit ihrer Gnostika verbunden gewesen, hätte sie niemals so panisch reagiert, dann hätte sie gewusst, was zu tun wäre, und sie hätte keine Schwäche empfunden. Vielleicht hätte sie sogar Lindeval von ihrem Wahnsinn abbringen können. Aber sie hatte den Symbionten von sich loslösen und in einem abgeschirmten Bereich ihres Bewusstseins verstecken müssen, damit der Telepath Shachar ihn nicht spüren konnte. Das Fehlen der Gnostika war ihr am Anfang vorgekommen wie das Fehlen eines wichtigen Sinnesorgans, doch irgendwann hatte sie sich damit arrangiert und dabei vergessen, dass sie ohne Gnostika schwach und unwissend und blind war.

Diese Verstümmelung hatte überhaupt erst zu ihrer absurden Liebe geführt.

»Wir müssen den Menschen am Hafen helfen«, rief sie und wandte sich zu Shachar herum, der seine Arme und Flügel von hinten um sie geschlungen hatte.

Wie hatte sie sich einfach der hemmungslosen Leidenschaft hingeben können, während unten in der Stadt Tausende von Menschen um Hilfe schrien und im Sterben lagen? Wie hatte sie ihren eigenen Schock einfach ausblenden können? Kaum war sie auf dem Dach der Pyramide in Sicherheit und in Shachars Armen gewesen, hatte sie sich ihm, ohne auch nur eine Sekunde nachzudenken, an den Hals geworfen und sich von ihm lieben lassen. Alles andere war vergessen gewesen. Was stimmte denn nur nicht mit ihr? Was hatte er mit ihr gemacht?

»Meine Soldaten kümmern sich darum«, sagte er und küsste ihren Hals, was Schauder der Wollust ihre Wirbelsäule hinabsandte.

»Aber deine Soldaten haben einfach alle niedergestochen, die ihnen in die Quere kamen. Man muss doch Heiler zu den Verletzten …«

»Komm mit und schau selbst«, unterbrach Shachar sie und zog sie noch ein Stück vorwärts, bis sie an einer Stelle standen, die sich zunächst durch nichts vom Rest der Ziegelsteine auf dem Dach unterschied, bis er einen Befehl aussprach. »Aufzug!«

Unter ihren Füßen wurden die Ziegelsteine plötzlich milchig und schließlich durchsichtig wie Glas. Kessa quiekte erschrocken, als die gläserne Plattform sich bewegte und sich nun langsam in das Innere der Pyramide hinuntersenkte. Sie klammerte sich an Shachar fest, und der zog sie eng an sich und lachte. Sein dunkles Lachen war ein Geräusch, das sie bisher viel zu selten von ihm vernommen hatte, und es machte sie glücklich, dass sie dafür verantwortlich war. *Sie* konnte dieses ewige und düstere Geschöpf zum Lachen bringen. *Sie* hatte er unter all den anderen Jungfrauen erwählt. *Sie* war seine künftige Königin. Nur sie allein hatte das bewirkt: Tokessa, die Frau, die in diesem Klonkörper wiedererweckt worden war – nicht die Gnostika.

Sie drückte ihre Nase an Shachars nackte Brust und atmete seinen Duft ein. Er gehörte ihr. Sie hatte ihn für sich erobert. Sie brauchte ihn wie die Luft zum Atmen, brauchte seine Liebe, seine Wärme und seine

Berührungen. War das wirklich Liebe oder hatte er sie mit seinen göttlichen Pheromonen von sich abhängig gemacht? Sie hatte ihre Schwester Miri so eindringlich gewarnt, sich auf keinen Fall mit einem der Götter einzulassen, weil eine Frau süchtig nach deren sexueller Zuwendung wurde und nicht mehr klar denken konnte.

War ihr das nun selbst zugestoßen und sie hatte es nur nicht wahrhaben wollen? Und wenn, es war ihr scheißegal.

»Hab keine Angst, Saèli«, raunte Shachar und gab ihr einen Kuss auf ihr zerzaustes Haar. »Ich will dir mein Machtzentrum zeigen. Von dort aus kann ich alles koordinieren. Dort können wir uns einen Überblick verschaffen, was überhaupt passiert ist, wie groß der Schaden und die Zahl der Opfer ist, und wir können den Einsatz meiner Soldaten steuern und auch die Hilfe für die Menschen. Allen wird geholfen, ich verspreche es – und wenn ich es selbst tun muss.«

»Das … das ist gut.« Wieder einmal zeigte der angeblich ach so böse Haèl-Gott eine gute und schöne Facette seines Wesens, die es ihr schwer machte, ihn zu hassen und kaltblütig seinen Untergang zu planen.

»Wenn du erst gesehen hast, über welche Macht ich verfüge, wirst du mich noch mehr lieben.«

»Ich liebe dich nicht wegen deiner Macht.«

»Ich weiß, Saèli«, sagte Shachar und zog sie von der Plattform herunter. »Tür eins!«, rief er in die dunkle Kammer hinein. Die Ziegelwand vor ihnen wurde nun ebenfalls gläsern und dann schwarz wie Onyx. Langsam schob sich die Wand von der Mitte her auseinander und gewährte Kessa ihren ersten Blick in das berüchtigte Machtzentrum der Götter.

Das war der Grund, warum sie nach Sassaris gekommen war, jene Einrichtungen, die sich im Innern der Zikkurat befanden, die sie zerstören sollte. Sie war fast am Ziel ihrer Mission.

Shachar schob sie in einen hellen, riesigen Raum, der zunächst völlig leer erschien. Es gab keine Monitore und Schaltpulte. Offenbar wurde die Technologie mit Sprachbefehlen gesteuert, denn Shachar sprach in den Raum hinein: »Sassaris«, und auf einmal erschienen Hunderte von 3-D-Projektionen, die Bilder aus allen Teilen des Palastes und der Stadt zeigten. Aber auch fremde Landstriche waren zu sehen, zum Beispiel ein einzelnes Gebäude auf einem Berggipfel im Kadingyr-Gebirge, eine kleine Stadt an einem Fluss gelegen und das Zeltlager der Bar Nashka, inmitten von grünen Hügeln. Ja, sogar der Mond Ploion war zu sehen und auf dem Hologramm deutlich als künstliches Gebilde zu erkennen. Das waren all jene Orte, von denen elektromagnetische Strahlungen ausgingen, weil dort irgendwelche Hightech-Geräte eingesetzt wurden.

»Heilige Götter, was ist das?«, rief Kessa mit gespielter Überraschung. Beinahe hatte sie vergessen, dass sie die Rolle einer unwissenden siebzehnjährigen Menschenfrau spielen musste, die noch nie etwas von Technologie gehört oder gesehen hatte. »Das da ist ja der Ham San des Harems!« Sie zeigte auf eine der 3-D-Projektionen, in der ein paar Frauen sich gerade um das Schwimmbecken rekelten. »Und das hier? Das ist der Platz vor dem Palast. Das ist das Tal von Alkash. Und hier? Was ist das für ein Fluss?« Sie lief von einer Holografie zur nächsten und rief die Namen der Orte hinaus, die sie als Anina von Enkos kennen konnte, auch wenn sie in Wahrheit kein bisschen überrascht war, denn das wussten die Memori schon seit Langem: dass die Götter ein dichtes Überwachungsnetz hatten und damit jede Technologie aufspüren konnten, die elektromagnetische Strahlen absonderte. Sie hatten nur nicht gewusst, wie weit das Netzwerk reichte. »Du wachst über alle Menschen. Du bist wahrlich ein sehr mächtiger Gott.«

»Nicht über alle«, sagte er mit einem Lächeln. »Aber über sehr viele, und es gibt wenig innerhalb der Grenzen meines Reiches, das mir entgeht. Später erkläre ich dir, wie es alles funktioniert, jetzt wollen wir uns einen Überblick über die Zustände in der Stadt verschaffen.« Er zog sie an der Hand wieder vorwärts und durchquerte dabei diverse Holografien, als wären sie Geister, und Kessa gab Laute des Staunens von sich.

Aber auch wenn sie so tat, als wäre sie überwältigt, war sie es nicht. Die Hologramm-Technik der Memori war weitaus fortgeschrittener als das hier. Die Memori-Holografien waren nicht nur Projektionen, sondern materielle Manifestationen. Man konnte sie berühren und bewegen, und für Kessa war das eine Bestätigung, dass die Götter den Memori mit ihrer Technologie um einiges hinterherhinkten. Die Herren Götter waren sich ihrer technischen Überlegenheit stets so sicher gewesen, dass sie ihre Technologie nie fortentwickelt oder irgendetwas an sich selbst und ihrem Dasein weiterentwickelt hatten.

Die Schadenfreude und Genugtuung, die Kessa eigentlich empfinden sollte, stellte sich jedoch nicht ein, denn jetzt blieb Shachar vor einem großen Hologramm stehen, das den Hafen von Sassaris von oben zeigte, als würde ein Vogel darüber kreisen oder eine winzige Drohne.

Der Hafen bot ein Bild des Entsetzens. Zwei große Galeeren standen dort noch in Flammen und unzählige weitere Schiffe waren im Hafenbecken versunken. Die umliegenden Gebäude waren zerstört, die Lagerhäuser, Handelskontore, Handwerksbetriebe und Marktstände, die heute Morgen noch das bunte Bild des Hafens geprägt hatten, gab es nicht mehr. Da war kein Stein mehr auf dem anderen geblieben.

»Wie konnte so ein schlimmes Unglück nur geschehen? Was auf dieser Welt kann so eine furchtbare Zerstörung verursachen?« Sie schlug sich in gespielter Unwissenheit und Entsetzen die Hand vor den Mund. »War das ein Vulkan oder ist ein Stern vom Himmel gefallen?« Für sie war klar, dass der ehrenwerte Mik irgendeinen hochexplosiven Stoff in sein Schiff geladen hatte. Etwas, das sich durch Kontakt mit Wasser oder Sauerstoff von selbst entzündet hatte. Auf diese Weise wäre nicht einmal ein Hightech-Gerät nötig gewesen, um die Sprengung auszulösen.

»Nein, Saèli'ma, das war kein Vulkan und auch kein Meteorit. Es war etwas anderes«, sagte Shachar mit unterdrückter Wut in der Stimme. »Ich habe eine Vermutung und werde schon bald herausfinden, ob sie richtig ist.«

Diese Worte machten ihr Angst, aber bevor sie nachfragen konnte, welche Vermutung er hatte, zog er sie herum und zeigte auf ein anderes Hologramm. »Sieh es dir an. Meine Soldaten und meine Sklaven sind schon mit den Aufräumarbeiten beschäftigt. Sie suchen bereits nach Überlebenden.« Sie sah die Bilder einer anderen Überwachungsdrohne, die über verwüstete Straßen und zerstörte Häuer hinwegglitt. Da waren bereits Menschen, die den Schutt wegräumten und die Verletzten versorgten. Das Geschrei, das sie hörte, waren die Befehle der Offiziere oder die Ausrufe der Retter, wenn sie jemanden gefunden hatten.

»Wenn ich die Schuldigen habe, werde ich bittere Rache üben. Sei dir dessen gewiss.« Shachars Stimme vibrierte vor zurückgehaltener Wut und es quollen dünne Rauchwolken aus seiner Nase. Sogar der Boden unter ihren Füßen schien zu vibrieren. Verdammt, der Mann war so gefährlich, und jeder andere hätte sich flach auf den Boden geworfen und hätte gewinselt, um nicht von dieser Wut hinweggefegt zu werden, aber Kessa fand ihn genau deswegen umso aufregender und schaute schmachtend zu ihm hinauf.

Sie musste verrückt sein, völlig verblödet. Er würde sie innerhalb einer Sekunde töten, wenn er herausfinden würde, dass sie seine Liebe so hinterhältig verriet. Er würde sie in der Mitte zerfetzen, so wie er es mit seinem Koch getan hatte. Oder er könnte ihr den Kopf einfach abreißen, so wie er den ehrenwerten Mik getötet hatte. Bel Asharu konnte ein brutaler Vernichter sein. Und sie, die blödeste Kuh, die je eine Gnostika in sich getragen hatte, fand das auch noch unfassbar erregend!

Sie ermahnte sich selbst, sich zusammenzureißen und an die Rolle zu denken, die sie spielen musste. »Ich verstehe diese Magie hier drin nicht, Asharu'ma. Ich begreife nur, dass du das mächtigste Wesen der Welt bist.«

»Das alles ist keine Magie, sondern Wissenschaft. Es ist nichts, was ein Sterblicher nicht auch lernen oder erreichen kann. Das Einzige, was man benötigt, ist Wissen und Energie. Und je mehr Energie zur Verfügung steht, desto mehr Macht besitzt man.«

Auch die Macht der Memori basierte auf Wissen und Energie, aber im Gegensatz zu den Göttern wollten die Memori den Menschen helfen und ihnen ihr Wissen zur Verfügung stellen, sobald die Götter besiegt waren, während die Götter alle Lebewesen auf diesem Planeten seit unvordenklicher Zeit im Zustand der Unwissenheit hielten oder sie immer wieder in die Unwissenheit zurückstießen, um ihre absurden Kriegsspiele spielen zu können.

Doch Shachar war nicht so, das spürte sie … wusste sie.

»Aufzug! Unterste Ebene!«, rief Shachar, und als sich der Boden unter ihren Füßen wieder in Glas verwandelte, zog er sie eng an sich und raunte mit erschütternder Zärtlichkeit in ihr Ohr: »Ich zeige dir jetzt das Herz von Sassaris. Die Quelle meiner göttlichen Macht. Ich lege meine verwundbarste Stelle vor dir bloß.«

Er wollte ihr wirklich die Quelle seiner Macht zeigen? Sie stand kurz vor dem Ziel und konnte kaum glauben, dass das so einfach war, dass er ihr so bedingungslos vertraute!

Dass sie ihn so hinterhältig würde verraten müssen.

Die gläserne Aufzugsplattform fuhr langsam in die Tiefe der Pyramide hinab. Dieses Mal waren es nicht nur ein oder zwei Stockwerke, die der Aufzug zurücklegte, sondern zwanzig, vielleicht auch mehr, Kessa vergaß schon nach wenigen Augenblicken mitzuzählen, als sie Shachars dunkle, warme Stimme hörte.

»Was würdest du mit meiner Macht anfangen, Saèli? Würdest du Kranke heilen oder eine Kanalisation im Sklavenviertel bauen oder Bewässerungsgräben in der Ebene des Alkashflusses anlegen lassen? Würdest du lieber die Welt erobern oder die Götter vernichten?«

Kessa lachte zwar, aber gleichzeitig schoss eisige Kälte durch ihren Körper. Sein Spaß kam der Wahrheit viel zu nahe. »Was ist, wenn ich solch eine große Macht gar nicht will?«

»Natürlich willst du sie, Saèli«, sagte er mit leichtem Spott. »Ist das nicht der Grund, warum du an diesem Wettbewerb teilgenommen hast?«

Sie war froh, dass die Aufzugsplattform anhielt und sie ihm nicht mit einer weiteren Lüge zu antworten brauchte. Jetzt waren sie ganz unten im Sockel oder womöglich sogar in einem tiefer liegenden Untergeschoss der Pyramide angekommen.

Das war ein Bereich, den die Götter bereits vor dem großen Krieg erbaut hatten. Die Wände waren ganz aus jenem schwarzen, glänzenden Material, das sich auch in Shachars Schlafzimmer befand und das die gesamte Technik verbarg. Shachar legte seine Hand auf die Wand und der Raum wurde von einem schwachen Licht erfüllt. Es sah aus, als würden sie in einer klaren Nacht den Himmel sehen. Über ihnen und um sie herum war das Firmament, das mit Abertausenden von glitzernden Sternen und Sternenstaub überstreut war. Kessa konnte nicht erkennen, wie groß der Raum war, er erschien ihr genauso unendlich wie das Universum.

Beinahe zum Greifen nahe und doch scheinbar eine Unendlichkeit entfernt, im Raum schwebend, tauchte nun eine große Spiralgalaxie aus Billionen von Sternen auf und drehte sich um ihre eigene Achse. Das sah aus, als hätte man die Galaxie aus dem Universum eingefangen und sie passend für die Größe dieser Pyramide geschrumpft. Keine Technik der Welt konnte eine Galaxie verkleinern, also musste das ein Hologramm sein. Andererseits hatte Kessa das sehr reale Gefühl, als würde die Galaxie auf sie einwirken und sie bei ihrer langsamen Drehung mit ihren Spiralarmen streifen und sie mit sich ziehen.

»Das ist unmöglich«, keuchte sie. Sie war so überwältigt, dass sie sogar vergaß, die Rolle des ahnungslosen Mädchens zu mimen.

»Das ist durchaus möglich, Saèli, wenn auch kompliziert«, antwortete Shachar. »Was du hier siehst, ist die Basis meiner Macht und meiner Unsterblichkeit. Und alles, was uns Götter über euch Sterbliche erhebt, findest du hier in diesem Raum.«

Eine verkleinerte Galaxie? Das Hologramm einer Galaxie? Sie machte einen vorsichtigen Schritt auf den Spiralnebel zu, aber als sie fühlte, wie dessen Anziehungskraft ihren Körper packte und jede einzelne Zelle zum Vibrieren brachte, blieb sie stehen. Ein Zittern ging durch ihren Leib und Angst griff nach ihr. Das konnte kein Hologramm sein. Das war ein verdammtes schwarzes Loch, gefangen und gebändigt im Keller einer Stufenpyramide.

Was zum Henker …?

Sie musste die Gnostika sofort aufwecken, denn jetzt brauchte sie deren Allwissenheit und Hilfe. Die Gnostika würde wissen, was zu tun war, um die Energiequelle zu zerstören.

Aber wenn sie wieder mit der Gnostika verbunden wäre, wäre sie nicht mehr sie selbst. Die Gnostika würde sie verändern. Sie wäre dann ein uraltes und allwissendes Wesen, voller Hass auf die Götter. Sie wäre getrieben von dem unstillbaren Drang, Shachar und die Götter zu vernichten.

Aber das half nichts! Die Gnostika musste erwachen, und zwar schleunigst, bevor Kessa der Mut verließ und sie aus lauter infantiler Verliebtheit die Mission vereitelte. Sie streckte in Gedanken ihre mentalen Fühler nach dem Symbionten aus. Die Gnostika befand sich in einer Art künstlichem Koma. In diesem Zustand benötigte sie fast gar keine Energie und sonderte keinerlei Signale nach außen ab. Sie zu wecken und die Verbindung herzustellen würde eine ganze Weile in Anspruch nehmen.

»Nun, wie gefällt dir unsere Galaxie?«, fragte Shachar leichthin. »Wir nennen sie den Drachenstern, obwohl es natürlich kein Stern ist, sondern eine Spiralgalaxie mit Abermilliarden von Sternen. Mithilfe eines einfachen Teleskops könnte man sie am nördlichen Nachthimmel der Erde entdecken.«

Kessa schüttelte verwirrt den Kopf. Warum dachte er, dass sie wusste, was eine Galaxie oder ein Teleskop war?

»Aber das da ist natürlich nicht der echte Drachenstern, nur ein Abbild von ihm. In Erinnerung an unsere Heimatgalaxie nennen wir das schwarze Loch hier unten den Drachenstern. Ein netter Name für ein Phänomen, das uns Energie und damit ewiges Leben und Macht spendet, findest du nicht?«

»Ich … ich weiß nicht, was das alles bedeutet.«

»Oh, ich glaube, das weißt du sehr gut«, sagte er in jenem zärtlichen Ton, mit dem er die ganze Zeit zu ihr sprach, so voller Liebe. »Und sicher fragst du dich gerade in deinem überaus klugen Kopf, wie das möglich ist. Wie wir es geschafft haben, ein schwarzes Loch hier in der Zikkurat zu verankern.«

»Was meinst du? Ich verstehe nicht.«

Er antwortete ihr nicht, sondern wandte ihr den Rücken zu. »Schaltpult«, sprach er in den Raum hinein und schon schob sich aus dem Boden ein Schaltpult heraus. Die Oberfläche war ebenfalls aus schwarzem, glasigem Material und hatte keine Tasten oder Hebel. Allein durch die Berührung seiner Hand aktivierten sich aber unzählige kleine Hologramme mit Bildern und Symbolen, die vor Shachar schwebten und die er mit Bewegung der Hände hin und her schob. »Willst du uns zerstören, musst du das schwarze Loch, den Drachenstern, zerstören, Saèli. Erschreckend einfach.«

»Was? W-w-warum zerstören? Was redest du da?«, rief sie, aber im gleichen Moment, in dem er sich wieder zu ihr herumwandte und sie ansah, begriff sie, dass er die Wahrheit über sie längst kannte.

Plötzlich schossen aus dem Boden und aus der Wand Fesseln heraus und schlangen sich um ihre Arme und Beine. Bisher hatte sie gar nicht einmal gemerkt, dass sich direkt hinter ihr eine Wand befand. Oder hatte sich die Wand mitsamt den Fesseln aus dem Boden gehoben? Die Fesseln waren aus weichem, aber unnachgiebigem Polycarbine und zogen sich langsam enger zusammen. Sie fixierten Kessa an der Wand, als wäre sie daran festgeklebt, die Beine gespreizt, die Arme weit ausgebreitet. Um ihren Bauch schlossen sich nun ebenfalls Fesseln, dann blitzschnell um ihren Oberkörper und gleichzeitig um ihre Schenkel. Sie war verschnürt wie ein Rollbraten und hatte noch nicht mal die Zeit gehabt, einen Schreckensschrei von sich zu geben.

Shachar wusste alles. Sie war verloren.

»Ist es so bequem für dich, Saèli?«, fragte er mit einer Süße in seiner Stimme, die ihr größere Angst machte, als wenn er vor Wut getobt hätte.

Scheiße! Sie konnte sich keinen Zentimeter bewegen, aber dennoch tat die Fesselung nicht weh. Sollte das etwa ein erotisches Spiel werden? Dann wäre sie definitiv genau richtig gefesselt.

»Asharu, bitte.« Es war ja so sinnlos, zu betteln. Er war ein verdammter hinterhältiger Haèl, der nicht lieben konnte, und sie hätte diese einfache Wahrheit nie-nie-niemals aus den Augen verlieren dürfen.

»Du wirst dich einem ausführlichen Verhör unterziehen, Saèli'ma.« Shachar lächelte sie an. Was für ein süßes und böses Lächeln zugleich? Dieses Lächeln sagte alles.

Todesangst explodierte in ihr und sie rief nach der Gnostika. Sie durchstieß die mentalen Barrieren, die sie um die Gnostika errichtet hatte, und stach mit ihrem eigenen Bewusstsein in das der Gnostika hinein. Das war wie ein Blitzeinschlag für den Symbionten, grell und schmerzhaft, aber sie konnte der Wa'ari keine sanfte Aufwachphase gönnen. Wenn es überhaupt noch eine Rettung für sie gab, dann nur durch die Gnostika, sie war das einzige Wesen, das mit einem Gott fertig werden konnte.

»Waren denn all deine Worte nur Lügen?«, rief sie.

»Nicht mehr, als *deine* Worte es waren, Saèli.« Er war so ruhig, wirkte so gelassen und lächelte immer noch zärtlich. Sie hätte erwartet, dass er rasen und halb Sassaris dem Erdboden gleichmachen würde, falls er je herausfände, wer sie war. Stattdessen veränderte er jetzt sogar seine Gestalt und nahm seine menschliche Form an, in der er wie ein junger, muskulöser Mittzwanziger aussah: so schön, so normal und so ungefährlich. Was wollte er denn damit bezwecken? Sie in Sicherheit wiegen? Sie vergessen lassen, dass er ein entsetzliches Monster und sie schon so gut wie tot war?

»Ich habe nicht gelogen, als ich sagte, dass ich dich liebe«, sagte sie.

»Nun, dann kennst du auch meine Antwort auf deine Frage. Ich habe auch nicht gelogen.« Er lächelte traurig. »Aber wir müssen jeder unsere Rolle in diesem Spiel spielen, und wir müssen die Opfer bringen, die erforderlich sind.«

»Was meinst du damit?«

»Das weißt du. Du hast die Mission, unsere Energiequelle zu zerstören, und ich habe die Aufgabe, sie zu beschützen, und keine Liebe des Universums ist stark genug, um diesen Abgrund zwischen uns zu überbrücken.«

Er sah sie eine Weile schweigend an und legte dann seine Hand zärtlich – viel zu zärtlich – an ihre Wange. Seine warmen, menschlichen Augen versenkte er in die ihren und hielt sie mit seinem Blick gefangen. Sie konnte sich der Zuneigung in diesem Blick nicht entziehen. Vielleicht drang er auch gerade mit seiner Haèl-Telepathie in ihren Kopf ein, wenn ja, dann spürte sie nichts davon. Sie fühlte aber die Schmerzen und den Schock der Gnostika.

»Die Lebensform, die ich in dir wahrnehme, ist kalt und hasserfüllt und sie missbraucht dich. Dieses innere Leuchten, das von dir ausgeht, die Schönheit deines Geistes und deines Herzens, die mich vollständig bezaubert haben, das stammt nicht von jenem Wesen, das dich bewohnt, sondern von deiner menschlichen Seele. Wie immer dein wahrer Name lauten mag, diese Frau liebe ich – mehr, als gut für mich ist.«

»Was wirst du jetzt tun? Mich foltern und töten?« Sie ersparte sich weitere Schauspielerei. Er wusste längst alles, hatte es irgendwie in ihren Gedanken gelesen, ohne dass sie es gemerkt hatte. Sie konnte nichts weiter tun, als der Gnostika die Führung zu überlassen und darauf zu vertrauen, dass das allwissende Wesen auch wirklich alles wusste, dass sie wusste, wie man Kessas Fesseln löste, dass sie wusste, wie man Shachar blitzschnell tötete, und dass sie auch wusste, wie man die Energiequelle zerstörte. Besonders die Sache mit Shachars Tod drehte Kessa das Herz im Leib herum.

»Wenn du nicht freiwillig kooperierst und alles sagst, was du weißt, dann ja. Dann wirst du sterben«, antwortete er.

»Alles verraten, woran ich glaube, und auf deine Seite wechseln?«

Hoffnung flammte in seinen Augen auf, aber sie schüttelte den Kopf, und er bedachte sie mit einem unendlich traurigen Blick, als könnte er ihre Gedanken hören (na ja, das konnte er offensichtlich auch). »Dich foltern oder gar töten zu müssen, verursacht mir Schmerzen an einer Stelle, an der ich eigentlich gar nichts empfinden dürfte. Aber es ist nun mal meine Aufgabe, dich aufzuhalten, Saèli. Welche Wahl habe ich also?«

O verdammt! Sie wusste, dass er sie liebte, so wie sie ihn liebte, aber sie beide waren höheren Zielen verpflichtet, und das machte eine Liebe unmöglich. Er hatte recht: Der Abgrund zwischen ihnen war unüberbrückbar.

»In was für eine Schafsscheiße haben wir uns da nur hineingeritten?«, sagte sie und er lachte ein leises, trauriges Lachen. Die Gnostika dehnte sich in ihrem Kopf aus und ließ sie wissen, dass sie über alle Maßen verärgert war über die Schmerzen, die das schnelle Erwachen ihr verursachte.

»Ach Anina, wären wir beide zwei normale Sterbliche, könnten wir das glücklichste Leben auf Erden miteinander führen, das Weltreich Sassaris gestalten und es zu einer besseren Welt machen. Ich würde dir zuliebe sogar versuchen, ein guter und gerechter Herrscher zu werden. Wir würden Kinder haben, zusammen alt werden und unseren Nachkommen ein blühendes Reich und ein glückliches Volk hinterlassen.«

Sie durfte sich nicht auf diese Ideen einlassen, die er ihr in den Kopf pflanzte. Das würde zu nichts führen, außer zu noch mehr Schmerz. »Mein richtiger Name ist Tokessa, nicht Anina.« Wozu sollte sie es weiterhin verheimlichen? Sie musste der Gnostika Zeit verschaffen, und das funktionierte besser, wenn sie ihn ablenkte.

»Ich weiß, aber Anina gefällt mir besser.«

»Seit wann kennst du die Wahrheit über mich?«

Shachar – oder Asharu (wenn sie gerade bei den richtigen Namen waren) – wandte ihr jetzt wieder den Rücken zu und trat erneut an das Schaltpult mit den Holografien. Er würde doch hoffentlich nichts Schreckliches tun. Sicher benötigte er keine Folterbank oder schmerzhafte Instrumente, um sie zu verhören. Telepathische Folter konnte weitaus entsetzlicher sein als jede mechanische Streckbank. Die Gnostika war anfällig für telepathische Folter, und da Kessas mentale Barriere sie bisher anscheinend auch nicht vor Shachar beschützt hatte, würde sie erst recht keinen Schutz vor einem aggressiven telepathischen Eindringen bieten.

»Hast du wirklich geglaubt, ich würde es nicht bemerken, dass du heimlich durch meine unterirdischen Gänge schleichst und dort herumschnüffelst, während ich im Tal von Alkash auf der Jagd bin? Ich weiß immer, was in meinem Palast und in meinem Reich geschieht. Deshalb habe ich dich zu mir bringen lassen. Deshalb habe ich dich geküsst. Ein

Blick in deine Gedanken genügte, dann wusste ich sicher, dass du etwas Heimtückisches gegen mich planst. Ich war so wütend auf dich. So bitter enttäuscht.«

»Und warum hast du mich nicht gleich getötet, mich nicht genauso zerfetzt, wie du deinen Koch zerfetzt hast?«

»Weil ich dich küssen wollte, um leichter in deine Gedanken eindringen zu können. Und dann hat dieser verdammte Kuss mich verrückt gemacht. Ich habe mich in jenem Moment in dich verliebt, Saèli, als ich die Schönheit deines Wesens erblickte. Die Unerschrockenheit, mit der du mir gegenübergetreten bist, die Güte, die ich in deinen Gedanken gefunden habe. Dann hast du mich bei unserem Chaturaspiel gewinnen lassen, und du hast mich begehrt in meiner wahren Gestalt. Du hast deine Lüsternheit und Hingabe nicht vorgespielt. Ich habe mich so gottverdammt heftig in dich verliebt, dass ich wütender auf mich selbst war als auf dich. Weiß der Henker, wie das passieren konnte. Ich habe in meinem ganzen ewig langen Leben noch nie solche Gefühle gehabt. Vielleicht werde ich langsam verrückt. Aber du hast es geschafft, was nie eine Frau zuvor geschafft hat. Du hast mich betört und bezaubert. Furchtlos, wunderschön, erregt wie du warst, und so klug und wissend – mir so ebenbürtig. Ich war hingerissen und wütend zugleich. Ich wollte dich dazu bringen, dich in mich zu verlieben. Zuerst war es nur ein Spiel, eine Herausforderung, ich wollte deine verdammte Gelassenheit erschüttern. Ich wollte hören, wie du mir auf Knien wimmernd deine Liebe gestehst, und jetzt sind wir in dieser traurigen Lage, dass wir beide viel zu viel füreinander empfinden. Diese Gefühle dürfen nicht sein, Saèli'ma.«

Wenn er sie seinerzeit nicht getötet hatte, dann konnte sie ihn vielleicht auch jetzt dazu bringen, sie zu verschonen. Flehen und Betteln beeindruckten ihn nicht, das wusste sie. Sie musste ihn zum Nachdenken und Innehalten bringen. Nur noch ein paar Augenblicke, bis die Gnostika ganz bei ihr war. Sie wollte sich in den straffen Fesseln aufbäumen, aber sie konnte sich nicht mal einen Millimeter bewegen.

»Ist unsere Liebe nicht stärker?«, fragte sie. »Können wir nicht eine Brücke über diesen Abgrund schlagen? Unsere Liebe ist doch etwas Einzigartiges. Du hast es selbst gesagt, du hast noch nie zuvor so etwas empfunden. Mir geht es ebenso. Vergiss deine Aufgabe als Wächter der Zikkurat. Sei mein Geliebter und mein Partner.«

Er lachte. Es war ein abgrundtrauriges Lachen. Aber er hatte ihr immer noch den Rücken zugewandt, was ein schlechtes Zeichen war. Er sollte ihr in die Augen sehen und sich dabei eingestehen, dass er seiner Liebe ausgeliefert war. Stattdessen sprach er mit Bitterkeit in der Stimme weiter, in die andere Richtung. »Wenn unsere Rollen vertauscht wären, Saèli, und ich wäre dein Gefangener, würdest du deine Mission abbrechen und deiner Liebe folgen?«

»Ja, das würde ich«, sagte sie, ohne zu zögern, auch wenn es eine Lüge war … fast eine Lüge. Sie würde nichts lieber tun, als alles andere vergessen und nur ihm und ihrer Liebe folgen, aber es stand zu viel auf dem Spiel: der große Plan, die Rettung der gesamten Welt.

Sie beide waren Gegner … Feinde.

»Wie schön das klingt. Und wie unwahr.« Spott schwang in seiner Stimme. »Ich habe in deinen Gedanken leider nicht annähernd so viel lesen können, wie ich gerne wollte. Ich will wissen, was dieser obskure Memora-Orden für eine Gemeinschaft ist, welche Macht die Memori besitzen, über welche technologischen Fähigkeiten sie verfügen und wo sie sich verstecken. Ich will diesen großen Plan, der wie ein irrer Nachtfalter andauernd in deinem Kopf herumschwirrt, bis ins kleinste Detail kennen, und ich will den Namen einer jeden Memora wissen, die auf der Erde lebt.«

»Das kann ich dir nicht sagen. Nicht freiwillig.«

»Ich weiß, und dich zu foltern, wird mir das Herz brechen.« Er betrachtete ihren auf so erotische Weise, gefesselten Körper mit glühenden Augen. Sie sah Verzweiflung darin.

»Asharu'ma«, wisperte sie. Ihre Augen wurden feucht und ihr Leid war nicht vorgespielt, denn er hatte leider recht: Wenn die Rollen vertauscht wären, würde sie ihn töten und die Energiequelle zerstören, und ihr Herz würde dabei brechen, aber sie würde es dennoch tun.

Er machte einen zögerlichen Schritt auf sie zu, bis er dicht vor ihr stand. Sie konnte ihn riechen und seine Wärme spüren. Vor wenigen Minuten hatten sie sich noch geliebt, und jetzt stand er kurz davor, sie zu vernichten. Aber statt ihr wehzutun, legte er seine Hand an ihre Wange und küsste sie. Seine Lippen lagen sanft auf ihren, seine Zunge streichelte sie zärtlich, und sie öffnete ihren Mund, um ihn einzulassen. Das war der letzte Kuss, das wusste sie. Er sandte seine Gedanken in ihren Kopf: unendliche Liebe und unendliches Bedauern. Dann riss er sich von ihr los, wirbelte herum und stampfte davon.

»Asharu?«, rief sie ihm nach, doch er antwortete nicht. Sie wusste nicht, ob er sie noch hören konnte, ob er überhaupt noch da war. Sein Körper war in der Dunkelheit des Raums verschwunden, aber sie wusste, wenn er wieder zurückkam, würde er seine Aufgabe vollenden.

Miri:

»Ihr verarscht mich doch!«, sagte Mirisandra. »Könnt ihr das bitte noch mal sagen?« Sie schleuderte den Kampfstock wütend von sich und ging schnaubend auf Kyros und Sin los. Die beiden hatten ihr soeben alles gestanden und ihr genau dargelegt, warum sie zu so ungewöhnlichen Methoden gegriffen hatten, aber Miri konnte es einfach nicht fassen. Die beiden mussten verrückt sein.

Wilma hielt sie am Arm zurück und schüttelte den Kopf. Sie hatte gerade mit Miri Ka-Tai-Übungen gemacht, als die beiden Männer auf den Kampfplatz gekommen waren und eine dringende Unterredung mit der Kohini wünschten. Sie hätten ihr etwas zu beichten, das Miri aber womöglich nicht so gut finden würde, hatten sie gesagt. Nicht so gut finden? Miri würde die beiden am liebsten am Kragen packen und sie abwechselnd durchschütteln.

»Wir haben Pukia freigelassen und sie mit einem Tracker versehen«, brummte Sin unbehaglich und wiederholte dabei seine Worte von vorhin. Es tat ihm sichtlich leid, dass Miri wütend war, aber was er getan hatte, tat ihm eindeutig überhaupt nicht leid.

»Und wir haben die Prinzessin ebenfalls mit einem Tracker versehen, um sie im Auge behalten zu können«, ergänzte Kyros. Er zeigte nicht den Hauch eines schlechten Gewissens, sondern sah Miri trotzig an, als wäre das alles völlig in Ordnung, und sie müsste einfach nur begreifen, dass er im Recht war. »Aber vor einer Stunde haben wir das Trackersignal von Tala verloren.«

»In der Ruinenstadt Mykan, die im Zentrum der Narbe liegt«, fügte Sin hinzu.

»… und die der Stützpunkt von König Tyrannos ist«, kam es von Kyros.

»Das habt ihr mir bereits erzählt. Ich kann es nur nicht glauben«, rief Miri und raufte sich die Haare. Sie wusste nicht, was sie gerade schlimmer schockierte: die Tatsache, dass die beiden Tala eine Art Verfolgungsmagie eingepflanzt hatten, die plötzlich keine Signale mehr sandte, oder die Tatsache, dass sie ihr das tagelang verheimlicht hatten. »Ihr habt Tala einfach ziehen lassen, obwohl ihr befürchten musstet, dass Tyrannos sie gefangen nehmen und bestrafen wird?«

»Wie wir schon sagten, war die Prinzessin damit einverstanden, und der Drachenjunge war auch einverstanden. Das ist die Wahrheit.« Sin brummte vor sich hin. Er stand breitbeinig da, hatte die wuchtigen Arme in die Seiten gestemmt, als würde er auf einen Angriff warten, aber gleichzeitig hatte er den Kopf gesenkt und machte ein mürrisches Gesicht. Es tat ihm leid, das war nicht zu übersehen, aber das änderte nichts an Miris Ärger.

»Der Drachenbubi hat sogar darauf bestanden, dass wir dir nichts verraten, weil seine Entenstimmen ihm das so eingegeben haben. Du sollst nicht von deiner Mission abweichen und dich nicht um ihn und die Prinzessin sorgen«, sagte Kyros und ahmte sogar Askenders Knabenstimme nach. »Und er wollte auf keinen Fall, dass du von Talas Verschwörung mit Tyrannos erfährst und dann schlecht über sie denkst.«

»Ich denke doch nicht schlecht über sie. Ich wünsche mir nur, dass ich es gewusst hätte. Ich hätte sie getröstet und ihr gesagt, dass ich ihr nicht böse bin.«

»Das Mädchen hat ein verdammt schlechtes Gewissen dir gegenüber, und das aus gutem Grund. Sie hatte vor, dein Gedächtnis zu löschen. Da ist es kein Wunder, dass sie lieber geschwiegen und sich verdrückt hat.« Kyros klang ungnädig, denn das alles hatte er ja schon erklärt, und Miri wollte es trotzdem nicht akzeptieren. Er schlug aufgeregt mit den Flügeln, was immer ein Zeichen dafür war, dass er langsam die Geduld verlor. »Hätte ich nicht Theodor meinen Spion bei Tyrannos eingeschleust, wüssten wir gar nichts von alledem. So konnten wir wenigstens Vorkehrungen treffen.«

»Vorkehrungen? Indem ihr ein Tracker-Dingsbums in sie einpflanzt? Ihr hättet sie abhalten anstatt anstacheln sollen.« Miri ballte hilflos die Fäuste. »Das sind zwei Kinder, die nicht wissen, was sie tun, und wir haben sie im Stich gelassen.«

»Das Mädchen ist im Innern sehr alt. Und der Junge ist im Innern ein Drache«, kam es ruhig von Wilma. Sie hatte geschwiegen und keine Regung gezeigt, während Sin und Kyros ihre Verschwörung gebeichtet hatten und Miri ihnen eine Standpauke gehalten hatte. Jetzt legte sie den Arm um Miris Schulter und sah sie ernst an. »Beide haben große Gaben. Hab Vertrauen.«

»Durch den Tracker wissen wir immerhin, wo sie sind. In Mykan«, sagte Sin knurrig.

»Ein Kalong muss sie geraubt haben, denn das Trackersignal hat sich zunächst rasend schnell nach Norden bewegt und ist dann über Mykan erloschen«, ergänzte Kyros. »Das kann alles Mögliche bedeuten: dass der Tracker defekt ist oder dass irgendeine andere Technologie starke Interferenzen verursacht.«

»Wenn ich das gewusst hätte, hätte ich Tala lieber selbst nach Adlara begleitet«, rief Miri, obwohl das nicht wirklich der Wahrheit entsprach. Ihre Mission hatte Vorrang, und es war, wie Askender ihr hatte ausrichten lassen: Sie durfte nicht von diesem Weg abweichen. Hätte sie die Wahl gehabt, ob sie mit Tala lieber nach Adlara suchen oder mit dem Heer nach Sassaris ziehen sollte, dann hätte sie sich gegen Tala entscheiden müssen und sich selbst dafür gehasst. Die beiden Männer hatten ihr diese Gewissensqualen erspart, und sie müsste ihnen eigentlich dankbar dafür sein, aber im Augenblick war sie noch viel zu verärgert für Dankbarkeit.

»Das Mädchen würde Adlara ohne den Tracker gar nicht finden. Ihre Gnostika ist beschädigt und weiß nicht, wo der Ort liegt. Die Prinzessin und der Drachenjunge würden ziellos durch die nördlichen Gefilde irren. Deshalb haben wir Pukia freigelassen. Ihr Tracker ist mit dem von Tala verknüpft. Wenn Pukia in Adlara ankommt, werden wir wissen, wo der Ort liegt, und Tala erhält zugleich ein Signal mit den exakten Koordinaten«, sagte Sin.

»Das war die Idee. Wir hatten nur nicht erwartet, dass wir Talas Signal verlieren«, ergänzte Kyros.

»Es ist nicht zu ändern. Es musste sein und ich würde es wieder so entscheiden. Dann hasse mich eben dafür. Ich bin es gewohnt, gehasst zu werden«, knurrte Sin missmutig.

»Sie hasst dich nicht. Du bist ihr Augenstern, Cyber-Trottel«, sagte Kyros. »Sie weiß, dass wir das Richtige getan hatten, aber sie will nicht, dass ihrer kleinen Tala etwas geschieht. Und sie kann es nicht fassen, dass ihre geliebte Schwester nicht mehr existiert. Sie muss das erst mal verdauen.« Er breitete die Arme und die Flügel aus. »Komm, wir drücken dich.«

»Drückt euch doch selbst.« Miri schüttelte den Kopf. Wenn sie sich jetzt in Kyros' Arme werfen würde, würde sie anfangen zu weinen und nicht mehr aufhören können, weil der Kerl, verdammt noch mal, recht hatte. Die beiden hatten das Richtige getan, aber der Schmerz, den deren Enthüllungen mit sich brachten, ließ sich dadurch nicht leichter ertragen.

»Ich weiß nicht, wie man drückt«, brummte Sin, aber doch pflanzte er sich breitbeinig vor Miri auf, nahm sie an den Schultern und zog sie einfach an seine Brust. Miri hätte sich nicht wehren können, so fest war sein Griff, aber eigentlich wollte sie sich gar nicht wehren. Ihr Herz brannte vor Schmerz, und sie vergrub ihr Gesicht an seiner Brust, weil das guttat. Kyros stellte sich hinter sie beide und umschloss sie mit seinen Flügeln, und in dieser seltsamen Dreier-Umarmung gefangen passierte es doch. Ihr Ärger auf die beiden verpuffte wie heiße Luft und eine Woge von Gefühlen platzte aus ihr heraus.

»Die Gnostika hat meine Schwester umgebracht und Tala ist vielleicht in den Klauen von Tyrannos«, sagte sie weinend an Sins Brust. »Und dann der Orden der Memori, warum sind sie nicht ehrlich? Warum haben sie Kessa das angetan? Warum haben sie Tala im Stich gelassen und lassen sie ziellos durch die Welt irren? Wie ist es möglich, dass sie eine so böse Frau wie Pukia als Verbündete haben? Und … und meine Kräfte! Sie funktionieren einfach nicht so, wie ich es will. Ich bin ihnen ausgeliefert, und ich habe Angst, dass ich das alles nicht schaffe, dass ich uns alle ins Unglück reiße. Ich habe alle Bar Nashka infiziert. Zehntausend Männer. Vielleicht bin ich gar keine Retterin, sondern eine Vernichterin.«

Sin nahm ihr Gesicht in seine Hände und nötigte sie, zu ihm aufzuschauen. Hektisch blinzelte sie ihre Tränen weg. Sie spürte die Magie zwischen ihnen und ihre Verbundenheit.

»Du hast mich längst gerettet, Silbervögelchen«, murmelte er. Sie sahen sich eine endlos erscheinende Sekunde lang an und Miris Angst flaute ein wenig ab. Sie lächelte schwach.

»Siehst du? Drücken hat funktioniert.« Kyros öffnete seine Flügel wieder und entließ sie aus der Gruppenumarmung. »Können wir also jetzt vom Kuscheln wegkommen und uns dem eigentlichen Grund unserer Beichte hinwenden? Wir haben nämlich eine Idee.«

»Schon wieder eine verrückte Sin-Kyros-Schnapsidee?« Miri lachte zwar, aber ihr war mulmig zumute.

»Wir müssen jemanden zu Gilbesh schicken, der ihn informiert, wo seine Schützlinge sind, und ihm erklärt, wie man nach Mykan kommt und wie man die beiden von dort befreien kann. Jemand, der ein paar meiner selbst gebauten Handgranaten im Gepäck und eine gute Strategie im Kopf hat«, sagte Kyros und dann sah er Wilma an.

Wilma verzog ihre großen Lippen zu einem breiten Grinsen und nickte.

»Sehr gerne, Gott«, sagte sie. »Ich packe alles zusammen, dann reite ich los.«

Kyros legte den Arm um die Erstmenschenfrau. »Du bist das Beste, was ich je erschaffen habe, mein Mädchen.«

»Ich weiß.« Wilma grinste noch breiter, dann wandte sie sich an Miri, die die Unterhaltung halb entsetzt und halb erleichtert verfolgt hatte. Wilma zu Gilbesh zu schicken war eine geniale Idee. Sie war hochintelligent, eine meisterhafte Kämpferin und Strategin mit einem atemberaubend guten Gedächtnis, und sie war die Einzige, der Gilbesh vertraute. Von ihr würde er sich sogar Befehle erteilen lassen. Er hatte sie als Malakim der Weisheit bezeichnet und er bewunderte sie. Würden sie hingegen eine Bar-Nashka-Squad als Boten schicken, würden Gilbesh und seine Kameltreiber panisch Reißaus nehmen.

»Wir finden die Kinder«, sagte Wilma jetzt zu Miri. »Aber du … beherrsche deine Kräfte. Dann kannst du alle retten. Wenn nicht, bist du die Vernichterin. Versuch es mit Zaubersalbei.«

Mit diesen Worten verneigte sie sich und ging los, bevor Miri noch etwas sagen konnte. Stumm und mit Tränen in den Augen winkte Miri ihr nach. Ob sie Wilma je wiedersehen würde?

2 Sternenstaub

Aus den Erinnerungen des El Shaddaj:
Gerne vergessen wir, warum wir unsere Heimatwelt einst verlassen mussten.
Weder waren wir Entdeckungsreisende noch Kolonisten.
Wir waren Verbannte.
Für tausend mal tausend Jahre hat man uns wegen unserer Verbrechen verbannt.
Wir sind nie wieder nach Hause zurückgekehrt.

Miri:

»Ich fühle mich, als wäre ich betrunken«, nuschelte Miri.

»Wehre dich nicht gegen das Gefühl«, sagte Kyros. »Lass dich einfach treiben und schau, wohin es dich bringt.«

»Du ahnst nicht, wie sehr ich treibe.« Miri lachte. Sie lag auf einer Wiese im hohen Gras und schaute zum Sternenhimmel hinauf, dabei fühlte sie sich, als würde sie durch das Universum gleiten, zwischen den Sternen hindurch, immer weiter und tiefer in die Unendlichkeit hinein. Kyros hatte Wilmas Rat befolgt und ihr einen Kräutersud aus Zaubersalbei verabreicht. Er hatte behauptet, das sei ein harmloses Kraut, das der Bewusstseinserweiterung diene und auch von den Cordi-Nomaden regelmäßig eingenommen würde. So könnte sie vielleicht endlich ihren unerklärlichen Kohini-Kräften auf den Grund gehen.

»Beherrsche deine Kräfte. Dann kannst du alle retten. Wenn nicht, bist du die Vernichterin.« Das hatte Wilma ihr zum Abschied gesagt und das hatte Miri eine entsetzliche Angst gemacht. Also hatte sie sich auf Kyros' Experiment eingelassen.

Im Lager der Bar Nashka herrschte zu viel Trubel für so einen Versuch. Sin hatte seine Offiziere zum üblichen abendlichen Rapport in sein Zelt bestellt, und für einen Ausflug zu einer anderen Bewusstseinsebene war das keine besonders geeignete Umgebung. Zumal die Offiziere ihre Berichte laut hinausbrüllten und Sin genauso laute Befehle zurückbrüllte. Deshalb war Kyros mit ihr weg vom grell erleuchteten Lager geflogen und hatte sich dann mit ihr auf einem einsamen Hügel im Gras niedergelassen.

»So können wir auch die Sterne besser sehen«, hatte er gesagt. »Das Licht des Lagers verdunkelt sie.«

Miri hatte ihren Kopf in seinen Schoß gebettet, und seine Hand strich nun zart und rhythmisch durch ihr Haar, während er mit leiser Stimme plauderte und ihr vom Universum und von seiner Heimatwelt, dem Drachenstern, erzählte. Sein Kräutersud wirkte wunderbar, denn Miris Geist war weit offen und wirbelte durch die Sterne.

»Die Galaxie, von der wir stammen, liegt etwa da, hinter der Schlinge. Das Licht der Drachenstern-Galaxie braucht über zwölf Millionen Jahre, um den Weg hierher zurückzulegen.« Kyros zeigte hinauf zu dem Sternbild, das er die Schlinge genannt hatte und das mit viel Fantasie wie ein Kreis oder eine Schlaufe aussah und am nördlichen Himmel hing. Auch wenn man die Galaxie nicht mit bloßem Auge sehen konnte, weil hellere Sterne ihre Leuchtkraft überdeckten, konnte man sich zumindest an diesem Sternbild orientieren. Doch Miri brauchte keine Orientierung. Obwohl sie Kyros sah und hörte und seine Gegenwart spürte, war sie doch gleichzeitig weit entfernt. Ihr Geist war auf dem Weg zu jener Drachenstern-Galaxie und in deren Inneres hinein, wo sich unermessliche Macht ballte.

»Die Bewohner unserer Heimatwelt haben schon vor Äonen eine Technologie entwickelt, die uns das Reisen über große Entfernungen in Null-Zeit ermöglicht. So sind wir von unserer Galaxie in diese hier gelangt. Es geht bei dieser Technologie um die Nutzung von schwarzen Löchern.«

»Hm?«, nuschelte Miri.

»Du weißt nicht, was schwarze Löcher sind, und es ist ziemlich schwierig, sich das vorzustellen. Einfach ausgedrückt ist es ein Objekt, das so eine starke Anziehungskraft hat, dass es sogar das Licht in sich aufsaugt. Es wiegt mehr als Tausende von Sonnen und verfügt auch über mehr Energie. Wir haben diese Technologie von unserer Heimatwelt mitgebracht und nutzen sie als Energiequelle. In einer sentimentalen Anwandlung haben wir sie den Drachenstern genannt, nach unserer Heimatgalaxie. Als wir hier ankamen, in unvordenklicher Zeit, gab es noch keine Menschen auf der Erde, aber wir haben allerlei Erbgut ausgesät, um zu testen, was auf diesem Planeten am besten gedeiht. Wir wollten höher entwickelte Lebensformen erschaffen, die uns ähnlich waren, sie sollten uns als Sklaven und zu unserer Kurzweil dienen. Besonders die Frauen waren uns wichtig, denn auf unserem, ähm, Sträflingsraumschiff befanden sich nur Männer. Im Laufe der unendlich langen Zeit begann eine Art Konkurrenzkampf unter uns, wer von uns die besseren Wesen erschaffen kann. Wer kann die schönsten, stärksten, klügsten, blutrünstigsten, größten oder gemeinsten Wesen hervorbringen? Es ging immer darum, die andere Seite zu übertrumpfen, und daraus wurde dann irgendwann ein Wettstreit zwischen Elohim und Haèl und schließlich das Millenniumsspiel. Verstehst du?«

Miri verstand nicht ein einziges Wort und doch verstand sie alles, erfasste es auf einer instinktiven Ebene, irgendwie.

»Unsere Überlegenheit basiert auf der Technologie, die wir aus unserer Heimat mitgebracht haben, und auf der Energie, die der Drachenstern liefert. Deine Kohini-Kraft hingegen ist … sie ist mysteriös und nicht erklärbar, besonders, wenn du diese unmöglichen Zeitsprünge machst.

Deshalb musst du unbedingt erforschen, wo deine Kraft herstammt, und vor allem, wie du sie steuern kannst.«

»Hm«, sagte Miri, die sich in diesem Moment fühlte, als wäre sie eine Sternschnuppe, und überhaupt nichts steuern konnte.

»Du musst begreifen, wer die Götter sind, mit wem du dich angelegt hast. Vor allem aber musst du verstehen, dass sie ihre Position hier auf der Erde bis zum Äußersten verteidigen werden. Wir sind Verbannte und haben keinen anderen Ort, an dem wir sein könnten oder wollten. Wir waren schon lange vor euch hier und haben euch erschaffen. Uns gehörte die Erde, bevor sie euch gehörte.«

»Aber ihr seid doch verfeindet und bekämpft euch gegenseitig, schwächt euch das nicht?«

Kyros schüttelte den Kopf und lachte. »Wir bekämpfen uns nur zum Spaß. Auch wenn die Haèl und die Elohim dir gegensätzlich erscheinen, haben wir doch das gleiche Erbgut und stammen vom gleichen Planeten, von den gleichen Vorfahren ab. Wir sind die Kinder des Drachensterns und die Erde ist unser Spielplatz. Verstehst du das?«

»Ich verstehe alles und nichts«, murmelte Miri mit verwaschener Stimme und blinzelte zu Kyros hinauf, der sich leicht über sie gebeugt hatte. Gleichzeitig aber schwebte sie durch die Drachenstern-Galaxie von einem Sternensystem zum nächsten. »Ich spüre etwas Mächtiges.«

»Sind es deine Kohini-Kräfte? Erwachen sie?«

»Ich spüre das ganze Universum in mir und mich im ganzen Universum verteilt. Ich bin das Universum. Das ist unfassbar schön.«

»Das klingt, ähm, ziemlich interessant«, sagte er mit einem unglücklichen Auflachen.

»Alles ist im Fluss. Und wir alle sind nur Sternenstaub«, murmelte sie.

»Liebes, konzentriere dich auf deine Kräfte«, seufzte Kyros. »Denk an etwas, das dir wichtig ist, denke meinetwegen an deinen angebeteten Sin Kishar. Fokussiere dich auf ihn und versuche zu ihm zurück ins Feldlager und in sein Zelt zu springen. Du musst es wollen.«

Sie wollte nicht zurück ins Feldlager. Die meisten von Sins Offizieren begegneten ihr mit offener Feindschaft, was kein Wunder war, schließlich hatte sie den Virus übertragen, der in der Armee wütete. Der abendliche Rapport war außerdem langweilig und laut. Nein, da wollte sie jetzt nicht sein. Jetzt wollte sie viel lieber hier bei Kyros auf der Wiese liegen, den Duft der Nacht einatmen und gleichzeitig durch das Weltall fliegen.

»Ich sehe rosaroten Sternenstaub, der in mich hineinströmt.«

»Das ist gut. Dann nimm diesen gottverdammten Sternenstaub, bündle ihn in dir und entfessle deine Kohini-Kräfte. Versuche einen Quantensprung zu machen oder den Ort zu wechseln und deine Kraft auf irgendetwas oder jemanden wirken zu lassen. Finde heraus, wie du deine Kräfte bewusst lenken kannst.«

»Ich möchte jetzt einfach nur mit dir zusammen sein und durchs Weltall zum Drachenstern fliegen, weil ich dich liebe. Ich liebe dich, weißt du das?« Sie hatte sich um keinen Preis in Kyros verlieben wollen und erst recht nicht zulassen wollen, dass aus dieser Verliebtheit auch noch Liebe entstand. Sie hatte Kyros unbedingt aus ihrem Herzen fernhalten wollen, weil sie doch Sin Kishar mehr als alles andere liebte. Aber nun war es eben doch passiert. Kyros hatte sich in ihr Herz geschlichen, und da war er: mächtig, männlich und so liebenswert. Ihr Gefühl für ihn war wunderschön und entsetzlich zugleich.

»Ausgerechnet jetzt erzählst du mir was von deiner Liebe?« Er lachte zwar, sah sie aber aus todunglücklichen Augen an. »Der Tee war offenbar zu stark. Konzentriere dich auf deine Kohini-Kräfte.«

Sie wünschte sich, sie könnte ihm den Gefallen tun und einfach durch bloße Willenskraft irgendeinen Trick vollführen.

»Ich versuche es ja.« Mit einem Seufzen lenkte sie ihre Gedanken zur Stadt Sassaris und zur Energiequelle der Götter. Wenn sie dahin springen könnte und wenn sie ihre Kräfte einsetzen könnte, um dieses sogenannte schwarze Loch, den Drachenstern, zu zerstören, dann wäre ihre Mission im Nu erledigt. Dann bräuchte sie nicht die ganze Bar-Nashka-Armee nach Sassaris zu führen, deren Leben zu riskieren und die Menschen in der Stadt in Gefahr zu bringen. Aber es klappte nicht. Sosehr sie auch an Sassaris und den Drachenstern dachte, sie war immer noch auf der Wiese. Also konzentrierte sie sich auf Prinzessin Tala, die in einer Ruinenstadt mitten in einer Einöde verschwunden war. Vielleicht war sie tot, vielleicht lebte sie noch und wurde von Tyrannos gefoltert. *»Ich will zu Tala! Nach Mykan in die Ruinenstadt! Spring! Spring! Spring endlich!«*, befahl sie sich selbst in Gedanken, aber ihr Kopf ruhte immer noch in Kyros' Schoß, und ihre Seele schwebte durchs Weltall.

»Es klappt nicht«, stöhnte sie.

»Entspann dich. Denk an was Schönes«, raunte Kyros.

Sie dachte an die weiße Villa, wo Sin und sie sich zum ersten und einzigen Mal geliebt hatten. Sie wäre jetzt so gerne wieder dort, zusammen mit Sin oder mit Kyros oder noch besser mit beiden, einfach nur weit weg, an einem friedlichen, schönen Ort und sie hätte gerne Sex … auch mit beiden. War das eine zu vermessene Vorstellung? Vermutlich schon, denn auch dieser Gedankenbefehl bewirkte nichts. Sie schaute hinauf in die dunklen Augen von Kyros und durch ihn hindurch in das glitzernde Meer aus Milliarden von Sternen.

»Ich kann es einfach nicht steu…« Und da plötzlich war sie an einem anderen Ort und ihr angefangener Satz ging in einen erschrockenen Aufschrei über.

»Beim Schafsarsch, du hast es getan!«, rief Kyros.

Wo auch immer sie hingesprungen war, sie hatte Kyros mitgenommen. Gerade hatte er noch auf der Wiese gesessen und ihr Haar gestreichelt, und jetzt stand er neben ihr, hielt ihre Hand und jubelte laut.

»Du bist großartig. Wahnsinn! Wo sind wir?«

Miri schaute sich um. Es war stockfinster und roch modrig. Aus dem Dunkeln hörte sie das Blip-Blip von Wassertropfen. Das war jedenfalls nicht die weiße Villa über dem azurblauen Meer, die sie sich vorgestellt hatte. »Ich … ich weiß es nicht.«

Sie blickte nach oben, aber die Sterne waren weg, und über ihren Köpfen schien sich ein hohes Gewölbe zu befinden. Sie hatte definitiv nicht beabsichtigt, in einem Weinkeller oder gar in einem Kerker zu landen. Sie fasste unwillkürlich an ihre Seite, wo sie normalerweise ihr Bar-Nashka-Schwert trug, doch sie hatte das Schwert auf dem Bett in Sins Zelt zuruckgelassen, als Kyros sie an der Hand genommen und hinausgezogen hatte. Mist!

Kyros entzündete ein Licht. Es war nicht sein gleißendes, göttliches Licht, das gewissen Echsenwesen die Gehirne wegbrennen konnte, sondern es war eine von jenen Lampen, die die Erstmenschen manchmal verwendeten. Das Licht kam aus einem metallenen Stock heraus und Kyros nannte es eine Halogenlampe. Warum er für sein nächtliches Stelldichein mit Miri ausgerechnet so eine Lampe, aber keine Waffe mitgenommen hatte, war ihr zwar nicht klar, aber sie war froh über die Lampe, denn die war so hell, dass sie den ganzen Raum ausleuchtete. Jetzt erkannte sie den steinernen Boden unter ihren Füßen und Felswände, die mit seltsamen Bildern bemalt waren. Von der hoch gewölbten Decke wuchsen Tropfsteine herunter. Blip-Blip. Ein Wassertropfen fiel von oben auf ihre Stirn.

»Das ist eine Höhle.«

»Eine verdammte Höhle aus der Steinzeit.« Kyros ließ das Licht seiner Taschenlampe ein wenig länger auf einer der Höhlenwände ruhen und Miri konnte die rötlichen Wandmalereien genauer erkennen. Da war eine Herde mit Bisons, die von zwei Jägern mit Speeren auf einen Abgrund zugetrieben wurden. Eines der Tiere war schon in die Grube gestürzt und Männer auf der anderen Seite der Fallgrube reckten ihre Speere in einem Jubelruf nach oben.

»Ist das eine Jagdszene?«, fragte Miri. Sie war so überrumpelt von ihrem Sprung, dass sie gar nicht klar denken konnte.

»Miri, sag mir bitte, dass du nicht in die schafspimmelverfickte Steinzeit zurückgesprungen bist«, rief Kyros mit Panik in der Stimme.

»Ich weiß nicht, wo wir sind. Was ist denn eine Steinzeit überhaupt?«

»Du musst doch wissen, wo du uns hingebracht hast. Hast du an einen bestimmten Ort oder einen bestimmten Menschen gedacht?«, brauste Kyros auf. Diese Zeit, die er Steinzeit nannte, schien ihm Angst zu machen, seine Stimme war ganz schrill.

»Ich habe an die Liebe gedacht, an einen schönen Ort, eine Villa über dem Meer und an Sex mit dir und Kieran.«

»Sex mit mir? Mit uns beiden zusammen?«, Kyros' Stimme wurde noch schriller und er leuchtete mit seiner Lampe direkt in ihre Augen.

»Ja.« Sie kniff die Augen zu. »Aber das hier sieht weder nach der weißen Villa noch nach Sex aus. Und so leid es mir tut, ich weiß nicht, wo oder wann wir sind. Das ist der beste Beweis, dass irgendeine andere Macht meine Kräfte lenkt und ich keinerlei Einfluss darauf habe.«

»Du stellst dir Sex mit mir und Sin Kishar zusammen vor?«, rief Kyros noch einmal. Er schien sich kein bisschen mehr für die Höhle oder die Steinzeit zu interessieren, und er wäre auf dem Thema Sex vielleicht noch länger herumgeritten, wenn sie nicht ein seltsames Ächzen gehört hätten, begleitet von schlurfenden Schritten, die näher kamen. Waren sie etwa wieder im Echsentunnel im Kadingyrgebirge? Kyros lenkte den Strahl seiner Lampe in die Richtung, aus der das Ächzen kam.

»Schleich nicht herum! Zeig dich, du Feigling!«, rief er.

Jetzt erkannte Miri eine geduckte Gestalt, aber sie hätte nicht sagen können, ob das ein Mensch oder ein Monster war.

»Was regst du dich so auf, El Shaddaj?«, antwortete eine krächzende Stimme. »Ich bin ein alter Mann und kann mich mit meiner beschissenen Gicht nicht schneller bewegen. Mach das Licht aus, es tut meinen Augen weh.«

Auf wackligen Beinen kam ein steinalter, gebeugter Mann aus der Dunkelheit heraus. Sein Gesicht war so runzlig und eingefallen wie das einer hundertjährigen Mumie, und die Hand, in der er eine Talklampe hielt, zitterte vor lauter Tatterigkeit.

»Wer bist du?«, rief Miri.

»Sag du zuerst, wer *du* bist, Mädchen, und was du hier willst. Ich habe dich nicht eingeladen.« Der mumienhafte Kopf des Alten wackelte beim Sprechen hin und her, und seine Stimme war schwach und krächzend, aber bevor Miri ihm antworten konnte, trat Kyros vor. Er leuchtete dem Alten direkt ins Gesicht, sodass der wimmerte und sich die Hand vor die Augen hielt. »Licht aus, nichtsnutziger Elohim! Willst du, dass ich erblinde? Ich bin an diese Helligkeit nicht mehr gewöhnt«, zeterte der Alte.

»Beim Arsch von Zarastra, bist du das, Nimrod? Nimrod der Jäger? Wie siehst du denn aus?«, rief Kyros und senkte seine Lampe.

»Besser als du in zweihundert Jahren aussehen wirst, wenn die Gerüchte stimmen«, krächzte der Tattergreis. »Es heißt, sie hätten dich aus der Kongregation geworfen. Bist du deshalb hier? Ich kann dir nicht helfen. Ich bin selbst nicht mehr unsterblich.«

»Ich weiß nicht, warum ich hier bin. Frag sie.« Kyros zeigte mit dem Daumen auf Miri. »Das ist Mirisandra, die Kohini, eine Frau mit unerklärlichen Kräften, die angetreten ist, um den Göttern den Arsch aufzureißen.«

»Wo sind wir überhaupt? Und in welcher Zeit sind wir? Und wer bist du?«, fragte Miri. Sie fühlte sich immer noch leicht benebelt vom Zaubersalbei und ganz bestimmt nicht wie jemand, der irgendjemandes Arsch aufreißen könnte.

Der Tattergreis war offenbar ein Bekannter von Kyros, und wenn sie seine Worte richtig deutete, musste er einst auch ein Gott gewesen sein, obwohl er keine Flügel mehr hatte. Aber was sagte das schon? Vielleicht spielte der Mann namens Nimrod einfach nur eines der typischen Götter-Spielchen mit ihnen. Kyros war ihr zuerst auch als alter und gehässiger Mann und danach in allerlei anderen Gestalten erschienen, bevor er sein wahres Elohim-Aussehen gezeigt hatte. Es war also nicht unwahrscheinlich, dass sich der Greis in den nächsten paar Augenblicken in einen jungen, muskelbepackten Krieger verwandelte, mit Flügeln und Goldlocken und allem, was dazugehörte.

»In welcher Zeit wir sind, willst du wissen?« Der Alte krächzte ein Lachen heraus. »Im Heute, was sonst. Ich zähle schon seit einer halben Ewigkeit nicht mehr mit. Wir sind in meiner Wohnung, meine Hübsche. Früher war das mal eine Touristenattraktion, ich hab vergessen, wie sie hieß. Was es heutzutage ist, weiß ich auch nicht, eine vergessene Höhle in einem bewaldeten Kalksteinmassiv, das am Arsch der Welt klebt, denke ich.«

Der Alte hielt das Talglicht höher, um Miri besser sehen zu können. Seine Hand zitterte wie Espenlaub und tiefe Falten durchfurchten sein Gesicht. Er hatte keinen einzigen Zahn mehr, und falls er je ein attraktiver männlicher Unsterblicher gewesen war, so war er jetzt genau das Gegenteil davon. Er sah aus wie das fleischgewordene Alter. »Ich bin Bel Nimrod der Jäger, wobei der Titel inzwischen ohne Bedeutung ist. Für mich gibt es nichts und niemanden mehr zu jagen.«

Der Alte wandte ihnen beiden in einer langsamen Drehung den Rücken zu und schickte sich an, wieder zurück in die Dunkelheit zu gehen, aus der er gekommen war.

»Du bist also ein Elohim, der inzwischen sterblich ist?«, rief Miri ihm nach.

»Meine Beine tun weh. Ich muss mich setzen. Kommt mit, wenn ihr reden wollt, oder verzieht euch.«

Kyros ging ihm nach und wedelte aufgeregt mit seiner Halogenlampe herum. »Willst du sagen, dass du hier in dieser Höhle haust wie ein Cro-Magnon-Mensch? Nimrod der unbesiegbare Jäger? Du warst immer so ein eitler Haèl-Affe. Was ist mit dir geschehen?«

»Das weißt du doch, man hat mich aus der Kongregation rausgeworfen, weil ich eine Menschenfrau geliebt habe«, schnarrte der Alte und schaute dann über den Rücken zu Miri. »Was glaubst du, wie dein Freund in zweihundert Jahren aussehen wird, wenn er langsam altert und sein Ende näher rückt und diejenige, für die er einst alles geopfert hat, längst tot ist. Nachdem meine liebste Semira gestorben war, habe ich mich hierher zurückgezogen. Es gefällt mir hier. Hier geht mir keiner auf die Nerven, und was soll ich noch in der Welt der Menschen und Götter, wo es nichts mehr für mich gibt?«

Mit wackeligen Schritten trippelte er in eine andere Grotte hinein. Die war kleiner und niedriger, und in der Mitte der Grotte brannte ein spärliches Feuer, dessen Rauch nach oben durch Ritzen im Gestein davondampfte. Tierfelle lagen auf dem Boden als Bett, und es gab so etwas wie eine Sitzgelegenheit, die aus der Wand herausgehauen war und ebenfalls mit einem Fell bedeckt war. Nimrod schlurfte zu dem steinernen Sitz und ließ sich mit einem schmerzerfüllten Ächzen darauf nieder.

»Wo hast du deine Flügel und deine Hörner gelassen?«, fragte Kyros.

»Ich habe mich für ein menschliches Aussehen entschieden, als man mich rausgeworfen hat. Das Zeug, das dir aus dem Rücken wächst, ist schwer und verbraucht Energie, und fliegen ist verdammt anstrengend. Ich wollte nicht mehr wie ein Haèl aussehen.«

»Ich finde die Flügel praktisch«, sagte Kyros und rauschte ein wenig mit den seinigen.

»Gib nicht so an, du dämlicher Elohim. Es ist nicht leicht, unter Menschen zu leben, wenn man aussieht wie einer ihrer Albträume. Habt ihr mir wenigstens ein Gastgeschenk mitgebracht, ein bisschen Ambrosia?«

Kyros kramte in der Tasche seiner Hose. »Ich habe ein paar halluzinogene Kräuter.« Er reichte dem Alten den Lederbeutel mit dem Zaubersalbei. »Unsere Anreise hierher war eher, sagen wir, etwas überraschend. Wenn ich gewusst hatte, dass ich dir begegne, hätte ich eine Schüssel Haferschleim und eine Zahnprothese für dich eingesteckt.«

Nimrod lachte ein keckerndes Lachen und steckte dann seine Nase in den Beutel mit den Kräutern. Der ganze Prozess des Riechens schien ewig zu dauern. Bis er endlich mit zitternden Fingern den Beutel aufgebunden und ihn sich an die Nase gehalten hatte, trat Miri ungeduldig von einem Fuß auf den anderen und fragte sich, warum sie hierhergesprungen war. Sie konnte ihre Sprünge zwar nicht steuern, aber bisher hatten sie immer irgendeinen tieferen Sinn gehabt und sie in ihrer Mission vorangebracht. Warum hier? Sollte sie sehen, wie Kyros in achtzig oder hundert Jahren aussehen würde und was er für sie geopfert hatte?

»Das ist Zaubersalbei! Das hab ich selbst. Ich will Ambrosia«, quengelte der Alte, nachdem der die Kräuter geprüft hatte.

»Woher soll ich Ambrosia haben? Bekanntlich wird einem die Ambrosia entzogen, wenn man aus der Kongregation geworfen wird«, brauste Kyros mit überraschend aggressiver Stimme auf.

»Du hast also das volle Höllensturz-Programm erhalten? Kein Regenerationssarkophag mehr, keine Energie mehr, Ambrosia weg?« Nimrod lachte und klang dabei wie eine altersschwache Elster. Er sah Miri an, als er weitersprach. »Sie nennen es Höllensturz, als ob es die Hölle wäre, zu lieben und zu fühlen. Sie wollen zwar unbedingt wissen, was Liebe bedeutet, aber wenn einer von uns sie erlebt, dann haben sie Angst und sind neidisch und wollen uns loswerden. Bist du die Frau, für die er auf Unsterblichkeit und Macht verzichtet hat?«

»Und du bist ein Haèl, der sich verliebt hat und ausgestoßen wurde?«, fragte Miri im Gegenzug.

»Das war vor zweihundert Jahren. Meine Liebste ist schon lange tot. Ich bin langsamer gealtert als sie und jetzt bin ich allein und voller Reue.«

»Wünschst du dir deine Unsterblichkeit zurück?«, fragte Miri leise und warf einen ängstlichen Blick auf Kyros, der sich mit einem übermäßig gleichgültigen Gesichtsausdruck in der Höhle umschaute. So lässig zeigte er sich immer nur dann, wenn ihm etwas besonders naheging. »Bereust du es, dass du der Liebe den Vorzug gegeben hast?«

»Sieh mich an und beantworte dir deine dämliche Frage selbst, Mädchen«, fauchte der Alte.

»Das tut mir leid.« Miri sah aber nicht den Alten an, sondern Kyros, dessen Gesicht wirkte nur umso gleichgültiger. Vermutlich bereute er es inzwischen ebenfalls, dass er ihretwegen zum Sterblichen geworden war. Selbst sie wünschte sich bei Nimrods Anblick, es gäbe irgendein Mittel für alle Lebewesen, um nicht altern zu müssen.

Aber leider half gegen das Alter nur der frühe Tod.

»Das ist nicht deine Schuld, Miri«, sagte Kyros plötzlich mit stählerner Härte in der Stimme. Er musste ihre Gedanken erahnt haben. »Nimrod hat sich freiwillig für die Liebe und gegen die Unsterblichkeit entschieden. Seine Reue wäre heute viel größer, wenn er es nicht getan hätte.«

»Jaaaa, du elender Klugscheißer, jaaa! Auch wenn du recht hast, mach nicht den gleichen Fehler wie ich. Wenn du schon sterblich sein musst, dann sorge wenigstens dafür, dass du gleichzeitig mit deiner Angebeteten ins Gras beißt. Es ist ein Elend, allein weiterleben zu müssen.«

»Das wird schneller passieren, als du denkst. Miri und ich sind auf einer Todesmission.«

»Willst du dich etwa mit Zarastra anlegen? Er hat größere Eier als alle Elohim zusammen. Selbst wenn du noch unsterblich wärst, hättest du keine Chance gegen den obersten Elohim. Was habt ihr denn vor?« Der Alte lachte krächzend und wackelte mit dem tatterigen Kopf.

»Wir ziehen mit dem Heer der Bar Nashka nach Sassaris und erobern das Labor und die Energiequelle der Götter«, sagte Miri. Sie hatte das Bedürfnis, das höhnische Lachen des Alten zum Verstummen zu bringen.

»Nach Sassaris? Hast du deiner Liebsten nicht erklärt, dass keine Spielfigur die Bannmeile überschreiten kann, El Shaddaj?«

»Ich habe besondere Kräfte und vertraue darauf, dass sie mich durch die Bannmeile bringen«, antwortete Miri bissig. Drauf hoffte sie jedenfalls. »Ich kann Quantensprünge machen.« Sie verschwieg geflissentlich, dass sie die besagten Quantensprünge nicht steuern konnte und dass es ihr danach meist nicht so gut ging. Der Alte schüttelte den Kopf und lachte weiter. Demnächst würde er von seinem steinernen Hocker kippen.

»Du kannst vielleicht Quantensprünge direkt ins Scheißhaus von Zarastra machen, aber keine Spielfigur kommt durch die Barriere von Sassaris, weder du noch deine Bar Nashka. Ich weiß es, denn ich habe die Bannmeile programmiert.«

»Wenn du diese Barriere erschaffen hast, dann weißt du auch, wie man sie wieder wegbekommt«, sagte Miri.

»Natürlich.«

»Dann hilf uns, die Barriere zu zerstören.« Das musste der Grund sein, warum sie hierher gesprungen war. Der alte Haèl war der Schlüssel zur Barriere.

»Warum sollte ich? Was hab ich davon? Ich handle mir nur Ärger mit Zarastra und Tyrannos ein. Die beiden sind fiese Hundesöhne, und je weniger sie sich für mich interessieren, desto besser.«

»Was du davon hast? Gerechtigkeit! Frieden! Freiheit! Die Götter spielen nur mit uns und lassen uns leiden. Sie haben dich ausgestoßen, weil du Liebe empfunden hast. Willst du nicht, dass diese Ungerechtigkeit endet?«

»Interessiert mich nicht«, sagte der Alte und wackelte mit dem Kopf. »Gerechtigkeit existiert nicht. Aber wir können einen Handel abschließen. Ich gebe euch den Deaktivierungscode für die Barriere und bekomme was dafür.«

»Was denn?«, fragte Kyros. »Ich sagte doch schon, dass ich keine Ambrosia habe.«

»Dann will ich Pusch von den Koskos-Amazonen.«

»Ich weiß nicht, was Pusch ist, und von Koskos-Amazonen habe ich auch noch nie gehört. Du verarschst mich doch gerade«, rief Kyros aufgebracht.

»Koskos ist eine elende kleine Siedlung, die am südöstlichen Rand des Todesfelds liegt, matriarchalische Gesellschaft, kriegerische Frauen und leckeres Pusch.«

»Am Rand des Todesfelds?«, murmelte Kyros. »Nicht gerade eine schöne Wohngegend. Kein Wunder, dass ich den Ort nicht kenne.«

»Die Leute dort leiden an allerlei Gendefekten, Missbildungen, Immunschwächen und an anderen Krankheiten, hervorgerufen durch die Radioaktivität der Umgebung, aber sie leben schon seit Generationen dort in ihrer Siedlung und stellen das Pusch her und hüten es wie den Arsch ihrer Urgroßmutter. Freiwillig rücken sie das Pusch nicht heraus, aber ich will das Zeug, und es ist mir egal, wie ihr drankommt. Bringt es mir und ich verrate euch den Code, der die Bannmeile deaktiviert.«

»Und was ist dieses Pusch? Wozu willst du es überhaupt haben?«, fragte Kyros.

»Es ist ein Pulver.« Er zuckte die Schultern. »Es macht zwar nicht stark und immun wie Ambrosia, aber es ist eine geile Droge. Wenn du die intus hast, hast du Visionen und das Gefühl, hundert Leben in nur zwei Sekunden zu leben. Ich will mir noch ein Leben mit meiner geliebten Semira erträumen.«

»Wenn es so eine Droge gäbe, wüsste ich davon«, sagte Kyros und schüttelte energisch den Kopf. »Was enthält sie für einen Wirkstoff?«

»Ich hab keine Ahnung, ich weiß nur, dass sie wirkt. Du erlebst eine pflanzenbasierte virtuelle Realität. Beschafft ihr das Zeug für mich oder nicht?«

»Ich weiß nicht, was eine virtuelle Realität ist, aber wir machen es«, verkündete Miri und ignorierte Kyros' vehementes Kopfschütteln. »Wir besuchen jene Amazonen und versuchen dieses Pusch von ihnen zu kaufen oder einzutauschen. Das Todesfeld liegt doch fast auf unserem Weg.« Bei ihrer Reise nach Burgen war das sogenannte Todesfeld westlicher ihrer Route gelegen. Jetzt lag es nordöstlich von ihnen. Das hatte sie auf Sins Landkarten gesehen. Dorthin zu reiten, würde also keinen allzu großen Umweg bedeuten und die Bar Nashka verfügten durch ihre Cyberrüstungen auch über einen Schutz vor dieser gefährlichen Strahlung.

Nimrod zeigte mit seinem langen knochigen Zeigefinger auf sie. »Wenn du das wirklich schaffst, Mädchen, und mir meine Glücksdroge bringst, dann bekommst du den Deaktivierungscode für die Barriere von mir, mein Ehrenwort.«

»Du begleitest uns. Ein Haèl-Ehrenwort ist nicht mehr wert als Schafsscheiße«, sagte Kyros, der weitaus weniger begeistert von dem Handel zu sein schien als Miri.

»Mitkommen? Nach Koskos?«, krächzte der Alte. »Auf einen Feldzug mit einem Dämonenheer? Hast du Tomaten auf den Augen? Sieh mich an! Ich hab verdammte Gicht und kann nicht mal aus 'nem Becher trinken, ohne was zu verschütten, und ich scheiße mich ein. Ich bleibe hier. Kommt wieder, wenn ihr das Pusch habt.«

»Der Bar-Nashka-Arzt kann deine Gicht und deine Inkontinenz behandeln. Wir holen dieses Pusch, und du bekommst es, sobald die Barriere deaktiviert wurde.«

»Du traust mir nicht?«

»Nicht weiter, als ein Schafsarsch scheißen kann, aber sieh es positiv: Das ist deine letzte Chance, eine Heldentat zu vollbringen.« Er nahm den Alten nicht gerade sanft am Oberarm und zerrte ihn auf die Beine. Dann wandte er sich an Miri. »Kannst du ihn mitnehmen, wenn wir zurückspringen?«

Miri zuckte nur die Schultern. Kyros' Zaubersalbeitee hatte nichts an ihren Fähigkeiten geändert, sie hatte keine Ahnung, wo sie sich gerade befanden und wie sie zurückkommen sollte, aber sie machte sich darüber keine Sorgen. Dieser alte Haèl, sein Wissen und seine Lebensgeschichte waren der Grund, warum sie hierhergesprungen waren, und deshalb würde ihre Kohini-Magie sie alle auch irgendwie wieder zurückbringen. In die richtige Zeit, an den richtigen Ort und in der richtigen Anzahl.

Und da geschah es schon! Noch bevor sie den Gedanken zu Ende gedacht hatte, spürte sie, wie sie hinaus ins Universum flog, durch die Sterne wirbelte und dann wieder auf die Erde zurückfiel. Für den Bruchteil eines Augenblicks sah sie sich selbst mit fremden Augen, wie sie aus dem Nichts auftauchte, als würde sie aus einer unsichtbaren Wand heraustreten. Hinter ihr kam Kyros mit einem sportlichen Sprung aus der Unsichtbarkeit heraus und er zog Nimrod hinter sich her.

»Was zum Henker?«, brüllte jemand. Es war Sins Stimme, aber mehr konnte Miri nicht erkennen. Ihr war kotzübel und schwindelig. Sie wankte, stolperte vorwärts und ging in die Knie, bevor sie von eisiger Kälte und Dunkelheit umfangen wurde.

∞

Miri:

Miri musste eine ganze Zeit lang bewusstlos gewesen sein, denn als sie wieder zu sich kam, lag sie in Sins Armen. Er hielt sie an sich gedrückt und brüllte herum. Sie spürte seine Wut, seine rasende Eifersucht und seine unendliche Sorge, und da begriff sie, dass sie sich in Sins Kopf befand und das Geschehen, wie so oft, durch seine Sinne wahrnahm.

Sie musste bei ihrem Quantensprung direkt in Sins Zelt und mitten in seiner Besprechung gelandet sein. Denn er war von seinen Offizieren umgeben, die aufgeregt durcheinanderredeten und den alten Nimrod mit ihren Waffen bedrohten. Auf dem Tisch lag noch die große Landkarte, die Sin vorhin ausgebreitet hatte, bevor Kyros mit Miri gegangen war. Helle Strahler leuchteten das Zelt aus und Sins Sklave, der alte Beyrin, war gerade dabei, Miri Wasser ins Gesicht zu träufeln, aber Sin stieß ihn weg.

»Leg sie doch endlich aufs Bett, Kishar, dann kann Trac sie untersuchen«, beschwor Beyrin seinen Herrn. Doch Sin wollte nichts davon wissen. Er drückte Miri nur noch fester an sich und stürmte wutschnaubend auf Kyros los. Der hatte sich breitbeinig und schützend vor Nimrod gestellt und seine Flügel bedrohlich abgespreizt. Der alte Mann hingegen schaute sich neugierig und unbeeindruckt von Sins Geschrei im Zelt um und trotzte auch den bedrohlich auf ihn gerichteten Waffen der Offiziere mit einem zahnlosen Grinsen.

Miri sollte sich eigentlich freuen, denn sie hatte es tatsächlich geschafft, mit Nimrod und Kyros zusammen mitten in Sins Zelt hineinzuspringen, aber Sins Wut dämpfte ihre Freude.

»Du elender Hurensohn! Du hast sie aus dem Lager auf eine einsame Wiese gelockt und sie dann mit Drogen vollgepumpt? Was wolltest du damit erreichen?«

Vielleicht war das ja der Grund, warum er ihren Körper wie einen Schutzschild an sich drückte, um sich selbst davon abzuhalten, dass er Kyros umbrachte. Aber Kyros reagierte gelassen auf Sins Raserei, er spreizte zwar seine Flügel noch weiter und blähte seinen Brustkorb auf, aber gleichzeitig hob er beschwichtigend die Hände.

»Ihr Zustand kommt nicht von dem Kräutersud. Das war nur harmloser Zaubersalbei. Die Cordi-Nomaden rühren sich das Zeug jeden Abend in ihren Tee. Der Trank sollte ihr Bewusstsein erweitern, ihr helfen, ihre Kohini-Kräfte zu spüren und zu lenken. Wilma hat es empfohlen.«

»Harmlos? Sie ist seit fünf Minuten katatonisch, du bescheuerter Vollidiot. Wolltest du sie mit diesem Scheißdrogengesöff willig machen, damit sie endlich mit dir schläft?« Sins Stimme dröhnte wie Donner durch das Zelt, aber Kyros zuckte die Schultern.

»Wenn ich sie hätte ficken wollen, hätte ich das längst getan, dazu brauche ich keine Drogen, und ich hätte nicht mal meine Unsterblichkeit dafür opfern müssen, du hirnlose Kampfmaschine.«

»Geh mir aus den Augen, bevor ich mich vergesse, du Götterarschloch.« Sin schnaubte und knurrte und fühlte sich doch völlig hilflos – gelähmt von seiner Sorge und seiner Eifersucht.

»Du weißt aber schon, dass das Götterarschloch dich erschaffen hat, Bar Nashka, ja?«, krächzte Nimrod hinter Kyros' Rücken hervor. »Ein bisschen mehr Respekt vor deinem Schöpfer würde dir nicht schaden.«

»Wenn ich deine Meinung hören will, frage ich dich, Götterarschloch Nummer zwei«, brüllte Sin den Alten an. »Geht zur Seite, ihr beiden Götteraffen.« Er stieß Kyros mit der Schulter weg – oder versuchte es zumindest –, aber Kyros stand wie ein Fels und bewegte sich keinen Millimeter. Die beiden rempelten zusammen wie zwei Widder im Zweikampf. Und Miri spürte Sins Wut wie eine kochende Woge durch seinen Körper rasen.

»Leg sie endlich aufs Bett, Cyber-Spacko!«, befahl Kyros.

»Was denkst du, was ich gerade vorhabe?«

Sin stapfte nun doch zum Bett. Das war jene harte Pritsche, auf der sie in den vergangenen Nächten zu dritt geschlafen hatten, wobei vermutlich nur Miri wirklich geschlafen hatte, während Sin und Kyros links und rechts von ihr gelegen und sie bewacht oder sich gegenseitig beobachtet hatten, weiß der Henker. Aber sie liebte es, so zwischen den beiden zu liegen, und fühlte sich dabei warm und geborgen. Wenn beide Männer bei ihr lagen, schlief sie traumlos und tief, und ihr Bewusstsein wanderte nicht von einem Kopf zum anderen, sondern kam zur Ruhe.

Jetzt legte Sin sie vorsichtig auf die Pritsche, strich ihr das Haar aus dem Gesicht und schaute voller Sorge auf sie hinab. Sie sah sich selbst mit seinen Augen und begriff jetzt auch, warum er so außer sich war. Sie sah leider gar nicht gut aus. Ihr Körper war starr, ihre Arme und Beine verkrampft und ihre Augen weit aufgerissen. Auf ihrer Stirn perlten Schweißtropfen und ihre bleiche Haut schimmerte seltsam, ein bisschen wie der Sternenstaub, durch den sie geflogen war.

Sie würde Sin und Kyros ja gerne beruhigen und den beiden sagen, dass alles gut war, dass sie demnächst wieder zu sich kommen würde und dass sie dann in Richtung des Todesfeldes aufbrechen müssten, aber sie war sich gar nicht so sicher, ob wirklich alles gut war. Anscheinend hatte ihr neuester Quantensprung ihr überhaupt nicht gutgetan.

Trac trat nun ebenfalls an die Pritsche und wollte sich zu ihr hinabbeugen, vielleicht um ihren Puls zu fühlen, aber er hatte keine Chance. Sin knurrte ihn an, wie ein Wolf einen anderen anknurrte, der ihm seine Beute streitig machen wollte, und Trac trat erschrocken einen Schritt zurück. Es war nicht nur dämliche Eifersucht, sondern auch die Sorge, dass irgendeiner seiner Männer ihr etwas antun könnte. Die Hälfte seiner Offiziere hasste sie, die andere Hälfte fürchtete sie, und bestimmt dachten die meisten Bar Nashka, dass es besser wäre, wenn sie tot wäre. Aber Trac, der Arzt, war einer der wenigen, der sie nicht hasste. Sie hatte in dessen Seele geblickt und kannte seinen Kummer und seine Sehnsucht nach Erlösung. Trac vertraute darauf, dass Miri die Bar Nashka retten konnte.

»Lass Trac seine Arbeit machen«, befahl Kyros, was Sin nur mit einem weiteren wütenden Knurren beantwortete. »Du hast ja recht! Ich gebe es zu!«, rief Kyros nun und hob beschwörend die Hände. »Es war leichtsinnig von mir, und es tut mir leid, dass ich Miri in diese Situation gebracht habe. Zaubersalbei ist wirklich harmlos, aber Miris Kräfte sind es nicht, und das hätte ich bedenken sollen.«

Sin musterte Kyros schweigend. Niemand im Zelt wagte auch nur mit dem Fuß zu scharren, während sich seine düsteren Bar-Nashka-Blicke mit denen von Kyros kreuzten. Aber der Elohim hielt dem Blicke-Duell furchtlos stand. Sin ballte die Fäuste, schlug aber nicht zu. Das war überraschend.

»Eure Kohini muss sich verausgabt haben«, sagte Nimrod und tapste mit schlurfenden Schritten näher an die Pritsche. Einer der Offiziere stellte sich ihm in den Weg, was den Alten nicht davon abhielt, seine Meinung mit krächzender Stimme zu verkünden. »Meine Höhle liegt nicht gerade in der Nähe von Shachars Großreich. Es ist verblüffend, wie sie es überhaupt geschafft hat, ohne Gateway solch einen Sprung zu machen und gleichzeitig noch jemanden mitzunehmen.«

»Halt die Klappe, Haèl-Kotzbrocken«, knurrte Sin und wandte sich dann mit scharfem Ton an Kyros. »Warum schleppst du überhaupt diesen verschissenen Ex-Gott hier an? Sag mir einen Grund, warum ich dir nicht deine Eier amputieren soll?«

»Weil du es nicht kannst und weil der Haèl uns helfen wird, nach Sassaris zu kommen, und weil nicht ich, sondern Miri ihn hierhergebracht hat.« Jetzt trat auch Kyros an die Pritsche und schaute auf ihren starren Körper hinab. Seine Augen waren vor Schreck und Sorge weit aufgerissen und die Federn auf seinen Flügeln gesträubt. Es war offensichtlich, dass Kyros sich die gleichen Sorgen um Miri machte wie Sin, auch wenn seine Worte so lässig klangen.

»Du musst sie küssen«, platzte es dann auf einmal aus Kyros heraus.

»Seit wann kannst du es ertragen, wenn ich sie auch nur berühre?«

»Ich kann es nicht ertragen, aber ich glaube, dass ein Kuss von dir ihr hilft. Sie ist dein Gegenstück und soll dich ergänzen. So wurde sie erschaffen. Wenn du ihr etwas von dir gibst, Kraft, Liebe, Berührungen, dann müsste es ihr guttun. Also küss sie, verdammt noch mal, und gib ihr dein … dein verdammtes Silbervögelchen-Liebes-Mojo. Wir werden sehen, ob meine Theorie stimmt.«

Ohne ein weiteres Wort setzte Sin sich neben Miri auf das Bett. Vorsichtig umfasste er ihr Gesicht und legte seine Stirn an die ihre.

»Silbervögelchen! Komm zurück zu mir. Zu uns. Ich liebe dich und der Götterarsch liebt dich auch«, raunte er leise, dann presste er seine Lippen auf die ihren, die sich so kalt anfühlten wie die Lippen einer Toten. Miri spürte seine Verzweiflung, seine Liebe, seine unendliche Sehnsucht, und das war der Moment, als ihr Bewusstsein in ihren eigenen Körper zurückgerissen wurde.

Sins Lebensenergie strömte in sie hinein, floss durch ihr Herz hindurch und dann wieder zurück in Sins Körper. In jenem Moment waren sie vereinigt, wie kein Liebespaar sich jemals vereinigen konnte. Sie waren ein Herz und ein Lebewesen.

Miri blinzelte.

Sie war wieder in ihrem eigenen Körper und fühlte Sins Kuss mit ihren eigenen Lippen. Sie öffnete ihren Mund für seine Zunge und schlang ihre Hände um seinen Hals.

3 Die Frauen der Menschen

Aus dem Buch der Elohim:
Neben den Menschen gab es noch unzählige andere Spezies,
die für das Millenniumsspiel geeignet waren,
Sie verfügten zum Teil über eine deutlich höhere Aggressivität als der Homo Sapiens.
Dennoch haben wir die Evolution der Menschen stärker vorangetrieben
als die der anderen Figuren,
denn die Menschenfrauen entsprachen exakt unserem Geschmacksraster.
Sie waren mit unseren geschlechtlichen Bedürfnissen kompatibel.
In Ermangelung eigener Frauen waren Menschenfrauen für uns eine perfekte Alternative.

Kessa:

Die Gnostika drang mit Wucht in Kessas Bewusstsein vor, und das Erste, was sie von dem Symbionten spürte, war eine Woge von Hass, der sich gegen Shachar richtete. Kessas Erleichterung, endlich wieder vollständig zu sein, wurde davon regelrecht erstickt.

»Du hast dich verliebt?« Diese rhetorische Frage war untypisch für die Gnostika und überflüssig. Denn sie benötigte nicht mal den Bruchteil einer Sekunde, um aus Kessas Erinnerungen alles abzurufen, was in der Zeit geschehen war, während der sie voneinander getrennt gewesen war. *»Er hat dich mit seinen Haël-Hormonen abhängig gemacht und dich unter seine Kontrolle gebracht. Du bist süchtig nach ihm und kannst nicht mehr klar denken.«*

»Wir haben keine Zeit für Vorwürfe. Wenn wir das überleben, kannst du mich zur Strafe gerne wieder umbringen, wie du es schon mal getan hast«, antwortete sie und schämte sich für den Zynismus in ihrer eigenen Stimme. Zwischen ihr und ihrem Symbionten durfte es keine Ironie und keine Dissonanz geben. Aber von der Gnostika umgebracht zu werden, war für Kessa furchtbar gewesen. Das wollte sie auf keinen Fall noch einmal erleben. Andererseits hatte ihre Mutter ihr während der Ausbildung eingebläut, dass der Körper nur ein vergängliches Gefäß war, an das sich eine Memora niemals klammern durfte.

Eine Memora wurde unsterblich durch die Gnostika, die ihr Bewusstsein mit in den neuen Körper nahm. Wenn dort bereits eine Persönlichkeit und ein Bewusstsein vorhanden waren, dann übernahm diese Persönlichkeit die Führung. Wenn aber ein Körper leer und seelenlos war, so wie es bei Kessas Klonkörper gewesen war, dann entschied die Gnostika, welchem Bewusstsein sie die Führung überließ, alle anderen Memora-Persönlichkeiten, die noch in der Gnostika gespeichert waren, blieben als Gäste im Hintergrund.

»Ich will diesen Körper nicht umbringen«, antwortete die Gnostika. *»Er ist ein Meisterwerk und wurde eigens nach meinem Wunsch und für diese schwierige Mission geklont, und darüber hinaus mag ich auch dich, Tokessa. Die Schönheit deiner Seele und dein edler Charakter haben mir von Anfang an über alle Maßen gefallen. Ich will beides behalten.«*

War das etwa eine Liebeserklärung von ihrer Gnostika? War die womöglich eifersüchtig auf Shachar? Jetzt war der falsche Moment für solche Gedanken. Sie musste das hier erst überleben. *»Befreie mich von den Fesseln. Beeil dich.«*

»Die Fesseln bestehen aus Polycarbine, das kann nur über den genetischen Code gesteuert werden, und du verfügst nicht über das Genom eines Haèl.«

»Aber du weißt eine Lösung?« Halb war es eine Frage, halb eine Aufforderung. Kessa wusste nicht, warum Shachar gegangen war und wohin oder wann er wiederkehrte, aber eines war sicher: Jede Sekunde, die sie verschwendeten, war eine Sekunde zu viel.

Normalerweise unterhielt sich die Gnostika gar nicht mit ihrer Wirtin, sondern handelte einfach, und die Wirtin ließ es zu. Mit der Zeit war das Bewusstsein der Wirtin mit dem des Symbionten so verwoben, dass sie zu einer mentalen Einheit wurden und wie ein Wesen dachten. Aber dieses Stadium der Einheit war nach ihrer langen Trennung nicht so schnell wieder da, und so entstand diese seltsame Zwiesprache.

»Natürlich weiß ich eine Lösung«, antwortete die Gnostika. *»Da dein Körper ein Klonkörper ist, verfügt er über weitaus mehr Möglichkeiten als dein vorheriger Körper. Unter anderem wurde dein Körper mit einem Reservoir an zusätzlichen adulten Stammzellen versehen, um beschädigtes Gewebe schnell zu regenerieren und DNA zu modifizieren. Ich werde die Zellen deiner Hautoberfläche in Haèl-Hautzellen umwandeln. Dann lösen wir die Fesseln.«*

Dass die Gnostika ihr das überhaupt in Worten erklären musste, war schon bedenklich. Normalerweise hätte Kessa das alles wissen müssen, als wäre es ihr eigenes Wissen. War es möglich, dass die Gnostika ihr die Allwissenheit bewusst vorenthielt, weil sie ihr misstraute?

»Das ist korrekt. Ich enthalte dir mein Wissen vor. Nicht aus Misstrauen. Deine Unwissenheit ist der einzige Schutz für mich, wenn du gefoltert wirst.«

»Behalte deine Allwissenheit für dich, aber rette uns. Fang mit der Genmodifizierung an.« Kessa war gekränkt und konnte dieses Gefühl nicht aus ihrer Gedankenstimme heraushalten, auch wenn sie wusste, dass die Gnostika recht hatte.

»Das ist ein zeitintensiver Prozess und schmerzhaft. Es dauert mindestens zehn Minuten, maximal zwei Stunden.«

»Dann beeil dich. Sobald ich frei bin, müssen wir die Energiequelle zerstören. Du weißt bestimmt, wie man dieses holografische Schaltpult bedient.«

»Ich weiß, wie ich vorzugehen habe«, antwortete die Gnostika ruhig. *»Aber das, was du da siehst, ist nicht die Energiequelle. Es ist lediglich ein Gateway, das ebenfalls aussieht wie ihr Drachenstern. Es führt zu ihrer Raumstation. Shachar hat*

es geöffnet und andere Haèl gerufen. Sie sollen ihm beistehen, denn allein ist er mir nicht gewachsen.«

Plötzlich begriff Kessa, warum Shachar so eilig verschwunden war. Wenn er sie wirklich liebte – und daran hatte sie keinen Zweifel –, würde er es nicht über sich bringen, sie brutal zu foltern. Er würde schwach werden und sie verschonen. Deshalb war er gegangen und hatte das Gateway offen gelassen. Irgendein anderer würde die Folter für ihn übernehmen und sie gnadenlos durchziehen. *»Scheiße! Bitte schnell. Befrei mich … uns!«*

»Ich arbeite bereits daran. Aber wappne dich. Gleich wird es wehtun. Auch wenn die Schmerzrezeptoren deines Klonkörpers deutlich mehr aushalten als die von natürlichen menschlichen Körpern, können wir nicht ganz auf Schmerzen verzichten. Schmerzen sind wichtige Warnsignale.«

»Ich weiß. Schnell«, antwortete Kessa und fragte sich gleichzeitig, ob diese seltsame Distanziertheit zwischen ihnen je wieder heilen würde, aber dann begannen ihre Handflächen zu brennen. Das fühlte sich an, als würde sie ihre Hände direkt über eine lodernde Flamme halten, und sie schrie vor Schmerz.

»Schrei nicht. Du kennst Meditationstechniken«, befahl die Gnostika ungnädig. Auch sie musste den Schmerz spüren.

Schafspimmel noch mal, das tat so weh! Kessa biss die Zähne zusammen, aber dennoch kam noch ein Schmerzensschrei aus ihrer Kehle. Dann, plötzlich, tat sich etwas im Raum und lenkte Kessas Aufmerksamkeit weg von den Schmerzen. Die Galaxie, die gut zehn Meter entfernt in der Mitte des dunklen Raumes schwebte und sich bisher langsam um ihr Zentrum gedreht hatte, wurde nun immer schneller und heller, bis sie schließlich zu einem riesigen, grellen Klumpen aus Licht geworden war, der rasend schnell um seine eigene Achse rotierte. Ein Pfeifen ging von dem Licht aus und zwei Gestalten sprangen aus dem leuchtenden Ball heraus.

Zuerst erkannte Kessa nur die Umrisse der Männer. Es waren Haèl mit den typischen Hörern und Schwingen, aber dann verblasste die Galaxie und verschwand ganz, und der Raum wurde nur vom normalen Licht erfüllt, das von Solarleuchten an der hohen Decke stammte. Zwei riesige Haèl-Götter kamen auf Kessa zugestapft. In ihren Gesichtern spiegelte sich jene typische Verachtung, mit der diese Götter allen Sterblichen begegneten. So schaute man auch auf eine lästige Fliege oder auf eine blutsaugende Zecke herab, bevor man sie entnervt zwischen den Fingern zerquetschte.

Nur Shachar verhielt sich nicht so. Er war zwar brutal, kreuzigte seine Feinde und hielt seine Frauen wie Zuchtstuten, aber er verachtete die Menschen nicht, sondern interessierte sich für sie … Doch vielleicht hatte er ihr diese Gefühle auch nur vorgespielt, um sie sich gewogen zu machen.

»Denk jetzt nicht an Shachar. Lenk die beiden ab. Ich benötige noch Zeit für die Modifikation der Stammzellen. Wenn ich damit fertig bin, kannst du jedwede Haèl-Technologie und ihre Waffen steuern«, sagte die Gnostika.

Ja, toll! Schafsscheiße und Widderschwanz noch mal. Wie lenkte man zwei monströse und kaltschnäuzige Haèl-Götter ab, die gekommen waren, um sie zu foltern? Erneut schoss eine Welle aus Schmerzen von ihren Händen aus ihre Arme hinauf, durch die Schultergelenke direkt bis in ihren Frontallappen! Aaaaaah! Tat das so weh! Aber es machte ihr auch bewusst, dass eine Folter noch viel schlimmer verlaufen würde und dass sie diese Schmerzen aushalten musste, wenn sie und die Gnostika das überleben wollten. Deshalb unterdrückte sie einen Schrei und zischte zwischen zusammengebissenen Zähnen so etwas wie eine verunglückte Begrüßung heraus: »Sieh an. Shachar braucht Verstärkung.«

Einer der Haèl baute sich vor Kessa auf und begutachtete sie. Die Nase missmutig gerümpft, als wäre sie ein stinkendes Stück Schafskot. Der andere trat, ohne zu zögern, an das Schaltpult und aktivierte erneut diverse Hologramme, die in leuchtenden Farben in der Luft schwebten. Mit schnellen Gesten bewegte er sie hin und her und langsam stieg aus dem Boden neben dem Schaltpult eine Art Sarkophag aus dunklem Polycarbine heraus.

Oh-oh! Hier drohte mehr als nur Schmerzen.

»Bel Asharu hat sie schön verschnürt«, sagte der Haèl, der sich vor Kessa aufgebaut hatte und seine scharfen Reißzähne bleckte. Er unterschied sich kaum von dem anderen Gott: Hörner, Schwingen, nackter Oberkörper, kantiges, aber wunderschönes männliches Gesicht, das traf auf sie alle zu. Er hatte lediglich eine etwas längere Nase als der andere. Beide sahen Shachar ähnlich, und doch besaß Shachar eine Aura von Macht, die den beiden fehlte. Denen stand stattdessen Kälte und Gier nach Grausamkeit ins Gesicht geschrieben. »Ich kann verstehen, warum Asharus Verstand bei ihrem Anblick versagt hat. Sie ist ein verdammt geiles Miststück von einer Frau.«

Die Herren Götter waren so versessen auf menschliche Frauen wie hungrige Löwen auf zarte Lämmer. Frauen aus ihrer eigenen Spezies hatten sie nicht. Die waren Millionen von Lichtjahren entfernt. Deshalb war es kein Wunder, dass sie die Menschen erschaffen hatten. Deren Weibchen waren ganz nach ihrem Geschmack.

»Lass dich nicht von ihren Titten und ihrem Frauengeruch ablenken. Wir bringen es schnell hinter uns, danach nehmen wir die Frauen, die Asharu uns versprochen hat, und verschwinden wieder«, sagte der andere Haèl am Schaltpult, ohne sich umzudrehen. Er klang ungeduldig. »Ich habe keine Lust, zwischen die Fronten von Tyrannos und dem Wächter zu geraten. Also schaff das Weib in den Sarkophag, damit wir diesen Symbionten aus ihr herausoperieren können.«

»Ich brauche noch Zeit. Halt sie hin«, drängte die Gnostika. *»Stachle sie an, spiel sie gegeneinander aus. Lenke sie ab. Du hast nicht ohne Grund so einen aufregenden Körper erhalten.«*

»Was ihr vorhabt, ist dumm. Ihr seid Idioten«, rief Kessa und hoffte, dass die beiden aus ihrer Stimme nicht heraushören konnten, welche Schmerzen sie gerade erduldete.

»Nenn einen Haèl niemals einen Idioten, du Menschenhure!«, brauste der Mann auf, der sich so bedrohlich vor ihr aufgebaut hatte. »Sonst zeige ich dir, mit wem du es zu tun hast. Ich werde dich zum Schreien und zum Betteln bringen, aber erst, nachdem ich dich so gründlich durchgefickt habe, dass jeder Gedanke an Bel Asharu aus deinem Kopf herausgefickt sein wird.« Er fasste sich mit beiden Händen ins Gemächt und reckte ihr dabei seinen Unterkörper entgegen, damit sie sehen sollte, wie gut er ausgestattet war.

»*Du* willst mich ficken? Mit dem kleinen Pimmel da? Der reicht ja nicht mal für ein Zwergkaninchen«, sagte Kessa mit einem abfälligen Lachen und heftete ihren Blick bewusst auf die beachtliche Ausbuchtung, auf die der Gott so stolz war. Sie wusste, dass sie damit sein überdimensionales Haèl-Ego gekränkt hatte, denn in diesem Punkt waren die Haèl und die Elohim geradezu lächerlich einfach zu manipulieren.

Sie waren die größten Machos des Universums. Genau genommen waren sie die Erfinder des Machismos. Ihr Männlichkeitswahn, ihre Fixiertheit auf den eigenen Penis, die Tatsache, dass sie ihre Bedeutung und ihr Selbstbewusstsein über genau diesen Körperteil definierten, und ihr infantiles Revierverhalten mitsamt dem absurden Besitzdenken, wenn eine menschliche Frau im Spiel war, das war typisch für sie, und es war der Schwachpunkt, an dem Kessa jetzt ansetzen konnte.

»Dir wird das Grinsen gleich vergehen!« Der Haèl knurrte und preschte auf Kessa los. Mit seiner riesigen Pranke umfasste er ihren Hals und drückte zu. Sein sehniger Schwanz klatschte dabei wütend auf den Boden. Sie konnte sich nicht wehren, aber sie fühlte sein Würgen kaum, denn die Schmerzen der Gentransformation rasten erneut wie eine Schockwelle über ihre Haut. Sie konnte nur röcheln. »Wenn ich mit dir fertig bin, wirst du mich anbetteln, dich mit dem Tod zu erlösen.«

»Ich habe gesagt, du sollst dich nicht provozieren lassen, Hirumu. Merkst du nicht, dass sie dich manipuliert? Mach sie los und leg sie in den Sarkophag, dann fangen wir an. Ich habe alles programmiert. Wir operieren das Ding aus ihr heraus und das war's.«

»Man kann den Symbionten nicht aus mir herausoperieren. Dabei werden wir beide sterben«, krächzte Kessa, nachdem Hirumu ihre Kehle endlich wieder losgelassen hatte.

Der Haèl am Schaltpult wandte sich jetzt herum und zeigte auf den dunklen Sarkophag. »Es gibt nichts, was unsere Technik nicht kann, Menschenmädchen.«

»Selbst mit der anspruchsvollsten Technologie wird es nicht gelingen, Wirt und Symbiont zu trennen. Die Gnostika verlässt meinen Körper erst, wenn ich tot bin und mein Gehirn nicht mehr mit Sauerstoff versorgt wird, und ohne neuen Wirt stirbt auch sie«, beschwor Kessa den Mann. »Ihr werdet gar nichts erreichen, wenn ihr so vorgeht, nur unser beider Tod. Das kann Shachar nicht wollen. Shachar, hörst du mich?« Sie wandte den Kopf hin und her in der schier unmöglichen Hoffnung, dass sich Shachar vielleicht doch irgendwo im Dunkeln verborgen hielt und sie beobachten würde und hören konnte.

»Asharu ist nicht da, und er hat uns freie Hand gegeben«, sagte nun der Haèl, der das Schaltpult bediente. Jetzt trat er aus dem Halbdunkel heraus und kam auf sie zu. Sein Haar war lockig und rabenschwarz und vielleicht war er einen Hauch muskulöser als sein Artgenosse Hirumu. Der Gesichtsausdruck, mit dem er Kessa von oben bis unten musterte, war eiskalt.

»Aber Shachar möchte alles über die Memori wissen. Er will herausfinden, wo Adlara ist und was die Memori planen. Wenn ihr mich und den Symbionten umbringt, wird er gar nichts erfahren und stinkwütend auf euch beide sein.«

»Sag mir nicht, was Asharu will, du kleine Hure!«, brauste der Schwarzgelockte auf. Rauch kam aus seinen Nüstern und ein Knurren aus seiner Kehle. »Du weißt gar nichts über ihn oder über uns. Ich werde deinen Symbionten aus dir herausreißen und ihn zum Frühstück verspeisen, und danach werde ich dich ficken, dann ist es dir egal, was Shachar möchte, dann willst du nur noch meinen Schwanz in dir haben.«

»Das wird Shachar niemals zulassen. Ich gehöre ihm. Für immer.« Kessa schüttelte den Kopf. Wie hohl diese Worte klangen! Der schwarz gelockte Haèl lachte nur und winkte dem anderen ungeduldig zu.

»Los jetzt, Hirumu. Binde sie endlich los und leg sie in den Sarkophag, oder muss ich dir in den Arsch treten?«

»Scheiße, wie lange brauchst du noch?«, rief Kessa in Gedanken, aber die Gnostika schickte nur eine Welle von rasenden Schmerzen durch ihr Nervensystem.

»Na los doch, Hirumu, binde mich schön brav los«, sagte Kessa zu dem Haèl und ahmte dabei die herrische Stimme des Schwarzgelockten nach – zumindest versuchte sie es, denn Spott und Schmerzen vertrugen sich nicht besonders gut. »Gehorche deinem Oberboss. Er scheint die dickeren Eier und den größeren Schwanz zu haben. Am Ende wird *er* mich ficken und du gehst leer aus.« Sie hatte keine anderen Ideen mehr, wie sie das Unaufhaltbare noch aufhalten sollte – außer die beiden wegen ihrer Schwanzlänge zu verspotten, und vielleicht reichten ihre weiblichen Reize, um sie gegeneinander aufzustacheln.

»Calib ist nicht mein Boss.« Hirumu schnaubte empört. »Wir sind gleichberechtigt und du … du … Ich zeig dir, wie groß mein Schwanz ist, wenn ich ihn in dich hineinramme.« Er spreizte seine Schwingen und peitschte seinen hinteren Schwanz wütend hin und her. Dann grapschte er nach ihren Brüsten.

»Gegen Shachar bist du eine zwergenpimmelige Witzfigur«, sagte sie.

»Ich fick dich hier und jetzt. Ich zeig dir meinen Pimmel!«, rief Hirumu schäumend vor Wut und gekränktem Stolz. Sie hatte ihn! Mit hektischen Bewegungen fummelte er an seiner Hose herum, um sie zu öffnen. Kessa wollte nicht vergewaltigt werden, aber wenn das dazu beitrug, die beiden Haèl hinzuhalten und zu verhindern, dass man sie in diesen tödlichen Sarkophag verfrachtete, würde sie auch das über sich ergehen lassen.

»Hirumu! Lass sie endlich!«, röhrte der Schwarzgelockte mit dem Namen Calib. »Du bist wirklich ein Idiot, wenn du dich so leicht von ihr manipulieren lässt. Geh weg von ihr.«

»Ich ficke sie zuerst!« Hirumu wirbelte herum und ging mit gesenktem Kopf und gespreizten Flügeln auf seinen Artgenossen los. Dampf kam aus seiner Nase und sein Schwanz knallte laut wie eine Peitsche auf den Boden. Dass seine offene Hose dabei bis über seine Arschbacken herunterrutschte, nahm seinem Gebaren allerdings ein wenig die Bedrohlichkeit, und Calib lachte höhnisch.

»Mach dich nicht zum Narren. Wir brauchen die da nicht, um auf unsere Kosten zu kommen. Asharu hat jedem von uns fünf frische Jungfrauen aus seinem Harem versprochen. Also zieh deine verdammte Hose wieder hoch und hol die andere Frau herein. Je eher wir hier fertig sind, desto eher kannst du dich mit Asharus Jungfrauen vergnügen. Also mach! Bring die neue Wirtin herein.«

Hirumu schnaubte und scharrte mit den Füßen, schlug die Flügel und peitschte den Schwanz, aber er gehorchte dem anderen schließlich doch, zog die Hose wieder hoch und stampfte davon.

Eine neue Wirtin? Shachar wollte ihre Gnostika auf eine andere Frau übertragen? »Ihr habt einen anderen Wirtskörper?« fragte Kessa fassungslos.

»Asharu will deinen Körper nicht foltern, und das kann ich sogar verstehen, wenn ich dich so ansehe.« Calib ließ seine gierigen Blicke über ihren dürftig gekleideten und gefesselten Körper wandern. »Du bist schon ein verdammt heißes Stück Frauenfleisch. Er will das Ding in dir auf eine andere Frau übertragen, die er dann foltern kann.«

»Aber so funktioniert das nicht. Die Gnostika wechselt nur in einen anderen Körper, wenn ich tot bin. Weiß Shachar, dass ihr mich zuerst töten müsst?«

»Bleib ruhig. Ich will keinen anderen Körper. Ich bin in diesem Körper mächtiger als in jedem anderen«, meldete sich die Gnostika. *»Ich bin mit der Genmodifikation fast fertig.«*

»Asharu weiß, was er tut. Er ist nicht dumm. Dein Symbiont wandert in eine andere Frau«, sagte Calib und berührte mit den Fingerspitzen die

Fesseln, die sich über ihren Brustkorb spannten und sie an der Wand fixierten. Die Fesseln lösten sich, und gleichzeitig schoss eine Welle von Schmerzen durch ihren Körper. Sie wusste nicht, ob das von der Gen-Modifikation kam oder davon, dass ihre Durchblutung plötzlich wieder funktionierte.

»Das hier ist ein Kryostase-Sarkophag. Wir töten dich und dein toter Körper kann darin eine halbe Ewigkeit lang aufbewahrt werden«, erklärte Calib, während er nun nach und nach die Fesseln berührte. »Asharu kann dich jederzeit wiedererwecken, wenn er dich vögeln will.«

»Asharu wird nur eine leere Hülle wiedererwecken. Meine Seele und alles, was ich bin und was er angeblich an mir liebt, wird die Gnostika mit sich nehmen. Ich bleibe nicht in diesem Körper zurück, ich werde zu einem Teil der neuen Memora.«

»Spar dir deine Worte. Das interessiert mich nicht«, brummte der Haèl. »Ich mache nur, was Asharu befohlen hat, und wenn wir fertig sind, kann er selbst sehen, wie er mit dem neuen Weibsbild klarkommt.«

Als die letzte Fessel sich gelöst hatte, ging Kessa in die Knie, weil ihre Beine kaum noch durchblutet waren, aber der Haèl fing sie auf und warf sie sich über die Schulter. Er stapfte mit ihr zum Sarkophag, der ein paar Meter entfernt nun in seinem Innern zu leuchten begann.

»Wie lange brauchst du noch?« Kessa schrie so laut und gellend durch den riesigen Raum, dass ihre Stimme von der Decke widerhallte. Sie meinte die Gnostika, aber Hirumu antwortete.

»Bin ja schon da! Hab das Weib mitgebracht.«

Hirumu zog ein gefesseltes Mädchen hinter sich her. Sie torkelte mehr, als dass sie ging, und wäre über ihre eigenen Füße gefallen, wenn Hirumu sie nicht festgehalten hätte. Sie schrie nicht und wehrte sich nicht, sondern wirkte völlig apathisch, so als ob man sie mit Drogen betäubt hätte. Und da erkannte sie das Mädchen. Es war Ritula, ihre gehässige Konkurrentin im Wettstreit um die Gunst des Großkönigs. Ihr langes rotes Haar war zerzaust, ihre schöne Kleidung zerfetzt, Gesicht und Arme waren mit blutigen Kratzern gezeichnet. Ihr Blick hingegen war leer. Offenbar hatte sie sich gewehrt, bevor man ihr irgendein Mittel verpasst hatte, das sie gefügig machte.

Ritula? Nein! Schafskacke noch mal. Dieses heimtückische Biest sollte die Gnostika in sich aufnehmen? Der Gedanke, künftig Ritulas Bewusstsein zu teilen, war unerträglich. Die Memori machten jahrelange Ausbildungen, um sich auf die Symbiose mit der Gnostika vorzubereiten. Sie mussten eine harte Charakterprüfung bestehen. Da durften keine Falschheit, keine Eitelkeit und kein Narzissmus in einer Anwärterin sein. Nicht jede Frau war würdig, eine Memora zu sein. Ritula war nicht mal würdig, im Palast die Latrinen zu säubern, geschweige denn die Gnostika mit all dem Wissen und all den Persönlichkeiten zu übernehmen.

»Nein! Shachar, tu das nicht! Bitte nicht! Wenn du mich hörst: Komm und rette mich! Du kannst meine Seele und meine Erinnerungen an dich nicht auf Ritula übertragen!« Kessa schrie und schlug nach Calib, aber der drückte sie in den Sarkophag und aktivierte erneut Fesseln, die aus den Wänden des Gerätes herausschossen und sich blitzschnell um ihren Körper schlangen.

»Nicht, Ritula! Shachar! Hörst du mich? Bitte, bitte, tu das nicht. Du wirst mich verlieren auf diese Weise. Ich werde nicht mehr dieselbe sein.« Sie wollte sich aufbäumen, aber sie konnte nur den Kopf hin und her werfen und schreien. Dabei erkannte sie ihre eigene Stimme kaum. Sie hörte sich an wie eine Geisteskranke.

Sie schrie und schrie immer den gleichen Satz. »Bitte rette mich! Ich liebe dich!«

Natürlich kam keine Reaktion von Shachar. Vermutlich war er ans andere Ende der Welt geflüchtet, um sich selbst daran zu hindern, dass er sie sah oder hörte, dass er nicht weich wurde und nicht in Versuchung geriet, ihr doch zu helfen.

»Shachar, rette mich. Ich liebe dich!«

Dann traf sie die Faust von Calib direkt auf die Nase und ihr wurde schwarz vor Augen.

4 Nacktmulle und Pilzwein

Aus den Erinnerungen des El Shaddaj:
Die Zerstörung, welche das letzte Millenniumsspiel
an der Natur verursacht hat, ist beispiellos.
Es geht mir nicht um die Millionenstädte, die vernichtet wurden oder im Meer versunken sind, nicht um die Bauwerke und Erfindungen der Menschen,
von denen nur noch Ruinen übrig sind.
Es geht mir um das Angesicht dieses Planeten.
Ganze Landstriche wurden unbewohnbar, ganze Gebirgszüge wurden weggefegt,
ein Monsterfluss ist entstanden,
und Mutanten bevölkern Land und Meer,
die unbeschreibliches Leid verbreiten und selbst unbeschreiblich leiden.
Deshalb erhebe ich Anklage gegen die Götter.
Ich kann euch nicht mehr meine Brüder nennen.
Nur weil ihr selbst kein Leid empfindet, steht es euch nicht zu,
andere leiden zu lassen und euch an derem Leid zu erfreuen.
Nichts steht euch auf dieser Erde zu, außer das Recht
zusammen mit allen anderen Lebewesen in Frieden zu existieren.
Beendet das Leid. Beendet das Spiel.

Miri:

»Fünfzehn Meilen voraus ist die Siedlung, keine ernst zu nehmende Befestigung, Einwohnerzahl unbekannt. Soll die Squad sie erobern und zerstören?« Die laut hinausgebrüllte Frage von Cloud riss Miri aus einem traumlosen Schlaf. Mit einem Keuchen kam sie zu sich und schaute sich blinzelnd um. Sie hatte so fest geschlafen, dass sie eine ganze Weile brauchte, um zu begreifen, wo sie war.

Sie saß vor Sin auf dessen gewaltigem Streitross. Er hatte einen Arm um ihren Körper geschlungen und hielt sie an sich gedrückt. Mit der anderen Hand hielt er die Zügel und lenkte sein Pferd. Vor zwei Tagen hatten sie das Lager in den Graslanden abgebrochen und waren in Richtung des Todesfelds losgezogen.

Zuvor hatte es viele wütende und vor Männlichkeitsgehabe strotzende Diskussionen zwischen Kyros und Sin gegeben, ob man Nimrod den ehemaligen Haèl-Gott nicht einfach so lange foltern soll, bis der die Deaktivierungscodes der Barriere preisgab. Das war Sins Idee gewesen, der sich damit den kleinen Umweg über das Todesfeld ersparen wollte. Er sah keine Logik darin, Drogen für das persönliche Vergnügen eines tatterigen Haèls zu beschaffen.

Kyros war schon aus Prinzip anderer Meinung. Er schlug vor, dass man Nimrod in einen Sarkophag legen sollte, um seinen körperlichen Zustand zu verbessern. Er behauptete, der alte Haèl könnte ihnen vielleicht noch nützlich sein, denn er war einer der wenigen klugen Köpfe unter den Göttern gewesen, bevor man ihn aus der Kongregation verbannt hatte. Anscheinend waren alle Götter sehr mächtig, aber nur wenige von ihnen waren sehr klug.

Nimrod selbst gab ihnen allen zu verstehen, dass ihm das alles egal war, die Drohung mit Folter und Tod ließ ihn offenbar kalt. Er wollte nur Pusch, und wenn er das nicht bekäme, könne man ihm auch gleich das Licht ausdrehen.

Miri wollte nicht, dass irgendjemand gefoltert wurde. Sie wollte, dass man den Menschen in jener Siedlung dabei half, mit den schrecklichen Krankheiten fertig zu werden, die die unsichtbare Strahlung verursachte. Aber das interessierte weder Kyros noch Sin und Nimrod schon gar nicht.

Schließlich hatte Sin nachgegeben. Er hatte laut schreiend deutlich gemacht, dass er Kyros und Nimrod die Eier amputieren würde, wenn sie auch nur einem einzigen seiner Befehle nicht gehorchen würden, und dann hatte er angeordnet, das Lager abzubrechen und in Richtung des Todesfeldes loszumarschieren.

Dabei hatte Sin sein Heer mit einer Geschwindigkeit vorangetrieben, die kein normaler Reiter und kein normales Pferd aushalten konnte. Aber die Bar-Nashka-Pferde waren offenbar genauso unverwüstlich und belastbar wie ihre Reiter. Sie waren einen Tag und eine Nacht und noch einen Tag lang geritten und hatten nur vier kurze Pausen eingelegt, um die Pferde zu tränken. Am Anfang hatte Miri ein eigenes Pferd gehabt, eines der Bar-Nashka-Streitrösser, das ihr so groß vorkam wie ein Elefant. Sie war zwischen Sin und Kyros geritten, hinter ihnen die Squad des Kishar, und dann war das furchterregende Heer gefolgt – wie ein Strom schwarz gepanzerter Riesenameisen. Aber irgendwann in der Mitte des zweiten Tages war Miri vor Müdigkeit und Erschöpfung einfach vom Pferd gefallen. Sie hatte noch mitbekommen, dass Kyros und Sin sich deswegen gestritten hatten – mal wieder. Der eine hatte den anderen einen verantwortungslosen Idioten genannt, weil niemand daran gedacht hatte, dass Miri vielleicht Schlaf und Essen nötig hatte und besser in einem der Wagen hätte mitfahren sollen, in dem auch Beyrin und die anderen Menschen fuhren.

»Sie ist die Kohini, du Flachschwanz«, hatte Sin Kyros angebrüllt.

»Sie ist ein Menschenmädchen und funktioniert nicht wie deine stumpfsinnigen Bar-Nashka-Ochsen, du Cyber-Idiot«, hatte Kyros zurückgebrüllt. Auch sonst waren zwischen den beiden wieder einmal viele, nicht besonders einfallsreiche Beschimpfungen ausgetauscht worden, bis Sin den Ex-Gott irgendwann zur Seite gestoßen und Miri zu sich aufs Pferd gesetzt hatte.

»Ich halte dich, schlaf weiter. Bei mir bist du sicher«, hatte er ihr zugeflüstert. Er hatte sie an seine breite Brust gedrückt und sie war sofort wieder eingeschlafen. Sie war in jene süße, traumlose Stille gesunken, die so erfrischend war und sie mit Kraft auffüllte, wie man einen leeren Weinschlauch auffüllte. Es war die Nähe zu Sin und seine Berührungen, die das bei ihr bewirkten.

Jetzt zügelte er sein Pferd, ohne Miri loszulassen, und schaute sich ebenfalls um. Er hatte Cloud als Kundschafter vorausgeschickt, um die Einöde zu erkunden und nach Koskos, der besagten Amazonen-Siedlung, zu suchen. Das grüne Land der Cordi-Nomaden hatten sie schon in der vergangenen Nacht hinter sich gelassen, und die Landschaft war wieder zu jener Steppe geworden, die sie auch auf ihrem Weg von Panion nach Burgen durchquert hatten. Doch hier sah es um vieles trostloser aus. Der Boden wirkte schlammig und festgebacken und zwischen den Rissen in der Erde sprossen nur spärliche Grashalme hervor. Es musste seit Langem eine gnadenlose Dürre herrschen.

»Wir erobern und zerstören nichts«, antwortete Sin seinem Adjutanten Cloud. »Nur wer uns angreift, wird bekämpft.«

»Wie du befiehlst, Kishar.« Cloud klang erleichtert, und das erinnerte Miri daran, dass auch er wie so viele andere Bar Nashka längst nicht mehr nur auf blindwütige Zerstörung fixiert war. Viele erinnerten sich inzwischen an die Zeit zurück, als sie Menschen gewesen waren, und für die meisten waren diese Erinnerungen eine entsetzliche Qual.

»Die Siedlung besitzt etwas, das wir haben wollen. Das *ist* ein Angriff!«, brummte Storm. Er war der Einzige der Offiziere, der bisher noch keine äußeren Anzeichen des Kohini-Virus gezeigt hatte und deshalb auch noch seine volle Kampfrüstung trug. Er legte nach wie vor sein gefühlloses und zerstörerisches Bar-Nashka-Gebaren an den Tag und machte auch keinen Hehl daraus, dass er Miri gerne töten würde.

»Wir wollen mit den Menschen in der Siedlung handeln und ihnen helfen. Vielleicht haben wir Dinge, die sie gegen das Pusch eintauschen wollen, Medizin zum Beispiel oder eure Technik-Magie«, sagte Miri. »Und wenn sie uns vielleicht ein paar andere Nahrungsmittel außer Pusch verkaufen, würde das unserem Speiseplan auch guttun.«

Die Bar Nashka waren, was ihre Ernährung anbelangte, leider ziemlich einfallslos. Sie synthetisierten sich eine sogenannte Nährlösung, die sie einmal in der Woche oder noch seltener zu sich nahmen und die nach gar nichts schmeckte. Die wenigen Menschen, die das Heer begleiteten, mussten sich entweder irgendwie selbst etwas Genießbares zu essen beschaffen oder sich mit der geschmacklosen Bar-Nashka-Nahrung zufriedengeben.

»Seit wann handeln wir? Wir erobern und töten«, maulte Storm. »Außerdem ist unsere Nährlösung besser als jedes Menschenessen. Sie ist exakt dosiert, ausgewogen, hat ausreichend Vitamine und Mineralien und einen hohen Brennwert.«

»Sie schmeckt halt nach nichts«, murmelte Miri, fand sich aber damit ab, dass sie Storm wohl nicht von den Freuden überzeugen konnte, die frisches Obst oder ein gutes Stück Fleisch schenken konnten.

»Ich finde sie auch nicht schmackhaft«, gestand Cloud. »Allerdings sieht die Siedlung nicht so aus, als ob die Leute dort überhaupt etwas zu essen hätten, geschweige denn genug Überschuss, um zu tauschen.«

»Laut Nimrod ist es ein elender Ort«, warf Kyros ein. »Auf dem Todesfeld hat damals die letzte Entscheidungsschlacht zwischen den Bar Nashka und den Haèl-Mutanten stattgefunden und die radioaktive Strahlung dort ist immer noch gefährlich für Menschen.«

»Ich erinnere mich an die Schlacht. Es war ein stumpfsinniges Gemetzel, und am Ende wussten sich die Haèl-Mutanten nicht mehr anders zu helfen, als Atomwaffen einzusetzen. Aber auch das hat sie nicht gerettet«, sagte Sin mit einem düsteren Brummen. »Und du hast recht, Arschgesicht, das ist kein Ort, an den wir das Silbervögelchen oder andere Menschen hinbringen sollten.«

»Warum machen wir überhaupt einen Umweg durch diese verdammte Strahlenwüste? Warum quetschen wir den alten Haèl nicht aus, bis er uns sagt, was wir wissen wollen?«, murrte Storm mit düsterer Stimme hinter seinem Helm. »Wir sollten das Todesfeld umgehen und die südliche Route nehmen, die uns über das Hochland von Avilea führt. Kürzer und gefahrlos.« Storm wusste es noch nicht, aber seine Aufsässigkeit war einer der ersten Hinweise darauf, dass der Virus nun auch ihn erwischt hatte, denn ein voll funktionsfähiger Bar Nashka folgte jedem Befehl, ohne zu fragen – und sei es auch bis in einen Abgrund, der mit Lava gefüllt war.

»Wir müssen den Menschen an diesem Ort helfen, wenn es ihnen wegen jener unsichtbaren Strahlung so schlecht geht«, sagte Miri, auch wenn sie nicht begriff, wie eine Strahlung, die man nicht einmal sehen konnte, jemanden krank machen konnte.

»Seit wann müssen wir Menschen helfen? Sie können dankbar sein, wenn wir sie am Leben lassen«, sagte Storm. »Wir sind noch nicht mal hundert Meilen weit gekommen, und wenn wir wegen jedem Pups, den die Kohini ablässt, einen Umweg machen müssen, kommen wir nie nach Sassaris.«

»Ich habe keinen Pups gelassen.« Miri suchte Storms Blick, aber er wandte den Kopf schnell ab. Er wusste, dass sie einen Bar Nashka durch den Augenkontakt manipulieren konnte. Irgendwann würde er von selbst den Blickkontakt suchen und wäre dankbar für die Hoffnung, die sie ihm dabei schenken konnte, aber noch war er nicht bereit. Deshalb wandte sie sich zu Sin herum, der sie fest an sich gedrückt hielt. »Die Bar Nashka sind mit dafür verantwortlich, dass es dieses Todesfeld gibt und dass es den Menschen deswegen so elend geht. Ihr könnt eure Taten von einst nicht ungeschehen machen, aber ihr könnt zumindest jetzt etwas tun, um das Leid zu lindern, das eure Vernichtungszüge verursacht haben.«

»Du bist ja komplett verrückt«, schrie Storm, aber Sin hob die Hand und der Offizier verstummte.

»Ich habe eine Entscheidung getroffen und du hast zu gehorchen, Storm. Und wenn du die Kohini beleidigst, beleidigst du mich, also halte dich zurück oder dein abgeschlagener Kopf wird neben dem von Chad liegen.«

»Ich fühle mich nicht beleidigt«, sagte Miri schnell. Sie wusste, dass Sin es ernst meinte, und das Letzte, was sie jetzt gebrauchen konnte, wären noch mehr abgeschlagene Köpfe. »Vermutlich hat Storm sogar recht, und ich habe einen Dachschaden, aber ich kann nicht anders. Wir müssten etwas tun und den Menschen helfen. Trac ist Arzt.«

Trac war zwar ebenfalls vom Virus befallen, und er litt unter der Rückkehr seiner Erinnerungen, aber im Gegensatz zu vielen anderen Infizierten schien ihn das nicht in eine lähmende Depression zu stürzen oder seine Logik zu beeinträchtigen. »Trac kann den Menschen in Koskos vielleicht helfen, und Kyros kann auch helfen. Er hat euch schließlich erschaffen und euch so gemacht, dass diese unsichtbaren Strahlen euch nichts anhaben können. Kyros weiß bestimmt, was gegen diese Strahlen hilft. Ihr seid alle so mächtig und unverwundbar und habt Bar-Nashka-Technik. Es muss euch möglich sein, anderen Menschen mit eurer Technik-Magie zu helfen.«

»Würdest du unsere Nährlösung trinken, dann wärst du vor radioaktiver Strahlung geschützt und müsstest nicht herumjammern«, maulte Storm düster aus seinem Helm heraus.

»Das ist gut zu wissen«, sagte Miri. »Dann gebt den Menschen in Koskos doch eure Nährlösung, damit sie wieder gesund werden.«

»Miri, Süßes …« Kyros seufzte. »Die Nährlösung kann zwar verhindern, dass man verstrahlt wird, aber Genmutationen kann man nicht mehr so leicht rückgängig machen. Die Bar-Nashka-Medizin ist nicht imstande, die über Jahrhunderte entstandenen Deformationen und Erkrankungen zu beheben. Man kann für die Leute in Koskos vermutlich nicht viel tun.« Kyros schüttelte mit einem traurigen Seufzen den Kopf, aber Sin ergriff Miris Partei.

»Wir machen, was das Silbervögelchen sagt, und sehen nach, ob wir diesen Koskosmenschen helfen können.« Dann wandte er sich an seinen Adjutanten Cloud. »Das Heer soll hier außerhalb des Todesfelds sein Lager aufschlagen. Trac und Kyros und ich reiten zu der Siedlung.«

»Ich reite auch mit!« Miri schwang bereits ein Bein über den Sattel, um vom Pferd zu hüpfen.

»Das ist zu gefährlich«, kam es von Sin und Kyros gleichzeitig, aber Miri zuckte nur die Schultern.

»Ich bin die Kohini. Ich muss dahin. Ich trinke auch freiwillig eure überaus leckere Nährlösung, damit ich nicht von Strahlen zerfetzt werde«, antwortete sie, als wäre damit alles erklärt, und das war es im Grunde auch. Sie musste ihren Eingebungen folgen, auch wenn sie nie genau wusste, warum. Hinterher stellten sich ihre Entscheidungen immer als richtig heraus.

Am Ende waren es sechs Reiter, die zur Siedlung Koskos ritten. Neben Miri, Trac, Kyros und Sin waren auch Storm der Meckerer sowie ein weiterer Bar-Nashka-Soldat mit von der Partie.

Die Siedlung lag auf einem Hügel, der aus dem Schutt einer älteren Siedlung zu bestehen schien. Um den Hügel herum wand sich ein Flussbett, das aber seit Jahrzehnten, vielleicht auch seit Jahrhunderten ausgetrocknet war. Der Schlamm war festgebacken wie Stein und nicht ein einziger Grashalm wuchs dort aus den tiefen Rissen im Boden heraus. Die Siedlung war wirklich elend. Graue, trostlose Lehmhäuser standen in einer Wüste ohne Bäume und Gras. Selbst Flechten wollten hier nicht gedeihen.

Heiliger Schafsarsch. Wovon ernährten sich die Leute hier nur? Hier konnten weder Tiere noch Pflanzen überleben und Wasser gab es auch nicht. Die Siedlung wirkte wie ein Haufen aus grauen Lehmbrocken. Sie hatte zwar keine Befestigung, aber die Häuser waren dicht aneinandergebaut und ohne Fenster nach außen, sodass man das Dorf nur betreten konnte, wenn man an den Wänden hinauf und über die flachen Dächer der Häuser kletterte.

Auf einem der besagten Dächer hatte sich auch eine Handvoll Bewohner eingefunden, um die Reiter zu begrüßen. Zwei von ihnen hatten gespannte Bögen angelegt, einer hielt ein langes Blasrohr und zwei andere hatten kurze Schwerter in der Hand. Beim Näherkommen stellte Miri fest, dass es sich bei dem Empfangskomitee um fünf Frauen handelte. Sie trugen lange weiße Umhänge und einen seltsamen Augenschutz aus Knochen, der mit einem roten Band am Kopf befestigt war und nur schmale Seeschlitze besaß. Ihre Haut war so weiß wie ein lyrianischer Kanalfisch und ihr langes offenes Haar war sogar noch heller als Miris Silberhaar.

»Verschwindet! Ihr seid hier nicht willkommen«, rief die Frau, die größer und kräftiger war als die anderen. Ein dickes Geschwür wuchs an ihrem Kinn, was ihr Gesicht lang gezogen und verbogen aussehen ließ. Auch die anderen Frauen waren auf die eine oder andere Weise deformiert und wirkten kränklich. Eine hatte einen eierförmigen Schädel, eine andere einen verstümmelten linken Arm und wieder eine hatte braune Flecken auf ihrer schneeweißen Haut, aus denen dichte weiße Haarbüschel herauswuchsen, und die fünfte von den Frauen hustete so sehr, dass sie kaum ihr Schwert halten konnte und ihre Lippen rot glänzten von dem Blut, das sie gehustet hatte.

Offensichtlich hatten die Frauen noch nie zuvor etwas von den Bar Nashka gehört oder einen gesehen, sonst würden sie gewiss nicht auf dem Hausdach stehen und bedrohliche Gesten in Richtung der Reiter machen, sondern schnell davonrennen.

»Wir wollen nur Handel treiben und euch helfen«, rief Miri zu ihnen hinauf und zügelte ihr Ross. »Wir wollten Pusch bei euch eintauschen und bieten dafür die Hilfe unseres heilkundigen Magiers.« Sie zeigte auf Trac, der sein Pferd direkt hinter ihrem zum Stehen gebracht hatte. »Aber vielleicht braucht ihr auch Nahrung und Wasser. Wir können helfen, wenn ihr uns dafür euer Pusch verkauft.«

»Wir haben genug zu essen und zu trinken und wir haben unsere eigenen Heilkundigen. Haut ab oder wir werden euch mit unseren Pfeilen spicken«, rief die Frau mit dem deformierten Kinn zu ihnen hinunter.

Storm lachte höhnisch und zog sein Schwert aus der Scheide. Das Ding war fast so groß wie die Anführerin, und es surrte bedrohlich, als er es durch die Luft wirbeln ließ. »Du bist tot, bevor du Luft holen kannst!«, rief er und ließ sein Ross einige Schritte vorwärtsgehen. Aber Sin hob die Hand, und sofort zügelte Storm das Pferd wieder und senkte das Schwert.

»Was denkst du, Geflügelarsch?«, fragte Sin an Kyros gewandt.

Der verstand die Frage offenbar und antwortete nickend: »Das deformierte Kinn lässt sich richten. Ein Mittel gegen den Husten kann Trac synthetisieren.«

Trac legte die Hand auf seine Medizintasche, die er vor dem Aufbruch mit ein paar Medikamenten gefüllt hatte. Auch wenn die Bar Nashka ihre Verletzungen nur in ihren Sarkophagen heilten, hatte der Arzt in den letzten Tagen auch ein paar Medikamente für den Bedarf von Menschen hergestellt. Seit er unter dem Virus litt und die Erinnerungen an sein menschliches Leben zurückkehrten, war ihm auch das Wohlbefinden der paar wenigen freiwillig im Heer verbliebenen Menschen wichtig geworden. Gut so. Trac würde mit dieser wiedererwachten Nächstenliebe den Frauen von Koskos bestimmt helfen können.

»Das Kinn ist kein Problem. Eine Prothese für den Arm kann ich leicht installieren, und der Husten lässt sich lindern, vielleicht sogar heilen. Sie hat vermutlich Lungenkrebs«, sagte Trac und sah den Kishar abwartend an.

»Wir können einige eurer Erkrankungen und eure Schmerzen lindern«, rief Sin zu den Frauen hinauf und seine dunkle Donnerstimme schien die ganze Siedlung zu durchdringen. »Alles, was wir dafür wollen, ist ein bisschen Pusch.«

»Warum sollten wir euch glauben? Ihr seid Fremde und ihr seid bewaffnet. Wer garantiert uns, dass ihr uns nicht ausraubt und vergewaltigt, wenn wir euch in unser Dorf hereinlassen? Verschwindet oder fresst unsere Pfeile«, rief die Frau mit dem deformierten Kinn.

»Ihr wäret schon tot und euer Dorf ein Haufen Asche, wenn ich das wollte.« Sin ließ sein Pferd aufsteigen und dann, mit einer Bewegung so schnell, dass Miri sie gar nicht wahrnehmen konnte, riss er seinen Speer aus der Befestigung am Sattel und schleuderte ihn in die Höhe. Die Waffe surrte laut, als sie blitzschnell die Luft durchschnitt. Niemand hatte den weißen Vogel gesehen, der über ihren Köpfen geflogen war, bis Sins Speer ihn traf und während des Fluges aufspießte. Der Vogel war kaum größer als eine Krähe, auch wenn es keine Krähe war. Jetzt fiel der Speer mit dem aufgespießten Vogel zur Erde zurück und bohrte sich mit einem Knirschen direkt vor die Füße der Anführerin in das Dach des Hauses.

Miri schrie auf vor Schreck. Alles war rasend schnell gegangen, der weiße Vogel zuckte nicht einmal mehr, und der Speer hätte genauso gut die Anführerin töten können, wenn Sin es gewollt hätte. Das hatte seine Demonstration verdeutlichen sollen, aber eines musste man der Frau lassen: Sie blinzelte nicht einmal. Verdammt, aber sie hatte mehr Mut als alle Soldaten von Lyria zusammen. Eine Weile stand sie einfach nur da und reagierte gar nicht. Schließlich umfasste sie den Speerschaft und zerrte mit angestrengtem Gesichtsausdruck daran. Aber die Bar-Nashka-Waffe hatte sich so tief in den harten Lehm des Hausdachs gebohrt, dass vermutlich nur Sin oder ein anderer Bar Nashka ihn jemals wieder von dort herausziehen konnte.

»Gut, schwarzer Speerkrieger. Wir handeln mit euch!«, rief die Frau, nachdem sie einen weiteren vergeblichen Versuch gemacht hatte, den Speer mit dem toten Vogel aus dem Dach herauszureißen. »Aber ihr müsst zuerst beweisen, dass eure Zaubermedizin eine der unsrigen heilen kann. Dann tauschen wir Pusch mit euch.«

Es wurde eine wackelige Leiter vom Dach heruntergelassen, und die Anführerin zeigte auf Miri. »Die Frau mit dem Silberhaar kommt zuerst herauf. Sie wird für euch alle sprechen. Männer haben bei uns nicht die Erlaubnis zu reden.«

»Beim Schafspimmel, auch das noch: Albino-Emanzen-Amazonen«, murmelte Kyros, aber Miri ignorierte seinen Spott und kletterte ohne zu zögern die Leiter hinauf. Die Frau mit der behaarten Fleckenhaut streckte ihr in einer freundlichen Geste die Hand entgegen.

»Ich bin Dessel die Schamanin. Es geht um unsere Königin. Sie braucht Hilfe«, sagte sie ohne Umschweife oder falsches Getue.

»Ich bin Mirisandra aus Lyria. Meine Männer und ich helfen gerne.«

Die wackelige Leiter knarzte und ächzte, als Sin und dann Trac hinter Miri heraufstiegen. Storm folgte fluchend und Kyros flog direkt auf das Dach. Der sechste Bar Nashka blieb bei den Pferden zurück. Die weißhäutigen Frauen waren den Männern gegenüber nicht so freundlich wie zu Miri, sondern richteten sogar ihre Schwerter und eingelegten Pfeile auf sie. Das wirkte, als würden sich ein paar Zwerge einer dickhäutigen Elefantenherde entgegenstellen.

»Unsere Männer sind nicht so groß und stattlich wie deine«, sagte die Anführerin mit dem krummen Kinn zu Miri. »Sie eignen sich nicht für Krieg oder Kampf. Sie sind schwächlich und verrichten die Hausarbeit und dienen uns für die Fortpflanzung. Deshalb müssen Männer den Frauen mit Ehrerbietung begegnen und sich unterordnen.« Dann wandte sie sich an die Männer und musterte jeden von ihnen mit unverhohlenem weiblichem Interesse. »Haltet eure Blicke gesenkt, wenn ihr einer Frau begegnet. Widersprecht niemals einer Frau und redet nur, wenn ihr dazu aufgefordert werdet. Wir bringen euch zu unserer Königin. Wenn ihr wirklich in Frieden kommt und Pusch von uns haben wollt, dann achtet unsere Sitten.«

Kyros seufzte zwar entnervt und Storm schnaubte noch entnervter, aber doch hielten sie alle ihren Mund, als Sin der Amazone mit einem stummen Nicken zustimmte. Sie nahmen den Männern nicht ihre Waffen ab, ja, sie schenkten den langen Bar-Nashka-Schwertern an deren Gürteln nicht mal einen Blick. So verhielt sich nur jemand, der naiv war oder selbst eine starke Waffe besaß.

Über eine Öffnung im Dach stiegen sie in das dunkle Innere eines Hauses hinab, aber die Öffnung war so klein, dass Sin mit seinen breiten Schultern darin stecken blieb und ein paar Ziegel herausreißen musste, um die Öffnung zu vergrößern. Wenn die Frauen eines dabei begriffen, dann, dass ein Mann wie Sin ihre Siedlung mit bloßen Händen und im Alleingang niederreißen könnte, wenn er wollte.

»Ich lasse das Dach reparieren«, entschuldigte er sich, nachdem er endlich im Innern des Hauses gelandet war, aber die Anführerin zuckte nur die Schultern und winkte ab.

»Wir haben die Öffnungen nach draußen mit Absicht klein gemacht. Wir mögen das Licht der Sonne nicht. Es schmerzt in unseren Augen und verbrennt unsere Haut.« Mit diesen Worten legte sie ihren langen Umhang ab und zog ihren knöchernen Augenschutz aus. Die anderen Frauen folgten ihrem Beispiel. Sie alle hatten rote Pupillen wie die Albino-Kaninchen, mit denen Prinzessin Tala früher so gerne gespielt hatte.

»Ihr lebt hier ganz ohne Tageslicht?«, fragte Miri voller Mitleid.

»Wir mögen es so. Das ist unsere Welt«, antwortete Dessel mit einem Lächeln, dann ging sie voran und führte Miri und ihre Freunde durch dunkle Flure und Gänge, einige Treppen in die Tiefe um Ecken herum und durch düstere Räume hindurch. Es gab keine Fenster und nicht einen Funken von Tageslicht. Alles war durch grünlich leuchtende Pilze mit einem schwachen Licht erfüllt. Das waren keine technischen Geräte wie die Lampen, die Kyros bei sich hatte, sondern lebendige Wesen, die Licht spendeten. Sie waren unterschiedlich groß und an manchen Stellen wuchsen sie dichter, an anderen spärlicher. Auch der Raum, in dem die Königin sich aufhielt, war nur durch jene merkwürdigen Leuchtpilze, die in kleineren Haufen an Wänden und auf dem Boden wuchsen, in ein froschgrünes Licht getaucht.

Zu Miris Überraschung war die Königin eine junge, wunderschöne Frau, die keinerlei äußere Missbildungen aufwies. Sie war weißhäutig und weißhaarig wie die anderen Frauen, aber ihre Augen waren strahlend blau, ihre Lippen rot wie reife Kirschen und ihr Gesicht so ebenmäßig wie gemeißelt. Vor allem aber schien sie nicht krank zu sein, obwohl die Schamanin behauptet hatte, sie brauche Hilfe.

Sie saß an einem großen Webstuhl, der umgeben von Leuchtpilzen inmitten des Raumes stand, und wob an einem roten Tuch, in das gelbe Symbole oder Buchstaben einer fremden Schrift eingewoben waren. Dazwischen waren seltsame Tiergestalten in Schwarz und Weiß gestreut. Jetzt gerade schien sie an einer Art Stier mit Flügeln zu arbeiten.

»Wir haben Gäste, Alea. Das ist Mirisandra von Lyria und ihr Gefolge. Sie hat sehr starke Männer bei sich«, sagte die Frau mit dem deformierten Kinn zu ihrer Königin, ohne ihren Worten irgendwelche Ehrbezeugungen oder Verbeugungen folgen zu lassen.

»Sie sagt, dass sie einen heilkundigen Magier hat, der dich heilen kann«, ergänzte Dessel die Schamanin und nickte ihrer Königin bedeutungsvoll zu.

»Sagt sie?«, fragte die Königin und wandte sich von ihrem Webstuhl ab. Ihre Stimme klang älter, als ihr Aussehen es vermuten ließ, und ihr Blick ruhte mit auffälligem Interesse auf Kyros. Der hatte seine Flügel zwar zusammengefaltet, aber dennoch ging von ihnen in diesem dunklen Raum ein schwaches Leuchten aus, ähnlich wie bei den Pilzen, nur in Weiß.

»Sie will Pusch von uns eintauschen.«

»Will sie?«

Miri fragte sich, ob sich die Krankheit von Königin Alea wohl in Form von Begriffsstutzigkeit äußerte oder ob das eine Art von Zynismus war, dass sie die Aussagen ihrer Untergebenen als Frage wiederholte. Auf jeden Fall erhob sie sich jetzt von ihrem Hocker am Webstuhl und machte ein paar Schritte auf die Besucher zu. Heiliges Schafsfell, sie hatte eine vollkommene Figur, schlank und doch üppig an den richtigen Stellen. Ihr hellrotes Kleid war kurz und reichte nur knapp über die Oberschenkel. Ihre Beine waren lang und wohlgeformt und ein breiter Gürtel, der um ihre Hüfte geschlungen war, unterstrich ihre schmale Taille. Ein Mann, dessen Gedanken bei ihrem Anblick nicht lüstern wurden, war kein Mann. Langsam schritt sie von einem zum anderen. Ihre hellblauen Augen blieben viel zu lang an Kyros hängen, bevor sie über Trac und Storm wegschweiften und schließlich bei Sin landeten. Sie ging auf Sin zu und blieb dann eine Armlänge von ihm entfernt stehen. Ihre Augen glitzerten von unverhohlenem Interesse und ihre Lippen öffneten sich zu einem zufriedenen Lächeln.

»Was für Prachtexemplare!«, raunte sie zufrieden.

Kyros trat einen Schritt vor und verbeugte sich. »Ich bin Kyros und das ist Sin Kishar. Darf ich fragen, an welcher Krankheit du leidest? Wir können sie vermutlich heilen.«

»Hat man dir nicht gesagt, dass Männer schweigen sollen?«, fragte die Königin in einem viel zu aufreizenden Ton, und Miri spürte einen Anflug von Eifersucht in ihren Magen fahren. Sie hatte kein Recht, eifersüchtig zu sein. Sie liebte Kyros zwar, aber sie hatte ihn bewusst auf Abstand gehalten, um ihm keine Hoffnung zu machen und um sich selbst nicht noch tiefer in ihre chaotischen Gefühle zu verstricken. Doch rückblickend betrachtet war ihr Versuch, Kyros nicht zu lieben, sinnlos gewesen. Ihre Gefühle für den Ex-Gott waren mit jedem Tag, an dem sie mit ihm durch die Welt gereist war, größer und tiefer geworden, und jetzt, ausgerechnet jetzt, stach die Eifersucht so scharf in ihr Herz, dass sie nach Luft schnappen musste.

Kyros gehörte ihr. Und diese viel zu schöne, viel zu weibliche, viel zu freundliche Königin sollte ihn gefälligst nicht so gierig anschauen!

»Ich stamme aus einer Gesellschaft, in der es keine Frauen gibt, deshalb bin ich es gar nicht anders gewohnt, als zu reden. Ich bitte um Verzeihung, verehrte Königin«, antwortete Kyros und schenkte Alea sein verdammtes, betörendes Götter-Lächeln. Damit machte er schon seit Äonen alle Frauen feucht. Miri wusste leider genau, wie sich das anfühlte.

»Dir sei verziehen, geflügelter Schönling«, sagte die Königin. Mit ihren Fingerspitzen fuhr sie langsam seinen nackten Bizeps entlang und leckte dabei genüsslich über ihre Unterlippe. Dann wandte sie sich wieder an Miri und beachtete Kyros' charmante Verbeugung nicht mehr.

»Meine sogenannte Krankheit ist in wenigen Worten beschrieben. Ich will Kinder bekommen.« Sie winkte in die Dunkelheit hinein, und aus dem Schatten trat nun ein kleiner, zierlicher Mann ins grünliche Licht der Pilze. Er war kaum größer als ein Junge und verneigte sich stumm vor Miri, während er die anderen Männer ignorierte. Hätte er nicht einen langen Spitzbart am Kinn und etliche Falten um die Augen, hätte man ihn für einen Knaben halten können.

»Das ist Aklis, mein siebter Ehemann. Die anderen sechs, die ich vor ihm hatte, haben es nicht geschafft, mir ein Kind zu machen, und auch Aklis bemüht sich schon seit einem Jahr vergeblich.«

»Vielleicht liegt die Unfruchtbarkeit nicht an den Männern, sondern an dir. Ich müsste dich untersuchen«, sagte Trac. Auch er hatte vergessen, dass er nicht reden durfte, und fing sich von der Soldatin mit dem deformierten Kinn einen Fausthieb gegen seinen Oberarm ein. Trac war, wie alle Bar Nashka, eine muskelbepackte Kampfmaschine, und vermutlich hatte er den Schlag nicht mal gespürt, aber er hob beschwichtigend die Hände und murmelte ein Wort, das die Bar Nashka vermutlich seit neunhundert Jahren nicht mehr verwendet hatten: »Verzeihung.«

Die Königin ignorierte ihn und fuhr an Miri gewandt fort. »Unsere Schamanin Dessel hat die Vorfahren um Rat gefragt und eine Vision erhalten. Erzähle von deiner Vision, Dessel.«

»Ich sah, dass Alea von einem Schwan und einem Stier besucht und geschwängert wurde, und sie hat Zwillinge empfangen, ein Mädchen mit weißer Haut und eines mit dunkler Haut.«

»So ein Bullshit«, kam es leise von Storm und auch Trac gab ein ungläubiges Zischen von sich.

»Respekt vor deinen Visionen, Schamanin, aber Schwäne und Stiere können sich nicht mit Menschen paaren. Solche Kreuzungen können nur künstlich hergestellt werden und die wenigsten von ihnen sind lebensfähig«, sagte Kyros.

»Ich denke, dass der Schwan und der Stier als Symbole für Schönheit und Männlichkeit stehen«, sagte die Königin und zeigte zuerst auf Kyros, dann auf Sin. »Daher wähle ich den Schönling mit den weißen Flügeln und den düsteren Riesen mit der schwarzen Rüstung, um sich mit mir zu paaren. Wenn ihr mir euren Samen eingepflanzt habt, dann zeige ich euch unsere Felder und Ställe und wir können Pusch handeln.«

Aus Miris Kehle kam ein Geräusch, das klang, als hätte sie einen Frosch verschluckt, aber bevor sie etwas sagen konnte, ergriff Kyros schon wieder das Wort.

»Ich fühle mich sehr geschmeichelt, dass du mich erwählt hast, wunderschöne Königin Alea«, säuselte er. »Aber leider kann keiner von uns Nachkommen zeugen, was ich in diesem Fall sehr bedaure. Gerne würde ich deiner Bitte zur Paarung nachkommen, aber das geschähe unter Vortäuschung falscher Tatsachen.« Kyros bedachte die Königin mit glühenden Blicken und die Eifersucht schnürte Miris Kehle zu. Sie stand kurz davor, etwas sehr Dummes oder gar Verletzendes zu sagen, aber da brauste die Königin empört auf.

»Das kann ich nicht glauben!«, rief sie. Halb klang sie wütend, halb gekränkt. Ihre Lippen, die Kyros gerade eben noch so betörend angelächelt hatten, waren nun in Ärger nach unten gebogen und das grünliche Licht der Pilze ließ ihre Gesichtszüge giftig und gehässig erscheinen. »Ihr lügt doch! Vier junge Männer im besten Alter, einer stattlicher als der andere und keiner von euch will zeugungsfähig sein? Funktionieren eure Ruten nicht? Oder verfügt ihr gar nicht über die notwendige Ausstattung?«

»Unsere … ähm, Ruten funktionieren vorzüglich, nur ist unser Samen unfruchtbar«, sagte Kyros mit einer Verbeugung, aber die Königin schüttelte den Kopf.

»Was ist mit dem da oder dem da?« Sie zeigte auf Trac und dann auf Storm. Letzterer reagierte mit einem missmutigen Brummen. »Ist das etwa die ganze Hilfe, die ihr bieten könnt? Dass ihr mir meinen sehnlichsten Wunsch verweigert? Bin ich etwa so abstoßend in euren Augen? Ich dachte, ihr wollt Pusch haben.«

»Ich habe selten eine schönere Frau gesehen als dich!«, rief Trac plötzlich in einer emotionalen Aufwallung. Er hatte die Welt der Gefühle erst seit Neuestem wiederentdeckt. Mit der Rückkehr seiner Erinnerungen hatte er sich auch an seine Frau und seine beiden Töchter zurückerinnert, die seit fast neunhundert Jahren tot waren. Und offenbar wurde er langsam wieder zu einem normalen Mann mit allen dazugehörigen Vorlieben und Gefühlen. »Ich würde deinen sehnlichsten Wunsch nur zu gerne erfüllen, aber wir sind so erschaffen worden. Wir sind genauso unfruchtbar wie unser Schöpfer.« Er zeigte auf Kyros und sprach dann schnell und aufgeregt weiter. »Gestatte mir, dass ich dich untersuche. Begleite mich in unser Lager. Dort verfüge ich über ein Gerät, mit dem ich die Ursache für deine Unfruchtbarkeit finden kann, dann gibt es vielleicht einen Weg, sie zu beheben.«

»Es liegt nicht an der Königin. Es liegt an unseren schwachen Männern. Ihr Lendensaft ist kraftlos geworden«, sagte Dessel die Schamanin.

»Wir können leicht herausfinden, woran es liegt, und Abhilfe schaffen«, drängte nun auch Kyros. Männersprechverbote interessierten einen alten Gott halt einfach nicht. »Wir verfügen über hoch entwickelte Technologie. Ihr würdet es Magie nennen. Dazu muss uns die Königin nur in unser Lager begleiten.«

»Das geht nicht«, rief die Schamanin und die weißen Haare, die auf ihren dunklen Hautflecken wuchsen, richteten sich auf wie die Stacheln eines Igels. »Alea kann diesen Ort nicht verlassen. Das Licht der Sonne verbrennt sie und ein heiliger Schwur bindet sie an unseren Stock. Wenn eure Magie hier nicht wirkt, dann taugt sie nichts. Paart euch mit ihr oder verschwindet wieder. Das Pusch könnt ihr vergessen.«

»Nein!« Die Königin hob beschwichtigend die Hände. »Wir wollen unsere Gäste nicht kränken. Das verbietet uns das Gesetz der Gastfreundschaft. Zumal sie so doch viel stärker sind als wir.«

Storm reagierte auf ihre Worte mit einem spöttischen Auflachen, was wohl so viel sagen sollte wie: *»Ja, wir könnten deine Siedlung in fünf Minuten dem Erdboden gleichmachen.«* Zum Glück sprach er seine Gedanken aber nicht laut aus.

»Ich erkenne euren guten Willen und eure Friedfertigkeit!«, sagte die Königin. Sie sah bei diesen Worten aber nicht Kyros oder Miri an, sondern ihre Schamanin, als wollte sie die Frau beschwören, sich zu beruhigen und sich zurückzuhalten. »Auch wenn ihr mir nicht helfen wollt oder könnt, sind wir bereit, mit euch Handel zu treiben. Überlasst uns im Austausch für das Pusch ein paar eurer mächtigen Waffen. Ich möchte den Brustpanzer, das Schwert und den Hörnerhelm jenes mürrischen Riesen haben.« Sie zeigte auf Storm.

»Storms Rüstung und Schwert gehört schon dir«, antwortete Miri und ignorierte Storms wütendes Schnauben. Der konnte sich innerhalb weniger Minuten eine neue Rüstung und Waffen synthetisieren, sobald sie wieder im Lager waren. »Unser Arzt kann auch die anderen Kranken in deinem Dorf untersuchen und ihnen vielleicht helfen.«

Wie zur Bestätigung bekam die lungenkranke Amazone einen weiteren Hustenanfall und Königin Alea nickte. »Ich betrachte das als Beginn eines freundlichen Handelsabkommens, bei dem beide Seiten profitieren. Was meinst du, Dessel?«

»Wir werden sehen.« Die Schamanin nickte zwar, aber sie seufzte auch. »Bei uns ist es üblich, einen Handel erst abzuschließen, nachdem man die Produkte in Augenschein genommen und ausprobiert oder gegessen hat. Wir werden euch unsere Pusch-Felder zeigen. Dann werden wir unser Brot und unseren Wein mit euch teilen.«

Miri fragte sich, wo in dieser dunklen Welt wohl Getreide wuchs und woher der Wein kam. Die Königin hatte von Ställen und Feldern gesprochen, was eigentlich unvorstellbar war.

Sie sollte die überraschende Antwort schon bald erhalten, denn die Königin und die Schamanin führten sie über eine steile Treppe hinunter in einen unterirdischen Saal von gewaltiger Ausdehnung. Das musste ein Gebäude sein, das schon in der Zeit vor den Großen Kriegen hier gestanden hatte. Vielleicht war es damals auch noch nicht so tief in der Erde vergraben gewesen, und so wie es aussah, hatte es einst Tausenden von Menschen Platz geboten. Es ähnelte dem großen Zirkus in Lyria, mit einer Arena in der Mitte und rundum gestuften Rängen, auf denen vermutlich die Zuschauer gesessen hatten, nur, dass jetzt überall Pilze wuchsen, und in der Mitte des Stadions standen Hunderte von Holzkäfigen, in denen bleiche rotäugige Tiere gehalten wurden, von denen ein ununterbrochenes Zwitschern, Zirpen, Grunzen und Piepsen ausging, das die ganze gigantische Halle erfüllte, wie das Grillenzirpen auf einer Sommerwiese in der Nacht – wenn es ein paar Millionen Grillen wären.

»Eine unterirdische Pilzfarm?«, fragte Sin.

Die Königin antwortete nicht, sondern ging mit ihnen einen schrägen Abgang hinunter, welcher das Rund der Reihen und Ränge durchschnitt. Auf den einzelnen Reihen wuchsen Millionen der unterschiedlichsten Pilzkolonien. Weiße und blaue und graue Pilze, Pilze, die so groß waren wie ein halber Mann, und welche, die winziger waren als ein Fingernagel. Es gab Pilze mit Schirmen, andere mit Trichtern, schwammartige und tellerförmige, lange Fäden, dicke Würste, Pilze über Pilze – jede einzelne Reihe war mit Pilzen bewachsen.

»Das ist unsere Nahrung«, sagte die Königin. »Wir können aus diesen Pilzen alles machen, was wir benötigen: Brot, Kuchen, Brei oder Suppen und sogar Wein, Bier und Säfte. Auch die Fasern für unsere Kleidung gewinnen wir aus den Pilzen und natürlich Pusch. Und unsere Nacktmullkolonien sind eine weitere wertvolle Nahrungsquelle, die uns Fleisch liefert.«

»Ihr esst die Viecher?«, rief Storm, und auch wenn ein voll funktionsfähiger Bar Nashka eigentlich keinen Ekel empfinden konnte, so klang er doch schockiert.

»Wir essen das, was diese Welt uns an Nahrung liefert. Ihr müsst unseren Nacktmullschinken probieren. Er schmeckt köstlich«, antwortete Dessel.

»Ähm, wir haben schon gegessen«, murmelte Trac.

»Aber unseren Pilzwein probiert ihr doch sicher? Es ist bei uns Tradition«, sagte die Königin enttäuscht.

»Ich probiere alles, was unsere zauberhaften Gastgeberinnen uns anbieten«, rief Kyros und rauschte mit seinen Flügeln. Die Königin bedachte ihn mit einem süßen Lächeln und Miri musste ein Würgen unterdrücken (nicht wegen der Nacktmulle).

»Ich möchte gerne mit dem geflügelten Schönling das Lager teilen, auch wenn er keine Kinder zeugen kann, ich nehme das als Teil eurer Entlohnung für das Pusch«, sagte die Königin an Miri gewandt und strahlte sie freundlich an.

»Kyros ist frei und entscheidet selbst, ob er mit einer Frau zusammen sein will«, brummte Miri und hätte doch so gerne genau das Gegenteil gesagt: *»Fass meinen Mann nicht an!«* Leider ließ die Königin ihre hellblauen Augen viel zu lang und viel zu wohlgefällig auf Kyros ruhen, und Miri war sich sicher, dass der sexverrückte Elohim-Trottel der Königin beim nächsten Lächeln und Wimpernklimpern erliegen würde – und außerdem ging es ja um das Pusch und um Nimrod und die Mission, und er würde das große Opfer ganz sicher gerne erbringen.

»Freie Männer sind unnormal. Ich hoffe, der Mann namens Kyros versteht, dass unser Handel von seiner freien Entscheidung abhängt«, sagte die Königin.

»Die ganze Umgebung ist knochentrocken. Woher nehmt ihr das Wasser für die Pilze und die Tiere?«, fragte Miri barsch, um von dem blöden Thema wegzukommen und Kyros gar nicht erst Zeit zum Antworten zu lassen. Sie war so verdammt eifersüchtig, dass ihr Magen richtig heiß war. Kyros und die Königin? Nein, das war einfach nicht richtig.

»Wir pumpen das Wasser aus einer unterirdischen Quelle nach oben. Je vier Frauen müssen das Tretrad bedienen, um das benötigte Wasser heraufzubefördern. Das sind die Brunnenfrauen. Sie arbeiten fünf Stunden, dann werden sie von der nächsten Schicht abgelöst. Es ist harte Arbeit, aber es ernährt uns alle. Wir halten die Brunnenfrauen in hohen Ehren. Auf der anderen Seite ist unser Speicher. Dort wartet schon ein Korb mit verschiedenen Broten und Kuchen, gegrillte Nacktmullbrüstchen und Wein auf euch und auch unser Pusch. Wir essen und trinken, und dann handeln wir. Leistung für Gegenleistung.«

Die Königin machte eine Geste, die zur anderen Seite der gigantischen Halle zeigte, und marschierte mit schnellen Schritten los. Es dauerte eine ganze Weile, bis sie den Weg quer durch die Halle zurückgelegt hatten, und dabei kamen sie an unzähligen großen Käfigen vorbei, in denen Hunderte von Nacktmullen zusammenlebten. Es waren wirklich hässliche Tiere, ihre bleiche, leicht rosafarbene Haut war faltig, ihre Körper unförmig wie dicke, runzlige Würste mit dünnen Beinen. Winzige rote Äuglein lugten zwischen Hautfalten heraus und aus ihren kurzen Schnauzen ragten zwei lange gelbe Schneidezähne.

»Was für hässliche Viecher!«, gab Storm mit einem Brummen von sich.

Alea redete, ohne ihn zu beachten. »Nacktmulle bilden Kolonien. Sie haben eine Königin, die für den Nachwuchs sorgt, und jedes Tier in der Kolonie hat seine festgelegte Aufgabe. Genau so ist es bei uns in Koskos. Jede von uns hat ihre Aufgabe. Da ich gut aussehend und gesund bin, ist es meine Aufgabe, für Nachwuchs zu sorgen.«

»Wie in einem Bienenstock?«, fragte Trac verblüfft, aber die Königin reagierte nicht auf seine Frage – er war ja nur ein Mann –, stattdessen unterhielt sie sich weiter mit Miri.

»Wir füttern die Nacktmulle mit einer speziellen Pilzsorte, die wir Hartwurzelpilze nennen. Dadurch schmeckt das Nacktmull-Fleisch überaus aromatisch. Es ist sehr zart.«

»Süße Tiere«, murmelte Kyros und verzog das Gesicht.

»Wir sind jetzt bei unseren Speichern angekommen, tretet ein und probiert unsere Produkte.« Diese Worte kamen von Dessel der Schamanin, die bereits an der Tür zu dem besagten Speicher auf sie wartete. Sie war allen vorausgeeilt, als hätte sie es ganz besonders eilig, als Erste dort anzukommen. Nun winkte sie die Gäste in den Durchgang, der die Zuschauerränge durchschnitt und sie wieder aus der Halle hinausführte. Schließlich blieb Dessel vor einer Tür stehen und schob einen bunt gewebten Vorhang zur Seite.

Sie betraten einen Raum, in dem es winterlich kühl war und den man vor langer Zeit zweifellos für andere Zwecke verwendet hatte. Darin befanden sich noch die Reste von seltsamen alten Geräten, Möbeln oder Bänken, vielleicht war das einmal ein Umkleideraum für die Gladiatoren gewesen, jetzt waren viele Krüge und Kisten voller verschiedener Pilze an den Wänden aufgereiht und unzählige tote und gehäutete Nacktmullkörper hingen an Schnüren von der Decke herunter.

»Könnt ihr keine appetitlicheren Tiere züchten?«, rief Storm, der offenbar gerade den Schock seines Lebens erlitt. Seine Reaktion bewies, dass der Virus ihn bereits stärker verändert hatte, als er nach außen gezeigt hatte. Vor wenigen Tagen noch hätte er Frauen und Kinder und jede Art von Tieren einfach abgeschlachtet und sich nicht darum gekümmert, ob das appetitlich war oder nicht.

»Wir kennen keine anderen Tiere. Das sind die Wesen, mit denen wir die Dunkelheit teilen. Sie schenken uns ihr Leben und wir können überleben. Wir ehren sie, indem wir sie essen.«

»Ekelhaft!«, sagte Storm. Vermutlich war er als Mensch vor seiner Umwandlung in einen Bar Nashka schon ein engstirniger Idiot gewesen und dieser Charakterzug kam langsam wieder zum Vorschein.

»Bevor ihr uns verurteilt, probiert zuerst unsere Speisen und Getränke.« Die Königin bedachte Dessel mit einem hintergründigen Blick, und dann trat sie an einen Tisch, auf dem Schüsseln mit einer Art Brot und eingelegten Pilzen bereitstanden und auch Krüge und Becher waren aufgereiht. Alea füllte für jeden Gast einen Becher mit einer hellgelben Flüssigkeit und reichte sie ihnen.

»Kostet unseren Gelbknollen-Wein. Er schmeckt sehr gehaltvoll und doch süßlich. Man wird leicht davon berauscht, daher genießen wir ihn zurückhaltend. Aus den Gelbknollenpilzen wird auch unser Pusch gewonnen in einem überaus aufwendigen Trocknungs- und Destillationsverfahren. Daher ist es sehr rar und sehr kostbar.«

»Wir sind bereit, jeden von euch geforderten Preis für das Pusch zu bezahlen«, sagte Kyros und leerte den Becher in einem Zug, und ebenso taten es Trac und Storm. Sin rümpfte zwar misstrauisch die Nase, aber er nahm ebenfalls einen kräftigen Schluck aus einem Becher – von zurückhaltendem Genuss konnte bei den Männern jedenfalls nicht die Rede sein.

Miri nippte vorsichtig und war überrascht, wie köstlich das Getränk schmeckte – süß und kräftig, mit einem leicht herben Nachgeschmack. Wenn man nicht wüsste, dass der Wein aus Pilzen hergestellt wurde, könnte man ihn für ganz normalen Wein halten. Aber irgendetwas an Aleas zufriedenem Lächeln irritierte Miri. Sie hatte sich selbst etwas von dem Wein eingeschenkt, aber nicht getrunken, sondern beobachtete die anderen beinahe lauernd.

»Nun, wie mundet euch unser Wein?«, fragte sie und schenkte Kyros noch einmal nach, und der Götterarsch ließ seinen Blick währenddessen wohlwollend auf ihrem Dekolleté ruhen.

»Du sagtest gerade, dass ihr keine anderen Tiere als Nacktmulle kennt«, sagte Miri und merkte gleichzeitig, wie ihre Zunge schwer wurde. Der Wein musste ja wirklich verdammt stark sein. »Aber offenbar wisst ihr, wie Schwäne und Stiere aussehen. Dessel hatte eine Vision von diesen Tieren und du hast einen Stier in dein Tuch gewoben. Woher kennt ihr diese Tiere, die gar nicht hier leben?«

Die Königin senkte den Blick, aber Dessel antwortete schnell. »Ich sehe unsere Vorfahren in der Gestalt von Tieren in meinen Visionen. Sie erscheinen mir und leiten uns. Es sind geflügelte Wesen mit Hörnern und einem Schwanz wie Stiere, nur zweibeinig.«

»Das klingt für mich nicht nach Vorfahren, sondern nach verfickten Haèl-Bastarden«, nuschelte Kyros, und im gleichen Moment fiel ihm der Becher aus der Hand und zerbarst auf dem Boden.

»Die Stiermänner sind Wesen der Dunkelheit«, sagte Dessel. »So wie wir. Sie herrschen über die Nacht und wir dienen ihnen.« Dessels Lächeln schien vor Miris Blick zu verschwimmen. Ihr fleckiges Gesicht waberte wie in einem Nebel, und langsam begriff nicht nur Miri, dass irgendetwas nicht stimmte. Kyros gab einen Wutschrei von sich. Er stolperte vorwärts – in dem Versuch, Dessel zu packen –, fiel aber plötzlich wie ein gefällter Baum nach vorn, direkt auf sein Gesicht.

»Was stimmt hier nicht? Ich spür nichts mehr!«, rief Storm. Auch er wankte, als er die Schamanin angreifen wollte, und fiel lang gestreckt hin.

»Scheiße«, nuschelte Miri. »Kyros? Storm?«

»Eine Falle!« Sin stolperte mit ausgestreckten Armen auf die Königin zu und knallte zu Boden wie ein Riesenbaum aus Eden.

Miri stand als Einzige noch – oder das dachte sie, obwohl sie absolut nichts mehr spürte, keine Beine, keine Arme, nichts. Dann erst fiel ihr auf, dass ihr Körper direkt neben dem von Sin lag, mit dem Gesicht nach unten. Ihr Geist hatte ihren Körper verlassen. Aber er war nicht in den Kopf eines anderen umgezogen, sondern schien über dem Geschehen zu schweben und alles zu beobachten. Was war das nur für ein mächtiges Gift, das einen Bar Nashka innerhalb von zwei Sekunden töten konnte?

Aber nein, sie konnten nicht tot sein. Miri würde jene entsetzliche Schwärze und das Nichts spüren, wenn Sin tot wäre. Jetzt empfand sie genau das Gegenteil. Sie spürte eine pulsierende und mächtige Energie, die sie durchströmte – oder vielleicht war auch sie selbst diese Energie. Diese Energie war ursprünglich und grenzenlos, und sie fühlte sich eins mit ihr und unendlich mächtig und lebendig, auch wenn ihr daliegender Körper nicht den Anschein erweckte.

»Warum?«, wollte sie rufen. *»Warum habt ihr das getan? Wir wollten euch doch helfen und friedlich mit euch handeln.«* Aber natürlich kam kein Laut über die Lippen ihres bewusstlosen Körpers.

Doch dann tauchte der Haèl auf, und das war Antwort genug. Er stampfte zur Tür herein, als wäre er tatsächlich ein Stier, schnaubend und den Kopf hin und her werfend. Es war ein riesiger Mann mit mächtigen Hörnern, die fast die Decke des Raumes berührten. Sein langer, sehniger Schwanz peitschte hinter seinem Rücken und gewaltige schwarze Schwingen wuchsen aus seinen Schulterblättern heraus. Er schien den ganzen Raum mit einer unnatürlichen Schwärze zu erfüllen. Selbst das Licht der grünen Leuchtpilze wurde schwach und flackerte nur noch gelblich.

Die Amazonen gingen vor dem Haèl auf die Knie und bedeckten ihre Gesichter mit den Händen. Die Königin schlotterte vor Angst, aber Dessel die Schamanin sprach hinter ihren Händen mit fester Stimme.

»Wir haben alles so gemacht, wie du es befohlen hast, o mächtiger Tor Namush.«

Der riesige Haèl antwortete nicht, beachtete die Schamanin nicht einmal, sondern trat neben Kyros' starren Körper und spuckte auf ihn hinab. »Ich wünschte, ich könnte dir den Hals umdrehen, du dämlicher Idiot. Du hast uns alle in Gefahr gebracht mit deiner verschissenen Liebe. Liebe! Liebe! Liebe!« Jedes Mal, wenn er das Wort Liebe aussprach, verpasste er Kyros einen Tritt zwischen die Beine. »Es ist wirklich verdammt schade, dass ich die Bar-Nashka-Figuren nicht töten darf. Aber die Kohini ist unsere eigene Spielfigur, und ich kann mit ihr machen, was ich will. Später darfst du mir die Füße küssen, weil ich das Problem beseitigt und uns allen den Arsch gerettet habe.«

Kyros konnte aus verständlichen Gründen nicht darauf antworten und sich auch nicht wehren, als der Haèl ihm noch einen fünften brutalen Tritt in die Eier verpasste, bevor er an den gelähmten Bar Nashka vorbeiging und bei Miris Körper stehen blieb. Er schien ihre Präsenz direkt über ihm und ihre ungezügelte Macht nicht zu spüren, denn er stieß mehrmals mit dem Fuß nach ihrem leblosen Körper, wie um zu testen, ob sie auch wirklich bewusstlos war. In Miri ballte sich Ärger, oder vielmehr ballte sich der Ärger in ihrem Geist. Wie eine Kugel aus Hitze zog er sich in ihr zusammen, und der Haèl-Gott müsste es eigentlich spüren, dass sich etwas über seinem Kopf zusammenbraute, aber er nahm nichts davon wahr, sondern stieß noch einmal nach Miris Körper und drehte ihn dann auf den Rücken, sodass er in ihre weit aufgerissenen, aber leeren Augen blicken konnte.

»Das ist sie ja. Die süße, schöne, kleine Kohini«, sagte er mit Abscheu in der Stimme.

»Du hattest recht, o mächtiger Tor Namush. Sie haben nichts geahnt. Wie arglose Kinder sind sie auf den alten Mann hereingefallen, der sie hierhergeschickt hat. Sie wollten unbedingt unser Pusch haben. Sie wissen nicht, dass sie unser Pusch getrunken und sich damit selbst unter Drogen gesetzt haben.« Die Schamanin lachte triumphierend, aber der Haèl hatte nur ein abfälliges Schnauben für sie übrig.

»Kaum zu glauben, dass euer seltsames Zeug so gut wirkt. Sogar bei dem Elohim und seinen verdammten unverwüstlichen Bar Nashka, die nichts umbringen kann. Das ist euer Glück.«

»Wir dienen dir gerne, o mächtiger Tor Namush.«

»Ich will nur das Silberblut, ihr könnt die Männer behalten. Wenn sie allerdings aus ihrem Drogenrausch aufwachen, werden keine Fesseln der Welt euch vor ihrem Zorn retten. Ich habe schon gesehen, wie zwei von denen ganze Städte in Schutt und Asche gelegt haben.« Er grinste hässlich und zeigte dabei seine langen weißen Reißzähne.

»Wir danken dir, o großer Tor«, sagte nun die Königin mit vor Angst bebender Stimme und gesenktem Blick. »Du hast uns versprochen, dass wir die Männer behalten dürfen, damit sie Nachkommen zeugen. Aber wie soll dies gehen, wenn sie so stark sind und dieser Aufgabe nicht freiwillig Folge leisten, sondern uns dann womöglich bestrafen werden?«

»Wie du das machst, ist nicht mein Problem, Schätzchen«, höhnte der Haèl.

»Aber du hast gesagt, ich kann die Männer verwenden, um starke Nachkommen zu erhalten. Du hast mir Nachkommen versprochen.«

»Ich habe lediglich gesagt, dass du es versuchen kannst.« Der Haèl zuckte die Schultern.

»Sie haben gesagt, dass sie unfruchtbar seien. Das hast du uns verschwiegen.«

»Tja, wie es scheint, habe ich dich wohl belogen, kleine Idiotin!«, rief der Haèl mit einem donnernden Auflachen, und die Königin brach in Schluchzen aus, was den Haèl nicht im Mindestens interessierte. Er bückte sich nach Miris Körper und nahm ihn unter dem Arm, wie man einen Sack Mehl unter dem Arm trägt. So wollte er mit seiner Beute davonstampfen, aber die Schamanin sprang auf die Beine und stellte sich ihm in den Weg.

»Du hast gewusst, dass sie keine Kinder zeugen können? Und dass wir sie im wachen Zustand nicht bändigen können? Du hast uns belogen. Dein Handel mit uns war nicht wahrhaftig. Du kannst keiner unserer Ahnen sein, wenn du uns so hintergehst.«

»Ich habe nie behauptet, einer von euren dämlichen Ahnen zu sein. Das wäre ja widerlich. Ich bin Tor Namush, der Vollstrecker der Haèl afel. Du hast dir das selbst eingeredet, als ich dir erschienen bin, du dummes Weib. Ich habe es nur unterlassen, dir zu widersprechen.«

»Du musst den Handel einhalten!«, rief Dessel und schwenkte die Arme. »Wir haben unseren Teil erfüllt. Du musst dich an den Handel halten, sonst … sonst …«

»Was sonst?«, lachte der Haèl.

»Sonst wird dich der Fluch der Ahnen treffen.«

Der Haèl blökte ein gehässiges Lachen hinaus. »Ihr Menschen seid so jämmerlich. Geh mir aus dem Weg, Albinoweib!«

Aber Dessel ging nicht aus dem Weg, im Gegenteil, mutig und voller Todesverachtung stellte sie sich breitbeinig vor dem Haèl auf und streckte ihm beide Hände abwehrend entgegen. Die Haare am Körper waren gesträubt. »Halt inne, falscher Ahne, oder ich belege dich mit einem Fluch!«

»Weg mit dir, du Insekt.« Die Stimme des Haèl wurde wütend. Der Boden unter seinen Füßen schien zu beben und Rauch kam aus seinen Nasenlöchern, aber die Schamanin wich nicht zurück. Als wolle er eine Fliege verscheuchen, fegte er die Frau mit einem lässigen Schlag einfach von ihren Beinen. Unter dem Arm hatte er immer noch Miris reglosen Körper geklemmt, und mit dem Handrücken der anderen Hand schlug er nach Dessels Kopf. Miri hörte, wie ihr Genick knackste, und sah, wie ihr Körper direkt vor der knienden Königin auf den Boden plumpste. Da lag sie. Tot.

Die Amazone mit dem deformierten Kinn sprang mit einem wütenden Aufschrei auf die Beine und rannte mit ihrem kurzen Bronzeschwert auf den Haèl los, aber bevor sie begriff, was geschah, traf er sie mit seinem muskulösen Schwanz.

Was für ein brutaler Schlag! Miri hörte das laute Peitschen des Schwanzes, den Schmerzensschrei der Amazone und schon wirbelte sie im hohen Bogen durch den Raum und knallte gegen eine der Pilzkisten. Mit verrenkten Gliedern blieb sie liegen. Auch sie war tot. Der Hieb des Haèl hatte ihr alle Knochen gebrochen. Die Königin brach in schrilles

Geschrei aus, aber der Gott lachte vor Freude. Das ganze unterirdische Gebäude hallte von seinem Gelächter wider.

Falls Miri jemals noch den geringsten Zweifel daran gehabt hätte, ob ihr Kampf gegen die Götter gerechtfertigt war, so waren ihre Zweifel in diesem Moment restlos beseitigt.

5 Drachengeboren

Aus den Dateien der Memori:
Unser Bündnis mit Tannin dem Drachen ist so alt wie der große Plan und Bestandteil desselben.
Der Bund steht festgeschrieben in Tannins Blut und in seinen Genen.

Askender:

Sie stürzten in den schwarzen See. Askender zappelte und schrie, aber als er auf der Wasseroberfläche aufschlug, verstummte sein Schrei und seine Bewegungen erstarrten. Es fühlte sich an, als würde er sanft durch eine dicke Masse weicher Butter gleiten, die alles dämmte und bremste. Sein Zeitgefühl ging verloren, und er hätte nicht sagen können, ob er eine halbe Ewigkeit oder nur einen Augenblick lang durch jenes Gelee glitt, bevor er wieder auf festem Boden und auf seinen Füßen landete. Tala tauchte direkt neben ihm aus dem Nichts auf, und er griff sofort nach ihrer Hand, wie um zu fühlen, ob sie auch wirklich real war.

»Wo sind wir?«, wisperte Askender und schaute sich erschrocken um. Der Raum war in ein rotes, loderndes Licht getaucht, als wäre er von gigantischen Flammen erfüllt, die man allerdings nicht sehen und nicht spüren konnte. Schemenhafte Gestalten und Schatten schienen sich in der Dunkelheit jenseits der Flammen aufzuhalten und zu lauern. Direkt vor ihnen erhob sich ein Podest, auf dem ein Thron stand.

»Ihr seid in Mykan! Einst eine Millionenstadt, heute nur noch Ruinen, vergessen von der Welt«, antwortete eine düstere Stimme vom Podest herunter. »Ich habe es zu meinem Stützpunkt umfunktioniert, meine Sommerresidenz sozusagen, wenn ich hier auf der Erde weile und mich um die Probleme meiner Spielfiguren und andere sterbliche Würmer kümmern muss.« Ein gehässiges Lachen folgte.

»Tyrannos«, keuchte Tala und schlug die Hand vor den Mund.

Ein riesiges geflügeltes Monstrum saß dort auf einem erhöhten Podest und starrte düster auf sie beide herab. Seine Augen leuchteten rot und Rauch waberte um seine Füße herum. Mehrere bewaffnete Männer standen links und rechts seines Throns. Sie sahen aus wie normale menschliche Männer, trugen Schwerter und Speere und Rüstungen mit Bronzehelmen, und im Vergleich zu den Schwarzen Bestien, die Kyros erschaffen hatte, wirkten diese Wächter geradezu harmlos.

Der Mann auf dem Thron war allerdings alles andere als harmlos und Tala war erstarrt vor Schreck. Doch sie schrie nicht und weinte auch nicht. Wenn sie weinen würde, wäre das für Askender schrecklicher als jedes Monster, dem er sich stellen müsste. Ihr Weinen machte ihn immer ganz verrückt. Dass sie stark war, machte auch ihn stark. Er drückte ihre eiskalte Hand. *»Hab keine Angst«*, wollte er zu ihr sagen. *»Ich beschütze dich.«* Aber er war sich keineswegs sicher, ob er nicht selbst Schutz brauchte. Er dachte an Gilbesh und seine Söldner, die weit entfernt an einem namenlosen Fluss lagerten. Wie sollte der sie beide je finden? Und selbst wenn er wüsste, wo sie waren, wie sollte er mit seinen Kamelen diese riesige Entfernung zurücklegen, die sie geflogen waren? Gilbesh würde sie niemals rechtzeitig retten können. Trotzdem rief Askender in Gedanken einen verzweifelten Hilferuf in die Welt hinaus. Vielleicht konnten seine Entenstimmen die Nachricht an Gilbesh übermitteln.

»Gilbesh, rette uns! Wir sind in Mykan! Ein Monster-Teufel hält uns gefangen.«

Der besagte Monster-Teufel meldete sich mit donnernder Stimme zu Wort und zeigte dabei auf Tala. »Ach, wie süß, die Verräterin hat einen Beschützer mitgebracht. Bildest du dir ein, dass dieser dürre Hungerknochen dich vor meiner Wut beschützen kann, Prinzessin? Bildest du dir ein, du kannst Tyrannos den König hintergehen und ungestraft davonkommen?«

Tala zitterte am ganzen Körper und antwortete mit einem Kopfschütteln. Askender wünschte sich, er wäre größer und stärker und Furcht einflößender.

»Tala hat nichts Böses getan. Lass sie in Ruhe«, rief er dem Monstergott zu, auch wenn er wusste, dass der ihn nur auslachen würde. Die Entenstimmen warnten ihn sogar davor. Er solle den Haèl bloß nicht provozieren. *»Halte dich zurück!«* So lautete ihre Warnung, wenn man die Bilder, mit denen sie zu ihm sprachen, in Worte übersetzen wollte. *»Tyrannos darf nicht erfahren, dass du ein Drache bist.«*

»Wer bist du, du Würstchen, dass du es wagst, mich anzusprechen?«, rief der Haèl. Bei jedem Wort, das er hinausschrie, flackerte das Flammenlicht um ihn herum hell auf.

»Ich bin Talas Freund und ich beschütze sie. Wenn du ihr wehtust, wirst du es bereuen.«

Natürlich lachte der Haèl. Er lachte so laut und donnernd, dass Askenders Trommelfelle vibrierten, aber trotzdem blähte er seine magere Brust auf, und anstatt sich zurückzuhalten, stellte er sich vor Tala. »Was willst du von Tala?«, rief er.

»Sie ist eine ganz böse Verräterin und ich werde sie ganz hart bestrafen«, säuselte der Haèl in übertrieben väterlichem Ton, als müsste er einem Kleinkind die Welt erklären. »Hätte mein Kalong zwei Gramm Gehirn in seinem Schrumpfkopf, hätte er dich dort gelassen, wo du zuvor herumgekrochen bist, du mitleiderregender Wurm. Mit dir habe ich nichts zu schaffen, und wenn du den Mund hältst, lasse ich dich vielleicht sogar am Leben. Der Prinzessin hingegen werde ich sehr wehtun. Sie hat unseren Vertrag gebrochen und deshalb wird sie einen qualvollen Tod sterben.«

Askender war froh, dass es jenes geheime nächtliche Treffen mit dem verstoßenen Gott Kyros und dem Anführer der Schwarzen Bestien Sin Kishar gegeben hatte, sonst würde er jetzt nämlich an Tala zweifeln, aber bei dem Treffen hatte Tala ihm und den beiden Männern die ganze Wahrheit erzählt: Alles über den schlimmen Handel, den Tyrannos ihr aufgezwungen hatte, und wie schlecht es um ihre angebliche Allwissenheit tatsächlich bestellt war.

»Ich konnte Miri einfach nicht verraten!«, rief Tala nun. Ihre Stimme zitterte zwar vor Angst, aber sie trat dennoch hinter Askenders Rücken hervor und stellte sich ihrerseits vor ihn. Das war gar nicht gut. Er war doch der Beschützer. Er war der Drache. Sie war die Prinzessin. Es musste umgekehrt sein. »Ich habe es nicht über mich gebracht, ihre Erinnerungen zu löschen. Das wäre falsch gewesen. Und weißt du was?« Sie zitterte am ganzen Körper, aber sie sprach laut und wich nicht zurück. »Ich will auch gar nicht mehr Königin von Lyria sein. Ich will unseren Handel rückgängig machen. Ich will nur nach Adlara gehen.«

»Vom Vertrag zurücktreten?«, röhrte Tyrannos und sprang von seinem Thron auf. Er stapfte die Stufen zu ihnen herunter. Ach du liebe Enten, war der groß! Auf seinem nackten Oberkörper wölbten sich straffe Muskelstränge, dicker als Askenders Schenkel, und seine schwarzen Schwingen waren weit ausgebreitet. Askender japste nach Luft, und der Fluchtinstinkt mitsamt den panisch quakenden Entenstimmen in seinem Kopf drängten ihn, sofort wegzurennen. Aber er rannte nicht. Er stellte sich stattdessen breitbeinig auf, gleichzeitig spürte er, wie sich heißes Feuer in seinem Magen ballte.

»Du hast unseren Vertrag mit einem Handschlag besiegelt. Du kannst nicht mehr davon zurücktreten, Prinzessin! Du hattest eine einzige verdammte Aufgabe!« Das Geschrei des Haèl hallte als Echo aus den Tiefen des Raumes wider. Jetzt stand er nur noch eine Armlänge von Tala entfernt und peitschte seinen sehnigen Schwanz hin und her. Tala ging vor Schreck in die Knie. Dabei hielt sie die Arme schützend über ihren Kopf. Askender kniete zu ihr und umfing sie mit den dünnen Armen. Er wusste, dass er sie nicht wirklich beschützen konnte, und die Enten warnten ihn: Er solle bloß still sein und sich zurückhalten. Aber er musste Tala doch zeigen, dass er zu ihr hielt.

»Du hättest die verdammte Kohini nur ein einziges verdammtes Mal anfassen sollen. Nur eine kurze Berührung. Und das hast du nicht über dich gebracht?« Die Stimme des Haèl donnerte über ihre Köpfe hinweg wie ein Gewittersturm. »Du … du … nichtsnutziges, fettes Stück Menschenscheiße.«

»Sie ist nicht fett, du hässliches Dämonenmonster! Du bist selber fett«, brauste Askender auf und sprang wieder auf die Beine. »Du mit deinen wulstigen Muskeln und deinem blöden fetten Schwanz und diesen widerlichen Hörnern. Du bist höllen-entenkot-hässlich!« Er spürte, die wütende

Hitze, die in seinem Magen kochte und sich langsam in seinem ganzen Körper ausbreitete. Die Entenstimmen warnten ihn mit aufgeregtem Quaken: Er solle sich beruhigen, er solle sich bloß nicht in einen Drachen verwandeln, sondern sich zurückhalten und unauffällig bleiben. Er sei noch viel zu jung, um gegen einen Gott anzutreten, zu jung, um sich zu verwandeln. Als er sich das letzte Mal in einen Drachen verwandelt habe, sei er fast getötet worden. Doch der Haèl beachtete Askender nicht. Der Knabe schien ihm so unwichtig zu sein, dass er ihm sogar den Rücken zudrehte, als er Tala packte. Er zerrte sie am Arm von Askender weg und schleifte sie grob über den Boden davon.

»Lass sie los!«, schrie Askender und rannte ihm nach.

»Nehmt den dünnen Knaben und setzt ihn vor die Tür, bevor ich ihn zum Frühstück verspeise«, rief er den menschlichen Soldaten zu, die seinen Thron flankierten. »Die Prinzessin kommt mit mir und lernt, was das Wort Höllenqualen bedeutet.«

Askender stürzte sich mit einem schrillen Schrei auf Tyrannos. Er schaffte es sogar, ihn mit der Faust am Arm zu treffen, bevor die Soldaten ihn packten und zu Boden rissen. Sie waren zu viert, und jeder von denen war viermal so stark wie Askender, aber er schlug wild um sich.

»Ich vernichte euch«, schrie er, wohl wissend, dass er keine Chance gegen die Männer hatte, doch das war ihm egal. Er nahm nur Talas Weinen wahr und das machte ihn verrückt vor Wut. Eine Salve von Fausthieben traf ihn, aber er war Prügel gewohnt und hatte noch nie besonders schlimme Schmerzen dabei empfunden. Jetzt gerade war er so in Rage, dass er gar nichts anderes spürte als die Gluthitze in seinem Innern, und dann explodierte das Feuer in ihm.

Wie beim letzten Mal, als er sich in einen Drachen verwandelt hatte, bemerkte er die Verwandlung erst, als sich seine Sicht verschlechterte und das Feuer aus ihm herausbrach. Gerade hatten Tyrannos' Soldaten ihn noch niedergedrückt und auf ihn eingedroschen, doch auf einmal schrien sie vor Schmerzen. Er erkannte nur noch ihre Umrisse und die Wärme, die sie abstrahlten. Sie sahen wie lodernde Fackeln aus, die sich auf dem Boden wälzten. Mit halb blinden Augen suchte er nach Tala und konnte sie anhand der Körperwärme finden, die sie von innen heraus rot erleuchtete. Auch Tyrannos sandte ein grellrotes Licht aus. Er stand dicht bei ihr … nein, er rannte. Er lief davon und zerrte Tala mit sich.

Ein allmächtiger Gott flüchtete?

Askender stürmte ihm hinterher, röhrend und ungelenk auf vier Beinen, aber jetzt war er viel größer als der Haèl und schneller und holte ihn schon nach wenigen Schritten ein. Doch das Risiko, dass er Tala verletzte, wenn er Feuer spuckte, war viel zu groß. Deshalb brüllte er nur wütend.

»Lass sie los oder ich verbrenne dich zu Asche!«, schrie er, aber aus seinem Mund – seiner Schnauze – kamen keine Worte, sondern ein dröhnendes Drachenröhren.

»Ihr Idioten! Könnt ihr ihn nicht aufhalten? Haltet ihn auf! Holt das Netz!«, schrie Tyrannos und rannte noch schneller. Tala heulte und wehrte sich. Askender erkannte das an dem wilden Flackern ihrer Arme, die wie rote Fäden wirkten. Wen auch immer der Haèl um Hilfe gerufen hatte, die brauchten zu lange. Tala schaffte es zwar nicht, sich aus dem Griff von Tyrannos loszureißen, aber sie brachte ihn mit ihrer Gegenwehr immerhin zum Stocken, und sein Geschrei wurde noch panischer.

»Beeilt euch! Los doch!« Tyrannos' Stimme war schrill vor Panik. Der Gott hatte Angst! Richtige, echte Angst. »Bringt einen Schutzschild für mich. Schutzschild habe ich gesagt. Macht doch! Und das verdammte Netz! Fangt ihn doch endlich mit dem Netz!«

Das Feuer in Askender wurde immer heißer und wollte unbedingt heraus. Er konnte es nicht länger zurückhalten, und weil er Tala nicht verletzen wollte, stieß er den Feuerstrahl nach oben zur Decke der riesigen Halle hinauf. Der ganze Raum war vom Schein seines Drachenfeuers erhellt und füllte sich mit flirrender Hitze. Da entdeckte er noch mehr Angreifer. Mindestens zwanzig Wesen kamen herangerannt. Die Wärme ihrer Körper leuchtete heller als die von Menschen, und sie trugen irgendetwas, das ebenfalls einen schwachen roten Wärmeschimmer ausstrahlte, aber mehr konnte Askender nicht wahrnehmen. Und offenbar war auch ein Kalong über seinen Kopf dahingeflogen, als er seinen Feuerstrahl losgelassen hatte, denn der stürzte auf einmal brennend und kreischend direkt neben Askender zu Boden.

Dieses schreckliche Tier würde jedenfalls niemanden mehr entführen, ausgerechnet dann, wenn diejenigen sich gerade küssen wollten. Leider war Askenders Freude über den brennenden Kalong nur von kurzer Dauer, denn jetzt hatten die seltsamen hell leuchtenden Wesen ihn beinahe erreicht. Sie hechelten wie Hunde und gaben ein lachendes Bellen von sich, als würden sie sich freuen, dass er sie gleich mit seinem Feuer rösten würde. Doch er kam nicht mehr dazu, denn die Angreifer schossen etwas auf ihn ab, das unsichtbar war und sich sofort wie eine kalte, feste Haut um ihn herum legte. Eine unsichtbare Macht, für die er keinen Namen hatte, hielt ihn gefangen. Er fühlte sich, als wäre er von einer Flüssigkeit gefesselt worden, die gleichzeitig starr war wie Kristall. Selbst der Wutschrei aus seiner Kehle drang nur noch gedämpft nach außen. Die göttliche Technik-Magie hatte ihn besiegt.

»Ging das nicht schneller?«, schrie Tyrannos. »Der kleine Scheißkerl hätte mich fast geröstet!« Jetzt, nachdem Askender unschädlich gemacht war, wandte Tyrannos sich wieder herum und kam mit riesigen Schritten zurückgestampft. Askender konnte nichts mehr tun. Er konnte weder Feuer speien noch Tyrannos richtig erkennen. Er sah nur das Glühen, das von ihm ausging, die Flügel als schwache rötliche Schatten, den Körper als grellrotes Wabern, und er erkannte an den Konturen von Tala, dass der Haèl sie immer noch mit sich zerrte. Von neuem Mut ergriffen baute

Tyrannos sich jetzt breitbeinig vor dem eingekapselten Askender auf – eine riesige rote Figur.

»Du kleiner, verdammter Mistkerl. Du glaubst doch nicht etwa, dass du mich töten kannst! Oder? Ja?«

»Lass Tala in Ruhe!«, rief Askender, doch was aus seinem Mund kam, war das Knurren eines Drachen, das zudem noch durch diese unsichtbare Schicht, die ihn einhüllte, gedämpft wurde. Die Entenstimmen in seinem Kopf hingegen schnatterten wie verrückt. Sie waren besorgt und warnten ihn. Tyrannos würde Askender töten, denn er hasste Drachen.

»Du bist ein verschissener kleiner Drachenbastard. Der letzte Sohn von Tannin! Ja? In welchem Loch hatte er dich versteckt? Ich dachte, ich hätte alle Scheißdrachen getötet.« Tyrannos brüllte und zischte vor Wut. »Wie ist es überhaupt möglich, dass noch ein einziger Scheißsohn von Tannin lebt?«

»Ich? Ein Sohn von Tannin?«, wollte Askender rufen, aber er knurrte nur.

»Was meinst du damit? Das ist nur Askender aus Kandaros. Was willst du von ihm?« Nun mischte sich Tala ein, und obwohl Askender genau die gleichen Fragen stellen wollte, wäre es ihm lieber, sie würde sich zurückhalten und nicht wieder Tyrannos' Wut auf sich lenken.

»Ich will ihn töten, du dämliche Kuh. So wie ich auch Tannin und seine anderen Söhne getötet habe. Der hier ist besonders hübsch mit seinen goldenen Schuppen. Sieht genau aus wie sein verschissener Vater. Eins zu eins. Und der kleine Scheißkerl ist auch noch verdammt stark. So ein mächtiges Drachenfeuer hat bisher kein anderer von Tannins Söhne zustande gebracht. Nur Tannin selbst. Aber das hat ihm am Ende nichts genützt«, sinnierte Tyrannos. Er klang überheblich und schadenfroh und trat mit dem Fuß gegen die durchsichtige Masse, die Askender umgab. Askender spürte den Tritt zwar nicht, aber er konnte sich auch nicht wehren. Gar nichts konnte er tun, außer diesem Monstergott dabei zuzuhören, wie er Tannin und seine Nachkommen schmähte. »Hast du eine Ahnung, wie lange ich schon nach den Bastarden des verdammten Drachen jage? Missgeburten.« Wieder trat er nach Askender.

»Ab-aber Tannin war doch dein eigenes Geschöpf«, stammelte Tala.

»Manchmal sind auch die eigenen Kinder eine Scheißplage«, rief Tyrannos. »Der verdammte Drache hat Hunderte und Tausende von Söhnen gezeugt. Weil er es mit jedem weiblichen Miststück getrieben hat, das ihm in die Quere kam. Seine Töchter waren harmlos, die konnten sich nicht verwandeln und kein Feuer speien. Sie konnten nur den Scheiß vererben. Aber die Söhne waren eine verdammte Plage, so wie Tannin selbst auch. Er ist größenwahnsinnig geworden und hat sich gegen mich, seinen Schöpfer, aufgelehnt und rebelliert. Ich habe ihn zur Strafe getötet und seine Söhne gejagt. Ich habe sie alle getötet, alle bis auf diesen kleinen Scheißer da.«

»Askender ist doch erst fünfzehn und Tannin ist seit Jahrtausenden tot«, rief Tala und schwenkte ihre Arme, was Askender lediglich an dem roten Flackern erkennen konnte, das um ihren Körper herumwogte. »Wie kann er da Tannins Sohn sein?«

»Wenn ich das herausfinde, dann weiß ich alles über das Universum, du blöde Klugscheißerin. Ich habe keine Ahnung, wie der verfluchte Drache es geschafft hat, Jahrtausende nach seinem Tod noch einen Sohn zu hinterlassen. Vielleicht hat ja jemand sein verdammtes Sperma konserviert, ja? Auf jeden Fall ist der da ein reinrassiger, scheißverdammter Sohn dieses Mistviehs. Nur direkte Nachkommen haben goldene Schuppen und können sich verwandeln und Feuer spucken.«

Askender hatte das Wort Sperma noch nie gehört, aber er konnte es sich denken, was damit gemeint war. Trotzdem konnte er es nicht glauben. Warum sollte jemand den Samen von Tannin aufbewahrt haben? Und wie sollte dann ein Junge, er, aus diesem Samen entstanden sein? So etwas Verrücktes gab es doch gar nicht.

»Aber warum jagst du Tannins Söhne?«, fragte Tala. Die allwissende Schlange oder die vielen Stimmen in ihrem Innern mussten ihr diese Fragen eingeben und ihr Mut machen, sie überhaupt zu stellen, denn gerade eben noch hatte sie geweint vor Angst, und jetzt klang sie so beherzt.

»Spar dir deine Klugscheißerfragen!«, knurrte Tyrannos. »Solltest du als Memora nicht alles wissen? Ach nein, ich vergaß ja, deine Gnostika ist defekt und du bist nur ein nerviges, dummes Kind, das sich nicht an unseren Vertrag gehalten hat. Du wirst zusammen mit diesem Tannin-Abschaum sterben, dann werden dir all die Fragen vergehen.«

»Askender hat doch gar nichts mit Tannins Rebellion zu tun. Was hat er dir denn getan?«

Offenbar hatte Tyrannos nun genug von der Unterhaltung, denn er packte Tala und zog sie näher zu sich heran. So nahe, dass ihre beiden Rottöne miteinander zu verschmelzen schienen. Sie wimmerte vor Schmerz, und Askender zappelte in seinen Fesseln – oder versuchte es zumindest –, aber es war vergeblich. Er konnte nicht mal blinzeln.

»Frag nicht so viel«, knurrte Tannin. »Wenn ich jemanden töten will, dann töte ich ihn. Ich brauche keinen Grund dafür. Ich bin ein Gott.«

»Aber du hast einen Grund. Da bin ich mir sicher«, rief Tala hinaus. Sie klang, als würde sie die Worte am liebsten gar nicht aussprechen, aber irgendjemand – vielleicht eine von den vielen alten Frauen in ihrem Kopf – nötigte sie dazu. »Du hast Tannin getötet, weil du Angst vor ihm hattest. Du hast festgestellt, dass er dir gefährlich werden und sein Feuer dich töten kann, und deshalb jagst du all seine direkten Nachfahren, alle, die Feuer speien können.«

Tyrannos lachte zwar, aber er klang nicht wirklich amüsiert, als er antwortete: »Mach dich nicht so wichtig, du dämliche Kuh. Wir Götter sind unsterblich. Nichts kann uns töten.«

»Ihr habt vielleicht eine Speise, die euch vor dem Verfall des Alters schützt und eure Wunden heilen lässt, aber vor dem Drachenfeuer kann sie euch offensichtlich nicht schützen. Sonst wärest du nicht so gerannt, als Askender sich plötzlich in einen Drachen verwandelt und Feuer gespuckt hat.«

»Was weißt du denn über unsere Speise?«, rief Tyrannos. Seine Stimme war schrill vor Überraschung. »Du kannst nichts darüber wissen, das ist geheim. Also rede nicht daher.«

»Ich weiß es von Kyros dem Elohim«, sagte Tala. Sie wurde immer ruhiger, je aufgeregter Tyrannos reagierte. Askender konnte ihr Gesicht nicht erkennen, aber ihre Stimme klang stark und alt. »Kyros ist auf unserer Seite und er hat uns in all eure göttlichen Geheimnisse eingeweiht.«

Die schockierte Stille des Haèl-Königs bestätigte Askender, dass alles, was Kyros ihnen bei ihrem nächtlichen Treffen über die Götter, ihre Ziele und Vorgehensweise erzählt hatte, die reine, entsetzliche Wahrheit gewesen war.

»Kyros? Auf eurer Seite?« Auf einmal brüllte Tyrannos wieder los. »Was meinst du damit, du nichtsnutzige Verräterin? Du sprichst von Seiten? Welche Seite?« Tyrannos wurde lauter und lauter, und das rote Leuchten, das Askender von ihm wahrnahm, pulsierte grell. »Ihr seid Sterbliche. Ihr habt keine Seiten. Ihr seid nur Dekoration für unser Spiel.«

»Wir haben eine Seite!«, rief Tala. »Wir haben die Kohini und ich bin auf der Seite der Kohini, und Kyros ist auch auf ihrer Seite und die ganze Dämonenarmee der Bar Nashka und Sin Kishar und … und Gilbesh und alle Menschen aus Izeh und Askender der Drachenlord ist auch auf der Seite der Kohini, und ich bin mir sicher, dass Drachenfeuer dich töten kann.« Auch Tala wurde mit jedem Wort lauter und Askender erkannte ihre Stimme kaum wieder. Sie klang so erwachsen und unerschütterlich. Sie schien keine Angst mehr zu haben – oder zumindest ließ sie sich ihre Angst nicht anmerken. Ganz bestimmt hatte sie Unterstützung durch die Stimmen in ihrem Kopf. Und auch wenn ihr neu erwachter Mut ihnen beiden nichts nützen würde, war sie einfach großartig. Ihr Mut ließ Askenders Herz vor Stolz anschwellen. Außerdem hatte sie es dadurch geschafft, Tyrannos so wütend zu machen, dass er sie mit einem Aufschrei von sich stieß. Vielleicht wollte er zu einem Schlag gegen sie ausholen oder sie mit seinem Schwanz zerschmettern. Warum auch immer, Tala schlitterte über den Boden, weg von Tyrannos, und Askender handelte instinktiv, ohne nachzudenken. Er füllte seinen Magen mit dem Feuer aus seinem Innern und stieß es hinaus. Er dachte nicht darüber nach, ob er womöglich dabei selbst verbrennen würde, weil er ja in die Kristallmasse eingesperrt war, oder ob sein Feuer überhaupt etwas bewirken würde. Er tat es einfach.

Er spürte, wie das Feuer über seinen ganzen Körper dahinströmte, ihn umfasste und überzog. Er spürte das höllische Brennen auf seiner Haut –

vielmehr auf seinen Schuppen –, sie glühten wie flüssige Bronze, aber es tat nicht weh. Ganz im Gegenteil, es fühlte sich an, als würde die Hitze seine Stärke und seine Fähigkeiten noch erhöhen.

Das war er! Sein ureigenes Ich. Er war das Feuer!

Am Ende waren es seine von der Hitze glühenden Schuppen, welche die Kristallfesseln wegschmolzen, als wären sie Schnee. Es dauerte nur ein paar Augenblicke, Augenblicke, die Tyrannos erstarrt vor Schreck verstreichen ließ, Augenblicke, die Askender ausreichten, um seinen Feuerstrahl auf die grellrot leuchtenden Konturen von Tyrannos zu richten. Er musste ihn frontal getroffen haben, denn der Gott schrie vor Schmerz. Sein Körper war jetzt von grellen Flammen umhüllt. Askender hörte ihn kreischen und um Hilfe rufen, und er sah, wie er davonrannte, wie eine riesige rote Fackel mit Schwingen aus Feuer.

Tala blieb auf dem Boden kauernd zurück und wimmerte vor Angst. »Bitte verbrenn mich nicht. Hörst du mich? Ich bin es.«

»Hab keine Angst! Ich wollte dich doch nur beschützen«, rief er ihr zu, aber seine Worte kamen als Röhren aus seiner Drachenschnauze, und Tala kauerte sich noch kleiner zusammen. Er tapste ein paar unbeholfene Schritte rückwärts und senkte den Kopf. Mit seinen halb blinden Drachenaugen konnte er erkennen, dass Tyrannos' Mutanten bellend und in heilloser Panik ihrem Herrn hinterherrannten. Auf und davon.

Es grenzte beinahe an ein Wunder, aber er und Tala waren allein in dem riesigen dunklen Raum. Zumindest konnte Askender nirgendwo mehr das Leuchten von Körperwärme wahrnehmen. Nur Tala leuchtete noch rot und warm. Sie rappelte sich wieder auf und blieb in einigem Abstand stehen. Sie schien die Hände beschwichtigend erhoben zu haben. Zwei dünne rötliche Streifen, die herumflackerten.

»Du wirst mir nicht wehtun, nicht wahr?«, sagte sie mit sanfter Stimme, als würde sie mit einem Hund oder einem Kätzchen sprechen. »Du hast mich schon in Burgen vor dem Bar Nashka beschützt und jetzt vor Tyrannos. Nur mit dem Unterschied, dass Tyrannos keine Rüstung trägt, die ihn vor deinem Feuer schützt.«

Askender knurrte zustimmend und spürte gleichzeitig, wie die Hitze in seinem Innern schwächer wurde und das Feuer langsam erlosch.

»Du kannst mich verstehen, nicht wahr?«, redete Tala ruhig weiter und machte einen vorsichtigen Schritt auf ihn zu. »Du siehst furchterregend aus, weißt du? Deine Schuppen glühen vor Hitze. Sie sind wie geschmolzenes Gold. Ich hoffe nur, das tut dir nicht weh.« Talas liebevolle Stimme dämpfte die Rage und das Feuer in ihm.

Jetzt wäre kein schlechter Zeitpunkt, sich wieder zurückzuverwandeln, dachte er. Dann könnte er sie umarmen und ihr sagen, dass er lieber sterben würde, als ihr wehzutun, und er könnte ihr sagen, dass sie von hier verschwinden mussten, so schnell wie möglich.

»Mir geht es gut. Aber wir müssen von hier fliehen, bevor sie mit bösen Schwertern und Rüstungen zurückkommen«, antwortete Askender knurrend. Immerhin kamen zwischen den Knurrlauten auch schon ein paar menschliche Worte aus ihm heraus, die sich anhörten wie: »Mir gut. Fliehen. Schwert.«

Tala hatte ihn verstanden. »Ja, nichts wie weg von hier. Komm schnell!« Sie zeigte in eine Richtung und schon lief sie los. Er trampelte ihr auf seinen vier wuchtigen Beinen hinterher in die Dunkelheit hinein. Sein langer Schwanz schleifte über den Boden. Er hatte keine Ahnung, wohin sie lief, er folgte ihr einfach.

Sie durchquerten den Raum, der jetzt stockdunkel war, denn mit dem Verschwinden von Tyrannos war auch das rötliche Flammenmeer erloschen. Nun leuchteten nur noch Askenders gold glühende Schuppen, und die boten immerhin genügend Licht, um zu erkennen, wohin sie rannten. Vor ihnen lag eine zweiflüglige Tür, die weit offen stand und in einen breiten Flur hinausführte.

»Da vorne ist Licht!«, krächzte Tala und zeigte zum Ende des Flurs. »Ich weiß nicht, wo der Ausgang ist, wie wir von hier entkommen können.«

»Wir folgen dem Licht, alles ist besser als hierbleiben«, rief Askender. Er hörte, dass seine Stimme wieder menschlich klang, wie die Stimme eines atemlosen Jungen. Gleichzeitig fühlte er, wie er sich wieder zurückverwandelte. Seine Vorderfüße wurden wieder zu Armen, sein Blick wurde klar und scharf. Er stolperte über seine eigenen Arme, die nun keine Füße mehr waren, und landete auf seiner Nase, die nun keine Schnauze mehr war. Autsch! Ächzend rappelte er sich auf. Seine dünnen Knabenbeine waren wackelig. Sein Magen brannte und seine Haut fühlte sich heiß und fiebrig an, aber er war wieder ein Mensch, ein Junge. Er erkannte Tala ganz deutlich in ihrem dünnen nassen Unterhemd. Ihre wilden schwarzen Ringellocken standen in alle Richtungen ab und die Augen hatte sie weit aufgerissen.

»Askender! Zum Glück!« Tränen des Schrecks und der Erleichterung liefen über ihre Wangen. Er streckte ihr die Hand entgegen, hilflos und gleichzeitig tröstend. Sie lebten beide noch. Das war weitaus mehr, als sie vor wenigen Augenblicken noch hoffen konnten. Tala ergriff seine Hand und nickte ihm zu. Sie sagte ihm damit, dass sie beide es schaffen würden. Irgendwie. Zusammen. »Du hast uns gerettet«, wisperte sie. »Du bist so mächtig.«

»Ich konnte es nicht sehen. Ist Tyrannos schlimm verletzt? Wird er sterben?«

Tala schüttelte den Kopf, gleichzeitig zog sie ihn vorwärts. Es gab nur eine Richtung, in die sie fliehen konnten, nämlich zum Ende des langen, schmalen Flurs, wo es hell war.

»Nein, er wird bestimmt nicht sterben. So einfach ist es nicht, einen Gott zu töten. Aber du hast seinen rechten Flügel und seine rechte Seite getroffen. Sein Flügel stand in Flammen, als er davongelaufen ist. Er hat vor Schmerzen gebrüllt wie ein normales sterbliches Wesen. Und er hatte Panik wie ein normales sterbliches Wesen. Sie sind nicht unverwundbar, diese arroganten Götter. Dein Drachenfeuer kann sie auf jeden Fall schlimm verletzen.«

»Schade, dass er nicht tot ist«, sagte Askender enttäuscht, während er Tala in Richtung des Lichts folgte. Sie gingen schnell, aber sie rannten nicht mehr. Tala schien zu ahnen, dass Askenders Beine von der Verwandlung und vom Feuerspeien noch schwach waren.

»Kyros hat gesagt, dass diese Ambrosia eine schnelle Heilung bewirkt und den Göttern große Körperkraft verleiht. Ich weiß nicht, wie lange es dauern wird, aber Tyrannos wird heilen und wiederkommen und uns suchen, und dann wird er noch wütender sein.«

»Wir laufen nach draußen und suchen ein Versteck in dieser Ruinenstadt. Dann überlegen wir weiter«, schlug Askender vor. Er wollte Talas Hoffnungen nicht zerstören, aber ihre Chancen, aus Mykan zu entkommen, waren nicht besonders groß. Diese Stadt lag mitten in einer Wüste, die sie niemals würden durchqueren können. Aber gleichzeitig war die Stadt riesig, und selbst ein Gott konnte ja wohl nicht in jeden kleinen Winkel schauen. Vielleicht fanden sie ein Versteck, Wasser, etwas zu essen, und vielleicht hatte Gilbesh seinen Ruf gehört und würde nach ihnen suchen und kommen, um sie zu retten … oder Kyros, der Tala dieses magische Such- und Find-Gerät eingepflanzt hatte, oder die Kohini, die Retterin.

Tala nickte zwar, aber sie klang verzweifelt, als sie antwortete. »Tyrannos wird uns jagen. Und jeden Stein hier umdrehen. Er hat riesige Angst vor dir und wird erst Ruhe geben, wenn du tot bist. Er gebietet über schreckliche Mutantenwesen, weißt du? Das waren Hyänenmenschen, die dich mit dem Polycarbine gefesselt haben, und es gibt Echsenmutanten, die Menschenfleisch essen, und die Kalongs, und da waren auch ganz normale Menschen unter den Soldaten, die seinen Thron bewachten. Heilige Schafsärsche, ich weiß nicht, wie viele Armeen von Monstern und Menschen sich hier in seiner sogenannten Sommerresidenz aufhalten.«

»Hab keine Angst. Ich kann uns beschützen. Ich kann mich verwandeln und Feuer spucken. Wir geben nicht auf«, rief Askender, aber er strafte seine Worte Lügen, als er beim Laufen über seine eigenen wackeligen Beine stolperte und sich nur mühsam wieder aufrappeln konnte. Er wollte, dass Tala keine Angst hatte, aber er wusste, dass er so schnell kein Feuer mehr würde speien können, denn für eine Verwandlung und für das Feuer war Kraft erforderlich, und die bezog ein Drache aus Nahrung – aus Fleisch, um genau zu sein, rohes oder gebratenes Fleisch, das war egal, Hauptsache viel davon. Das wusste er, seit er nach seiner Rettung aus dem Kerker von Burgen an Gilbeshs Tafel gegessen hatte. Nachdem er zwei ganze Schafe und ein Kamel verspeist hatte, hatte er endlich das Gefühl gehabt, satt und wieder bei Kräften zu sein. Und auch jetzt spürte er jenen rasenden Hunger und wusste es instinktiv, dass er ohne Essen keine Drachenfähigkeiten würde entfalten können. Und vielleicht war das auch der Grund, warum er sich früher nie in einen Drachen verwandelt hatte: weil er als blinder Bettlerjunge immer Hunger gelitten hatte. Er konnte sich gar nicht an eine Zeit erinnern, in der er nicht hungrig gewesen war. Das erste Mal hatte er sich satt gefühlt, nachdem die netten Huren in Burgen ihm einen halben Kessel mit Suppe zu essen gegeben hatten, und wenige Stunden später hatte er sich zum ersten Mal verwandelt.

Aber jetzt war wahrlich nicht der richtige Zeitpunkt, um über seine Drachenfähigkeiten nachzudenken oder über die Frage, wie es überhaupt möglich war, dass er ein Sohn von Tannin sein konnte. Ganz zu schweigen von der Frage, wer denn eigentlich seine Mutter gewesen war. Dem Geheimnis seiner Geburt würde er nachgehen, sobald er und Tala diesen Tag überlebt hatten und in Sicherheit waren.

»Komm weiter, wir geben nicht auf«, sagte er noch einmal, nachdem er sich wieder aufgerappelt hatte, aber da hörte er das lachende Bellen der Hyänenmenschen, die näher rückten. Er konnte nicht genau zuordnen, woher ihr Schnarren und Knurren und Bellen kam, aus der dunklen Halle vielleicht oder von vorn? Offensichtlich hatten sie ihren Mut wiedergefunden und die Jagd aufgenommen. Vielleicht war Tyrannos ja auch bereits wieder geheilt.

»O Schafskacke. Sie sind schon da! Sie warten vorne am Ausgang«, schluchzte Tala und schaute sich mit wilden Blicken nach einem Versteck um. Dort, wo das Tageslicht ihnen Rettung und Freiheit versprochen hatte, zeigten sich nun die dunklen Schatten von unzähligen Hyänenmutanten.

»Dann rechts!«, rief Askender und zeigte auf eine Tür zu ihrer Rechten, die aber verschlossen und mit dicken metallenen Riegeln versehen war. Könnte er jetzt doch nur Feuer speien und alles wegschmelzen. »Wir geben nicht auf! Wir geben nicht auf!«, rief er Tala zu, dabei wusste er nicht, wie sie von hier entkommen sollten.

»Zurück in die Halle?«, rief Tala verzweifelt. Aber nein, von dort kamen ebenfalls Schritte und Geschrei. Hyänenmenschen oder Echsenmenschen? Es war egal. Sie waren gefangen wie die Ratten im Käfig.

Tala:

Es gab kein Entkommen. Die Angreifer rückten von beiden Seiten näher, hechelnd, sabbernd und knurrend, und inzwischen waren sie nicht einmal mehr fünfzig Schritte entfernt. Aber plötzlich hörte Tala eine Stimme. Sie war so leise, dass man sie über all dem Geschrei der Angreifer kaum wahrnehmen konnte:

»Drachenlord! Hierher! Drachenlord!«

Tala war sich zuerst nicht sicher, ob sie sich diese Stimme vielleicht nur einbildete. Das waren jedenfalls nicht die Memori in ihren Gedanken. Da meldete sich die Stimme erneut, lauter und drängender dieses Mal.

»Drachenlord. Hierher!« Es war eine menschliche Stimme. Und da, in einer dunklen Nische zu ihrer Linken, entdeckte Tala jetzt einen Mann. Es war ein ganz normaler Mensch, auch wenn er gekleidet war wie die Soldaten von Tyrannos.

»Wer bist du?«, Tala griff automatisch an ihre Seite, wo sie sonst ein langes Messer trug, aber das hatte sie vor dem Baden am Flussufer abgelegt. Sie besaß nichts weiter als ihr Unterhemd.

»Folgt mir, ich bringe euch in Sicherheit. Hier entlang«, antwortete der Mann und trat zur Seite, sodass sie eine schmale Öffnung in der Wand erkennen konnten. Das war eine verborgene Tür zu einem Geheimgang.

»Und wenn das nur eine Falle von Tyrannos ist?«, zischte Tala, aber gleichzeitig trat sie durch den schmalen Spalt der Geheimtür, denn Tyrannos hätte es gar nicht nötig, sie in eine Falle zu locken. Seine Mutanten griffen von vorn und hinten an und würden sie schon in wenigen Augenblicken erreichen.

»Er rast vor Schmerzen und vor Wut. Er hat seinen Leuten befohlen, euch in Stücke zu reißen. Wo ihr euch auch hinwendet, überall wimmelt es von seinen Geschöpfen«, sagte der Mann und winkte aufgeregt, sie sollen sich beeilen. Nachdem auch Askender zögernd durch die schmale Öffnung eingetreten war, schob der Mann die Geheimtür, die aus einem massiven Steinblock bestand, wieder zurück an ihren Platz, indem er sich dagegenstemmte. Dann war es stockdunkel.

»Tastet euch an der Wand entlang. Hundert Schritte etwa, dann kommen wir zu einer alten Treppe, die hinauf und in die Ruinenstadt führt.«

»Und wer bist du?«, rief Askender.

»Ich bin Dennis, ein Soldat von Tyrannos, aber ich bin auch ein Drachengeborener. Ich habe deinen Hilferuf in meinen Gedanken gehört. Ich kann die Stimme meines Drachenlords nicht ignorieren. Es ist meine Blutpflicht, dir zu helfen. Ich kenne ein Versteck.«

»Ein Drachengeborener?«, wisperte Askender.

»Sobald wir in Sicherheit sind, erkläre ich alles, mein Lord. Die Hyänenmänner des Königs haben gute Nasen und gute Ohren. Sie könnten euch auf hundert Schritte wittern.«

Tala konnte den Mann nur als dunklen Schatten vor sich wahrnehmen und seine flüsternde Stimme wurde immer drängender. Zeit für Zweifel und Fragen gab es nicht. Sie folgte ihm und tastete sich an einer glatten und hohen Wand aus Stein entlang vorwärts. Sie musste dem Fremden vertrauen und ihren eigenen Instinkten, die ihr sagten, dass sie längst tot wären, wenn der Mann es nicht gut mit ihnen meinen würde.

Sie erreichten die besagte Treppe trotz der Dunkelheit ohne Zwischenfälle, und auch wenn sie steil war und sich endlos nach oben zu winden schien, drang von dort doch ein wenig Licht herunter, sodass sie ihre Füße sehen und den Aufstieg bewältigen konnten. Die Treppe musste mindestens über zehn Stockwerke nach oben führen, und nicht nur Tala, auch Askender war außer Atem, als sie endlich oben angekommen waren. Sie befanden sich offenbar in einer der unzähligen Hochhausruinen, die wie knochige Skelette aussahen. Alle Fenster und Glasscheiben waren schon vor langer Zeit kaputtgegangen oder zerstört worden und der Wind pfiff durch die leeren Etagen. Außer Staub, Scherben und Schutt war hier nichts mehr von der früheren Bevölkerung zu finden.

Dennis rannte voraus über eine schmale Brücke, die zwei Hochhäuser miteinander verband, und dann weiter zu einer Treppe, die wieder hinab in die unteren Etagen der nächsten Ruine führte, durch einen langen Gang, eine weitere Treppe wieder hinauf, quer durch eine leere Halle, wieder eine Treppe hinab und immer tiefer in ein Labyrinth aus verlassenen Hochhausruinen hinein. Tala hatte längst die Orientierung verloren und konnte nicht einmal mithilfe der Gnostika feststellen, wo sie gerade waren oder wohin sie liefen, aber sie hatten die Mutanten abgehängt. Ihr Bellen und Heulen war immer leiser und ferner geworden, und irgendwann hörten sie gar keine Geräusche mehr, nur noch das Patschen ihrer eigenen Schritte und den Wind, der durch die Straßenfluchten der Ruinenstadt und die leeren Häuser heulte.

Endlich hatten sie eine Art Haus oder einen großen Raum innerhalb der Ruinen erreicht. Er besaß zu allen Seiten hin Wände ohne Fenster, und eine schwere Metalltür versperrte ihnen den Zutritt. Dennis machte ein Klopfzeichen, und nach einer Weile öffnete eine alte Frau und ließ sie mit einem stummen Winken eintreten.

»Das ist eines unserer besten Verstecke«, erklärte Dennis. »Die dicken Wände aus Stein und Metall verhindern, dass Tyrannos uns mit seinen göttlichen Sinnen ausfindig machen kann.«

»Wen meinst du mit ›uns‹?«, fragte Tala misstrauisch und schaute sich um. Hier drin war es warm und Solarlampen spendeten angenehmes Licht. Es gab sogar Möbel, ein Sofa und Stühle, ein großer Tisch und etliche Schlafpritschen befanden sich an den Wänden. Außerdem hatten sich hier ein paar Leute eingefunden, vielleicht zehn. Sie standen da und starrten sie mit großen Augen an. Sie waren nicht bewaffnet und sahen auch nicht aus wie Haèl-Mutanten. Das war schon mal beruhigend.

»Wir, die Drachengeborenen«, erklärte Dennis und zeigte auf die anderen. Es gibt viele von uns, doch ohne die Führung unseres Lords sind wir nur normale Sterbliche. Uns hat die Stadt Mykan einst gehört. Aber nach ihrer Zerstörung hat Tyrannos seinen Stützpunkt hier aufgeschlagen, und wir mussten uns ihm unterwerfen oder uns verstecken.«

»Wir haben beides getan«, sagte die alte Frau, die sie hereingelassen hatte. »Wir verbergen unsere Drachennatur vor ihm, und er denkt, wir wären seine unterwürfigen menschlichen Diener. Aber wir haben nur einen wahren Herrn: den Drachenlord.« Jetzt trat sie zu Askender und verneigte sich tief vor ihm. Sehr tief. »Mein Lord.« Dann reichte sie ihm einen dicken Umhang aus roter Wolle.

Wie auch immer das Drachen-Verwandlungsding bei Askender technisch funktioniert haben mochte, er hatte vor seiner Verwandlung nur eine nasse Hose angehabt, und die hatte er nach seiner Rückverwandlung ebenfalls wieder an, sein Hemd hatte er am Fluss zurückgelassen. Aber er konnte dennoch nicht sehr frieren, denn von ihm ging Wärme aus wie von einem kleinen Ofen. Tala spürte die Hitze, die er abstrahlte, da sie seine Hand hielt und dicht neben ihm stand.

»Gib den Umhang bitte meiner Freundin. Sie hat nur ein dünnes Unterhemd«, sagte Askender, und Tala hätte ihn dafür umarmen und küssen können. Ganz oft küssen. Dass sie barfuß war und bis auf die Knochen durchgefroren, hatte sie bisher erfolgreich verdrängt, aber jetzt, wo sie sich in Sicherheit fühlte, ließen ihre Kräfte schlagartig nach und sie begann zu schlottern und zu schwanken.

»Setz dich, Mädchen, du bist ja ganz eisig«, sagte die alte Frau und reichte Tala den Umhang. Aber Tala zitterte auf einmal so sehr, dass sie es nicht einmal schaffte, sich in den Mantel einzuwickeln. Askender nahm den Umhang und legte ihn um ihre Schultern.

»Das ist Prinzessin Tala von Lyria und wir gehören zusammen«, erklärte er, und Tala war sich nicht sicher, ob das so etwas wie ein Liebesgeständnis von seiner Seite war oder nur eine taktische Aussage, damit die Drachengeborenen ihr nichts antun würden. Aber eigentlich war Askender überhaupt kein Taktiker. Er war geradeheraus und ehrlich und sagte genau das, was er dachte und fühlte. Sie beide gehörten zusammen. So war es.

»Wenn Tala etwas geschieht, dann werde ich sehr böse.«

O ja, und das hatte er vorhin unter Beweis gestellt, als er sich in einen goldenen Drachen verwandelt und Tyrannos beinahe geröstet hatte. Tala drückte seine Hand und lächelte ihn dankbar an, auch wenn ihre Zähne dabei aufeinander klapperten.

»Deine Gefährtin ist bei uns so sicher wie in einem Drachenhort«, versicherte ihm Dennis mit einer Verbeugung. »Dein Wohl und das ihre ist unser oberstes Anliegen.« Er zeigte auf das Sofa, das mit einem Berg von weichen Kissen übersät war, und die alte Frau nahm sie beide an den Händen und führte sie zu der Couch. Tala hatte kaum noch die Kraft, sich zu setzen, und hätte Askender ihr nicht dabei geholfen, wäre sie vielleicht einfach lang gestreckt darauf gefallen und hätte losgeschluchzt und damit ihrem Schock und ihrer Angst freien Lauf gelassen. Aber Askender setzte sich neben sie, legte seinen Arm um ihre Schulter und hielt sie fest. Das half gut gegen den Schock und verhinderte Weinkrämpfe.

»Es wird jemand kommen, der Fleisch für dich bringt, mein Lord. Es ist nicht leicht, das hier zu beschaffen, aber wir haben unsere Quellen«, sagte ein anderer, junger Mann, der nun aus den Reihen der Umstehenden hervortrat und sich ebenfalls vor Askender verneigte. »Vermutlich bist du sehr hungrig.«

»Ich könnte eine ganze Schafsherde verschlingen, mitsamt Wolle und Knochen«, sagte Askender und alle im Raum lachten und nickten zustimmend.

»Wir haben leider keine Schafe, mein Lord, aber Aale und Welse, und vielleicht finden die anderen auch ein paar Hunde oder Ponys.«

»Hunde und Ponys?«, krächzte Tala. »Zum Essen?«

»Die Ruinenstadt bietet keinen auserlesenen Speiseplan, Prinzessin aus Lyria. Wir können leider nicht wählerisch sein, denn der Drachenlord muss Fleisch essen, nachdem er sich verwandelt und Feuer gespuckt hat, sonst wird er schwach und krank«, sagte Dennis, dann wandte er sich mit einer weiteren Verbeugung an Askender. »Jeder, der deinen telepathischen Hilferuf gehört hat, wird herkommen, um dir zu helfen.«

»Ich wusste nicht, dass es so viele Drachengeborene gibt, ja sogar eine ganze Drachenstadt. Ich habe bis vor Kurzem auch nicht gewusst, dass ich selbst ein Drachengeborener bin, der sich verwandeln kann. Ich ... ich habe goldene Schuppen und kann Feuer spucken«, erzählte Askender und warf in aufgeregten Gesten immer wieder die Arme in die Höhe.

»Viele von uns wissen nicht, dass sie Drachenblut in sich haben«, antwortete Dennis. »Aber dein Ruf ist nun in die Welt hinausgegangen. Er war sehr laut und reichte weit. Viele von uns, in denen der Drache bisher schlief, sind dadurch erst erweckt worden. Ich wusste es seit meiner Geburt, dass ich anders bin. Auch wenn man es mir nicht ansieht, habe ich viele Dracheneigenschaften. Ich habe dich schon einmal gehört vor vielen Wochen, doch das war nur ein ferner und schwacher Ruf, und ich war mir nicht sicher, ob das vielleicht bloß ein Traum war. So wie mir ist es zweifellos vielen Drachengeborenen ergangen. Aber als ich vorhin deine Stimme in meinen Gedanken gehört habe, wusste ich es: Der Sohn von Tannin ist erwacht.«

Askender schüttelte den Kopf und riss den Mund weit auf, aber es kam nur fassungsloses Schnaufen aus ihm heraus. Die Offenbarung von Tyrannos, dass Askender angeblich Tannins Sohn sein solle, hatte auch Tala und auch ihre besserwisserischen Memori-Schwestern überrascht. Sie hatten es schlicht für unmöglich erklärt. Wie viel unfassbarer musste diese Information also für Askender sein? Er war ein blinder Bettler gewesen und jetzt war er der Drachenlord. Theodor der Kater und Doppelagent hatte diese kleine, nicht ganz unwesentliche Information seinem Herrn Tyrannos bewusst verschwiegen.

»Wenn das Drachenblut erst einmal erwacht ist, übernehmen unsere Instinkte die Führung. Wir sind mit dem großen einen Drachenbewusstsein verbunden und spüren, was zu tun ist«, antwortete die alte Frau. »Du bist unser Lord und wir folgen deinem Ruf.«

»Ich verstehe das alles nicht. Wie ist es möglich, dass ich ein Sohn von Tannin bin? Und wer ist meine Mutter? Wo ist sie? Kennt ihr sie?«

»Wir wissen es nicht, Lord, aber Tannin selbst hat dich angekündigt. Seine Worte sind überliefert. Er sagte: ›Unser Krieg gegen die Götter wird beginnen, wenn mein Sohn erwacht.‹«

»Langsam ergibt das magere Bürschchen einen Sinn.« Gwendolyn, die ernste Memora, meldete sich in Talas Gedanken.

»Nichts ergibt einen Sinn. Es ist nicht möglich, dass er ein Sohn von Tannin ist. Wer sollte in der Lage gewesen sein, Tannins Sperma einzufrieren und es dann fünftausend Jahre später in eine Leihmutter einzupflanzen?«, fragte Linaria gehässig.

»Die Memori«, antwortete Kate.

»Warum hätte unser Orden das tun sollen? Ich erinnere mich nicht daran, dass die Memori einen derartigen Plan für eine In-vitro-Fertilisation hatten«, sagte Linaria.

»Keine von uns erinnert sich an irgendetwas, nicht an die Lage von Adlara und auch nicht an die Pläne der Memori. Selbst die Gnostika ist unwissend. Weil der Orden uns verarscht hat«, kam es wütend von Cleveland, die die Älteste unter ihnen war und selten emotional wurde. Während die Memori in Talas Kopf sich unterhielten, ging auch die Unterhaltung im Versteck der Drachengeborenen weiter, und Tala wandte ihre Aufmerksamkeit wieder den Lebenden zu.

»Tyrannos wird nicht ruhen, bis er Tannins Sohn gefunden hat, aber wir können euch für eine gewisse Zeit hier verstecken«, sagte Dennis, ihr Retter.

»Du musst dich zuerst von der Verwandlung erholen, mein Lord«, fügte die alte Frau hinzu. »Du musst essen und schlafen. Für ein paar Tage seid ihr hier sicher, aber dann müssen wir euch von hier wegbringen. Es gibt zu viele von Tyrannos' Mutanten in unserer Stadt.«

»Ich folge dir, wohin du auch gehst. Ich bin Liss«, rief eine andere junge Drachengeborene, die nun mit einer Verbeugung vor das Sofa trat. Sie war kaum älter als Tala, aber stämmig und muskulös, und ihr menschliches Gesicht war von einigen Narben gezeichnet. Offensichtlich war sie eine Kriegerin.

»Ich auch! Ich bin Simon«, sagte ein zweiter, kahlköpfiger Mann, der ungefähr in Dennis' Alter war. Auch er trat vor das Sofa.

»Ja! Ich ebenfalls! Wir sind deine Gefolgschaft und dein Geleitschutz! Ich bin Fritz!«, verkündete ein Dritter und stellte sich neben die anderen beiden. Er war ein Gigant, fast so groß wie ein Bar Nashka, nur nicht so muskulös, sondern eher voluminös.

Dennis hob beschwichtigend die Hände, als zwei weitere Drachengeborene sich mit einer Verbeugung zu den dreien gesellten. »Man kann nicht unbemerkt über das Land oder gar durch die Narbe wandern. König Tyrannos sieht alles. Und fliegen können wir auch nicht, wir sind ja keine Kalongs. Doch es gibt ein magisches Tor, durch das der König kommt und geht, wie es ihm beliebt. Das können wir vielleicht nutzen.«

»Ein magisches Tor?«, fragte Askender verwirrt und sah Tala an. »So wie das Tor, durch das die Kohini uns gerettet hat.«

»Er meint ein Gateway«, erklärte die Gnostika überflüssigerweise in Talas Gedanken.

»Dieses Tor kann einen überallhin bringen, wohin man nur möchte, wenn man die Koordinaten des Zielortes kennt und weiß, wie man es bedient«, sagte Tala nickend zu Askender und sprach damit laut aus, was die Gnostika ihr gerade in Gedanken erklärte. Es war ja klar, dass Tyrannos an seinem Stützpunkt ein funktionierendes Gateway besaß, wie sollte er wohl sonst die Welt und seine Mutanten beherrschen oder zum Mond Ploion hinaufgelangen?

»Ich weiß, wie es bedient wird«, sagte Dennis. »Ich gehöre zur Leibgarde des Königs und habe ihm oft dabei geholfen, es zu öffnen.«

»Das ist ja so toll!«, rief Askender und klatschte in die Hände. »Wir müssen nämlich dringend nach Adlara. Das liegt hoch im Norden.«

»Ihr möchtet das magische Tor nutzen, um an einen fernen Ort zu gelangen?«, fragte die junge Kriegerin mit der Narbe im Gesicht und wirkte enttäuscht. Vielleicht hatte sie gehofft, dass Askender zusammen mit ihnen gegen Tyrannos kämpfen würde, aber Askender schien die Enttäuschung nicht zu spüren. Er nickte wild.

»O ja, das ist sehr, sehr weit weg, aber wir haben eine Mission im Auftrag der Kohini. Wir müssen unbedingt an diesen fernen Ort.«

»Mein Drachenbewusstsein weiß, wer die Kohini ist, auch wenn ich ihr nie begegnet bin«, sagte Simon und nickte eifrig. »Ihr Krieg ist unser Krieg.«

»Also gut, dann folgen wir dir durch das magische Tor an diesen fernen Ort«, sagte Liss, aber Dennis seufzte und schüttelte den Kopf:

»Es ist nicht so leicht, wie es sich anhört. Das magische Tor wird strengstens bewacht. Wir müssten uns den Weg dahin blutig erkämpfen.«

»Ich kämpfe bis zum Tod für den Lord!«, rief Liss und reckte die Faust in die Luft.

»Gemach, gemach, junges Ding!«, sagte die alte Frau und legte ihre Hand auf die Schultern der Kriegerin. »Wir kämpfen erst, wenn alles andere versagt. Die Stärke der Drachengeborenen liegt in unserem scharfen Verstand und unserem vorzüglichen Gedächtnis. Ich habe schon eine Idee, wie wir euch durch das magische Tor bringen können. Wir sorgen für eine Ablenkung. Während wir die Wachen beschäftigen, kann der Drachenlord zum Tor gelangen. Dennis öffnet das Tor für euch und ihr geht hindurch.«

»Für mich klingt das wie ein sagenhaft toller Plan! Ablenken und hindurchrennen«, rief Askender voller Begeisterung, aber Dennis schüttelte wieder den Kopf.

»Das Zeitfenster für so eine Heldentat ist nicht sehr groß«, sagte er. »Falls es uns überhaupt gelingt, die Wachen abzulenken. Tyrannos wird ab jetzt noch mehr Mutanten um sich scharen und er wird das Tor noch strenger bewachen lassen. Wir sind viel zu wenige, um es mit den Kreaturen des Königs aufzunehmen.«

»Aber wir versuchen es dennoch«, sagte die alte Frau, als sie Askenders enttäuschtes Gesicht sah. Doch jetzt war es an Tala, den Kopf zu schütteln.

»Selbst wenn wir mit eurer Hilfe durch das Tor fliehen könnten, wir wissen ja nicht, wo Adlara ist. Wir haben keine Koordinaten.«

»*Noch* nicht, aber bald!«, rief Askender und wedelte aufgeregt mit den Händen. Er mit seinem unerschütterlichen Optimismus! Er war auch sofort Feuer und Flamme gewesen, als Kyros ihnen den Vorschlag mit dem Tracker gemacht hatte. »Wir erfahren die Lage von Adlara, sobald die böse Königin dort angekommen ist.«

Die Drachengeborenen, die sich selbst zu seiner Gefolgschaft ernannt hatten, warfen ihm verwirrte Blicke zu. Natürlich wussten sie nicht, dass mit der bösen Königin die schöne Pukia gemeint war. Obwohl die Gnostika ihr erklärt hatte, wie genial Kyros' Idee mit dem Tracker sei, hatte Tala bisher kein einziges Signal von irgendwoher erhalten.

»Wir wissen nicht, wie lange es dauert, bis Pukia in Adlara ankommen wird«, murmelte Tala. Aber bevor ihr jemand antworten konnte, klopfte es wieder an der Metalltür. Es war das gleiche Klopfzeichen, das auch Dennis gemacht hatte, und als die alte Frau öffnete, kamen sechs weitere Drachengeborene herein. Die Neuankömmlinge hatten Fleisch dabei, Unmengen Fleisch. Körbe voll mit Fischen, Keulen und Rippen von geschlachteten Tieren, von denen man zum Glück nicht mehr sagen konnte, was sie früher einmal gewesen waren. Einer führte auch zwei lebende Tiere in den Raum. Die sah aus wie kleine Lamas oder wie große Ziegen, muhten aber wie Kühe. Sie waren wohl dazu gedacht, um gemolken zu werden. Einer hatte einen Sack voller Geflügel. Das schienen die verschiedensten Vogelarten zu sein. Magere kleine und große, alle waren bereits gerupft.

Tala verging schlagartig der Appetit, aber Askender sprang auf die Beine und klatschte in die Hände. »Endlich Fleisch! Ihr braucht es gar nicht zu braten!«, rief er jubelnd.

Gilbesh:

Gilbesh und seine Izeh-Söldner hatten den Rand des riesigen Kraters erreicht, den man die Narbe nannte. Sie waren im Dickicht in Deckung gegangen und warteten. Dabei machten sie keine Geräusche, atmeten kaum, lauschten nur und starrten angespannt ins Halbdunkel des anbrechenden Tages. Dort unterhalb des Abhangs trieb sich etwas oder jemand herum und rückte näher.

Seit Gilbesh den Hilferuf des Drachenlords in seinen Gedanken gehört hatte, trieb er seine kleine Truppe gnadenlos voran. Er hatte alles zurückgelassen, was er besaß. Seine Kamele und Waren hatte er unter seinen Kameltreibern verteilt, und den Söldnern, die bereit waren, ihm zur Narbe zu folgen, hatte er den doppelten Sold in Gold angeboten. Er selbst hatte nichts für sich zurückbehalten, nur sein Schwert und seine Rüstung.

Seine geliebten Schätze an Kameltreiber verschenken? Söldner im Voraus bezahlen und riskieren, dass sie sofort mit dem Gold desertierten? Das war der nackte Wahnsinn. Vor wenigen Wochen noch hätte er das niemals über sich gebracht, lieber wäre er gestorben, als seinen Reichtum so närrisch zu verschwenden. Aber jetzt war alles anders: Sein Herz blutete zwar, weil er seine Schätze aufgeben musste, um in den Krieg zu ziehen, aber das war kein Vergleich zu dem, was er empfand, wenn er an den Hilferuf seines Lords dachte. Es gab nichts Wichtigeres als den Drachenlord. Der Drachenlord verlieh seinem Leben Sinn und Bedeutung. Schätze waren wie Sand und Staub verglichen damit.

Immerhin waren sechzig seiner Söldner und zehn Kameltreiber bei ihm geblieben, und vermutlich verdankte er deren ungewöhnliche Treue Mirisandras Ballade über die Gefährten. Die hatte irgendetwas Heldenhaftes und Ehrenwertes in den Herzen der Männer erweckt – auch in Gilbeshs Herz. Also waren sie sofort aufgebrochen und zur Narbe gezogen. In der Nacht hatten sie einen endlos erscheinenden Kiefernwald durchquert und sich keine Rast gegönnt, dann war die Landschaft karger geworden und in eine Art Dornensteppe übergegangen – ein Zeichen dafür, dass sie die Narbe erreicht hatten.

»Es sind mehr als hundert«, signalisierte Kopsik, der neue Anführer der Izeh-Söldner, in Gilbeshs Richtung. Dessen lautlose Gesten konnte er in der Dämmerung gerade so erkennen, aber letzten Endes war es auch nicht wichtig, ob es mehr als hundert oder mehr als tausend Feinde waren, die sich dort unten sammelten und heranschlichen. Offenbar war es ihre Absicht, Gilbeshs kleine Truppe aufzuhalten. Sie waren nur siebzig und sie waren erschöpft. Trotzdem würde ihn nichts davon abhalten, den Drachenlord zu retten, es zu versuchen, selbst wenn er sein Leben dabei lassen musste.

»Ist besser, wenn wir uns in den Wald zurückziehen«, wisperte Kopsik. »Den Tagesanbruch abwarten. Ist zu gefährlich, jetzt da hinunterzugehen.«

»Nichts da!«, knurrte Gilbesh. Jede Stunde, die verstrich, war eine Stunde zu viel. Der Lord war in Lebensgefahr, das hatte er deutlich aus seinem Hilfeschrei herausgehört. »Wir gehen weiter und kämpfen uns den Weg frei bis zum letzten Blutstropfen.«

»Wie du meinst«, wisperte Kopsik und machte ein Zeichen in die Dunkelheit hinein. Damit gab er den anderen zu verstehen, dass sie sich in Angriffsformation begeben sollten. Die Izeh-Söldner waren zwar käuflich, aber sie zeichneten sich durch eine Todesverachtung aus, die geradezu an Geistesgestörtheit grenzte, und Geistesgestörtheit war bei dieser Mission hilfreich. Man musste schon sehr verrückt sein, wenn man sich in die Narbe hineinwagte, um einen Jungen zu retten, der von einem allmächtigen Gott bedroht wurde.

Gilbesh rappelte sich wieder auf die Beine, zog langsam sein Schwert aus der Scheide, damit es möglichst kein Geräusch machte, und wartete angespannt auf das Zeichen von Kopsik, dass sie den Abhang hinunterstürmen würden.

Da plötzlich knallte ein Schlag von hinten auf seinen Schädel herab. Der Hieb war so schnell und hart, dass Gilbesh dachte, Vögel würden in seinen Ohren zwitschern. Er taumelte zu dem Angreifer herum und versuchte ihn mit seinem Schwert zu treffen, aber der nächste Hieb kam in Sekundenschnelle. Kopsik hatte noch gar nichts von dem Angriff bemerkt, als der zweite Hieb schon Gilbeshs Brust traf. Nach Luft japsend ging er in die Knie. Verdammt! Er kannte diesen verfluchten Stock und diese Art des Angriffs. So schnell war nur ein einziges Wesen, das er kannte.

»Affenfrau?«, keuchte er und doch klang seine Stimme wie ein Freudenschrei.

»Du bist nicht wachsam, Drachenmann«, kam es jetzt ruhig von Wilma. Die stand breitbeinig vor ihm und ließ den Stock surrend vor ihrem Körper rotieren, als wäre das die leichteste Übung.

»Ich war sehr wohl wachsam.« Sterne tanzten vor Gilbeshs Augen. »Aber du bist wie ein Geist, unsichtbar und lautlos und auf einmal schlägst du ein wie ein Blitz.« Er rieb sich den Kopf, der ziemlich wehtat. Würden seine Schuppen ihn nicht vor Klingen und Hieben schützen, würde jetzt bestimmt Blut aus einer Platzwunde sprudeln.

Wilma lachte und streckte ihm die Hand entgegen, um ihm beim Aufstehen zu helfen. Er hätte ihre dunkle Hand zu gerne ergriffen, einfach nur, um sie in seiner zu spüren, aber dann würde er womöglich wie ein Weichling wirken, wenn er sich von einer Frau helfen ließ. Also rappelte er sich aus eigener Kraft wieder auf, die zwitschernden Vögel in seinen Ohren und die tanzenden Sterne vor seinen Augen ignorierte er. Mann war das ein Schlag gewesen!

Kopsik war jetzt gerade erst auf die Beine gesprungen und hatte sein Schwert gezückt, aber dann erkannte er Wilma wieder: die Malakim der Weisheit, die Seite an Seite mit Gilbesh gegen die Elfen gekämpft hatte. Die Izeh-Söldner hatten gewaltigen Respekt vor ihr. Kopsik verneigte sich mit einem Zeichen der Ehrerbietung. »Malakim«, brummelte er. »Hättest du dich nicht bemerkbar machen können, anstatt dich anzuschleichen?«

»Es war eine Warnung«, sagte Wilma gelassen, und Gilbesh musste ihr leider recht geben. Wäre sie ein Feind gewesen, wären er und die siebzig

Leute, die sich im Gebüsch versteckt und gelauert hatten, schon tot. Was für eine Kämpferin!

»Danke für die Warnung, Affenfrau. Wir werden es beherzigen, und ich bin so verdammt erleichtert, dich zu sehen. Der Allmächtige meint es gut mit mir, dass er dich zu mir schickt«, rief Gilbesh und hätte sie am liebsten umarmt, aber er hatte viel zu viel Respekt vor ihr, als dass er ihr seine abstoßende Erscheinung auf diese Weise aufdrängen wollte.

»Miri hat mich geschickt. Aus Sorge um die Kinder. Ich bringe Verstärkung.« Jetzt hob Wilma die Hand und von unterhalb des Abhangs setzten sich nun die dunklen Gestalten in Bewegung. Schritte und Blätterrascheln und Knacksen von Zweigen und auch das Klirren von Waffen war zu hören. Es waren viele. Mehr als hundert. Und dann enttarnten sich zu ihrer Linken und Rechten weitere Leute. Sie tauchten aus den Sträuchern und der Dunkelheit auf und kamen näher. Und sogar aus Richtung des Kiefernwaldes, den sie vor Kurzem noch ganz arglos durchquert hatten, näherten sich nun schwarze Schatten. Sie waren eingekreist und hatten es nicht gemerkt. Wie hatten seine erfahrenen Söldner diese riesige Zahl an Leuten nicht wahrnehmen können?

»Das müssen Tausende sein. Wie viele sind das?«, fragte Kopsik erschrocken.

»Weiß nicht. Viele. Es werden immer mehr«, antwortete Wilma ruhig.

»Beim Allmächtigen«, stammelte Kopsik. »Hast du … hast du etwa die Schwarzen Bestien mitgebracht?« Der Mann war hart gesotten von seinem Leben als Söldner und hatte schon viel Schrecken gesehen, aber vor den Bar Nashka oder Schwarzen Bestien, wie die Izeh-Söldner sie nannten, hatte er mehr Angst als vor dem Tod.

»Nicht Bar Nashka. Drachengeborene«, antwortete Wilma.

»Es sind Drachengeborene?«, rief Gilbesh. »So viele Drachengeborene? Beim Allmächtigen, aber ja doch! Natürlich! Sie alle haben den Hilferuf des Drachenlords gehört und strömen nun von überallher zusammen, um nach Mykan zu gehen und ihm zu helfen. Sein Ruf muss sie alle erweckt haben, und jetzt sind sie auf der Suche nach ihm.«

Wilma nickte bedächtig. »Hab sie unterwegs aufgesammelt.«

»Warst du auch auf dem Weg nach Mykan?«

»Auf dem Weg zu dir. Du brauchst meine Hilfe. Die Drachengeborenen fühlen dich telepathisch. So habe ich dich gefunden.« Wilma hatte in diesem Augenblick mehr geredet als in all der Zeit, seit Gilbesh sie kannte, und jetzt schenkte sie ihm ein warmherziges Lächeln. Ihre dunklen Augen leuchteten voller Weisheit und Güte und Gilbesh hielt den Atem an. Sie war so ein schönes Wesen. Ob die anderen wohl auch ihr inneres Leuchten wahrnehmen konnten? Er räusperte sich unbehaglich und stieß nun sein Schwert zurück in die Scheide – nur um irgendetwas zu tun und sie nicht wie ein Blöder anzugaffen.

»Der Allmächtige ist gnädig zu mir!«, rief er und schaute zum Himmel hinauf. »Er schickt mir die beste Kriegerin der Welt und Aberhunderte von Drachengeborenen. Jetzt sind wir stark genug, um den Lord aus den Klauen des bösen Haèl-Gottes zu befreien.«

»Falls der Junge überhaupt noch lebt«, brummte Kopsik.

»Lord Askender lebt noch, das weiß ich. Wenn er tot wäre, würde ich es spüren, und alle anderen Drachengeborenen würden es auch spüren. Ich muss sofort mit den Neuankömmlingen sprechen. Wir müssen uns abstimmen.« Gilbesh spürte eine Aufregung, die er sonst nur empfand, wenn er einen seltenen Schatz ergattert hatte. Wenn es den anderen Drachen so erging wie ihm, dann wussten sie genau, wohin sie gehen mussten und was zu tun war. Sie wussten, dass sie gegen einen allmächtigen und bösen Gott in den Kampf ziehen würden, und sie wussten, dass sie dabei vielleicht alle sterben würden, und es war ihnen allen egal.

»Haben sie denn einen Anführer?«, fragte Kopsik. »Wir können schließlich nicht mit jedem einzelnen reden.«

»Das große Eine, das Drachenbewusstsein, wird uns führen«, sagte Gilbesh.

»Und ich«, antwortete Wilma und legte ihre Hand auf seine Schulter. »Ich führe euch. Ich kenne die Kunst des Krieges. Und ich kenne eine Abkürzung.«

Sie lächelte sanft und Gilbeshs Herz hüpfte in seiner Brust wie ein dicker, schwerer Grashüpfer. Bisher hatte er es als das höchste Glück erachtet, reich zu sein und kostbare Raritäten zu besitzen, aber das war nichts im Vergleich mit ihrem Lächeln, ihrer Berührung und der großen heroischen Aufgabe, der er nun diente.

Das war Glück.

6 DAS GLEICHGEWICHT DES UNIVERSUMS

Aus den Lehren der Erstmenschen:
Die erschaffende Kraft und die vernichtende Kraft des Universums
streben nach Gleichgewicht, erreichen es aber nie.
Das Streben nach Gleichgewicht bedeutet, im Einklang mit dem Universum zu leben.
Zu geben heißt zu empfangen.
Zu nehmen heißt zu verlieren.

Miri:

Der Haèl lachte immer noch voller Hohn, als er mit Miris ohnmächtigem Körper über seiner Schulter durch den dunklen Gang stapfte, der ihn hinaus aus der Siedlung und zu seinem Fluggerät führte.

Das fliegende Ding war eine graue Kugel und sah aus wie ein Geröllbrocken, aber Miri wusste inzwischen, dass die Maschinen der Götter aus dem veränderbaren Polycarbine-Material bestanden. Durch die Berührung des Haèls würde sich die Oberfläche des vermeintlichen Geröllbrockens in dunkles, spiegelglattes Material verwandeln oder seine Form ändern, sich öffnen oder verbiegen oder ganz verschwinden. Es konnte sich auch in ein Boot oder in ein Fahrzeug verwandeln. Auf jeden Fall löste der Hautkontakt allerlei magische Wunder bei dem Material aus. Kyros nannte es Hightech. Das Verwunderliche an diesem Fluggerät war jedoch nicht die Technik-Magie, sondern die Tatsache, dass der Haèl namens Tor Namush, der doch über so gewaltige Schwingen verfügte, nicht einfach in die Luft hinaufschoss und mit Miri davonflog. Das konnte nur bedeuten, dass er eine sehr weite Strecke in kürzester Zeit zurücklegen musste, für die seine göttlichen Kräfte nicht ausreichten. Aber letzten Endes war es gleichgültig, wie oder wohin der Haèl sie bringen wollte, denn er würde sein Fluggerät nicht lebend erreichen. Dafür wollte Miri sorgen.

Es musste an der sagenhaften Pusch-Droge liegen, dass sie ihre Kohini-Kräfte auf einmal so deutlich spürte und sie sogar willentlich lenken konnte. Es gab keine andere logische Erklärung, denn dieses Mal war nichts von dem, was Miri tat, dem Zufall oder irgendeiner ominösen höheren Macht unterworfen. Sie spürte die Energie des ganzen Universums und ließ sie in sich ein, bündelte sie in ihrem Innern, an einem Ort, für den sie keinen Namen hatte.

Sie wusste, was sie tun musste, und schon geschah es.

Sie umfing alle, die der Haèl betäubt oder getötet hatte, mit ihren Gedanken und nahm sie mit sich. Sie dachte an das von Leuchtpilzen erhellte

Zimmer mit dem Webstuhl, in dem sie der Königin vorgestellt worden waren, und machte einen Sprung zurück in der Zeit.

Plötzlich war es so leicht und doch so machtvoll. Es hatte sich angefühlt, als würde ein Staudamm in ihrem Innern brechen, und die Massen von Energie würden wie ein Strom aus ihr herausschießen. Ein Strom, den sie aber lenken konnte. Ein gezielter Gedanke, eine Entladung ihrer Energie und schon war es geschehen.

Sie schwebte nicht mehr über dem Haèl, der mit ihr hinausrannte, sondern war wieder in ihrem Körper, stand auf ihren Beinen in dem besagten Zimmer und sah dabei zu, wie Königin Alea gerade wohlwollend über den muskulösen Oberarm von Kyros strich und ihm schöne Augen machte. Toll! Sogar ihre Eifersucht war wieder zu diesem Zeitpunkt zurückgesprungen. Alea leckte über ihre Unterlippe, bevor sie sich lächelnd von Kyros ab- und Miri zuwandte. Miri wusste, was sie gleich zu ihr sagen würde: *»Meine sogenannte Krankheit ist in wenigen Worten beschrieben. Ich will Kinder bekommen.«* Aber bevor die Königin die Worte aussprach, begriff sie, dass etwas nicht stimmte, dass sie das schon einmal getan hatte. Die Königin stockte und erstarrte.

»Bei den Vorfahren! Was ist da gerade eben geschehen?«, rief sie und schlug sich die Hand vor den Mund. Sie schien sich zu erinnern, dass sie vor wenigen Augenblicken noch schreiend und weinend über den toten Körper der Schamanin gebeugt gewesen war, während ihr angeblicher Vorfahr höhnisch lachend davongegangen war. Auch all die anderen, die Miri mit sich in der Zeit zurückgenommen hatte, wurden sich allmählich dessen bewusst. Sie waren erschrocken und verwirrt und begriffen nicht, wie sie hierhergekommen waren, nachdem sie doch gerade eben noch vom Pusch-Gift betäubt auf der Erde gelegen hatten oder von dem Haèl getötet worden waren. Auf einmal redeten alle durcheinander: »Tor Namush hat uns belogen!«, »Man hat uns in eine Falle gelockt!«, »Die verdammten Amazonen haben uns vergiftet.«, »Die Haèl haben die Finger im Spiel.«, »Der Stier ist gar nicht unser Vorfahr!«, »Was für ein Gift kann einen Bar Nashka fällen?«, und so weiter.

Miri hob beschwichtigend die Hände und brüllte laut, um die Stimmen der anderen zu übertönen: »Ist irgendjemand unter euch, der sich nicht an das erinnert, was gerade da unten im Vorratslager geschehen ist oder, genauer gesagt, was nachher geschehen wird?«

»Ich erinnere mich genau an diesen Verrat!«, rief Storm schäumend vor Wut. »Und ich will diesen verlogenen Albino-Weibern den Hals umdrehen dafür, dass sie uns mit ihrem Wein vergiftet haben.« Er machte einen Schritt auf die Königin zu, aber Trac stellte sich ihm in den Weg.

»Die Frauen sind von dem Haèl belogen worden. Alles, was sie sich wünschen, sind Kinder«, rief er.

»Du klingst schon selbst wie so eine Amazone!«, rief Storm und ballte die Fäuste. »Ich werde ihre Kinder von unten bis oben aufschlitzen und die Verräterinnen gleich mit dazu.« Die beiden wären sich an die Kehle gegangen, wenn Sin nicht mit Donnerstimme dazwischengerufen hätte.

»Auseinander! Das Silbervögelchen hat eine Frage gestellt. Ich erinnere mich daran, dass mich plötzlich die Kraft und das Bewusstsein verlassen haben.«

»Ich erinnere mich. Der Ahn hat mich getötet!«, rief die Kriegerin mit dem deformierten Kinn und schlug sich die Hände vors Gesicht. »Wir haben Tor Namush als unseren ehrwürdigen Vorfahren angebetet und ihm Opfer gebracht, und er hat mich einfach getötet. Ich habe ihm nichts getan. Ich habe ihm treu gedient. Er hat uns verraten.«

»Und uns verhöhnt«, fügte die Königin mit einem Schluchzen hinzu.

»Er ist keiner von unseren Ahnen«, sagte die Schamanin Dessel und fasste in ihren Nacken, wie um zu prüfen, ob ihr Genick auch wirklich nicht mehr gebrochen war.

»Du hast einen Quantensprung gemacht und uns an diesen Zeitpunkt zurückgebracht«, rief Kyros und schaute Miri mit weit aufgerissenen Augen an.

»Beruhigt euch!«, rief sie und hob erneut die Hände, bis das Durcheinanderreden und Weinen verstummt waren. »Kyros hat recht, ich bin mit euch zusammen in der Zeit zurückgesprungen und habe das alles ungeschehen gemacht. Ihr erinnert euch alle, was im Pilzlager geschah. Das ist wichtig, denn so können wir beraten, wie wir das, was kommen wird, verhindern können.«

»Schade, dass dein Zeitsprung uns hierher und nicht in Nimrods Höhle gebracht hat«, sagte Kyros. »Ich würde diesem Bastard gerne meine Faust in die Fresse rammen, noch bevor er uns seine verlogene Geschichte über seine ach so tragische Liebe und das Pusch auftischen kann.«

»Ich habe diesen Zeitpunkt bewusst gewählt«, sagte Miri und sah nun einen nach dem anderen an. »Ich will den Göttern eine Lektion erteilen, und ich will nach wie vor, dass wir den Frauen von Koskos helfen. Jetzt ist genau der richtige Moment, um den Verrat zu verhindern.«

Kyros lachte leise und schüttelte den Kopf. »Du hast den Zeitpunkt bewusst gewählt? Das heißt, du kannst deine Kräfte plötzlich steuern?«

Miri zuckte nur die Schultern. Im Augenblick waren ihre Gedanken voller Wut und Rachsucht, und sie hatte keine Lust, mit Kyros das Phänomen ihrer Kräfte zu ergründen. Sie fühlte sich so mächtig wie noch nie, und das war alles, was im Augenblick zählte.

»Ich töte Tor Namush und schicke seinen abgeschnittenen Kopf mit einer Schleife versehen an Tyrannos zurück.« Sie war entschlossen, Tor Namush für diese Tat zu bestrafen … nein, nicht nur ihn, alle Haèl, alle Götter. Sie wollte sie vernichten, bis nur noch Staub und Asche von ihnen übrig war. Sin legte seine Hand auf ihre Schulter und drückte sie sanft, um sie zu beschwichtigen. Vielleicht konnte er ihre Zerstörungswut und ihren Zorn spüren. Vielleicht wusste er, wie sie sich gerade fühlte. Sie wollte diesen Tor Namush fertigmachen, ihn abschlachten wie einen fetten Truthahn und ihn in seine Einzelteile zerlegen. Sie wollte sein Blut fließen sehen und seine Schmerzensschreie hören. Sie wollte ihn winseln und um Gnade betteln hören. Sie wollte die ganze Götterwelt vernichten und durch deren Blut waten. Diese Vorstellung machte sie auf eine entsetzliche Weise glücklich und stimulierte sie. Vermutlich kannte Sin dieses Gefühl nur zu gut, denn so musste sich ein Bar Nashka fühlen – und das war nicht gut.

»Du sprichst wie jemand, der entschlossen ist, die Hölle heraufzubeschwören«, murmelte Sin. Halb schwang Bewunderung in seiner Stimme, halb Sorge.

»Das Blut der Götter wird fließen«, sagte Miri.

»Bitte bestrafe uns nicht dafür, dass wir euch vergiftet haben«, flehte die Königin mit eingezogenem Kopf. »Wir wurden getäuscht.«

»Ich führe diesen Kampf nicht gegen euch, sondern für euch. Wir wollen euch helfen und euer Leid lindern. Eure Erkrankungen und die Unfruchtbarkeit verdankt ihr Göttern wie Tor Namush, die sich ein Spiel daraus machen, die Welt zu zerstören. Außerdem weiß ich, dass ihr stärker seid, als ihr vorgebt. Das Pusch ist keine Droge, die süße Träume und schöne Erinnerungen beschert, wie Nimrod es behauptet hat. Es ist ein Gift, das sogar unbesiegbare Männer wie die Bar Nashka lähmen kann. Als ihr auf dem Dach der Siedlung gestanden habt, um uns zu begrüßen, waren eure Pfeile mit Pusch-Gift getränkt, und ihr hättet uns jederzeit damit lahmlegen können. Habe ich recht?«

»Ein kleiner Kratzer von einem unserer Giftpfeile und ihr wäret im nächsten Moment von euren Pferden gefallen«, sagte Dessel und verneigte sich entschuldigend vor Miri. »Aber wir wollten euch nicht abschießen, sondern hereinlocken. Die Männer wollten wir für die Königin behalten und dich an Tor Namush ausliefern. Doch da wussten wir nicht, dass er ein lügnerischer falscher Gott ist und dass du eine mächtige Zauberin bist.«

»Deshalb habt ihr uns auch nicht die Waffen abgenommen, als wir zur Königin gebracht wurden. Ihr hattet keinen Grund, euch vor uns zu fürchten«, sagte Miri.

Dessel legte beide Hände über ihr Herz, als sie weitersprach. »Aber jetzt haben wir gesehen, dass unser Gift dir nichts anhaben kann. Du bist die mächtigste Zauberin der Welt, Mirisandra aus Lyria. Dass du uns gerettet hast und uns für unseren Betrug nicht bestrafst, zeigt uns mehr als alle Worte und Schwüre, dass du wahrhaftig bist und ihr uns wohlgesonnen seid. Wir bitten um deine Vergebung und bieten dir unsere Unterstützung an.«

»Aber wir …«, begann die Königin, doch Dessel hob gebieterisch die Hand und die Königin verstummte sofort. Offenbar war die Monarchin der Amazonen nicht einflussreicher als die Schamanin.

»Wir folgen deiner Führung, mächtige Zauberin. Das ist mein Bluteid, der für unseren ganzen Stock bindend ist. Wie willst du vorgehen? Sag uns deinen Plan und wir dienen dir.«

»Wir benützen das Pusch-Gift, um Tor Namush zu überwältigen. Wenn das Gift den Kishar lähmen kann, dann kann es auch einen Haèl von den Füßen hauen, oder nicht?« Sie sah Kyros an, der war schließlich der Experte in Fragen göttlicher Unverwundbarkeit. Nicht nur hatte er die unverwundbaren Bar Nashka nach göttlichem Vorbild erschaffen, er kannte auch die Schwächen der Götter. Er wiegte allerdings unschlüssig den Kopf hin und her.

»Das Gift wird ihn nicht töten. Im allerbesten Fall wird es ihn betäuben. Im schlimmsten Fall wird er kaum mehr als ein Schwindelgefühl empfinden oder ein bisschen herumtorkeln, aber er wird rasen vor Wut und blindwütig um sich schlagen. Er wird versuchen, jeden zu zerschmettern, der sich in seiner Reichweite befindet.«

»Kann ein Bar-Nashka-Schwert diesen Dreckskerl nicht verletzen?«, fragte Sin und griff an die Seite, wo das mächtige Schwert hing. »Ich stelle mich ihm entgegen und hacke ihn auseinander.«

»Seine Wunde wird schneller heilen, als du ihm den nächsten Hieb zufügen kannst. Und er wird sich wehren und zurückschlagen. Er ist ein verdammter Gott, stark und unverwundbar.«

»Wir werden sehen, wie stark er ist und wie schnell er heilt, wenn die Frauen aus Koskos ihn mit Pusch beschießen und er ein Nashka-Schwert in den Bauch gerammt bekommt«, antwortete Miri.

»Meins bekommt er auch zu spüren!«, knurrte Storm.

»Dann ist das unser Plan. Ich stelle mich ihm in den Weg und lenke ihn ab, während die Amazonen ihn mit so viel Pusch-Giftpfeilen spicken, wie ihnen nur zur Verfügung stehen.« Dann wandte sie sich an Sin. »Und ihr greift ihn von allen Seiten an.«

»Endlich mal ein guter Plan«, rief Storm und reckte die Faust in die Höhe. »Ich schlitze den verschissenen Haèl vom Arsch bis zum Hirn auf.«

»Wenn wir es schaffen, ihn wirklich zu lähmen und zu besiegen, können wir ihn in einem Kryostase-Sarkophag kaltstellen«, sagte Trac. »Da kommt niemand ohne fremde Hilfe wieder heraus, nicht mal ein Gott.«

»Ein toter Gott gefällt mir besser als ein eingefrorener«, brummte Storm.

Kyros hingegen schüttelte langsam den Kopf. »Ich habe kein gutes Gefühl bei diesem Plan«, sagte er. »Tor Namush kann es mit zwei Bar Nashka gleichzeitig aufnehmen. Er zerfetzt einen Sterblichen mit einer einzigen Bewegung und fegt nebenher mit seinem Schwanz fünf weitere Gegner von den Beinen. Er kann fliegen, seine Hörner sind tödliche Waffen, und gerade Tor ist bekannt für seine immense Körperkraft und für seine beispiellose Brutalität. Du hast zwar Kohini-Kräfte, aber körperlich bist du ihm unterlegen. Was ist, wenn er dich gleich beim ersten Schlag tötet? Wenn du tot bist, kannst du keine Quantensprünge mehr machen und das Geschehene auch nicht mehr ungeschehen machen. Wenn du stirbst, ist alles, was ich geopfert habe, sinnlos.« Er nahm Miri an den Schultern und bohrte seine brennenden Blicke in ihren. Für einen Moment war sie sich nicht sicher, ob er sie küssen oder sie schütteln wollte.

»Der Geflügelidiot hat recht!«, sagte Sin mit einem dunklen Rumpeln in der Stimme. »Bleib du hier und überlass uns den Kampf mit dem Haèl. Falls etwas schiefgeht, holst du uns hierher an diesen Zeitpunkt zurück und wir versuchen es noch einmal.«

»Ich muss mich dem Haèl stellen. Ich muss ihm in die Augen sehen«, sagte Miri und löste sich aus Kyros' Griff. Sie wusste nicht, woher dieses Wissen kam, aber so war es. Das war ihre Aufgabe.

»Scheiße noch mal, bist du verrückt? Ihm in die Augen sehen? Du bist tot, bevor du überhaupt auf Armeslänge an ihn herankommst«, brauste Kyros auf.

»Ich muss es tun«, sagte sie nur.

Kyros und Sin tauschten einen verzweifelten Blick aus, als hätte ihnen jemand gleichzeitig in die Eier getreten, dann verdrehten sie die Augen und nickten sich gegenseitig zu.

»Du rechts von ihr, ich links, Arschgesicht«, sagte Kyros zu Sin.

»Sie wird keinen Kratzer abbekommen, solange ich lebe. Wir beschützen sie oder wir gehen mit ihr zusammen unter«, knurrte Sin.

»So sei es.«

Damit war der Plan geschmiedet.

Es dauerte nicht lange, da betrat der Haèl die unterirdische Pilzfarm – wieder. Er stampfte herein, genau wie auch schon beim ersten Mal, und duckte sich unter der niedrigen Tür hindurch, dann schaute er sich um, denn er erwartete, dass er Kyros und die Bar Nashka betäubt vorfinden würde, dass die Amazonen sich unterwürfig verhielten und er die bewusstlose Kohini einfach nur noch vom Boden aufheben musste. Zu dumm, dass er jetzt von zehn Amazonenkriegerinnen mit Blasrohren erwartet wurde.

»Wo sind die …«, begann er mit grollender Stimme, aber da brach schon der Pfeilhagel über ihn herein. Nicht alle Pfeile konnten seine Rüstung durchschlagen, doch überall dort, wo seine Haut ungeschützt war, wurde er gespickt: am Hals, an den nackten Armen, in seiner Wange, seinem Ohr, am Ellbogen, dem Oberarm und ein Giftpfeil flog sogar direkt in sein Auge. Die Amazonen luden ihre Blasrohre bereits nach, als Tor Namush vor Wut losbrüllte. Er riss sich den Giftpfeil aus dem Auge und senkte den Kopf, um mit seinen Hörnern auf die Frauen loszugehen.

Miri hielt ihn auf.

»Hier bin ich, Haèl! Ich habe gehört, dass du nach mir suchst«, rief sie und ging mit gezücktem Schwert auf ihn zu. Sie brauchten nur ein paar Augenblicke der Ablenkung, bis das Gift hoffentlich wirkte, zehn Sekunden vielleicht und noch mal zehn Sekunden, bis die Amazonen eine zweite Salve abschießen konnten. Sin und Kyros standen links und rechts neben ihr. Aber es war, wie Kyros gesagt hatte: Der geflügelte Monstergott schien das Gift kaum zu spüren, er taumelte nicht einmal, sondern röhrte vor Wut und holte gleichzeitig mit seinem muskulösen Schwanz aus, um nach Miri zu schlagen. Ein Hieb mit diesem Körperteil war, als würde man von einem Baumstamm aus Gummi geprügelt werden, absolut tödlich. Miri sprang zurück, aber der Haèl hätte sie dennoch getroffen, wenn sich nicht Kyros mit einem wütenden Kampfschrei vor sie geworfen und sich auf Tor gestürzt hätte. Das Schwert flog ihm aus der Hand, bevor er Tor Namush treffen konnte, und Kyros wirbelte durch den Raum wie eine Puppe. Er knallte in das Regal mit den getrockneten Pilzen. Das brach beim Aufprall zusammen und Kyros blieb reglos liegen. Unter seinem leblosen Körper breitete sich eine Blutlache aus und Miri hörte sich selbst kreischen. Der Schrei löste sich unwillkürlich aus ihrer Kehle und gellte so laut, dass ihre eigenen Ohren schrillten.

Ihre ursprüngliche Wut verwandelte sich in Angst, nicht um ihr eigenes Leben, sondern um das von Kyros und das von Sin und all der Menschen, die sie anführte. Sie konnten nicht einmal einen einzelnen dieser Götter bezwingen, wie hatte sie sich einbilden können, sie könnten allen den Krieg erklären und gegen sie gewinnen?

Der Haèl schenkte Kyros keinen zweiten Blick, sondern senkte den Kopf, um mit den Hörnern gegen Miri anzurennen. Wie ein tollwütiger Stier schnaubte er, aber da stürmte Storm von hinten auf ihn los und rammte ihm sein Schwert in den Rücken. Es durchschnitt die Rüstung des Gottes mühelos und die Schwertspitze kam an Tors Brust wieder heraus. Jedes verdammte andere Lebewesen wäre in die Knie gegangen, doch der Haèl schien das nicht einmal zu spüren. Er brüllte weiter, peitschte seinen Schwanz und schwenkte seinen gesenkten Kopf hin und her, um jeden, der sich näherte, mit seinen Hörnern aufzuspießen. Vielleicht taumelte er ein wenig, vielleicht war es auch nur seine Raserei, die ihn vorwärts stolpern ließ. Das war schwer zu sagen. Alles ging so schnell, und niemand hatte Zeit, sich zu wundern oder überhaupt nachzudenken. Die zweite Salve an Giftpfeilen hagelte auf den Gott, gleichzeitig wurde Storm von dessen Schwanz getroffen, bevor er sein Schwert wieder aus dem Haèl herausreißen konnte, und er krachte direkt neben Kyros ins Regal, konnte sich aber wieder aufrappeln. Das Schwert in seinem Rücken schien den Haèl nicht zu kümmern, als er den nächsten Versuch unternahm und auf Miri losging.

Doch er erreichte sie nicht. Sin war unfassbar schnell und stark, er wirbelte herum. Miri konnte seine Bewegung mit bloßem Auge gar nicht genau wahrnehmen, sie hörte nur das dumpfe Knirschen, als er seine Waffe auf den gehörnten Schädel des Haèl herabfahren ließ. Er musste ihn verletzt haben, auch wenn das Schwert durch den Aufprall zurückschnellte und in Sins Hand vibrierte. Aber auf einmal war da überall Blut. Es sprudelte aus dem Kopf des Haèl heraus und aus seinem Bauch, dort, wo noch Storms Schwertspitze herausragte. Und der Haèl geriet ins Wanken … endlich.

Vielleicht war es Sins Schlag, der ihm so zugesetzt hatte, oder das Gift der Amazonen wirkte, vielleicht war es von allem etwas, aber egal, was es war: gepriesen seien die heiligen Widderschwänze, denn der Haèl torkelte und ging direkt vor Miri in die Knie. Mit einem gellenden Wutschrei, der von einer anderen Welt zu stammen schien, rammte sie ihm ihr Bar-Nashka-Schwert in die Brust. Mit all ihrer Kraft, tief, tief hinein. Es schnitt durch seine Rüstung und seinen Brustkorb wie Butter und bohrte sich in sein Herz. Sie hörte das Knirschen seiner Knochen. Er riss die Augen weit auf, nacktes Entsetzen verzerrte sein Haèl-Gesicht. Und dann brüllte er, als wolle er die ganze Siedlung zum Beben bringen.

»Schau mich an!«, befahl Miri, während sie ihr Schwert noch tiefer in seinen Körper trieb. Es durchschnitt sein Rückgrat, und er jaulte vor Wut, hatte aber, dank sei dem Pusch, nicht die Kraft, sich dagegen zu wehren. »Sieh mir in die Augen, Haèl!«

Er tat es – vielleicht aus überheblichem Trotz, vielleicht auch aus Verzweiflung. Sie fing seinen Blick ein und schon hatte sie ihn. Sie hatte seine Seele, oder was auch immer das für ein widerlicher Haufen an Bewusstsein im Kopf dieses Wesens war. Sie hatte ihn fest in ihrem geistigen Griff. Die Verbindung zu ihm war nicht schön. Da war nichts Warmes, nichts Helles, rein gar nichts Gutes in seinem Kopf, nur Egoismus.

Es war ein kaltes, schwarzes und hässliches Ego.

Dieses Ego hing an seiner ewigen unsterblichen Existenz, an seinem persönlichen Vergnügen und an seiner Macht. All das hatte der Haèl bisher für selbstverständlich gehalten, aber Miri zeigte ihm, dass nichts im Universum unvergänglich war, nicht einmal ein Gott.

Sie packte sein dunkles Ego – Seele mochte sie das nicht nennen –, umfasste es mit ihrer Kohini-Magie. Sie ergriff es, während ihre Augen mit seinen unzertrennbar verbunden waren, und zerquetsche es, als würde sie ein Stück Ziegenkäse mit der Faust umfassen und so fest zudrücken, bis der Käse zwischen ihren Fingern wieder herausquoll.

Tor Namush wimmerte jämmerlich. Würde sie ihm die Chance lassen zu sprechen, würde er vielleicht sogar betteln. Aber ihm blieb in seinen letzten Momenten nichts weiter übrig, als zu winseln wie ein armseliges Tier.

Dann ließ sie ihn los. Sein Ich war nur noch ein zerquetschtes Stück Ziegenkäse. Er schlug ein letztes Mal schwach mit den Schwingen und fiel dann mit dem Gesicht nach vorn auf den Boden.

Der Haèl war tot.

Für ein paar entsetzliche Augenblicke herrschte atemlose Betäubung unter den Angreifern. Alle starrten auf den gigantischen Körper inmitten des kleinen Raums. Da lag ein besiegter Haèl, wie ein abgeschossener Riesenvogel sah er aus, seine Schwingen waren schlaff und ausgebreitet und seine Gliedmaßen ohne Lebenskraft. Er zuckte nicht mehr.

»Ist er tot?«, wisperte die Königin mit angehaltenem Atem. »Haben wir es wirklich geschafft?«

»Bestimmt nicht. Götter sind unsterblich«, murmelte Sin. »Wir brauchen einen Sarkophag. Schnell.« Seine dunkle Stimme war rau vor Verblüffung. Er hatte nicht erwartet, dass sie den Gott besiegen konnten.

»Er ist tot. Wir haben es gemeinsam geschafft«, sagte Miri und wunderte sich über sich selbst: wie gleichgültig und kalt sie klang. Miri hatte den Haèl mit ihren Gedanken getötet. Nichts anderes als ihre Kohini-Magie hätte ihn wirklich und für immer töten können, aber das wollte sie niemandem hier verraten. Diese Erkenntnis musste sie selbst erst verdauen.

Letzten Endes war es ihre Zusammenarbeit gewesen, die den Gott zu Fall gebracht hatten. Das Gift der Amazonen, Kyros und die Bar Nashka, die ihr die Chance verschafft hatten, ihre Kohini-Kräfte überhaupt erst einzusetzen und Tors Geist zu zermalmen. Sie brauchte keinen Puls zu fühlen, keinen Arzt und kein technisches Gerät, um zu wissen, dass er unwiderruflich tot war und auch nicht durch irgendeine ominöse göttliche Technik-Magie wieder zum Leben erweckt werden konnte. Bei diesem Haèl war nicht der Körper zerschmettert, sondern sein Wesen. Sie hatte es in ihrer mentalen Faust gespürt, wie sein Lebenslicht langsam erloschen war, wie sie ihn ausgelöscht hatte.

Sie hatte einen Gott vernichtet.

… und sie wusste nicht, ob sie vor Freude jubeln oder vor Entsetzen über sich selbst weinen sollte.

Dann fiel ihr Blick auf Kyros. Er lag noch unter dem umgestürzten Regal mit verrenkten Gliedmaßen und regte sich nicht. Blut sickerte unter seinem Kopf hervor.

»Kyros!« Mit einem Aufschrei stolperte sie zu ihm. Ihr war so schwindelig, als wäre sie selbst mit Giftpfeilen gespickt. »O nein! Kyros!« Sie fiel neben ihm auf die Knie. Seine weißen Flügel waren ausgebreitet und sein Gesicht war kreidebleich. Dunkle Schatten lagen unter seinen geschlossenen Augen. Er musste eine Kopfwunde haben. Dennoch schüttelte sie ihn wie verrückt. »Komm zu dir.« Er konnte nicht tot sein – auch wenn er sterblich war. Gleich würde er die Augen aufreißen und sie auslachen, weil sie sich seinetwegen Sorgen machte. Er würde sie liebevoll »Heulsuse« nennen und dann ganz großspurig erzählen, wie er sich ihr zuliebe dem Haèl entgegengestellt hatte. Aber all ihr Schütteln brachte nichts, er blieb schlaff und sein Blut ergoss sich über ihre Hände und auf den Boden.

»Kyros! Lass das, du kannst nicht tot sein«, schrie sie, doch als er nicht reagierte, verwandelte sich ihre Hoffnung in Asche. »Bitte stirb nicht. Stirb nicht. Ich liebe dich doch! Ich liebe dich! Bis in alle Ewigkeit. Bleib bei mir!« Sie schluchzte und presste gleichzeitig ihre Lippen auf seinen Mund, aber sie spürte keinen Atem von ihm.

Kyros:

Vielleicht war er ein kleines bisschen ein Hammelarsch, weil er Miris Flehen und Weinen und ihren Kuss schamlos auskostete, obwohl die Ambrosia in seinem Körper die Wunde bereits heilte und er schon längst nicht mehr bewusstlos war. Aber verdammt, sie sprach gerade von ihrer ewigen Liebe zu ihm, das musste ein Mann doch wohl auskosten dürfen.

Außerdem war das der geilste und zärtlichste Kuss, den Kyros jemals von Miri bekommen hatte. Es war, als würde sie sich selbst in ihn hineinfließen lassen, ihr Herz, ihre Seele, ihre Magie. Verdammt sei die Frau, die einem armen sterblichen Gott so das Herz brechen konnte.

Ihr *»Ich liebe dich! Bis in alle Ewigkeit«* klang überhaupt nicht mehr so abweisend wie ihr damaliges »Ich mag dich« und »Ich hab dich gern«. In ihrer Stimme und in ihrem Kuss lag echte Liebe. Unendlich viel Liebe. Bedingungslose Liebe. Und die war nur für ihn bestimmt.

Er würde es niemals bereuen, dass er seine Unsterblichkeit für sie geopfert hatte. Er würde ihr bis in den Tod treu bleiben und nie wieder zur Kongregation zurückkehren. Er hatte sich zu sehr verändert, um dort noch eine Heimat finden zu können.

Allerdings, auch wenn er sich verändert hatte, konnte er nichts dagegen tun, dass er ihr herzzerreißendes Schluchzen und ihre Liebesbeteuerungen ziemlich genoss. Und vor allem ihre Hände auf seiner Brust und in seinem Gesicht, wie sie ihn abtastete und streichelte. Sin war jetzt bei ihr, und während sie erneut einen innigen Kuss auf Kyros' Lippen pflanzte, streichelte der Kishar sanft über ihren Rücken, um sie zu trösten. Ein verdammter Bar Nashka, der jemand anderen tröstete! Auch Sin hatte sich verändert.

»Lass Trac ihn untersuchen«, murmelte Sin und kniete sich nun auch noch neben Miri, um sie bei ihren Liebesbeteuerungen und ihrem Kuss irgendwie moralisch zu unterstützen, und Kyros empfand das nicht einmal als störend, nicht, solange er Miri nicht von ihm wegriss.

Was für ein schönes, gestörtes Trio sie doch waren.

»Er atmet nicht mehr!« Miri unterbrach ihren innigen Kuss und sah verzweifelt zu Sin hinauf.

»Trac kann ihn in seinen Sarkophag legen. Er wird sich wieder regenerieren. Er ist ein zäher Mistkerl. Er ist nicht tot, Silbervögelchen, hörst du? Du musst dich beruhigen, du zitterst und bist so weiß wie Schnee.«

So schön sich Miris Liebesbekundungen für Kyros auch anfühlten, sie litt seinetwegen und das war schlecht. Ach Mist, er war eben einfach ein egoistischer Idiot. Er gab ein Stöhnen von sich und öffnete mit einem irritierten Blinzeln die Augen.

»Miri«, wisperte er. Ein dämliches Grinsen konnte er leider nicht ganz unterdrücken, als sie seine wundersame Genesung mit einem Aufschluchzen und einem weiteren Kuss beantwortete. Die Geste war so innig und so voller Liebe, dass sie bei Kyros Schmerzen an Körperstellen auslöste, an denen er gar nicht verletzt worden war. Sein Herz tat weh und sein Magen flatterte und sein Kopf schwirrte.

Verdammte, verschissene, unfassbar schöne Liebe.

»Ich wusste doch, dass der Blödmann nicht tot ist«, knurrte Sin.

Kyros richtete sich auf und tastete vorsichtig seinen Kopf ab. Da hatte er sich beim Aufprall gegen das Regal eine Platzwunde zugezogen, aber die war schon so weit verheilt, dass nur noch wenig Blut heraussickerte. Die Stelle an seiner Seite, an der Tors Schwanz ihn getroffen hatte, tat allerdings höllisch weh. Er trug zwar eine cybergenetische Panzerhaut, aber der Hieb war zu stark gewesen. Vermutlich hatte er einen Nierenriss gehabt und ein paar seiner Rippen waren auch gebrochen. Die Blutergüsse unter der Panzerhaut mussten höllenschwarz sein. Es würde noch eine Weile dauern, bis die Schmerzen weg waren. Aber alles in allem hatte Kyros den Angriff überlebt. Dank sei der Ambrosia in seinem Blut.

Ohne Ambrosia wäre er jetzt tot.

Allerdings würde die Ambrosia, die er von Zarastra bekommen hatte, nicht ewig halten. Höchstens noch ein paar Wochen. Doch damit würde er sich befassen, wenn es so weit war. Jetzt gerade fühlte er sich kräftig genug, um aufzustehen. Er breitete die Flügel aus und holte ein paarmal tief Luft. Auf keinen Fall durfte er eine Untersuchung durch Trac zulassen, denn der würde leicht feststellen, dass Kyros mit Ambrosia vollgepumpt war. Nur Sin wusste von seinem Ambrosia-Deal mit Zarastra (so nannte er den notwendigen Verrat an Miri), aber sonst niemand, und das musste so bleiben. Vor allem durfte Miri nichts davon erfahren.

»Es sah schlimmer aus, als es war! Mir geht es gut«, verkündete er, doch Trac trat schon auf ihn zu, um seine Kopfwunde in Augenschein zu nehmen, und hätte sich wohl nicht so leicht abwimmeln lassen, wenn da nicht Miri gewesen wäre.

»Mir ist schlecht«, murmelte sie, verdrehte die Augen und übergab sich direkt vor Kyros' Füße. Schafsscheiße noch mal, sie sah ja furchtbar aus. Sie war ganz grün im Gesicht und übergab sich immer wieder. Dabei schlotterte sie am ganzen Körper.

»Sie steht unter Schock! Trac! Hilf ihr«, brüllte Sin. Sein Geschrei war schlimmer als das, mit dem er vorhin dem Haèl den Schädel gespalten hatte. Überhaupt lag der Hurensohn von einem Haèl so reglos da, dass Kyros eine Gänsehaut bekam. Es war unmöglich, dass er tot war. Ein Gott konnte nicht sterben. Nicht, solange er Ambrosia in sich hatte und die Energien des Drachensterns ihm zur Verfügung standen. Aber Tor Namush sah noch schlimmer aus als die gehäuteten Nacktmulle, die von der Decke herunterbaumelten. Auch Miri sah schlimm aus. Sie war zusammengesackt und ihr ganzer Körper wurde von Zuckungen ergriffen, als hätte sie einen epileptischen Anfall.

»Was hat sie! Verdammte Schafsscheiße«, schrie Kyros. Er hatte gerade ein unendlich schlechtes Gewissen und fürchtete, dass sein kleines, dummes Schauspiel schuld an Miris Zusammenbruch sein könnte. »Sie kann doch nicht einfach aus lauter Liebeskummer in einen Schock verfallen, oder?« Hilfe suchend schaute er Sin an, obwohl der sich mit Liebeskummer noch weniger auskannte als Kyros. »Ist es Liebeskummer, was sie hat?« Die Schmerzen, die Kyros durch den Schlag des Haèl immer noch empfand, waren nichts im Vergleich zu dem Stechen in seinem Herzen. Gewissensbisse und Hilflosigkeit schnürten ihm die Kehle zu. Er konnte nur krächzen. Hätte er ihr doch nichts vorgespielt. Wäre er doch nicht so ein Idiot!

»Was weiß ich, Arschloch!«, schrie Sin hysterisch. Er beugte sich zu Miri hinunter und schob ihren Zopf zur Seite. »Wenn ja, dann mach was. Sag ihr, dass du sie auch liebst und sie niemals verlassen würdest und dass du ihr immer treu sein wirst bis in den Tod. All das. Sag es zu ihr. Oder küsse sie. Das hat schon mal geholfen, als ich sie geküsst habe.«

Aber bevor Kyros Luft holen konnte, um Sins Rat zu folgen, war Trac bei ihnen. Er hatte die Lage offenbar deutlich souveräner im Griff als sie beide. Er gab Befehle, die sie eifrig befolgten. Hinlegen! Stabile Seitenlage. Arm frei machen für die Infusionspistole. Zurücktreten. Haèl im Auge behalten, falls er wieder zu sich kam, und Wasser holen. Klares, kaltes Wasser.

Er verabreichte Miri ein Allrounder-Medikament über eine kleine Impfpistole. Die hatte er wohl in der Hoffnung mitgenommen, er könnte damit etwas Gutes bei den Amazonen bewirken und ihre Krankheiten heilen. Wäre Kyros nicht so in Sorge um Miri, wäre ihm vielleicht auch wieder eingefallen, dass er selbst dieses Allrounder-Medikament einst entworfen hatte. Es half gegen 89 Prozent aller bekannten Erkrankungen von Hominiden und war ursprünglich nicht für die Bar Nashka gedacht gewesen, sondern für die Menschen. Bei ihrem vermeintlichen ersten Kontakt mit den Elohim hatten sie der damals überbevölkerten und von Pandemien heimgesuchten Welt einige technische und wissenschaftliche Segnungen wie zum Beispiel die Formel für dieses Medikament zukommen lassen, um ihr Vertrauen zu gewinnen und ihre besten Soldaten rekrutieren zu können. Offenbar hatte Trac sich wieder an das Medikament erinnert und es selbst synthetisiert.

»Sie hat vermutlich einen anaphylaktischen Schock«, sagte Trac und beobachtete mit zusammengezogenen Augenbrauen, wie Miris Zuckungen langsam nachließen und ihr Würgereiz aufhörte.

»Das kommt von ihrem verdammten Quantensprung. Als sie vor drei Tagen ohnmächtig wurde, lag es auch daran. Nicht an meinem Zaubersalbei«, rief Kyros.

»Mir geht es schon wieder besser.« Miris Stimme klang schwach, aber das Allrounder-Medikament schien zu wirken, denn sie hievte sich mit einem Ächzen auf die Beine, bevor jemand sie davon abhalten konnte. »Ich will sehen, ob der Haèl wirklich tot ist.«

»Du musst unbedingt noch liegen bleiben, Kohini. Du bist so bleich wie die Nacktmulle«, rief Trac und nahm sie an der Hand, aber Sin knurrte wie ein Wolf, und Miri lehnte die angebotene Hilfe mit einer abweisenden Geste ab. »Das Allrounder-Medikament ist nur Notfall-Medizin«, beschwor Trac sie. »Es hilft gegen die Symptome, aber wir müssen dich so schnell wie möglich zum Lager zurückschaffen. In einem Sarkophag kann ich dich genau untersuchen und herausfinden, was dir fehlt.«

»Ich glaube, ich weiß, was mir fehlt.« Miri machte einen wackeligen Schritt auf den reglosen Körper des Haèl zu. »Es hat nichts mit dem Quantensprung oder mit Liebeskummer zu tun, obwohl ich aus lauter Angst um Kyros gerade fast verzweifelt wäre.«

Sin trat an ihre Seite und schlang seinen Arm um ihre Hüfte, und Kyros musste dabei zusehen, wie sie lächelnd zu Sin hinaufblickte und ihre Blicke sich für einige Sekunden lang innig berührten, dann machte sie einen weiteren Schritt auf den Haèl zu. Die Klinge von Storms Schwert ragte noch aus ihm heraus. Dunkelrotes Blut quoll unter seinen Flügeln hervor und blutig-graue Gehirnmasse lugte aus dem tiefen Spalt in seinem Schädel heraus. Das schockierte Kyros nicht annähernd so sehr wie die Erkenntnis, dass die Wunden des Gottes nicht längst wieder verheilt waren und er nicht mehr atmete.

»Was fehlt dir, wenn es kein Liebeskummer wegen dieses Elohim-Arschgesichts ist?«, fragte Sin.

»Es muss vom Pusch kommen. Das Pusch hat meine Kräfte verstärkt und gebündelt. Zum ersten Mal konnte ich sie willentlich rufen und steuern. Und das sind die Nebenwirkungen, die die Droge erzeugt. Ich fühle mich gerade, als hätte ich die ganze Nacht durchgezecht und hundert Fässer Wein getrunken. Mir ist schwindelig und schlecht, mein Kopf fühlt sich an, als würden tausend Schmiedehämmer darin wummern.« Sie lachte ein müdes Lachen und zischte dann vor Schmerz. »Ich denke, ich habe einen Pusch-Jahrtausend-Kater.«

»Es liegt nicht am Pusch«, sagte nun Dessel die Schamanin. »Es liegt an deiner großen Macht. Man kann nicht so viel nehmen, ohne viel zu geben. Du hast einen Gott getötet. Du bezahlst den Preis des Sieges. Das Gleichgewicht des Universums verlangt es.«

Auch wenn das lächerlich esoterisch klang, fand Kyros Dessels Erklärung sehr viel einleuchtender als Miris Theorie. »Die Entfaltung deiner Kohini-Kräfte laugt dich aus und deine körperliche Reaktion wird mit jedem Mal schlimmer«, sagte er nickend. »Du hast enorme Energiemengen aufgewendet. Ich will verdammt noch mal wissen, woher du die Energie für diesen Quantensprung genommen hast.« Diese Frage quälte nicht nur ihn. Die Kongregation der Götter grübelte über dieses Phänomen vermutlich so sehr, dass ihre göttlichen Köpfe rauchten. »Das Pusch-Gift kann dir keine Energie liefern, höchstens ein Katalysator sein. Deine Quantensprünge aber verbrauchen die Energie einer halben Sonne.«

»Ich bekomme die Energie vom Universum. Das Pusch hat mir dabei geholfen, sie zu erspüren und in mir zu bündeln und sie dann gezielt einzusetzen«, murmelte Miri.

»Das klingt schwachsinnig«, schnaubte Storm.

»Das klingt unmöglich. Du bist doch kein schwarzes Loch, kein Energieakkumulator. Du bist ein Wesen aus Fleisch und Blut«, fügte Sin hinzu.

»Und genau deshalb geht es dir so scheiße.« Kyros fühlte sich bestätigt.

»Ich weiß längst nicht mehr, was ich bin, aber ich brauche das Pusch. Damit kann ich endlich meine Kräfte lenken.« Sie wandte sich an die Schamanin. »Welchen Preis verlangt ihr für euer Gift?«

»Du kannst von uns so viel Pusch haben, wie du willst. Ich habe dir einen Bluteid geschworen. Der bindet uns alle. Was uns gehört, gehört dir, was du erleidest, erleiden wir, wenn du triumphierst, triumphieren auch wir«, sagte die Schamanin und ging vor Miri auf die Knie. Auch die Königin sank auf die Knie und die anderen Amazonen. Miri war diese Ehrerbietung sichtlich unangenehm und sie zwang sich zu einem mühsamen Lächeln.

»Ihr schuldet mir nichts, aber ich nehme das Pusch.« Dann wand sie sich aus Sins Arm heraus und ging mit wackeligen Schritten zum Körper des Haèl. »Reich mir dein Schwert, Kieran.« Sie streckte ihren Arm aus, der vor Schwäche zitterte, aber Sin Kishar zögerte nicht, sondern überreichte ihr die Waffe in einer beinahe feierlichen Geste. Götterblut klebte an der stahlblauen Scheide und Miri betrachtete es mit kalten Augen. Und wenn Kyros auch nur noch den geringsten Zweifel daran gehabt hatte, dass Miri inzwischen zu einer weiblichen Bar Nashka geworden war, so beseitigte sie diesen Zweifel im nächsten Moment. Sie ließ das gigantische Schwert mit einer unfassbar eleganten Bewegung über ihrem Kopf kreisen. Es war dabei so schnell, dass es surrte wie ein Rotorblatt, und dann holte sie weit aus, und noch bevor irgendjemand begriff, was sie vorhatte, hackte sie dem Haèl mit nur einem einzigen Schlag den Kopf ab.

∞

Miri:

Kyros hatte recht. Es wurde mit jedem Mal schlimmer.

Miri fühlte sich jämmerlich. Dieses Gefühl der totalen Erschöpfung war auch eine Stunde später nach einer weiteren Spritze von Trac und einem Becher mit Bar-Nashka-Nährlösung noch nicht weg, und sie hatte Mühe, sich auf den Beinen zu halten – noch mehr Mühe hatte sie, sich ihre Schwäche nicht anmerken zu lassen.

Trac hatte sie unbedingt in einen seiner Sarkophage verfrachten wollen, um sie zu untersuchen und mit Medikamenten zu versorgen, aber viele andere benötigten diese Sarkophage genauso dringend, nicht nur infizierte Bar Nashka, sondern jetzt auch die Amazonen mit besonders schweren Leiden. Außerdem hatte Miri keine Zeit für eine Pause in einem Sarkophag. Es gab so viel, was jetzt getan und geplant und besprochen werden musste. Und ihre erste Besprechung fand mit Nimrod dem hinterhältigen alten Mistkerl statt.

Er hatte nichts von ihrer Rückkehr ins Lager mitbekommen. Auch hatte er nicht bemerkt, dass sie zwanzig Amazonen in ihrem Gefolge hatten und das Fluggerät des Haèl im Schlepptau. Er hatte in seinem Zelt geschlafen. Nur gut, dass Sin zwei Wachen vor dem Zelt postiert hatte. Als Nimrod schließlich aus seinem Schläfchen erwachte, setzte er sich an den Tisch, haute mit der knorrigen Faust darauf und verlangte nach Essen und nach einem Krug Bier. Bisher hatten die menschlichen Sklaven ihn ehrerbietig behandelt und alle seine Wünsche erfüllt, weil Miri sie darum gebeten hatte, aber jetzt reagierte niemand mehr auf sein Geschrei.

»Ich will mein Essen!«, krächzte er herum. »Hört mich jemand? Ich bin ein geehrter Gast. Bringt mir Essen, sonst verrate ich euch den Deaktivierungscode nicht.«

»Hier ist dein Essen!«, sagte Miri, als sie das Zelt betrat. Kyros und Sin folgten ihr natürlich auf den Fuß, und Nimrod, der nicht damit gerechnet hatte, sie je wiederzusehen, verstummte schlagartig.

»D-d-du?«, japste er und riss die Augen auf.

»Guten Appetit!« Miri knallte den verdammt schweren, abgeschnittenen Kopf von Tor Namush direkt vor Nimrod auf den Tisch und Nimrod prallte zurück.

»Das … das ist Tor Namush der Vernichter!«, kreischte er und bekam kaum noch Luft vor lauter Schock. »Das ist unmöglich! Er ist ein Gott.«

»Er *war* ein Gott«, sagte Miri kalt. »Und wir haben ihn getötet.«

»Aber er ist unsterblich. Ein Gott kann nicht sterben. Er … er hat mir Ambrosia versprochen.« Jetzt wimmerte Nimrod und hielt sich die Augen zu, wie ein Kind.

»Sieh hin, Feigling. Auch Unsterbliche leben nicht ewig«, zischte Kyros. Er war stinkarschwütend über den Verrat des Alten, und noch mehr als das, war er gekränkt, denn er hatte sich von Nimrods Geschichte über seine große Liebe einfangen und blenden lassen, hatte Mitleid empfunden. Mitleid war ein Gefühl, das Kyros bis vor Kurzem nicht gekannt hatte, und all die Gefühle, die damit zusammenhingen, wenn man hintergangen und beschämt wurde, schienen ihn nun vollkommen zu überwältigen. Miri hatte Kyros erst beruhigen müssen, bevor sie das Zelt betreten hatten. Er musste seine Wut zügeln und ihr Spiel mitspielen.

»Nein! Nein! Ich kann nicht hinsehen! Was habt ihr nur getan?« Nimrod heulte und hielt sich immer noch die Augen zu.

»Es war ganz leicht, ihn zu töten«, sagte Miri lässig, auch wenn das eine Lüge war. Denn sie bezahlte einen verdammt hohen Preis dafür, dass den Haèl mit ihren Kohini-Kräften ausgelöscht hatte. Sie spürte die Schwäche und Erschöpfung wie einen klirrend kalten Eisbrocken in ihrem Bauch, und anstatt nachzulassen, breitete sie sich immer weiter in ihr aus.

»Und du bist der Nächste, du Verräter.« Sin packte den Alten am Hemd und zerrte ihn mit einem Ruck aus dem Stuhl und über den Tisch, sodass seine dürren Beine in der Luft hingen. In diesem Moment war es schwer vorstellbar, dass der Greis jemals Ähnlichkeit mit einem Haèl wie Tor Namush gehabt haben sollte. Das Opfer, das er für seine Liebe gebracht hatte, schien angesichts seines gebrechlichen und verfallenen Körpers unendlich groß zu sein. Und Nimrods Verrat zeigte ihr, wie sehr er seine damalige Entscheidung inzwischen bereute. Vielleicht war Kyros deshalb so wütend, weil er sich selbst in diesem ehemaligen Gott wiedererkannte und ebenfalls voller Reue war.

»Wenn du uns nicht den Deaktivierungscode der Barriere verrätst, dann schneide ich deinen hässlichen Kopf auch ab und spieße ihn neben dem dieses gehörnten Arschlochs an den Toren meines Heerlagers auf«, bellte Sin den Alten an und schüttelte ihn wie eine knochenlose Puppe.

»Dann töte mich doch, du … du Göttermörder! Ich habe keine Angst vor dem Tod. Ich sterbe sowieso bald, wenn ich keine Ambrosia bekomme. Sie haben mir Ambrosia versprochen, wenn ich ihnen helfe, die Kohini zu fangen. Wer hätte das abgelehnt? Auch du würdest es nicht ablehnen, El Shaddaj. Gib es zu!«

Aber Kyros war weit davon entfernt, etwas zuzugeben. Er packte den abgetrennten Kopf und hielt Nimrod den blutigen Hals direkt vor die Augen. »Du willst Ambrosia? Dann trink das Blut von Namush dem Toten! Der war bis zum Rand voll damit und es hat ihn nicht gerettet.«

Miri legte die Hand auf seinen Arm. Sie hätte ihm gerne gesagt, dass er nicht wie Nimrod war, dass er niemals so jämmerlich enden würde, dass sie dafür sorgen würde. Aber jetzt war nicht der richtige Moment für eine emotionale Aussprache. »Wir brauchen den Kopf noch, also mach ihn nicht kaputt«, sagte sie stattdessen zu Kyros, und das entspannte ihn schließlich ein wenig und nötigte ihm ein mühsames Lächeln ab. Dann wandte Miri sich wieder an Nimrod. »Du wirst von deinen Götterfreunden keine Ambrosia mehr bekommen, denn sie sind alle dem Untergang geweiht, egal ob du uns hilfst oder nicht. Sieh dir diesen Haèl an. Hinter seinen Augen brennt kein göttliches Licht mehr. Sein Körper dient den Koskos-Amazonen als Dünger für ihre Pilze und seine Rüstung hängt in ihrem Speisesaal als Trophäe.«

»Namush der Vernichter ist vernichtet«, sagte Kyros.

»Wenn der Alte uns den Code nicht verraten will, dann töte ich ihn. Er frisst nur die Vorräte unserer Sklaven weg«, sagte Sin und legte seine Hand um Nimrods Hals.

»Ich will doch nur Ambrosia!«, röchelte Nimrod. Sin drückte nicht wirklich fest zu, sonst wäre der Alte schon tot. Er wollte ihm nur Angst einjagen, und nach Nimrods Blick zu schließen, hatte er eine Riesenangst. Und eingenässt hatte er sich auch (Alter und Krieg hatten eines gemeinsam: Sie nahmen dir jedwede Würde).

Miri fasste in ihre Tasche und zog eine der kleinen unscheinbaren Pillen heraus, die sie bei Tor Namush gefunden hatten. Kyros hatte sie als eine sogenannte Ambrosia-Tagesration identifiziert, und das war genau das, was sie brauchten, um Nimrod gesprächig zu machen. Der Tod konnte ihn nicht schrecken, aber für eine mickrige Ration Ambrosia würde er vermutlich alle und jeden verraten. Das war zumindest die Auffassung von Kyros gewesen.

»Weißt du, was das ist?«, fragte sie, und die Augen von Nimrod wurden jetzt sogar noch größer, als sie es beim Anblick von Tor Namushs abgeschlagenem Kopf gewesen waren.

»Wo-woher hast du das?«

»Der vernichtete Vernichter hatte sie bei sich. Vermutlich wollte er dir die Pille nach erfolgreicher Mission als Belohnung bringen. Tja, jetzt gehört sie mir.«

»Gib sie mir! Sie gehört mir!«

Miri lachte. »Vielleicht gebe ich sie dir ja. Vielleicht aber schlucke ich sie auch selbst.« Sie hob die Pille hoch und streckte die Zunge heraus, wie um sich das Ding darauf zu legen. In Wahrheit würde sie sich lieber die Zunge abbeißen, als diesen Götterdreck zu schlucken und sich von der Sucht nach Unsterblichkeit abhängig zu machen.

»Nicht schlucken. Sie gehört mir.«

»Du bist nicht in der Position, irgendetwas zu verlangen, du stinkender Arsch«, schrie Kyros und ballte die Fäuste. »Du kannst auf Knien betteln und unsere Schuhe lecken und dann kriegst du die Ambrosia trotzdem noch nicht.«

»Ich sage euch den Deaktivierungscode doch«, heulte Nimrod. »Ich hätte ihn euch doch sowieso verraten. Bitte gib mir die Pille. Du brauchst sie doch gar nicht, du bist jung und schön und mächtig, aber meine Gicht macht mich schier wahnsinnig. Ich sage euch alles, was ihr wissen wollt. Ich schwöre es. Nur gib mir die Ambrosia.«

»Du kleiner Wichser. Du bekommst die Pille erst, wenn die Barriere deaktiviert und der Generator zerstört ist.« Kyros' Stimme donnerte jetzt genauso dunkel wie die von Sin Kishar, wenn er wütend war.

»Aber der Generator der Barriere liegt im Tal von Alkash bei dem alten Gateway. Das sind noch so viele Tagesreisen bis dahin. Ich sterbe vielleicht morgen schon. Die Schmerzen in meinen Gelenken sind unerträglich. Gib mir die Ambrosia, und ich tue, was ihr verlangt. Alles.«

»Dann verrat uns, woher du überhaupt wusstest, dass wir in deine Höhle kommen und dich aufsuchen würden?«, fragte Miri. Schließlich hatte sie selbst nicht gewusst, wie sie zu Nimrods Höhle gesprungen war und vor allem warum. »Wie haben die Haèl Kontakt zu dir hergestellt? Wie konnten sie vorher wissen, dass ich komme?«

»Die Götter haben eine Scheißangst, dass ihr die Barriere abschaltet und dann Sassaris erobert. Eine Woche vor deiner Ankunft war Tyrannos bei mir. Er war sich sicher, dass ihr nach mir suchen würdet, um mich gefangen zu nehmen. Er sagte, ihr würdet den Deaktivierungscode aus mir herausfoltern, und die einzige Chance, wie ich eine Folter verhindern kann, ist, wenn ich so tue, als würde ich euch helfen und euch dann in seine Falle locken. Er sagte, das Pusch ist das einzige Gift auf der Welt, das einen Bar Nashka lähmen kann. Deshalb soll ich euch nach Koskos locken. Er hat mir Ambrosia versprochen, wenn ich mitspiele. Wenn nicht, dann würde er mich töten, um zu verhindern, dass ich überhaupt erst mit euch spreche. Was hätte ich denn tun sollen?«

»Gut. Ich glaube dir.« Miri nickte und hielt dem Haèl die Pille hin.

»Bist du des Wahnsinns?«, brauste Kyros auf und stieß den Alten weg, als er nach der Pille greifen wollte. »Was ist, wenn er uns anlügt, wenn er uns in die nächste Falle lockt?«

Miri zuckte die Schultern. »Selbst dann würde ich dem armen Mann die Ambrosia nicht verwehren. Sieh ihn doch an, wie mitleiderregend er ist. Barmherzigkeit ist etwas, das man anderen gibt, egal ob sie es verdient haben oder nicht.«

»O mächtige Kohini, du bist so gütig, so groß. Du bist wahrhaft eine Retterin der Welt«, säuselte Nimrod. Seine Augen waren weit aufgerissen vor Gier und seine tatterige Hand ausgestreckt. Miri legte die Pille da hinein. Er zitterte vor lauter Aufregung und Alter so sehr, dass er kaum seinen Mund traf, als er sie schlucken wollte.

»Ich verstehe dich nicht«, rief Kyros. Er schnaubte vor Wut und Miri wandte sich zu ihm herum. Auch wenn ihr inzwischen jede einzelne Bewegung schwerfiel und ihr Schmerzen verursachte, schlang sie ihre Arme um seinen Hals. Sie sah ihm tief in die Augen.

»Ich verstehe, warum er es getan hat. Ich verstehe, was die Ambrosia für ihn und für jeden Gott bedeutet. Sie ist das Heilmittel gegen die Sterblichkeit. Ich kann ihn nicht dafür verurteilen, dass er sein Opfer von einst bereut und versucht, am Leben zu bleiben.« Sie hoffte, dass Kyros begriff, was sie ihm sagen wollte, nämlich, dass sie auch *ihn* verstehen konnte, dass sie ihm niemals verübeln würde, wenn er der Ambrosia und der Unsterblichkeit nachtrauerte, aber er schüttelte wild den Kopf.

»Ich bereue meine Entscheidung nicht. Ich werde es nie bereuen, dass ich dich statt der Unsterblichkeit gewählt habe«, beteuerte er ihr – oder vielmehr er beteuerte es sich selbst.

Sie wusste, dass er litt, dass er zerrissen war, und es gab so wenig, was sie ihm jetzt zum Trost sagen konnte. »Ich werde dafür sorgen, dass du deine Entscheidung nicht bereust, mein liebster Ex-Gott.« Sie nahm sein

Gesicht in ihre Hände und schmiegte sich eng an ihn. Automatisch schlang er seine Flügel um ihren Körper. Das tat ihr gut, weil es ihr Halt und Wärme gab und ihre zittrigen Beine entlastete. Sie hätte so gerne die Traurigkeit und die Selbstverachtung aus Kyros' Blick weggeküsst, aber das musste warten, bis sie allein waren.

»Bevor ihr euch gegenseitig ableckt oder euch aufs nächste Bett werft, hätte ich gerne den verdammten Deaktivierungscode von diesem alten Bastard«, schnaubte Sin.

Kyros öffnete seine Flügel wieder und entließ Miri aus der Umarmung. Dabei bedachte er Sin mit einem triumphierenden Blick, als ob er ihm sagen wollte: *»Sie liebt mich genauso sehr wie dich, du Arsch.«* Aber Sin zuckte nur die Schultern und fuhr fort:

»Mein Verständnis für den verdammten Verräter hält sich in engen Grenzen. Er wird den Code schon ausspucken, wenn ich ihm ganz langsam jeden einzelnen Körperteil ausreiße. Ob er nun diese Pille geschluckt hat oder nicht.«

»Ich sage euch den Code. Ich schreibe ihn auf. Ich gebe ihn in eure Speichermedien ein. Ich bin auf eurer Seite. Ich schwöre es. Ich kämpfe von jetzt an nur noch für eure Sache! Gib mir nur eine weitere Ambrosia-Pille und ein Schwert und ich bin dein Schildknappe, Kohini«, beteuerte Nimrod aufgeregt und klang schon gar nicht mehr so krächzend und tatterig wie noch vor wenigen Augenblicken. Er sah nicht unbedingt jünger aus, aber seine Körperhaltung war etwas aufrechter und sein Blick klarer. Die Wunderpille wirkte verdammt schnell.

Aber niemand glaubte seinen überschwänglichen Worten, nicht einmal Miri. Sie lachte müde. Sie würde es wissen, wenn der Code, den er ihnen gab, falsch wäre. Sie musste ihm nur in die Augen schauen, dann konnte sie den Code mit ihrer Augenmagie aus ihm herausholen. Wenn sie nur nicht so unendlich erschöpft wäre, dann hätte sie das längst getan. Aber allein die Vorstellung, noch einmal in die Gedanken eines ekelhaften Haèls einzutauchen, erfüllte sie mit Grausen. Dennoch. Sie musste es tun. Schwach sein konnte sie, wenn das erledigt war.

Sie fixierte den Alten und wartete, bis er den Blick zu ihr hob, dann stellte sie den Konnex her und versank in seiner Seele. Sie ließ ihre Kohini-Magie fließen, auch wenn nicht mehr viel davon übrig war. Es fühlte sich für Miri an, als würde sie ausbluten. Sie hatte den Versuch, in Nimrods Gedanken zu gelangen und den Code zu finden, schon einmal unternommen, kurz nachdem sie mit ihm im Lager angekommen waren. Aber da hatten ihre Kohini-Kräfte ihr nicht gehorcht und es war kein Konnex zustande gekommen. Doch jetzt wirkte das Pusch-Gift noch, und sie lenkte ihre Magie auf den Deaktivierungscode und fand ihn auf Anhieb in Nimrods chaotischem Geist, der ansonsten erfüllt war von Bedauern und Trauer. Es waren Buchstaben oder Zeichen, die sie nicht kannte. Sie wusste auch nicht, was sie bedeuteten, aber sie wusste, dass das der Code war, den sie brauchten, und sie würde ihn jederzeit wiedererkennen.

»Schreib den Code auf, ich werde wissen, ob er richtig ist«, befahl sie Nimrod.

Ihre Stimme war schwach und leise, denn jetzt war sie wirklich leer und die Energie in ihr war erloschen. Erst als sie spürte, dass Sin sie festhielt, wurde ihr bewusst, dass sie schwankte. Die Bilder und Gesichter verschwammen vor ihren Augen, sie hörte die Stimme von Nimrod wie aus weiter Ferne, wie er immer wieder seine Treue und seine Ehrlichkeit beschwor. Sie hörte Kyros fluchen, und Sin rief nach Trac und Beyrin und Cloud und noch ein paar anderen Bar Nashka, deren Namen sie nicht kannte. Sie sollen sofort ihre Ärsche hierher bewegen.

»Bring mich raus. Wir sind hier fertig«, sagte sie zu Sin, ihre Stimme war nur noch ein Wispern.

Sie war noch lange nicht fertig, denn sie hätte ein mehr Dinge zu Nimrod zu sagen gehabt, aber sie wollte nicht vor den Augen des verdammten Verräters zusammenbrechen. Er sollte nicht sehen, wie schwach sie jetzt gerade war. Er sollte sie für stark und gefährlich, ja, für eine Furcht einflößende Göttermörderin halten. Er sollte Angst vor ihr haben und jeden, dem er begegnete, von ihrer schrecklichen Macht erzählen. Denn auch wenn sie ihm die Ambrosia aus tief empfundenem Mitleid gegeben hatte, traute sie ihm keinen Finger breit über den Weg. Der Mistkerl würde die nächste Gelegenheit nutzen, um zu fliehen, und zu seinen Haèl-Freunden laufen, um sie alle zu verraten. Und das hoffte sie.

Sie wäre darauf vorbereitet … falls sie die nächste Stunde überleben würde.

7 Die Unschärfe der Liebe

Aus den Dateien der Memori:
Die Entstehung von Liebe ist steuerbar.
Wir haben sie daher in unseren Plan einbezogen
und einen entsprechenden Algorithmus entwickelt.
Den Mangel an mathematischer Genauigkeit bei diesem Verfahren
würde man laienhaft wohl als Mysterium bezeichnen.

Kessa:

Die Gnostika jagte einen kalten Stich durch Kessas Körper und weckte sie so aus ihrer Bewusstlosigkeit auf.

»Es ist so weit. Die Genmodifikation ist abgeschlossen«, sagte sie, und danach sprach sie nicht mehr, sondern handelte. Die Polycarbine-Fesseln, mit denen Kessa im Sarkophag festgehalten wurde, lösten sich wie von allein. Die beiden Haèl-Götter, Hirumu und Calib, waren damit beschäftigt, Ritula in den anderen Sarkophag zu legen und sie für die Übertragung vorzubereiten. Sie waren sich zu sicher, dass von Kessa keine Gegenwehr mehr kommen würde, denn sie bemerkten es nicht einmal, als diese nach dem erstbesten Teil griff, das man als Waffe verwenden konnte. Sie riss einen der Schläuche aus dem Sarkophag, der ihn mit Energie versorgte.

Jetzt konnte sie alles, was aus Polycarbine bestand, in eine Waffe verwandeln. Die Gnostika steuerte sie und wusste, was zu tun war. Kessa zog sich mit ihrem Geist auf eine Art Beobachtungsposition und überließ der Gnostika ihren Körper. Je weniger sie mit ihren Gedanken dazwischenfunkte, desto schneller konnte die Gnostika agieren. Der Schlauch verwandelte sich binnen eines Augenblicks in einen dünnen, scharfen Spieß aus stahlhartem Polycarbine. Und genau in dem Moment, als Hirumu sich umdrehte, rannte Kessa auf ihn los. Sie war schnell und wendig und der Ansturm kam als völlige Überraschung für den Haèl. Sie machte einen hohen Sprung und rammte den Spieß von oben in den Haèl. Genau in das seitliche Halsdreieck zwischen Hals und Schulter und Schlüsselbein.

Der Stachel ging tief. Er durchschnitt die Halsarterie, eine Vene, mehrere Nervenstränge, die zum Gehirn führten, und durchbohrte sogar das Herz des Haèls von oben. Das würde ihn zwar nicht töten, aber es würde ihn für eine ganze Weile ausschalten. Und bis sich sein unsterblicher Körper wieder erholt hatte, würde er schlimme Qualen leiden, hoffentlich.

Seine Schmerzen konnten gar nicht schrecklich genug sein, wenn es nach der Gnostika ging. Die brannte vor Hass.

Hirumu ging schreiend in die Knie, und da erst bemerkte der andere, was hinter seinem Rücken geschehen war. Er wirbelte herum, spreizte die Flügel und raste mit gesenkten Hörnern auf Kessa los. Die Haèl trugen beide keine Waffen bei sich, denn sie selbst waren tödlicher als jedes Schwert – mit ihren Hörnern, ihren Reißzähnen, ihren stählernen Muskeln und ihren mörderischen Schwänzen.

Kessa war zwar schnell, aber der Haèl war noch schneller. Er war um so vieles größer und stärker. Sie konnte ausweichen, doch Calib traf sie an der Seite mit seinen Hörnern, und das mit solcher Wucht, dass sie von den Füßen gerissen wurde und über den Boden schlitterte. Ihren Spieß aus Polycarbine hielt sie mit aller Macht fest, als sie mit dem Rücken gegen die Wand des Sarkophags knallte.

Hirumus Schmerzensschreie wirkten wie dumpfe Hintergrundgeräusche im Vergleich zu dem wütenden Röhren, das Calib ausstieß, als er zum zweiten Ansturm ansetzte. Kessa rappelte sich auf. Die Schmerzen in ihrer Seite ignorierte sie. Das waren die schlimmsten Prellungen, die dieser junge Klonkörper je erlitten hatte, aber ihre Knochen und inneren Organe waren unverletzt. Sie konnte weiterkämpfen. Leider hatte Calib mit seinen Flügeln und seinem langen Schwanz eine viel zu große Reichweite. Er könnte sie mit einem Schlag zerschmettern, bevor sie mit ihrem Polycarbine-Stachel auch nur in die Nähe seines Kopfes kam. Deshalb wandte sie sich um und rannte davon. Sie rannte in das Dunkel des riesigen Raumes hinein, vorbei an dem Sarkophag, in dem Ritula lag, vorbei an dem Schaltpult und zu der Stelle, an der vorhin noch die Drachenstern-Galaxie rotiert hatte, jetzt aber völlige Dunkelheit herrschte. Dann, als sie genügend Abstand zwischen sich und Calib gebracht hatte, wirbelte sie auf den Zehenspitzen herum und zielte. Der dünne Polycarbine-Stachel verformte sich in einen langen windschnittigen Speer und sie schleuderte ihn auf den heranrasenden Haèl.

Ihr Wurf war nicht besonders kraftvoll, aber präzise. Sie traf Calib genau zwischen die Hörner. Das Polycarbine-Material konnte jede Form und jede Härte annehmen, die man ihm zudachte, und es war in dem Moment, als es sich in Calibs Schädel bohrte, härter als ein Diamant.

Er brüllte vor Wut und Schreck und taumelte rückwärts, bevor auch er in die Knie ging. Hirumu, der andere, hatte inzwischen aufgehört zu schreien und lag zuckend am Boden. Beide würden sich leider viel zu schnell wieder erholen, aber Kessa hatte ausreichend Zeit gewonnen, um zu fliehen. Das hoffte sie zumindest. Sie musste zum Schaltpult kommen und dort ein Gateway zu einem sicheren Ort öffnen. Aber zwischen ihr und dem Schaltpult war Calib, und der riss sich den Speer bereits wieder aus dem Schädel und schleuderte ihn weit von sich. Schon kam er wieder auf die Beine und wankte nicht einmal, als er erneut auf Kessa losstürmte.

Einen Zweikampf konnte sie nicht gewinnen und eine andere Waffe war nicht in greifbarer Nähe. Sie fuhr herum und rannte! Doch Calib hatte sie nach nur wenigen Schritten eingeholt und peitsche sie mit seinem Schwanz von den Beinen. Sie landete flach auf dem Boden und er stürzte sich von hinten auf sie. Es fühlte sich an, als würde sie unter einem Felsbrocken begraben werden. Die Erinnerung an die Massenpanik, bei der sie beinahe zertrampelt worden wäre, überwältigte sie, und sie schrie. Für die Gnostika, die die mentalen Zügel in Kessa hielt und versuchte, genau solche schwachen Gefühle wie Angst und Panik zu unterdrücken, musste sich das anfühlen wie ein Schlag oder ein Stromstoß. Kessa wurde für einen Moment schwarz vor Augen, und diesen Moment nutzte der Haèl. Er packte sie an den Haaren, riss sie herum und zerrte sie hinter sich her, als er nun zum Schaltpult stapfte.

»Du bist viel zu stark für ein Menschenmädchen, du verfluchte Schlampe«, schimpfte er und umfasste Kessas Kehle mit einer Hand. Auf diese Weise zog er sie wieder auf die Beine und presste zu, während er mit der anderen Hand das Schaltpult aktivierte. »Egal, was Bel Asharu mir als Gegenleistung für diesen Scheiß hier anbietet, du bist mir zu gefährlich«, schrie er und sein Griff um ihre Kehle wurde noch fester. »Ich verständige den König und rufe Verstärkung.«

Sie hätte mit einem festen Tritt in seine Eier vielleicht einen kurzen Moment des Luftholens erwirken können, aber egal, wie sehr sie sich gegen ihn auch wehren würde, sie würde am Ende den Kürzeren ziehen, deshalb gab sie nach und ließ sich erschlaffen. Er sollte glauben, dass sie durch seinen Würgegriff das Bewusstsein verloren hatte, und schon lockerte er den Griff um ihren Hals, auch wenn er sie nicht losließ. Nebenbei schob er hektisch die leuchtenden Hologramme, die über dem Schaltpult schwebten, hin und her. Dabei schimpfte er unentwegt. Er gab Kessa ekelhafte Namen, von denen »Dreckshure« noch der harmloseste war, und er erzählte sich selbst, wie er sie nachher ficken würde, dass sie schreien würde, dass er sie betteln hören wollte und dass er dann die Schlange aus ihr herausreißen würde und sie ihr in ihre Vagina stecken wollte. Er steigerte sich in Rage und wischte ungeduldig die Symbole durch die Luft. Zwischendurch setzte er einen Hilferuf an die Raumstation ab und dann reagierte Kessa. Weil er sie am Hals hielt, hatte sie beide Hände frei und packte den breiten Gürtel, den der Haèl um die Hüften geschlungen hatte. Unter ihrer Berührung löste sich das Polycarbine-Material und verwandelte sich in ein langes Messer. Das rammte sie mit voller Wucht in Calibs Gemächt. Er brüllte und ließ sie los, um das Messer aus seinen Eiern herauszuziehen, aber er kam nicht dazu, denn genau in diesem Moment krachte Shachar mit einem ohrenbetäubenden Röhren in den Raum herein.

Wie ein Stier aus Feuer, umgeben von Rauch und Donner, rannte er auf Calib los, den Kopf gesenkt. Kessa konnte gerade noch wegrollen, sonst wäre sie womöglich zwischen den beiden Göttern zerschmettert worden. Sie spürte den Zusammenprall der beiden wie ein Erdbeben.

»Nimm die Finger von ihr!«, schrie Shachar und Calib antwortete mit einem: »Verdammt seist du, du Verräter!«, aber das waren dann auch seine letzten Worte.

Shachar ergriff ihn, stemmte ihn hoch und schleuderte ihn im hohen Bogen durch den Raum. Als der Haèl auf den Boden krachte, klang es, als würde ein Berg einstürzen, und Kessa hätte schwören können, dass der Mann sich in der nächsten Stunde nicht mehr regen würde, weil alle seine Knochen zerschmettert sein mussten. Aber er rappelte sich ächzend wieder auf die Beine und ging mit gesenktem Kopf auf Shachar los.

»Ich habe Tyrannos gerufen«, schrie er. »Du kannst mich vielleicht besiegen, aber du hast trotzdem verloren. Der König wird dich zermalmen.«

Shachar antwortete nicht, sondern wich Calibs Angriff aus und packte ihn blitzschnell an den Hörnern. Er war so stark, dass er den Gegner einfach im Rennen von den Füßen riss, ohne selbst auch nur ins Wanken zu geraten. Calib klatschte mit dem Gesicht voraus hart auf den Boden und rang röchelnd nach Luft. Shachar setzte den Fuß auf dessen Rücken, als wollte er ihn wie ein Insekt zertreten. Calib peitschte mit dem Schwanz und wollte seine Schwingen ausbreiten, aber Shachar ließ ihm keine Zeit. Er ergriff eine der riesigen schwarzen Schwingen seines Artgenossen und schleuderte den Gott daran im Kreis herum, als wäre er ein Hammerwerfer. Ein weiteres Mal flog Calib durch die Luft und donnerte mit solcher Wucht gegen den Sarkophag, in dem Ritula lag, dass das Ding zerbarst wie ein irdener Krug. Ritula rollte heraus und blieb apathisch liegen. Für einen Moment war Kessa versucht, zu ihr zu laufen, um zu sehen, ob sie noch am Leben war, aber die Gnostika hielt sie davon ab. *»Verschwinde von hier.«*

Obwohl sich Calib nicht mehr rührte, packte Shachar den benommenen Haèl erneut an seinem Flügel, und dann … heilige Widderschwänze, dann riss er ihm die schwarze Schwinge mit einem unmenschlichen Urschrei aus dem Körper heraus. Einfach so, als wäre der riesige Gott nur eine kleine Fliege. Blut sprudelte aus dem Rücken des Haèl und seine schrillen Schmerzensschreie brachten Kessas Trommelfelle zum Vibrieren. Ihr Drang, zu dem blutenden Geschöpf zu laufen und ihm zu helfen, war überwältigend. Die Gnostika hingegen jubelte. Der Flügel war mit einer Hauptschlagader verbunden. Diese Verletzung würde Calib zwar nicht töten, aber eines war sicher: In diesem Kampf war er vernichtet. Er würde sich nicht mehr so schnell regen. Tagelang nicht mehr, vielleicht sogar Wochen.

Die Gnostika war sich sicher, dass der Flügel Monate benötigen würde, um nachzuwachsen. Kessas Mitleid tat sie als hinderliche Schwäche ab. *»Er hat es verdient. Vergiss ihn. Wir müssen von hier weg.«*

Schnell rappelte Kessa sich auf, zuerst auf alle viere, dann versuchte sie auf die Beine zu kommen, aber die waren butterweich, und sie konnte sich nur wankend aufrecht halten. Sie spürte die Stelle, an der Calibs Hörner ihre Seite aufgeschlitzt hatten. Sie sah das Blut, das aus der offenen Wunde lief, und auch ihre Kehle brannte von Calibs Würgegriff. Doch all das, die Schmerzen und den Schock, verdrängte sie, denn die Gnostika hatte recht: Sie musste weg von hier.

Falls sie überlebte, falls sie entkam, wäre noch genug Zeit, sich selbst zu bedauern.

Sie taumelte zum Schaltpult. Die Gnostika wusste, wie man es bediente, und Kessa aktivierte mit schnellen und gezielten Bewegungen das Gateway.

Sie beobachtete aus den Augenwinkeln, wie Shachar zu Hirumu stampfte, schnaubend vor Wut, Rauch kam aus seinen Nüstern und Knurrlaute aus seiner Kehle. Hirumu wand sich immer noch heulend vor Schmerz auf dem Boden. Shachar verpasste ihm einen Fußtritt, der ihn über den Boden direkt zu Calib und den Trümmern des Sarkophags schlittern ließ.

»Du wolltest meine Saèli ficken?«, brüllte Shachar mit einer Höllenstimme. Er wartete die Antwort gar nicht erst ab, sondern packte ihn ebenfalls am Flügel, den Hirumu vor Schmerzen ganz eng an seinem Körper zusammengezogen hatte. Mit einem grässlichen Schrei riss Shachar auch ihm den Flügel aus.

Was für ein entsetzlicher Anblick!

Bel Asharu, der Wächter der Zikkurat, stand breitbeinig im Blut seiner Artgenossen und hielt an den ausgestreckten Armen deren beiden riesige Schwingen in die Höhe. Kessa war schockiert und ihr war schlecht vor Entsetzen. Die Gnostika hingegen freute sich.

»Ich konnte es nicht ertragen. Ich hätte ihnen nicht zusehen, nicht zuhören dürfen, aber ich habe ihnen nicht vertraut. Sie sind allesamt Soziopathen«, sagte Shachar. Er sprach offenbar mit Kessa und seine Stimme klang wieder menschlich und war voller Verzweiflung und Herzeleid. Nach allem, was er gerade getan hatte, nach dem entsetzlichen Anblick, den er bot, war das für Kessa der bizarrste Moment überhaupt. Sie konnte nicht antworten. Nicht einmal länger in seine Richtung blicken. Schock und Dankbarkeit, Liebe und Entsetzen hielten sich in ihrem Innern die Waage, und die Gnostika drängte ohne jedes Mitgefühl, sie solle endlich von hier verschwinden.

»Ich habe das Gateway geöffnet, wir müssen fliehen«, sagte Kessa halblaut. Sie wusste nicht genau, mit wem sie redete: mit sich selbst oder mit Shachar oder mit der Gnostika. Und da flackerte auch schon die Drachensterngalaxie in der Mitte des Raumes auf und begann, langsam um ihre eigene Achse zu rotieren.

»Zehn Sekunden lang ist das Tor offen. Lauf! Spring hindurch«, drängte die Gnostika, aber Kessa lief nicht. Sie konnte nicht. Sie wandte sich zu Shachar um.

»Calib hat Tyrannos verständigt. Er wird Verstärkung schicken. Sie werden dich bestrafen, dich töten, wenn sie hier eintreffen.«

»Ich weiß.« Shachar schleuderte die beiden blutigen Flügel von sich und lief auf Kessa zu, die noch am Schaltpult stand. Während er lief, veränderte er seine Gestalt und verwandelte sich vom Schreckens-Haèl-Gott in einen menschlich aussehenden Mann. Als er bei ihr angelangt war, sah er wieder aus wie jener junge, stattliche Soldat, als der er auch bei dem Fest in der Goldenen Halle aufgetreten war. Er zog sie an sich, und Kessa ließ es geschehen, obwohl die Gnostika ihr befahl, sofort durch das Gateway zu fliehen.

»Sie werden dich hart bestrafen«, murmelte Kessa an Shachars Brust und er nickte.

»Sie werden mir die Unsterblichkeit entziehen, mich vielleicht sogar töten. Aber keine Strafe kann schlimmer sein als das Gefühl, das ich hatte, als ich dachte, die beiden würden dir ein Leid zufügen oder dich töten, meine Saèli. Ich kann nicht ohne dich. Ich hasse mich dafür, hasse mich für den Verrat an meinen Artgenossen, doch jetzt weiß ich wenigstens, dass ich nicht anders handeln kann.« Zärtlich legte er seine Hand auf die klaffende Wunde an ihrer Seite und die Berührung linderte ihren Schmerz, aber dafür empfand Kessa an einer ganz anderen Stelle schreckliche Schmerzen – die Schmerzen ihrer eigenen Liebe, denn auch ihr wurde in diesem Moment klar, dass sie nicht ohne Shachar leben konnte.

»Wir müssen von hier fliehen, Asharu'ma.«

»Rede nicht mit ihm. Das Tor ist nicht mehr lange offen. Ich habe es so programmiert, dass es dich in die unterste Ebene der Zikkurat bringt. Dort ist die Energiequelle. Wir zerstören sie und unsere Mission ist erfüllt. Lass nicht zu, dass er dich aufhält«, befahl die Gnostika.

»Wir fliehen in mein Versteck!«, rief Shachar und trat nun an das Pult. Schnell bewegte er die schimmernden Hologramme und änderte die Programmierung, welche die Gnostika vorgenommen hatte. »Komm!« Er streckte Kessa die Hand entgegen.

»Wir müssen die Energiequelle zerstören.«

»Bring mich zur Energiequelle!«, bat Kessa. »Wenn sie zerstört ist, können die anderen Götter uns nicht folgen.«

Shachar schüttelte den Kopf. »Wir haben keine Zeit mehr, Saèli. Wenn Tyrannos erscheint, müssen wir weg sein. Zuerst müssen wir uns selbst retten, dann machen wir einen Plan.« Er streckte ihr die Hand entgegen. »Vertrau mir, Saèli. Ich liebe dich und ich helfe dir.«

Die Gnostika war außer sich. *»Er hat bemerkt, wie mächtig wir sind, und jetzt will er dich so weit wie möglich vom Drachenstern weglocken. Was, wenn er lügt?«*

Kessa ignorierte den Hass, welche die Gnostika durch ihre Gedanken sandte. Shachar hatte soeben seine Artgenossen verstümmelt und seine eigene Spezies verraten. Das fühlte sich für sie nicht nach Lüge, sondern nach Verzweiflung an. Die gleiche Verzweiflung, die auch sie empfand.

Sie ergriff Shachars Hand.

Seine menschliche Hand war nicht so groß und kräftig wie die Hand, die er in seiner Haël-Gestalt hatte, aber sie dachte nicht darüber nach. Aus irgendeinem Grund hatte er menschliche Gestalt angenommen, und das war ihr in diesem Augenblick sehr viel lieber. Vielleicht, weil sein menschliches Aussehen sie nicht daran erinnerte, dass er in Wahrheit ein Schreckensgott war und was er gerade mit seinen Artgenossen getan hatte.

»Wir müssen hindurchlaufen«, drängte er. »Entweder gehen wir zusammen unter oder wir kämpfen zusammen gegen die Götter. Ich kann nicht anders, denn ich liebe dich leider zu sehr.«

»Ich dich leider auch«, antwortete sie. Dann rannten sie Hand in Hand in die Galaxie hinein.

∞

Sin Kishar:

Das Silbervögelchen war noch bei Bewusstsein, aber eiskalt, als Sin ihren zerbrechlichen Körper hochhob, um mit ihr zu Trac zu rennen. Sie hatte gekämpft wie ein Bar Nashka und hatte einen ausgewachsenen Haèl getötet, aber jetzt wirkte sie zerbrechlich wie ein neugeborenes Lämmchen, hauchdünn wie Glas, weiß wie Schnee und erschlafft wie eine Tote.

Kyros stürmte ihm nach aus Nimrods Zelt heraus und erstarrte, als er ihr totenbleiches Gesicht sah. »Was hat sie nur? Sie stirbt uns weg!«, keuchte er und wurde selbst ganz weiß um die göttliche Nase. »Sie muss sofort in einen Sarkophag. Los doch!«

»Nein! Nicht in den Sarkophag«, murmelte das Silbervögelchen mit kaum noch hörbarer Stimme an Sins Brust. »Meine Kohini-Kräfte dürfen nicht schlafen. Bitte nicht.«

»Und was ist mit Ambrosia? Nimm eine von den Pillen, die Tor Namush bei sich hatte«, rief Kyros hysterisch.

Miri schüttelte schwach den Kopf. »Gift für mich.«

»Woher willst du das wissen?«, fragte Sin, aber im Grunde kannte er die Antwort schon: Wenn Kyros recht hatte und die Memori hatten die Finger bei Miris Erschaffung im Spiel gehabt, dann hatten sie ganz sicher dafür gesorgt, dass Miri nicht von den Göttern durch dieses Wundermittel bestochen werden konnte.

»Aber du stirbst, verdammt noch mal«, regte der Kyros-Arsch sich auf. »Du bist völlig entkräftet.«

Sin fühlte sich so hilflos wie noch nie in seiner ganzen Existenz. Da hielt er dieses zarte, kostbare Wesen in seinem Arm und wusste nicht, was er tun sollte. Er konnte Weltreiche vernichten, aber der kalte Körper seiner Liebsten jagte ihm Todesangst ein.

»Kein Sarkophag«, stöhnte sie. »Göttertechnologie schadet mir.«

Sin wusste nicht, woher sie diese Gewissheit nahm, aber er glaubte ihr. »Was sollen wir tun, Silbervögelchen?«

»Du kannst nicht erwarten, dass wir danebenstehen und zusehen, wie du hier abnippelst! Kannst du nicht die Energie des Universums rufen?« Kyros hüpfte herum wie ein Verrückter. Er schwenkte die Arme und rauschte mit den Flügeln, und je kälter es in Sins Innerem wurde, desto hysterischer und aufgeregter wurde der Elohim.

»Ich brauche euch beide. Ihr macht mich vollständig«, nuschelte sie. »Ich brauche eure Wärme, eine Verbindung mit euch. Haltet mich. Liebt mich. Vereinigt euch mit mir. Beide.«

»Du meinst Sex?«, rief Kyros. »Du bist viel zu schwach. Das bringt dich vollends um.«

»Im Gegenteil, das rettet mich. Gebt mir eure Zärtlichkeit, eure Körper und eure Energie.«

Miri fielen die Augen zu und ihr Kopf sank an Sins Brust. Er war sich nicht sicher, ob er richtig verstanden hatte. Sie wollte Zärtlichkeit und seinen Körper? Er würde ihr seinen Körper tausendmal geben, wenn ihr das helfen würde. Er handelte instinktiv, machte auf dem Absatz kehrt, und anstatt zum Laborzelt zu laufen, rannte er in Richtung seines Zeltes, und Kyros reagierte ebenso. Er rannte voraus und brüllte Beyrin schon von Weitem seine Befehle zu.

»Weiche, warme Decken, Badetücher, ein heißes Bad für die Kohini. Sofort. Und etwas zu essen. Nährlösung und normales Essen. Alles, was du auftreiben kannst. Und dann raus aus dem Zelt. Niemand stört uns.«

»Ein heißes Bad?«, fragte Sin und legte Miri vorsichtig aufs Bett.

»Du hast gehört, was sie braucht. Wärme und uns beide in sich. Beide. Wirst du damit klarkommen, dass sie auch mich haben will? Dass ich sie anfassen und in ihr sein werde? Oder kriegst du dann einen Cyber-Arsch-Anfall und machst alles zunichte?«

»Es geht um ihr Leben, nicht um unser Ego«, knurrte Sin. Jetzt war absolut nicht der richtige Moment für Eifersucht oder Reviergehabe, auch wenn sich sein Magen zusammenkrampfte bei der Vorstellung, Kyros könnte sie ihm wegnehmen oder sie könnte Kyros mehr lieben als ihn. Aber alles, was jetzt zählte, war Miri. Er liebte sie mehr als sein eigenes Leben und wollte nicht, dass sie starb, und der Götterarsch liebte sie genauso.

»Gut, wir tun es.« Kyros nickte, und es lag kein bisschen Triumph in seinem Blick, sondern Angst und Unsicherheit. »Wir ziehen ihr die dreckigen Sachen aus. Sie hat seit Koskos noch keine Sekunde Zeit gehabt, um zu verschnaufen oder sich zu waschen. Wir legen sie in die Badewanne, waschen sie vorsichtig, flößen ihr Nährlösung ein und geben ihr Essen und Wasser. Wir sorgen dafür, dass es ihr warm wird, und dann lieben wir sie. Zuerst ich, dann du, oder umgekehrt, Reihenfolge ist mir echt scheißegal.«

»Einverstanden. Du zuerst. Reihenfolge ist unwichtig«, sagte Sin.

»Einverstanden«, nuschelte auch Miri und lächelte schwach.

Sins Eifersucht war plötzlich so unbedeutend wie ein Jucken an der Nase. Vielleicht würde er sich später mit all den irrwitzigen Gefühlen befassen, die diese Situation in ihm gerade hervorrief – Mordlust war es seltsamerweise nicht.

Miri genoss das heiße Bad. Es schien ihre Geister tatsächlich zu beleben. Das war zumindest Sins nicht besonders fachmännischer Eindruck. Er hasste es zwar, dass der Elohim-Arsch gerade die Führung übernommen hatte und ihm sagte, was zu tun war, aber er musste zugeben, dass Kyros genau wusste, was dem Silbervögelchen guttat und was ihr gefiel.

Sie saßen alle drei zusammen in einem riesigen Bottich mit heißem Wasser, das nach Maiglöckchen oder irgendwelchen anderen verdammten Blumen duftete. Miri saß mit dem Rücken an Kyros gelehnt auf seinem Schoß oder genauer gesagt auf dessen hoch aufragendem Schaft. Er hatte seinen göttlichen Schwanz tief in ihrem Körper vergraben, während Sin ihre Beine gespreizt hatte, damit es leichter für die beiden war. Der Anblick raubte ihm den Atem und ließ seinen eigenen Schwanz hart pulsieren. Schon in dem Moment, als Kyros in sie eingedrungen war, waren die Lebensgeister des Silbervögelchens wieder erwacht, und ihre kreideweiße Hautfarbe hatte sich mit einem Hauch von Rosa überzogen. Ein Lächeln erschien auf ihren Lippen. Dann stöhnte sie zufrieden und ließ ihren Kopf an Kyros' Brust zurücksinken.

Er hielt sie an den Hüften fest und bewegte sie langsam und vorsichtig auf seinem steifen Pfahl auf und ab.

»O ja!«, raunte sie.

Der Arsch von einem Elohim machte dabei gerade ein Gesicht, als hätte er seine Unsterblichkeit zurückerhalten und die höchsten Weihen der Götter erlebt, und eigentlich sollte Sin brennen und verrückt werden vor Eifersucht, aber das Gegenteil war der Fall. Der Anblick erregte ihn, denn Miri sah so schön und glücklich aus und jede Bewegung entlockte ihr ein lüsternes Seufzen. Dass der Elohim-Mistkerl dabei auch selig war, konnte Sin ihm irgendwie nicht verdenken.

Sin zwängte ihre Schenkel noch ein wenig weiter auseinander und kniete zwischen ihren und Kyros' gespreizten Beine. Dann seifte er sie ein. Jeden Millimeter ihres Körpers berührte und streichelte er, ihre straffen Brüste, ihren Bauch, die Schenkel. Dabei ließ er seine Hand immer weiter nach oben wandern, bis seine Finger schließlich die Stelle berührten, wo Kyros' Schaft mit Miris Körper verbunden war. Wo sie so weich und geschwollen war. Dort setzte er die Liebkosung fort, zärtlich, ganz zärtlich, während Kyros sie noch einmal ein wenig hochhob und erneut auf seinen Schwanz herabsinken ließ.

Verdammt, aber das Geräusch, das sie machte, könnte selbst einen Eunuchen wieder in einen Mann verwandeln. Sie lächelte, sie stöhnte, sie wisperte seinen Namen: »Kieran«, und dann rief sie Kyros' Namen hinaus. »Ja! Mehr. Ich liebe euch beide so sehr.«

Man konnte zusehen, wie das Leben in sie zurückkehrte. Ihre Haut war jetzt wieder frisch. Ihre Wangen glühten. Ihre Brüste hoben sich unter ihren schnellen Atemzügen. Und dann griff sie nach Sins Schwanz und hielt ihn umfasst. Während Kyros sie erneut auf und ab gleiten ließ.

»Silbervögelchen!«, ächzte Sin und presste seine Lippen auf ihren Mund, das funktionierte so einfach. Kyros hielt sie auf seinem Schaft fest, Sin stützte sich am Rand des Zubers ab und ließ seine Zunge in ihren Mund gleiten, und sie hielt seinen Schaft fest, rieb ihn, streichelte ihn, drückte ihn, sie wusste genau, was sie tat.

Scheiße, aber das war das Geilste, was er je erlebt hatte. Die Zeit stand still.

Sie waren nur noch ein Fleisch und ein Körper, und die Wollust floss wie glühende Energie aus ihm heraus und in sie hinein und durch sie alle hindurch. Er wusste nicht, wie lange sie dieses Spiel gespielt hatten. Kyros' Bewegungen wurden schneller. Irgendwann bewegte Miri sich mit ihm zusammen und gleichzeitig molk sie Sins Schwanz und seine Zunge tanzte mit ihrer. Sie kamen zusammen. Es war verrückt. Kyros stöhnte ein seliges Stöhnen. Sin ergoss sich in Miris Hand und ächzte vor Glück, und Miri bäumte sich auf und schrie wie ein kleiner Raubvogel, als sie kam.

Das war Licht in einem Leben, das verdammt und düster war. Ein goldener Freudenfunke. Sie alle drei befanden sich in einem Glückstaumel, und es hätte ein halbes Leben vergehen können, sie hätten es nicht bemerkt.

Das Silbervögelchen war die erste, die wieder zu sich kam. Ihre Stimme war kraftvoll. »Helft mir aus dem Zuber. Wir machen auf dem Bett weiter. Jetzt ist Sin an der Reihe. Dann bin ich vollständig und geheilt.«

»Ich bin ein Monster. Frauen sterben, wenn ich Sex mit ihnen habe«, grummelte Sin.

»Nicht, wenn du mich in den Armen hältst«, antwortete das Silbervögelchen und schenkte ihm ein verheißungsvolles Lächeln. »Erinnere dich an unsere Begegnung in der Villa. Du weißt, dass wir zueinanderpassen und dass es wunderschön wird.«

Ihre Begegnung in der Villa in irgendeiner Zukunft war es gewesen, die seine Erinnerungen an sein früheres Leben wieder wachgerüttelt hatte. »Die letzte Frau, die ich vor dir hatte, hat es nicht überlebt, Silbervögelchen«, gestand er. All die Frauen, die er in den vergangenen neunhundert Jahren gehabt hatte, tauchten plötzlich in seinen Gedanken auf. Was für entsetzliche Erinnerungen. Er war ein Monster gewesen. Er hatte es nicht verdient, Miri zu lieben.

»Keine Zeit, ausgerechnet jetzt eine verschissene Psychose zu entwickeln, Cyberarsch. Heb dir deine erbärmliche Selbstzerfleischung für später auf«, schnaubte Kyros, der seine Gedanken zu ahnen schien. »Du musst sie glücklich machen. Lass sie kommen. Denk nicht an die anderen. Denk an Miri. Sie braucht dich jetzt, also reiß dich zusammen. Verstanden?« Er erhob sich aus dem Badezuber und hob Miri mit sich heraus. Sin folgte, halb war er geil wie ein junger Hund, halb war er ängstlich wie ein unsicherer Knabe. Er hasste sich selbst für all das, was er anderen Frauen angetan hatte, und er hasste Kyros dafür, dass er ihn zu diesem Monster gemacht hatte. Aber seine Liebe zu Miri war mehr als das alles zusammen.

»Wir beide haben Entsetzliches getan und wir können unsere Fehler nicht ungeschehen machen«, brummte Kyros, nachdem er Miri auf das Bett gelegt hatte. »Aber wir können versuchen, die Zukunft zu ändern, so etwas nie wieder geschehen zu lassen. Wir dienen der Kohini, geben ihr unsere Kraft, unseren Körper und unser Leben. Kapiert?« Er warf Sin ein Handtuch zu und Sin nickte.

Miri ließ die Unterhaltung und das Abtrocknen mit einem zufriedenen Lächeln über sich ergehen. Sin brachte die Öle, die Beyrin für sie bereitgelegt hatte, und ölte ihren Körper langsam ein. Jedes lustvolle Stöhnen, das über ihre Lippen kam, jagte Glücksschauder seinen Rücken hinunter. Kyros fütterte sie unterdessen.

»Wenn du etwas gegessen und die Nährlösung zu dir genommen hast, machen wir weiter«, ordnete er an, dann schob er eine dicke rote Traube zwischen seine Zähne und fütterte sie damit. Er beugte sich über sie und ließ die Traube in ihren Mund gleiten, dann küsste er sie und nahm das nächste Stück. Ein Bissen Brot, etwas Fleisch, ein Schluck aus dem Becher mit der Nährlösung, aber irgendwann schüttelte sie den Kopf.

»Ich will jetzt Sin in mir haben. Tief und hart. Keine Zurückhaltung. Ich will dich in deiner ganzen Härte und Wildheit, ich will alles von dir, was du zu geben hast. Kyros wird mich festhalten und die Lustschreie von meinen Lippen trinken, während du mich nehmen wirst, wie nur Sin Kishar die Kohini nehmen kann.«

Es war verrückt, wie geil ihre Worte ihn machten, obwohl sie doch besagten, dass er sie so hart ficken sollte, wie er nur konnte … wie ein mörderischer Dämon. Verdammt! Verdammt! Verdammt!

»Mach es!«, befahl Kyros. »Besorg es ihr richtig hart. Wenn sie sagt, dass sie das braucht, dann braucht sie es. Wenn sie sagt, du sollst aufhören, dann hörst du auf. Verstanden?«

Sin nickte nur, denn Miri öffnete bereits ihre Beine für ihn und schenkte ihm ein Lächeln, das ihm alles versprach, ihren wunderbaren Leib und ihre Leidenschaft. Sie hatte ihren Kopf in Kyros' Schoß gebettet, er hielt seine Schwingen über sie ausgebreitet, und Sin drang in sie ein und ergötzte sich an ihrem lauten Stöhnen. Auch Kyros stöhnte und legte seine Hand auf Sins Rücken, hielt ihn dort, wie um ihn zu bestärken.

Von da an bekam Sin nicht mehr wirklich mit, was geschah. Er überließ sich selbst der Lust und der Gier, seinem inneren Dämon, den er so lange gezügelt und in Schach gehalten hatte, und gleichzeitig war er wieder jener Mann, den er vergessen zu haben glaubte. Er war zum ersten Mal in seinem Leben beides. Mensch und Bar Nashka, Dämon und Liebender.

Er war Kieran und Sin Kishar. Das alles gab er ihr und sein Herz, seine Seele, sein Feuer. Tausend Jahre seines Lebens.

Als sie mit einem Schrei und einem Aufbäumen kam, kam auch er, und er hatte das Gefühl, körperlos durch das Universum zu fliegen. Ohne Leid und Scham und Schmerz.

Dann war er wieder in seinem Körper und mit seinem Körper in Miris Leib und er sah in ihre Augen. Sie war so schön wie nie zuvor. Sie leuchtete förmlich von innen heraus, leuchtete vor Macht und Kraft und Güte. Was er in diesem Moment empfand, war mehr als Liebe. Er konnte nicht sagen, was es war. Es war zu groß, um es zu fassen. Er hätte vielleicht geweint vor Glück, aber er fühlte sich zu schwach dazu. Er zog sich aus ihr zurück und kippte zur Seite. Wie betäubt blieb er neben ihr liegen.

»Verdammt will ich sein, aber ich liebe diese Heilungsmethode«, raunte Kyros in Miris Ohr.

»Ich auch«, wollte Sin sagen, aber er bekam nur ein schwaches Brummen heraus. Er hatte gerade noch genug Kraft, um Miri an sich zu ziehen, sodass sie mit dem Rücken an seinen Bauch und mit ihrem Hinterteil an seinen Penis geschmiegt war. Da gehörte sie hin. Sein Schwanz in ihrem Rücken, seine Muskeln und sein Körper, ihr Bollwerk. Seine Körperwärme nur für sie. Kyros legte sich auf die andere Seite ihr gegenüber. Er nahm ihre Hand und streichelte gleichzeitig mit der anderen Hand über sie dahin. Er kämmte durch ihr Haar, strich mit den Fingerkuppen über ihre Wangen, ihre Schultern, ihre Brüste und ihre Hüfte. Kyros war verliebt und komplett an sie verloren. Seine verliebten Kälberaugen waren in Miris Blick versunken und vermutlich hatte er in seinem ganzen verschissenen ewigen Elohim-Leben noch nie einen seligeren Moment erlebt als diesen. Darauf würde Sin seine Seele verwetten (die er gerade eben erst wieder zurückbekommen hatte), denn ihm erging es nicht anders.

Miri seufzte zufrieden, dann fielen ihr die Augen zu und sie schlief lächelnd ein.

Kyros war glücklich und Sin war am allerglücklichsten. Sie drei gehörten zusammen. Auf Gedeih und Verderb. Er wusste noch nicht so genau, was er von Kyros halten sollte. Er war ein Teil von Miri und damit war er auch ein Teil von ihm. Er hasste ihn, so wie er sich selbst hasste, und er liebte ihn so sehr, wie er Miri liebte.

Eigentlich ganz einfach.

Kessa:

Kessa und Shachar traten Hand in Hand aus dem Gateway heraus und in einen hellen Raum hinein. Das Abbild des Drachensterns war verschwunden.

»Entkommen!«, rief Shachar.

Die Gnostika sandte Stiche wie heiße Stromstöße durch Kessas Körper, die ihre Zähne aufeinanderklappern ließen, und Kessa wusste in diesem Moment nicht, von wem ihr eine größere Gefahr drohte, von den Haèl auf der anderen Seite des Tors oder von der Gnostika in ihrem Körper. Die hatte es schon einmal geschafft, sie umzubringen, und es war ein elender Tod gewesen. Um nichts in der Welt wollte Kessa noch einmal so dahinsiechen.

»*Wenn du mich jetzt tötest, ist kein anderer Körper da, der dich aufnehmen kann. Dann stirbst du auch*«, sagte sie in Gedanken zur Gnostika, obwohl der Symbiont das wusste. Die Gnostika wusste aber auch, dass Kessa dieses Mal nicht nachgeben würde, selbst wenn ihr der Tod drohte. Sie hatte sich soeben für Shachar entschieden, auf Gedeih und Verderb. Und damit musste die Gnostika sich arrangieren, wenn sie selbst überleben wollte.

»*Ich töte dich nicht. Ich prüfe deinen Geisteszustand. Der Haèl hat dich von sich abhängig gemacht. Reiß dich zusammen und gib deinen freien Willen nicht auf. Dann wird alles gut*«, sagte die Gnostika, und vermutlich hatte sie recht. Kessa war abhängig geworden und ihre Sucht nach Shachar gefährdete den großen Plan. Der einzige Trost war die Tatsache, dass es Shachar nicht besser erging. Auch er war abhängig von ihr.

Kessa ignorierte die Gnostika und schaute sich um. Sie waren in einem Atrium angekommen, umgeben von hohen, mit Fresken verzierten Wänden. Wasser plätscherte aus einem Brunnen in das flache Marmorbecken, das direkt vor ihnen lag. Helles Sonnenlicht strömte in den Innenhof und ein warmer Wind wehte. Es duftete nach Tannennadeln, aber sie konnte keine Bäume sehen. Sie war noch ganz benommen von dem, was vor wenigen Augenblicken in der dunklen Tiefe der Zikkurat geschehen war: die Haèl, der Sarkophag, Ritula, Shachar ihr Retter, ihr Geliebter, die Gnostika, die ihr nicht mehr vertraute …

Das war alles so schnell gegangen. Dieser Ort dagegen wirkte wie eine Illusion.

»Wo sind wir?«, fragte sie.

Shachar zog sie in seine Arme und drückte sie an sich. Seine Berührungen dämpften die elektrischen Impulse, die die wütende Gnostika jetzt erst recht durch ihr Nervensystem jagte. Ihr rasendes Herz beruhigte sich und ihre Schmerzen ließen nach. »Wir sind in meinem Bunker. In Sicherheit«, sagte er.

»Einen Bunker stelle ich mir anders vor.«

»Dieser Ort ist verborgen und geschützt. Kein Gott, kein anderes Lebewesen kann hierher gelangen und uns hier finden oder angreifen. Er ist sicher. Noch«, sagte Shachar und sprach mit sanfter Stimme in ihr Haar. Die Art, wie er sie hielt, hatte nichts Sexuelles an sich. Es war einfach nur Zärtlichkeit und Fürsorge. Kessa bettete ihren Kopf an seine Brust und seufzte. Auch in seiner menschlichen Gestalt hatte er einen beachtlichen Brustkorb und kräftige Muskeln, aber sein Aussehen war ihr in diesem

Moment egal. Er könnte aussehen wie der Arsch des heiligen Widders, und sie würde diesen Mann dennoch mit der gleichen Intensität lieben. Sie beide hatten eine beispiellose Entscheidung getroffen, die einfach alles änderte. Sie hatten etwas Unmögliches getan. Shachar hatte seine Artgenossen verraten und Kessa die Memori, und dennoch fühlte sich das absolut richtig an – und schicksalhaft.

Sie musste geisteskrank sein. Die Gnostika hatte recht.

»Sind wir noch in Sassaris? In der Nähe der Energiequelle?«

»Nein, Saèli. Die Energiequelle ist erst mal unerreichbar für uns.«

»Der Haèl hat dich aus der Zikkurat weggelockt, als er begriffen hat, wie stark wir sind. Er will nicht, dass wir die Mission zu Ende bringen.« Die Gnostika meldete sich in Kessas Bewusstsein und jagte noch einen Schmerzensschock durch ihren Körper, den Shachar aber abmilderte. Er schien auch die Gnostika gehört zu haben, denn er antwortete auf ihren Vorwurf.

»Ich habe dich nicht weggelockt. Ich musste uns zuerst in Sicherheit bringen, bevor wir uns darauf einigen, wie es weitergeht. Noch bin ich mächtig, mächtiger als alle Götter zusammen. Sie werden aber umgehend das Sicherheitsprotokoll aktivieren und in Kürze werde ich von der Energiequelle abgeschnitten sein. Ich habe ein Implantat, das mich kontinuierlich mit Ambrosia versorgt, aber das wird durch das Sicherheitsprotokoll abgeschaltet, und ab da werde ich schwach und sterblich sein. Wobei ich noch nichts davon spüre. Ich habe hier in meinem Bunker einen winzigen Vorrat an Ambrosia, die oral eingenommen werden kann, und außerdem eine externe Energiequelle, die den Ort abschirmt, aber das ist nicht viel Energie im Vergleich zu der, die der Drachenstern liefert. Sie wird binnen weniger Tage aufgebraucht sein, allein um die Schutzmechanismen aufrechtzuerhalten. Für wirklich machtvolle Aktivitäten wie Blitze und Naturkatastrophen reichen meine Kräfte schon jetzt nicht mehr.«

»Naturkatastrophen?«

Shachar lachte ein unglückliches Lachen. »Erdbeben, Meteoritenhagel, Flutkatastrophen, was immer nötig ist, um die Bewohner dieses Planeten zu kontrollieren. Aber das will ich nicht mehr. Kann ich nicht mehr. Ich bin vermutlich geisteskrank, aber weißt du, was das Verrückteste ist? Es fühlt sich so verdammt gut an, dass ich diesen Hurensöhnen von Göttern die Kündigung erklärt habe.«

»Das war eine Kündigung?« Kessa musste ebenfalls lachen – obwohl sie gerade eben erst dem Tod entronnen war und jede Stelle ihres Körpers wehtat und obwohl es doch so viele dringendere Probleme gab, über die sie mit Shachar reden musste. Andererseits, was gab es jetzt gerade Vordringlicheres, als zu begreifen, wer der Mann überhaupt war, für den sie den jahrtausendealten Plan der Memori in Gefahr gebracht hatte? Dass er Humor besaß, empfand sie auf absurde Weise als tröstlich.

»Es war die Kündigung des Millenniums, Saèli'ma. Ich habe ihnen beide Mittelfinger und den Schwanz gezeigt«, antwortete er ihr. Er nahm sie an den Schultern und schob sie ein wenig von sich weg, sodass er ihr in die Augen blicken konnte, während er weitersprach.

»Ich hätte das schon vor sehr langer Zeit tun sollen. Aber ich habe nicht einmal genau gewusst, was mich all die Jahrhunderte so niedergedrückt und wütend gemacht hat, bis zu dem Augenblick, als ich dir begegnet bin und in deine Seele geschaut habe. Mein Dasein war so bedeutungslos und leer. Meine Artgenossen widerten mich an, unsere unendliche Existenz, unser Denken und Handeln, das sich stets nur um uns selbst und unser Vergnügen dreht, das ist mir im Laufe der vergangenen Jahrhunderte immer fremder und verhasster geworden. Was nützt eine ewige Existenz, wenn sie nichts Gutes hervorbringt? Das Verständnis für Gut und Böse ist uns schon vor einer halben Ewigkeit abhandengekommen. Was uns dient, ist gut, alles andere ist belanglos. Das ist unser Credo. Doch irgendwann konnte ich es nicht mehr ertragen. Wir haben empfindungsfähige und denkende Lebewesen erschaffen, nach unserem eigenen Ebenbild, und doch behandeln wir sie wie die Figuren im Chaturaspiel. Keines unserer Geschöpfe, sei es ein Mensch, ein Elf, ein Kalong oder ein verdammter Drache, ist weniger wert als ein Gott. Das habe ich endlich begriffen, als ich dich traf.«

»Du bist so uralt und musstest auf eine siebzehnjährige Königinnenbewerberin warten, um den Wert eines sterblichen Lebens zu begreifen?«

»Du bist in Wahrheit nicht siebzehn, Saèli. Aber nicht diese alte Schlange in dir, sondern die Frau in dir hat mir gezeigt, wie wertvoll ein Leben ist. Du hast meinen Sohn gerettet, obwohl du damit rechnen musstest, dass die Operation schiefläuft und der Junge dir jeden Moment wegsterben könnte. Du musstest befürchten, dass du dann wegen Pfuscherei mit dem Tode bestraft würdest, und doch hast du alles riskiert: deine Tarnung, dein Leben, den heiligen Memora-Plan für das Kind deines Feindes. Du hast Ka'Shachar ein paar weitere glückliche Momente in seinem Leben geschenkt, die er mit seiner Mutter verbringen kann, Spiele, die er spielen kann, Dinge, über die er lachen kann. Ich hingegen war all die Jahrtausende ein widerwärtiger und kaltherziger Drecksack. Was hat mich das Glück meiner Kinder oder Frauen oder das der anderen Menschen interessiert? Früher, wenn meine Söhne krank wurden, habe ich es verdrängt. Ich konnte ihnen nicht helfen. Sie lebten nicht länger, als ein Wimpernschlag dauert, und ich machte einfach neue Söhne. Aber mit jedem Kind, das ich verlor, sammelte sich Schmerz in meinem Herzen und die Traurigkeit und die Selbstverachtung drückten mich jedes Mal ein wenig mehr. Als Ka'Shachar krank wurde, war mein Herz bereits übervoll von Schmerz und Traurigkeit. Ich war gerade auf dem Weg in sein Zimmer, um nach ihm zu sehen, als Mershad dich zu ihm brachte. Ich war hingerissen von dir und gleichzeitig fassungslos über deinen Mut, und ich war so neugierig auf dich wie noch nie zuvor auf ein sterbliches Wesen. Ich ließ dich gewähren und beobachtete deinen Kampf um das Leben meines Kindes, und mit jeder deiner Bewegungen, mit jedem Blick, jedem Wort, das aus deinem Mund kam, hast du meine Welt ein wenig mehr erschüttert.«

»Du hast dich in mich verliebt, als ich deinen Sohn operiert habe?« Kessa lachte zwar, aber ihr Herz war ganz heiß von seinen Worten.

Er nickte. »In dich und in das sterbliche Leben. Du hast mir gezeigt, dass ein sterbliches Leben so viel bedeutungsvoller sein kann als eine ewige Existenz, die nur um sich selbst kreist. Du hast die Leiden meiner niedrigsten Sklaven behandelt und ihnen Freundlichkeit und Respekt geschenkt! Du hast sogar Ritula geholfen, obwohl sie deine Konkurrentin war. Du hast dich für Mahira eingesetzt, obwohl du wusstest, dass ich wütend werden würde. Du hast alle mit Güte und Achtung behandelt. Und je öfter du das getan hast, desto heller wurde das Leuchten, das von dir ausging, das Leuchten, das mir zeigte, was richtig ist, was einem Leben Wert verleiht und wohin ich gehen möchte. Du bist meine Bekehrung. Meine Reue wegen der Dinge, die ich getan habe, ist so unendlich wie das Leid, das ich verursacht habe. Vielleicht bin ich ja verrückt geworden.«

»Er kann noch so salbungsvoll von Reue und von Liebe reden. Er ist unser Feind. Wie will er seine Schuld je wiedergutmachen?«

Shachar reagierte mit einem Schulterzucken auf die Worte der Gnostika. Er konnte ganz offensichtlich alles wahrnehmen, was in Kessas Kopf vorging, und sie sollte sich nicht darüber wundern, er war definitiv der mächtigste aller Götter, wenn auch nicht mehr sehr lange. Kein Wunder, dass er die Gnostika in ihr gespürt hatte, obwohl sie deaktiviert war.

Shachar nahm sie an der Hand und führte sie quer durch das Atrium in einen anderen Raum, der aussah wie sein Schlafzimmer in Sassaris, nur nicht so riesig. Auch hier gab es ein breites Bett, eine Sitzgruppe, eine offene Seite zu einem Garten hin und eine Wand, die aus schwarzem glattem Material bestand. Nun berührte er die Wand und aktivierte dadurch eine Art riesigen Bildschirm, auf dem ein Paneel mit leuchtenden Schriftzeichen erschien. Die Gnostika identifizierte die Zeichen als eine alte menschliche Schrift und konnte sie lesen, und deshalb wusste sie, dass Shachar der Wand den Befehl gab, eine Dusche, Kleidung und Nahrung zu synthetisieren. Kaum hatte er die Befehle eingetippt, öffnete sich die Wand. Vielmehr verblasste sie und wurde durchlässig. Dahinter befand sich ein großes Badezimmer, das ganz mit weißem Marmor gefliest war. In der Mitte des Raumes war ein flaches Becken und aus der Zimmerdecke brauste dampfendes Wasser in das Bassin herab.

Eine Luxusdusche Marke Götterbunker.

»Er will dich damit blenden. Behalte deinen klaren Verstand«, mahnte die Gnostika unnötigerweise, denn Kessa kannte ja all die Tricks und Betörungen, mit denen die Götter eine menschliche Frau seit Äonen betörten und verführten. Aber sie und Shachar waren längst über dieses triviale Spiel hinaus.

»Du bist von oben bis unten mit Blut besudelt. Es klebt noch der Dreck von der Massenpanik an dir. Du hast eine lange Nacht und einen harten Tag hinter dir und mehr als alles andere benötigst du eine heiße Dusche. Außerdem trägst du nur ein zerfetztes Unterkleid und musst etwas essen. Du zitterst vor Schwäche, und selbst die Schlange in deinem Innern kann nicht wollen, dass du zusammenbrichst.« Shachar machte eine einladende Geste in den Raum hinein. »Wenn du sauber und satt bist, reden wir und beraten, was wir als Nächstes tun.«

Sie hätte sich zu gern heiß geduscht und sich jene Hose und das weiche Baumwolloberteil angezogen, das auf einer Marmorbank neben Handtüchern und Schuhen bereitlag, ganz zu schweigen von dem Essen – Früchte, Brote und gebratenes Fleisch standen auf einem Tisch, und ihr Magen knurrte gierig –, aber sie verbot sich diese Dinge, denn die Gnostika irrte sich zumindest in einem Punkt: Kessa würde sich nicht von dem Luxus kaufen lassen. Zuerst brauchte sie Klarheit über das, was sie beide nun waren und tun würden. Deshalb zog sie ihre Hand aus der von Shachar und ging zu der Marmorbank, wo sie sich neben die Kleidung setzte, die Shachar für sie hatte synthetisieren lassen.

»Ich muss die Energiequelle der Götter zerstören. Du hast gesagt, ich sei deine Bekehrung, ich würde dir zeigen, was gut sei und wohin du gehen musst. Wenn das stimmt, dann hilf mir, meine Mission zu vollenden«, sagte sie und blickte abwartend zu ihm hinauf. Wenn all seine Worte wirklich nur Blendwerk und Verführung gewesen waren, um sie aus der Stufenpyramide und vom Drachenstern wegzulocken, dann würde er jetzt wütend werden, weil sein Manöver misslungen war. Er würde wieder seine echte Haèl-Gestalt annehmen und rasen vor Ärger, wie sie es schon von ihm kannte. Aber er stand breitbeinig vor ihr, sah auf sie hinab und reagierte nicht. Sie wartete auf den Wutausbruch und hoffte doch gleichzeitig, dass er nicht kam, dass sie sich nicht in ihm geirrt hatte.

»Du hast gerade erzählt, wie sehr du deine Taten bereust«, fuhr sie fort, als er nicht reagierte. »Wenn du das ernst gemeint hast, dann hilf mir dabei, der Götterherrschaft ein Ende zu bereiten. Das Millenniumsspiel ist böse und pervers. Hilf mir, den Drachenstern zu zerstören.«

Shachar antwortete nicht. Er wütete allerdings auch nicht und verwandelte sich auch nicht zurück in ein geflügeltes Monster. Stattdessen hob er sie von der Marmorbank hoch und ging mit ihr unter den warmen, brausenden Wasserstrahl, der von der Decke herabregnete. Dort stellte er sie auf die Beine, riss ihr das dünne Unterhemd vom Körper und dann zog er sich selbst aus. Sie hatte nicht einmal bemerkt, woher er die Seife genommen hatte, so sehr war sie von seiner Reaktion verblüfft, aber auf einmal seifte er sie mit zärtlichen Bewegungen ein. Er wusch ihren Rücken, strich sanft über ihre Brüste, zwischen ihre Beine und an der Stelle entlang, die Calib mit seinen Hörnern aufgeschlitzt hatte.

»Du misstraust meiner Liebe und deinen eigenen Gefühlen, und ich kann das verstehen, Saèli. Auch für mich ist das alles fremd und es erschreckt mich«, begann er schließlich, während er ihr Haar wusch und mit sanften Fingern ihre Kopfhaut massierte. »Aber bei all den obskuren Plänen deiner Schwesternschaft und bei all den hinterhältigen Winkelzügen, die die Haèl und die Elohim in diesem Spiel gegeneinander führen, können wir beide nur auf eine einzige Wahrheit vertrauen: auf unsere Gefühle füreinander. Liebst du mich, Saèli?«

»Ja«, sagte sie, ohne zu zögern.

»Vertraust du deiner Liebe mehr als der Schlange in deinem Innern?«

»Ja.« Das tat sie wirklich, auch wenn die Gnostika ihr zur Strafe für diese Antwort heiße Stiche in die Nieren jagte. Shachar spürte es und legte seine Hände auf ihre Hüften, um die Schmerzen zu dämpfen.

»Das, was wir beide haben, Saèli'ma, ist etwas, das gewiss niemand vorhergesehen hat, aber es ist vielleicht eine Chance, vielleicht sogar für die Götter und für deinen Orden.«

»Die einzige Chance für alle liegt darin, den Drachenstern auszuschalten«, sagte die Gnostika.

»Was tun wir also? Was ist dein Plan?«, fragte Kessa und ignorierte die Gnostika. Shachar hatte sie inzwischen sauber gewaschen und den Wasserschauer von oben mit einer Geste abgeschaltet. Nun holte er eines der flauschigen Handtücher und trocknete sie damit ab.

»Ich habe keinen Plan«, antwortete er mit einem müden Auflachen. »Du musst mir glauben, wenn ich dir schwöre, dass ich von meinen Gefühlen genauso überrumpelt wurde wie du. Vor weniger als einer Stunde habe ich dich noch meinen Artgenossen zur Folter überlassen, weil ich davon überzeugt war, dass du gestoppt werden musst, weil es meine verdammte Aufgabe ist, das Labor und den Drachenstern zu beschützen. Aber kaum war ich draußen aus der Zikkurat, kamen entsetzliche Schmerzen über mich. Mein Herz fühlte sich an, als würde es mir aus der Brust gerissen. Ich bin gerannt und geflogen, denn ich wollte so weit wie möglich weg von dir sein, ich wollte erst nach Tagen wieder zurückkehren, wenn alles überstanden wäre. Aber je weiter ich mich von der Zikkurat entfernte, desto schlimmer wurde meine Herzenspein. Ich habe begriffen, dass ich lieber mit dir untergehen möchte, als ohne dich weiter zu existieren. Der Rest war dann Improvisation.« Während er geredet hatte, hatte er sie zurück zur Marmorbank getragen und ihr dann die Bluse und die weite Hose angezogen. Kessa hatte es geschehen lassen und die Gnostika hatte der Szene in einer Mischung aus Entsetzen und Unglauben beigewohnt und abwartend geschwiegen.

»Du oder dein Orden, ihr wollt den Drachenstern zerstören, um uns zu vernichten.« Er schüttelte den Kopf, und dann wandte er sich ab und ging hinüber zum Tisch mit dem Essen. Er packte von allem etwas auf den Teller, den er Kessa reichte. »Ich will dir erklären, was dann geschieht«, fuhr er fort und ließ sich mit einem Seufzen neben sie auf die Bank sinken. »Das schwarze Loch, das wir den Drachenstern nennen, wird aus seiner Verankerung gerissen und für immer kollabieren. Er kann nie wieder aktiviert werden. Der Drachenstern versorgt unsere Körper über eine genetische Schnittstelle mit Energie und steuert das Implantat, das uns Ambrosia liefert. Aber das ist nicht alles, er steuert unsere gesamte Technologie: Die Gateways, unsere Stützpunkte und Wohnorte auf der Erde, die Raumstation, die Regenerationseinheiten, die Ambrosia-Generatoren, die KI, die uns dienstbar ist, einfach alles, was wir sind und was unsere Macht ausmacht, benötigt die Energie des Drachensterns.«

»Das ist den Memori bewusst«, sagte Kessa mit vollem Mund, obwohl die Memori nichts von den Ambrosia-Generatoren oder von Regenerationseinheiten der Götter wussten, hatten sie doch etwas in der Art vermutet. Ewiges Leben war schon in sich ein Widerspruch, also musste es irgendeine Technologie geben, die die göttlichen Körper kontinuierlich verjüngte oder klonte. »Du weißt, dass eure ewige Existenz und eure unbegrenzte Macht nicht richtig ist. Sie muss gebrochen werden.«

Shachar sah sie traurig an. Das war derselbe Blick, den er ihr auch zugeworfen hatte, kurz bevor seine Folterknechte gekommen waren und er geflohen war. Er war innerlich zerrissen. Er bereute seine Taten und wollte Abbitte leisten, aber er wollte nicht zur Vernichtung seiner eigenen Art beitragen. Sie brauchte keine telepathischen Kräfte, um seine Gedanken zu kennen und seine Skrupel zu spüren.

»Mitleid ist fehl am Platz. Denk an all die Menschen, die er an seine Pyramide nageln ließ.«

Shachar pickte eine Olive von Kessas Teller und schob sie sich selbst in den Mund. »Ja, das Ding in deinem Innern hat recht: Ich bin blutrünstig, unmenschlich und egomanisch. Ich war es zumindest. Ich weiß nicht, was ich jetzt bin. Ich weiß nur, dass ich so nicht weiterexistieren, sondern mich ändern will, dass ich dir ebenbürtig sein will. Doch wenn wir den Drachenstern zerstören, verdamme ich die Götter zum Untergang. Kannst du wirklich einen Mann lieben, der sein eigenes Volk verrät und vernichtet?«

»*Lass dich nicht von ihm manipulieren*«, warnte die Gnostika.

»Ich diskutiere nicht mit dir, du Parasit!« Auf einmal war Shachars Stimme höllendunkel und so bedrohlich, als ob er wieder seine Haèl-Gestalt angenommen hätte. »Ich unterhalte mich mit dem reinen und wunderschönen Wesen, das du zu beherrschen und zu beeinflussen versuchst.«

Kessa legte die Hand auf seinen Arm und nickte ihm zu. »Ich höre dich, Asharu'ma, und ich treffe meine eigenen Entscheidungen.«

Noch! Sie wusste, wenn die Gnostika die vollständige Verbindung mit ihr suchen würde, würde sie schon bald nicht mehr unterscheiden können, was ihre eigenen Gedanken und was die der Gnostika waren. Noch war sie Kessa und die Gnostika war ein Gast in ihrem Körper. Dennoch wusste Kessa nicht, was sie auf Shachars Frage antworten sollte, denn ihre Überzeugung, dass die Macht der Götter gebrochen werden musste, stand auch ohne Einfluss der Gnostika fest und änderte sich nicht durch ihre Liebe zu Shachar.

»Es gibt auch guten Verrat, wenn er dem Gewissen entspringt.«

»Ich verstehe dich, Saèli, aber selbst wenn ich aus Liebe und Reue bereit wäre, ein Verräter an meiner eigenen Art zu werden, wird uns das Vorhaben nicht gelingen. Wir werden es nicht schaffen, den Drachenstern zu zerstören.«

»Warum nicht?«

»Tyrannos und Zarastra haben längst Verstärkung in die Zikkurat entsandt: Haèl-Kämpfer und die Serafim, unbesiegbare Soldaten der Elohim, vielleicht werden sogar Tyrannos und Zarastra selbst kommen. Die Stufenpyramide mit dem Drachenstern ist der wichtigste Stützpunkt überhaupt für uns, und sie werden ihn mit allen ihnen zur Verfügung stehenden Mitteln sichern. Sie werden die Stadt in eine Festung verwandeln, die Gateways verriegeln, um die Flucht an andere Orte unmöglich zu machen. Sie werden alle meine Zugangscodes ändern und sie werden die Jagd auf mich eröffnen und auf meinen Kopf einen Preis aussetzen. Sie werden die Bewohner von Sassaris quälen und meine Frauen und Eunuchen töten, nur um mich zu bestrafen.«

»Das heißt, die Stufenpyramide ist unerreichbar? Wir sitzen hier fest und müssen uns verstecken, während dein Volk leidet und die Menschen in deinem Palast für deine Taten bestraft werden?« Kessa schüttelte den Kopf. »Ist es das, was wir mit unserer Liebe angerichtet haben? Dann will ich lieber tot sein.«

Shachar nahm ihr den Teller ab, dann zog er sie auf seinen Schoß. »Ich habe eine Idee, die so absurd und wahnwitzig ist, dass sie vielleicht sogar gelingen könnte, vielleicht werden wir aber auch dabei sterben.«

»Jede Idee ist besser, als nichts zu tun.«

»Wir kehren als einfache Bürger verkleidet in die Stadt zurück. Wir können keine Technologie nutzen und müssen uns wie jeder primitive Sterbliche bewegen: zu Fuß, zu Pferd oder mit einem Esel, also langsam. Wir müssen hoffen, dass sie uns nicht erkennen und uns für normale Menschen halten, die wie Abertausende von anderen Menschen jeden Tag in die Stadt kommen und wieder gehen. Sie werden die Kontrolle der Stadttore verschärfen und uns bis aufs Unterhemd durchleuchten. Haben wir erst mal die Stadtmauern und die Tore überwunden, ohne entdeckt zu werden, dann wird es einfacher. Es gibt einen geheimen Gang, der vom Hafen direkt unter die Stufenpyramide führt. Niemand weiß etwas davon, denn ich habe ihn vor Jahrhunderten als Fluchtweg für mich anlegen lassen. Damals waren meine Artgenossen gerade damit beschäftigt, Echsen- und Hyänenmenschen für das Millenniumsspiel zu erschaffen. Haben wir die Stufenpyramide lebendig erreicht, besteht eine winzige Hoffnung, dass wir auch die Energiequelle ungehindert erreichen.«

»Das klingt einfach.«

»Es ist alles andere als einfach. Ich habe eine menschliche Gestalt und werde schwach und verwundbar sein. Wir beide sind sterblich, und die Schlange in dir könnte uns verraten, wenn Tyrannos in der Nähe ist. Er ist ein mächtiger Telepath, mächtiger als ich. Die Wahrscheinlichkeit, dass wir bei dieser Mission getötet werden, bevor wir auch nur in die Nähe des Drachensterns gelangen, ist riesig. Aber selbst wenn wir es schaffen, besteht ein hohes Risiko, dass uns die Stufenpyramide und halb Sassaris um die Ohren fliegen wird. Denn meine Zugriffscodes, mit denen ich den Drachenstern langsam herunterfahren könnte, werden nicht mehr gelten, und wir müssen die Technologie mechanisch zerstören. Ich habe logischerweise keinerlei Erfahrungen, was das bewirken könnte.«

»Er soll dich zum Drachenstern führen. Ich kann ihn abschalten, ohne dass uns was um die Ohren fliegt«, sagte die Gnostika, und zum ersten Mal lag kein Hass in ihrer Stimme.

»Wir tun es. Wir gehen nach Sassaris«, entschied Kessa.

»Auch wenn unsere Überlebenschancen jämmerlich klein sind«, fügte Shachar hinzu.

Kessa bettete ihren Kopf an seine nackte Brust. »Wie weit ist es von hier bis nach Sassaris?«

»Zwölf Tage zu Fuß oder acht Tage mit einem Eselkarren.«

»Dann lass uns noch einmal ausgiebig schlafen und ein letztes Mal göttlichen Sex haben, bevor wir aufbrechen. Die Reihenfolge ist mir egal.«

Kessa setzte sich rittlings auf seinen Schoß, schlang ihre Arme um ihn und presste ihre Lippen auf seinen Mund. Von da an versanken beide gleichermaßen in Glück und Verzweiflung.

8 Götter sind auch nur Spielfiguren

Die Frage nach der Gerechtigkeit eines Gottes:
Warum lässt ein allmächtiger Gott das Leiden in der Welt zu?
Entweder will Gott die Übel beseitigen und kann es nicht:
Dann ist er nicht allmächtig.
Oder er kann es, will es aber nicht:
Dann ist er böse.
Oder er will es nicht und kann es nicht:
Dann ist er schwach und böse zugleich
Doch wenn er es will und es kann,
woher kommen dann das Leid und das Übel und warum nimmt er sie nicht hinweg?

Zarastra, Oberster der Elohim:

Zarastra, der Oberste der Elohim, brauste durch den Königspalast von Sassaris. Seine nackten Füße berührten kaum den steinernen Boden und seine leuchtend weißen Flügel waren weit gespreizt. Über seinem goldblonden Haar gleiste das Licht seiner Aureole. Sie erhellte alles im Umkreis von mehreren Metern um ihn herum. Er bot einen atemberaubend schönen, aber auch schrecklichen Anblick. Zwei seiner Serafim folgten ihm, ihre flammenden Schwerter hocherhoben. Silberner Staub wirbelte hinter ihnen her. Die Sklaven und Frauen des Palastes rannten davon oder warfen sich aus Furcht vor ihm zu Boden. Es störte Zarastra nicht, dass sie ihn in seiner wahren Gestalt sahen, denn nichts, was Sterbliche dachten oder taten, störte ihn. Im Übrigen war er wütend – um es maßvoll auszudrücken.

Der Wächter war verrückt geworden und hatte versagt. Man hätte seinem Treiben schon früher Einhalt gebieten müssen. Sie hatten beobachtet, wie er im Laufe der Jahrhunderte immer mehr vermenschlicht und weich geworden war. Niemand hatte etwas unternommen. Sie hatten sich über seine Hirngespinste und Exzesse amüsiert, sich von ihm gut unterhalten gefühlt und ihn gewähren lassen, solange er nur den Drachenstern und das Labor hütete und dadurch sicherstellte, dass das Spiel ungestört verlaufen konnte. Sie hatten sich zu sicher gefühlt und jetzt drohte Gefahr. Zum ersten Mal im Laufe unendlicher Äonen war Zarastra besorgt.

Er stürmte in das Labor im Sockel der Zikkurat. Dort erwarteten ihn der Rest seiner Serafim-Leibgarde und die beiden Haèl, die sie gefangen genommen hatten. Diese beiden Dummköpfe hatten Shachar entkommen lassen, und dann hatten sie versucht, es zu verheimlichen. Fast zwei Wochen lang war die Zikkurat ohne Wächter gewesen und keiner aus der Kongregation hatte es auch nur geahnt. Zarastra mochte sich gar nicht ausdenken, was in der Zeit ohne Wächter alles hätte geschehen können, ganz besonders jetzt, wo diese selbst ernannte Welterretterin mit der Bar-Nashka-Armee die Stadt erobern wollte.

Hätte er nicht zufällig seine Blicke gen Sassaris gewandt, um zu sehen, wie der Königsbraut-Wettbewerb verlief, wäre ihm die Abwesenheit von Shachar womöglich erst aufgefallen, wenn es zu spät gewesen wäre.

Sofort hatte er eine Hundertschaft der Serafim nach Sassaris entsandt, um die Pyramide zu besetzen und das Schlimmste zu verhindern. Man hatte die Raumstation verständigt, die von Haèl und Elohim gleichermaßen bemannt war, und man hatte das Sicherheitsprotokoll aktiviert. Dann hatten sie den Jagdalgorithmus für Shachar gestartet. Das Programm würde den gesamten Planeten nach elektromagnetischen Wellen absuchen, die auf ein Versteck von Shachar hindeuten könnten. Allerdings würde diese Suche Wochen in Anspruch nehmen. Deshalb waren auch Gruppen von menschlichen Soldaten ausgesandt worden, um die Stadt und die nähere Umgebung abzusuchen.

Die Götter waren bedroht und niemand in der Kongregation schien das ernst zu nehmen. Zarastra hatte sich selbst herbemühen müssen, um sich um das Problem zu kümmern, und er würde die beiden Haèl büßen lassen. Wie hatten diese Narren nur derart unvermögend und verantwortungslos handeln können? Die beiden Gefangenen verneigten sich tief, als sie ihm vorgeführt wurden, aber das würde sie nicht retten. Er würde diese Nichtsnutze für ihre Unfähigkeit so hart bestrafen, dass sie sich wünschten, sie wären Ameisen.

»Wo ist euer König Tyrannos?«, rief Zarastra. Mit seiner allmächtigen Gottesstimme konnte er Gebäude zum Einsturz bringen und Lawinen im Gebirge auslösen. Die Zikkurat bebte beim Klang seiner Frage und die beiden Haèl schlotterten vor Angst.

»Wir wissen es nicht«, stammelte der Haèl, dessen linker Flügel fehlte.

Zarastra machte sich nicht die Mühe, seinen Namen zu erfragen. Er sollte ihn eigentlich kennen, denn sie lebten schon seit Anbeginn der Ewigkeit zusammen in der Verbannung, und es wäre ihm ein Leichtes, sich die Namen aller zu merken. Aber er war der Oberste der Elohim, er merkte sich keine Namen. Außerdem würden diese beiden nicht mehr lange genug unter den Unsterblichen weilen, als dass es wichtig wäre, wie sie hießen.

»Ihr hättet Shachars Flucht sofort eurem König melden und das Sicherheitsprotokoll aktivieren müssen.« Er hatte Not, den brodelnden Ärger zu dämpfen und zu sprechen, ohne Speichel zu spucken.

»Wir haben es ja versucht letzte Woche. Aber es hieß, Tyrannos sei nicht zu sprechen«, sagte der andere, dessen rechter Flügel fehlte, und zuckte dabei die Schultern.

Shachar hätte den beiden gleich beide Flügel ausreißen sollen und ihre Hörner mit dazu.

»Es muss ein Verantwortlicher über die Zustände in der Zikkurat informiert werden. Wer vertritt den König? Wer spricht für ihn?«

»Tor Namush, sein Stellvertreter«, antwortete der Linksflügler. Es wuchs bereits ein neuer Flügel nach, allerdings war das ein unschöner dunkelgrauer Stummel, kaum größer als ein Unterarm. Wie armselig diese Kreatur aussah, eine Schande für seine gesamte Art. Schon allein für sein abstoßendes Aussehen müsste man ihn aus der Kongregation entfernen.

»Aber Tor Namush ist einfach spurlos verschwunden. Niemand weiß, wo er ist«, fügte der Rechtsflügler hinzu.

Kein Gott verschwand einfach so spurlos. Vielleicht wollten Tyrannos und sein Stellvertreter nicht gefunden werden und versteckten sich, oder sie heckten einen Winkelzug im Millenniumsspiel aus. Doch das wäre angesichts der derzeitigen Krise überaus fahrlässig. Tyrannos wusste doch, dass seine Kohini außer Kontrolle geraten war, auch wenn er bislang versucht hatte, das zu verbergen. Nein, jetzt war nicht die Zeit für Winkelzüge und hinterhältige Spieltaktiken. Jetzt war der Moment gekommen, an dem das Millenniumsspiel ruhen und beide Seiten zusammenarbeiten mussten, um gemeinsam gegen die Kohini vorzugehen.

»Der Wächter reißt euch die Flügel aus, und ihr denkt, ihr könnt das vertuschen?« Es war wahrlich nicht leicht, einem Artgenossen die Flügel auszureißen. Shachar musste rasend vor Wut gewesen sein. »Ihr zwei armseligen Wichte, habt ihr nicht verstanden, in welch heikler Lage sich die Unsterblichen befinden, wenn die Zikkurat unbewacht ist?«

»Sie wurde ja bewacht«, ereiferte sich der Rechtsflügler und wagte es, Zarastra einen herausfordernden Blick zuzuwerfen. »Hirumu und ich haben ja aufgepasst. Wir waren die Wächter. Tyrannos hätte sich schon noch gemeldet in den nächsten paar Tagen. Aber dann kamen ja deine Serafim und haben uns gefangen genommen.«

»Genau, dabei haben wir alles bewacht. Wir haben uns um die Stadt und den Palast und um den Harem gekümmert«, fügte der andere hinzu, auch in ihm erwachte ein dummer Trotz.

»Ihr habt euch selbst zu Wächtern erhoben? Ihr seid unterprivilegierte Niemande! Nur König Tyrannos und ich bestimmen, wer über die Zikkurat und über Sassaris wacht.« Zarastra ließ seine Götterstimme donnern und die Wände bebten.

»Aber Shachar hat uns Frauen als Belohnung versprochen, wenn wir ihm helfen. Daher stehen die Frauen rechtmäßig uns zu«, behauptete der Rechtsflügler.

»Er hat die schönsten Frauen weit und breit in seinem Harem«, fügte der Linksflügler entschuldigend hinzu.

»Es ging euch um die Frauen? Ihr habt Shachars Flucht verschwiegen, weil ihr euch mit seinem Harem vergnügen wolltet? Ihr … ihr …« Zarastra fehlten die Worte, um das Ausmaß seines Ärgers zu artikulieren. In seiner Wut sandte er einen Sturmwind gegen die beiden Haèl los, der so heftig war, dass er sie von den Füßen fegte und sogar die Serafim an seiner Seite zum Wanken brachte.

Menschenfrauen! Immer wieder ging es um die vermaledeiten Frauen.

Rückblickend betrachtet war es ein großer Fehler gewesen, Menschen zu erschaffen – oder genauer gesagt Menschenfrauen. Sie waren der Grund für das ganze Übel. Ihretwegen hatten bereits andere einflussreiche Artgenossen versagt, Nimrod und El Shaddaj waren nicht die ersten gewesen. Und jetzt war auch noch Bel Asharu von diesem Wahnsinn befallen. Zarastra würde die Menschenfrauen am liebsten von der Erde tilgen.

In seinem Verdruss auf die menschlichen Weibchen und auf die beiden Haèl-Taugenichtse, die nicht genug Disziplin besaßen, um deren Verlockungen widerstehen zu können, ballte Zarastra die ganze Energie, derer er habhaft werden konnte, und schleuderte sie in zwei gewaltigen Blitzen auf die beiden Haèl. Die Energie surrte und knisterte und der riesige Raum des Labors wurde für einen Moment in grelles Licht getaucht. Die beiden schrien vor Schmerz und wanden sich wie Regenwürmer, als ihre Körper gebraten wurden, aber ihr Geheule war nichts im Vergleich zu Zarastras Donnerstimme.

»Menschenfrauen sind für unseren Niedergang verantwortlich, ihr paarungswütigen Primaten! Ihr seid wahrlich die unfähigsten und einfältigsten Haèl, denen zu begegnen ich in den vergangenen hundert Millennien das Missvergnügen hatte. Geht mir aus den Augen. Ich übernehme jetzt die Wache der Zikkurat!«

Die beiden Haèl würden es bedauerlicherweise überleben, aber sie wanden sich vor Schmerzen auf dem Boden, während sie von der elektrischen Energie seiner Blitze durchzuckt wurden. Hoffentlich hatte die Entladung ein paar ihrer inneren Organe zerfetzt, vielleicht sogar ihre Gehirne gar gekocht. Sie würden es nicht einmal bemerken, wenn ihre Gehirne fehlten. Hoffentlich würden sie noch sehr lange unter den unerträglichsten Schmerzen leiden. Er genoss den Anblick für ein paar befriedigende Momente, dann senkte er seine Stimme wieder auf normale Lautstärke.

»Begebet euch unverzüglich zurück zur Raumstation! Machet euch auf die Suche nach eurem König. Ich verlange seine prompte Anwesenheit in der Stadt. Richtet ihm aus, wenn er nicht binnen kürzester Zeit hier erscheinet oder einen würdigen Stellvertreter entsendet, dann werde ich alle Haèl von der Energiequelle und vom Labor abschneiden.«

Erneut schossen knisternde Blitze aus seinen Fingerspitzen, und die beiden Haèl jaulten wie sterbende Hunde, als die zweite Entladung in ihre bereits schmorenden Eingeweide fuhr.

Er würde sie wirklich gerne rösten, bis sie schwarz gebraten wären, aber dann könnten sie wochenlang nicht mehr gehen oder sprechen, und somit könnten sie Tyrannos schwerlich seine Grüße übermitteln. Darüber hinaus wollte er auch keinen ernsthaften Konflikt mit den Haèl beginnen, schließlich mussten sie sich in dieser Krise gegenseitig helfen. Aber Tyrannos musste den Ernst der Lage endlich erkennen, und vielleicht half es der Gewichtung seiner Prioritäten ein wenig nach, wenn er ein seine angerösteten Gefolgsleute zugesandt bekam. Zwei der Serafim schleiften die zuckenden Körper der Haèl davon. Sie würden sie durch das Gateway zur Raumstation zurückschicken und hoffentlich würde ihr Eintreffen dort Tyrannos wachrütteln.

»Die Gefangene wurde soeben in den Palast gebracht. Soll ich sie dir vorführen lassen oder willst du zuerst ein paar Frauen aus dem Harem sehen?«, fragte General Ragul der Erste der Serafim und riss Zarastra damit aus seinen missvergnügten Gedanken.

Ragul hatte die Stadt besetzt und die Zikkurat binnen einer halben Stunde eingenommen. Dann hatte er dafür gesorgt, dass Sassaris in eine uneinnehmbare Festung verwandelt worden war, sodass nicht einmal eine Maus mehr herein- oder hinausgelangen konnte.

Heute Morgen nun hatten die Serafim eine Frau gefangen genommen, die versucht hatte, heimlich über einen unterirdischen Gang in die Stadt zu gelangen, und Ragul war sich sicher, dass es sich dabei um jene Frau handelte, die Großkönig Shachar verführt und abtrünnig gemacht hatte. Diesen phänomenalen Fang wollte Zarastra in Augenschein nehmen und verhören. Denn wenn die Königsbraut in die Stadt gelangt war, dann konnte Shachar der Verräter auch nicht weit sein. Was für ein Irrsinn diesen einst so mächtigen Gott befallen hatte! Und das alles wegen eines Weibes.

Auch Zarastra genoss gelegentlich eine dralle Menschenfrau, doch im Gegensatz zu den anderen Unsterblichen legte das Feuer, welches das Weibervolk in seinen Lenden entfachte, nicht seine Gehirnfunktionen lahm.

Er stand über den Dingen.

»Die Frauen aus dem Harem sind nachrangig«, antwortete er schließlich auf die Frage des Serafs, nachdem er sich lange genug in nachdenkliches Schweigen gehüllt hatte. »Vielleicht suche ich mir später eine aus, um mich zu entspannen. Zunächst aber wünsche ich, die Gefangene zu sehen. Ich will wissen, was es mit dieser Person auf sich hat, wie es ihr möglich war, Shachar ins Verderben zu reißen. Ich werde sie mit einer solchen Grausamkeit verhören, dass es ihr unmöglich sein wird, Informationen zurückzuhalten. Hernach werde ich wissen, wo Shachar der Verräter sich versteckt und was es mit jenen Memori auf sich hat.«

»Soll ich einen Sarkophag bringen lassen oder einen unserer Folterer rufen, o Herr?«

»Mach dich nicht lächerlich«, antwortete Zarastra mit gerümpfter Nase. In dem Moment, wo er nicht mehr imstande wäre, ein schwaches

Weib selbst zu foltern, könnte er genauso gut seine Oberherrschaft aufgeben.

Ragul schnipste mit den Fingern und schon stampften zwei Serafim herein, die eine nackte Frau mit sich führten. Die Frau war nicht gefesselt und sie wehrte sich auch nicht. Ganz im Gegenteil, sie schien überaus gelassen zu sein und wirkte souverän, gerade so, als wüsste sie nicht, dass ihr entsetzliche Qualen schlimmer als der Tod bevorstanden. Auch wenn es naiv von ihr war, war Zarastra von ihrer scheinbaren äußeren Ruhe durchaus beeindruckt. Auch sonst war das Weib anders, als er es erwartet hatte. Wunderschön war sie, stramm, mit großen und festen Brüsten. Sie hatte eine kurvige Figur mit breiten Hüften und einer schmalen Taille. Ihm gefielen dürre Weiber nicht. Die hier war alles andere als dürr. Ihre Haut war dunkelbraun und glatt wie die Seide, die er am Leib trug. Ihr langes schwarzes Haar fiel in Hunderten von glänzenden Ringellocken über ihren Rücken. Ihre roten vollen Lippen waren saftig wie Kirschen und ihre schwarzen Augen waren von langen dunklen Wimpern umrahmt.

Eine Schönheit! Wahrlich. Zarastra holte tief Luft und räusperte seine Erregung weg.

Sie entsprach exakt seinem Geschmack. Sie war genau jene Art von Weib, wie er es sich gelegentlich zuführen ließ, wenn er Lust auf Kopulation verspürte: ganz und gar weich und weiblich und rund. Er bevorzugte es, wenn Weiber Bereitwilligkeit signalisierten und stillhielten. Er mochte es, sein Glied tief in einem weiblichen Gefäß zu versenken, sich Erleichterung zu verschaffen, ohne dass das Weib ängstliche Geräusche von sich gab oder Widerstand leistete. Und er mochte dunkle Haut unter sich, denn dadurch kam seine eigene Schönheit und Helligkeit noch viel besser zur Geltung.

Vielleicht hatte er das Weib einen winzigen Moment zu lange und zu fasziniert gemustert, denn anstatt vor Angst zu erzittern, schenkte sie ihm ein kesses Lächeln und schaute ihn unter halb geschlossenen Augenlidern an, gleichzeitig leckte sie einladend über ihre volle Unterlippe. Dreistes Weib! Dralles Weib! Aufreizendes Weib!

»Mein Großkönig«, raunte sie mit warmer Stimme und wollte auf ihn zugehen. Die beiden Serafim rissen sie jedoch zurück. Zarastra machte ein herrisches Handzeichen und die Serafim ließen das Weib wieder los. Es war ein erquicklicher Anblick, ihre Locken fliegen und ihre üppigen Brüste wippen zu sehen.

»Ich bin nicht der Großkönig. Ich bin Zarastra, der Herr der Elohim und Herrscher über die Zikkurat.« Er sprach mit seiner erhabenen Stimme, die wie eine helle Glocke durch die Halle vibrierte. Dabei reckte er den Kopf hoch, blähte seine Brust auf und breitete seine Flügel weit aus. Dann ließ er Energie durch sich hindurchfließen, sodass seine Aureole erstrahlte und seine Flügel silbern leuchteten.

Er hatte es natürlich nicht nötig, eine unbedeutende Menschenfrau mit seinem Leuchten zu beeindrucken, dennoch genoss er den Moment, als sie vor ihm auf die Knie ging und mit einer flehenden Geste die Hände zu ihm erhob. Er wusste nicht, ob sie das mit Absicht machte oder ob es versehentlich geschah, aber bei ihrer Gebärde presste sie mit den Armen ihre Brüste so fest zusammen, dass sie zwischen ihren Oberarmen hervorquollen und ihre Brustspitzen lang und hart und einladend hervorstanden. Was für ein belebender Anblick, der sein göttliches Gemächt in ausgesprochen starke Erregung versetzte! Ein wenig schwirrten seine Sinne und das Licht seiner Aureole flackerte. Er würde das Weib zuerst nehmen und begatten, danach würde er sie verhören. Diese Entscheidung stand schon fest, bevor er sich herabließ, nach ihrem Namen zu fragen – er, der sich niemals für die Namen belangloser Lebewesen interessierte.

»Wie heißt du, Weib?« Seine Glockenstimme hatte ein unschönes Kratzen im Unterton.

»Man nennt mich die schöne Pukia, o mächtigster und männlichster aller Männer des Universums.«

∞

Tyrannos, König der Haèl:

»Tor Namush ist gelandet, mein König«, rief der Soldat und salutierte, aber anstatt stramm zu stehen, zitterte dieser Wicht am ganzen Körper. Er hatte die Hosen gestrichen voll, denn Tyrannos befand sich in letzter Zeit in einer Höllen-Stimmung und ließ seine Wutanfälle gerne am nächstbesten Opfer aus, das er zu fassen bekam.

Er stand auf dem Dach seiner Festung und starrte in die Grube aus Feuer hinab, die das Gebäude umgab. Er hatte in den letzten Tagen bereits zehn Soldaten da hinuntergestoßen. Einfach, weil er so wütend war, weil sie den kleinen Drachenbastard und seine verdammte Scheißprinzessin immer noch nicht ausfindig gemacht hatten. Dabei hatten seine Leute in Mykan jeden verfluchten Stein schon zweimal umgedreht und nichts gefunden. Er hatte den dämlichen Kindern sogar eine heimtückische Falle gestellt, aber sie wollten einfach nicht hineintappen. Er musste diesen Drachenjungen töten. Unbedingt.

Normales Feuer konnte Tyrannos nichts anhaben, aber Drachenfeuer konnte Götter töten.

Warum nur war er damals so überheblich gewesen und hatte einen Drachen erschaffen, der Sternenfeuer spucken konnte? Er hatte den anderen Göttern Angst einjagen wollen, ihnen zeigen wollen, wie schlau und mächtig er war. Sie sollten sehen, dass er eine Spielfigur erschaffen konnte, die, wenn er es nur wollte, sogar die eigenen Leute vernichten könnte. Er hatte sich in der Angst der anderen gesuhlt und hatte verlangt, dass die Haèl ihn zu ihrem König machten und Zarastra ihn als ebenbürtig anerkannte. Die Erschaffung von Tannin hatte ihm zur Macht verholfen, aber irgendwann war die Freude an seiner Überlegenheit abgeklungen und das Amt des Königs langweilig geworden. Und Tannin hatte sich mit der Zeit als undankbarer, rebellischer und viel zu kluger Dreckskerl entpuppt. Bei einem Streit hatte der Drache es gewagt, ihm, seinem Herrn und Schöpfer, zu widersprechen und Feuer in seine Richtung zu blasen. Er hatte ihn nicht getroffen, weil er schnell davongeflogen war, aber diese Erniedrigung war inakzeptabel gewesen. Danach hatte er den Scheißdrachen mitsamt seinen Tausenden von Nachkommen gejagt. Er hatte sie alle getötet und Tannins Brut schon vor Jahrtausenden ausgerottet. Das hatte er sich jedenfalls bisher eingebildet. Aber jetzt war da plötzlich wieder eine von diesen Missgeburten aufgetaucht. Und das war nicht nur einer der vielen schwachen Nachkömmlinge, das war ein verfickter Zwilling von Tannin, ein goldschuppiger Feuer-Speier.

Der Junge musste sterben!

Nur ließ er sich nicht finden, und Tyrannos war sich inzwischen sicher, dass all seine menschlichen Soldaten heimtückische Verräter waren, die gegen ihn und für diesen kleinen Drachenbastard arbeiteten, wohingegen seine Mutanten-Soldaten völlig verblödet und unfähig waren. Da durfte man als allmächtiger Gott ja wohl eine Scheißlaune haben und ein paar überflüssige Idioten ins Feuer werfen. Aber wenigstens etwas lief zur Abwechslung mal plangemäß, und Tor Namush war endlich zurückgekehrt und brachte ihm die Kohini.

»Wird aber auch verdammt Zeit! Er hat lange genug gebraucht«, rief Tyrannos und schaute sich ungeduldig um. »Wo ist er?« Üblicherweise kam sein Stellvertreter auf die Plattform geflogen, um Bericht zu erstatten, und ließ sich nicht erst ankündigen.

Der Soldat machte zwei ängstliche Schritte zurück, bevor er antwortete. »Er … er will nicht aus dem Raumfahrzeug herauskommen, mein König. Er hat die Türen verriegelt und verlangt, dass wir ihm zuerst Ambrosia bringen. Und … und er will die Garantie, dass du ihn nicht tötest, mein König.«

»Was redest du da?« Tyrannos peitschte mit seinem Schwanz nach dem Soldaten. Der kreischte vor Schreck und hüpfte rückwärts. Fast wäre er dabei über die Kante in die Feuergrube gefallen. Ambrosia! Pah! Tor Namush hatte genug Ambrosia für ein ganzes Jahr bei sich. Diesem Spinner musste jemand das Gehirn geröstet haben. »Sind denn inzwischen alle verrückt geworden? Ich werde ihn eigenhändig aus seinem Raumschiff herauszerren und ihm die verschissene Ambrosia in den Arsch stecken.«

Er wirbelte herum und stürmte über die Plattform des Turms die Treppe hinunter und zum Landeplatz des Raumschiffs, die Treppe wieder hinauf. Zweihundert verdammte Meter musste er zu Fuß gehen, weil sein Flügel verstümmelt war und nicht mehr nachwachsen würde. Seine ganze linke Körperhälfte war von dem verdammten Drachenfeuer verbrannt. Das war das Problem mit Sternenfeuer. Es richtete irreparable Schäden an, die selbst durch Ambrosia nicht heilen konnten. Könnte er noch fliegen, hätte er sich mit einem wütenden Röhren und ein paar mächtigen Flügelschlägen in die Luft erhoben und wäre über die Feuergrube hinweg geschossen. So musste er gehen und Treppen steigen. Welch eine Schmach!

Kein Wunder, dass er vor Wut fast explodierte, als er endlich auf der Landeplattform ankam. Die Betonplatte unter seinen Füßen zitterte, als er darüber stampfte, und er zögerte auch nicht lange, sondern donnerte mit wütendem Brüllen gegen die Außenwand der Raumkugel. Das Polycarbine-Material gab sofort nach und eine Tür öffnete sich.

»Tor! Komm heraus, du Schwachkopf. Ich bin nicht in der Stimmung für hirnlose Spielchen. Ich will die Kohini. Wo ist meine Kohini?«

Von innen kam keine Antwort und das brachte Tyrannos noch mehr in Rage. Er würde seinem Stellvertreter am liebsten die Hörner und den Schwanz amputieren und ihn zwei Tage lang über einem Vulkan rösten. Aber gerade als Tyrannos in die Raumkugel hineinpreschen wollte, um Tor Namush an seinen Hörnern herauszuzerren, starrte er plötzlich direkt in dessen milchig-weiße Augen. Der alte Nimrod erschien in der Tür und hielt ihm den abgetrennten Kopf von Tor entgegen. Er machte einen wackeligen Schritt auf Tyrannos zu.

»Ich war das nicht!«, schrie der Alte gleich. »Das war die Kohini!« Dann ließ er den Kopf fallen und das riesige gehörnte Ding plumpste direkt vor Tyrannos' Füße.

Der König der Haèl war geschockt.

Oder zumindest nahm er an, dass das ein Schock war: diese Eiseskälte, die in sein Knochenmark schoss und jede Bewegung lähmte. Er glotzte den Kopf an und konnte nicht denken.

Tor Namush war tot. Richtig tot. Unwiederbringlich tot. Kein Sarkophag, keine Ambrosia könnte ihn jemals wieder zum Leben erwecken, weil sein Gehirn zerstört worden war. Es musste durch eine enorme Hitze von innen heraus gar gekocht worden sein.

Ein toter Unsterblicher!

»Un-unmöglich!«, krächzte Tyrannos mit erstickter Stimme. Er bückte sich und hob den schweren gehörnten Kopf vom Boden auf. Seine Hände zitterten, als er in die weißen Augäpfel des toten Haèl starrte. Die Augen sahen aus wie gekochte Eier und die heraushängende Zunge wie eine verdammte vergammelte Bratwurst. Und auf einmal, ohne dass er es wollte, löste sich aus Tyrannos' Kehle ein gellender Entsetzensschrei, der die Ruinen in Mykan erzittern ließ.

Er schrie nicht aus Trauer um diesen Versager Tor Namush. Er schrie, weil das nackte Entsetzen von ihm Besitz ergriffen hatte. Seine Brust fühlte sich eng an. Er bekam kaum Luft und hatte Schmerzen, die so schlimm waren wie die Schmerzen, die das Drachenfeuer verursacht hatte.

Nimrod fiel vor ihm auf die Knie und hob flehentlich die Hände zu ihm hoch. »Bitte töte mich nicht. Ich bin nur der Bote. Ich habe nichts damit zu tun. Die Kohini hat ihn getötet. Ich … ich weiß nicht wie. Ich wurde von denen gefangen genommen, aber dann haben sie mich entkommen lassen, damit ich dir eine Nachricht überbringe. Aber gib mir erst Ambrosia, bevor ich dir sagen kann, was sie mir zu sagen aufgetragen haben. Ich kann mich nicht mehr auf den Beinen halten.«

»Ambrosia?«, krächzte Tyrannos. Die Worte des Alten waren kaum in seine Ohren, geschweige denn bis in sein Gehirn vorgedrungen. Kohini, Nachricht, Ambrosia, Tod, Kohini, Tod … Er rang nach Atem, wollte davonrennen, zugleich aber konnte er sich nicht bewegen, nur dumme Sachen stammeln. »Du bist tot. Tot. Tot.«

»Wenn du mich tötest, wirst du nie erfahren, was die Kohini vorhat. Ich kenne ihren Plan.«

»Was sie vorhat?« Wovon redete der Alte? Was wollte der überhaupt? Tyrannos schüttelte wild den Kopf, um sich wieder zu fangen. Es wäre ja noch mal schöner, wenn einer dieser armseligen Wichte um ihn herum merken würde, dass er gerade eine Panikattacke gehabt hatte.

»Hast du der Kohini den Deaktivierungscode für die Barriere verraten?«, brüllte er. Wenigstens klang er nicht mehr so atemlos und angsterfüllt wie vor einer Sekunde noch. »Zieht sie nach Sassaris? Will sie uns alle töten?«

»Sie hat den Code schon aus meinem Kopf herausgezogen. Sie konnte in meine Gedanken schauen«, jammerte der erbärmliche alte Mann, der einst einer der klügsten und mächtigsten von ihnen gewesen war. Das war fast genauso entsetzlich wie der abgeschlagene Kopf von Tor. »Die Kohini ist unfassbar stark. Ihre Kräfte sind nicht von dieser Welt, mein König, aber ich kann dir ihre Schwäche verraten, wenn du mir Ambrosia gibst.«

»Schweig still, du Verräter. Sie ist nur eine Spielfigur und ich bin ihr Schöpfer.« In seiner Bestürzung und Wut peitschte er mit dem Schwanz nach Nimrod. Der Alte schlitterte über die Landeplattform, überschlug sich ein paarmal und blieb reglos auf dem Boden liegen. Er stapfte zu ihm hinüber und trat nach ihm, sodass sein schlapper alter Körper auf den Rücken rollte. Er atmete noch und seine glasigen Augen flatterten auf.

»Sie war gnädig zu mir«, röchelte Nimrod mit kaum hörbarer Stimme. »*Sie* hat mir nicht wehgetan. *Sie* hat mir sogar Ambrosia gegeben. *Sie* ist gut. Und du bist scheiße. Deshalb wird sie dich und alle Götter besiegen. Deine Zeit ist um, Arschloch.«

»Deine Zeit ist um! Sie ist um! Die Zeit ist um! Zeit ist um! Um!« Tyrannos wusste selbst nicht, warum er diese Worte die ganze Zeit wie ein Geisteskranker wiederholte. Er war nicht geisteskrank. Er war ein verdammter König, der mächtigste Haèl. Er war ein Gott! Ihm war gar nicht bewusst gewesen, dass er seine irrwitzigen Gedanken laut hinausgebrüllt hatte, bis sich der Alte krächzend wieder zu Wort meldete.

»Sie schickt dir Grüße. Sie sagt: ›Beendet das Spiel oder ihr werdet alle sterben.‹«

Wie war es möglich, dass zwei kurze Sätze von einem bedeutungslosen Tattergreis ihm solch ein Grausen verursachen konnten? Das Blut in seinem Kreislauf schien zu kochen und gleichzeitig zu Eis zu gefrieren. »Ist sie etwa auf dem Weg zu mir? Kommt sie nach Mykan? Unmöglich! Unmöglich!«, kreischte Tyrannos und schüttelte Nimrod.

Der wirkte schlaff und leblos. Seine Augen starrten ins Leere. Vielleicht war er tot, vielleicht verstellte er sich auch nur. Tyrannos' Verstand funktionierte nicht mehr. Seine Telepathie funktionierte nicht mehr. Er konnte nicht mehr denken. Er musste schnell weg von hier. Davonfliegen. Nein, halt, er konnte gar nicht mehr fliegen. Er musste rennen. Dann mit einem Raumschiff zur Raumstation hinauf. Von dort Raketen auf sie abschießen. Ja, das würde er tun. Nur weg von hier.

Aber dann auf einmal gingen die Sirenen los. Die Alarmsirenen, die einen Angriff ankündigten, hatten sich seit einer halben Ewigkeit nicht mehr aktiviert, weil Mykan seit den großen Kriegen nicht mehr angegriffen worden war.

»Was hat das zu bedeuten?« Er fuhr herum und sah sich um. Das konnte nur ein Fehlalarm sein.

Zwei Männer seiner Leibgarde rannten herbei, blieben aber in gehörigem Abstand stehen. »Das ist ein automatischer Alarm, Herr. Die Sensoren haben einen Angreifer geortet, aber sie zeigen nicht an, woher er kommt oder was es ist«, erklärte einer der Gardisten und zog ängstlich den Kopf ein.

»Was heißt das? Ein Angreifer wird geortet und die Sensoren zeigen nichts an?«

»Das scheint eine Technologie zu sein, die die Sensoren nicht erfassen können«, murmelte der andere mit gesenktem Blick.

»Technologie? Nur die Götter haben Technologie. Nur wir!« Er schlug mit seinem Schwanz um sich, traf aber nichts. Seine Knie zitterten. Nein, er zitterte am ganzen Körper.

War die Kohini etwa schon da? Würde sie sein Gehirn genauso gar kochen wie das von Tor Namush? Es war unmöglich, dass *sie* das war. Er hatte die elektromagnetischen Wellen der Bar Nashka vor wenigen Stunden doch noch in der Nähe des Todesfelds geortet. So schnell konnte sie nicht bis nach Mykan kommen. Was stimmte hier nicht? Das auf und ab klingende Heulen der Sirene ging ihm auf die Nerven, fraß seinen Verstand auf, machte seine Knie noch weicher. Er jaulte und heulte, hielt sich die Ohren zu und schrie.

»In den Bunker! Ich gehe in meinen Bunker!«

Sein Bunker war uneinnehmbar, sobald das Notfallprotokoll aktiviert war. Er könnte jahrelang da drin überleben. Es war ihm scheißegal, ob die anderen ihn für einen Feigling hielten. Die Kohini würde ihn auf jeden

Fall nicht erwischen und seine Zunge in eine gammelige Bratwurst verwandeln. »Aktiviert sofort das Notfallprotokoll und schottet die Stadt ab«, brüllte er, aber die Gardisten schüttelten den Kopf und traten noch weiter vor ihm zurück.

»Zu spät, Herr. Sind bereits in die Stadt eingedrungen. Wir wissen nicht, wo sie sind, aber sie sind schon da.«

»Ruf alle meine Soldaten zur Festung. Ihr werdet kämpfen! Verteidigt die Festung, bis ich im Bunker bin.«

»Ja, Herr, aber ...«

»Was aber?«

»Das ... das Notfallprotokoll wurde von irgendjemandem gelöscht. Der Bunker hat sich bereits von selbst verriegelt. Niemand kommt da hinein.«

Tyrannos konnte nicht antworten. Er starrte den Mann mit weit aufgerissenem Mund an. Gaffte nur. Sein Gehirn war nicht imstande zu begreifen, was er da hörte. Es war schlicht unmöglich. Die Sterblichen waren ahnungslose Schwächlinge. Er war der Gott, der Unsterbliche, der sie erschaffen hatte. Wie konnten sie es wagen, ihn auszutricksen?

9 Stadt der Drachen

Aus dem Buch der Drachen:
Wenig haben wir gewusst über unsere Herkunft und unsere Fähigkeiten.
Das Drachenblut war verborgen, vergessen, verloren.
Viertausend Jahre hat das Drachenbewusstsein in unseren Genen geschlummert.
Erst als der Ruf des Drachenlords erklang, erwachten unsere Seelen
und unser Feuer begann zu brennen.

Gilbesh:

»Das Ding da soll die Abkürzung sein?«, fragte Gilbesh und zeigte auf das riesige dunkelgraue Monstrum, das leblos und halb vergraben in der schwarzen Erde der Narbe lag. Es war von Flechten, Efeu und Dornengestrüpp überwuchert, ein sicheres Anzeichen dafür, dass das Tier seit vielen Jahren tot war.

»Sozusagen«, antwortete Wilma und zerrte an den Efeuranken, um sie von dem Vieh herunterzureißen. »Ich muss es reparieren.«

»Reparieren? Dann ist das gar kein Kadaver?« Es sah aus wie ein gigantischer grauer Wal, obwohl Gilbesh noch nie einen echten Wal gesehen hatte, sondern diese Tiere nur aus Erzählungen von Seefahrern kannte, mit denen er Handel getrieben hatte. So stellte er sich jedenfalls Wale vor: lange graue Leiber und so groß, dass sie hundert Männer gleichzeitig verschlucken konnten.

»Es ist ein Flugzeug. Fast intakt«, sagte Wilma schulterzuckend und zerrte bereits die nächste Efeuranke von der glatten Haut des Monsters herunter. Zwei der Izeh-Söldner halfen ihr nun und legten das Riesen-Wal-Ding frei. Etliche der Drachengeborenen gesellten sich mit Messern und Schwertern dazu und hackten die Dornenhecken weg.

»Ein Flugzeug?«, rief Gilbesh. »Du meinst, es fliegt? Wie ein Vogel? Unmöglich. Es sieht so groß und schwer aus.« Er stemmte sich gegen die harte Wand des Dings, um Wilma zu zeigen, dass er es trotz seiner Kraft keinen Daumenbreit bewegen konnte.

»Stammt aus der Vorkriegszeit. Ich tausche ein paar Teile aus. Treibstoff ist da. Fertig. Hier war mal ein Flugplatz.« Wilma machte eine ausladende Geste, welche die ganze Umgebung beschrieb. Sie befanden sich noch am Rand der Narbe, und Wilma hatte sie alle zu der Stelle geführt, von der sie behauptete, dass sich hier eine Abkürzung direkt nach Mykan befände, aber um sie herum gab es nur verfallene Ruinen und dorniges Gestrüpp, das über Mauerreste gewachsen war, und diesen toten Riesenwal, der kein Wal war.

»Ich verstehe das nicht. Was bedeutet das?« Gilbesh wusste natürlich, dass die falschen Götter über eine Art Technik-Magie verfügten, die keiner sonst verstand, die aber so mächtig war, dass sie Dinge ohne Feuer zum Leuchten und Fahrzeuge ohne Zugtiere zum Fahren bringen konnte. Warum sollten sie nicht auch tonnenschwere Wal-Dinger zum Fliegen bringen?

»Ein Frachtflugzeug. Passen dreihundert Personen rein. Ich mache es flott und fliege es. Nach Mykan. Kurze Flugzeit.« Wilma lächelte unbeschwert, als wäre das alles nur eine Kleinigkeit, und Gilbesh starrte sie mit offenem Mund an und blinzelte ein paarmal. Was für ein Wunderwesen sie doch war. Eigentlich hatte er noch hundert weitere Fragen, aber er wusste, dass sie nicht gerne redete und dass er sowieso nicht einmal die Hälfte dessen verstünde, was sie ihm antworten würde – und außerdem vertraute er ihrer Weisheit und ihrem Können. Wenn sie sagte, dass sie dieses tonnenschwere Wal-Ding zum Fliegen bringen konnte, dann war es so, selbst wenn es gegen Naturgesetze verstieß. Sie würde das schaffen, weil sie Wilma war.

»Was können wir tun, um dir zu helfen?«, fragte er also, anstatt weitere dumme Fragen zu stellen.

»Ich mag dich, Drachenmann«, sagte Wilma und lächelte. Gilbesh spürte, wie seine schuppigen Wangen brannten. Verdammt, er war einundsiebzig und war noch nie errötet, aber Wilma ... sie verzauberte ihn nun mal. »Ruf alle zusammen. Wir planen, dann reparieren wir.«

Wilmas Plan war so einfach und geradlinig wie sie selbst: Sie würde das Fluggerät genau da landen, wo sie das Signal der Kinder verloren hatten, und da das Drachenbewusstsein ebenfalls wusste, wo sich die Kinder befanden, war es kein Problem, sie zu finden. Sie brauchten sie nur zu retten und mit ihnen davonzufliegen.

»Und was ist, wenn wir gegen diesen bösen Gott Tyrannos und seine Monster kämpfen müssen?«, hatte Kopsik der neue Söldneranführer gefragt.

»Dann kämpfen wir.« Wilma hatte nur die Schultern gezuckt und damit war der Plan beschlossen. Es vergingen allerdings viele Stunden, und der Abend dämmerte bereits wieder, bis Wilma das Flugzeug repariert hatte und verkündete, es sei nun flott.

Die eine Hälfte von ihnen hatte das Fluggerät freigelegt und gegraben, um den unteren Teil zu befreien, dann hatten sie eine Rampe aufgeschüttet, damit sie das Monster da hinaufrollen konnten. Die andere Hälfte hatte Stunde für Stunde das Gelände in Wilmas Auftrag abgesucht, um Werkzeuge, Ersatzteile und Treibstoff ausfindig zu machen. Wilma hingegen hatte im Bauch des Flugwals herumoperiert und gehämmert und geschraubt, ohne je auch nur ein Wort der Klage zu äußern. Gilbesh und zwei andere Drachengeborene dienten ihr als Handlanger. Selbst wenn etwas nicht funktionierte und Wilma wieder von vorn anfangen musste, war sie ruhig geblieben und hatte einen neuen Versuch mit anderen Ersatzteilen probiert. Und noch einen neuen Versuch und noch einen … Immer wieder hatte sie versucht, den Motor zu starten, wie sie es nannte, und manchmal hatte das schwarze Wal-Monster sogar ein entsetzliches Brummen und Röhren von sich gegeben, nur um kurz darauf Rauch auszustoßen und wieder zu verstummen.

»Ich versuche einen anderen Kolben«, hatte Wilma nur gesagt und dann wieder von vorn angefangen. Nichts hatte sie beirrt. »Das Material ist alt«, sagte sie einmal, als ein weiterer Startversuch gescheitert war, oder »Falsche Schraube« oder »Längerer Schlauch«. Nichts brachte sie aus der Ruhe, obwohl Gilbesh und die anderen beiden Handlanger längst die Hoffnung aufgegeben hatten, dass dieses Wal-Ding wirklich jemals fliegen würde. Auch die Izeh-Söldner und die anderen Drachengeborenen schüttelten nur noch müde die Köpfe, als auch der zehnte und der elfte Versuch scheiterte.

»Wenn wir im Morgengrauen losmarschiert wären, hätten wir immerhin schon ein paar Meilen zurückgelegt«, murrte Kopsik und erntete zustimmendes Nicken von allen anderen, nur einer der Drachengeborenen widersprach ihm.

»Mykan war einst unsere Heimat und ich kenne die Narbe. In zehn Tagen kann man diese Wüste nicht zu Fuß durchqueren.«

»Bin bald fertig«, sagte Wilma nur und schraubte unbeeindruckt weiter. Erst als die Sonne rot im Westen versank, rief sie: »Alle einsteigen. Es geht los.«

Sie hatte keinen weiteren Versuch mehr gemacht, die sogenannten Motoren einzuschalten, und keiner glaubte jetzt noch daran, dass es ausgerechnet dieses Mal funktionieren würde. Dennoch stiegen alle in den leeren Bauch des riesigen Flugwals. Wilma saß vorn im Cockpit, so nannte sie den Kopf des Flugwals, und winkte Gilbesh zu, er solle zu ihr kommen. Von dort aus wurde das Flugzeug gesteuert, und sie wollte offensichtlich, dass er sich neben sie setzte.

»Du bist der Co-Pilot«, sagte sie und lächelte. Verdammt, aber ihr Lächeln ließ ihn vergessen, dass er ein hart gesottener und hässlicher Drachenmann war und überhaupt keine Ahnung hatte, was das Wort Co-Pilot bedeutete. Er grinste dämlich und setzte sich auf den ihm angewiesenen Platz. Sie drückte ein paar der bunten Knöpfe, legte einen Hebel herum, und dann lächelte sie ihn an, als die Motoren sich plötzlich mit einem ohrenbetäubenden Wummern und Dröhnen in Gang setzten und auch nicht wieder erstarben.

»Es läuft«, rief sie über das unerträglich laute Donnern hinweg. Der Lärm war beängstigend, aber Gilbesh war tief beeindruckt, dass Wilma es wirklich geschafft hatte, dieses Riesenmonstrum wiederzubeleben. Er konnte nicht anders, er sprang aus dem Sitz und wollte sie eigentlich vor lauter Freude in seine Arme reißen, ihr zurufen, wie toll sie war. Er wollte sie im Kreis herumwirbeln, nachdem er ihr einen nassen Schmatz auf den Mund gedrückt hatte, aber im letzten Moment besann er sich eines Besseren und brachte seinen Überschwang wieder unter Kontrolle. Wer war er schon, dass er so ein wundervolles Wesen berühren durfte? Anstatt sie zu umarmen, klatschte er in die Hände und rief:

»Du bist ziemlich gut, Affenfrau!« Ziemlich gut? Sie war der Wahnsinn. Ein Wunder. Ein wunderschöner Verstand. Ein wunderbares Wesen.

»Du auch, Drachenmann«, sagte sie und dann rief sie über die Schulter nach hinten: »Alle hinsetzen. Festhalten.« Kaum hatte Gilbesh wieder auf dem Sessel Platz genommen, drückte sie einen Hebel nach vorn, und dann rollte das fliegende Walmonstrum mit lautem Motorengetöse los und langsam die Rampe hinauf, die sie aufgeschüttet hatten. Es rollte auf eine lange Bahn, auf der es nur schwarze Asche und ein paar hartnäckige Flechten gab. Gilbesh sah durch die durchsichtige Wand, die Wilma Fenster nannte, wie allerlei größere und kleinere Tiere in Panik aus dem Gestrüpp rannten und die Flucht ergriffen, während das Flugzeug alles platt walzte, was an Gestrüpp noch im Weg war. Aus dem Frachtraum von hinten kamen ängstliche Ausrufe, laut hinausgebrüllte Gebete, Flüche und Beschwörungen. Die Leute hatten Angst. Auch Gilbesh hatte Angst, eine verdammte Scheißangst hatte er, aber er ließ es sich nicht anmerken. Sie sollte ihn nicht für einen Weichling halten. Stattdessen klammerte er sich an den Armlehnen des Sitzes fest, so fest, dass sie sich fast unter seinem Griff verbogen. Und er lächelte gelassen – oder versuchte es zumindest. Vielleicht wirkte er mit seinem Lächeln auch wie jemand, der Kakerlaken verschluckt hatte. Aber Wilma lächelte zurück und drückte den Hebel bis zum Anschlag nach vorn. Das Walmonster wurde immer schneller und lauter. Es röhrte so unerträglich laut, dass Gilbesh das Gefühl hatte, sein Gehirn würde gleich zerplatzen, doch auf einmal hob sich das Flugzeug vom Boden ab und raste donnernd wie zehntausend Drachen über der Erde dahin.

»Es steigt!«, schrie er atemlos. »Es steigt immer höher!« Gilbesh sah die Welt unter sich kleiner werden und die Wolken näher rücken und sein Herz sprang ihm fast aus der Brust. Er konnte fliegen.

»Geschwindigkeit, Auftrieb und Anstellwinkel der Tragflächen!«, schrie Wilma über das Donnern hinweg und war kein bisschen erstaunt über das Wunder, das da gerade geschah. Der Riesen-Flug-Wal raste hinauf zu den Wolken. Selbst ein Kalong erschien dagegen wie eine kleine Fliege.

Das ängstliche Geschrei aus dem Frachtraum verstummte und für ein paar Sekunden herrschte fassungslose Stille, doch dann brach der Jubel aus! Die Izeh-Söldner trällerten ihr schrilles »Yihee! Yihee!«. Die Drachengeborenen hingegen klatschten rhythmisch in die Hände und sangen ein Lied, das Gilbesh noch nie gehört hatte, aber dennoch als das Lied der

Drachen wiedererkannte. Ihr Kampflied: »Wir kommen mit Feuer und Donner.«

All die Drachengeborenen empfanden in diesem Moment das gleiche berauschende Gefühl von Heldenmut und unbändigem Drachenstolz. Sie waren Teil von etwas Großem, etwas, das ihr Verstand nicht fassen konnte. Die Drachengeborenen hatten wieder einen Lord, sie zogen für ihn in den Krieg. Sie verlangten Gerechtigkeit. Ihr Dasein hatte endlich einen Sinn. Sie würden den Drachenlord retten oder untergehen. Unwillkürlich stimmte Gilbesh in das Drachenlied ein, auch wenn er nicht besser singen konnte als ein Kamel, aber das Lied ergriff Besitz von ihm.

»Wir kommen mit Feuer und Donner. Die Kinder von Tannin. Wir folgen deinem Ruf, großer Lord. Wir folgen dir in den Krieg. Wir kommen mit Feuer und Donner.« Konnte man auf Drachenschuppen eigentlich eine Gänsehaut bekommen? Gilbesh hatte keine Ahnung, aber es rieselte kalt seinen Rücken hinab, während er sang.

»Gilbesh«, sagte Wilma und legte ihre Hand auf seine.

»W-was?« Er verstummte schlagartig, denn ihre Berührung jagte ihm einen noch größeren Schauder den Rücken hinunter, genau zwischen die Eier – o heiliger Drachenschwanz. Er war jetzt leider hart. Wilma schien es zum Glück nicht zu bemerken, denn sie lächelte gleichmütig und erhob sich von ihrem Pilotensitz, während das dröhnende Flugmonster den Himmel hoch über den Wolken durchpflügte. Sie trat zu ihm an den Stuhl und sah ihn mit ihren dunklen, warmen Augen an. »Nach der Landung haben wir keine Zeit mehr dafür.«

»Wofür?«, krächzte er aufgeregt. Er wusste gerade nicht genau, was ihm mehr Angst einjagte: dass dieses Riesenflugzeug aus dem Himmel fallen könnte, wenn es führerlos war, oder dass sie sich zu ihm hinabbeugte und sein Gesicht in ihre Hände nahm.

»Dafür«, sagte sie und küsste ihn.

Tala:

Die Koordinaten von Adlara platzten plötzlich in Talas Kopf hinein – wie ein ungebetener Gast, der ins Zimmer stürmte, ohne anzuklopfen. Rums! Tür auf! Da waren sie: genaue Lage, Längen- und Breitengrade, Zahlen und Buchstaben und Bilder, und schlagartig wusste sie, wo Adlara war. Die schöne, aber ausgesprochen bösartige Pukia musste dort angekommen sein.

Tala zog gerade mithilfe von Liss ihre Rüstung an.

Sie machten sich zum Aufbruch in ein neues Versteck bereit, denn die Mutanten von König Tyrannos, die seit über zwei Wochen die Stadt durchkämmten und nach Tala und Askender suchten, hatten den Kreis um ihr Versteck inzwischen immer enger gezogen, und es war nur noch eine Frage von Stunden, bis man sie finden würde. Liss, die junge Drachenkriegerin mit der Narbe im Gesicht, hatte Tala in den vergangenen Tagen beigebracht, wie man ein Schwert hielt und wie man Schwerthieben auswich. Man konnte das nicht unbedingt als Kampfübung bezeichnen, aber Tala hatte sich dadurch zumindest ein paar Grundfertigkeiten angeeignet, um nicht gleich beim ersten Hieb das Schwert zu verlieren. Jetzt zeigte ihr Liss, wie man die Armschienen anlegte und den Brustpanzer schnürte.

Die Drachengeborenen hatten eigens für Tala eine Rüstung angefertigt, und die schmiegte sich perfekt an ihre Körperformen an wie eine Art Korsett aus goldglänzender Bronze und Leder, das mit kleinen Metallplatten verstärkt war. Die Memori in Talas Kopf erlaubten sich den Hinweis, dass das Ding nicht den geringsten Schutz vor der Wut von Tyrannos bieten würde, aber es würde immerhin gut aussehen.

Liss strich noch ein letztes Mal durch Tala langes wildes Lockenhaar, bevor sie ihr einen Stirnreif aufsetzte, dann seufzte sie. »Du siehst so schön aus.«

»Dein Haar ist so wunderschön und deine Augen. Du bist eine echte Drachenkönigin«, rief Askender mit vollem Mund und schwenkte eine gebratene Keule durch die Luft, an der er gerade nagte. Er hatte stets Hunger und mampfte immer irgendwelche Tiere, die seine Getreuen ihm brachten. Nebenher hatte er mit großen Augen dabei zugeschaut, wie Tala von Liss ausgerüstet wurde.

»Ich bin keine Drachenkönigin«, antwortete Tala und senkte den Blick. Früher, als sie noch die verhätschelte Prinzessin von Lyria gewesen war, hatten ihr solche Schmeicheleien gefallen, obwohl sie schon damals geahnt hatte, dass die meisten davon nicht ehrlich gemeint waren. Askender und Liss hingegen sahen sie mit leuchtenden Augen an und hatten es wirklich ernst gemeint. Alle Drachengeborenen verehrten Tala. Aber anstatt sich geschmeichelt zu fühlen, war sie beschämt, denn sie hatte diese Verehrung durch nichts verdient außer dadurch, dass Askender sie seine Gefährtin nannte.

»Ich kann nicht mal ein Schwert richtig halten und bin zu nichts nutze. Schön auszusehen reicht nicht, wenn wir von hier entkommen wollen«, sagte sie, wobei die Sache mit dem Entkommen ein echtes Problem darstellte, denn die Mutanten-Patrouillen durchkämmten jeden noch so verborgenen Winkel der Stadt, und das Risiko, von ihnen erwischt zu werden, wuchs von Tag zu Tag. Leider hatte Tala bis zu diesem Augenblick nicht gewusst, wohin sie fliehen sollten, falls ihnen überhaupt eine Flucht gelänge und falls sie es lebend bis zum Gateway schaffen würden. Und gerade jetzt, wo sie sagen wollte, wie leid es ihr tat, dass sie immer noch nicht wusste, wo Adlara lag, platzten die Koordinaten in ihr Bewusstsein, und es kam ein erschrockener Aufschrei aus ihr heraus.

»Was ist? Du siehst aus, als hättest du einen Geist gesehen«, fragte Liss.

»Ich weiß, wo Adlara ist! Ich habe soeben die Koordinaten erhalten«, rief sie.

»Adlara? Endlich!« Askender ließ seine Keule fallen und sprang auf die Beine.

»Das passt perfekt«, sagte Dennis der Anführer der Drachenrebellen, und weil er sowieso schon zum Aufbruch gerüstet war, nahm er nur noch sein Schwert und schob es in die Halterung auf seinem Rücken. »Wir gehen auf direktem Weg zum Gateway. Alles läuft so ab, wie wir es besprochen haben.« Die anderen sprangen auf die Beine, griffen nach ihren Waffen und sammelten sich um Askender.

»Tyrannos hat die Bewacher des Gateways inzwischen verdoppelt. Tagsüber wachen menschliche Soldaten und nachts Echsenmenschen am Terminal. Die Hyänenmenschen hat er den Suchtrupps zugeteilt, weil sie bessere Sinne haben«, erklärte Simon der Kahlköpfige, der Tag um Tag als Kundschafter durch die Straßen geschlichen war.

»Echsenmenschen? O Schafsarsch! Hilfe!«, keuchte Tala. Sie war den Echsenmenschen bei der Durchquerung des Kadingyr-Tunnels begegnet und das Entsetzen von damals steckte immer noch in ihren Knochen. Die Echsenmenschen konnten zwar nur bei Nacht kämpfen, aber dafür waren sie blutrünstig und irrsinnig, und außerdem fraßen sie ihre Opfer auf, gerne auch bei lebendigem Leib.

»Wir müssen uns beeilen. Die nächste Wachablösung findet in knapp vierzig Minuten statt. Dann übernehmen die Echsenmenschen die Nachtwache«, rief Dennis und sah alle zwanzig Drachengeborenen der Reihe nach an. Jeder nickte zur Antwort.

»Sein Plan ist scheiße und wir werden alle dabei draufgehen. Zumal uns die Mutanten dicht auf den Fersen sein werden«, maulte die alte Linaria in Talas Kopf, aber die maulte immer und Tala ignorierte sie. Sie hatte zwar furchtbare Angst vor diesen Echsenmutanten und würde lieber nackt durch Lyria laufen, als denen noch einmal zu begegnen, aber sie hatte keine andere Wahl, also musste sie es einfach tun. Sie hatte sich selbst geschworen, nie wieder zu jammern – zumindest nicht, wenn Askender dabei war.

»Das heißt, wir müssen verdammt schnell rennen, damit wir rechtzeitig vor der Wachablösung dort sind?«, fragte Tala. Aber eigentlich war es keine Frage. Sie wusste, dass sie rennen mussten. Sie hatten das Vorgehen für den Zeitpunkt X in den vergangenen Tagen mehr als einmal akribisch durchgesprochen. Bis zum Gateway brauchte man, wenn man sich vorsichtig schleichend voran bewegte und geheime Umwege nahm, um die Patrouillen zu umgehen, beinahe eine Stunde. Wenn man auf direktem Weg dorthin rannte und sich den Weg nicht freikämpfen musste, vielleicht eine halbe.

Dennis schenkte ihr ein trauriges Lächeln. »Wir müssen schneller rennen als eine Herde Gnus, und wir werden unterwegs auf Patrouillen stoßen und uns den Weg freikämpfen müssen. Am Gateway läuft es wie besprochen. Die Gefolgschaft des Drachenlords wird die Wächter angreifen und ablenken und wir drei …« Er zeigte auf Askender, Tala und sich selbst, »wir aktivieren das Terminal. Schaffst du das, meine Lady?«

»Natürlich. Ich schaffe das. Das haben wir so besprochen.« Sie hatten nicht besprochen, dass sie über die ganze Entfernung würden rennen müssen, aber Pläne hatten die Eigenart, dass sie nie funktionierten und dass man immer Ersatzpläne brauchte. Sie würden rennen und kämpfen. Talas Herz sank in die Hose, denn sie bezweifelte, dass sie angetan mit einer Rüstung und einem Schwert, länger als zehn Minuten rennen konnte, ohne zusammenzubrechen, aber sie musste sich zusammenreißen. Kein Jammern.

»Hab keine Angst«, rief Askender, als wüsste er, was sie gedacht hatte. »Ich beschütze dich.«

Sie lächelte ihn dankbar an, auch wenn sie nicht annähernd so viel Zuversicht empfand wie er. Andererseits, als ihr Blick jetzt auf ihn fiel … heiliger Schafsschwanz! Seine Getreuen hatten ihm soeben in Blitzgeschwindigkeit eine Rüstung angezogen: ein Brustpanzer aus goldglänzendem Metall, Armschienen, Schulterplatten und ein Helm mit Wangen- und Nasenpartien aus Gold und einem Drachenkopf auf der Helmspitze. Dazu ein langes Schwert, das auf seinen Rücken gegürtet war.

»Oh, du siehst, richtig, richtig gefährlich aus und toll und königlich«, rief Tala.

»Findest du?« Askender grinste wie ein dämliches Kälbchen und blickte an sich hinunter.

»Ja, total.« Tala grinste dämlich zurück.

»Verzeih, mein Lord, aber jetzt ist keine Zeit für Romantik«, rief Dennis und gestikulierte aufgeregt in Richtung Tür. »Wir müssen uns beeilen. Alle fertig? Dann los! Das große Eine leitet uns.«

Mit diesen Worten rannte er los und die anderen folgten ihm. Die Drachengeborenen nahmen Tala und Askender in ihre Mitte, Dennis und Liss rannten voraus. Der riesige Fritz, der kahlköpfige Simon und die alte Frau bildeten die Nachhut und sieben weitere Krieger flankierten jeweils ihre Seiten. Sie alle hatten geschworen, für Askender zu sterben und dafür zu sorgen, dass er und Tala wohlbehalten nach Adlara gelangen konnten.

Tala rannte keuchend neben Askender her und versuchte mit den anderen Schritt zu halten und nicht daran zu denken, wie schwer die Rüstung sich anfühlte, wie ihre Lungen brannten, wie weich ihre Beine waren oder ob das Heulen und Trampeln, das in ihren Ohren gellte, von Hyänenmenschen stammte, die sie verfolgten, oder von ihnen selbst und dem Wind, der durch die Hochhausgerippe pfiff. Sie blickte nicht nach hinten und auch nicht nach vorn, aus lauter Angst, sie würde dort schreckliche Mutanten entdecken, die ihre Flucht mit einem Blutbad beenden würden.

Aber zu ihrem Erstaunen stellte sich ihnen niemand in den Weg. Es gab keinen Kampf und kein Blutbad. Sie kamen ungehindert voran, und es erschien Tala fast so, als würden die Suchtrupps gerade Pause machen oder als ob Tyrannos die Suche nach Askender und Tala plötzlich eingestellt und all seine Patrouillen wieder zurückgerufen hätte.

»Da stimmt was nicht«, sagte Linaria und sie hatte recht.

»Niemand verfolgt uns oder hält uns auf. Rennen wir in eine Falle?«, rief Tala hechelnd. Sie hielten ein paar Sekunden lang an, weil sie eine Straßenflucht überqueren mussten und Dennis sich umschaute, ob die Luft auch wirklich rein war und niemand ihnen auflauerte.

»Falle?«, rief Dennis, der ebenfalls keuchend nach Luft schnappte. Er schaute Tala verwundert an, als ob das die dümmste Frage aller Zeiten wäre. »Nein, mach dir keine Sorgen. Das große eine Drachenbewusstsein lenkt uns.« Dann machte er ein Handzeichen und rannte weiter, überquerte ungehindert die Straße und führte sie in eine schmale Gasse hinein und durch das leere Erdgeschoss eines Hochhauses hindurch.

Sie rannten weiter, verlassene Straßenfluchten entlang, durch dunkle, unterirdische Passagen und Treppen hinauf, und beinahe wünschte sich Tala, sie würden irgendwo auf Widerstand oder ein Hindernis stoßen, nur damit sie wenigstens ein paar Augenblicke verschnaufen konnten, aber gerade als sie dachte, ihre Lungen würden jetzt durchbrennen und die Beine unter ihr nachgeben, hob Dennis wieder die Hand und brachte sie alle zum Anhalten.

»Da unten ist es«, wisperte er und zeigte auf einen großen, rabenschwarzen See, der sich unter ihnen erstreckte. Sie standen in den Ruinen eines Wolkenkratzers, im dritten Stockwerk, und der dunkle See, auf den sie hinabblickten, war genau jener Pfuhl, in den der Kalong sie und Askender hineingeworfen hatte. Der See war das Gateway. Jetzt entdeckte Tala auch das, was Dennis mit dem Terminal gemeint hatte. Unten am befestigten Ufer des Sees stand ein großes Schaltpult und zwei bewaffnete Männer waren daneben postiert. Tala hatte sich bei dem Gateway eine schmale Tür in einem höhlenartigen Raum vorgestellt – wie in Burgen, als die Kohini sie gerettet hatte und sie auf den Pass in die Zukunft gesprungen waren. Aber das hier war ein riesiges Gateway, da passten nicht nur ein paar Personen hindurch, sondern auch große Maschinen und Geräte, Waffen, Fahrzeuge, vielleicht sogar kleine Raumschiffe.

»Das große Eine ist mit uns«, flüsterte der riesige Fritz, aber Dennis schüttelte den Kopf.

»Es sind nur zwei menschliche Wachen dort stationiert, und sie tragen nicht mal eine Rüstung. Das ist seltsam, gestern waren es noch zehn pro Schicht.«

»Ich fress einen Besen, wenn das keine Falle ist«, meckerte Linaria erneut in Talas Kopf. *»Man will euch aus der Deckung locken. Der Haèl ist doch kein Dummkopf.«*

»F-Falle?«, fragte Tala keuchend. Sie japste nach Luft und konnte sich kaum noch auf den Beinen halten. Ihre Lungen brannten, als hätte sie

Feuer geschluckt. Ihre Rüstung scheuerte überall, selbst da, wo sie nicht mit ihrer Haut in Berührung kam. Ihre Beine schlotterten und jeder einzelne, noch so unbedeutende Muskel tat ihr weh. Sie hätte sich am liebsten einfach fallen lassen. Aber da trat Askender zu ihr. Er legte seinen Arm um sie und sogleich fühlte sie sich besser.

»Nein, mein Osbolli-Stern, das kann keine Falle sein«, flüsterte er ihr zu. »Die Entenstimmen sagen, dass alles gut werden wird. Wir werden es schaffen.«

»Das große Eine sagt das auch zu mir«, flüsterte Fritz und die anderen nickten zustimmend.

»Gut. Dann gibt es kein Zögern«, befahl Dennis. »Ihr greift an und wir drei laufen indessen zum Terminal. Es dürfte nicht schwer sein, die beiden Wachen auszuschalten. Schützt den Lord und die Lady. Wir kommen mit Feuer und Donner.«

»Kein Zögern! Kein Zurück!«, murmelten die anderen. »Wir kommen mit Feuer und Donner.«

»Kein Zurück!«, sagte Askender und griff nach Talas Hand. Seine Kraft und Wärme tat ihr gut, und sie holte ein letztes Mal keuchend Luft, bevor auch sie nickte und mit »Auf nach Adlara!« antwortete.

Die Drachengeborenen rannten mit wildem Geschrei gegen die beiden Wächter an, und es dauerte nur einen Augenblick, dann waren sie überwältigt und lagen tot am Boden. Es ging alles so schnell, dass Tala noch nicht einmal Zeit hatte, in Panik zu geraten. Dennis lief bereits zum Terminal und gab hektisch die Codes ein, um das Gateway zu aktivieren, während die anderen sich im Kreis um ihren Lord und das Terminal aufstellten, ihre Gesichter der Umgebung zugewandt. Schon tanzte ein blaues Licht über dem Schaltpult und Dennis grinste Tala triumphierend an. Er machte eine einladende Geste, sie solle näher treten.

»Du musst jetzt nur noch die Koordinaten von Adlara eingeben.«

Tala trat mit wackligen Schritten an das Terminal. Sie konnte die Ziffern und Buchstaben, die in blauem Licht über der glatten, schwarzen Oberfläche schwebten, sogar lesen, denn die Gnostika hatte diese Zeichen seit Urzeiten gespeichert. Die Koordinaten von Adlara umfassten viele Zahlen und Zeichen, aber das Terminal war so gemacht, dass Tala sie nur leicht zu berühren brauchte und sie leuchteten hell auf. In wenigen Augenblicken wären sie schon in Adlara. Endlich. Die Aktion war so reibungslos verlaufen, dass es Tala immer noch unheimlich vorkam. Aber andererseits: Warum sollte in ihrem Leben immer alles schiefgehen? Vielleicht hatte sie auch einfach mal Glück.

Gerade als sie die ersten beiden Zeichen berührt hatte, schnappte Tyrannos' Falle zu, und auf einmal brach die Hölle über sie herein.

Mindestens fünfzig Hyänenmenschen rannten bellend und geifernd auf den Platz. Vielleicht waren es auch mehr, Tala hatte nicht die Zeit zu zählen, denn ihnen folgten direkt auf dem Fuß eine ganze Truppe von

Menschensoldaten. Die feuerten sofort los und überzogen die Drachengeborenen mit einem Kugelhagel. Tausende von Geschossen zischten aus Schnellfeuerpistolen durch die Luft und bohrten sich in die Leiber der Drachengeborenen. Offenbar hatte Tyrannos seine Soldaten mit überlegenen Götterwaffen ausgestattet, Waffen, gegen die ihre bronzenen Brustpanzer und Schwerter überhaupt nichts ausrichten konnten.

Das Geratter und Geschrei war ohrenbetäubend, das plötzliche Chaos fühlte sich an wie eine Naturkatastrophe, laut und gnadenlos und tödlich. Sie konnten nicht ausweichen und nicht fliehen. Tala schrie und ging hinter dem Schaltpult in Deckung. Die Kugeln pfiffen links und rechts des Terminals vorbei, schlugen in die Leiber der Drachengeborenen und mähten sie einfach um. Sie hielt sich die Ohren zu und rief nach Askender. Alles war umsonst gewesen. Sie würden in den nächsten paar Minuten alle sterben.

Es war eine Falle gewesen. Warum hatten die Entenstimmen behauptet, dass alles gut werde und sie es schaffen würden? Die Enten hatten sich noch nie geirrt.

»Askender?«, schrie Tala. Wo war er? War er getroffen? Bei all dem Geschrei und den herumliegenden Leibern konnte sie nicht sagen, wer überhaupt noch lebte. Das Bellen und Knurren der Hyänenmenschen war begleitet von Schmerzensschreien. Sie wusste nicht, zu wem die Schreie gehörten, zu den Drachengeborenen oder zu den Hyänen und menschlichen Soldaten – vielleicht auch zu Askender?

Ohne Askender würde sie nicht überleben können. Sie brauchte ihn. Was sollte sie nur tun?

»Nicht jammern! Handeln«, sagte eine Stimme in ihr, die nicht zu den anderen Memori, sondern ihr selbst gehörte. Sie rappelte sich wieder auf. Sie durfte jetzt keine Angst haben. Sie musste sie alle retten. Das Tor war aktiv, sie musste nur noch ein paar Zahlen und Zeichen eingeben, dann konnten sie alle über das Gateway nach Adlara fliehen. Ihr Blick war von Tränen verschleiert, als sie sich wieder über das Terminal beugte. Wütend wischte sie sie weg. *»Keine Schwäche jetzt! Weitermachen!«* Sie durfte sich nicht umsehen oder sich Gedanken machen, was mit den anderen geschah, wer noch lebte, ob Askender verwundet war. Ihre verdammte Aufgabe war es, die Koordinaten von Adlara einzugeben, aus diesem Grund waren alle hier und kämpften.

Ihre zitternden Finger berührten die Zeichen so schnell wie möglich. Etwas flog in ihre Richtung. Ein Speer oder ein Pfeil, sie blickte nicht auf. Nur unter den Wimpern erkannte sie, dass sich einer der Drachengeborenen dem Geschoss in den Weg stellte und es für sie abfing. Jetzt bauten sich die letzten paar überlebenden Drachengeborenen vor dem Terminal auf, um Tala zu schützen, Liss und Simon, Fritz und die alte Frau.

»Stell dich hinter mich, mein Lord!«, brüllte der Riese Fritz. Askender war auf dem Boden und blutete am Arm, aber er hielt sein Schwert noch in der Hand und rappelte sich wieder auf die Beine. Allerdings verbarg er sich nicht hinter dem Rücken von Fritz, sondern rannte mit gezücktem Schwert gegen den Hyänenmann an, der gerade einen Stein nach Tala schleudern wollte – so groß wie sein Kopf.

»Hinter mich, mein Lord!«, röhrte Fritz und wurde gleichzeitig von einer Kugelsalve getroffen, die seinen Brustkorb durchlöcherte. O liebe Güte! Er zuckte bei jedem Schuss zusammen, aber er wankte nicht, sondern stand aufrecht wie ein lebendiger Schutzschild. Zumindest für ein paar Momente, die paar Momente, die Tala brauchte, um die letzten Zahlen einzugeben.

»Ich hab's!«, schrie sie und berührte das Zeichen für *Start*. Ein dunkles Surren, das vom See her kam, bestätigte ihr, dass das Gateway nach Adlara offen war. »Kommt alle mit. Alle mitkommen! Wir springen in den See!«

Aber der Ansturm der Mutanten wurde nun umso brutaler. Aus dem Halbschatten der Ruinen stürmten jetzt auch noch Echsenwesen hervor. Die Sonne war vor wenigen Minuten hinter den Hochhäusern versunken und Mykan lag in einem rötlichen Halbdunkel.

Tala hatte nicht einmal die Zeit, sich herumzudrehen und zum See zu laufen. Etwas traf sie am Arm und tat höllisch weh. Entsetzt sah sie an sich hinunter und entdeckte ein Einschussloch. Die Pistolenkugel hatte den Armpanzer einfach durchschlagen und sich in das Fleisch ihres Oberarms gebohrt. Der Anblick und der Schock gaben ihr seltsamerweise wieder Mut und sie lief los in Richtung des Sees. »Folgt mir! Askender! Komm!«, rief sie den anderen zu, aber die Einzigen, die ihr folgten, waren die Echsenmutanten. Einer von ihnen, der größte, holte sie kurz vor dem Rand des Sees ein, packte sie am Fuß und brachte sie damit zu Fall. Sie fiel der Länge nach hin und konnte sich gerade noch abstützen, sonst wäre sie mit der Nase auf das harte Pflaster geknallt. Sie schrie und strampelte und schlug um sich. Sie bekam ihr Schwert nicht zu fassen, denn der Echsenmutant beugte sich über sie und hätte ihr vielleicht den Kopf abgebissen, wenn nicht einer der menschlichen Soldaten ihn angebrüllt hätte: »Der König will sie lebend. Den Jungen töten und zerhacken. Das Mädchen lebendig.«

Der Echsenmutant röhrte wütend, verschonte sie aber – oder zumindest biss er ihr nicht die Kehle durch. Er hob sie hoch, warf sie sich über die Schulter und rannte mit ihr über den Platz davon.

»Askender! Rette mich!« Eigentlich hätte sie den anderen Drachengeborenen zurufen sollen: »Rettet euch. Springt in den See!«, aber sie hatte solche Angst. Sie war so ein Feigling und konnte nicht anders. »Askender! Rette mich! Rette mich!«

Da entdeckte sie, dass Askender selbst auf dem Boden lag, direkt neben dem Terminal, und nicht nur von einem, sondern gleich von sechs Echsenmutanten überfallen wurde. Sie stachen mit langen Messern auf ihn ein. Und der Anblick war einfach zu viel. Tala schrie so laut und schrill, dass man sie vermutlich bis nach Adlara hören konnte. Die Hyänen konnten diese Lautstärke offenbar nicht gut ertragen, und einige von ihnen hielten sich die Ohren zu, anstatt zu kämpfen, andere wurden nur noch rasender.

Und dann … zuerst konnte Tala ihren eigenen Schrei nicht von dem gellenden Sirenenton unterscheiden, der plötzlich über die ganze Stadt schrillte. Aber die Sirene wurde immer lauter, und das an und ab schwellende Heulen kam definitiv nicht von Tala. Das musste irgendetwas anderes Schreckliches sein, das Tyrannos gegen sie losgelassen hatte.

»Ein Alarm. Das Hauptquartier wird angegriffen!«, brüllte einer der Menschensoldaten.

»Angriff auf König!«, bellte der Anführer der Hyänenmutanten, der im Gegensatz zu den Echsen immerhin sprechen konnte.

Gedankt sei's den Schafsärschen, aber was immer das gerade war, es führte dazu, dass die Angreifer vor lauter Schreck innehielten und mit weit aufgerissenen Augen auf die Sirenen horchten. Askender kroch schnell unter seinem Angreifer hervor und der Echsenmutant, der mit Tala über der Schulter davonrennen wollte, blieb stehen und schaute sich um. Dann hörten sie das Donnern über ihren Köpfen und blickten zum Himmel hinauf. Der Echsenmann ließ Tala vor lauter Entsetzen sogar von seiner Schulter gleiten, denn dort oben direkt über den Hochhäusern flog mit ohrenbetäubendem Lärm ein riesiges Militärflugzeug der alten Allianz dahin. Es war während der großen Kriege ein Truppentransporter gewesen. Das ließ die Gnostika sie wissen. Aber ansonsten hatte auch die allwissende Schlange nicht die geringste Ahnung, wo das graue Monstrum herkam und wie es möglich war, dass es noch flog, und wer imstande war, es zu steuern.

Askender rappelte sich eilig auf die Beine. Falls die Echsenmutanten ihn mit ihren scharfen Klauen und Schwertern verletzt hatten, waren seine Wunden nicht schlimm, seine Stimme klang jedenfalls nicht wie die eines Schwerverletzten.

»Gilbesh ist da! Und andere Drachengeborene! Rettung!«, brüllte er. Vermutlich sagten ihm das die Entenstimmen, denn die anderen Drachengeborenen, diejenigen, die noch lebten, riefen ebenfalls etwas in der Art, und es klang beinahe wie ein Schlachtruf:

»Wir holen uns Mykan zurück. Für den Drachenlord! Mit Feuer und Donner!«

»Gilbesh greift den König an! Die Falle des Königs wird zu seiner eigenen Falle«, jubelte Askender, aber seine Stimme klang kaum noch nach der eines Knaben – es war die Stimme eines Giganten. Dann gab er einen Schrei von sich, der das Heulen der Sirenen und Donnern des Flugzeugs übertönte. Askenders Schrei war das Röhren eines Drachen. Ohne dass sie die Entenstimmen hören konnte, wusste Tala, was das bedeutete. Er rief alle Drachengeborenen der Welt in den Krieg. »Nieder mit den Göttern.«

Tala blinzelte und schluchzte. Halb war sie entsetzt, halb überwältigt.

Askender hatte sich verwandelt. In einem Moment war er noch der dünne Junge mit der bronzenen Rüstung, und im nächsten war er ein Monsterdrache mit goldenen Schuppen und dabei mindestens doppelt so groß wie bei seiner letzten Verwandlung.

Und dann entfesselte er sein Feuer und brannte seine Feinde einfach mit einem einzigen Atemhauch hinweg. Sie hatten nicht einmal Zeit zu schreien. Sein Feuer war so stark und heiß, dass nichts von ihnen übrig blieb, nur Aschehäufchen. Gleichzeitig brach jenseits der Hochhausruinen, dort, wo die Burg von Tyrannos lag, ein unbeschreibliches Getöse los. Man hörte das Donnern von Explosionen, weitere Sirenen setzten ein, Kriegsgeschrei von Abertausenden schien über die ganze Stadt zu schallen. Tala wusste es, als würde sie selbst die Entenstimmen hören. Es tauchten mehr und mehr Drachengeborene auf, ihr Hass auf Tyrannos wurzelte tief, bis in das Jahrtausend, in dem er Tannin und seine Kinder gejagt hatte. Jetzt war die Zeit der Vergeltung angebrochen.

Der Echsenmutant, der eben noch starr vor Schreck zum Himmel hinaufgegafft hatte, kam wieder zur Besinnung, und gerade als Tala aufstehen und davonlaufen wollte, packte er sie am Haar und riss sie zurück. Vielleicht wollte er sie beißen, vielleicht auch wieder über seine Schulter werfen. Er kam nicht dazu, denn auf einmal war Askender da, direkt hinter ihm und biss ihm mit einem einzigen Happen den Kopf ab. Dann stellte er sich auf seine Hinterbeine und umfing Talas Körper mit seinen riesigen Drachenpranken und röhrte triumphierend, wie um ihr zu sagen, dass sie sicher war, dass er sie beschützen würde und dass sie sich vor nichts zu fürchten brauchte, aber Tala wand sich hektisch aus seiner Umarmung heraus.

»Wir müssen zum Gateway! Zum See! Askender! Komm! Nach Adlara«, rief sie ihm zu und wusste nicht, wo sie ihn anfassen oder ziehen sollte, damit er mit ihr kam. Doch in ihrem Herzen wusste sie längst, dass er nicht mehr an Flucht oder an Adlara dachte, jetzt, wo Gilbesh aufgetaucht war und noch mehr Drachen mitgebracht hatte, jetzt wollte er mit den anderen Drachengeborenen zusammen kämpfen. Er wollte gegen Tyrannos antreten und ihn mit seinem Feuer vernichten. Askender war der Einzige, der Feuer speien konnte, das hatte Tyrannos gesagt, der Einzige, der Tyrannos tatsächlich schaden und ihn vielleicht sogar besiegen konnte.

Er konnte jetzt nicht weglaufen. Er wäre nicht wahrhaftig, nicht der Drachenlord, wenn er einfach durch ein Gateway fliehen würde.

O verdammt! Verdammt!

»Askender! Wir haben keine Zeit. Komm. Bitte! Bevor sie wieder angreifen.« Sie griff nun doch nach seiner riesigen Vorderpranke und zog daran. Sein Feuer hatte zwar viele ihrer Feinde verbrannt und einige waren kreischend vor Angst davongelaufen, aber einige waren außerhalb der Reichweite seines Feuers gewesen. Sie hatten immer noch Maschinenpistolen, Schwerter und Speere. Und im Schatten der Ruinen hielten sich noch Echsenmutanten versteckt, lauernd, geifernd, hungrig. Wie viele es waren, konnte Tala nicht einmal raten, sie sah nur ihre gelben Augen. Die Gefahr war jedenfalls noch nicht vorbei, und Tala hatte keine Ahnung, wie lange das Gateway offen blieb, nachdem sie die Koordinaten eingegeben hatte.

»Lauf zu dem verdammten Gateway!«, befahl Linaria mit solchem Nachdruck, dass ein heißer Stich durch Talas Kopf fuhr. *»Geh ohne den Jungen. Du musst nach Adlara. Los!«*

»Nein!« Sie würden Tyrannos ja vielleicht besiegen können. Dann könnte sie das Gateway nach ihrem Sieg benutzen, sobald Askender die Stadt zurückerobert hatte.

»Es sind zu viele. Du wirst dabei getötet, du dummes Ding!« Nun drängten auch Cleveland und Kate und all die anderen Stimmen in ihrem Kopf. *»Lass die Vernunft siegen! Spring!«*

»Sieh dir die Drachengeborenen an, die dafür gestorben sind, dass du dieses Gateway öffnen kannst. Lass ihren Tod nicht nutzlos sein«, kam es schließlich streng von Linaria und das gab den Ausschlag. Sie hatte recht.

»Askender! Ich muss nach Adlara«, schluchzte Tala. »Leb wohl. Leb wohl. Ich liebe dich.« Mit diesen Worten wandte sie sich um und humpelte zurück zum See. In ihrem Arm steckte eine Kugel und an ihrem Oberschenkel hatte sie einen tiefen Schnitt von einer Echsenklaue, aber das war nichts im Vergleich zu den Schmerzen, die sie in ihrem Herzen verspürte. Ihr Herz brach in dem Moment, als sie ins Wasser sprang und im Nichts der dunklen Oberfläche versank … auf dem Weg nach Adlara.

Allein.

∞

Gilbesh:

Das Flugzeug schlitterte krachend und rumpelnd über die Landebahn dahin, die eigentlich gar keine Landebahn war, sondern eine der vielen Straßenzüge, die sich durch das Labyrinth der Ruinen von Mykan zogen. Es schrammte mit seinen Tragflächen links und rechts an den verfallenen Fassaden entlang und kam schließlich mit einem metallischen Knirschen zu stehen. Eine der Tragflächen war bei der Landung abgebrochen, und das Flugzeug kippte mit einem müden Ächzen zur Seite. Sie waren durchgeschüttelt und hin und her geworfen worden, aber keiner von ihnen war zu Schaden gekommen. Aus dem Frachtraum kamen Jubelschreie … oder vielleicht war es auch Kriegsgeschrei. Jedenfalls war der haarsträubende Flug durch den Himmel wie durch ein Wunder gut gegangen. Dank sei dem Allmächtigen und Wilma!

»Gelandet«, sagte die und lächelte Gilbesh an.

»Ähm … ja.«

Er wusste nicht, was er sagen sollte. Sie hatte ihn geküsst und seither hatte es ihm einfach die Sprache verschlagen. Normalerweise ekelten sich Frauen vor ihm und fürchteten ihn. Er war noch nie in seinem ganzen Leben von irgendjemandem geküsst worden – nicht mal von seiner Mutter. Zärtlichkeit war nur ein leerer Begriff in seinem Leben. Wenn er Sex haben wollte, musste er teuer dafür bezahlen. Aber Wilma hatte ihm den Kuss freiwillig geschenkt – einfach so. Und sein dummes Drachengehirn war beinahe durchgeglüht. Er hatte nicht glauben können, dass ihm das wirklich passierte. Es war zu schön gewesen, um wahr zu sein. Aber der Kuss war definitiv kein Traum gewesen. Er hatte ihre Lippen gespürt und gespürt, wie ihre Zunge die seine gestreichelt hatte. Ihre weichen Hände hatten auf seiner Schuppenhaut gelegen und warme Wellen durch seinen ganzen Körper gesandt. Die Hitze war auch in Regionen vorgedrungen, an die er jetzt lieber nicht denken wollte. Beim Allmächtigen, aber sein Herz und sein Schwanz wären fast geborsten vor lauter Glück.

»Die Festung«, sagte Wilma und zeigte auf das massige Gebäude aus grauem Stein, das direkt vor der Schnauze des Fluggeräts aufragte.

»Ja, das ist … Du bist großartig«, stammelte Gilbesh der Sprachlose und starrte stumpfsinnig auf ihre Lippen.

»Gut. Kämpfen wir.« Wilma erhob sich aus ihrem Pilotensitz und streckte ihm die Hand entgegen. Gilbesh hievte sich ebenfalls aus dem Sitz und nahm ihre Hand. Trotz der unermesslichen Schätze und Kostbarkeiten, die er in seinem langen Leben angesammelt hatte, hatte er das Gefühl, noch nie etwas Kostbareres gehalten zu haben.

»Ja, äh, wir … ähm, kämpfen. Wir zusammen. Wir zwei.«

»Vielleicht sterben wir«, sagte Wilma, so ruhig und unbeteiligt wie immer, aber Gilbesh schüttelte wild den Kopf und drückte ihre Hand.

»Nein. Nein.« Das große eine Drachenbewusstsein hatte ihm gesagt, dass alles gut werden würde, und er glaubte daran. Er war noch nicht sehr lange Teil des Drachenbewusstseins, aber die Stimmen der Gemeinschaft waren bisher immer zuverlässig gewesen. »Ich … ich …« Er wollte ihr sagen, dass sie sich nicht zu fürchten brauchte, selbst wenn es Kämpfe und Blutvergießen gäbe, er würde sie mit seinem Leben beschützen. Aber wie lächerlich das für sie klingen musste. Er konnte doch nichts, nur Waren gewinnbringend verkaufen und Geld scheffeln. Sie hingegen war eine Meisterin des Krieges. Sie hatte ganz bestimmt keinen Schutz durch einen hässlichen, geschuppten Händler nötig. Sie war die beste und tödlichste Kämpferin der Welt.

Sein Herzschlag setzte fast aus, als sie jetzt nahe zu ihm herantrat, so nahe, dass er sogar ihren Körper an seinem fühlen konnte. »Wenn wir überleben, schlafe ich mit dir«, sagte sie in sein Ohr und Gilbesh wäre vor Schreck und Freude und Angst und Glück beinahe tot umgefallen. Sie konnte nicht meinen, was er gehört hatte. Meinte sie wirklich Sex?

»Die Mutanten greifen an! Hunderte! Sie haben das Flugzeug umstellt«, rief jemand aus dem Frachtraum und damit waren Gilbeshs verliebtes Herzklopfen und die weichen Knie wie weggeblasen. Er riss das Schwert aus der Scheide und stürmte aus dem Cockpit, erleichtert, dass er sich jetzt ins Gemetzel stürzen konnte. Das war viel besser, als von einer Liebe zu träumen, die ein abstoßender Kerl wie er gar nicht verdient hatte.

Mit wütendem Gebrüll warf er sich in den Kampf und versuchte, nicht an Wilma zu denken, an ihre Augen, ihre Berührungen und ihr Versprechen … Scheiße, ihr Versprechen! Wenn sie überlebten, wollte sie mit ihm schlafen. Schlafen im Sinne von Sex haben. Ihn berühren, Leidenschaft erleben, ihn in sich haben wollen, freiwillig.

Der Gedanke betäubte und beflügelte ihn gleichzeitig. Er nahm nichts um sich herum wahr. Er drosch einfach auf alles und jeden ein, der sich ihm in den Weg stellte, und zählte nicht, wie viele Echsenmutanten und Hyänenmenschen er dabei ummähte. Dann auf einmal, es konnten nicht mehr als zehn Minuten gewesen sein, war der Kampf vorbei. Sie hatten die Mutanten, die das Burgtor verteidigt hatten, alle besiegt. Fünfzig oder mehr lagen tot um Gilbesh herum und Wilma stürmte bereits mit erhobenem Stock durch das offen stehende Tor in die Burg hinein. Die anderen rannten ihr mit Triumphgeschrei hinterher.

Fast könnte man das für eine Falle halten, weil es so leicht gewesen war und sie auf ihrem Weg in das Innere der Festung auf so wenig Widerstand trafen. Aber das große Eine sagte zu Gilbesh: *»Sei ohne Furcht. Die Drachengeborenen sind erwacht! Tyrannos flieht.«*

Tausende waren es, Menschen, die bisher in Mykan gelebt und dem König als Soldaten oder Sklaven gedient hatten, aber auch solche, die der König nicht hatte knechten können, die sich in den Ruinen ihrer Heimatstadt versteckten und bislang versucht hatten, unbemerkt zu bleiben und hier zu überleben. Sie alle hatten den Ruf ihres Lords gehört, er hatte sie in den Krieg gerufen, und nun wussten sie plötzlich, wer sie waren und was sie zu tun hatten. Viele von ihnen waren dorthin gerannt, von wo der Ruf ihres Lords erschallt war: ins Zentrum der Stadt. Andere, die in Tyrannos' Festung lebten, hatten sich zusammengetan. Sie hatten die Technologie der Festung manipuliert, soweit sie verstanden, wie sie funktionierte. Immerhin hatten sie es geschafft, den Schutzbunker zu verriegeln und den König auszusperren. Und sie hatten sich gegen seine Mutanten erhoben, sodass bei der Ankunft von Gilbesh und seinen Gefolgsleuten kaum noch Feinde vorhanden waren, gegen die sie kämpfen mussten.

Als Gilbesh und seine Leute nun in den inneren Bereich der Festung hineinstürmten, wurden sie von den Jubelrufen der Mykan-Drachengeborenen begrüßt.

»Der König ist geflohen!«, rief einer der Mykan-Drachen ihnen zu. Er war von oben bis unten besudelt mit grünem Echsenblut, aber er grinste von einem Ohr zum anderen.

»Er hat fünfzig Hyänen um sich geschart und rennt. Er versucht das Gateway zu erreichen. Er will über das Gateway aus Mykan fliehen«, sagte eine andere. Sie starrte Gilbesh mit riesigen Augen an und verneigte sich dann tief vor ihm. Viele andere des Begrüßungskomitees machten es ebenso. Offenbar stieß sein hässliches Drachenaussehen niemanden ab, sondern flößte ihnen, im Gegenteil, Respekt ein.

»Wo sind die Kinder?«, wollte Wilma wissen. Sie war ebenfalls mit grünem Echsenblut und rotem Hyänenblut getränkt. Der Kampf am Tor war wohl doch sehr viel blutiger und brutaler gewesen, als Gilbesh es wahrgenommen hatte.

»Sie meint den Drachenlord und seine Lady«, erklärte Gilbesh, weil die Mykan-Drachen sie verständnislos anschauten.

»Der Lord ist beim Gateway. Andere von uns sind bei ihm«, rief die Frau, die Gilbesh so ehrerbietig angestarrt hatte. »Tyrannos rennt auch zum Gateway.«

»Dann zum Gateway! Schnell! Tyrannos ist gefährlich«, befahl Wilma und sie hatte recht. Tyrannos mochte zwar auf der Flucht sein, aber wenn er in die Enge getrieben wurde und keine andere Wahl mehr hatte als zu kämpfen, dann könnte er es mit hundert Kriegern gleichzeitig aufnehmen. Das wusste Gilbesh – nicht aus eigener Erfahrung, sondern vom großen einen Drachenbewusstsein. So viele der Drachengeborenen waren in früheren Jahrtausenden bereits durch die Hand von Tyrannos auf bestialische Weise getötet worden. Seine Jagd nach den Söhnen Tannins grenzte an Wahnsinn und wenn sich Askender und seine Lady beim Gateway aufhielten, dann waren sie in Lebensgefahr.

»Alle zum Gateway!«, rief Gilbesh und meinte seine eigene Gefolgschaft, diejenigen, die mit ihm zusammen im Flugzeug gekommen waren, aber auch die Mykan-Drachen folgten ihm.

Sie trieben Tyrannos bei seiner Flucht zum Gateway regelrecht vor sich her. Niemand kannte die verwinkelten Straßen und Gassen von Mykan besser als die Drachengeborenen, die in dieser Stadt lebten, und Tyrannos hatte keine Gelegenheit, sich irgendwo zu verstecken oder in Deckung zu gehen. Er trug eine schwarze Rüstung und einen gigantischen Helm, der nur seine Hörner aussparte, und er sah aus, als wäre er direkt aus der Hölle heraufgestiegen – ein bisschen wie ein Bar Nashka, nur noch entsetzlicher, noch größer und wütender. Er saß auf einem magischen Gefährt mit vier dicken Rädern. Es brummte und dröhnte wie ein lebendiges Wesen, aber es wurde von Technologie betrieben und sonderte einen Gestank ab, der schlimmer war als verbrannte Kamelscheiße. Seine letzten Getreuen, fünfzig Hyänenmenschen, rannten neben dem Gefährt her, und sie konnten mit seiner Geschwindigkeit nur mithalten, weil er immer wieder auf ein Hindernis stieß, über das er mit dem magischen Vierrad hinwegmanövrieren musste. Dann röhrte das Fahrzeug noch lauter und stank noch mehr, und der Gott fluchte und schrie wütend und beschimpfte alles und jeden. Die Hyänen blieben dann stehen, bauten sich hinter ihm und seinem Fahrzeug auf, zückten Schwerter und Säbel und schossen Pfeile in die Richtung der Verfolger, um ihrem König Zeit zu verschaffen. Wäre er gerannt wie alle anderen, wäre er vermutlich schneller gewesen.

»Ein Quadbike«, sagte Wilma, die neben Gilbesh herlief und noch nicht mal außer Atem war. »Warum fliegt er nicht?«

»Weil der Drachenlord dessen Flügel verbrannt hat und er noch nicht nachgewachsen ist«, antwortete Gilbesh keuchend. Das Drachenbewusstsein lieferte ihm anschauliche Bilder davon, was das Drachenfeuer bei dem Gott angerichtet hatte. »Drachenfeuer ist gefährlich für ihn. Deshalb hasst er die Drachen.«

»Schlecht für ihn«, antwortete Wilma. Dann blieb sie auf einmal stehen, und Gilbesh stolperte fast in sie hinein, aber sie schaute sich in aller Ruhe um, bis sie das entdeckte, wonach sie gesucht hatte. Aus einem halb überwucherten Schutthaufen ragte eine lange Metallstange heraus, die sie mit einem brachialen Urschrei herausriss. Die Stange war länger als Gilbesh und so dick wie ein Kinderarm, aber Wilma hob sie mühelos hoch, wog sie für einen kurzen Moment in ihrer Hand, bis sie ein Gleichgewicht gefunden hatte, dann lehnte sie sich weit zurück und schleuderte die Stange wie einen Speer auf den Gott. Tyrannos raste indessen mit seinem Fahrzeug eine schräge Steinplatte hinauf, um sie als Schanze zu nutzen und wie er es beabsichtigt hatte, hob das Vierrad am Ende der Platte ab und flog im hohen Bogen durch die Luft. Wenn er unten landen würde, hätte er einen riesigen Vorsprung gewonnen, den sie nicht so schnell aufholen konnten. Aber er hatte nicht mit Wilmas Speerwurf gerechnet. Gilbesh war sich nicht sicher, ob Wilma den Gott oder das Fahrzeug hatte treffen wollen, auf jeden Fall fuhr der Speer seitlich in das Fahrzeug hinein, zwischen die Räder und die Speichen und bohrte sich dort irgendwie von schräg unten in den Leib des Gefährts, in sein metallisches Herz. Das Quadbike gab ein elendiges Heulen und Rattern von sich, als wäre es ein lebendes Wesen, dem man das Rückgrat gebrochen hatte. Es krachte auf den Boden und überschlug sich ein paarmal, bis es schließlich liegen blieb und mit einem stinkenden Knall und einer Rauchschwade elendig verendete. Der Haèl war unter dem Gefährt begraben.

»Quadbikes sind Muschis«, sagte Wilma gelassen.

Sogleich stürmten die Drachengeborenen mit triumphierendem Kriegsgeschrei auf die Hyänenmutanten los, die sich um ihren König scharten. Tyrannos hievte das Quadbike mit einem Wutschrei von sich herunter. Er fluchte und beschimpfte seine Hyänen, befahl ihnen, die Angreifer in Stücke zu hacken, aber er wartete nicht, bis sie seinen Befehl durchgeführt hatten, sondern wirbelte herum und rannte zu Fuß weiter.

»Ihm hinterher!«, rief Gilbesh und raste um das Knäuel, das die Kämpfenden bildeten, herum und Tyrannos nach. Wilma überholte ihn durch einen hohen Sprung über das zertrümmerte Quadbike hinweg, aber obwohl sie fast zu fliegen schien, war der verfluchte Gott schneller und vergrößerte den Vorsprung zu ihnen.

Dennoch lief er geradewegs in seine eigene Falle. Hätte er sich ihnen gestellt, anstatt zu laufen, hätte er vielleicht eine Chance gehabt, sie der Reihe nach zu zerfetzen. Mächtig genug dazu war er. Aber er war sich sicher, dass er durch das Gateway entkommen und dann mit Verstärkung zurückkehren konnte.

Irrtum.

Als er den Platz erreichte, an dem sich das besagte Gateway befand, erwarteten ihn dort ein Schlachtfeld und ein gigantischer wütender Drache mit goldenen Schuppen. Die verkohlten, kaum noch als solche erkenntlichen Leiber von Hyänen, Echsen und Soldaten lagen zwischen Tyrannos und seinem Ziel.

Beim Allmächtigen, der Junge war seit seiner letzten Verwandlung noch größer und prächtiger und Furcht einflößender geworden. Und er hatte bereits Hunderte von Drachengeborenen um sich geschart und weitere strömten nun aus allen Richtungen auf den Platz und stellten sich Tyrannos in den Weg. Die Flucht des Gottes war beendet. Er würde kämpfen und sich dem Sohn von Tannin stellen müssen.

In diesem Moment begriff der Haël, dass er sterben würde. Er erstarrte vor Schreck und gab ein Röhren von sich, das seine Angst, sein Entsetzen und seine Wut widerspiegelte. So brüllte keiner, der sich seines Sieges gewiss war, sondern jemand, der sich vor Angst in die Hosen schiss.

Gilbesh jubelte innerlich und Abertausende jubelten mit ihm zusammen, denn sie wussten es alle, der verfluchte Gott konnte durch Askenders Feuer getötet werden. In seinem Größenwahn hatte er vor viertausend Jahren ein wahrhaft Furcht einflößendes Wesen erschaffen wollen, vor dem sich sogar die Götter fürchten sollten, und jetzt fürchtete er sich selbst am allermeisten.

Gilbeshs Jubel verstummte allerdings schlagartig, als er sah, dass der rasende Gott ein langes Schwert zückte und sich damit auf Askender stürzte. Es war eine Bar-Nashka-Waffe, und wo immer er sie auch herhatte, sie war gefährlicher als jede andere Waffe, denn sie durchschnitt sogar Drachenschuppen wie Butter. Die Drachengeborenen, die sich um den goldenen Drachen geschart hatten, hackte der Gott mit dieser Waffe nieder wie Grashalme. Er peitschte gleich fünf auf einmal mit seinem Schwanz von den Füßen, spießte sie mit seinen Hörnern auf und das verdammte Schwert glitt mühelos durch Schädel und Knochen und fällte die Gegner mit einem einzigen Hieb.

Tyrannos brüllte Flüche hinaus, mit denen er alle verdammte, die es wagten, ihm den Weg zum Gateway zu versperren. »Drachenschweine! Nichtswürdige Dreckfresser! Sterblicher Abschaum!« Aber dann entfesselte Askender sein Drachenfeuer und ließ einen glühenden Strahl auf den

Gott herabdonnern. Die ganze Umgebung wurde glutrot, sogar der Boden schmolz unter den Füßen des Gottes, aber als Askenders Feuer versiegte, stand immer Tyrannos aufrecht da und schien völlig unversehrt zu sein. Verdammt. Der Unhold hatte sich auch von irgendwoher eine Bar-Nashka-Rüstung gestohlen, die ihn vor Drachenfeuer schützte. Er lebte noch.

»Gib mir den Weg frei, du dreckiger Bastard, oder ich töte dich mit meinem Schwert!«, rief der Gott. »Ich bin nicht schutzlos. Ich war in den letzten zwei Wochen, während du dich wie eine feige Ratte versteckt hast, nicht untätig. Ich habe mir eine Rüstung und ein Schwert nach dem Vorbild der Bar Nashka gemacht.«

Zur Antwort ließ Askender noch einen weiteren Feuerstrahl auf den Gott niederprasseln. Das Feuer donnerte fast so laut wie das Flugzeug, in dem Gilbesh geflogen war, aber Tyrannos stürmte, lodernd wie eine lebendige Fackel, weiter und trieb sein besagtes verfluchtes Bar-Nashka-Schwert in Askenders Seite. Wie schon einmal, als er im Kerker gegen einen gepanzerten Bar Nashka gekämpft hatte, war Askender chancenlos. Er schrie vor Schmerz und machte ein paar tapsige Schritte rückwärts, aber das spornte Tyrannos noch mehr an. Er stach und hieb immer wieder auf den goldenen Drachen ein und jeder Stich entlockte Askender einen dunklen Schmerzenslaut. Blut lief unter den goldenen Schuppen hervor, während Tyrannos' hämisches Lachen über den Platz und den See schallte.

Die Drachengeborenen konnten nicht näher kommen, denn Askender entfesselte eine dritte Feuersalve gegen Tyrannos, die nichts bewirkte. Ein paar der übergelaufenen Menschensoldaten schossen mit den magischen Feuerwaffen aus der Ferne auf den König, aber auch die Schüsse prallten an seiner Rüstung ab und sein Lachen wurde immer höhnischer.

»Ich hätte schon viel früher an die Bar-Nashka-Technologie denken sollen!«, rief der Gott mit irrsinnigem Gelächter. Er stürmte erneut auf Askender los und rammte das Schwert tief bis zum Heft in dessen Bauch. Der Drache röhrte und fiel zur Seite. Gilbesh fühlte seinen Schmerz beinahe so sehr, als hätte man ihm selbst ein Schwert in den Leib gerammt, und er heulte ebenfalls. Tyrannos lachte schrill und die Wut explodierte in Gilbesh. Wie von Sinnen rannte er auf den König los und alle anderen Drachengeborenen stürmten mit ihm. Niemand dachte mehr an sein eigenes Leben. Ihr Drachenlord war gefallen und blutete aus unzähligen Wunden. Das war untragbar.

Tyrannos war einer der Mächtigsten und Stärksten unter den Göttern und er konnte mit seiner Telepathie ihre Gedanken lesen. Noch bevor sie eine Bewegung machten, wusste er schon, was sie vorhatten, und wehrte jeden Schlag, jeden Angriff mit höhnischem Gelächter ab. Sein Schwanz, sein Bar-Nashka-Schwert, seine Hörner … tödlichere Waffen gab es nicht.

Wie hatten sie den Gott nur so unterschätzen können? Er schlachtete alle, einen nach dem anderen, ab, zerfetzte sie, zerhackte sie oder katapultierte sie durch die Gegend. Gilbesh wurde von dem Haèl-Schwanz getroffen. Er wirbelte durch die Luft und klatschte gegen einen der Betonpfeiler, die über zwanzig Schritte vom Kampfplatz entfernt waren und ein Hochhaus trugen. Er schaffte es kaum, sich wieder aufzurappeln. Vermutlich waren alle seine Knochen gebrochen. Er taumelte nur mühsam voran. Und obwohl er dank seiner Drachengene schlimmere Verwundungen und Schmerzen aushalten konnte als jeder andere Sterbliche, konnte er sich nicht auf den Beinen halten. Er kroch auf allen vieren zurück zum Schlachtfeld und vermutlich auch in den Tod.

Und dann geschah das Entsetzlichste.

Askender verwandelte sich wieder in einen Menschen. Er lag hingestreckt auf dem Boden, dürr und bleich und reglos. Seine schöne Rüstung war getränkt von seinem Blut. Tyrannos lachte wie ein Geisteskranker. Er hob das Schwert und holte weit aus, um Askenders Kopf abzuschlagen.

»Nein!« Ein Aufschrei des Entsetzens raste durch das Drachenbewusstsein auf der ganzen Welt. Doch bevor Tyrannos den Hieb ausgeführt hatte, war Wilma da. Mit ihrem Kampfstock schlug sie auf die Hand des Königs und lenkte den Schwerthieb ab, sodass er auf den Boden neben Askenders Kopf aufschlug. Und bevor Tyrannos sich herumgewandt hatte, um zu sehen, wer es gewagt hatte, ihn da so lautlos und überraschend anzugreifen, duckte sie sich unter ihm weg und stieß mit ihrem Stock von unten zu. Es war unmöglich, dass ein schlichter Bambusstock eine Bar-Nashka-Rüstung durchschlagen konnte, aber Wilma hatte mit dem Stoß die nachgiebige Verbindungsstelle zwischen dem Helm und der Rüstung gefunden und den Stock von unten durch den Unterkiefer des Gottes getrieben.

Scheiße, war sie gut!

Tyrannos' Geschrei war der Beweis dafür, dass sie ihn verletzt hatte. Aber das Ungeheuer war nicht tot. Er fiel nicht einmal um. In seinem Schock, seiner Wut und seinem Schmerz – oder vielleicht auch, weil sein Gehirn Schaden genommen hatte – riss er sich den Helm vom Kopf und dann zerrte er sich den Stock aus seinem Unterkiefer heraus. Wilma machte einen Salto rückwärts, landete geschmeidig wie eine Katze auf ihren Beinen und suchte schon nach einer anderen Waffe. Sie bückte sich nach dem nächstbesten Bronzeschwert, das sie finden konnte, und schleuderte es erneut in Richtung von Tyrannos' nun bloßgelegtem Hals. Ihre Zielgenauigkeit war atemberaubend, aber obwohl das Schwert eine klaffende Schnittwunde hinterließ und noch rotes Blut aus der Wunde schoss, war Tyrannos einfach nicht totzukriegen. Er gurgelte einen Schrei heraus, schwenkte seinen gehörnten Kopf wild herum und ging dann auf Wilma los.

Die wich blitzschnell aus, aber Tyrannos war verrückt vor Wut. Er setzte ihr nach und noch mal und noch mal. Er stieß zu, sie wich aus. Wäre es nicht so entsetzlich gewesen, hätte es wie ein galanter Tanz gewirkt. Das sprudelnde Blut, die Wunde an seinem Hals, das Loch in seinem Kiefer, all das hielt ihn nicht auf und Wilma, die tänzelte und herumwirbelte und schon nach einer neuen Waffe griff, brachte ihn nur noch mehr in Rage.

Doch dann erwischte er sie. Er traf sie mit seinen Hörnern, spießte sie regelrecht auf und schleuderte sie mit einem Schwenk seines Kopfes im hohen Bogen durch die Luft. Sie musste wirklich schlimm verletzt sein, denn sie sprang nicht sofort wieder auf die Beine, sondern blieb liegen und zischte zwischen zusammengebissenen Zähnen ein Stöhnen heraus.

»Ich mache dich zu Brei! Du Affenhure!«, schrie Tyrannos und trabte mit gesenktem Kopf auf sie zu, wie ein Stier.

Doch da geschah es.

Gilbesh begriff zuerst gar nicht, was genau passierte. Er drehte durch! Alles durfte geschehen, aber lieber würde er selbst sterben, als dabei zuzusehen, dass dieses Monster Wilma tötete. Gilbesh brüllte, doch dabei kam ein Geräusch aus ihm heraus, das er noch nie gehört hatte, Flugzeug, Gewitterdonner und Erdbeben in einem. Er rannte auf Tyrannos los, warf sich zwischen ihn und Wilma, riss den Gott im Sprint von seinen Füßen und begrub ihn unter sich.

Und dann brach das Feuer aus ihm heraus. Drachenfeuer. Gilbesh spuckte Drachenfeuer. Echtes richtiges drachiges, loderndes, göttervernichtendes Drachenfeuer.

Er hatte keine Zeit, um sich zu fragen, was mit ihm gerade geschah oder warum es geschah, der Feuerstrahl, der aus ihm herausgekommen war, richtete sich direkt auf das Gesicht des Gottes, der unter ihm lag und ihn mit weit aufgerissenen Augen anglotzte, als hätte er den Untergang des Universums erblickt.

Und das war es auch – zumindest für Tyrannos, den König der Haèl afel.

Gilbesh brannte ihm einfach den Kopf weg.

10 Besser kämpfen und fallen, als ohne Hoffnung zu leben

Aus dem Buch der Elohim:
Wir haben stets verhindert, dass die Sterblichen Wissen erlangen
und eine Stufe des technischen Fortschritts erreichen, welcher der unseren nahekommt.
Doch es war ein Irrtum, zu glauben,
dass Unwissenheit eine Rebellion verhindern würde.
Es ist der Mangel an Hoffnung, der Rebellionen gebiert.

Shachar:

»Halt! Sofort stehen bleiben, ihr zwei!« Ein Seraf stellte sich ihnen in den Weg und hob gebieterisch die Hand.

Leider war es Shachar gar nicht gewohnt, irgendjemandem zu gehorchen, erst recht nicht einem verdammten Seraf, der vor Überheblichkeit nur so stank und förmlich um Schläge bettelte. Shachars männliche Instinkte schrien danach, sich schützend vor Kessa zu stellen und diesem arroganten Affen mit den weißen Wallegewändern und den hell leuchtenden Federflügeln einfach mal kurz den Hals umzudrehen.

Das würde aber leider ihre Tarnung auffliegen lassen.

Kessa und er hatten sich als Sklaven verkleidet. Shachar war barfuß und trug nur einen schmutzigen Lendenschurz und Kessa ein paar dünne Schilfsandalen und ein fadenscheiniges Kleid, grau von Staub und Dreck. Dazu hatte sie ein schäbiges Kopftuch angezogen, das ihr halbes Gesicht verdeckte. Aber es war gut so, denn sonst würde sie mit ihrer atemberaubenden Schönheit nur auffallen – und auffallen war das Letzte, was sie beide jetzt wollten.

Sie hatten es endlich geschafft, unbemerkt in die abgeriegelte Stadt zu gelangen, indem sie sich einem Tross von Sklaven angeschlossen hatten, die abends von der Feldarbeit in die Stadt zurückkehrten. Sie beide hofften, in dieser unscheinbaren Aufmachung unbehelligt zum Hafen zu gelangen und von dort aus den Geheimgang zur Zikkurat zu nutzen.

Unbehelligt war das Zauberwort.

Deshalb zog Shachar zur Tarnung einen kleinen Karren hinter sich her, in dem sich ein Korb mit ein paar Fischen und ein halber Sack mit Getreide sowie ein Tonkrug voller Datteln befanden. Das war die Gegenleistung, wenn man eine Woche lang jeden Tag sechzehn Stunden auf den königlichen Getreidefeldern schuftete. Shachar musste zugeben, dass das zu wenig war, um würdig zu leben, und dass er als Herrscher versagt hatte. Falls er je wieder auf seinem Thron sitzen würde, würde er das alles ändern – das schwor er sich. Aber im Augenblick sah es nicht gut für ihn aus. Der verschissene Seraf wirkte, als wäre er auf Krawall aus, und Shachars göttlicher Hormonhaushalt lief gerade auf Hochtouren und schüttete Cortisol und Testosteron in rauen Mengen aus. Er wollte diesem Seraf in die Eier treten und ihm die Flügel ausreißen.

Kessa zerrte an seinem Lendenschurz, um ihm zu verstehen zu geben, dass er sich vor dem Seraf auf den Boden werfen musste, wenn er keinen Ärger bekommen wollte … wenn ihr Plan funktionieren sollte. Sie kniete bereits und hatte den Blick gesenkt. Verdammt noch mal, aber in Shachar kochte eine noch nie gekannte Frustration, weil er machtlos war: machtlos, der Willkür eines Mächtigeren ausgeliefert, klein, unbedeutend. Was für ein beschissenes Gefühl das war. Wie es seine Wut befeuerte! Und da war noch etwas: eine unerträgliche Angst, dass dieser Seraf Kessa etwas antun könnte, dass er sie überhaupt nur ansehen, sie begehren könnte.

Sie war so tief vor dem Seraf verbeugt, dass ihre Stirn den Boden berührte. Genauso tief, wie sich seine Untertanen vor nicht allzu langer Zeit auch noch vor Shachar verbeugt hatten. Nur jetzt fand er diese Unterwürfigkeit widerlich und sie brachte sein Blut in Wallung. Er stand kurz davor, die Beherrschung zu verlieren und den Seraf anzugreifen.

Was äußerst dumm wäre.

Er war nicht dumm, er war klüger als alle anderen Haèl, aber wenn es um Kessa ging, war auf seinen Verstand und seine Selbstbeherrschung kein Verlass. Das hatten die vergangenen Wochen deutlich bewiesen. Dabei wusste er, dass Kessa nicht wirklich Angst hatte, sondern die Rolle der verängstigten Sklavin nur spielte, um den Seraf nicht misstrauisch zu machen, und sie spielte ihre Rolle perfekt.

Das Problem waren Shachars Haèl-Instinkte, die er kaum bändigen konnte und die danach brüllten, den Seraf anzugreifen und ihm zu zeigen, wer der Größte, der Stärkste, der Potenteste war, wer hier in dieser götterverdammten Stadt der götterverdammte Boss war.

Diese arroganten Serafim waren schlimmer als die Beulenpest und seit Kurzem patrouillierten sie durch die Straßen seiner Stadt und metzelten einfach jeden nieder, der sich nicht schnell genug zu Boden warf oder ihnen auch nur irgendwie verdächtig vorkam, dabei behandelten sie die Sklaven nicht schlechter als reiche Kaufleute, Beamte oder Priester. Das hatte er von den anderen Sklaven erfahren, mit denen sie zusammen in die Stadt gekommen waren. Am großen Tor hatten nur menschliche Soldaten gestanden und sie kontrolliert – Shachars Soldaten.

»Zum Glück sind die Serafim heute nicht da«, hatte eine der Sklavinnen geflüstert, als sie vor dem Tor angehalten wurden, und jeder von ihnen hatte vorzeigen müssen, was er bei sich trug. Die Sklaven von Sassaris und das einfache Volk hatten sich inzwischen ihre eigene Legende zusammengereimt, warum es jene schreckliche Explosion am Hafen gegeben hatte, warum ihr König spurlos verschwunden war und warum ein mächtiger, aber schrecklicher Gott und hundert seiner Furcht einflößenden leuchtenden Soldaten nun über die Stadt herrschten und sie alle knechteten.

»Der König ist zu hochmütig und zu anmaßend geworden und hat mit seinem hochfahrenden Mut den Zorn der Stadtgöttin erweckt«, hatte einer der Sklaven den anderen erklärt, während sie am Tor warteten, bis sie eingelassen wurden.

»Und seine Königsbraut war zu gut und zu schön und hat die Schönheit der Göttin überstrahlt. So wurde die Göttin neidisch. Es ist nicht gut, schöner als die Göttin zu sein«, fügte eine andere Sklavin hinzu.

»Ja, und die anderen Götter haben begierige Blicke nach der Königsbraut geworfen und wollen sie für sich selbst haben. Warum sonst würden sie so eifrig nach ihr suchen?«, meinte ein Dritter.

»Und ihre Serafim nehmen jedes junge Mädchen genau in Augenschein. Unsere Töchter trauen sich nicht mehr aus dem Haus«, kam es von einem Weiteren.

Seit die Serafim in Sassaris aufgetaucht waren, waren sie zum Schrecken der Stadt geworden. Sie knechteten die Menschen mit Willkür und Brutalität, sie töteten wahllos, vergewaltigten Frauen und nahmen sich, was sie wollten. Und hinter all dem Übel steckte Zarastra, der die Wache über die Zikkurat übernommen hatte.

Nach der Unterhaltung mit den Sklaven wäre Shachar am liebsten in seinen Palast gestürmt und hätte Zarastra zur Rede gestellt und ihm gezeigt, was es bedeutete, den mächtigsten aller Götter zu verärgern, aber nun kämpfte er ja auf Kessas Seite und musste getarnt bleiben. Ganz abgesehen davon war er inzwischen sterblich und sehr viel schwächer als Zarastra.

Hätte er gewusst, wie verdammt schwer es war, sich zurückzuhalten und sich jemandem zu unterwerfen, hätte er sich vielleicht nie auf diesen Plan eingelassen. Es war, als würde er sich selbst das Herz herausreißen, als er sich schließlich vor dem Seraf auf die Knie fallen ließ. Er neigte allerdings nur leicht den Kopf, denn mehr ließ sein Stolz einfach nicht zu. Ihm kam trotzdem der Hirsebrei vom Frühstück beinahe wieder hoch. Unterwürfigkeit ging einfach gegen seine Natur.

»Was ist in dem Wagen?«, wollte der Seraf wissen und verpasste Shachar gleichzeitig einen kräftigen Fußtritt, um mit seinen strahlend weißen Flügeln und seiner Macht zu protzen – dieser widerliche Vogel!

»Unsere Wochenration, o göttlicher Herr!«, rief Kessa, bevor Shachar aufspringen und dem Seraf an die Gurgel gehen konnte. »Wir haben auf den Feldern unseres Herrn vor der Stadtmauer gearbeitet und werden mit Essen bezahlt. Jetzt sind wir auf dem Heimweg nach einem langen Tag.«

Der Seraf warf einen angewiderten Blick in den kleinen Wagen. Der Fisch stank penetrant, weil sie ihn schon am Tag zuvor zusammen mit dem Wagen und den anderen Nahrungsmitteln von einem Händler gekauft hatten, um noch echter zu wirken. Shachar war sich sicher gewesen, dass kein Haèl und kein Elohim freiwillig in die Nähe dieses Gestanks kommen würde. Ein Irrtum.

»Was glotzt du mich so unverschämt an, du erbärmlicher Wurm?«, fuhr der Seraf ihn an und trat erneut nach ihm, offenbar hatte er den Blick nicht tief genug gesenkt, und vermutlich waren auch der Hass und die Wut in Shachars Augen leicht zu erkennen. Der Seraf hatte ja keine Ahnung, wie kurz er davor stand, die Flügel ausgerissen zu bekommen.

»Verzeih, Herr!«, antwortete Kessa an Shachars Stelle. Er war nicht in der Lage zu sprechen. Wenn er den Mund aufmachen würde, würde er höchstwahrscheinlich so laut schreien, dass die Zikkurat erbebte. »Mein Mann ist ein bisschen schwer von Begriff. Er meint es nicht so, er versteht es nicht besser. Komm, senke den Blick vor dem erhabenen Himmelswesen, mein Liebster.«

Shachar konnte nicht. Vermutlich wäre seine Wirbelsäule abgebrochen, wenn er sich noch tiefer verbeugt hätte. Wie konnten sterbliche Menschen diese Erniedrigung nur ertragen? Warum gab es kein Gesetz, das auch Sklaven vor Willkür schützte? Warum hatten sie sich nicht schon vor Jahrtausenden gegen dieses unwürdige Dasein aufgelehnt?

Zumindest hatten Kessas Worte bewirkt, dass der Seraf sich von Shachar abwandte und einen Schritt auf sie zu machte.

»Zieh diesen Schleier aus, Mädchen. Ich will dein Gesicht sehen«, sage er mit hässlicher Vorfreude in der Stimme. Er wartete aber gar nicht erst, bis Kessa gehorchte, sondern riss ihr das Kopftuch in einem Ruck herunter. Shachar biss sich fast die Zunge ab, um nicht zu schreien. Er ballte die Fäuste und holte tief Luft. Seine Selbstbeherrschung hing an einem dünnen Faden. Gleich würde er sich auf den Lichtvogel stürzen. »Sieh an, sieh an! Was für ein Juwel sich unter dem grauen Sack verbarg«, jubelte der Seraf. »Steh auf und schau mir in die Augen. Wie ist dein Name, Schönheit?«

»Mima, mein Herr«, sagte Kessa ehrerbietig und stand tatsächlich auf. Sie ließ ihre Stimme ein wenig zittern, und obwohl Shachar sich sicher war, dass sie die Angst nur vortäuschte, spielte sein Gehirn komplett verrückt. Sein Drang, den Seraf anzugreifen, war kaum noch zu zügeln.

»Ein Name, der deinem Antlitz nicht gerecht wird. Zieh das Kleid aus, Mädchen, ich will alles von dir sehen.« Der Seraf griff nach dem Stoff von Kessas Kleid, packte ihn und zerrte daran.

Shachar sprang mit einem Raubtierknurren auf die Beine, doch im gleichen Augenblick flog aus einem der niedrigen Lehmhäuser ein Stein in ihre Richtung. Er war fast so groß wie ein menschlicher Kopf und traf den Seraf an seinem Flügel. Vermutlich hatte er kaum etwas davon gespürt, aber er fuhr mit einem Wutschrei herum und rannte über die Straße zu der Haustür hinüber, aus der der Stein geflogen war.

»Welcher Erdenwurm wagt es, mich anzugreifen? Du wirst schreckliche Qualen leiden und den Tag verdammen, an dem deine Mutter dich gebar«, rief der Seraf mit seiner göttlichen Stimme, die durch die Straße gellte wie hundert Glocken. Shachar wollte dem Seraf hinterher und ihm den Hals umdrehen, aber da hielt ihn jemand am Arm zurück.

»Kommt schnell! Solange mein Sohn ihn ablenkt.« Ein kleiner dürrer Mann in ärmlichen Lumpen stand hinter ihnen und gestikulierte wild. »Da entlang. Das Sklavenviertel ist wie ein Labyrinth, wenn ihr mir folgt, dann findet er euch nicht wieder. Mein Sohn und seine Freunde locken ihn in die Irre. Ich führe euch hier raus.« Der magere Mann wartete nicht auf eine Antwort, sondern ergriff nun Kessas Hand und zog sie mit sich. »Schnell! Ich weiß nicht, wie lange sie den Seraf ablenken können.«

Shachar hatte gar keine andere Wahl, als Kessa und dem Fremden zu folgen.

Der Sklave lief um eine Ecke herum, eine schmale Gasse entlang, dann um die nächste Ecke, eine Kreuzung, eine Gasse und wieder eine Kreuzung. Selbst Shachar hatte nach zwei Minuten keine Ahnung mehr, wo sie eigentlich waren. Dann schob der Sklave Kessa durch eine schmale Tür in einen engen, mit Gerümpel zugestellten Innenhof hinein, führte sie um das Gerümpel herum und auf der anderen Seite wieder auf eine schmale Straße hinaus. Dort blieb er stehen.

»Von hier aus findet ihr euren Weg allein. Rechts geht's zum Südtor, links zum Fluss und geradeaus zum Palast. Ich muss zurück zu Husman. Diese Serafim sind entsetzliche Wesen, auch wenn sie so schön aussehen, aber sie sind böse und kennen keine Gnade.«

»Warum hilfst du uns und bringst dein eigenes Leben und das deines Sohnes in Gefahr?«, fragte er den Sklaven und schüttelte den Kopf. So selbstlos und gut war niemand, erst recht kein Sklave, der nicht mal genug zu essen hatte. Er versprach sich irgendetwas davon. Vielleicht lauerte an der nächsten Straßenecke eine Einheit der Serafim. Wieder schüttelte er den Kopf, dieses Mal über sich selbst, weil seine Gedanken dämlich waren. Wenn der Sklave es böse meinte, hätte er sie dem Seraf überlassen können.

»Ich weiß nicht, wer du bist, Mann …«, antwortete der Sklave und schaute ihn nicht mal an, sondern ließ seine Augen voller Ehrerbietung auf Kessa ruhen. »aber die Königsbraut würde ich auf hundert Schritte Entfernung erkennen. Ich bin ein Sklave im Palast und sie kam jeden Tag zu uns in die Sklavenquartiere und hat unsere Krankheiten behandelt. Sie ist uns mit Respekt und Freundlichkeit begegnet und hatte stets ein Lächeln und ein gutes Wort für jeden von uns. Sie hat mir Medizin gegen die Schmerzen in meinen Nieren gegeben und nichts dafür verlangt. Sie war das Licht in den Sklavenquartieren und nicht nur ich würde alles tun, um ihr zu helfen. Alle Sklaven und Eunuchen aus dem Palast würden für dich sterben, Königsbraut.«

»O wirklich?«, rief Kessa und Tränen glitzerten in ihren Augen. »Jetzt erkenne ich dich, du bist Nilos, der Küchensklave mit den Nierenkoliken.«

»Ach verdammte Scheiße, was für ein Pathos«, knurrte Shachar, der von den Gefühlen der Sterblichen wirklich nicht viel Ahnung hatte und dem die Worte des Sklaven ein seltsames Unbehagen verursachten.

»Geht es dir denn besser? Ist der Nierenstein abgegangen?«, fragte Kessa und ignorierte Shachars zynischen Kommentar. Sie nahm sogar die Hand des Mannes und schaute ihn eingehend an, als könnte sie in seinen Augen seinen Krankheitsgrad ablesen … konnte sie vermutlich sogar. Sie war eine Heilerin mit dem Wissen von Hunderten von Memori.

»Ja, meine verehrte Herrin. Es hat ein paar Stunden schlimm wehgetan, wie du es vorausgesagt hast, aber danach war es gut.« Der Sklave verneigte sich jetzt tief vor Kessa und küsste sogar ihre Hand, freiwillig, ohne dass irgendjemand ihn bedrohen musste. Das war ein seltsames und nutzloses Verhalten. »Es bedeutet mir sehr viel, dass du dich sogar an meinen Namen erinnerst, Königsbraut. Wir sind nur nichtswürdige Sklaven, die von allen verachtet werden, getreten, geschlagen und getötet. Ob einer von uns lebt oder stirbt, leidet oder gesund ist, interessierte niemanden, nur dich. Wir sind nichts wert und doch hast du uns behandelt wie Ebenbürtige. Wir können nicht gegen Serafim mit leuchtenden Schwertern oder gegen entsetzliche Götter kämpfen, aber wir würden dennoch unser Leben für dich geben. Wir alle im Palast und in ganz Sassaris.«

»Kennst du einen Weg zum Hafen, bei dem wir keinem dieser geflügelten Arschlöcher begegnen müssen?«, knurrte Shachar. Eigentlich sollte er sich über die Hilfe des Sklaven freuen, aber seine Worte hatten ihn beschämt und ihm gezeigt, was für ein unwürdiger Herrscher er in Wahrheit gewesen war. Vor wenigen Wochen noch hätte ihm das pathetische Gewäsch eines Sklaven nichts ausgemacht, aber seit Kessas Liebe ihn durchdrang, empfand er die irrwitzigsten Gefühle, sogar so etwas wie Schuldbewusstsein.

»Wollt ihr aus der Stadt fliehen? Dann meidet den Hafen, denn dort wimmelt es nur so von Soldaten. Da wurde durch den schrecklichen Gottesdonner neulich alles zerstört und kein Schiff kann mehr anlegen oder wegsegeln.«

»Wurde auch der alte Getreidespeicher zerstört?«, fragte Shachar. Das war jenes verlassene Gebäude, von dem aus ein gut erhaltener Tunnel direkt zur Zikkurat führte. Aber er hatte die verheerenden Bilder der Explosion am Hafen gesehen und hätte daran denken müssen, dass auch bei den Gebäuden in der näheren Umgebung kein Stein mehr auf dem anderen geblieben war. Wenn der Speicher nur noch ein Schutthaufen war, dann würden sie nicht zu dem unterirdischen Gang gelangen können.

Der Sklave schüttelte den Kopf. »Dort ist alles zerstört.«

Kessa warf Shachar einen fragenden Blick zu, wartete aber seine Reaktion gar nicht erst ab. »Wir müssen zur Zikkurat, ohne dass uns jemand bemerkt«, sagte sie und legte vertrauensvoll ihre Hand auf Nilos' Arm. Shachar brummte verärgert, nicht nur wegen der Berührung (Mannomann, er musste seine Instinkte wirklich in den Griff bekommen), sondern auch weil sie seiner Meinung nach diesem Sklaven nichts von ihrem Plan verraten durfte.

Was wäre, wenn er doch nicht so treu und ergeben war, wie er tat? Leider waren Shachars telepathische Fähigkeiten zusammen mit seinen anderen göttlichen Kräften erloschen. Überhaupt musste er die ihm verbliebenen Kräfte von nun an sparsam einsetzen.

»Über die stillgelegten Entwässerungskanäle kann man zu einer alten, längst vergessenen Bootsanlegestelle gelangen, sie liegt beim Garten des Königs. Dort gibt es einen kleinen Gang unter der Palastmauer in den Garten hinein.«

»Auf diesem Weg ist auch Dalnish, der Geliebte von Mahira, in den Garten gekommen, nicht wahr?«, sagte Kessa und der Sklave nickte.

»Der König, der seine Augen angeblich überall hat, kennt diese Stelle nicht.«

Shachar schnaubte und hätte dem Sklaven gerne erklärt, dass der besagte König direkt vor ihm stand, aber Kessa schüttelte schwach den Kopf. Ja, ja, ja! Er wusste längst, dass er ein katastrophaler Herrscher gewesen war und keinen Grund hatte, sich damit auch noch zu brüsten.

»Geht durch die Kanäle Richtung Osten, bis ihr bei dem alten Anlegesteg seid. Halb verrottet und überwachsen von Schlingpflanzen. Taucht unter dem Steg durch und ihr kommt auf der anderen Seite der Mauer wieder heraus. Dort wuchert allerlei Gestrüpp, das euch Sichtschutz bieten wird«, sagte der Sklave. »Manche von uns nutzen diese Stelle.«

»Danke für deine Hilfe, Nilos. Geh zurück zu deinem Sohn, hoffentlich hat der Seraf ihm nichts angetan«, sagte Kessa und lächelte traurig. Sie ahnte, dass der Seraf den Steinwerfer vermutlich längst gefunden und getötet hatte.

»Im Garten des Königs wird es von verschissenen Serafim und von Nindur Sar nur so wimmeln«, brummte Shachar, dem der Gedanke an den Sklavenjungen, der sich für sie geopfert hatte, eine seltsame Übelkeit verursachte.

»Ich sende das Wort an all unsere Leute im Palast aus. Sie werden euer Kommen erwarten und für Ablenkung sorgen«, sagte Nilos.

»Das Wort aussenden? Ist das so eine Art Nachrichtendienst der Sklaven?«

Der Sklave nickte. »Ich sage es so vielen anderen wie möglich, jeder von denen sagt es wiederum vielen anderen. So erreicht das Wort den Palast. Es geht schnell und die Mitteilung kommt bei unseren Leuten im Palast an, lange bevor ihr dort seid.«

»So viele Mitwisser? Toll! Das ist genau das, was wir überhaupt nicht brauchen«, schnaubte Shachar.

»Niemand von uns wird die Königsbraut verraten. Lieber reißen wir uns selbst die Zungen heraus. Die Königsbraut hat uns Hoffnung gegeben, etwas, das wir bis zu diesem Zeitpunkt nicht kannten. Besser kämpfen und fallen, als ohne Hoffnung zu leben.«

Kessa nickte mit Tränen in den Augen und drückte dem Sklaven die Hand, aber sie wusste so gut wie Shachar, dass es für ihre Mission wenig Hoffnung gab.

»Hoffnung und Magie sind die letzte Zuflucht der Verzweifelten«, rief er dem Sklaven nach, der sich schon zum Gehen gewandt hatte. Aber Kessa stellte sich breitbeinig vor ihm auf, nahm sein Gesicht in ihre Hände und blickte ihm tief in die Augen.

»Liebe ist Magie und Hoffnung in einem. Etwas, das uns die Götter geschenkt haben, ohne zu ahnen, dass die Liebe ihren Untergang besiegeln wird.« Dann küsste sie ihn.

Miri:

Es dauerte lange, bis Miri begriff, dass sie im Schlaf in die Zukunft gesprungen war. Sin weckte sie mit einem Kuss und als sie die Augen aufschlug und sich umschaute, erschien es ihr zunächst so, als wäre sie erst vor Kurzem in den Armen von Sin und Kyros eingeschlafen.

»Wie geht es dir?«, fragte Sin. Er kniete neben dem Bett und war über sie gebeugt. Irgendetwas an ihm war anders. Miri rieb sich gähnend die Augen, doch so kurz nach dem Aufwachen konnte sie nicht genau sagen, was seltsam war. Aber eines konnte sie sicher sagen: Sie fühlte sich blendend und ein wenig feucht und wund zwischen den Beinen.

»Ausgeschlafen und hungrig«, antwortete sie und schaute mit einem schläfrigen Lächeln zwischen Sin und Kyros hin und her. Kyros lag neben ihr, nackt und erregt. Er grinste höchst zufrieden. Miri wusste nicht, worüber sie sich mehr wundern sollte: dass es ihr so gut ging oder dass die beiden Männer sich bisher noch nicht gegenseitig umgebracht hatten.

»Das hat sie gestern Morgen auch behauptet«, sagte Sin.

Bevor Miri antworten konnte, dass sie sich gestern Morgen, vor dem Aufbruch nach Koskos, wie ein Haufen Schafskacke gefühlt hatte, weil sie Stunden über Stunden und die ganze Nacht hindurch ohne Pause geritten waren, drehte sich Kyros auf die Seite und schmiegte sich eng an sie. Gleichzeitig schob er seine Hand unter ihre dünne Decke und ließ sie zwischen ihre Beine wandern, die sie unwillkürlich für ihn öffnete. Sie stöhnte lüstern, als sie seine kühlen Finger spürte.

»Das behauptet sie jeden Morgen. Aber ich spüre, dass sie noch mehr von uns will.« Kyros grinste sie an.

»Letzte Nacht war es mein Verdienst, Götteraffe. Jetzt bist du dran.« Mit diesen Worten presste Sin seine Lippen auf ihren Mund. Das war kein sanft gehauchter Aufwachkuss, sondern ein harter Kuss. Er hielt ihren Kopf fest und stieß seine Zunge in ihren Mund und fickte sie damit, als hinge sein Leben davon ab. Sie schob ihre Hände in sein Haar und ließ den harten Kuss zu. Es gefiel ihr und erregte sie. Der Mann, der sie da küsste, war nicht Kieran, sondern der Dämon Sin Kishar, mit seiner ganzen Wut und Verzweiflung. Gleichzeitig nahm sie wahr, dass Kyros unter die Bettdecke kroch, ihre Beine noch weiter spreizte und die feuchte, überempfindliche Stelle zwischen ihren Beinen mit seiner Zunge liebkoste. Heilige Schafspimmel, sie hatte ja keine Ahnung gehabt, wie sich so etwas anfühlte.

»Oh, was machst du?«, stöhnte sie und bäumte sich auf.

»Du liebst das doch«, sagte Kyros unter der Decke, aber bevor sie ihm sagen konnte, dass sie so etwas noch nie zuvor getan hatte, erstickte Sin ihre Worte mit einem weiteren Kuss. Kyros ließ sich nicht beirren und leckte ihre Knospe, als wäre sie die größte Delikatesse. Miri spürte, wie Wärme sie durchströmte und sie von den Zehen bis zu den Haarspitzen mit Wollust, aber auch mit Kraft erfüllt wurde, und dann raste auch schon ein Höhepunkt durch ihren Körper wie ein Erdbeben.

»Ich liebe euch beide so sehr!«, rief sie, als sie kam, und sie weinte dabei vielleicht auch ein bisschen vor lauter Liebe und Glück.

»Kishar!« Die Stimme eines Bar-Nashka-Soldaten riss sie aus ihrem lüsternen Taumel und ließ die beiden Männer hochschrecken. Kyros kroch unter der Bettdecke heraus und sprang vom Bett, Sin erhob sich aus seiner knienden Position und stand aufrecht auf der anderen Seite des Bettes, beide erregt, beide ein Ausbund an Kraft und Schönheit und Männlichkeit.

»Die Squad ist zum Aufbruch bereit. Bei Tagesanbruch, wie du angeordnet hast, Kishar!«, rief der Soldat und stürmte ins Zelt, ohne auf ein »Herein« zu warten, dann salutierte er und stand stramm. Es war Large, einer der Offiziere.

Miri setzte sich auf und zog sich schnell die Decke bis zum Kinn hoch, aber Large schien sich nicht im Mindesten über die Szene zu wundern und schien auch keine Angst zu haben, dass der Kishar ihn für die unangemessene Störung in der Luft zerfetzen könnte. Immerhin wandte er den Blick ab und schaute zur Zeltdecke hinauf, als er laut weitersprach: »Trac erwartet dich im Laborzelt zum Test, Kishar.«

»Scheiß-Test!« Sin stöhnte und verdrehte die Augen, aber dann wandte er sich mit einem schwachen Lächeln an Miri. »Bist du bereit, Silbervögelchen?« Er scherte sich offenbar nicht darum, dass er nackt war und sein Penis stramm in den Raum hineinragte oder dass sie drei in einer mehr als eindeutigen Situation erwischt worden waren.

»Bereit wofür? Wohin reiten wir denn?«

»Ins Tal von Alkash. Es ist so weit. Wir deaktivieren die Barriere«, brummte Kyros und machte dabei ein Gesicht, als würde der Weltuntergang bevorstehen oder zumindest seine eigene Hinrichtung.

»Alkash? Aber das liegt doch noch viele Tagesreisen entfernt.«

Und da fiel es ihr erst auf: Alles war irgendwie anders. Sie ließ ihren Blick durchs Zelt wandern und schüttelte fassungslos den Kopf. Es mussten Tage, vielleicht sogar Wochen vergangen sein, seit sie von Kyros und Sin geliebt und geheilt worden und in den Armen der beiden eingeschlafen war.

Es war ihr vorhin vor lauter Lüsternheit nur nicht aufgefallen, aber Kyros und Sin hatten sich verändert. Kyros' langes Haar war jetzt kurz geschnitten und er trug einen Bart, der unmöglich über Nacht gewachsen sein konnte, Sins Gesicht hingegen war hager und bleich. Auf seinem Kinn zeigten sich dichte Bartstoppeln und unter seinen Augen lagen dunkle Schatten. Sein Blick war düster und wanderte unstet hin und her. Er war sichtlich angeschlagen und ausgelaugt. Diese Veränderung hatte vermutlich der Virus bewirkt, aber sie konnte wohl kaum über Nacht entstanden sein.

Die beiden schienen Miris verblüfftes Gaffen nicht zu bemerken, sondern gingen einfach zu ihrem Alltag über. Sin bückte sich und schlüpfte in eine weite Hose, die er wohl am Abend zuvor neben dem Bett hatte fallen lassen. Aber die Hose war nicht im typischen Bar-Nashka-Rabenschwarz, sondern in einer Art Tarnfarbe aus Olivgrün und Ockergelb und sie wirkte, wie Sin selbst, irgendwie abgenutzt und fertig. Sie hatte einen Riss am Knie und war von Blut- und Schlammflecken verkrustet.

Auch das Zelt war anders. Es herrschte ein für Bar Nashka untypisches Chaos. Rüstungen und Waffen lagen herum, es gab ein paar zusätzliche Möbel, eine Truhe, ein paar Stühle und einen kleinen Ofen, der Wärme abstrahlte, ohne dass Feuer in ihm brannte. Der dunkelgraue Tisch war für ein ausgiebiges Frühstück gedeckt, aber es standen auch noch Schüsseln und Teller vom Vorabend herum und altbackenes Brot!

Sie hatte einen Zeitsprung gemacht. Eindeutig.

»Zieh dich an. Rüstung und Schwert«, befahl Kyros, dann stapfte er nackt durchs Zelt, ging an Large vorbei und holte aus der Truhe eine schwarze Hose und eine schwarze Tunika heraus, die er hektisch anzog. Beyrin trat zu ihm und hielt einen Brustpanzer für ihn bereit. Seltsam, seit wann diente Beyrin denn freiwillig jemand anderem als dem Kishar? Seit wann trug Kyros schwarze Bar-Nashka-Kleidung und einen Polycarbine-Panzer?

»Iss dich satt, solange ich mich von Trac untersuchen lasse. Wir reiten hart und schnell. Keine Pause, bis wir im Tal bei der Anlage sind«, sagte Sin und zog sich nun eine Tunika über, die kaum besser aussah als seine Hose. »Vermutlich lauern uns ein paar lebensmüde Mutanten auf. Aber mit denen werden wir fertig.«

»Und dann werden wir wissen, ob Nimrod der Hurensohn uns den echten Code gegeben hat«, fügte Kyros hinzu.

»Moment! Halt! Welche Untersuchung? Was stimmt nicht mit dir? Ist es der Virus? Welcher Tag ist heute?«, rief Miri. »Wie viel Zeit ist vergangen, seit wir das erste Mal hier zusammen … seit wir drei uns hier zum ersten Mal geliebt haben?«

»Hast du etwa alle unsere Nächte vergessen oder kommst du aus der Vergangenheit?« Kyros lachte zwar, aber seine Miene war ernst und seine Stirn tief gefurcht vor Sorge.

»Ich bin nach unserer ersten Liebesnacht eingeschlafen und heute Morgen hier aufgewacht. Ihr beide seht anders aus als gestern Abend, das Zelt sieht anders aus und ich kann mich nicht erinnern, wann du deine Haare geschnitten hast, Kyros. Wo lagert das Heer gerade? Was ist mit Nimrod und den Koskos-Amazonen?«

»Scheiße, hast du etwa einen Quantensprung in die Zukunft gemacht?«, rief Kyros und riss die Augen so weit auf, dass sie fast aus den Augenhöhlen hüpften. »Du hast uns versprochen, dass du das nur noch im äußersten Notfall tun wirst.«

»Ich verstehe nicht. Was habe ich versprochen?«

»Keine verschissenen Scheiß-Quantensprünge mehr zu machen oder sonstige verschissene Kohini-Scheiß-Magie einzusetzen!«, schrie Kyros und warf aufgebracht die Arme in die Luft.

Miri schüttelte den Kopf. »Das würde ich ganz bestimmt nie versprechen. Meine Kohini-Kräfte sind das, was mich ausmacht.« Erst recht nicht jetzt, wo sie ihre Kohini-Kräfte endlich kontrollieren konnte … obwohl, wenn sie es genau nahm, konnte von Kontrollieren nicht die Rede sein. Ihre Kräfte hatten ganz offensichtlich wieder mal ein Eigenleben entwickelt und sie einfach ungefragt in die Zukunft katapultiert.

Sin wirkte verärgert und verwirrt zugleich. Er fuhr sich hektisch mit den Händen durch die Haare, während sein trostloser Blick durch das Zelt raste, als würde er dort irgendwo in einer der Ecken eine Antwort finden. Er holte ein paarmal tief Luft, wie um sich zu fassen, bevor er sich zu Miri hinunterbeugte. Er nahm ihr Kinn zwischen seine Finger und drehte ihren Kopf hin und her und begutachtete sie. Auf seiner Stirn vertieften sich die Sorgenfalten und seine Lippen waren schmal. Also falls er sich ihretwegen Sorgen machte, sollte er lieber mal selbst in einen Spiegel schauen.

»Ihre Pupillen sind nicht geweitet. Keine Anzeichen von einem Schock. Vielleicht haben wir dieses Mal das Schlimmste verhindert, weil wir sie unmittelbar nach ihrem Quantensprung gleich beim Aufwachen intensiv verwöhnt haben.« Er sprach mit unfreundlichem Knurren zu Kyros, der nun wieder zum Bett zurückgelaufen kam und sich ebenfalls zu ihr herunterbeugte, um ihr in die Augen zu sehen. Dann fühlte er ihren Puls und machte ein Gesicht, als würde sie demnächst tot umfallen.

Das war doch lächerlich. Sie fühlte sich pudelwohl.

»Ja, möglich. Sie sieht gut aus. Nicht grün um die Nase«, sagte Kyros. »Ich hoffe es, verdammt noch mal, dass der Schock ausbleibt. Ich mache die Scheiße wie in Avilea nicht noch einmal mit.«

»Ich verstehe kein Wort. Klärt mich mal auf!«, rief Miri und schob Sins Hand von ihrem Kinn und Kyros' Finger von ihrem Puls.

»Es sind drei Wochen und zwei Nächte seit unserer ersten gemeinsamen Nacht vergangen«, sagte Kyros und tauschte einen vielsagenden Blick mit Sin aus. »Jetzt haben wir unser Lager am Rand der Barriere aufgeschlagen, direkt an der Öffnung des Tals von Alkash. Das Heer ist angriffsbereit und wartet nur noch auf Sins Befehl und darauf, dass die Barriere fällt. Sassaris ist inzwischen zu einer Festung geworden. Niemand kommt hinein oder heraus. Heute, nach Sonnenaufgang, wollen wir drei zusammen mit einer Squad in die Talklinge hineinreiten, wo sich eine Anlage mit intakter Technologie befindet. Wir haben den Deaktivierungscode von Nimrod erhalten und schalten die Barriere von dort aus ab. Sobald die Barriere gefallen ist, greifen wir Sassaris an. Das ist unser Plan – oder vielmehr dein Plan.«

»Drei Wochen, und ich erinnere mich an nichts. Was ist seither geschehen? Was ist in Avilea geschehen?« War das nicht das Hochland, in dem die Elfen lebten, die Gilbeshs Karawane überfallen hatten?

»Von meinen Männern habe ich auf dem Weg hierher über zweitausend an den Virus verloren«, sagte Sin. »Sie haben völlig durchgedreht und funktionieren nicht mehr. Zum Teil sind sie auch aufeinander losgegangen oder haben sich selbst verletzt. Stell dir alles an Wahnsinn vor, das du dir vorstellen kannst, und das multipliziert mit zehn. Das ist ungefähr die Wirkung des Virus. Wir mussten sie in Kryostase versetzen, ein todesähnlicher Zustand, der keine heilende Wirkung hat, aber er soll sie ruhig halten, bis wir in Sassaris sind und Kyros das Labor nutzen kann.«

»Zweitausend Kryostase-Sarkophage: Das frisst unsere Material- und Energieressourcen. Und jeden Tag kommen ein paar mehr von ihnen dazu«, brummte Kyros.

Miri schlug sich die Hand vor den Mund. Auch wenn Sin mit viel schlimmeren Zahlen gerechnet hatte, war sie schockiert. Über zweitausend Männer in so kurzer Zeit, die verzweifelt, lebensmüde oder lebensuntauglich geworden waren. Und Sin selbst sah auch so verdammt krank und müde aus. »Was ist mit dir? Warum musst du von Trac untersucht werden?«, wisperte sie atemlos vor Angst.

»Es ist nur eine Routine«, sagte Sin und drückte sich die Finger auf die Augen, ein Zeichen von Erschöpfung. »Vor jedem Einsatz überprüft Trac jeden von uns, um zu sehen, wie weit die Infektion vorangeschritten ist und ob wir noch funktionsfähig sind. So wollen wir verhindern, dass einer von uns im entscheidenden Moment durchdreht und die anderen in Gefahr bringt.«

»Und bei dir ist noch alles gut?«, fragte sie ängstlich und seufzte erleichtert, als er stumm nickte, obwohl er alles andere als gut aussah.

»Wir haben die Koskos-Amazonen gerettet«, rief Kyros schnell mit einem bemühten Lachen dazwischen, bevor sie das Thema vertiefen konnte. »Wir haben sie mit Medikamenten versorgt und viele von ihnen konnten in den Sarkophagen geheilt werden. Die Königin hatte eine Gebärmutterfehlbildung. Die konnte mit einem kleinen Eingriff von Trac behoben werden. Danach ist sie voller Tatendrang in ihre Siedlung und zu ihrem Ehemann Abil zurückgekehrt.«

»Und wir haben Stone und seine Squad wiedergefunden«, sagte Sin. »Du erinnerst dich? Mein Offizier, den Pukia von Burgen aus losgeschickt hat, um nach mir zu suchen. Ich war mit dir aber in die Zukunft gesprungen und seine Mission war zum Scheitern verurteilt. Der Virus hat das Übrige getan. Er war in einer katastrophalen mentalen Verfassung und ist mit seiner Squad ziellos durch die Gegend geirrt wie ein Schlafwandler. Er wusste nicht einmal mehr, wie er heißt oder was er ist. Er wurde schließlich von den Hochlandelfen von Avilea gefunden und gefangen genommen. Sie sagten, sie würden ihn und die Squad freilassen, wenn wir dich dafür ausliefern.«

»Sie waren ziemlich angepisst, weil du ihre Armee bei den Ruinen von Kaplis vernichtet hast, und sie wollten Rache. Aber dann mussten sie lernen, dass man sich nicht mit der Kohini anlegt«, fügte Kyros hinzu.

»Liebe Güte. Ich habe doch hoffentlich nicht noch mehr Blutvergießen unter den Elfen angerichtet?« Diese Schlacht bei Kaplis war schon entsetzlich genug gewesen. Sie wollte nicht für noch mehr tote Elfen verantwortlich sein.

»Du hast uns unsichtbar gemacht, Kohini«, kam es ganz unerwartet von Large, der bisher stumm dagestanden und zugehört hatte, den Blick diskret zum Zeltdach hinauf gerichtet. »Dich selbst, den Kishar, Storm, Kyros und mich. Wir sind unsichtbar in das Dorf der Elfen gegangen und haben Stone und die Squad befreit, ohne Kampf und Blutvergießen.«

»Das ist gut.« Miri seufzte erleichtert, aber Kyros schüttelte den Kopf.

»Das war eine Schafspimmel-Scheißkatastrophe! Danach ging es dir schlechter denn je. Wir dachten, du stirbst. Die Nebenwirkungen deiner Quantensprünge werden mit jedem Mal schlimmer und das Pusch verstärkt nicht nur deine Macht, sondern auch die Nebenwirkungen. Dein nächster Quantensprung wird dich umbringen.«

»Aber ihr könnt mir doch Kraft geben und mich wieder heilen. Indem ihr mit mir … ihr wisst schon womit, mit eurer Zuneigung.«

»Wir können gar nichts für dich tun, wenn du stirbst, bevor überhaupt einer von uns dich in den Arm nehmen kann. Willst du etwa dein Leben auf unsere Küsse oder unsere Potenz verwetten oder darauf, dass wir mitten in der Schlacht einen hochkriegen?«, schrie Kyros und spreizte die Flügel aufgebracht.

»Wir konnten dich zwar retten, aber der geflügelte Affe hatte fast einen Nervenzusammenbruch bekommen, weil er dachte, du wärest tot«, sagte Sin düster.

»Ach, und du? Du warst also die Gelassenheit in Person, als dein Silbervögelchen nicht mehr geatmet hat? Ja? Ich habe ja immer noch einen Schaden am Trommelfell von deinem Geschrei: ›Sie stirbt! Sie ist tot! Rette sie! Hilf ihr doch! Sie darf nicht sterben!‹«

»Nachdem wir Stone und seine Squad befreit hatten und wieder im Lager waren, fing es plötzlich an und es ging dir schlagartig immer schlechter«, sagte Sin und ignorierte Kyros. »Du hast dich übergeben, hast gezittert, bist kollabiert, nur schlimmer als je zuvor. Ich will so etwas nicht noch einmal miterleben.«

»Danach hast du uns versprochen, dass du deine Kohini-Kräfte nicht mehr einsetzen wirst«, fügte Kyros hinzu. »Es sei denn, es geht um Leben und Tod.«

»Es tut mir leid, dass ich euch solche Sorgen bereitet habe«, sagte Miri, aber sie lächelte, denn sie konnte sich weder an diesen Zusammenbruch noch an ein derartiges Versprechen erinnern, und sie fühlte sich gerade einfach blendend. »Wie geht es Stone und seiner Squad?«

»Stone? Stone?« Kyros warf die Arme in die Höhe. »Dem Idioten geht es besser.«

»Zumindest körperlich«, fügte Sin hinzu. »Seit er wieder im Heer und unter meinem Kommando steht, geht es ihm besser, aber er kann nur noch einfache Aufgaben ausführen und verhält sich manchmal wie ein Kleinkind.«

»Wenn wir nicht bald ins Labor kommen, werden die Männer nicht mal mehr imstande sein, allein zu pissen«, sagte Kyros.

»Was ist mit den Kindern, Tala und Askender und mit Wilma? Haben wir irgendwelche Nachrichten von ihnen?«, fragte Miri. In ihrer Erinnerung war es gerade zwei Tage her, seit Wilma sich auf den Weg nach Mykan gemacht hatte, aber vermutlich war sie längst in Mykan angekommen und hatte die Kinder gerettet, und vielleicht hatten sie schon eine Nachricht von ihr erhalten, an die Miri sich nur nicht erinnerte. Aber Sin schüttelte den Kopf und Kyros legte seine Hand tröstend in ihren Nacken. Offenbar hatte sie sich in der Zeit, die sie übersprungen hatte, viele Sorgen um Wilma und die Kinder gemacht. Auch jetzt spürte sie einen heißen Stich in ihrem Magen und das plötzliche Aufflackern von Panik, als Kyros antwortete:

»Wir haben nichts von Wilma gehört, seit sie vor drei Wochen aufgebrochen ist. Und Pukias Trackersignal haben wir an einem Punkt nahe dem Nordkap mitten im Meer verloren.«

»Bei knapp neunhundert Faden Tiefe sind die Signale erloschen«, kam es mit einem lauten Ausruf von Large. »Sie ist vermutlich im Eismeer ertrunken.«

»In den Tiefen des Eismeers ertrunken? Kaum zu glauben, dass dieses zähe Miststück tot sein soll«, zischte Miri und verspürte nicht den Hauch von Mitleid.

»Das hast du neulich schon mal gesagt, Silbervögelchen, als wir dir von Pukias Trackersignal erzählt haben.« Ein Auflachen kam aus Sin heraus. Immerhin er lachte wenigstens noch.

»Meine Idee mit den Trackern war leider nicht so genial, wie ich gehofft hatte. Es tut mir sehr leid, aber bitte reg dich nicht noch einmal auf. Du hast mir deswegen schon zweimal die Hölle heißgemacht und ich bereue es, dass ich Pukia habe laufen lassen.«

»Was ist mit Nimrod? Ist er weg? Ist er nach Mykan geflohen?«, fragte Miri weiter und versuchte, ihren Ärger zu verdrängen und ihre Angst um Wilma und die Kinder zurückzustellen.

»Nimrod ist nicht direkt geflohen«, sagte Kyros. »Du hast ihn gehen lassen. Er hat das Raumschiff genommen, mit dem Tor Namush zu den Koskos-Amazonen geflogen war. Es kann nur über den genetischen Code eines Haèl gesteuert werden, es war also nutzlos für uns. Du hast Nimrod den Kopf von Tor Namush mitgegeben und die Ambrosia, die du bei ihm gefunden hast, und dann hast du ihn mit einer Botschaft zu Tyrannos geschickt.«

»Er sollte Tyrannos einen Gruß von dir bestellen: ›Beendet das Spiel oder ihr werdet alle sterben‹«, sagte Sin.

Miri nickte, ja, diese Worte stammten zweifellos von ihr. Und gestern Abend (nein, vor drei Wochen), als sie Nimrod den abgeschlagenen Kopf auf den Tisch gelegt hatte, hatte sie bereits mit dem Gedanken gespielt, den alten Mann mit so einer Art von Warnung zu Tyrannos zu schicken.

»Weder Nimrod noch Tyrannos und auch kein Elohim haben sich bisher mit einer Antwort zurückgemeldet«, sagte Kyros mit einem Schulterzucken. »Sie lachen über uns, Miri. Stell dir vor, eine Ameise tritt vor einen Elefanten und ruft ihm zu: ›Ergib dich oder ich töte dich!‹«

Miri seufzte aus tiefstem Herzen. Vielleicht hatte er ja recht. Jetzt gerade fühlte sie sich noch mickriger als eine Ameise. Sie hatte gedacht, sie könnte ihre Kräfte endlich kontrollieren, und doch war sie, ohne es zu wollen, drei Wochen in die Zukunft gesprungen. Und offensichtlich würden ihre Kohini-Kräfte sie über kurz oder lang umbringen. Vielleicht würde sie ja schon in den nächsten paar Minuten wieder einen neuen schrecklichen Anfall erleiden, und wenn nicht, dann wusste sie immer noch nicht warum oder warum nicht. Sie hatte sich eingebildet, sie könnte ihr Schicksal selbst in die Hand nehmen und selbst entscheiden. Sie hatte sich etwas darauf eingebildet, dass sie sich von niemandem mehr als Spielfigur missbrauchen lassen würde. Aber das war ihr größter Irrtum gewesen.

Sie konnte gar nichts kontrollieren und nichts wirklich frei entscheiden.

Sie konnte nichts weiter tun, als sich in das verdammte Schicksal zu ergeben, das ihr bestimmt war, von wem auch immer und warum auch immer. Wenn es ihr bestimmt war, zu siegen, dann würde sie siegen, wenn es ihr bestimmt war, unterzugehen, dann konnte kein Plan, keine Pusch-Droge und kein Sex sie retten.

Sie war immer noch eine Spielfigur, nur, dass es nicht die Götter waren, die sie lenkten, sondern etwas anderes. Ja, sie war eine mickrige Ameise in einem gigantischen Spiel, aber die Götter waren beileibe keine Elefanten, sondern ebenfalls nur mickrige Ameisen.

»Wenn ich in der nächsten halben Stunde nicht tot umfalle, reiten wir ins Tal von Alkash und tun, was uns zu tun bestimmt ist«, sagte sie zu den beiden Männern.

Sie wusste, was sie in Alkash erwartete, welchen Plan Zarastra mit Kyros geschmiedet hatte, und sosehr sie sich davor auch fürchtete, es musste geschehen. Sie würde sich von jener Macht leiten lassen, die sie bisher auch gelenkt hatte.

Noch war sie am Leben und noch gab es Hoffnung.

∞

Kyros:

Trac hatte seine Untersuchung beendet und sah Sin mit leidvollem Blick an, als müsste er ihm sein Todesurteil verkünden – was er vermutlich auch gleich tun würde.

»Du bist am Ende. Du musst in Kryostase, Kishar«, wisperte er kaum hörbar, als hätte er Angst, es laut zu sagen. »Ich weiß nicht, wie du es überhaupt noch schaffst, auf eigenen Beinen zu stehen, zu sprechen oder gar klare Befehle zu erteilen.«

Kyros, der Sin ins Laborzelt begleitet hatte, hatte das Gefühl, als würde ihm jemand den Boden unter den Füßen wegziehen. Sin in Kryostase? Ausgerechnet jetzt, kurz bevor sie die Barriere deaktivieren und Sassaris angreifen wollten.

O verdammt! Verdammt! Verdammt! Miri würde es nicht ertragen, wenn sie Sin jetzt verlieren würde. *Er* würde es nicht ertragen, wenn er Sin verlieren würde. Er liebte den Arsch.

Sin hingegen nahm diese Offenbarung mit seltsam kalter Gelassenheit auf.

»Du weißt, dass ich nicht in Kryostase kann«, sagte er ruhig zu Trac und trat aus dem Sarkophag heraus, in dem die Untersuchung stattgefunden hatte. Scheiße, er wusste längst, wie schlimm es um ihn stand, und hatte sich nichts anmerken lassen. »Nicht jetzt, nicht irgendwann.«

»Du selbst hast diese Untersuchung angeordnet, Kishar, um zu verhindern, dass einer von uns zu spät deaktiviert wird. Ich untersuche mich ebenfalls jeden Tag.«

Sin starrte seinen Feldarzt mit kalten Augen an, und Kyros war sich nicht sicher, ob er nachgeben oder dem Mann nicht im nächsten Moment den Kopf abreißen würde. »Gib mir noch mal etwas von dem Medikament, das du synthetisiert hast, das mich irgendwie bei klarem Verstand hält«, sagte er barsch, aber Trac schüttelte den Kopf.

»Das Medikament hat nichts bewirkt, Kishar. Ganz im Gegenteil, es hat die Ausbreitung des Virus noch beschleunigt und deinen Gesamtzustand verschlechtert. Dein Zentralprozessor ist voller Bugs und Schadprogramme.«

»Gib mir das verdammte Medikament. Das ist ein Befehl«, zischte Sin. Er verzog das Gesicht, als ob er Schmerzen hätte. »Keine Kryostase! Ich bleibe auf den Beinen, solange es nur geht.«

»Aber Kishar, du kannst nicht …«

»Gib es ihm, verdammt noch mal!«, rief Kyros dazwischen und konnte selbst kaum glauben, was er da gerade hinausgebrüllt hatte. Er hätte stattdessen an Sins Vernunft appellieren sollen, ihm sagen sollen, dass er sich sofort in Kryostase begeben müsse, weil er dadurch zumindest eine kleine Chance auf Heilung hatte. Dass er andernfalls vielleicht gar nicht mehr gerettet werden konnte. Dass er schon bald durchdrehen würde, wenn er sich nicht abschaltete. Aber das konnte er nicht sagen. Sin musste weitermachen. Ohne ihn war das alles einfach undenkbar. Ohne ihn würde Miri zusammenbrechen.

»Die Kohini braucht ihn jetzt, ihr alle braucht ihn, sogar ich brauche den verdammten Arsch«, sagte er laut und erntete von Sin ein Nicken und ein schwaches Lächeln.

»Das Medikament«, befahl Sin und hielt Trac die offene Hand hin. Der Arzt schüttelte zwar den Kopf, gehorchte aber und holte den Wirkstoff aus dem Synthetisierer.

»Kein Wort davon zum Silbervögelchen«, zischte Sin Kyros an, als der ihm die Hose und die Tunika reichte.

»Ich bin ja nicht bescheuert.«

Sie redeten nichts mehr, bis Trac das Medikament verabreicht hatte und sie gehen konnten. Die Squad und Miri warteten bereits am Tor. Sin würde die Squad ins Tal von Alkash führen und sie beide würden so tun, als wäre alles in Ordnung. Dabei war alles so beschissen wie noch nie zuvor.

»Hör mal, Cyber-Arsch …«, begann Kyros, als sie aus dem Laborzelt getreten waren. Er hatte das dringende Bedürfnis, noch ein paar Worte unter vier Augen mit Sin zu wechseln, obwohl er im Grunde gar nicht wusste, was er zu ihm sagen sollte. Vielleicht so etwas wie: »Ich will nicht, dass du stirbst«, oder: »Es tut mir so unendlich leid, was ich euch angetan habe«, oder vielleicht besser so etwas Einfaches wie: »Ich liebe dich.« Aber nein. Lieber würde er sich die Zunge abbeißen. Er würde sich nach Tausenden von gelebten Ewigkeiten ganz bestimmt nicht zum Idioten des

Universums machen und ausgerechnet Sin Kishar Bar Nashka gestehen, dass er ihn liebte.

»Nein, hör *du* zu, Geflügelaffe.« Sin packte ihn an den Schultern und drehte ihn herum, sodass er ihm gegenüberstand und ihm direkt in die Augen schauen musste. »Du musst mir etwas schwören.«

»Was?«

»Ich kann nicht in Kryostase. Ich muss durchhalten bis zum Ende, aber schwöre mir, dass du mich tötest, wenn der Wahnsinn bei mir durchbricht. Wenn du irgendetwas von der Scheiße wiedergutmachen willst, die du uns angetan hast, dann tue das. Töte mich.«

»Als ob das so einfach wäre.«

»Du hast ein Bar-Nashka-Schwert, ich habe einige deiner Gene. Wenn es einer schafft, dann du. Schlag meinen Kopf ab und verbrenne ihn. Das ist hoffentlich mein Ende.«

»Fuck!« Kyros hatte das Gefühl, als ob man ihm eine Faust in den Magen gerammt hätte. »Vielleicht hältst ja du durch, bis wir das Labor erobert haben. Ich kann dich retten.«

Sin sah ihn mit ausdruckslosen Augen an und schwieg eine ganze Weile. »Ja, vielleicht«, sagte er schließlich, aber das klang so unendlich hoffnungslos, dass es Kyros den Magen umdrehte.

»Wie schlimm ist es?«, fragte er flüsternd.

»Ich brauche verdammt viel Selbstbeherrschung, aber sie schwindet. Ich hoffe, dass ich wenigstens durchhalte, bis die Barriere gefallen ist. Aber …« Er schüttelte den Kopf. »… es wird immer schlimmer. Da ist dieses Chaos an Erinnerungen in meinem Kopf. Die Bilder von Morden und Vergewaltigungen und Vernichtung, die ich begangen habe, mischen sich mit den Erinnerungen aus meiner Kindheit, Bilder meiner Mutter verschmelzen mit Bildern von Frauen und Kindern, die ich getötet habe. Glückliches Lachen aus meinem menschlichen Leben geht in Angstschreie und Kriegsgeschrei über und in meinem Kopf ist eine Kakophonie von Geschrei und Leid und Elend. Und dann ist da der Dämon in mir, der mir befiehlt, alle zu töten, alles zu vernichten, zu verbrennen und zu zerstören, einschließlich Miri und mich selbst. Wenn er die Oberhand gewinnt, verliere ich die Kontrolle. Und er wird immer mächtiger.« Sin fuhr sich mit der Hand durch die Haare. »Immer mächtiger.«

Verdammt! Kyros hätte ihn am liebsten in seine Arme gezogen, aber das wäre zu peinlich. Also stand er nur da und starrte dämlich in Sins Augen, die so voller Verzweiflung waren.

Sin packte ihn fest am Arm. »Lass nicht zu, dass ich Miri Schaden zufüge oder dass sie es sein muss, die mich tötet. Kümmere dich um sie, wenn ich tot bin. Bleib an ihrer Seite.«

»Ja«, sagte Kyros nur dumpf. Das war selbstverständlich und doch ein Versprechen, von dem er nicht wusste, ob er es halten konnte.

»Dann schwöre mir, dass du mich tötest, wenn es nicht mehr anders geht.«

Kyros konnte nur nicken, weil ein dicker Kloß in seiner Kehle steckte.

Sin packte ihn an den Schultern, als wollte er ihn schütteln. »Schwöre es mir bei deiner Liebe zu Mirisandra.«

Kyros legte seine Hand auf Sins Brust, dort, wo unter dem Brustpanzer sein Herz schlug. »Ich schwöre es bei meiner Liebe zu Mirisandra und bei meiner Liebe zu dir.« Mit diesen Worten fuhr er herum und rannte davon, zum Tor, wo Miri und die Squad mit den Pferden warteten.

∞

Kyros:

Sie waren bei ihrem Weg in die Schlucht von Alkash nur auf schwachen Widerstand gestoßen. Zwei Handvoll Hyänenmutanten hatten sie angegriffen, aber die hatten sie innerhalb weniger Augenblicke besiegt. Die Leichtigkeit, mit der sie ihr Ziel erreicht hatten, erinnerte Kyros daran, dass er einen Handel mit Zarastra abgeschlossen hatte, und daran, dass der Gott die Abmachung keineswegs vergessen hatte. Wenn Zarastra sie wirklich hätte aufhalten wollen, hätte er ihnen alles entgegengeworfen, was er an Mutanten und Kriegern nur mobilisieren konnte. Der kleine Hyänenüberfall sollte Miri lediglich in Sicherheit wiegen.

Miri schien sich keinerlei Gedanken darüber zu machen, ob sie womöglich in eine Falle ritten oder ob sie von demjenigen verraten werden könnte, dem sie am meisten vertraute. Ihr ging es blendend. Sie hatte nach ihrem Quantensprung auch keine Anzeichen von Schwäche oder Übelkeit gezeigt. Vielleicht lag es daran, dass er und Sin sie mit Zärtlichkeiten überhäuft hatten, vielleicht lag es auch daran, dass ihr um drei Wochen jüngerer Körper noch nicht so ausgelaugt war, vielleicht lag es auch daran, dass sie beim Einschlafen gestern Abend keine Pusch-Droge zu sich genommen hatte, oder aber lag es an irgendeinem vergammelten Schafspimmel, der irgendwo am Arsch der Welt unter irgendeinem Hut versteckt war … weiß der Henker! Jedenfalls ging es Miri gut.

Kyros hingegen hatte das Gefühl, dass er unter der drückenden Last seines Gewissens demnächst zerbrechen würde. Inzwischen waren sie von den Pferden gestiegen und hatten die kleine Höhle und die verborgene Tür erreicht. Dahinter befand sich die Technologie für die Barriere und das Gateway, dessen Zielort bereits von Zarastra codiert worden war. Durch dieses Gateway sollte er Miri schicken, so hatte er es mit dem obersten Elohim abgesprochen und Ambrosia dafür erhalten. Sein Magen fühlte sich an wie ein Lavabrocken, als er die Hand auf das Kalkgestein legte, das die Tür tarnte. Es dauerte ein bisschen, bis die Sensoren unter dem Staub seinen genetischen Code gelesen hatten und den Öffnungsmechanismus aktivierten, und während alle anderen um ihn herum jubelten, wurde ihm nur noch schlechter. Denn gleichgültig, was er jetzt tun würde, irgendjemand würde leiden und den Preis dafür bezahlen.

Die Tür erschien. Sie war aus schwarzem Polycarbine. Das Material alterte und verrottete niemals. Einstmals, es lag schon ein paar Millennien zurück, hatte Kyros hier im Tal sogar seine Residenz gehabt, eine weitläufige Felsenfestung mit allem, was für einen Gott dazugehörte: sagenhafter Luxus, mächtige Waffen, komplexe Hightech, unbegrenzte Energie und Macht, Frauen, so viele er haben wollte, vor allem aber Spaß und Spiele. Damals war er einer der mächtigsten der Elohim gewesen und er hatte das Millenniumsspiel mit großer Leidenschaft gespielt und sich gefreut, wenn er den Haèl eins auswischen konnte, wenn seine Geschöpfe deren Geschöpfe niedermetzelten.

Was für eine bedeutungslose und widerwärtige Existenz das gewesen war.

»Es kann losgehen«, sagte er und trat in den dunklen Raum. »Schaltpult und Licht!« Die uralte Technik, die seit vielen Jahrhunderten nicht mehr genutzt worden war, erkannte seine Stimme und es wurde hell im Raum, während sich aus dem Boden das Schaltpult heraufhob. »Mal sehen, was Nimrods Code wert ist.« Seine Finger zitterten, als er die holografischen Zeichen berührte.

Miri trat neben ihn und lächelte ihn an, als wollte sie ihn aufmuntern, nur weiterzumachen. Verdammt, aber dieser Blick zerschnitt sein Herz. Jetzt schlang sie auch noch die Arme um ihn und küsste ihn auf die Wange, während er versuchte, sich auf die Zeichenfolge zu konzentrieren und nicht daran zu denken, was diese eine Entscheidung für sie alle bedeutete.

»Ich liebe dich, Kyros«, sagte sie voller Zuversicht.

»Stör mich jetzt nicht«, brummte er und schob sie von sich. Wenn sie wüsste, was er ursprünglich vorgehabt hatte, ihr Herz würde brechen. Er warf einen verzweifelten Blick in Sins Richtung, als ob ausgerechnet der ihm jetzt helfen könnte, vielleicht ja sein Händchen halten, weil sie bei dieser Angelegenheit gemeinsame Sache gemacht hatten? Dadurch wurde dieser Moment nicht einfacher; dieser Moment, an dem Kyros sich zwischen der Ewigkeit und der Hoffnung entscheiden musste.

Er holte noch einmal tief Luft, dann gab er die letzte Zeichenfolge des Codes ein und wartete. Ein leises Summen sagte ihm, dass der Deaktivierungscode akzeptiert wurde. Nimrod hatte nicht gelogen und der Wächter hatte es verpennt, den Code zu ändern.

»Es hat funktioniert. Es gibt für die Bar Nashka keine Bannmeile mehr«, verkündete er ohne echte Begeisterung. Nur die Soldaten der Squad freuten sich und schlugen zum Applaus auf ihre Rüstungen.

»Die Armee soll sich in Gang setzen. Der Angriff kann beginnen. Es werden keine Zivilisten getötet, kein unnötiges Abschlachten.« Sin winkte einem der Soldaten zu, der den Befehl an Cloud überbringen sollte. Die Stadt würde binnen weniger Stunden fallen.

Aber da auf einmal geriet Miri völlig außer sich. »Du hast die Barriere deaktiviert? Wirklich?«, rief sie und wurde ganz bleich, als wäre das das Schlimmste, was er hätte tun können. Wenn sie wüsste …

»Ja«, knurrte Kyros. »Was sonst?«

O Mann, was sonst? Was sonst? Sie durch das Gateway in die Zukunft zu schicken, das wäre die andere Alternative gewesen: den Handel, den er mit Zarastra eingegangen war, zu erfüllen, sein eigenes Leben zu retten, Unsterblichkeit und Macht zurückzuerlangen, leichten Zugang zum Labor zu erhalten, um die Bar Nashka retten zu können. Das war so ein verdammt mächtiges Angebot gewesen und welcher Mann, der bei gesundem Verstand war, würde diesen Handel nicht eingehen und ihn erfüllen?

Er! Kyros.

Er hatte das Gateway nicht geöffnet, sondern die Barriere zerstört, und damit hatte er den Vertrag mit Zarastra gebrochen und Sassaris für die Eroberung durch die Bar Nashka bloßgelegt. Im besten Fall würden sie es schaffen, die Götter zu besiegen und das Labor zu erobern, dann wäre der Vertrag sowieso bedeutungslos. Sehr viel wahrscheinlicher aber war, dass sie bei ihrem Angriff erbärmlich vor die Hunde gehen würden. Denn selbst in ihrer unsäglichen Arroganz mussten die Götter längst begriffen haben, dass ihnen ernsthafte Gefahr durch die Kohini drohte. Sie hatten sich inzwischen zweifellos zusammengetan und unter der Leitung von Tyrannos und Zarastra einen Schlachtplan entwickelt, und sie würden der Kohini mit ihrer geballten technologischen Macht entgegentreten, Blitze und Erdbeben, Überschwemmungen, Bomben und Raketen aus der Raumstation mit eingerechnet. Das würde eine Schlacht werden, wie die Welt sie noch nicht gesehen hatte.

Dennoch hatten er und Sin sich für diesen, den harten Weg entschieden. Lieber kämpfen und fallen, als sich den Göttern fügen und deren Spiel weiterspielen. Zu kämpfen und sich aufzulehnen, bedeutete Hoffnung. Es war zwar nur eine winzige Hoffnung, doch es war mehr als alles, was die Sterblichen bisher gehabt hatten.

»Aber was ist mit dem Gateway?«, rief Miri. Sie nahm Kyros an den Schultern und schüttelte ihn.

»Was soll mit dem gottverdammten Gateway sein? Welches Gateway?« Eigentlich war er ein guter Lügner oder zumindest war er das früher mal gewesen, aber er schaffte es nicht, Miri anzulügen. Er konnte ihr nicht in die Augen schauen.

»Warum hast du das Gateway in die Zukunft nicht geöffnet?«, fragte sie leise wispernd.

»Äh. Was?« Vermutlich war er in den letzten zehn Millennien nicht so sprachlos gewesen wie in diesem Moment, als sie ihn an den Schultern hielt und mit großen Augen anschaute. Sie konnte nichts von dem Gateway wissen und nichts von seinem absurden Handel mit Zarastra. Unmöglich! »W-was meinst du?«

»Dein Vertrag mit Zarastra. Der heilige Handschlag. Du hast ihn soeben gebrochen. Warum?«, flüsterte sie, dabei warf sie einen vorsichtigen Blick in Sins Richtung, als würde sie befürchten, dass der sie hören konnte und gleich mit dem Schwert auf Kyros losgehen würde.

»Ich … äh … ich verstehe nicht.« Es war unmöglich, dass sie über diesen Handel Bescheid wusste und trotzdem so ruhig blieb und ihn voller Liebe ansah … ihn nicht bis ins Knochenmark hasste.

»Du brauchst dich nicht länger dumm zu stellen. Sie weiß es!«, rief Sin, der gerade eben noch mit einem der Soldaten gesprochen hatte. Natürlich hatte er ihr Flüstern gehört. Sein Gehör war ja unübertrefflich.

»Und du weißt auch davon?«, fragte Miri und drehte sich zu Sin herum. Aber anstatt Ärger zu zeigen, grinste sie Sin an. »Sag bloß, Kyros hat dich in seinen Handel mit Zarastra eingeweiht und dich zu seinem Verbündeten gemacht und du hast ihn nicht gleich umgebracht?«

»Wir haben mal zusammen eine Flasche mit Schnaps getrunken«, brummelte Sin mit einem verlegenen Schulterzucken. »Und ich fand den Handel sehr gut, weil wir damit dein Leben retten wollten. Ursprünglich.«

Miri lachte, als wäre das eine harmlose Unterhaltung beim Mittagessen und nicht die größte Gewissensfrage, der Kyros und Sin sich jemals hatten stellen müssen. »Es geschehen noch Zeichen und Wunder! Ihr beide habt zusammen gesoffen und euch verbündet, um mich zu retten?«

Sin brummte nur und Kyros schaute verlegen auf seine Schuhe, als er antwortete. »Ja, aber inzwischen haben wir beschlossen, den Handel mit Zarastra nicht durchzuziehen.«

»Aber warum nicht?«, fragte Miri.

»Die Vorzeichen haben sich geändert, Silbervögelchen«, sagte Sin. Er schaffte es immerhin, ihr direkt in die Augen zu schauen. »Nach dem Desaster in Avilea haben wir unseren Plan geändert. Darum. Erstens weil ein Quantensprung in die Zukunft dich töten könnte und zweitens weil wir lieber kämpfen und sterben, als uns irgendeinem beschissenen Handel mit den Göttern zu fügen.«

»Und drittens:«, sagte Miri mit einem Lächeln. »Gleichgültig, wohin ihr mich auch geschickt hättet, ich kann jederzeit zurückspringen, denn ich brauche bekanntlich kein Gateway, um Zeitsprünge zu machen. Aber Zarastra hat euch die Nutzung des Labors versprochen. Die Rettung für deine Männer. Was ist damit? Darauf kannst du doch nicht einfach verzichten. Und was ist mit Kyros?« Sie wandte sich nun wieder zu Kyros herum und sah ihn kopfschüttelnd an. »Du hast Zarastra einen Handschlag gegeben, das heißt, er darf dich jederzeit töten.«

»Wir brauchen keine Erlaubnis von diesem Ober-Elohim, um das Labor zu nutzen«, antwortete Sin. »Wir werden das Labor erobern. Und wenn er Kyros töten will, muss Zarastra erst mal an mir vorbei.«

»Du würdest Kyros verteidigen?«, fragte Miri mit einem Lächeln und einem Kopfschütteln. »Wie nennst du ihn immer? Geflügelarsch?«

»Weil er ein Geflügelarsch ist, aber wir haben ein paar wichtige Gemeinsamkeiten, die uns verbinden. Wir lieben dich und wir hassen die Götter.«

Miri ging zu Sin, nahm ihn an der Hand und zog ihn mit sich zum Schaltpult, an dem Kyros stand und immer noch auf seine Schuhe hinabschaute, dann ergriff sie Kyros' Hand und wartete, bis er endlich den Mumm hatte, sie anzusehen. Sie hielten sich an den Händen wie drei bescheuerte Kleinkinder. Nur dass es sich nicht kindisch anfühlte.

»Ich hätte euch nicht dafür verdammt, wenn ihr mich durch das Gateway gestoßen hättet«, sagte Miri ernst und schaute vom einen zum anderen. »Aber so wie ihr jetzt gehandelt habt, ist es um so vieles besser und bedeutungsvoller. Ihr habt euch für die Hoffnung entschieden und der Ewigkeit in den Arsch getreten.«

»Wie hast du es herausgefunden?«, brummelte Kyros, dem diese pathetischen Worte viel zu nahegingen.

»Ich war dabei, als du dich mit Zarastra getroffen hast. Ich habe in jener Nacht zwar in Sins Bett geschlafen, aber meine Seele war in deinem Kopf. Ich weiß, was ihr vereinbart habt.«

»Du wusstest es die ganze Zeit? All die Wochen? Und die ganze Zeit hast du gedacht, dass ich dich verraten würde?«

»Ja, bis gerade eben. Als du ans Schaltpult getreten bist, habe ich mich schon gewappnet.«

»Ich bin nun mal ein egoistischer Schweinehund«, brummte er.

»Das bist du nicht! Und du brauchst auch nicht zynisch zu werden, um deine Heldentat herunterzuspielen.« Sie nahm sein Gesicht in ihre Hände, damit er ihr endlich in die Augen schaute. »Ich war in deinem Kopf in jener Nacht, als du davongeschlichen bist, um dich mit Zarastra zu treffen. Ich habe mit deinen Augen gesehen, mit deinen Sinnen gefühlt und deine Gedanken gehört. Ich weiß, was dich zu der Abmachung bewogen hat, und deshalb weiß ich auch, dass du kein egoistischer Schweinehund und auch kein Verräter bist. Dein Handel mit Zarastra ist aus Liebe entstanden, aus Liebe zu mir und zu den Bar Nashka. Du wolltest uns alle retten, sogar die Leute in Sassaris wolltest du vor einem Blutbad bewahren. Du hast nur eines nicht bedacht, liebster, ahnungsloser Ex-Gott: Rettung für mich war nie das Ziel dieser Mission. Niemand kann sagen, ob ich nur noch einen oder hundert Quantensprünge überlebe. Das steht buchstäblich in den Sternen geschrieben. Aber eines kann ich sicher sagen: Wir müssen darauf vertrauen, dass meine Kohini-Magie im richtigen Moment das Richtige tun wird. Wenn es mir bestimmt ist, bei dieser Mission zu sterben, dann wird niemand es verhindern. Aber solange wir drei wahrhaftig zueinander sind und unserem Ziel treu bleiben und nicht aufgeben, werden wir gewinnen – selbst wenn wir verlieren.«

»Das ist mir zu metaphysisch. Ich habe kein Wort verstanden«, sagte Kyros, auch wenn ihre Worte etwas in ihm erweckt hatten, von dem er nicht gewusst hatte, dass man so etwas überhaupt empfinden konnte. Es war eine Art unerschütterliches Vertrauen auf das Gute und die Hoffnung auf Rettung, etwas, das vermutlich nur Sterbliche empfinden konnten.

»Ich habe auch nichts verstanden, aber ich glaube dir trotzdem«, fügte Sin leise hinzu und Miri lachte.

»Dann lass uns versuchen, die Welt zu retten, und versuchen, dabei so wenig Menschen wie möglich abzuschlachten.«

Und genau in diesem Moment brach Sins Wahnsinn aus.

Vielleicht war es das Wort »abschlachten« gewesen, das ihn getriggert hatte, oder vielleicht war es mit seiner Selbstbeherrschung auch einfach vorbei, nachdem alles zwischen ihnen und Miri geklärt war und sich Erleichterung in ihm breitmachte. Wer konnte das schon sagen?

Gerade eben hatte Miri ihn noch angelacht und im nächsten Moment ging er mit einem entsetzlichen Schmerzensschrei auf alle viere nieder und raste wie ein Hund auf die Männer seiner Squad los. Er knurrte sogar. Im Ansturm riss er zwei seiner Soldaten von den Füßen. Er jaulte und schrie und dann machte er kehrt und kam auf Miri zugerannt. Kyros fluchte und riss sein Schwert aus der Scheide, aber Sin war zu schnell. Schon hatte er Miri gepackt und zu Boden gerissen.

Sie schrie vor Schreck und beschwor ihn. »Kieran. Nicht! Ich bin es!«

Kyros war starr vor Schreck. Er hatte geschworen, Sin zu töten, aber er liebte den Arsch doch! Er brachte es nicht über sich. Dieser Augenblick des Zagens reichte. Sin sprang auf die Beine und riss Miri mit sich hoch, heulend und hechelnd wie ein tollwütiger Wolf.

»Ich muss dich töten. Du bist schuld an allem!«, sagte er mit kaum noch verständlicher Stimme, dabei hielt er Miri wie einen Schutzschild vor sich, während er rückwärts torkelte, immer tiefer in den Raum hinein.

»Scheiße, du Arsch. Scheiße!«, schrie Kyros und raste mit gezogener Waffe auf Sin los, doch der hatte Miri an beiden Oberarmen gepackt und schwenkte sie herum, als wäre sie selbst eine Art Schwert, mit dem er gegen Kyros anstürmen wollte. Er konnte nicht zuschlagen, ohne Miri zu verletzen.

»Kieran«, wimmerte Miri. »Kämpfe gegen den Virus an! Konzentriere dich auf den Mann, der du einst warst! Ich liebe dich. Denk an unsere Liebe!«

Aber Sin schien sie nicht zu hören. »Du musst sterben!« Er spuckte Schaum, als er antwortete, und seine Augäpfel quollen weit aus den Augenhöhlen heraus, während er Miri herumschlenkerte, als wollte er mit ihrem Körper Wände und Türen zerschmettern.

Damit war für Kyros die Entscheidung gefallen. Wenn selbst Miris Liebe Sin nicht mehr erreichen konnte, dann gab es keine Rettung für ihn. Kyros musste ihn töten. Nur wie sollte er ihn angreifen, ohne auch Miri zu gefährden?

»Steht nicht rum, ihr Idioten. Helft mir!«, befahl er den Männern der Squad, die in eine Art Entsetzensstarre verfallen waren. Doch da, auf einmal erfüllte ein tiefes Dröhnen den Raum und ließ den Boden unter ihren Füßen erbeben.

Miri hatte irgendetwas mit ihren Kohini-Kräften getan, auch wenn Kyros nicht gleich begriff, was es war. Er schaute zuerst nach oben zur hohen Zimmerdecke hinauf, denn das Dröhnen klang, als würde ein Hubschrauber direkt über ihren Köpfen schweben, doch dann tauchte aus dem Nichts direkt hinter Sin, nur zwei Schritte entfernt, das Gateway auf. Aber das war nicht einfach nur ein normales Gateway. Es war der Drachenstern. Der götterverdammte Drachenstern, dessen Wurmloch in Sassaris verankert war und mit keiner Energie dieser Welt an einen anderen Ort verlegt werden konnte und doch war er da – mitten im Raum. Die Abbildung der Galaxie leuchtete und drehte sich langsam und mit lautem Donnern um ihre eigene Achse.

Sin wirbelte herum und ließ beim Anblick der Galaxie vor Schreck sogar Miri los. Die landete mit einem Aufschrei auf ihren Knien, aber sie rappelte sich schnell wieder auf. Torkelnd lief sie von Sin weg und kaum war sie aus seiner Reichweite, stürzte Kyros auf ihn los. Sein Schwert hocherhoben. Er zielte auf seinen Hals. Er hatte keine Ahnung, ob er ihn dort wirklich treffen würde und ob er es wirklich schaffen würde, seinen Kopf mit einem Hieb abzuschlagen. Ob er es überhaupt über sich bringen würde, aber er hatte es geschworen. Verdammt noch mal. Auf seine Liebe zu ihm und Miri hatte er geschworen.

»Nein! Nicht!«, kreischte Miri, als sie begriff, was er vorhatte, und rannte los. Sie war schnell wie eine Bar Nashka und stark wie eine Bar Nashka und noch bevor Kyros zuschlagen konnte, war sie bei Sin und verpasste ihm im Sprung einen kräftigen Stoß gegen die Brust. Von der Schnelligkeit und Wucht ihres Ansturms völlig überrumpelt, geriet er aus dem Gleichgewicht, taumelte rückwärts und fiel direkt in das Zentrum des Drachensterns hinein.

Mit einem kaum hörbaren »Wusch« verschwand er im strahlend hellen Kern der Galaxie.

Er war weg.

»Was zum Henker …«, japste Kyros.

»Es tut mir leid, ich liebe dich unendlich, Kyros, aber ich muss Sin retten«, rief Miri und mit diesen Worten sprang sie selbst in den Drachenstern hinein, Sin hinterher.

II GATEWAY

∞

Aus den Erinnerungen des El Shaddaj:
Die Macht der Kohini ist chaotisch und rätselhaft.
Sie folgt keiner wissenschaftlichen Logik und keinen Gesetzmäßigkeiten der Physik.
Wie es ihr möglich war, den Drachenstern zu rufen oder zu steuern,
lässt sich mit unserem Wissen nicht erklären.

Gilbesh:

Die Schlacht am Gateway war vorbei. Von König Tyrannos war nur noch eine ausgebrannte Rüstung und ein Häuflein Asche übrig und der Drachenlord lag mit verrenkten Gliedern in einer Blutlache. So viele andere Drachengeborene, die ihn hatten beschützen wollen, waren von dem rasenden Gott hingeschlachtet worden, und der Platz vor dem Gateway war von zerschmetterten Leibern übersät. Auch viele seiner Izeh-Söldner waren unter den Verletzten und Toten. Aber der Drachenlord stöhnte und krümmte sich und das war ein gutes Zeichen. Das bedeutete, dass er noch lebte, und dann würde er auch nicht lange brauchen, bis seine Verletzungen heilten und er wieder munter und hungrig herumhüpfen konnte. Nach seinem Kampf im Kerker von Burgen war es ihm ebenso ergangen.

Drachen waren unverwüstlich. Solange noch ein Funke Leben in ihnen war, erholten sie sich wieder. Das wusste Gilbesh seit dem Tag seiner Geburt, an dem seine Mutter vergeblich versucht hatte, ihn zu töten.

Diejenigen Drachengeborenen, die noch aufrecht standen, liefen nun zu ihrem Lord, um nach ihm zu sehen, und das große eine Drachenbewusstsein sandte eine Woge von Euphorie durch ihre Reihen. Es sagte ihnen allen, dass der Drachenlord überleben würde, dass sie sich keine Sorgen zu machen brauchten. Sie hatten gesiegt. Mit Feuer und Donner. Sie hatten den bösen Gott getötet. Sie hatten ihre Stadt zurückerobert.

Die Welle des kollektiven Jubelgeschreis konnte Gilbesh allerdings nicht mitreißen, denn gar nichts würde gut werden, wenn Wilma nicht überlebte.

»Wilma?!« Gilbeshs Magen war wie ein Eisklumpen, und während die anderen Drachengeborenen zu ihrem Lord liefen, stürzte er zu Wilma hinüber, die nur wenige Schritte von ihm entfernt dalag. Sie hatte das Drachenfeuer in ihm entfesselt. Er hatte sich zwar nicht in einen goldenen Drachen verwandelt wie Askender, aber das Feuer in ihm war mindestens genauso mächtig und heiß gewesen wie das Feuer von Tannins Sohn. Beim Allmächtigen, er hatte Feuer gespuckt und einen Gott getötet, aber seine Knie zitterten, wenn er an Wilma dachte.

»Wilma!«

Sie war noch ein Stück auf allen vieren vorwärts gekrochen, dann war sie zusammengebrochen und auf dem Bauch liegen geblieben. Blut sickerte durch ihre Tunika, und was Gilbesh bislang noch an Vernunft besessen hatte, war wie weggefegt.

»Wilmaaaaa!« Er drehte sie vorsichtig auf den Rücken und ergriff ihre Hand, die er mit Küssen übersäte, zuerst die schwielige Innenfläche, dann den Handrücken. Scheiße, aber er hatte keine Ahnung, was er tun sollte, wie man eine Wunde behandelte, wie man eine verletzte Frau anfassen sollte, wie er ihr helfen konnte.

»Wilmaaaaa!« Sein Heulen übertönte sogar die Jubelschreie der Drachengeborenen, die dem Drachenlord galten, der sich soeben unter Ächzen und Stöhnen erhob. Gilbesh warf ihm nur einen kurzen Seitenblick zu, wie er auf wackligen Beinen stand und an sich hinabsah – überrascht, dass er noch lebte.

»Helfe mir doch jemand. Helft mir. Wilma ist verletzt«, schrie Gilbesh. Er schluchzte, Tränen schossen aus seinen Augen und tropften an seinem Kinn hinab. Er hatte noch nie in seinem verdammten Leben geweint. Noch nicht mal als Säugling.

»Wilmaaaaa! Stirb nicht! Ich brauche dich und du hast mir doch versprochen, dass wir … dass du … O Allmächtiger, nimm sie mir nicht weg. Ich liebe sie. Nimm mich statt ihrer. Lass mich sterben, aber nicht meine Wilma. Wilmaaaaa …«

Plötzlich nahm sie seine Hand und drückte sie. »Drachenmann, du schreist«, sagte sie mit schwacher Stimme, aber ihre Augen waren offen und blickten ihn an. Sie atmete noch, sie war bei Bewusstsein.

»Beim Allmächtigen! Du lebst. Du lebst! Du lebst!« Gilbeshs Geschrei wurde leider noch lauter.

»Ja.«

Er schlang seine Arme um sie, riss sie an sich und küsste sie. Sie legte ihre Hand an seine Wange und ließ den Kuss zu, auch wenn sie schmerzerfüllt stöhnte. Mist! Sie musste höllische Schmerzen haben. So ein Anfall von Drachen-Zuneigung tat ihr ganz bestimmt nicht gut. Er hatte leider überhaupt keine Erfahrung mit so etwas Entsetzlichem wie der Liebe. Seine Gefühle hatten ihn einfach mitgerissen. »Hast du Schmerzen? Bist du verletzt?«

»Ja.«

»Ich bin ein Idiot. Verzeih.« Vorsichtig legte er sie wieder zurück auf den Boden und strich ihr dann zögerlich das Haar aus den Augen.

»Du liebst mich?«, stöhnte sie mit schwacher Stimme und, so unfassbar es auch war, ein schwaches Lächeln zeigte sich auf ihren Lippen.

»Ich … ich … ich habe … ich bin … du bist … ja, ja, ja, ich liebe dich. So sehr.«

»Schön.« Und dann nach einer Weile sagte sie mit einem weiteren schwachen Lächeln. »Du hast Tyrannos besiegt.«

»Mit deiner Hilfe. Du … du bist einfach wunderbar. Du bist so großartig. So … so …«

Ein schwaches Geräusch kam aus ihrem Mund, das vielleicht ein Stöhnen, vielleicht auch ein Lachen war, ihn aber daran erinnerte, dass jetzt nicht der richtige Zeitpunkt für sein dämliches Liebesgestammel war.

»Du brauchst Hilfe. Hilfeeee! So helfe mir doch jemand! Wilma braucht Hilfe«, schrie er nun wieder in Richtung der Drachengeborenen, die sich um Askender geschart hatten und ihm zujubelten. Aber aus der Gruppe löste sich nun eine junge Frau und lief zu Gilbesh und Wilma herüber. Sie hatte eine lange Narbe im Gesicht, strahlte aber von einem Ohr zum anderen vor lauter Siegesfreude.

Dann verneigte sie sich mit einem »Mein Lord!« tief vor Gilbesh. »Ich bin Liss. Ich kenne mich ein wenig mit Heilkunde aus. Lass mich deine Wunde ansehen, Lady«, sagte sie nun zu Wilma und kniete sich, immer noch strahlend vor Siegesfreude, zu ihr hinunter. Vorsichtig schob sie die blutige Tunika nach oben und betrachtete die tiefe Wunde, die Tyrannos' Hörner Wilma verpasst hatten.

»Wir bringen dich in die Burg des Königs. Die gehört jetzt uns. Wir haben sie erobert und dort gibt es ein Lazarett und magische Geräte für die Heilung. Wir haben einen Gefangenen, der sie bedienen kann.«

Wilma nickte und kniff die Lippen zusammen. O Allmächtiger, sie musste schreckliche Schmerzen haben. Gilbesh hätte sie am liebsten wieder in seine Arme gerissen, um sie fest an sich zu drücken oder um irgendetwas zu tun, das ihr half … oder ihm half. Er wünschte, er könnte all ihre Schmerzen auf sich nehmen.

»Sie wird doch nicht sterben, oder?«, krächzte er und versuchte, nicht weinerlich zu klingen. Er war ein verdammter Drache, der einen verdammten Gott getötet hatte. Er weinte nicht.

»Ich denke nicht, mein Lord«, sagte Liss. »Sonst würde uns das große Eine es wissen lassen, aber es ist voller Jubel und Zuversicht.«

»Was ist mit den Kindern?«, fragte Wilma und drehte den Kopf in Askenders Richtung.

»Die Lady-Prinzessin ist verletzt worden, aber sie konnte durch das Gateway nach Adlara springen und der Lord will ihr nun unbedingt hinterherspringen«, murmelte Liss. »Er kann kaum auf den Beinen stehen und blutet noch aus vielen Wunden, aber er behauptet, dass er bald schon geheilt sei und unbedingt der Lady-Prinzessin folgen müsse. Jetzt gibt es eine heftige Diskussion. Viele von uns wollen ihn nach Adlara begleiten, andere wollen, dass er in der Stadt bleibt und die Herrschaft über die Drachen übernimmt, und Dennis, mein Vater, will alle beruhigen, aber keiner hört auf ihn. Mein Vater hat nach dem Gefangenen schicken lassen, der sich mit den magischen Geräten der Haèl auskennt und sie bedienen kann.« Jetzt zeigte sie auf Gilbesh. »Du musst mit den Leuten reden und ihnen sagen, was sie tun sollen, mein Lord. Auf dich werden sie hören.«

»Auf mich?« Gilbesh schaute nun hinüber zum Gateway und zu der größer werdenden Gruppe, die sich um Askender scharte, und lauschte gleichzeitig ins Drachenbewusstsein hinein. Der Jubel überwiegte zwar, aber in den Köpfen der Drachen war auch Verwirrung und der Wunsch nach Führung. »Warum sollten sie auf mich hören?«

»Weil du Feuer gespuckt und den Gott getötet hast«, sagte Liss lachend, als wäre das ja wohl völlig naheliegend. »Und der Drachenlord selbst hat nach dir gefragt.«

»Ich muss bei Wilma bleiben«, rief Gilbesh verzweifelt. Er fühlte sich hin- und hergerissen zwischen dem großen Einen, das nach ihm verlangte, und seinem Herzen, das nach Wilmas Nähe verlangte.

»Drachenmann, sei weise«, stöhnte Wilma und kniff die Augen vor Schmerz zu. »Die Drachen brauchen Führung. Der Junge beschützt das Mädchen. Liebe weckt den Drachen.«

»Aber du und ich … du bist verletzt.«

»Ich laufe nicht weg, Drachenmann«, sagte sie mit einem kaum hörbaren Lachen. »Wir haben eine Abmachung.«

»A-A-Abmachung?«

Sie lächelte, dann schloss sie die Augen und winkte ihn fort. »Geh schon.«

In Gedanken war er noch bei der Abmachung, als er zu Askender und den anderen hinüberlief. Liss blieb bei Wilma und rief ein paar andere Drachengeborene dazu, die ihr helfen sollten, ihre Wunde zu verbinden und sie hochzuheben, um sie in die Burg zu bringen, wo man ihr angeblich mit Magie-Technik helfen konnte.

»Gilbesh! Du hast uns gerettet!«, rief der Askender und warf sich einfach ungeniert in Gilbeshs Arme. »Du hast uns gefunden. Du bist unser Retter. Die Stadt gehört den Drachen, wusstest du das? Wir haben die Stadt erobert. Die Drachengeborenen haben uns versteckt und dann haben wir uns den Weg zum Gateway freigekämpft, weil wir nach Adlara müssen. Tala ist schon dort. Und du hast uns gerettet …« So ging Askenders Begrüßung noch eine ganze Weile weiter. Er hielt Gilbesh umarmt, blutete aus unzähligen Wunden und redete wie ein Wasserfall, und das große Eine in Gilbeshs Gedanken frohlockte und sagte ihm, dass es genau so sein müsse. Dass die Welt nun in Ordnung sei, wenn zwei Drachenbrüder sich umarmten.

»Ich bin so froh, dich wiederzusehen, mein Lord«, brummelte Gilbesh verlegen. Über siebzig Jahre lang hatte ihn niemand umarmt, nur gegen Entlohnung, und jetzt an einem einzigen Tag wurde er von Zuneigung so überflutet, dass er es kaum aushalten konnte.

Endlich löste Askender sich wieder aus der Umarmung und auch wenn seine Rüstung von seinem eigenen Blut getränkt war, klang er überhaupt nicht so, als ob er noch Schmerzen hätte. Nein, seine Stimme war hell und aufgeregt.

»Ich muss zu Tala und eilig durch das Gateway springen, bevor es sich womöglich wieder schließt«, sagte er und hielt Gilbesh an den Unterarmen. »Ich kann nicht hierbleiben.«

Gilbesh brummte nur, weil er nicht wusste, was er antworten sollte. Wilma hatte gesagt, Askender müsse die Prinzessin beschützen und wenn Wilma so etwas sagte, dann war es auch richtig. Sie war so weise wie kein anderes Lebewesen, das er kannte.

»Verstehst du, Gilbesh? Tala ist weit entfernt und verletzt. Sie braucht mich und die Entenstimmen drängen mich. Du musst so lange unsere Stadt verwalten und die Drachengeborenen anführen, bis ich mit Tala zurückkomme.«

»Ich? Aber, mein Lord, ich bin nur ein Händler. Ich kann das nicht … ein Volk führen, eine Stadt verwalten.«

»Ich bin nur ein Kind und du kannst viel mehr als ich. Du hast Feuer gespuckt und den Gott getötet, du bist mein Drachenbruder. Du musst mein Stellvertreter sein. Alle Drachengeborenen werden auf dich hören. Das sagen die Entenstimmen.«

Gilbesh brauchte nicht auf das große Eine zu lauschen, er hörte die Zustimmung der Drachengeborenen um sich herum. Sie jubelten und johlten und riefen: »Gilbesh! Gilbesh!«

»Aber mein Lord, du bist Tannins Sohn. Ich bin nicht von edler Geburt, und …« Weiter kam Gilbesh mit seinen Bedenken nicht, denn auf einmal riss Askender sich los und rannte zum dunklen See hinüber, wo er sich einfach kopfüber in die schwarze Flüssigkeit hineinstürzte.

Für all die Drachengeborenen, die vorgehabt hatten, ihm als Leibgarde zu folgen, war es zu spät. Askender hatte offensichtlich den letzten möglichen Moment erwischt, an dem das Gateway noch geöffnet war, denn es erklang ein dumpfes Dröhnen und der See verschwand plötzlich. Vor ihnen lag nur noch ein leeres rundes Becken aus dunkelgrauem Gestein.

Gilbesh schaute zwischen dem verschwundenen Gateway und den Hunderten von fassungslosen Drachengeborenen hin und her. Sie alle schienen darauf zu warten, dass er etwas sagen würde, dass er ihnen sagen würde, was das zu bedeuten hatte, was sie tun sollten. Sie brauchten ihn.

Er warf einen letzten Blick auf Wilma, die von vier Drachengeborenen auf eine Trage gelegt wurde, dann wandte er sich den Leuten zu, die sich um ihn versammelten – es wurden immer mehr –, und hob die Arme in die Höhe, bis sie alle verstummt waren. Mit großen, bewundernden Augen sahen sie ihn, die hässliche Drachenmissgeburt, an und warteten auf seine Worte. Er konnte handeln und feilschen, aber er war wirklich kein begnadeter Redner, und solche entsetzlich-pathetischen Momente wie diesen hatte er erst ein Mal zuvor erlebt, als sie die Hochlandelfen besiegt hatten. Deshalb war seine Ansprache ziemlich langweilig und einfallslos.

»Ja, also … ähm, wir haben die Stadt erobert! Mit Feuer und Donner.« Alle brachen in lautes Jubelgeschrei aus und das große Eine jubelte mit.

»… und wir haben den König der Haèl getötet, einen Gott haben wir getötet und, ähm …«

»*Du* hast ihn getötet! Gilbesh! Gilbesh!«, antworteten die Umstehenden mit wildem Geschrei. Gilbesh wartete, bis sie sich wieder beruhigt hatten, und schaute über die Köpfe der Leute hinweg zu, wie Wilma nun mitsamt der Trage auf ein Gefährt verfrachtet wurde. Sie hob die Hand, um ihm noch einmal zuzuwinken. *»Wir haben eine Abmachung«*, hatte sie gesagt. Er solle weise sein, hatte sie auch gesagt. Sie erwartete von ihm, dass er jetzt seinen Mann stand, dass er nicht an Reichtum und Geld-Scheffeln dachte, sondern an andere. Ja, das würde er tun!

»Ähm, ja, also, Tyrannos ist tot und die Stadt ist erobert, ähm, Mykan, die Stadt der Drachen, gehört jetzt also wieder uns und unserem Drachenl…«

»Jaaaa! Jaaaa! Jaaaa!«, johlten alle.

»Machen wir Mykan zu einem lebenswerten Ort für uns alle!«

»Mykan! Mykan! Gilbesh! Gilbesh!«

»Bis zur Rückkehr unseres Drachenlords führe ich euch, oder ist da jemand, der das lieber machen möchte, dann trete ich zur Seite.«

»Gilbesh! Gilbesh!« Alle jubelten und reckten ihre Fäuste in die Luft und nicht ein Einziger stellte seinen Führungsanspruch infrage. Die Tatsache, dass Gilbesh Feuer gespuckt und Tyrannos getötet hatte, verlieh ihm offenbar das Recht dazu, und auch das große eine Drachenbewusstsein war ganz auf seiner Seite, es jubelte mit allen zusammen.

So wurde Gilbesh der Statthalter der Drachenstadt.

Etwas konnte er als Führer einer der größten Karawanen dieser Welt auf jeden Fall sehr gut, und das war die Organisation und die Logistik von schwierigen Unternehmungen. Binnen einer Viertelstunde hatte er Hauptleute und Vorarbeiter ernannt, Truppen und Brigaden eingeteilt, die einen zum Kämpfen, falls sich noch irgendwo Anhänger des Haèl-Gottes versteckten, die anderen zum Aufräumen, wieder andere mussten sich um die Verwaltung kümmern, Bestandsaufnahme machen und nicht zuletzt hatte er Liss in ihrer Abwesenheit zur Anführerin der Heiler ernannt, zehn Heilkundige befanden sich auf dem Platz vor dem Gateway und kümmerten sich bereits um die Verwundeten. Er ernannte eine Gruppe mit Herolden und Boten, die nach denjenigen suchen sollten, die keine Drachen waren, aber dennoch in der Ruinenstadt lebten. Sie wurden eingeladen, zu bleiben und mitzuhelfen. Und er brauchte Leute, die sich mit der magischen Technologie der Götter auskannten und ihm helfen würden, die Burg von Tyrannos in Besitz zu nehmen. Die Burg wollte er für den Drachenlord bewohnbar machen, sodass Askender bei seiner Rückkehr aus Adlara eine Residenz vorfinden würde, die für den Sohn von Tannin angemessen wäre.

Falls Askender zurückkehren würde. Gilbesh machte sich Sorgen um den Jungen, der nun allein in einer fernen, fremden Welt war, und leider hatte das große Eine zu Askenders weiterem Schicksal keine Informationen. Aber die Drachenstadt und ihre Bewohner brauchten einen entschlossenen Anführer, der nicht von Ängsten und Selbstzweifeln beeinträchtigt wurde. Also schob er seine Sorgen um den Drachenlord und um Wilma zunächst einmal von sich und machte sich an die Arbeit.

»Wir brauchen die Magie-Technik der Götter«, sagte er. Wenn man das Gateway noch einmal öffnen könnte, könnte man eine Eskorte hindurchschicken, die Askender nach Adlara folgen würde. Dennis, der Vater von Liss, kommandierte als Anführer der Mykan-Drachen an die fünfhundert Kämpfer, aber er hatte nicht eine Sekunde lang gezögert, sich Gilbesh unterzuordnen und ihm seine Dienste und die seiner Rebellen zur Verfügung zu stellen. Dennis kannte sich immerhin ein wenig mit der Haèl-Technik-Magie aus – mehr schlecht als recht, behauptete er –, aber seine Leute hatten einen Gefangenen gemacht, der angeblich alle Haèl-Geräte bedienen konnte. Er brauchte sie nur zu berühren.

»Wir haben ihn in der Burg in Tyrannos' Schatzkammer aufgegriffen«, erklärte Dennis. »Er behauptet, er sei auf der Suche nach Nahrung gewesen. Ambrosia, nannte er es. Die stünde ihm zu, weil er selbst einst ein Gott gewesen sei. Als sich unsere Leute nicht von seinen Worten beeindrucken ließen, hat er um Gnade gewinselt und gesagt, er könne uns helfen, die Technologie von Tyrannos zu steuern wegen seines Erbgutes und außerdem sei er der Bote der Kohini.«

»Mirisandra hat ihn geschickt?«, fragte Gilbesh verblüfft. Obwohl ihn nichts, was die Kohini betraf, eigentlich verblüffen sollte. Alle Drachengeborenen wussten, wer sie war. Nicht nur, weil Askender ständig von ihr gesprochen hatte, sondern weil das große Eine von ihr sprach, und es gab im Drachenbewusstsein einen gemeinsamen, sehr lauten Gedanken: Alle Drachen waren auf der Seite der Kohini. Immer. »Ich habe bereits Erfahrungen mit diesen ehemaligen falschen Göttern. Wenn es stimmt, was er sagt, dann kann er uns helfen. Bringt ihn her«, sagte Gilbesh und dachte an die eher schwierigen Erfahrungen, die er mit Kyros, dem Malakim des Zorns, gemacht hatte.

Dennis machte einem seiner Leute ein Zeichen und es dauerte keine fünf Minuten, da zerrten zwei Drachengeborene einen alten Mann vor Gilbesh und zwangen ihn, vor ihm auf die Knie zu gehen.

Gilbesh hätte irgendwo eine Kommandostation einrichten sollen. Ein Zelt oder einen Raum, in dem es einen Tisch und Stühle und Licht gab. Das wurde ihm bewusst, als auf einmal kalter Nieselregen einsetzte. Aber er stand noch am Schaltpult des Gateways und jemand trat neben ihn und hielt eine Fackel hoch, damit er den Alten überhaupt richtig erkennen konnte. Der Mann gab ein jammervolles Bild ab, rutschte auf den Knien herum, hob flehentlich die gefalteten Hände zu Gilbesh und winselte um sein Leben.

»Tötet mich nicht. Ich bin auf eurer Seite. Ich war schon immer auf deiner Seite, o mein großer Drachenlord. König Tyrannos ist mein Feind und ein gemeinsamer Feind macht uns doch zu Freunden, nicht wahr? Er wollte mich töten, als gerade die Sirenen losgingen. Ich habe seinen Angriff überlebt und kann euch somit zu Diensten sein. Ich mache alles für euch Drachenleute, was ihr auch von mir verlangt. Ich kann die Technologie bedienen. Ich kenne mich aus. Kann die Quadbikes zum Laufen bringen, die Heizung, die medizinischen Geräte, alles. Ich brauche nur Ambrosia. Die muss im Schatzkeller des Königs sein.«

»Wie ist dein Name?«, knurrte Gilbesh den Alten an. Er fand seine Unterwürfigkeit abstoßend, aber das große Eine sagte ihm, dass der Alte ihnen nützlich sein könnte, auch wenn sie ihm nicht vertrauen durften.

»Ich bin Nimrod, vor langer Zeit war ich auch ein Gott, gefürchtet und geachtet. Aber dann wurde ich verstoßen und zur Sterblichkeit verdammt und ich musste mit ansehen, wie …«

»Du hast behauptet, du seiest ein Bote der Kohini«, unterbrach Dennis ihn und trat dem Alten zur Bestärkung seiner Worte in den Hintern. Der winselte und hielt schützend die Hände über den Kopf.

»Ja, die Kohini schickt mich! Ich bin ihr Abgesandter! Sie vertraut mir und sie mag mich sehr und sie hat mir auch Ambrosia gegeben, damit ich mich wieder besser fühle. Ihr hättet mich vor ein paar Tagen sehen sollen, da fühlte ich mich noch zweihundert Jahre älter. Ich habe Tyrannos den Kopf seines Adjutanten und eine Botschaft der Kohini überbracht. Ich glaube, sie wollte ihn damit einschüchtern. Und das hat sehr gut funktioniert, nicht wahr? Tyrannos hat sich vor Angst fast in die Hose geschissen. Er ist durchgedreht und hat von da an nur noch schwachsinnige Entscheidungen getroffen, welche zu seinem Ende geführt haben. Ich hatte ja keine Ahnung, dass es wirklich noch Drachen gibt. Scheiße aber auch. Du hast ihm den Kopf weggeschmirgelt, Drachenmann.«

»Rede nicht so viel. Kennst du dich mit diesem Haèl-Magie-Technik-Zeug aus?«, fuhr Gilbesh den Alten an. Das Drachenbewusstsein sagte ihm, dass der Mann zwar reichlich übertrieb, aber nicht log. Die Kohini hatte ihn wirklich zu Tyrannos geschickt.

»O ja, o ja, mein verehrter Lord!« Nimrod verneigte sich immer wieder in seiner knienden Position so tief, dass er mit der Stirn fast den Boden berührte. »Ich bin ein Experte in Haèl-Technologie. Ich war früher mit der Wartung beauftragt und habe Programme geschrieben. Ich kann jedes Gerät bedienen. Auch wenn ich kein Gott mehr bin. Unsere Technologie wird über meinen genetischen Code aktiviert. Eine einzige Berührung durch mich, und die Geräte laufen. Ich kann auch die medizinischen Geräte bedienen, die eure Verletzten heilen können, und ich kann die Codes zu den Schatzkammern von Tyrannos eingeben. Ihr Drachen liebt doch Schätze, und er war so verdammt reich. Ich kann jede Maschine für euch bedienen. Du brauchst es nur zu befehlen, verehrter Herr.«

»Gut, dann geh sofort zum Lazarett. Du musst Wilma heilen und alle anderen Schwerverletzten. Nein, halt«, rief er, als einer der Drachenkrieger den Alten auf die Beine zog und wegschaffen wollte. »Vorher öffnest du dieses Gateway da wieder.« Er wedelte in Richtung des flachen, leeren Beckens, das vor Kurzem noch mit schwarzem Wasauchimmer gefüllt gewesen war. Er würde Askender eine Leibgarde hinterherschicken. Freiwillige dafür gab es mehr als genug.

»Kein Problem, mein Lord, ich brauche nur etwas Ambrosia«, krächzte der Alte und ein gieriges Grinsen zeigte sich auf seinem faltigen Gesicht.

»Keine Unze wirst du von dieser Ambrosia bekommen, bevor du nicht bewiesen hast, dass du die Wahrheit sagst. Los, öffne das Tor zu dem Ort, wohin der Drachenlord gesprungen ist.« Gilbesh packte den Alten an seinem dürren Arm und zerrte ihn zum Schaltpult des Gateways.

»Das ist ein Tau-Alpha-Gateway«, sagte Nimrod und schaute verwundert zwischen dem Schaltpult und dem leeren Becken hin und her. »Normalerweise ist es immer aktiv und muss nicht erst durch ein Genom aktiviert werden. Es ist wie eine offen stehende Tür sozusagen. Wann wurde es geschlossen?«

»Gerade eben. Nun mach schon.«

»Hm, das ist merkwürdig. Warum ist es kollabiert?«

»Das weiß ich doch nicht. Sag du es uns. Du bist doch angeblich ein Experte für die Götter-Magie.«

Der Alte trat an das Schaltpult und legte die Handfläche auf die schwarze, glatte Oberfläche, aber nichts geschah. Er machte seltsame Gesten in der Luft und schüttelte immer wieder den Kopf. »Es geht nicht. Ich versuche es wirklich. Das musst du mir glauben. Mein Haèl-Genom scheint nichts zu bewirken. Es lässt sich nicht öffnen und die Koordinaten, die hier aufscheinen, führen nirgendwohin.«

In Gilbeshs Magen ballte sich Gluthitze und er ging auf den Alten los, legte seine Hände um dessen dürren Hals und grollte wie ein echter Drache. Dampf kam aus seinem Mund. »Was heißt das, sie führen nirgendwohin, du verfluchter Lügner? Willst du uns hier alle mit deinem Hokuspokus veralbern? Ist der Drachenlord vielleicht im Nirgendwo gelandet?«

»Ich … ich sage die Wahrheit. Ich schwöre es bei der Kohini und dem Kopf des Haèls, den sie abgeschlagen hat. Und bei Semira, der Frau, die ich einst geliebt habe. Ich schwöre es bei allem. Aus einem Grund, den ich nicht verstehe, ist das Gateway verschlossen und ich kann keine Verbindung zu den Koordinaten öffnen, die zuletzt eingegeben wurden.«

»Was meinst du damit?«, rief Dennis und legte die Hand auf Gilbeshs Arm. Er hatte es gar nicht bemerkt, aber in seiner Wut hatte er den alten Mann in die Luft gehoben und drückte dessen Kehle zu.

»Irgendjemand auf der anderen Seite versperrt den Durchgang«, röchelte der Alte. »Man will uns nicht durch das Gateway lassen.«

»Irgendjemand? Wer zum Henker?«, schrie Gilbesh, aber er ahnte, wer das war. Diese Memori! Die Frauen, die in Adlara lebten.

»Mein Lord, beruhige dich«, sagte Dennis. »Das große Eine würde es wissen, wenn es dem Drachenlord schlecht ginge. Der Drachenlord wollte unbedingt nach Adlara und nun muss er dort seiner Bestimmung folgen. Wir müssen das respektieren. Wir können nichts tun, außer unsere Stadt für seine Rückkehr vorzubereiten.«

Scheiße! Scheiße und dreimal Scheiße. Gilbesh schnaubte wütend, aber er nickte und ließ den alten Haèl endlich los. Der landete heulend auf allen vieren, wurde aber sofort von einem Drachenkrieger ergriffen.

»Bringt den Schwätzer in dieses Lazarett, das in der Burg ist. Er soll sich um die Technik-Magie dort kümmern. Wenn er dabei auch versagt, dann tötet ihn«, befahl Gilbesh dem Drachenkrieger.

»Gebt mir zuerst Ambrosia. Ich bin ein Abgesandter der Kohini«, wimmerte Nimrod und zappelte, als der Drachensoldat ihn davonzerren wollte. Gilbesh wandte ihm bereits den Rücken zu, aber Nimrod packte ihn an seinem Kaftan, bevor der Drachenkrieger ihn zurückreißen konnte.

»Andere Götter werden kommen und sich rächen. Sie kommen aus der Raumstation, vom Mond da oben«, rief er aufgeregt, und Gilbesh schaute unwillkürlich zum Nachthimmel hinauf, der aber mit schwarzen Wolken verhangen war. Das große Eine hatte dazu keine Informationen, aber was der Alte behauptete, leuchtete Gilbesh ein, auch wenn er keine Ahnung gehabt hatte, woher diese falschen Götter kamen. Einen der ihren zu töten und seine Festung einzunehmen, dürfte vermutlich nicht auf große Freude bei denen stoßen.

»Das Gateway wurde von der anderen Seite verriegelt, aber das gilt nicht für die übrige Technik in Mykan. Ich kann jeden noch so kleinen technologischen Furz in dieser Stadt zum Funktionieren bringen«, rief Nimrod und schaute flehentlich zu Gilbesh auf. Zum ersten Mal sah er keine Gier und Verschlagenheit in dessen Blick. »Die Waffensysteme. Ja, es gibt Hightech-Waffensysteme und Drohnen und Flakgeschütze, viele unvorstellbar mächtige Abwehrmechanismen. Wenn ich sie zum Laufen bringe, werdet ihr gerüstet sein, wenn die anderen Götter angreifen. Gib mir nur ein bisschen Ambrosia, dann mache ich die Drachenstadt zu einer uneinnehmbaren Festung. Die Kohini hat mir ihre ganze Ambrosia geschenkt, weißt du, und ich fühle mich schon viel besser, meine Gicht ist weg, aber die Ambrosia hat nicht für eine vollständige Verjüngung gereicht. Gib mir noch ein bisschen mehr davon, und ich bin wieder stattlich und kann sogar wieder kämpfen, auf der Seite der Drachen natürlich.«

»Du redest zu viel, Alter. Lass deine Taten sprechen!«, rief Dennis und trat dem Haèl kräftig in seinen Allerwertesten. Gilbesh empfand eine Woge von Sympathie für Dennis. Er würde ihn zusammen mit Kopsik dem Anführer seiner Izeh-Söldner zu seinem Adjutanten machen.

»Mach dich ans Werk, erfülle all diese Versprechungen und mache

Mykan zu einer Festung, aber zuerst hilfst du Wilma und den Verwundeten. Dann suchen wir nach dieser Ambrosia«, sagte er und nickte dem Drachenkrieger zu, er solle den Alten abführen.

»Nix für ungut, mein Lord«, schrie der Alte zu Gilbesh zurück, während der Drachenkrieger ihn davonzerrte. »Aber wo immer euer Drachenlord auch hingesprungen ist, diese Leute dort sind eindeutig sehr viel mächtiger als die Götter und ich glaube nicht, dass sie es gut meinen.«

Shachar:

»Nur wir zwei gegen hundert Serafim und den Rest der Götter. Nur wir zwei, Anina.« Shachar nahm Kessas Gesicht in seine Hände und sah ihr in die Augen. Er suchte jenes warme, gute Wesen darin, für dessen Liebe er bereit war, seine eigenen Leute zu verraten und in den sicheren Tod zu gehen.

Er bereute seine Entscheidung nicht, ganz im Gegenteil, seit der Begegnung mit dem Seraf im Armenviertel war er mehr denn je überzeugt, dass er die richtige Seite gewählt hatte, aber er wollte, dass Kessa bewusst war, was er für seine Liebe opferte. Einfach alles.

Sie standen bis zum Bauch im Brackwasser des alten Entwässerungsgrabens, direkt an der morschen Anlegestelle. Wasserlinsen und Schlingpflanzen bedeckten die dunkle Wasseroberfläche, ansonsten war hier nichts und niemand. Wenn sie unter der Anlegestelle hindurch tauchten und auf der anderen Seite der Palastmauer herauskämen, dann würden sie dem Tod Auge in Auge gegenüberstehen. Auch zehntausend Sklaven würden es nicht mit den Serafim aufnehmen können.

»Wir sind nicht zwei, sondern drei«, antwortete sie. »Wir haben noch die Gnostika.«

»Ich verzichte auf diesen Parasiten, der deinen Körper und seine Seele missbraucht«, brauste er auf.

»Die Gnostika ist sehr mächtig, Asharu'ma, viel mächtiger, als du ahnst«, antwortete sie. »Sie hat enorme Fähigkeiten und nahezu unendliches Wissen. Mit ihrer Hilfe können wir das hier schaffen. Mach dich bereit.«

»Mich bereit machen? Was meinst du?«

»Ich muss mich jetzt zurückziehen und der Gnostika die Führung übergeben. So ist sie schneller und effizienter. Ich, jene Frau, die du liebst, werde keinen Schaden dabei nehmen, aber ich werde in den Hintergrund treten und nur eine stille Beobachterin sein. Die Persönlichkeit, die dann zum Vorschein kommen wird, ist mein Symbiont, die dritte Wa'ari. Sie wird dir fremd erscheinen, aber dennoch musst du ihr vertrauen. Wir brauchen sie jetzt.«

»Ich scheiß auf die Hilfe dieser Kreatur, wenn ich dich dadurch verliere!«, zischte Shachar wutschnaubend. Beinahe hatte er vergessen, dass seine geliebte Anina alias Kessa von dieser Missgeburt bewohnt war. Auch wenn er kaum etwas über die Memori oder die Wa'ari wusste, wusste er doch, dass sie Feindinnen der Götter waren. »Diese Schlange hat ihre eigenen Ziele. Es ist ihr egal, was aus dir wird oder aus uns beiden.«

»Meine Liebe zu dir kann durch nichts geschwächt werden, auch wenn die Gnostika die Führung übernimmt. Sie hat eingewilligt, dass sie sich nach vollendeter Tat zurückziehen wird und mir wieder die Oberhand gewährt.«

»Nach vollendeter Tat? Wenn sie mein Volk vernichtet hat und ich ebenfalls dabei draufgegangen bin? Ich tue das aus Liebe zu dir, der verdammte Parasit ist mir scheißegal. Es macht mir nichts aus, dass ich dabei sterben werde, aber ich will dich nicht an diese Schlange verlieren. Sie will dich mir abspenstig machen.« Er war immer lauter geworden. Hoffentlich konnte niemand auf der anderen Seite der Palastmauer ihn schreien hören, aber er konnte sich nicht bremsen.

»Bel Asharu, hör mir zu!« Kessas Stimme war plötzlich verändert. Sie klang härter und älter. Jetzt umfasste sie seine Handgelenke, als er gerade ihr Gesicht wieder loslassen und sich schnaubend von ihr abwenden wollte. Sie bohrte ihre Augen in seine und er erkannte es sofort: Da war eine andere Seele. Es waren immer noch die dunklen Mandelaugen von Anina, aber ein völlig anderes Wesen schaute ihn jetzt an, und da war Härte und Unnachgiebigkeit.

»Ich mache sie dir nicht abspenstig«, sagte sie mit dieser Stimme, die nichts von Kessas Wärme und Güte an sich hatte. »Es war so geplant. Ich wollte, dass ihr beide euch ineinander verliebt. Ich wusste, dass nur eine wunderschöne Seele wie die von Tokessa den eiskalten Panzer deines göttlichen Egos durchdringen und dein Herz erreichen könnte. Du bist einer der wenigen Götter, die so etwas wie ein Herz überhaupt noch besitzen. Eure Liebe ist mein Verdienst.« Sie machte eine Pause, wie um ihm Zeit zu lassen, das Gesagte zu verdauen, aber er verdaute gar nichts, begriff nichts oder konnte es vielmehr nicht glauben. Er schüttelte den Kopf und schnaubte.

Die Gnostika fuhr fort: »Ich habe zugelassen, dass Tokessa sich in dich verliebt, indem ich mich völlig aus ihrem Bewusstsein zurückgezogen habe. Ich hätte sie jederzeit übernehmen und lenken können und hätte sie dadurch von mancher Dummheit abhalten können. Ich hätte verhindern können, dass sie deinen Verlockungen und deiner Männlichkeit verfällt. Aber das wollte ich nicht. Ich wollte ihr die Freiheit geben, ihrem reinen, guten Herzen zu folgen. Ihre Gefühle für dich sind echt und ohne Einfluss durch mich entstanden. Ihre Liebe zu dir ist so wahrhaftig und so groß, dass sie über den Tod und den großen Plan der Memori hinausgeht. Aber genau das ist Absicht. Nie, in zwei Ewigkeiten nicht, würde ich dieses Wunder zerstören wollen. Ich will euch beiden helfen, euch beide retten.«

»Was redest du da, du … du Schlangenparasit? Du wolltest, dass wir uns lieben? Weil du mich dann besser manipulieren kannst, weil ich dann vor lauter Liebe völlig verblöde und alles tue, was Anina will – vielmehr das, was du willst? Weil ich lieber sterbe, als zuzulassen, dass ihr ein Leid geschieht?«

»Nein, du männlichster Mann aller Männer, weil ich wusste, dass du einen guten Kern in dir hast, weil ich wollte, dass dieser gute Kern erweckt wird, weil ich mir sicher war, dass nur wahre und echte Liebe das bei dir bewirken kann. Weil Kessas Seele deine Seele berührt hat.«

»Ach du Scheiße! Ich habe einen guten Kern und ein gottverdammter Parasit muss mich retten! Das ist ja noch jämmerlicher, als durch Liebesverblödung manipuliert zu werden. Da kann ich mich auch gleich an Zarastra ausliefern.« Er riss seine Hände aus Kessas Umklammerung und stieß sie von sich, auch wenn es Kessas zerbrechlicher Körper war. Seine Wut bezog sich auf die verfluchte Schlange … und auf sich selbst. Verdammt, er verachtete sich selbst so sehr und konnte all die Gründe dafür nicht einmal genau benennen.

Kessa ignorierte seine Grobheit und schenkte ihm sogar jenes zauberhafte Lächeln, das ihm stets die Knie weich und die Eier hart machte. »Nicht ich habe dich gerettet, sondern das war allein Kessas Verdienst«, antwortete die Gnostika ruhig. »Und wenn du sie nur halb so sehr liebst, wie sie dich liebt, dann hilfst du ihr bei dieser Mission. Hilf ihr, diese Welt zu retten. Tief in deinem Innern weißt du, dass es richtig ist. In deinem Herzen, das in all den Äonen noch nicht abgestorben ist, weißt du, dass es höchste Zeit ist, dem Spiel der Götter ein Ende zu bereiten.«

»Verfickte Hurenscheiße«, zischte er. Hätte er noch seine Haël-Gestalt, würde er vermutlich mit dem Schwanz peitschen und mit seinen Flügeln schlagen, aber all die Wut und Empörung waren überflüssig, denn sie hatte recht. Im Grunde seines Herzens, das angeblich noch nicht tot war, war er doch längst überzeugt. Kessa hatte ihn schon überzeugt, bevor die Gnostika aus ihr gesprochen hatte. Sie hatte ihn schon in seinem Bunker überzeugt, als sie geduscht und sich geliebt hatten. Ach, wenn er es genau nahm, hatte er bereits, als er sie zu seiner Königsbraut erkoren hatte, insgeheim gewusst, dass diese Frau alles ändern würden, dass er kein Unrecht mehr geschehen lassen oder selbst tun durfte, weil seine Liebe zu ihr das nicht zuließ.

»Ich will sie noch ein letztes Mal küssen. Nicht dich, sondern meine Anina«, sagte er schließlich und verzichtete auf weitere hitzige Diskussionen. Und das war das deutlichste Ja, das er dieser Schlange überhaupt geben konnte. Kessa nickte lächelnd und blinzelte einmal, dann war sie wieder da: die Wärme und die Güte von Anina, die aus ihren Augen herausleuchtete und alles überstrahlte. Er riss sie an sich und presste seine Lippen auf die ihren. Er küsste sie, als würde sein verdammtes Leben davon abhängen, und das tat es schließlich auch.

Das war vermutlich der letzte Kuss, die letzte Liebkosung für sie beide, denn auch wenn die Gnostika von sich behauptete, so mächtig zu sein, sie war nicht mächtiger als Zarastra und seine Serafim. Er würde schon bald sterben. Seltsamerweise empfand er das nicht mal als erschreckend. Er würde sterben, aber diesen Kuss, das Gefühl von Kessas Körper in seinen Armen, diesen einen kurzen Moment würde er bis zum Ende bei sich haben. Dieser Augenblick fühlte sich kostbarer und wichtiger an als alle Jahrtausende zuvor.

Kessa riss sich schließlich mit einem Schluchzen von ihm los. Sie hatte es auch gespürt, die Endgültigkeit dieser Geste, aber bevor sie noch irgendetwas sagen oder es sich gar anders überlegen konnte, nahm wieder die Gnostika von ihrem Bewusstsein Besitz.

»Du musst mich jetzt führen lassen, Haèl. Wenn du tust, was ich sage, dann schaffen wir es«, sagte sie mit harter Stimme und mit diesen Worten holte sie tief Luft und tauchte unter dem Anlegesteg hindurch. Er folgte ihr wohl oder übel, wo auch immer das hinführen würde.

Auf der anderen Seite der Mauer, wo der Durchbruch wieder an die Oberfläche kam, wuchsen niedrige Sträucher und Büsche mit dichten Blättern und boten ihnen einen vorzüglichen Sichtschutz. Logisch, wäre dieses Loch in der Erde leicht erkennbar, hätten seine Drohnen es längst entdeckt. Sie beide wischten sich das Wasser aus den Augen und die Schlingpflanzen aus den Haaren, dann schauten sie sich um.

Die Zikkurat lag ungefähr hundert Schritte entfernt zu ihrer Rechten, der Palast vielleicht fünfhundert Schritte zu ihrer Linken, aber auf dem blumengesäumten Pfad, der zur Zikkurat führte, patrouillierten Zarastras Serafim. Es waren zwanzig, diejenigen nicht mitgerechnet, die sie von ihrem Versteck aus nicht sehen konnten.

»Unmöglich, an denen vorbeizukommen. Zu viele. Selbst wenn ich noch meine Kräfte hätte, wäre es eine Herausforderung, gegen alle gleichzeitig zu kämpfen. Die Serafim sind echte Arschficker«, wisperte Shachar.

»Dann warten wir, bis Nilos sein Versprechen wahr macht und die Sklaven für Ablenkung sorgen«, wisperte Kessa zurück oder vielmehr wisperte die Gnostika. Ihre Stimme war fest und zuversichtlich und völlig emotionslos.

»Woher will er wissen, wann der richtige Zeitp…« Shachar konnte seine Frage nicht zu Ende aussprechen, denn da gellte auf einmal markerschütterndes Geschrei vom Palast herüber. Es klang wie panische Hilferufe, wie Flüche und Kampfgeschrei in einem. Frauen kreischten, als würden sie vergewaltigt oder abgeschlachtet, und Männerstimmen brüllten hässliche Flüche, und irgendjemand schien einen gigantischen Gong zu schlagen. »Wumm! Wumm! Wumm!« Etwas donnerte und schepperte, als würde man tausend Kupferkessel vom Dach herunterwerfen. Der Lärm war so irritierend, dass sogar Shachar sich die Ohren zuhielt. So ein Durcheinander an Krach hörte man noch nicht mal in der wildesten

Schlacht, und die Serafim taten genau das, was jeder gute Wächter tun würde: Sie rannten los in Richtung des Getöses.

»Verdammt, ich habe meine Sklaven unterschätzt.«

»Der Weg zur Zikkurat ist frei«, sagte Kessa nur.

»Die Sklaven opfern ihr Leben, damit wir ungehindert hinkommen. Lassen wir ihr Opfer nicht umsonst sein«, antwortete Shachar und rannte los, Kessa ihm dicht auf den Fersen.

Sein menschlicher Körper war extrem muskulös und perfekt durchtrainiert. Er brauchte bis zur Zikkurat nicht mal zehn Sekunden, Kessa kam einige Sekunden später bei der Tür an, die ins Innere führte, und keuchte atemlos. Links und rechts von ihnen hingen die verrottenden Leiber der Hingerichteten. Das war ein entsetzlicher Anblick, ein noch entsetzlicherer Gestank, aber eine bessere Abschreckung und Schutz für den Eingang gab es nicht. Shachar legte seine Hand auf die unsichtbare Pforte und erwartete, dass sie sich öffnen würde, wie es bei der Götter-Technologie üblich war. Aber nichts geschah. Die Ziegelsteine blieben Ziegelsteine und die Tür blieb unsichtbar.

»Verdammt! Zarastra der Drecksbastard hat mich gesperrt. Die Technologie reagiert nicht mehr auf meine Stimme oder Berührungen. Das war ja zu erwarten.«

Kessa schob ihn zur Seite, dann legte sie ihre Hand auf die Ziegelwand und Shachar sah ungläubig zu, wie diese sich erst schwarz färbte und dann verschwand. »Der sogenannte Drecksbastard weiß nicht, dass ich Haèl-Gene in den Fingerkuppen habe.«

Shachar hatte keine Zeit, sich zu wundern oder zu fragen, wie das möglich war. Kessa drängte sich schon an ihm vorbei ins Innere der Stufenpyramide und winkte ihm, er solle ihr folgen. »Wo ist die Energiequelle?«, fragte sie.

Auf ihre Berührung hin schloss sich die Tür wieder hinter ihnen. Vorerst waren sie den Serafim im Garten entkommen. Aber Shachar war sich sicher, dass Zarastra den Drachenstern noch strenger bewachen ließ.

»Drei Stockwerke in der Tiefe. Es gibt keine Treppen, nur der Aufzug, der über Stimmerkennung funktioniert, und meine Stimme ist blockiert.« Er ging voraus, zu der Stelle, an der der Aufzug sich befand, im Augenblick aber aussah wie eine ganz normale Steinplatte.

»Aufzug!«, befahl er und sagte »Siehst du?«, als nichts geschah. Wenn Zarastra klug war, hatte er auch gleich ein Alarmsignal gesetzt, das ihn informierte, sobald jemand versuchte, auf die Technologie der Zikkurat zuzugreifen. Er hätte das jedenfalls so gemacht, wenn er sich gegen einen der mächtigsten Götter hätte wappnen müssen. »Zarastra hat die Technologie auf seine eigene Stimme codiert. Er ist nun der Wächter der Zikkurat. Ich wundere mich allerdings, dass Tyrannos nicht mit von der Partie ist und sich das gefallen lässt. Die zwei waren immer sehr darauf bedacht, dass keiner von beiden mehr Macht besitzt als der andere.«

»Kein Problem«, sagte Kessa. »Ich kann Zarastras Stimme imitieren.«

»Wie ein Papagei?«

»Nein, exakt wie Zarastra. Die Stimmbänder dieses Körpers sind ultraanpassungsfähig. Außer, dass er jung und wohlgeformt ist, hat dieser Körper auch noch ein paar andere nützliche Eigenheiten.« Sie trat an die Stelle, wo sich der Aufzug befand, und sagte in exakt der näselnden Stimme von Zarastra: »Aufzug!« Der Boden unter ihnen verwandelte sich in schwarzes Polycarbine und senkte sich langsam nach unten.

»Du bist wirklich mächtig«, sagte Shachar verblüfft. »Es könnte tatsächlich gelingen. Mit den Haèl-Genen in deinen Fingerkuppen kannst du sogar das Schaltpult für den Drachenstern bedienen. Aber wir müssen uns beeilen. Zarastra ist kein Idiot, er wird uns da unten bereits mit fünfzig Serafim erwarten«, sagte Shachar. »Wappne dich.«

»Bin gewappnet«, sagte Kessa, während der Aufzug sich geräuschlos drei Etagen in die Tiefe senkte.

»Gut, ich lenke Zarastra und seine Truppe ab, du läufst zum Schaltpult und deaktivierst den Drachenstern. Wahrscheinlich werden wir trotzdem dabei draufgehen.«

»Ja.« Ihre Ungerührtheit ärgerte ihn, gab ihm aber auch gleichzeitig Zuversicht. Ihre Kaltschnäuzigkeit war vermutlich genau das, was sie jetzt brauchten. Sie schaute ihn an, als ob sie seine Gedanken gespürt hätte, und nickte ihm zu, aber das war eben nicht Aninas Seele, die ihn da anblickte, sondern ein fremdes Wesen. »Vertrauen wir auf den großen Plan, der die Unwägbarkeiten des Universums minimiert hat.«

Shachar hatte kein Wort verstanden, aber bevor er nachfragen konnte, was sie damit meinte, setzte der Aufzug im untersten Untergeschoss auf und sie befanden sich mitten im Raum, der den Drachenstern beherbergte. Das Zentrum der göttlichen Macht.

»Endlich!«, wisperte die Gnostika-Kessa, dann lief sie los, zu der Stelle, wo sich das Schaltpult befand. Es war noch im Boden versenkt und eigentlich konnte sie nicht wissen, wo genau die Stelle war, aber Shachar hatte es längst aufgegeben, sich über diese Monstrosität zu wundern, die in Kessa wohnte. »Licht! Schaltpult!«, befahl sie in Zarastras Näsel-Stimme und aus dem Boden hob sich der dunkle Block aus Polycarbine heraus, während der Raum gleichzeitig langsam heller wurde.

Niemand außer ihnen beiden war hier unten.

Das war seltsam. Es war einfach undenkbar, dass Zarastra den wichtigesten Ort ungeschützt ließ. »Der Drachenstern ist unbewacht? Was stimmt hier nicht?«

»Sie sind abgelenkt, denn die Barriere ist gefallen. Die Bar Nashka greifen an«, sagte die Gnostika. »Wir können es hier nicht hören, aber die Alarmglocken läuten über Sassaris und Zarastra versucht, Verstärkung von der Raumstation zu erhalten, um den Angriff abzuwehren. Allerdings wird sein Hilferuf zu spät kommen, denn ich werde der Raumstation schon bald die Energie entziehen. Doch zuvor …« Sie holte tief Luft, als würde ihr die Entscheidung schwerfallen. »… zuvor muss ich leider das Labor zerstören. Ich kann nicht gestatten, dass den Bar Nashka Daten oder das Equipment aus dem Labor in die Hände fallen. So leid es mir tut.« Mit diesen Worten machte sie eine Handbewegung und das Symbol für das Labor erschien schwebend über dem Schaltpult. Ein weiteres Symbol für Energiezufuhr erschien. Sie führte beide Symbole in der Luft zusammen, und mit einer geradezu lässigen Handbewegung sprengte sie das Labor, zwei Etagen über ihnen, in die Luft.

Einfach so. Man hörte nicht einmal eine Explosion.

Unfassbar fortgeschrittene Technologie war soeben zerstört worden, der Ort, an dem sie in all den Jahrtausenden ihre Spielfiguren erschaffen hatten, der Ort, an dem die Bar Nashka, die Echsenmenschen, die Hyänenmenschen, Spinnenfrauen und so viele andere Lebewesen erschaffen worden waren, verschwand beinahe geräuschlos aus der Welt. Das Dämpfungsfeld, welches das Labor umgab, verhinderte, dass der Knall oder die Druckwelle sich ausbreitete. Dafür war der Schaden dort umso immenser. Das Labor war unwiederbringlich zerstört.

Es konnte doch unmöglich so leicht sein, etwas derartig Einschneidendes zu tun und dabei nicht mal mit der Wimper zu zucken. Shachar verspürte unendliche Traurigkeit. Sogar so etwas Absurdes wie Tränen brannten in seinen Augen.

»Die Hölle möge mir verzeihen«, wisperte er.

»Die Zeit der Kriegsdämonen ist vorbei. Es musste sein«, sagte die Gnostika-Kessa mit entsetzlicher Gelassenheit in der Stimme, dann blickte sie ihn an. Er fühlte die Kälte ihres Blicks bis ins Knochenmark. »Und jetzt werde ich den Göttern ihre Energie und ihre göttliche Macht entziehen. Mal sehen, wie sie sich als Sterbliche anstellen werden.«

Sie hob die Hand und das Symbol für den Drachenstern erschien über dem Schaltpult, aber Shachar griff nach ihrer Hand und hielt sie zurück.

»Ich weiß, dass es richtig ist, was wir tun, dass es getan werden muss, ich wünschte nur, es wäre nicht so einfach und ich müsste dabei nicht die Rolle des Verräters spielen.«

»Du denkst, du wärest ein Verräter? Das bist du nicht. Du bist ein Befreier«, sagte sie ruhig und zerrte an ihrer Hand, die er allerdings nicht losließ. »Ich hätte mehr als eine Gelegenheit gehabt, die Energiequelle ohne deine Hilfe zu zerstören, schon vor Wochen, während ich in Kessas Körper tagelang durch deinen Palast gewandelt bin. Es wäre mir ein Leichtes gewesen, hierherzugelangen und das zu tun, was ich jetzt tue. Aber bei meiner Mission geht es nicht nur um den Drachenstern, sondern auch um dich, Bel Asharu. Wir wollten dir die Chance auf Rettung geben.«

»Was? Seit wann brauche ich Rettung?« Shachar lachte, aber in seinem Magen machte sich ein heißes Gefühl breit, eine bizarre Mischung aus Bestürzung und Hoffnung.

»Wir haben dich lange beobachtet. Wir wissen, dass du Rettung verdienst. Es gibt nicht viele unter euch Göttern, von denen wir dasselbe behaupten können. Aber diejenigen, die gerettet werden können, wollen wir auch retten. Ich hätte deine Hilfe nicht einen Moment lang gebraucht, Bel Asharu. Das hier ist deine Bewährungsprobe. Lass meine Hand los und lass dich retten.«

Kyros:

»Verfickte, verschissene Schafsscheiße!« Kyros stand vor der Drachenstern-Galaxie und starrte mit aufgerissenem Mund auf ihre grell leuchtende Auswölbung in der Mitte. Er konnte es nicht fassen, dass Miri dieses mächtige Gateway einfach aktiviert hatte. Dabei hatten er und Sin ihr ausdrücklich verboten, ihre Kohini-Kräfte einzusetzen.

Und was tat sie? Sie öffnete das größte, überhaupt denkbare Gateway des bekannten Universums – ein verficktes schwarzes Loch. Was zur Hölle hatte sie nicht verstanden, als man ihr erklärt hatte, dass sie dabei sterben würde? Doch dessen nicht genug. Sie hatte kaum eine Sekunde gezögert und war Sin einfach hinterhergesprungen. Er hingegen stand nun da und gaffte auf den Drachenstern.

»Verschissene, verfickte Schafsfickerscheiße!«, fluchte er ein weiteres Mal.

Er konnte Miri nicht allein lassen. Sie brauchte ihn, wenn der Quantenschock einsetzte, und sie brauchte ihn noch mehr, um mit dem Wahnsinn von Sin fertig zu werden. Er hatte Sin einen verdammten Schwur geleistet, der mehr bedeutete als tausend heilige Handschläge zusammen. Er wandte sich zu den Männern der Squad um.

»Wenn wir bis in zehn Minuten nicht zurück sind, reitet zu euren Einheiten und schließt euch dem Angriff an. Cloud wird der Anführer bis zu unserer Rückkehr.«

… an die er selbst nicht glaubte. Aber scheiß drauf.

»Und denkt an Sins Befehl: kein Gemetzel an Unschuldigen. Kapiert?«

Die Männer der Squad salutierten und Kyros rannte, ohne noch einmal zurückzublicken, in den Drachenstern hinein, der wummernd und brummend vor sich hin rotierte. Wo immer Miri auch hingegangen war, da würde er auch hingehen und sei es auch auf eine Rundreise durch die Hölle.

Aber auf der anderen Seite des Gateways war keine Hölle und auch keine Miri!

Er befand sich in einem prächtig angelegten Garten unter dem Schatten einer alten Dattelpalme. Direkt vor ihm ragte ein Gebäude mit weiß getünchten Wänden auf. Bodentiefe, offene Fenster und kunstvoll verzierte Säulen schmückten die Fassade des Hauses, obwohl die Bezeichnung Palast eigentlich besser zu dem passte, was er sah.

»Miri? Sin?«, rief er und bereute es sofort wieder. Solange er nicht wusste, wo er war und wo Miri und der Cyber-Arsch hingekommen waren, musste er sich unauffällig verhalten. Also zog er sich in den Halbschatten der Palme zurück und schaute sich erst einmal um. Es war noch Tag, die Sonne stand hoch am Himmel und alles war in das helle Licht eines frühen Nachmittags getaucht, aber dann traf ihn der Schlag. Am anderen Ende des Gartens, nicht tausend Schritte entfernt, erhob sich eine gigantische Stufenpyramide, errichtet aus goldgelben Ziegelsteinen. Sie war so hoch, dass er den Kopf in den Nacken legen musste, um ihre oberste Stufe zu sehen.

»Leck den Hammelhoden, ich bin in Sassaris«, wisperte er und hielt sich den Kopf, damit der vor lauter Überraschung nicht platzte. »Miri und Sin sind nicht hier.« Er brauchte nicht noch einmal nach ihnen zu rufen oder sie zu suchen, denn in seinem Herzen wusste er aus irgendeinem verschissenen magischen Grund, dass die beiden weit weg und an einem anderen Ort aus dem Gateway herausgetreten waren – wo auch immer. Er hingegen war in Sassaris gelandet, genau dort, wo sich das Labor und der Drachenstern befanden.

Er hatte es längst aufgegeben, in Miris Kohini-Kräften irgendeine Logik oder eine wissenschaftliche Erklärung zu suchen. Sie bewirkte irgendetwas, das völlig sinnfrei und unwissenschaftlich erschien, das aber am Ende doch stets zu etwas Gutem führte. Sie hatte den Drachenstern gerufen und Sin hineingestoßen. So schwer es ihm auch fiel, aber er musste wohl akzeptieren, dass ihre Magie ihn aus einem bestimmten Grund nicht mitgenommen, sondern hierher transportiert hatte, um irgendetwas zu tun, das nur er tun konnte. Mystische, magische, verschissene Kohini-Magie-Scheiße eben. Er hasste es, sich wie eine Spielfigur zu fühlen. Aber welche Wahl hatte er schon? Vermutlich war er wegen des Labors hier. Er sollte die Chance erhalten, in das Labor einzudringen und sich alle Dateien über die Bar-Nashka-Genetik zu holen, die dort gespeichert waren, und vielleicht auch ein paar wichtige medizinische Kleinigkeiten mitzunehmen. Eine plausiblere Erklärung fiel ihm nicht ein.

Miri würde den nächsten Quantenschock nicht überleben, ganz abgesehen davon, dass Sin sie vermutlich töten würde, bevor ihr Schock überhaupt einsetzte, auch wenn sie inzwischen eine Art weibliche Bar Nashka war und auch wenn sie eine Rüstung trug. Sin war stärker als jeder Bar Nashka und unberechenbar in seinem Wahn.

Doch Kyros konnte nichts tun, um ihr zu helfen. Er musste daran glauben, dass ihre Kräfte sie auch dieses Mal wieder retten würden und dass er hier war, um etwas anderes zu tun. Er musste glauben.

»Fuck, wie tief bin ich gesunken? Jetzt fang ich auch noch an zu glauben wie ein ignoranter Sterblicher«, wisperte er mit einem verzweifelten Auflachen, aber innerlich hatte er es längst akzeptiert und entschieden, sich auf den Weg zum Labor zu machen. Die Zikkurat war mit Hightech gesichert und mit Elitesoldaten bewacht. Und Shachar selbst war der mächtigste aller Götter. Gegen ihn anzutreten oder ihn auszutricksen und unbemerkt ins Labor zu gelangen, war nahezu unmöglich. Aber er musste es wenigstens versuchen, Miri zuliebe, den Bar Nashka zuliebe und Sin zuliebe, und wenn er dabei draufging, dann scheiß drauf. Ohne Miri und Sin konnte er genauso gut auch tot sein.

Vielleicht hätte er sich noch ein wenig länger in seinem heldenhaften Selbstmitleid gesuhlt und sich den Tod herbeigesehnt, aber auf einmal kamen aus dem offenen Fenster direkt vor ihm schrille Schreie. Ein Mann ächzte und stöhnte und eine Frauenstimme feuerte ihn an.

»Ja, mehr! Mehr! Tiefer! Schneller!«

»O du betörendes Wesen, ich erreiche in Kürze meinen Höhepunkt!«, rief der Mann.

Kyros fühlte sich, als ob ihm gerade jemand einen Ziegelstein in die Fresse geknallt hätte. Er kannte diese verdammte näselnde Stimme, die selbst beim Vögeln noch so schwülstig klang, dass einem der Schwanz dabei weich wurde.

»Oh! Ah! Oh, ich komme auch!«, kreischte die Frau und der Mann antwortete näselnd-stöhnend. »Meine Pukia! Du Wunderschöne! Du bist die Meine. Ich ergieße mich nunmehro in deinem Leibe!«

»Pukia?« Kyros erstickte fast an dem Namen. Er musste sich verhört haben. Die Arschkuh Pukia hier in Sassaris und am Leben? Ihr verdammtes Trackersignal war am Nordpol, fünftausend Kilometer von Sassaris entfernt, erloschen. Das konnte nicht Pukia sein. Selbst die verfickteste aller Huren war nicht unsterblich.

»O Zarastra, du bist so männlich und göttlich. Du bist der göttlichste aller Götter!«, säuselte die Frau mit Pukias Stimme, und da brannten bei Kyros die Sicherungen durch.

Zarastra vögelte Pukia? Was für eine Schafsscheiße ging denn hier vor? Nein! Unmöglich!

Das Labor und alles, was er dort gewollt hatte, war wie ausgelöscht. Mit einem Wutschrei stürmte er durch das offene Fenster in das Zimmer hinein und obwohl er wusste, was ihn erwarten würde, war er doch im ersten Moment wie vom Donner gerührt, als er die beiden sah. Das war sie tatsächlich, Pukia die Bösartige, splitternackt unter Zarastra, dem größten Lackaffen des Universums.

Miris Magie hatte ihn eindeutig nicht wegen des Labors hierher gesandt, sondern um den Ober-Lackaffen der Elohim und Pukia zu töten. Eine bessere Gelegenheit als jetzt würde sich ihm nie mehr bieten.

»Das glaub ich einfach nicht. Du miese Schlampe, wie viele Leben hast du noch?«, rief Kyros, riss sein Schwert aus der Scheide und preschte auf das Bett los. »Und du, du geflügelter Pomadenhengst! Was machst du hier in Sassaris mit deinem Schwanz in dieser Heerlagermatratze? Wo ist Shachar?«

Zarastra, der immer noch irgendwie in Pukia steckte, war so überrumpelt, dass er Kyros' Schwerthieb nicht rechtzeitig ausweichen konnte. Die Bar-Nashka-Klinge sauste auf ihn herab und senkte sich tief in seine Schulter. Das war der Auftakt und leider auch das sofortige Ende von Kyros' Angriff. Vielleicht hätte er über den Sinn dieser Aktion nachdenken sollen, bevor er sich wie ein Irrer auf das zweitmächtigste aller göttlichen Arschlöcher gestürzt hatte. Aber Selbstbeherrschung war noch nie seine Stärke gewesen.

Obwohl der Lackaffe blutete und eine klaffende Wunde an der Schulter hatte, sprang er schneller von Pukia herunter, als man es mit bloßem Auge wahrnehmen konnte. Auf einmal war er über Kyros. Seine leuchtenden Flügel waren weit ausgebreitet und Kyros lag auf dem Rücken, während sein Schwert in die andere Ecke des Zimmers geflogen war. Zarastra war verdammt schnell. Schon sprang er wieder auf. Seine Verletzung schien er gar nicht zu spüren, vermutlich war sie schon halb verheilt. Entweder er war vollgepumpt mit Tonnen von Ambrosia oder er hatte einen direkten Kanal zur Energiequelle und bezog von dort elektromagnetische Impulse in einem extrem hohen Frequenzbereich. Mit einer einzigen Geste der Hand schleuderte er Kyros durch den Raum, ohne ihn auch nur zu berühren.

Japp, er hatte definitiv den Drachenstern angezapft. Dieser blöde Großkotz.

Kyros wurde wie von einem Windstoß erfasst vom Boden hochgerissen, wirbelte durch die Luft und knallte mit dem Rücken gegen die Wand. Da blieb er wie eine abgeklatschte Fliege hängen, die Arme ausgebreitet, die Beine weit gespreizt. Er konnte sich nicht bewegen und war wie in Eis an der Wand festgefroren.

Der überhebliche Lackaffe fuhr wirklich die ganze Bandbreite seiner Macht auf – und die war leider verdammt groß.

Alles ging so schnell, Kyros hatte noch nicht mal Luft holen können, um zu schreien, da war Zarastra schon bei ihm. Halb schwebend, halb laufend schoss er durch den Raum und baute sich breitbeinig vor ihm auf. Aus seinen Fingerspitzen sprühten weiße Funken und er schaute mit hochgereckter Nase auf Kyros herab. Ohne die geringste Anstrengung entfesselte er einen Blitz, der Kyros in die Brust traf und sich zischend und surrend über seinen ganzen Körper ausbreitete. Das waren die Schmerzen der Hölle! Es fühlte sich an, als wäre jede einzelne seiner Nervenzellen durchgeschmort und sein Herz in der Mitte zerfetzt worden. Und das alles hatte Zarastra nicht mehr als einen Augenblick gekostet.

»Du nennst die Frau, mit der ich verkehre, eine Dirne?«, rief Zarastra. Seine näselnde Stimme war jetzt laut wie das Läuten einer riesigen Klingel und Kyros' Ohren schmerzten von dem Geräusch. Scheiße, offenbar hatte er im Laufe der Äonen vergessen, wie verdammt mächtig dieser Lackaffe war.

»Weil sie eine Hure ist«, antwortete Kyros und seine Stimme triefte vor Spott. Er würde einen Teufel tun und sich anmerken lassen, dass er vor Schmerzen am liebsten weinen würde wie ein kleines Kind. »Sie lässt sich von jedem Schwanz vögeln, von dem sie sich einen Vorteil erhofft, sogar von deinem Schrumpfdödel. Was hast du ihr versprochen, wenn sie die Beine für dich breitmacht? Gold und Kleider und Sklavinnen? Oder darf sie neben dir auf deinem göttlichen Himmels-Thron sitzen?«

Wieder zuckte ein Blitz aus Zarastras Fingern. Er war greller als der vorherige und knallte wie ein Peitschenhieb, als er Kyros in der Brust traf. Verfickte Schafsärsche! Das tat so weh. Kyros zischte vor Schmerzen und biss sich fast die Zunge dabei ab, um bloß nicht zu schreien. Fick dich, Zarastra!

»Dieses bezaubernde Geschöpf ist weitaus schöner und edler als jene Verräterin, der du zu Gefallen bist. Pukia ist meiner Gnade mehr als würdig«, verkündete Zarastra. Seine Aureole blinkte grell. Immerhin hatte Kyros es geschafft, ihn zu verärgern, auch wenn er dafür mit dem Leben bezahlen musste. Scheiß drauf.

»Eine ausgeleierte Hure zu ficken, nennst du Gnade?« Kyros grunzte ein Lachen heraus und erntete zur Strafe eine ganze Salve an gleisenden Blitzen, die surrend wie Stahlseile gegen seinen Körper knallten, aber er schaffte es, die Schmerzensschreie zu unterdrücken.

Der Lackaffe zischte vor Wut, weil seine dämliche Blitzeangeberei scheinbar so wenig Wirkung zeigte. Wenn der wüsste, dass Kyros vor Schmerzen fast wahnsinnig wurde und kurz davorstand, um Gnade zu winseln! Zarastra schleuderte den nächsten Blitz. Der war so grell, dass er sogar der Hure Pukia in den Augen schmerzte, denn sie heulte auf und hielt sich die Hände vors Gesicht. Und das war's dann für Kyros. Das war nicht länger auszuhalten. Ein markerschütternder Schrei löste sich aus seiner Kehle. Sein Herz musste inzwischen in tausend Fetzen explodiert sein und es gab nicht einen winzigen Millimeter seines Körpers, der nicht von brennenden Qualen und elektrischem Knistern erfüllt war.

Warum noch mal war er so irrsinnig gewesen, mit dem Schwert auf Zarastra loszugehen? Wenn Miri jetzt bei ihm wäre, würde sie ihn ausschimpfen für seinen schwachsinnigen Selbstmordversuch. Aber sie war ja nicht bei ihm. Sie war vielleicht selbst längst tot, am Quantenschock gestorben. Dann war es doch nur richtig, dass er auch starb.

»Endlich erkennest du, wer in Wahrheit die Macht besitzet«, rief Zarastra und ließ seine beschissenen Flügel leuchten und rauschen. »Wir hatten einen Handel, Nichtswürdiger! Du hast ihn gebrochen. Das Gateway war von uns wiederhergestellet worden und die Zielkoordinaten waren eingegeben, dorten. Jedoch ist sie nicht angekommen an dem Ort, den wir für sie vorgesehen hatten. Du hast unseren heiligen Handschlag besudelt. Damit hast du den Tod auf dich herabbeschworen.«

»Dein heiliger Handschlag ist nicht mehr wert als die warme Scheiße eines zwergwüchsigen Esels«, ächzte Kyros zwischen zusammengebissenen Zähnen heraus. Wenn der oberste Elohim wüsste, dass Miri ein anderes und viel mächtigeres Gateway geöffnet hatte, eines, das nicht einmal Zarastra ohne Hightech aktivieren konnte, wenn er wüsste, dass sie da hindurch gegangen war, dann würde ihm das arrogante Näseln vielleicht vergehen. »Die Kohini ist stärker als du, du Stehleuchte von einem Hurenvögler!« Kyros lachte schrill und wusste, dass das definitiv die letzten Worte waren, die er je noch äußern würde.

Zarastra zischte vor Wut und spuckte Speichel, als er schrie: »So blicke dem Tode entgegen, du verräterischer Wicht!«

»Das war es wert«, dachte er und wappnete sich innerlich für den Todesblitz.

Zarastra entfesselte seine ganze göttliche Macht, vermutlich ballte er alles, was er überhaupt aus dem Drachenstern herausziehen konnte, in einen Blitz und röstete Kyros. Er hielt die Schmerzensschreie nicht länger zurück, sondern ließ sie aus sich heraus. Sie schienen über ganz Sassaris und das Westmeer hinweg zu gellen.

Aber nein, halt, das waren gar nicht seine Todesschreie. Das waren die Alarmglocken der Stadt, die auf den zwölf Wachtürmen geläutet wurden, und ihr metallener Klang schallte laut und dröhnend über die weite Ebene von Sassaris dahin. Kyros war kaum noch bei Bewusstsein, aber er hörte die schrille Stimme eines Serafs, die das Dong-Dong-Dong der Alarmglocken und das Rauschen in seinen Ohren übertönte

»Angreifer! Wir werden angegriffen! O Herr! Die Bar Nashka sind durch die Barriere gekommen. Sie rücken vor und sind in weniger als einer Stunde an der Stadtmauer. Wir brauchen Verstärkung.« Der Seraf war panisch vor Angst und hätte Kyros noch die Kraft dazu gehabt, dann hätte er über die Ironie dieser Situation gelacht.

»Wie konnte die Barriere durchbrochen werden? Tyrannos war für die Barriere verantwortlich. Warum hat er den Deaktivierungscode nicht geändert? Warum hat er versagt?«, kreischte Zarastra.

In dem Moment lockerte Zarastra den telekinetischen Griff, mit dem er Kyros an der Wand fixiert hatte. Kyros rutschte hinunter auf den Boden, unfähig, sich auf seinen eigenen Beinen zu halten oder zu bewegen. Er war nur noch ein Gefäß aus Schmerzen. Das Letzte, was er hörte, bevor er das Bewusstsein verlor, war das wütende Geschrei von Zarastra, aber er verstand die Worte nicht mehr.

∞

Miri:

Miri trat aus dem Gateway auf die Terrasse bei der weißen Villa.

Sie hatte das Drachenstern-Gateway nicht bewusst herbeigerufen und hatte auch nicht die leiseste Ahnung, wo es Sin hingebracht hatte, aber wie immer, wenn sie oder jemand ihrer Liebsten in Gefahr war, schaltete sich ihre Kohini-Magie ein und tat irgendetwas, das sie rettete. Obwohl sie sich in diesem Moment nicht gerade gerettet fühlte, ganz im Gegenteil, sie fühlte sich furchtbar, denn der Virus hatte die Oberhand über Sins Verstand gewonnen. Und der Anblick, wie der mächtigste und stärkste aller Kriegsdämonen sich wie ein verrückt gewordenes Tier aufgeführt und völlig die Kontrolle über sich verloren hatte, hatte ihr das Herz zerrissen.

Kyros hatte sie retten wollen, als er mit dem Schwert auf Sin losgegangen war, das wusste sie, aber sie hätte unmöglich zulassen können, dass er Sin tötete. Deshalb hatte sie ihn in das Gateway hineingestoßen und nicht eine Sekunde nachgedacht, als sie ihm hinterhergesprungen war. Allerdings hatte sie keine Ahnung gehabt, wohin sie springen oder was sie erwarten würde. Zweifellos aber ein Wahnsinniger, der versuchen würde, sie zu töten.

»Kieran? Wo bist du?«, rief sie und wappnete sich, dass er gleich knurrend und geifernd aus irgendeinem Winkel heraus auf sie zugerast käme. Sie legte ihre Hand auf das Heft ihres Schwerts, auch wenn sie lieber selbst sterben würde, als ihn zu töten.

Es waren nicht mehr als drei Sekunden vergangen zwischen Sins Sturz in den Drachenstern und ihrem Sprung hinterher. Aber niemand antwortete. Niemand war da.

Sie stand auf der ihr wohlbekannten Terrasse zwischen blühenden Sträuchern und Blumenkübeln und blickte über das türkisfarbene Meer. Von unterhalb der Terrassenmauer hörte sie die Brandung und zu ihrer Rechten lag die von Säulen umsäumte weiße Villa. Alles sah fast genauso aus wie bei ihrem ersten Sprung hierher und doch wirkte alles seltsam anders. Ihr fielen jetzt die Spuren eines Unwetters auf. Blütenblätter lagen auf dem Weg verstreut, als hätte man sie von den Sträuchern geschüttelt, und der große Olivenbaum zu ihrer Linken war in der Mitte von einem Blitz gespalten worden. Sein Stamm war verkohlt, doch die Blätter und Früchte waren noch nicht einmal welk. Auch die weiße Villa war bei genauerem Hinschauen gar nicht mehr so weiß. Eine der Wände war verkohlt, Aschefetzen klebten an den Säulen und der weiße Marmorboden war von einer Rußschicht überzogen. Hier hatte es vor gar nicht langer Zeit gebrannt und Miri erinnerte sich unwillkürlich an ihre Begegnung mit Sin in der Zukunft. Genau an diesem Ort hatten sie sich geliebt und waren mit Blitz und Donner heimgesucht worden. Die Villa und die Terrasse sahen aus, als sei das erst wenige Stunden her.

Sie war also wieder in die Zukunft gesprungen, aber wo zum Henker war Sin?

»Kieran?«, rief sie noch einmal und lief zur Villa hinüber. Irgendwie ergab das alles Sinn und irgendwie auch wieder nicht. Sie zog langsam das Schwert aus der Scheide. Dann holte sie tief Luft, um ein weiteres Mal aus vollem Hals nach ihm zu rufen. Falls er sie überfallen würde, würde sie ihm das Schwert in den Leib rammen müssen und darauf hoffen, dass seine Bar-Nashka-Implantate die Wunde schnell wieder heilten.

Aber da entdeckte sie ihn, wie er über eine Treppe vom Meer heraufkam und frohgemut auf die Terrasse spazierte. Er trug eine Angel über der Schulter und in einem Netz in seiner Hand lag ein großer Fisch. Er sah kein bisschen wahnsinnig aus.

Spätestens jetzt war sie sicher, dass sie in eine andere Zeit, weit in die Zukunft, gesprungen sein musste, denn Kieran trug keine Rüstung mehr wie noch vor wenigen Augenblicken, sondern er hatte genau jene Kleidung an, die er auch bei ihrer früheren Begegnung hier getragen hatte, und er war gealtert. Seine Schläfen waren grau und die Falten um seine Augen waren mehr geworden, aber er sah um so vieles besser aus als noch vor wenigen Minuten. Die dunklen Schatten unter seinen Augen waren weg, die tiefen Sorgenfalten auf seiner Stirn waren glatt, seine hohlen Wangen waren jetzt wieder voll, sein Haar war lang und lockig und eine sonnige Bräune überzog seine Haut. Es sah fantastisch aus und wirkte kerngesund und stattlich, genau wie bei ihrer ersten Begegnung hier. Vor allem aber war der Wahnsinn aus seinem Blick verschwunden. Er sah aus wie ein ganz normaler, gut gelaunter Mann, der gerade vom Angeln kam.

»Kieran?«, schluchzte sie, weil sie es kaum glauben konnte und ihre Knie weich wurden, vor Hoffnung, vor Freude und auch vor Schreck.

Für ein paar Sekunden starrte er sie an, als wäre sie ein Geist, dann ließ er sein Netz mitsamt der Angel fallen und rannte auf sie zu. »Mirisandra!«, rief er. Vor wenigen Augenblicken war er noch wie ein tollwütiges Tier mit Schaum vor dem Mund gewesen und entschlossen, sie zu töten, irrsinnig geworden vom Virus, aber jetzt wirkte er, als wäre er ein Mann, der seine Liebste nach einer halben Ewigkeit endlich wiedergefunden hatte. Und vermutlich war es auch so.

Sie ließ ihr Schwert fallen und lief ihm entgegen, warf sich in seine Arme und schluchzte.

Sie hatte keine Ahnung, wie lange sie weinte. Vielleicht eine Stunde, vielleicht auch nur ein paar Augenblicke. Erst als keine Tränen mehr kamen, schaute sie zu ihm hinauf und blickte in seine Augen, die ebenfalls in Tränen schwammen, aber keine Spur von Wahnsinn zeigten.

»Du bist es wirklich«, sagte Kieran mit brechender Stimme, dann küsste er sie mit einer Intensität, als würde sein Leben davon abhängen. Lieber Himmel, das war der Kuss eines Verhungernden. Als er den Kuss beendet hatte, nahm er sie an den Schultern und sah sie prüfend an. »Du bist es«, wiederholte er. »Nach dem Angriff gestern dachte ich, ich hätte dich ein für alle Mal verloren.«

»Angriff?«

Er zeigte auf die verkohlte Wand der Villa. »Als einer der Götter ein Gewitter gegen uns entfesselt hat, weil wir uns geliebt haben.«

»Das war für dich gestern?«

»Ich habe nicht mehr daran geglaubt, dich je wiederzusehen, dann bist du gestern plötzlich aufgetaucht und genauso plötzlich wieder verschwunden. Die Stunden seither fühlten sich für mich länger an als die vergangenen fünfundzwanzig Jahre.«

»Fünfundzwanzig Jahre? So lange bist du schon hier? Ausgeschlossen«, keuchte Miri. Sie sollte nicht so erschrocken sein, denn schon bei ihrer ersten Begegnung hatte sie gewusst, dass sie in die Zukunft gereist war, aber ihr Verstand konnte die Vorstellung nicht fassen, dass Kieran seit fünfundzwanzig Jahren hier war und auf sie gewartet hatte.

»Vierundzwanzig Jahre, dreihundert Tage und ein paar Stunden.«

»O verdammt«, rief sie. »Ich bin dir sofort gefolgt. Ich war gerade noch im Tal von Alkash. Du hast völlig durchgedreht. Der Virus hatte dich im Griff und ich habe dich in das Gateway gestoßen. Dann bin ich dir hinterhergesprungen.«

»Ich erinnere mich kaum mehr daran. Ich weiß noch, dass Kyros die Barriere deaktiviert hat und du völlig erstaunt und erleichtert warst, weil er dich nicht an Zarastra verraten hat. Danach ist alles in meinen Erinnerungen wie in einem Nebel. Als ich wieder zu Bewusstsein kam, lag ich in meiner vollen Rüstung da draußen auf der Terrasse in der prallen Sonne und hatte einen höllischen Durst.«

»Und dann war der Kohini-Virus weg?«, rief sie überrascht, aber Kieran lachte und schüttelte den Kopf.

»Oh, nein, der war nicht weg«, sagte er. Er nahm sie an der Hand und zog sie mit sich in Richtung der Villa. »Ein paar Stunden war ich bei klarem Verstand. Klar genug, um zu begreifen, dass ich allein hier war, aber der Wahnsinn kam zurück. Aus dieser Zeit habe ich nur Erinnerungsfetzen. Ich verfiel in eine Art wahnhafte Psychose, kam nach einer unbestimmten Zeit wieder zu mir, dann ging es mir eine Weile gut und ich versuchte mich hier zurechtzufinden – bis zum nächsten Wahn.«

»Du wirkst kerngesund. Bist du nun geheilt? Ist der Virus besiegt?«

Er zuckte die Schultern und nahm sie dann an der Hand. »Komm mit ins Haus. Zieh die Rüstung aus. Hier draußen ist es um diese Tageszeit viel zu heiß. Ich möchte fünfundzwanzig Jahre Einsamkeit, Hoffnungslosigkeit und den Kampf gegen meinen inneren Dämon nicht hier draußen im Stehen und innerhalb von zwei Minuten mit dir besprechen. Ich habe guten Wein.«

Sie wollte eigentlich sagen, dass sie keine Zeit hatte, dass sie sofort zurückkehren mussten ins Tal von Alkash, wo Kyros auf sie wartete, dass der Angriff auf Sassaris begonnen hatte, aber dann schüttelte sie über sich selbst den Kopf. Was bedeutete Zeit eigentlich noch, nachdem sie soeben fünfundzwanzig Jahre in die Zukunft gesprungen war?

Wenn es so sein sollte, dann würde sie mit Sin genau zu dem Zeitpunkt zurückkehren, der für ihre Mission richtig war, und wenn nicht, dann nicht.

Also folgte sie ihm in die Villa, in der es zumindest schattig, wenn auch nicht besonders kühl war. Die Spuren des Blitzeinschlags waren hier noch zu sehen. Ein Teil des flachen Daches bestand nur noch aus verkohlten Balken und ein paar der Möbel, die in jener Hälfte des Hauses gestanden hatten, waren nass vom Regen und schmutzig von den Resten des Unwetters. Aber die andere Seite der Villa war unversehrt geblieben. Da gab es einen Diwan, einen Stuhl und einen Tisch, auf dem ein irdener Krug und ein Becher standen. Mit einer Berührung löste Miri die Rüstung von ihrem Körper und Kieran nickte ihr mit einem Lächeln zu, als er die Kleidung sah, die sie darunter trug: die rote Tunika und weite Hose, die sie heute Morgen angezogen hatte, als sie drei Wochen in der Zukunft aufgewacht war. Eigentlich sollte sie sich über diesen neuen Zeitsprung überhaupt nicht wundern.

Kieran zeigte auf den Diwan und reichte ihr den Becher, in den er etwas Wein eingeschenkt hatte. Sie wollte eigentlich keinen Wein trinken, nicht so früh am Tag und nicht, wenn die Eroberung von Sassaris bevorstand, aber wer konnte schon sagen, ob sie an diesem Kampf je teilnehmen würde. Also nahm sie einen kräftigen Schluck und staunte über die schwere Süße des Getränks. Der Wein war köstlich.

»Du hast gefragt, ob ich jetzt geheilt bin. Ob der Virus besiegt ist.« Sin nahm den Faden wieder auf. Er setzte sich nicht zu ihr, als er sprach, sondern ging mit großen Schritten vor dem Diwan auf und ab und knetete die Hände.

»Du siehst so gut und gesund aus.«

Er nickte und lächelte. »Irgendwann habe ich festgestellt, dass die Abstände zwischen den Tollwuts-Anfällen länger wurden, zuerst nur ein paar Tage, dann Wochen, schließlich sogar Monate. Im Laufe der Zeit habe ich herausgefunden, dass ausgiebige Mediation, Bewegung und harte körperliche Arbeit mir helfen, die Anfälle zu kontrollieren. Sie wurden immer milder, immer seltener und schließlich haben sie ganz aufgehört. Seit achtzehn Jahren hatte ich keinen mehr. Ich weiß nicht, ob der Virus geheilt ist oder ob ich ihn einfach nur in den Griff bekommen habe. Medizinische oder technische Hilfsmittel gibt es hier auf der Insel nicht.«

»Das ist eine Insel?«, rief sie und drehte unwillkürlich den Kopf zum Fenster, von wo aus sie das Meer sehen konnte.

»Ich vermute, dass dieser Ort das Gefängnis ist, das Zarastra für dich vorgesehen hatte. Falls Kyros den Verrat begangen und dich durch das Gateway in die Zukunft geschickt hätte, wärest du vermutlich hier gelandet.«

Sie lachte verwirrt und ein bisschen schrill. »Es ist ziemlich idyllisch hier. Das sieht diesem Arschloch-Gott gar nicht ähnlich, dass er so ein nettes Gefängnis für mich vorgesehen hat.«

»Es ist idyllisch, aber nicht nett«, sagte Kieran kopfschüttelnd. »Es ist unmöglich, von hier zu entkommen. Ich habe alles probiert, bin geschwommen bis zur Erschöpfung, habe ein Floß gebaut und sogar einen Gleitschirm aus meiner Polycarbine-Rüstung. Aber der Ort ist von einer Art Barriere umgeben. Egal in welche Richtung du schwimmst, egal wie weit du segelst oder fliegst, du kommst früher oder später immer wieder hier an den Ausgangspunkt zurück.«

»Das klingt ja entsetzlich.«

»Es hat ein paar Jahre gedauert, bis ich akzeptiert hatte, dass ich dich und Kyros wohl für immer verloren habe. Ab dann habe ich mich mit dem Leben hier arrangiert. Du bist vielleicht überrascht, aber es ist für alles gesorgt, was ein Mensch zum Überleben braucht. Es gab sogar Kleidung hier, die allerdings für eine zierliche Frau gemacht war. Ich habe sie umgeändert. Es wachsen Obstbäume auf der Insel, Gemüse jeder Art, allerlei Tiere leben hier, die man jagen kann, zutrauliche Ziegen für die Milch, eine fischreiche Bucht und Angelausrüstung, Pfeile, Bögen, Messer und Harpunen. Es gibt sogar einen Weinkeller mit großen Fässern und Hunderten von Ölkrügen. Getreide lagert in Säcken und Honig in Fässern. Die Vorräte reichen wohl noch mal fünfundzwanzig Jahre.«

»Aber du brauchst sie jetzt nicht mehr, ich nehme dich mit zurück!«, rief sie.

»Ich hätte alles dafür gegeben, wenn du vor fünfzehn Jahren hier aufgetaucht wärest und diese Worte zu mir gesagt hättest, aber jetzt …« Kieran schüttelte den Kopf.

»Es tut mir so leid, dass du so lange vergeblich gewartet hast, obwohl ich mir sicher bin, dass es dafür einen guten Grund gibt, auch wenn ich den Grund nicht erkenne.«

»Inzwischen ist es anders. Ich bin anders. Ich bin nicht mehr Sin Kishar. Ich habe begonnen zu meditieren und mich mit Fragen nach dem Sinn des Lebens zu befassen, mit Fragen nach dem Tod, dem Leid und der Erlösung. Ich habe gelernt, jeden Anflug von Aggression oder Wollust mithilfe von Meditation und harter Arbeit zu kontrollieren.« Er zuckte schicksalsergeben die Schultern. »Ich bin ein Philosoph geworden, Silbervögelchen, und ein Mann des Friedens.«

»Heißt das … heißt das, du willst nicht mit mir zurückkommen? Das kannst du nicht meinen«, keuchte sie und spürte einen heißen Stich durch ihren Körper jagen. Ihr wurde vor Enttäuschung sogar schwarz vor Augen, als er die Schultern zuckte.

»Ich weiß es nicht. Ich habe irgendwann bemerkt, dass ich altere, Falten und graue Haare bekomme und dass meine Wunden nicht mehr so schnell heilen. Das bedeutet, dass sich meine Bar-Nashka-Implantate deaktiviert haben. Entweder liegt es an einem Dämpfungsfeld, das diesen Ort umgibt und das jede Technologie unterbindet, oder ich bin durch ein unmögliches Wunder wieder menschlich geworden. Ich tippe auf das Dämpfungsfeld. Aber verstehst du, was für ein Geschenk das für mich ist?« Er blieb vor ihr stehen und rang die Hände, während sie den Weinbecher in einem Schluck leerte. »Nach fast tausend Jahren eines Lebens als unzerstörbarer Schlächter und Vernichter habe ich Frieden in mir gefunden und kann endlich altern und sterben«, sagte er mit leidvoller Miene. »Es gibt nichts, was ich mir jemals mehr ersehnt habe. Ich habe Sorge, wenn ich die Insel und ihr Dämpfungsfeld verlasse, werden sich meine Implantate wieder aktivieren und dann werde ich wieder zu Sin Kishar dem Kriegsdämon.«

Miri hatte das Gefühl, dass sich eine eiskalte Hand um ihr Herz legte und es zerquetschte. Sie knallte den Becher wütend auf den Tisch und holte Luft, um ihm laut zu widersprechen, aber im Grunde ihres Herzens konnte sie jedes einzelne seiner Worte verstehen, die Wahrheit darin bis ins Mark spüren. Wie konnte sie ihm Vorhaltungen machen, wo er endlich den Frieden gefunden hatte, nach dem er schon so lange gesucht hatte?

»Ich … ich brauche dich«, stotterte sie. »Kyros braucht dich. Deine Männer brauchen dich.« Ihre Augen füllten sich mit Tränen und seine riesige Gestalt erschien durch den Tränenschleier ganz verschwommen. Sie wollte nicht weinen oder ihm etwa mit dämlichen Tränen ein schlechtes Gewissen machen. Sie sollte sich für ihn freuen und ihn umarmen. Er wirkte so ruhig und gefasst und mit sich selbst im Reinen. Aber sie konnte nicht.

»Unser Kampf gegen die Götter ist noch nicht beendet!«, rief sie aufgebracht. »Und die Tatsache, dass du fünfundzwanzig Jahre in der Zukunft lebst und hier immer noch festgehalten wirst, lässt mich befürchten, dass wir den Kampf auch nie gewinnen werden. Sonst wäre die Energiequelle der Götter deaktiviert und du könntest aus diesem Gefängnis freikommen.«

Er sah sie traurig an und nickte. »Ich weiß, Silbervögelchen. Aber jede Revolution, sei sie noch so gerecht, gebiert neue Gewalt. Ich werde nie wieder ein Schwert anfassen oder ein anderes Lebewesen willentlich töten, denn der Krieg endet nie. Nur die Toten haben das Ende des Krieges gesehen.«

»Scheiß auf deine Philosophie!«, rief Miri. »Wir kämpfen gegen Unterdrückung, Missbrauch und Sklaverei, gegen diejenigen, die dir und deinen Männern dieses Leid zugefügt haben und sich auch noch darüber amüsieren. Die Welt braucht einen Neuanfang, und ich … ich brauche dich für diesen Kampf. Egal ob du ein Bar Nashka bist oder ein Philosoph des Friedens. Du musst mit mir zurückkommen. Du kannst uns jetzt nicht im Stich lassen.« Sie heulte auf, sprang auf die Beine und raufte sich die Haare. Sie wollte sich auf Kieran stürzen, ihn an den Armen packen und kräftig schütteln, damit er begriff, wie wichtig es war, aber plötzlich überrollte sie der Quantenschock mit voller Wucht.

Ihr Magen kehrte sich um und sie erbrach sich direkt vor Kierans Füße. Dann setzte das donnernde Brausen in ihren Ohren ein. Ihr wurde schwarz vor Augen und sie sackte zu Boden, wo ihr ganzer Körper von Krämpfen ergriffen und durchgeschüttelt wurde. Sie schrie, weil die Schmerzen unerträglich waren. Sie konnte sich zwar nicht an ihren letzten Quantenschock erinnern, aber der hier war definitiv mörderisch. Ihre Kehle schnürte sich immer enger zu und sie schnappte japsend wie ein Fisch auf dem Trockenen nach Luft. Sie würde ersticken, wenn sie nicht zuvor an den Schüttelkrämpfen starb.

»Ich kriege keine Luft!«, wollte sie rufen, aber es kam nur Röcheln aus ihrer Kehle, während ihr Körper erneut von einem Krampfanfall ergriffen wurde, als würde eine fremde Macht sie packen und sie wie eine Puppe durchrütteln.

Sie hörte Kierans Stimme wie aus weiter Ferne.

»Scheiße. Silbervögelchen. Ich hatte nicht mehr an den Quantenschock gedacht. Leg dich hin. Nein, trink etwas Wasser. Nein! Scheiße! Ich bringe dich ins Bett. O verdammt, ich brauche Kyros. Wo ist Kyros? Stirb nicht. Alles, nur das nicht. Was soll ich tun?«

Sein Geschrei war das Letzte, was sie hörte, bevor sie das Bewusstsein verlor.

∞

Sin Kishar:

Fünfundzwanzig Jahre: Sie können schneller vergehen als ein Wimpernschlag, wenn man zum Beispiel als unzerstörbare und mordende Bestie durch die Welt zieht und die Zeit nicht in Jahren, sondern an der Anzahl der zerstörten Städte und getöteten Menschen misst. Sie können sich auch wie die Unendlichkeit anfühlen, zum Beispiel, wenn man allein, ohne seine Waffenbrüder und ohne seine Seelenhälfte auf einer einsamen Insel gefangen ist. Es können aber auch unerlässliche Lehrjahre sein, Jahre, die eine Seele zur Heilung braucht, kostbare Jahre, die erforderlich sind, um mit sich selbst ins Reine zu kommen und Frieden zu finden.

Kieran kannte all diese Varianten der Zeit und war sich sicher gewesen, dass er inzwischen all das hinter sich gelassen hatte, dass Zeit für ihn keine Bedeutung mehr hatte, außer dass ihn jeder neue Tag dem ersehnten Tod ein wenig näher brachte.

Bis gestern, als seine verlorene Liebe wie aus dem Nichts aufgetaucht war, hatte er sogar geglaubt, dass er über ihren Verlust hinweggekommen sei. Sie hatte ihm zwar gefehlt, aber es hatte nicht mehr wehgetan. Er erinnerte sich an sie wie an einen hellen Sommertag, an den man sich an den dunklen feuchten Wintertagen erinnerte, aber er konnte die Schmerzen ihres Fehlens wegatmen, wegmeditieren, durch sich hindurchgehen lassen. Die Wunde in seiner Seele blutete nicht mehr.

Doch dann, gestern, hatte sie plötzlich draußen auf der Terrasse gestanden, in einem roten Kleid und ihr silbernes Haar hatte im Wind geweht. Und fünfundzwanzig Jahre Meditation und Selbstdisziplin waren einfach weg gewesen. Alles war wieder wie im allerersten Moment gewesen, als sein erster Blick in ihre Augen ihn in einen Abgrund gerissen hatte.

Verdammte Kohini-Magie.

Und jetzt war sie wieder aufgetaucht und lag in seinem Bett im Sterben, bleich und kalt wie der Tod, die Augen tief eingefallen, die Lippen beinahe weiß. Was auch immer er versuchte, nichts half. Zuerst war sie von Krämpfen durchgeschüttelt worden, hatte sich übergeben, dann hatte sie geschrien vor Schmerzen, gefroren vor Kälte und geglüht vor Fieber. Er hatte sie ausgezogen und sich nackt an sie geschmiegt, sie geküsst, umarmt und sogar ihren gepeinigten Körper geliebt mit Zärtlichkeit und Hingabe, aber es hatte nichts gebracht.

Nichts hatte irgendetwas gebracht. Es war ihr nur immer schlimmer gegangen, denn Kyros fehlte. Wo war Kyros nur? Warum war er nicht mit ihr zusammen hierhergekommen?

Er und Kyros hatten sich gegenseitig geschworen, immer zu zweit bei Miri zu bleiben, falls so etwas einmal passieren sollte, und jetzt, wo er ihn dringender brauchte denn je, war er irgendwo in der verdammten Vergangenheit, im Tal von Alkash hängen geblieben.

Verfluchter Idiot! Wie konnte er ihn ausgerechnet jetzt im Stich lassen? In seiner Verzweiflung rief er nach Kyros, brüllte, heulte und bettelte seinen Namen hinaus, während er Miris Körper an sich drückte, aber natürlich kam keine Antwort. Kein Kyros. Keine Rettung für Miri. Nur zu dritt waren sie vollständig.

Hoffentlich ging es Kyros wenigstens gut und er lag nicht auch irgendwo im Sterben oder weinte wie ein Häuflein Elend, so wie Kieran es gerade tat.

»Kyros!«, schluchzte er, als Miri von einem erneuten Krampfanfall gepackt wurde. Sie schrie und bog sich und erschlaffte wieder. »Ich brauche dich! Hilf uns, Kyros!« Aber der Hilferuf war so vergeblich wie alle anderen davor.

Miri würde sterben, und er konnte nichts tun. Das war schlimmer als hundertmal fünfundzwanzig Jahre Einsamkeit. Er weinte wie ein Kind, wie seit fast tausend Jahren nicht mehr. Tränen rannen in Strömen über sein Gesicht, während er seine Hände zärtlich, aber nutzlos über Miris nackte Haut gleiten ließ. Da streckte sie ihre zitternde Hand nach ihm aus und legte sie an seine nasse Wange.

»Ist es Nacht draußen?«, fragte sie mit schwacher Stimme.

Er hatte keine Ahnung. Ihr Anfall ging seit Stunden und er hatte die Zeit und alles andere vergessen. Er schaute sich mit tränenverschleiertem Blick um und stellte fest, dass es in der Villa dunkel war und von draußen nur das Mondlicht hereinleuchtete. Er hatte nicht bemerkt, wie die Stunden vergangen waren.

»Ja!«, sagte er und wischte sich wütend die Tränen aus den Augen.

»Bring mich raus unter den Sternenhimmel«, bat sie. Sie sprach so leise, dass er sie kaum noch verstand.

»Raus auf die Terrasse? Da ist es jetzt sehr kühl.« Aber während er die Worte aussprach, wurde ihm bewusst, wie schwachsinnig sie waren. Miri würde sterben, egal ob es kühl oder heiß war. Und wenn sie verdammt noch mal draußen auf der Terrasse und unter dem Sternenhimmel sterben wollte, dann sollte es so sein. Er würde sie bis auf den höchsten Gipfel der Welt tragen, falls das ihr letzter Wunsch wäre.

Draußen spürte er den kühlen Nachtwind, hörte das Rauschen der Wellen und blickte zum nächtlichen Firmament hinauf, wo Abermillionen von Sternen funkelten. Einer im Norden schien ganz besonders groß und hell zu sein und Kieran schaute staunend zu ihm hinauf. In fünfundzwanzig Jahren, in all den Tausenden von klaren Sternennächten hatte er dieses Gestirn noch nie am Himmel gesehen. Was war das?

»Ich habe den Drachenstern gerufen«, murmelte Miri und lächelte. Dann verlor sie das Bewusstsein. Ihr Weinen und Stöhnen und ihre Krampfanfälle waren vorbei und sie hing nur schlaff in Kierans Armen. Er war sich nicht sicher, ob sie überhaupt noch lebte, aber bevor er irgendetwas tun konnte, bewegte sich der helle Stern schnell über den Himmel und kam auf die Insel zugerast. Es sah ein wenig aus wie eine Sternschnuppe, die auf die Erde stürzte, oder genauer gesagt direkt auf die Terrasse.

Ein wummerndes Dröhnen und Pfeifen war zu hören, doch bevor das Ding auf seinen Kopf einschlug, bremste es ab und landete nur ein paar Schritte von ihm entfernt. Es war das Abbild einer Galaxie, die fast so groß war wie die Villa im Hintergrund. Sie drehte sich langsam um ihren hellen Kern und einer ihrer schimmernden Spiralarme streifte seine Hand. Miri hatte ein Gateway geöffnet.

Er überlegte nicht mehr lange. Sein innerer Friede, seine Erlösung, die Chance, endlich sterben zu können, das alles war völlig belanglos.

»Ich bring dich zu Kyros, nach Hause, Silbervögelchen«, sagte er und lief mit der leblosen Miri in seinen Armen in die Galaxie hinein.

12 PUKIA

Aus den Dateien der Memori:
Das Konzil der Memori besteht aus sieben Mitgliedern,
welche die Trägerinnen der ältesten noch lebenden Wa'ari sind.
Bagsora, 670.000 Jahre alt,
Malli, 90.000 Jahre alt,
Tokessa, 42.000 Jahre alt,
Gisella, 29.900 Jahre alt,
Memora Oberin, 21.000 Jahre alt,
Ermithala, 17.000 Jahre alt und
Kempf, 8.000 Jahre alt.

Kyros:

Kyros war nicht tot. Das war seine erste Erkenntnis, als er blinzelnd die Augen wieder öffnete. Zarastras Stimme im Hintergrund sagte ihm, dass er auch nicht lange bewusstlos gewesen sein konnte, denn der oberste Elohim regte sich immer noch schrill und näselnd darüber auf, dass die Stadt angegriffen wurde und er völlig unvorbereitet war.

»Rufet alle zusammen! Jeder, der imstande ist, soll uns zu Hilfe eilen. Wo ist Tyrannos? Wo sein Stellvertreter? Wie konnte die Barriere fallen? Erfassen diese Narren denn nicht das Ausmaß der Bedrohung?« Zarastra sonderte eine Flut an langweiligen Kleinkinder-Flüchen ab, gefolgt von einer Salve weiterer empörter Fragen über den Verbleib von Tyrannos.

Jemand ließ sich neben Kyros auf die Knie und fühlte seinen Puls. Im ersten Moment dachte er, es wäre Miri, bis ihm wieder einfiel, dass er ja allein war, ohne Miri, ohne Sin.

»Gut, du lebst«, wisperte dieser Jemand und das war definitiv nicht Miris Stimme, sondern die der Kackfotze Pukia. Sie war noch nackt von ihrem Stelldichein mit Zarastra und gestikulierte aufgeregt. »Komm mit, ich bring dich weg.« Sie zeigte auf eine Tür direkt neben Kyros.

»Dir vertrau ich nicht«, sagte er mit schwacher Stimme.

»Du musst mir vertrauen, wenn du lebendig hier rauswillst. Los, steh auf«, drängte Pukia, aber Kyros schlug ihre Hand weg, als die nach ihm greifen und ihn auf die Beine ziehen wollte. Oder zumindest wedelte er kraftlos mit seiner Hand in ihre Richtung. Pukia war so ziemlich der allerletzte Mensch auf der Welt, dem er glauben oder irgendwohin folgen würde.

»Du vögelst Zarastra. Verpiss dich«, sagte er, aber er hievte sich dennoch stöhnend auf die Beine. Sein Leib war ein Klumpen aus unerträglichen Schmerzen und er hatte keine Ahnung, wie er es überhaupt schaffte, aufzustehen. Ach ja, Pukia hielt ihn fest und zog seinen Arm über ihre Schulter.

»Was denkst du, warum ich mit ihm Sex hatte? Ich habe ihn abgelenkt, damit Tokessa ihre Mission durchführen kann.«

Tokessa? Miris Schwester? Was laberte die Mistkuh denn da? Er hatte versucht, Tokessas Tod aufzuhalten, aber aus irgendeinem Grund, den er bis heute nicht begriff, war die Krankheit in ihr stärker gewesen als seine göttliche Macht. »Sie ist tot.«

»Sie lebt und ist hier. Doch für nähere Erklärungen ist jetzt keine Zeit. Wir müssen weg, bevor Zarastra wieder zu klarem Denken fähig ist.« Pukia warf ängstliche Blicke in dessen Richtung und das, mehr als ihre Worte, machte Kyros stutzig. Warum sollte sie sich vor Zarastra fürchten, wenn sie ihn doch so leicht um den Finger wickeln konnte, dass er vorhin sogar ihre nicht vorhandene Ehre verteidigt hatte?

»Ich verlange, sofort Tyrannos zu sprechen! Schafft mir den König der Haèl her, und zwar binnen dieses Augenblickes!«, brüllte Zarastra im Hintergrund. Er hatte sich der schwarzen Polycarbine-Wand zugewandt, die jetzt als Monitor diente und auf der das riesige Gesicht eines Haèl zu sehen war.

»Der Verbleib des Königs ist geheim«, sagte der Haèl mit zitternder Stimme.

»Keine Ausflüchte mehr. Die Zikkurat wird angegriffen. Nichts ist geheim, wenn der Kern unserer Existenz bedroht ist. Ich brauche Tyrannos und all seine Kämpfer sofort hier an meiner Seite. Oder will er etwa den Untergang der Götter riskieren? Will er etwa sterben?«

»König Tyrannos ist schon tot. Und Tor Namush, sein Stellvertreter, ist auch tot«, rief der Haèl auf einmal laut und voller Verzweiflung hinaus. Die kurze, atemlose Stille, die darauf folgte, fühlte sich in Kyros' Ohren an wie ein Donnerknall.

… und Zarastra erlitt den Schock seines ewigen Lebens. »Tyrannos tot? Ein Gott tot?«, kreischte er und brach in hysterisches Gelächter aus. »Mache dich nicht lächerlich, du unseliger Narr. Das ist völlig undenkbar. Wer besäße wohl die Macht, einen Gott zu töten? Das ist eine Lüge.«

»Das waren die Drachen von Mykan. Die Söhne Tannins!« Die Antwort des Haèl klang wie das Heulen eines herrenlosen Hundes. »Nur einer von uns konnte aus Mykan entkommen. Er hat eine Nachricht an die Raumstation gesandt. Wir haben Drohnen geschickt, um den König zu finden. Doch es stimmt. In seine Burg sind jetzt die Drachen eingezogen und Tor Namushs Kopf hängt am Eingang der Burg.«

Hätte Kyros nicht so verdammte Schmerzen, hätte er gelacht.

»Das ist Gotteslästerung! Die unerhörteste Gotteslästerung, derer ich je gewahr wurde! Das muss gesühnt werden. Ihr müsst Mykan sofortigst angreifen und zurückerobern.« Zarastras Stimme klang wie eine defekte Sirene.

»Keiner von uns will es mit dem Drachenfeuer zu tun bekommen«, nuschelte der Haèl auf dem großen Bildschirm.

»Ihr Feiglinge!«, kreischte Zarastra.

»Wir hängen an unserem Leben, Elohim. Greif Mykan doch selbst an.«

»Ihr seid eine Schande! Ich kann Mykan nicht erobern. Ich werde selbst angegriffen. Ich bin gezwungen, die Zikkurat zu verteidigen, und ihr müsst mir unverzüglich zu Hilfe eilen.« Wie zur Untermalung seiner Worte stimmten noch mehr Alarmglocken von den Wachtürmen in das Geläute ein. Der dunkle, metallene Klang von Hunderten von Glocken hallte über die Stadt und wummerte schmerzhaft in Kyros' Ohren: »Dong! Dong! Dong!«

Immerhin war auf Cloud und Storm Verlass.

»Los jetzt!«, drängte Pukia mit einem ungeduldigen Zischen und zog Kyros am Arm. Er nickte und ließ zu, dass die verhasste Frau ihn aus dem Raum hinausschleppte. Es gab keine bessere Gelegenheit zur Flucht, es war die einzige überhaupt.

»Ich brauche Unterstützung von der Raumstation. Ihr müsst sofort Raketen abfeuern. Vernichtet alles, was sich der Zikkurat nähert.« Zarastras Diskussion mit dem Haèl auf der Raumstation ging weiter, aber Pukia war mit Kyros schon im Nebenzimmer verschwunden und von dort in einen Flur gelangt. Zarastras schrille Stimme war kaum noch zu hören, und Kyros gab sich Pukias Führung hin. Er musste sich wohl oder übel auf sie verlassen. Schlimmer als jetzt konnte es ihm kaum noch ergehen.

Pukia war überraschend stark und energisch. Sie schleifte ihn durch die Flure des Palastes und schien dabei jeden Winkel genau zu kennen. Wenn sie Schritte oder Stimmen hörten, bog sie schnell um eine Ecke oder verschwand mit ihm in einem der Räume. Kyros versuchte, nicht wie ein nasser Sack auf ihr zu hängen und aus eigener Kraft zu gehen, aber bei jedem ihrer Schritte rasten Höllenschmerzen durch seinen Körper und er musste seine ganze Selbstbeherrschung aufbieten, um nicht zu winseln. Er versuchte zu verdrängen, dass Pukia splitternackt war und dass er sein Überleben der hinterhältigsten und machtgeilsten Person anvertraut hatte, die er kannte.

Sein Polycarbine-Brustpanzer war schon bei Zarastras zweitem göttlichem Blitzschlag weggeschmolzen und die Tunika, die er darunter trug, bestand nur noch aus verkohlten Fetzen. Die Haut auf seinem gesamten Oberkörper war verbrannt, rotes und schwarz verkohltes Fleisch war darunter zum Vorschein gekommen. Die Schmerzen waren so abartig, dass er am liebsten ohne Luft zu holen geschrien hätte.

Er musste hoffen, dass die Ambrosia, die noch in seinem Metabolismus war, eine schnelle Heilung bewirkte, aber wirklich sicher war er sich dessen nicht. Er wusste nicht, wie lange ihre Wirkung noch anhielt, Zarastra hatte von ein paar Wochen gesprochen und die waren vielleicht schon um. Wenn ja, dann würde er demnächst unter jämmerlichsten Schmerzen krepieren.

Plötzlich blieb Pukia stehen und zog ihn in ein dunkles Treppenhaus hinein, weil sich stampfende Schritte von Soldaten näherten. Kyros hing mit seinem ganzen Körpergewicht auf ihr und stöhnte vor Schmerzen. Die ruckartige Bewegung, mit der sie ihn herumgerissen hatte, hatte ihn mit einer Lawine an Qualen überrollt.

»Leise«, zischte Pukia. »Das sind Serafim. Sie sind humorlos und brutal, aber sie haben ein gutes Gehör.«

»Was machen die Serafim hier?«, ächzte Kyros.

»Großkönig Shachar hat die Seiten gewechselt und sich von den Göttern abgewandt. So, wie wir es geplant haben, daraufhin kam Zarastra mit hundert Serafim und hat die Stadt und die Zikkurat besetzt, und jetzt sei leise«, wisperte Pukia.

Kyros blinzelte sie verwirrt an. Er wusste nicht, was ihn bei ihrer Erklärung mehr aus der Fassung brachte. War es die Aussage, dass der mächtigste aller Götter offenbar desertiert war, oder ihre Worte »Wie wir es geplant haben«? Oder war es die ganze Frau? Wie sie redete und handelte, das konnte unmöglich die gleiche miese Pukia sein, die den Tod von Sin und den Kindern befohlen hatte und die Miri hatte töten wollen, diese falsche Schlange, die jeden fickte, der ihr einen Vorteil verschaffte.

Ein jämmerliches Stöhnen brach aus ihm heraus, denn als er sich gegen die Wand lehnte, raste eine neue Woge an Höllenqualen durch ihn hindurch, und draußen auf dem Flur trampelten die Schritte der Serafim an der Tür vorbei, aber sie bemerkten seine Schmerzenslaute nicht. Offenbar hatte der drohende Angriff der Bar Nashka sie alle in höchste Aufregung versetzt und sie waren unachtsam geworden. Nachdem die Schritte verklungen waren, öffnete Pukia die Tür wieder und spähte hinaus.

»Weiter.«

»Wo bringst du mich hin?« Kyros heulte leise auf, als sie wieder seinen Arm packte und ihn über ihre Schulter legte.

»Erst mal in den Harem. Dort können die Frauen sich um deine Verbrennungen kümmern und dich vor Zarastra verstecken. Aber ich muss weiter und Tokessa finden. Der Angriff der Bar Nashka kommt sogar für mich unerwartet.«

»Ich verstehe kein einziges verschissenes Wort«, ächzte Kyros. Seine Schmerzen machten ihm das Denken nicht gerade leicht, und irgendetwas stimmte mit Pukia nicht.

»Keine Zeit für Erklärungen!«, sagte sie. »Wir können nicht hierbleiben. Im Harem ist es sicher für dich. Weil Zarastra auf die Frauen dort scharf ist, hat er angeordnet, dass niemand ihnen zu nahekommen darf. Er ist dem Weiblichen genauso ausgeliefert wie der Rest seiner Spezies, auch wenn er es nie zugeben würde.« Sie winkte ungeduldig und schon zog sie ihn wieder weiter durch die Palastflure.

»Ich will nicht in den Harem. Ich muss zur Zikkurat«, sagte Kyros. Er stellte fest, dass ihm das Sprechen inzwischen leichter fiel und die Schmerzen ein wenig nachgelassen hatten. Oder hatte er sich einfach nur an sein unendliches Elend gewöhnt?

»Hast du dich schon mal angeschaut? Du stirbst wahrscheinlich und kannst froh sein, wenn irgendjemand dir den Abgang aus dieser Welt mit Schmerzmitteln erleichtert.«

»Ich bin in ein paar Minuten wieder geheilt.« Kyros stöhnte klang aber vielmehr so, als würde er in den nächsten Minuten seinen letzten Atemzug tun, aber er spürte, dass die Heilung bereits langsam voranschritt. Ein wenig Ambrosia war ja doch noch in seinem Metabolismus. Seine Haut fühlte sich zumindest nicht mehr an wie ein Meer aus Feuer und irgendwann, auf halbem Weg, musste er sich bereits nicht mehr so schwer auf Pukia stützen. Kurz bevor sie bei den Räumen des Harems ankamen, konnte er sogar schon wieder auf eigenen Beinen stehen. Auch seine Brandwunden hatten sich inzwischen mit rosigem Narbengewebe überzogen, obwohl sie noch überempfindlich waren und bei jeder Bewegung schmerzten, als würde man einen Flammenwerfer darauf halten.

Pukia hielt ihn nicht mehr fest, als sie in den großen Raum hineinstürmte, der wohl als Aufenthaltsraum für die Haremsdamen diente, wie man an den verschiedenen Diwanen und dicken Polsterkissen erkennen konnte. Aber da waren keine Frauen. Stattdessen wurden sie von einem hochgewachsenen Haremswächter empfangen, der von zehn bewaffneten Eunuchen umgeben war.

»Kein Schritt weiter oder ihr seid des Todes!«, rief der riesige Mann und hob abwehrend die rechte Hand. Er war prächtig gekleidet und trug sein langes schwarzes Haar in vielen kleinen Zöpfen, die mit Perlen und Goldstücken durchflochten waren. Er sah aus wie ein wichtiger Hofbeamter, der verdammt schlechte Laune hatte, weil jemand, an dem ein Penis wuchs, seinen Harem betreten hatte.

»Du bist Mershad der Obereunuch, nicht wahr?«, fragte Pukia mit einer Freundlichkeit in der Stimme, die Kyros an seinen Erinnerungen zweifeln ließ. Diese Frau war in ihrem ganzen Leben noch niemals zu irgendjemandem freundlich gewesen, vermutlich nicht mal zu den Männern, die sie zwischen ihre Beine ließ. Aber da stand sie, nackt und lächelnd und verneigte sich sogar ehrerbietig vor dem Eunuchen. »Ich bitte um deine Hilfe, Mershad. Wir sind auf der Flucht vor Zarastra und seinen Serafim.«

Der Eunuch namens Mershad lachte und schüttelte den Kopf. »Auf der Flucht vor Zarastra? Du bist seine Konkubine?« Er machte den Wächtern, die ihn umgaben, ein Handzeichen. Die legten ihre langen Speere an und gingen einen Schritt auf Pukia zu. »Du bist kein Teil dieses Harems und du bist hier nicht willkommen. Und der da ist einer von jenen, die uns erobert haben.« Er zeigte auf Kyros. Er hatte immer noch starke Schmerzen und deswegen eine leicht gekrümmte Körperhaltung eingenommen. Das rote Narbengewebe, das seinen Oberkörper inzwischen überzog, bot nicht gerade einen hübschen Anblick, von leuchtenden Flügeln oder einem Glorienschein konnte auch nicht die Rede sein, aber dennoch war er leicht als Elohim erkennbar, groß gewachsen mit breiten Schultern und seinen riesigen Schwingen. Natürlich mussten sie ihn für einen Seraf halten, wenn auch für einen zerfledderten.

»Das ist Kyros, er ist ein Rebell und kämpft gegen den Eroberer. Er wurde von Zarastra gefoltert und fast getötet und jetzt erbittet er Asyl bei euch. Seine Verletzungen sind tödlich, aber vielleicht gibt es jemand, der ihm Linderung verschaffen kann«, sagte Pukia mit dieser unpukiamäßigen Freundlichkeit in der Stimme, die Kyros Angst machte. Außerdem trat sie einen beherzten Schritt auf die bewaffneten Eunuchen zu, die Hände erhoben, ein friedvolles Lächeln auf ihrem verschissenen Gesicht.

»Er sieht nicht tödlich verletzt aus«, antwortete Mershad barsch, aber doch musterte er Kyros nun mit weitaus mehr Wohlwollen als noch vor einem Augenblick. Pukia wandte sich verwundert zu Kyros herum und sah ihn etwas genauer an.

»Ambrosia?«, fragte sie und er nickte nur. Woher auch immer diese Schlampe über die göttliche Speise Bescheid wusste, er war froh, dass er seine schnelle Heilung nicht umständlich erklären musste. Pukia unternahm einen neuen Überredungsversuch bei Mershad. »Wir sind auf der Suche nach der Königsbraut. Wir wollen sie retten. Weißt du, wo sie ist?«

»Die Königsbraut braucht keine Hilfe von euch. Wir haben bereits für ihre Sicherheit gesorgt. Wir sind bereit, für sie zu sterben, und niemand kommt in ihre Nähe. Erst recht nicht zwei wie ihr. Verschwindet und kümmert euch um euch selbst.«

Einer der Wächter machte eine bedrohliche Geste mit dem Speer.

»Scheiße, wir haben keine Zeit für heroisches Gewäsch. Zarastra wird uns jagen und wir müssen zur Zikkurat!«, sagte Kyros mit langsam erwachendem Lebensgeist. Seine Heilung war jetzt so weit vorangeschritten, dass die Schmerzen erträglich waren. »Wie komme ich zur Zikkurat?«

Dem Eunuchen blieb keine Zeit zu antworten, denn über das penetrante Dong-Dong-Dong der Alarmglocken hinweg hörten sie nun wieder das Stampfen von Stiefeln und die Rufe der Serafim. »Sie müssen zum Harem gelaufen sein«, schrie einer. »Durchsucht den ganzen Harem. Tötet alle dort! Ausnahmslos alle!«

»Alle töten?«, keuchte Kyros und fuhr zu Pukia herum, die sich bereits hektisch nach einem anderen Fluchtweg umschaute. »Du hast gesagt, er lässt die Frauen im Harem in Ruhe, weil er scharf auf sie ist. Wir bringen alle hier in Gefahr, du egoistische Schlampe!« Er konnte selbst kaum sagen, warum er sich so aufregte, schließlich kannte er die Frauen dieses Harems überhaupt nicht. Sie gehörten Shachar – oder hatten ihm zumindest mal gehört, bevor er desertiert war. Ihr Schicksal sollte Kyros am Allerwertesten vorbeigehen, aber das tat es nicht. Er empfand Gewissensbisse und Sorge und er wusste, wie Miri sich in dieser Situation verhalten würde, nämlich genau so, wie man sich als mitfühlendes, verantwortungsbewusstes Wesen verhalten musste. »Wir müssen die Serafim vom Harem weglocken, in die andere Richtung.« Als er sich gerade abwenden und zurückgehen wollte, in die Richtung, aus der sie gekommen waren, hielt Mershad ihn am Arm zurück.

»Ich weiß nicht, wer du bist, Mann mit Flügeln, aber die Königsbraut hätte genauso gehandelt«, sagte er. »Ich glaube dir, dass du gegen die Eroberer kämpfst. Schnell. Folgt mir. Die Frauen sind längst in Sicherheit. Die Serafim werden hier nichts finden.« Mit diesen Worten nickte er seinen Eunuchen-Soldaten zu. »Haltet sie auf, solange ihr könnt.«

»Kein Mensch kann die aufhalten«, sagte Kyros. »Sie werden bei dem Versuch ihr Leben lassen.«

»Sei unbesorgt, wir haben Mittel und Wege, von denen die Eroberer nichts ahnen.«

Kyros bezweifelte zwar, dass irgendein Sterblicher ein Mittel besaß, mit dem er etwas gegen einen Seraf ausrichten konnte, und sein schlechtes Gewissen wurde durch Mershads Worte nicht besser, aber jede weitere Diskussion erübrigte sich. Denn kaum waren sie um eine Ecke gebogen und in einen anderen Raum eingetreten, als sie das wütende Geschrei der Verfolger erneut hörten. Aber es klang nicht wie ein hoffnungsloser Kampf, sondern eher so, als würden sie in einen unendlichen Abgrund stürzen und plötzlich verstummen, aber vermutlich bildete sich Kyros das nur ein, denn das Geschrei der Serafim wurde vom Dong-Dong-Dong der Alarmglocken übertönt.

Die Bar-Nashka-Armee rückte heran und weder er noch Sin noch Miri waren bei den Männern. Das war gut und gleichzeitig schlecht. Er konnte nur hoffen, dass sie den Befehlen, die Sin ihnen erteilt hatte, auch treu blieben: keine Unschuldigen zu töten, kein sinnloses Gemetzel anzurichten. Aber niemand konnte sagen, was der Virus mit den Männern anstellte und was mit ihrer Programmierung geschah, wenn sie Blut sahen und Angstschreie hörten. Etwas Gutes oder etwas Schlechtes? Kyros befürchtete, dass es etwas sehr, sehr Schlechtes bewirken könnte.

In einem der Frauenschlafzimmer gab es eine verborgene Tür, die man nur finden konnte, wenn man in alle Geheimnisse dieses Palastes eingeweiht war. Eine unauffällige Sanduhr an der Wand betätigte die Tür. Mershad drehte die Uhr herum, und während der Sand hindurchrieselte, öffnete sich langsam ein Spalt in der Wand.

»Von hier aus führt ein Weg in die alten Katakomben des Palastes. Sie sind unterirdisch mit der Zikkurat verbunden«, erklärte Mershad und solange sie warteten, bis der Spalt in der Wand groß genug war, um hindurchzuschlüpfen, reichte er Pukia seinen Umhang. Sie war ja bekanntlich nackt. Mershad war offensichtlich ein guter Mensch und Kyros hoffte von ganzem Herzen, dass er die bevorstehende Schlacht und die Eroberung der Stadt irgendwie überleben würde, doch als Kyros das Wort Zikkurat gehört hatte, stand für ihn auch außer Frage, dass er nicht länger an die anderen Palastbewohner denken konnte. Er musste unbedingt in diese Katakomben hinunter und zum Labor. Ohne zu zögern, zwängte er sich durch den Türspalt.

»Steigt die Wendeltreppe hinab und folgt dem langen Gang«, sagte Mershad. »Dorthin habe ich auch die Frauen des Harems geschickt, als ich die Alarmglocken gehört habe. Ihr seid dort sicher. Mehr kann ich nicht für euch tun. Ich muss mich um die Sklaven und Eunuchen kümmern, die noch im Palast sind, und die Serafim an der Nase herumführen.«

»Wo ist die Königsbraut?«, fragte Pukia und hielt Mershad am Arm zurück, als der sich bereits wieder der Sanduhr zuwandte. Aber Mershad streifte ihre Hand ab und sah sie kalt an.

»Geh da hinunter oder lass es sein, Konkubine, aber die Königsbraut ist beim König und du wirst nicht mal über meine Leiche erfahren, wo die beiden sind.«

»Ich muss sie sehen. Davon hängt alles ab«, drängte Pukia, doch der Türspalt schloss sich bereits wieder und das Letzte, was Kyros sah, war Mershads Kopfschütteln.

Nun standen sie in einem Raum, von dem aus eine enge steinerne Wendeltreppe in die Tiefen des Palastes hinabführte. Nur ein paar trübe Sonnenleuchten spendeten ein flackerndes Licht und Kyros war bereits die ersten Stufen hinabgestiegen, doch Pukia klopfte von innen gegen die Geheimtür und rief nach Mershad. Sie hatte offenbar vor, die Serafim auf sich aufmerksam zu machen und sie zur Geheimtür zu locken.

»Ich muss die Königsbraut finden«, rief sie und haute noch mal gegen die Tür.

Kyros lief zu ihr zurück und riss sie weg. »Hör sofort auf, du verräterisches Miststück.« Mit der ganzen Wut und dem Frust, der sich seit seinem Sprung hierher angesammelt hatte, schlug er ihr seine Faust mitten ins Gesicht. Ihr Pech, dass seine Schmerzen nicht mehr so schlimm und seine Wunden beinahe verheilt waren.

»Was soll das? Spinnst du?«, heulte sie und hielt sich mit beiden Händen die blutende Nase zu. »Ich habe dir geholfen. Ist das der Dank dafür?«

»Du versuchst die Serafim hierherzulocken, damit dein näselnder Schwanzlutscher auch noch das letzte Geheimversteck im Palast entdecken kann.«

»Ich hasse Zarastra und die Serafim, mehr als du dir vorstellen kannst«, jammerte sie hinter ihren Händen.

»Ich kann mir verdammt viel Hass vorstellen und du gehörst zu denen, die ich am meisten hasse, Pukia! Und wer ist überhaupt diese verschissene Königsbraut? Du hast behauptet, du suchst Tokessa.«

»Tokessa ist ja die Königsbraut. Sie lebt hier unter dem Namen Anina, und ich muss sie finden.«

Kyros presste sie so fest gegen die Wand, dass sie wieder aufheulte vor Schmerz. »Du schwafelst einen Haufen Scheiße. Ich traue dir nicht, und ich nehme dir das verlogene Schauspiel mit deiner neuen, ach so freundlichen Pukia-Persönlichkeit auch nicht ab. Du bist eine hinterhältige Verräterin. Warst es schon immer. Du hast versucht, Miri zu töten. Du hast Chad manipuliert, damit er Sin tötet, und du hast die Hinrichtung von Tala und Askender befohlen, du kleine, machtgeile Ratte, denkst du, ich hätte das vergessen?« Er untermauerte seine Worte mit einer weiteren Ohrfeige, die Pukia in die Knie gehen ließen.

»Hör auf, das tut weh«, rief sie heulend. »Ich erkläre alles, sobald wir Tokessa gefunden haben.«

»Nein, du redest jetzt. Hier und sofort. Und lüg mich nicht an. Ich habe keine Skrupel, dir deinen dürren Hals umzudrehen. Nur weil du mich von Zarastra weggebracht hast, heißt das noch lange nicht, dass ich dir vertraue.« Er packte Pukia am Arm und zerrte sie wieder auf die Beine. Der Umhang, den Mershad ihr gegeben hatte, rutschte von ihren Schultern und sie war wieder nackt, aber das beeindruckte Kyros so wenig wie eine Eiterbeule am Arsch eines Schafs. Diese Frau verursachte ihm einen regelrechten Brechreiz.

»Ich bin nicht mehr diese Pukia«, heulte die besagte Pukia und hob die Arme, um ihren Kopf vor weiteren Schlägen zu schützen. »Ich bin jetzt eine Memora. Pukia ist nach Adlara gekommen und wurde in den Orden aufgenommen. Dann hat sie eine mächtige Gnostika erhalten.«

»Du? Eine Memora? Das ist ja noch schlimmer.« Er spuckte vor ihr auf den Boden. »Wenn dieser Orden Abschaum wie dich in seine Reihen aufnimmt, dann ist er selbst nur Abschaum und kann nichts Gutes im Schilde führen.«

»Du hast recht, Pukia war ein wertloses Geschöpf«, beteuerte sie schnell. »Aber sie ist zäh und hat einen exquisiten Körper, dazu verfügt sie über eine enorme Erfahrung als Kurtisane. Das wollten wir nicht ungenutzt lassen. Die Götter haben eine große Schwäche und das sind menschliche Frauen. Deshalb haben wir Pukias Körper behalten und sie mit einer Gnostika verbunden. Ihre Erinnerungen wurden übernommen, aber ihr bösartiges Bewusstsein wurde von einer anderen sehr starken Memora-Persönlichkeit in den Hintergrund gedrängt, von meiner Persönlichkeit, um genau zu sein. Ich bin nicht Pukia, sondern Ermithala, die mitsamt der Gnostika in Pukias Körper übertragen wurde.«

»Das klingt nach Scheiße und viel Hokuspokus.«

»In diesem Körper befindet sich jetzt die sechste Wa'ari. Ich bin alt und mächtig und das Bewusstsein meiner vorherigen Wirtin Ermithala lenkt nun Pukias Körper. Die ursprüngliche Pukia ist zwar noch da, aber taub und stumm gestellt.«

Kyros lachte irritiert, weil es kackdämlich klang und doch einleuchtend. »Beweise es.«

»Das kann ich nicht, aber du kannst doch an meinem Verhalten erkennen, dass ich nicht jene Pukia bin.«

»Dann verrate mir das Geheimnis von Adlara. Was ist das für ein Ort? Wo ist er? Unser Trackersignal ging nahe dem Nordkap bei neunhundert Faden Tiefe verloren. Sag mir die Wahrheit und ich überlege, ob ich dich am Leben lasse.«

»Adlara ist eine Unterwasserstation«, sagte Pukia. Sie ließ Kyros keine Zeit für eine Frage, sondern redete schnell weiter. »Wir haben den Tracker in Pukias … in meinem Körper geortet, nachdem wir sie auf die Station heruntergeholt hatten, und ihn dann deaktiviert. Pukia wurde mit meiner Gnostika verbunden. Wir haben ihr keine Wahl gelassen. Allerdings war sie sehr begierig darauf, eine Gnostika zu erhalten. Sie ahnte nicht, dass das auch das Ende ihrer bösartigen Seele sein würde. Der Körper von Ermithala war schon alt und wir hätten demnächst sowieso einen neuen Wirt benötigt, also habe ich mich freiwillig gemeldet. Nachdem ich Pukias Körper mitsamt ihren Erinnerungen übernommen hatte, wussten wir auch, wer ihr den Tracker implantiert hat und was sie uns in deinem Namen ausrichten soll.« Sie ahmte Kyros' Stimmlage beinahe perfekt nach, als sie wiederholte, was er Pukia seinerzeit mit auf den Weg gegeben hatte. »›Du sollst den Memori einen Gruß von mir bestellen. Sag ihnen, dass ich ihren Plan kenne, und sag ihnen, dass ich sie wegficken und ihr verschissenes Adlara plattmachen werde, falls sie Miri Schaden zufügen wollen.‹«

Das waren zugegebenermaßen ziemlich großspurige Worte von ihm gewesen und wenn es stimmte, dass Adlara eine Unterwasserstation war, dann würden ihm definitiv die technischen Möglichkeiten fehlen, um dorthin zu gelangen und irgendetwas plattzumachen, aber das würde er gegenüber dieser Pseudo-Pukia nicht eingestehen.

»Und? Hast du eine Antwort auf meine Botschaft?«, fragte er.

»Die Antwort: Du kennst nicht mal einen Bruchteil unseres Plans, El Shaddaj, aber unsere Ziele sind bedeutsam und Opfer sind notwendig«, sagte sie und sah ihn aus ernsten Augen an. Er lockerte endlich den Griff, mit dem er sie gegen die Wand presste, war aber noch lange nicht bereit, sich zufriedenzugeben.

»Kein unverständliches Geschwafel.«

»Ich kann dir den großen Plan nicht verraten.« Sie seufzte und klang ungeduldig. »Nicht, solange er noch nicht vollendet ist, aber ich kann dir schwören, dass es nie unsere Absicht war, der Kohini Schaden zuzufügen, allerdings haben ihre Fähigkeiten eine Dimension erreicht, die sich in gewisser Weise unserer Kontrolle entzieht.«

»Was für eine Dimension? Was heißt das für Miri?« Er versuchte nicht zu brüllen, schließlich standen sie immer noch dicht bei der Geheimtür, und die Serafim könnten ihn leicht hören, wenn sie sich in der Nähe aufhielten. Aber das Geschwätz dieser Pukia-Ermithala war alles andere als erhellend oder gar beruhigend.

Sie schüttelte den Kopf. »Wir wissen es nicht. Ich habe dir alles gesagt, was ich sagen kann, El Shaddaj. Die Zeit wird knapp. Ich bin nach meiner Übertragung auf Pukia in ein U-Boot gestiegen und in nicht einmal acht Stunden nach Sassaris gerast, weil bei meiner Mission Eile geboten ist. Die Stadt wird angegriffen, und ich muss Tokessa finden.«

»Warum? Was hat Tokessa damit zu tun?«

»Sie ist eine Memora. Sie, oder vielmehr ihre Wa'ari hat den großen Plan geschmiedet.«

Einen Moment zögerte Kyros, er war noch lange nicht mit dieser Geschichte zufrieden, aber er glaubte ihr zumindest, dass sie eine Memora und nicht mehr die alte Pukia war. Außerdem war der Platz nahe der Tür definitiv ein schlechter Ort für eine ausgiebige Unterhaltung. Er hob den Umhang wieder auf, warf ihn ihr ins Gesicht und machte dann eine ungeduldige Geste, sie solle die Wendeltreppe hinabsteigen.

»In der Zikkurat befindet sich das Labor und der Rest der Götter-Technologie. Von dort aus kann ich Shachars engmaschige Überwachungssysteme aktivieren, und wir können Tokessa auf diese Weise suchen«, sagte er, obwohl er sich nicht sicher war, ob er überhaupt Zugriff auf Shachars Systeme erhalten würde. Doch das war das Beste, was er Pukia anbieten konnte.

»Wie ist es möglich, dass Kessa noch lebt?«, fragte er, nachdem Pukia mit einem schwachen Nicken zur Wendeltreppe gegangen war. Ihr Gesicht sah scheiße aus – Nase rot und Auge zugeschwollen – und wenn es wirklich nicht mehr Pukia war, die diese Schmerzen empfunden hatte, tat es ihm beinahe ein wenig leid, dass er sie geschlagen hatte – beinahe.

»Ihre Gnostika wurde nach Adlara gebracht, wo sie einen neuen Körper erhalten hat«, antwortete Pukia. Und während sie langsam, Stufe um Stufe, immer tiefer in das Treppenhaus hinabstieg, redete sie weiter. »Danach reiste sie nach Sassaris. Sie sollte König Shachar zum Guten bekehren sozusagen, und das ist ihr offenbar gelungen, denn Shachar ist mit ihr aus der Stadt geflohen. Der oberste Elohim hat es schließlich erfahren und hat die Stadt mit seinen Serafim besetzt. Praktischerweise wurde ich gleich am Tag seiner Ankunft gefangen genommen und zu ihm gebracht. Alles, was danach kam, war ein Kinderspiel. Ich habe ihn mithilfe von Pukias Körper und ihren unerschöpflichen Kenntnissen als Liebesdienerin nach allen Regeln der Kunst verführt. Er ist zu selbstgefällig, um es zuzugeben, aber sein Verstand war in der Nähe meiner Vagina nicht klüger als der eines Pavians. Er war zu beschäftigt mit mir und seiner Wollust, um zu merken, was in der Stadt und im Palast geschieht, dass überall die Sklaven meutern und die Bannmeile deaktiviert wurde. Und dann habe ich Gerüchte von den Sklaven gehört, dass Tokessa alias die Königsbraut wieder in die Stadt zurückgekehrt sei. Shachar ist zweifellos der Mann in ihrer Begleitung und er wird sie zum Drachenstern führen und sie wird ihn abschalten. Und all das ging völlig an Zarastras Wahrnehmung vorbei, weil ich ihn mit Sex abgelenkt habe.«

»Den Drachenstern abschalten? Das ist also euer Plan?« Sin und Miri hatten das auch ernsthaft erwogen, aber er hatte die Idee immer wieder abgewiegelt, weil ohne die Energiequelle auch das Labor nicht funktionieren würde. Und all seine Hoffnungen lagen nun mal auf dem Labor.

»Nur ein Teil des Plans, aber ein wichtiger.«

»Dann sollten wir zusehen, dass wir unsere Ärsche schnellstens zur Zikkurat bewegen, denn der Drachenstern befindet sich dort und ich muss ins Labor, bevor dort nichts mehr funktioniert. Ich will alle Dateien retten, die über die Bar Nashka gespeichert sind. Ich muss einen Weg finden, den Kohini-Virus zu heilen.«

»Du wirst kein Heilmittel finden. Wir haben die Kohini und den Virus erschaffen. Der Schaden, den er anrichtet, ist irreversibel«, sagte sie über die Schulter zu ihm hinauf.

»Ist das etwa auch Teil eures Memora-Plans? Zehntausend Kriegsdämonen in den Wahnsinn zu stürzen und sie sich selbst zu überlassen?«, rief er und blieb stehen, damit er vor Bestürzung nicht über seine eigenen Füße stolperte und die Treppe hinunterfiel.

»Dein Mitgefühl ehrt dich, doch es gab keinen anderen Weg, um das Morden zu beenden.«

»Ich finde einen anderen Weg. Ich gehe ins Labor und finde ein Heilmittel. Das wirst du nicht verhindern.«

»Ich werde dich nicht daran hindern, ins Labor zu gehen. Ich sage dir lediglich, dass es Zeitverschwendung ist. Die Bar Nashka können nicht gerettet werden. Wir haben das Szenario durchgerechnet.« Sie blieb stehen und schaute zu ihm zurück. Etwas oberhalb von ihr leuchtete eine schwache Solarlampe und beschien ihr Gesicht. Er hasste es, wie mitleidig sie ihn ansah.

»Ihr habt das alles so vorausberechnet? Ja? Mit irgendeinem tollen Allwissenheits-Algorithmus? Ihr wusstet auch ganz genau, dass Shachar wegen einer Frau die Seiten wechseln würde? Dass er sogar bereit sein würde, den Drachenstern, das Herz unserer Macht, zu verraten wegen einer Frau?« Kyros schüttelte den Kopf. »Shachar hat im Laufe der Jahrhunderte schon Zehntausende von Frauen durch seinen Harem gevögelt und ausgerechnet Tokessa hat ihn … ihn umgedreht? Bekehrt? Das glaubst du doch selbst nicht.« Nein, *er* war es, der das nicht glauben wollte. Denn der Gedanke, es könnte tatsächlich so einfach gewesen sein, entsetzte ihn.

»Die beiden haben sich ineinander verliebt«, sagte Pukia leichthin. »Genauer gesagt, beide haben miteinander die Liebe gefunden. Uns war bewusst, dass nur wahre, unsterbliche Liebe bei einem Gott wie Shachar eine Katharsis bewirken kann. Also haben wir sie geplant und gefördert.«

»Und bei mir?«, platzte es aus ihm heraus. Eine Gänsehaut rieselte seinen Rücken hinunter. »Sollte mich die wahre Liebe auch bekehren? Habt ihr deshalb die Kohini erschaffen? Für mich?«

»Du warst von Anfang an ein Hoffnungsträger, El Shaddaj. Deine Erstmenschen beweisen, dass du zu Güte und Liebe fähig bist.« Ihr dunkler Blick verursachte ihm nur noch mehr Gänsehaut. »Wir waren uns sicher, dass das Leid der Bar Nashka dich berühren und bekehren würde. Es war nicht vorgesehen, dass du dich in die Kohini verliebst oder gar deine Unsterblichkeit ihretwegen aufgibst. Die Liebe zu Mirisandra hat deinen göttlichen Größenwahn geheilt, aber deine Liebe zu den Bar Nashka hat dich Mitleid und Scham und Verantwortung gelehrt. Um deine Frage also abschließend zu beantworten: Nein, die Kohini wurde nicht für dich erschaffen, sondern für Sin Kishar.«

Sie setzte ihren Abstieg wieder fort und ging weiter, als hätte sie nicht gerade die größte verschissene Bombe in Kyros' Leben platzen lassen.

»Ihr habt sie für Sin gemacht und ich gehe mit gebrochenem Herzen davon?« Warum kam er sich gerade wie eine beschissene Spielfigur vor, ausgeliefert, manipuliert und verarscht?

Pukia sagte nichts, sondern stieg weiter hinab.

»Antworte mir, verdammt noch mal. Was habt ihr Scheiß-Memora-Weiber für mich geplant?«

Die Memora schwieg und erst als sie beide unten in den Katakomben angelangt waren, wandte sie sich ihm wieder zu und sah ihn mit traurig glitzernden Augen an. »Ich weiß keine Antwort auf deine Frage, El Shaddaj. Du hast Leid und Schmerz erfahren, die Sterblichkeit erlebt und sowohl Mitleid als auch Liebe kennengelernt. Du hast die Ewigkeit gesehen und dich doch für die Sterblichkeit entschieden. Dir könnte die Zukunft der Welt gehören, wenn du überlebst. Ob die Kohini in dieser Zukunft eine Rolle spielen wird, wissen wir nicht, denn wie ich schon sagte, hat sie sich unserer Kontrolle entzogen. Und jetzt lass uns nach Tokessa suchen.«

Kyros:

Pukia lief durch die Gänge der Katakomben, als würde sie den Weg zur Zikkurat längst kennen, also rannte Kyros ihr hinterher, so gut er konnte. Er war sich keineswegs sicher, ob Pukias Absichten gut waren, aber wenn Tokessa noch lebte, dann wollte er sie ebenfalls finden. Zur Not würde er sie vor Pukia beschützen, schon allein Miri zuliebe, und obwohl er noch viele Fragen hatte, die ihm unter den Nägeln brannten, sah er ein, dass die Zeit drängte.

Sie erreichten einen großen Raum, der mit ein paar Solarlampen schwach beleuchtet war. Hier hielten sich die Frauen des Harems versteckt, und Pukia war gezwungen, ihren Spurt zu bremsen, weil sich eine der Frauen ihr in den Weg stellte.

»Schickt euch Mershad? Was geschieht da oben im Palast?«

»Tritt zur Seite, wir haben es eilig. Wir sind auf dem Weg zur Zikkurat«, antwortete Pukia und versuchte, sich an der Frau vorbeizudrängen, aber die hielt sie am Arm fest.

»Wir haben Angst hier unten. Es ist kalt und feucht. Wann können wir wieder zurück in den Harem? Hier ist auch ein Kind, das sich fürchtet.« Die Haremsdame zeigte auf einen kleinen Jungen mit einem dunklen Wuschelkopf, der sich hinter ihrem Rücken versteckte. Das konnte nur einer von Shachars Söhnen sein, ein Mischling, der nicht lange genug leben würde, um sich selbst fortzupflanzen.

»Ich kann es euch nicht sagen. Es tut mir leid, aber wir haben eine dringende Mission, gute Frau«, sagte Pukia und ergriff nun tröstend die Hand der Haremsdame mit ihren beiden Händen. Das allein wäre schon Beweis genug, dass das unmöglich die alte Pukia sein konnte. »Wir sind auf der Suche nach der Königsbraut. Sie braucht unsere Hilfe und wir wollen in der Zikkurat nach Hinweisen suchen.«

»Anina?«, riefen einige der anderen Frauen, die sich bisher scheu im dunklen Hintergrund gehalten hatten. »Sie lebt noch?«, rief eine und klatschte in die Hände. »Wir dachten, sie sei bei dem Attentat getötet worden. Der Göttin sei Dank!«, fügte eine andere hinzu.

»Ich habe euch gleich gesagt, dass sie noch lebt«, sagte eine Alte. »Ich habe Mershad belauscht, der es von einem Sklaven erfahren hat, dass sie in die Stadt zurückgekommen ist, und dann hat er eine riesige Geheimniskrämerei angefangen und alle Eunuchen zusammengerufen und die Nindu Sar, und er hat alle Palastsklaven weggeschickt. Es wird einen Kampf geben. Wir stehen auf Aninas Seite.«

»Dann helft uns, sie zu retten, und lasst uns weitergehen. Der Zugang zur Zikkurat muss gleich da vorne sein.«

»Für Anina würden wir unser Leben geben«, erwiderte eine andere Haremsfrau mittleren Alters. Sie wirkte energischer als der Rest. »Auf den Großkönig scheißen wir und auf die geflügelten Eroberer erst recht. Aber sag uns, was wir tun können, um Anina zu helfen.«

»Lasst uns einfach vorbei. Dann wird alles gut«, antwortete Pukia mit einem freundlichen Lächeln und die Frauen traten tatsächlich zur Seite und machten Platz.

Aber Kyros zögerte, denn für die Frauen hier unten würde gar nicht alles gut werden. Pukias Versprechen war eine Lüge. Wer auch immer diesen Krieg gewinnen würde, die Bar Nashka oder die Serafim, die Frauen würden am Ende die Opfer sein.

Er wandte sich der Frau mit dem Kind zu und schüttelte den Kopf. »Die Stadt wird von einer schrecklichen Armee angegriffen und falls die Mauern fallen, seid ihr nirgendwo sicher, auch nicht hier unten. Ihr solltet versuchen, aus der Stadt zu entkommen, weit weg, bevor es zu spät ist.«

»Das sind Haremsfrauen«, sagte Pukia. Sie war schon weitergelaufen, kehrte nun aber wieder zu der Gruppe zurück und machte Kyros ein ungeduldiges Handzeichen. Wollte sie ihm andeuten, er sollte die Klappe halten und mitkommen? Oder wollte sie ihm sagen, dass er sich gefälligst einer mächtigen Memora unterzuordnen habe? Er beantwortete ihre Geste mit einem obszönen Handzeichen. »Sie haben den Palast noch nie verlassen, seit sie hier eingesperrt wurden. Wenn sie wüssten, wie man entkommt, dann wären sie keinen einzigen Tag bei Shachar geblieben«, sagte Pukia streng zu ihm, als wäre sie seine Mutter.

Für einen Moment war Kyros ratlos. Er hätte selbst daran denken müssen. Sie alle wussten, dass Shachar – der nun anscheinend Bekehrte – seine Frauen nicht gerade wie Göttinnen behandelt hatte und dass der Harem ein Gefängnis gewesen war.

»Dann kommt mit uns. Wenn die Bar Nashka hier eintreffen und vielleicht alles verwüsten, seid ihr nirgendwo sicherer als bei mir, denn sie hören auf mein Kommando.« Das hoffte er zumindest. Er hatte nicht die leiseste Ahnung, wie sich die Nashka bei dieser Eroberung verhalten würden. Vergewaltigend und mordend oder gnädig und menschlich? Der Virus machte sie nicht gerade berechenbarer. »Und wenn Zarastra siegt, seid ihr sowieso nirgendwo sicher. Also nehmt euch irgendetwas zu eurer Verteidigung mit, Messer, Steine, Stangen, was immer ihr greifen könnt. Lasst alles andere hier und folgt uns.«

»Zweihundert Frauen? Die halten uns nur auf«, sagte Pukia mit einem Hauch von Ungeduld. »Ich muss Tokessa schnellstens finden.«

»Und ich will ins Labor, bevor es nicht mehr funktioniert, aber wenn ich die Frauen den Bar Nashka überlasse, ist es nicht besser, als wenn ich die Bar Nashka ihrem Virus überlasse. Kannst du einfach weitergehen in dem Bewusstsein, dass die hier unten zum Tode oder zu Schlimmerem verdammt sind?«

Plötzlich leuchtete ein Lächeln in Pukias verhasstem Gesicht auf und mit diesem schönen Gesichtsausdruck war sie kaum wiederzuerkennen. Sie legte ihre Hand auf Kyros' Unterarm und nickte. »Gut so. Gut«, sagte sie. »Dann sollen sie uns folgen. Vielleicht kannst du sie ja wirklich beschützen, falls deine Armee hier eintrifft. Dieser Angriff war von uns so nicht eingeplant. Aber ich sehe, dass unsere Entscheidung, dich zu retten, die richtige war. In dir steckt ein gutes Wesen, geläutert durch ein paar unerlässliche Erfahrungen der Sterblichkeit.«

Was immer sie damit meinte, Kyros zuckte die Schultern und winkte den Frauen. »Folgt uns. Vielleicht geschieht ja ein Wunder und wir überleben das hier.«

13 Schicksalsgeflecht

Aus den Dateien der Memori:
Der große Plan ist ein Schicksalsgeflecht.
Ereignisse, Lebewesen, Entscheidungen, sie sind die Fäden dieses Netzes.
Faden für Faden fein gesponnen, verwoben und verflochten.
Helden werden prophezeit, geboren und in die Welt hinausgeschickt.
Sie beschreiten die Schicksalspfade,
die wir ihnen bestimmt und vorausberechnet haben.
Ihre Entscheidungen machen Wahrscheinlichkeiten zu Wahrheiten.
Der Plan wird vollendet und eine neue Welt kann entstehen.

Tala:

Gerade eben hatte Tala noch das Kampfgeschrei und den Jubel der Drachengeborenen gehört. Überall war der Geruch von Rauch und Feuer gewesen, ihr letzter Blick hatte Askender gegolten, der von Toten und Verwundeten umgeben war, und jetzt war es plötzlich totenstill und Tala stand in einem eintönig grauen Raum. Alles war grau, die Wände, der Boden, die Decke, sogar das Licht, das von irgendwoher leuchtete, schien grau zu sein. Nur sie selbst war nicht grau. Sie war ein blutiger, schmutziger Farbklecks mit einer zerschlagenen Bronzerüstung und wild gesträubtem Kraushaar, und sie zitterte vor Schmerzen und vor Entsetzen. Sie hatte Askender und alle anderen zurückgelassen. Sie war einfach gesprungen und jetzt war sie allein, an einem bizarren Ort. Nur die empörte Stimme von Linaria hinderte sie daran, in Tränen auszubrechen.

»Das kann unmöglich Adlara sein«, sagte sie in Talas Gedanken.

»Ich kann mich nicht mehr erinnern, wie es in Adlara aussieht. Dabei war ich doch jahrelang hier«, sagte Gwendolyn.

»Das sieht aus wie ein Gefängnis für Geisteskranke«, meinte Kate.

»Es gibt keine Gefängnisse in Adlara«, rief Linaria. *»Adlara ist ein Ort des Lichts und der Weisheit und des Friedens.«*

»Ach ja, und woher willst du das wissen?«, fragte Blotho die Ängstliche. *»Keine von uns erinnert sich.«*

»Sie haben unsere Erinnerungen gelöscht«, konstatierte Cleveland nicht zum ersten Mal. *»Für mich ist das ein unfreundlicher Akt. Und dieser Ort ist auch unfreundlich. Sei vorsichtig, Mädchen, trau denen nicht.«*

Tala ignorierte die Unterhaltung, die im Hintergrund ihrer Gedanken weiterging. Jede Memora hatte eine andere Vorstellung von Adlara gehabt, aber keine erinnerte sich. Auch Tala hatte sich Adlara anders vorgestellt, mehr wie der Tempel der jungfräulichen Priesterinnen in Lyria: voller Sonnenschein, mit Blumen und Fischteichen, Vogelgezwitscher in den

Bäumen und Meeresrauschen in der Ferne, bunte Fresken an den Wänden und Böden aus Marmor, aber stattdessen meldete sich eine strenge, weibliche Stimme aus dem grauen Nirgendwo.

»Wer bist du? Wie kommst du hierher und was willst du hier?« Tala blickte sich verwirrt um. Niemand war im Raum, doch die Stimme klang, als würde die Sprecherin direkt neben ihr stehen. Da musste sich ein unsichtbarer Lautsprecher in der Decke oder in den Wänden befinden, das war die einzige logische Option, das behauptete zumindest die Gnostika.

»Wer bist du? Wie kommst du hierher und was willst du hier?«, wiederholte die Stimme, als Tala nicht antwortete, sondern sich bei der Suche nach dem verborgenen Lautsprecher den Hals verrenkte.

»Ich bin Prinzessin Tala und bin über ein Gateway aus Mykan hergekommen, aber wenn ihr allwissende Memori seid, dann müsstet ihr die Antworten auf diese Fragen doch wissen«, rief Tala zur Zimmerdecke hinauf. Gleichzeitig drehte sie sich einmal um ihre eigene Achse, um zu sehen, ob es irgendwo eine Tür gab. Aber da waren nur graue, glatte Wände, kein Fenster, kein Möbelstück, nichts. Sie konnte nicht einmal genau erkennen, ob der Raum Ecken hatte oder rund war, weil alles so grau war.

»Ich brauche Hilfe. Ich bin verwundet«, rief sie, aber die Stimme antwortete nicht.

»Hallo! Bin ich hier in Adlara?« Sie hatte sich eingebildet, wenn sie in Adlara ankäme, würde eine Memora sie bereits erwarten, man würde sie voller Freude als Schwester begrüßen und sich dann um ihre Wunden kümmern. Das Blut aus ihrer Oberschenkelwunde tropfte auf den grauen Boden und die Kugel, die in ihrem Arm steckte, sandte heiße Schmerzwellen bis in ihre Haarspitzen. Sie zitterte immer noch vom Nachhall des Kampfes, und mal ganz abgesehen davon hatte sie eine riesengroße Angst … und Liebeskummer.

»Ich bin auch eine Memora«, rief sie, als die Stimme sich weiter in Schweigen hüllte. Genau genommen weinte sie es in den Raum hinein. »Ich bin durch ein Gateway hergekommen, weil ich eure Koordinaten über ein Trackersignal erhalten habe! Und ich bin hier, weil … weil ich hier meine Ausbildung beginnen soll, weil ich es der Memora Tokessa versprochen habe.«

Die Stimme antwortete nicht und die Stille schien sich endlos hinzuziehen.

»Ich habe alle Fragen beantwortet. Sprich endlich«, rief Tala, nachdem sie eine gefühlte Ewigkeit lang mit angehaltenem Atem auf eine Antwort gewartet hatte.

»Wo ist der Sohn von Tannin?«, fragte die Stimme auf einmal.

»Du meinst Askender? Woher kennt ihr Askender?« Der Schock! Er ließ Tala sogar ihre Schmerzen vergessen. Was hatte das zu bedeuten? Was wussten die Memori über ihn? »Was wollt ihr von Askender?«

Die Stimme schwieg und wieder wurde die Stille tonnenschwer, bis Tala es nicht mehr aushalten konnte und mit einem wütenden Schrei zur Zimmerdecke hinaufbrüllte.

»Was soll das? Memora Tokessa hat gesagt, ich muss hierherkommen. Bitte helft mir. Ich bin verletzt. Meine Gnostika ist defekt. Lasst mich heraus. Ich werde verrückt hier drin. Ich habe Schmerzen! Bitte.« Das und noch zig andere Bitten rief sie hinaus, aber es kam keine Antwort. Es geschah nichts, außer dass das Grau ihr immer grauer und erdrückender vorkam, und schließlich brach sie in Tränen aus. Sie kauerte sich weinend auf den Boden und hielt sich die Augen zu.

Linaria und der Rest der alten Weiber hielten sich zurück. Vielleicht sahen sie ein, dass Tala gute Gründe zum Weinen und zum Verzweifeln hatte, vielleicht waren sie selbst verzweifelt. Irgendwann versiegten Talas Tränen und stattdessen wurde sie von Wut gepackt. Sie stand wieder auf, entschlossen, irgendetwas zu tun, auch wenn sie nicht wusste was. Es könnten Minuten vergangen sein oder Stunden. An diesem Ort konnte kein Mensch ein Gefühl für die Zeit entwickeln. Ihr verletztes Bein war schon ganz taub, aber immerhin blutete es nicht mehr. Sie ignorierte das Bein und humpelte durch den Raum, um herauszufinden, wie groß er war. Sechs Schritte lang, sechs Schritte breit und wahrscheinlich war er auch sechs Schritte hoch, ein Würfel, grau, grau, grau. Keine Tür, kein Fenster.

Kein verdammter Schafsscheiß.

Sie klopfte an die Wände, stampfte auf den Boden und stand kurz davor, verrückt zu werden und mit dem Kopf gegen die Wand zu schlagen, als plötzlich, als würde er aus der Luft heraus Gestalt annehmen, Askender vor ihr auftauchte. Nur ein paar Schritte entfernt, stand er da. Sein Gesicht war voller Ruß und seine Rüstung blutüberströmt, aber er lebte und er grinste von einem Ohr zum anderen. Tala gab einen schrillen Freudenschrei von sich und warf sich in seine Arme.

»O mein Osbolli-Kumtschak«, rief er und wirbelte sie im Kreis herum. Woher er die Kraft nahm, sie überhaupt hochzuheben, wusste sie nicht, und dass ihr verletztes Bein beim Herumwirbeln fast vor Schmerzen explodierte, ignorierte sie.

»Du bist mir gefolgt?« Sie lachte und schluchzte gleichzeitig, während er sie an sich drückte und sich mit ihr im Kreis drehte, als wollte er tanzen. Sie wusste nicht, ob das einfach wundervoll war, dass er wieder bei ihr war, oder ob das nicht ganz furchtbar war, weil diese Leute womöglich böse waren und ihm etwas antun wollten.

»Ich kann dich doch nicht alleinlassen!«, rief er aufgekratzt. Lieber Himmel, allein der Klang seiner Stimme dämpfte ihre Angst und ihre Schmerzen. »Wir haben unsere Feinde in Mykan besiegt, weißt du, und Gilbesh hat Tyrannos getötet, mit Drachenfeuer. Er kann nämlich auch Feuer spucken. Er ist nämlich auch ein Drachenlord. Er wusste es nur nicht. Mykan gehört jetzt wieder den Drachen, mein Osbolli-Kumtschak, und Gilbesh ist bei ihnen in Mykan geblieben. Er kümmert sich um alles, bis wir beide wieder zurück sind. Die liebe Affenfrau wurde verletzt, aber sie wird sich wieder erholen. Das haben mir die Entenstimmen gesagt. Und Dennis lebt noch und Simon und Liss. Sie sind bei Gilbesh geblieben, um die Stadt zu sichern.«

Tala schaute ihn mit weit aufgerissenen Augen an: Wie aufgeregt er erzählte! Wie begeistert er war! Das musste der Nachklang des Siegestaumels sein, eine volle Dröhnung an Glückshormonen, die durch seine Adern schossen. Sie sollte erleichtert sein und sich mit ihm über den unglaublichen Sieg freuen, aber sie war so überrumpelt und überfordert, dass ihr ganz schwindelig war, und als sie ihm antwortete, klang sie irgendwie weinerlich.

»Du hast die Drachengeborenen verlassen? Meinetwegen?«

»Das wundert dich?«, rief er und hüpfte dabei auf und ab. »Als Theodor und der böse Kalong dich von Burgen wegbringen wollten, bist du meinetwegen dageblieben und hast dich sogar der Folter ausgesetzt. Wir zwei bleiben zusammen, egal was kommt. Wo sind die guten Frauen von Adlara? Sollten sie dir nicht helfen? Du bist voller Blut. Wie geht es dir?«

Tala schüttelte den Kopf. »Ich hab Angst. Ich weiß nicht, ob die Frauen wirklich gut sind und was das alles bedeuten soll. Ich weiß nicht, wo wir hier sind oder warum ich hier eingesperrt bin. Niemand will mir antworten oder mir helfen. Es blutet nicht mehr, aber es tut weh.« Sie zeigte auf ihren Oberschenkel. Der Stoff der Hose war zerfetzt und von ihrem Blut getränkt. Askender begutachtete die Wunde, die von einer Echsenklaue stammte, dann fuhr er mit seinen Fingerspitzen vorsichtig darüber und sie spürte, wie Wärme in ihre Wunde strömte und der pochende Schmerz nachließ.

»Ich bin ein echter, richtiger Drache«, sagte er und sah sie ernst an.

»Ich weiß.« Sie musste lachen.

»Was uns auch erwartet, ich kämpfe für dich, und wenn jemand dir was antun will, dann verbrenne ich ihn mit meinem Feuer.« Er schwenkte die Arme durch die Luft, dann wandte er sich lauernd hin und her, als könnte er es gar nicht erwarten, jemanden niederzubrennen, aber Tala nahm ihn an beiden Händen und hielt seine fuchtelnden Arme fest.

»Jetzt, wo du da bist, habe ich keine Angst mehr«, sagte sie und dann gab sie ihm einen Kuss. Sie drückte ihre Lippen einfach auf seine.

Es gab zweifellos romantischere Momente für einen allerersten Kuss. Sie war verletzt und blutbesudelt und er war ganz durchgedreht von seinem Siegestaumel, abgesehen davon befanden sie sich an einem unheimlichen und trostlosen Ort. Es schien kein Mond am Himmel, es sang keine Nachtigall, aber das Gefühl überwältigte sie einfach. Die Liebe zu Askender tat richtig weh in ihrem Herzen, mehr als die Wunden an ihrem Arm. Askender war der liebste und heldenhafteste Mensch auf der ganzen Welt.

»Oh!«, sagte Askender und noch einmal. »Oh!«, und dann schlang er seine Arme um sie und seufzte und Tala seufzte auch. Fast hätte sie vergessen, wo sie waren, aber auf einmal meldete sich eine herrische Frauenstimme, nicht von oben, sondern von hinten.

»Ihr da, mitkommen!«

Sie beide fuhren erschrocken auseinander.

»Was? W-wer bist du?«, stammelte Tala. Direkt hinter ihnen hatte sich eine Tür in der Wand geöffnet und eine hochgewachsene Frau ganz in Grau stand da, die Arme abwartend vor der Brust verschränkt.

»Mitkommen«, sagte sie.

Aber Askender stellte sich schützend vor Tala und riss in einer ungelenken Bewegung sein riesiges Schwert aus dem Gurt. »Komm uns nicht zu nahe. Ich habe das magische Schwert von dem bösen König Tyrannos!«, rief er und schwenkte die Nano-Waffe so wild durch die Luft, dass Tala Angst hatte, er könnte sich selbst verletzen. »Es kann Drachenhaut durchschlagen. Es kann alles durchschlagen. Und außerdem … außerdem kann ich Feuer spucken. Wenn du Tala etwas antust, verbrenne ich dich zu Asche.«

Die Frau schenkte ihnen ein kaltes Lächeln und zuckte nicht mal mit den Wimpern. »Mach nicht so ein Theater, Drachenjunges. Du hättest das Bar-Nashka-Schwert gar nicht mehr bei dir, wenn wir es dir hätten abnehmen wollen, und außerdem gibt es hier ein Dämpfungsfeld. Du würdest an deinem eigenen Feuer ersticken, bevor du auch nur ausgeatmet hast. Wir haben zugelassen, dass Pukias Trackersignal überhaupt erst nach außen dringen kann, und den Tracker von Tala erreicht. Wir haben zugelassen, dass sich euer Gateway hier überhaupt öffnen kann. Glaubst du wirklich, jeder könnte hier hereinhüpfen, wie es ihm passt? Wenn wir euch etwas antun wollten, wäret ihr beide schon tot. Also seid brav, ihr zwei, und folgt mir.« Sie wandte sich ab und winkte ihnen zu, mitzukommen.

»Wohin? Was willst du? Wer bist du?«, rief Askender.

»Ihr werdet die notwendigen Antworten zu gegebener Zeit erhalten«, sagte sie über die Schulter, aber Askender verschränkte trotzig die Arme vor der Brust und rührte sich nicht.

»Wir gehen nirgendwohin, bevor du uns nicht sagst, was das alles soll, wer du bist und was du willst, und überhaupt … weißt du überhaupt, mit wem du redest? Tala ist eine Memora und eine Königin und ich? Ich … ich bin ein echter Drachenlord.«

»Erzähl mir nicht, wer ihr beide seid. Das weiß ich besser als du. Hör auf das, was dein kollektives Drachenbewusstsein dir sagt, und komm mit, meine Zeit ist begrenzt.«

Tala drückte seinen Arm und schüttelte den Kopf, er solle sich wieder beruhigen. Alles war besser, als hier in diesem grauen Raum zurückzubleiben. »Wir folgen dir«, sagte sie. »Bist du eine Memora? Vielleicht hast du ja etwas zu essen für Askender. Er ist immer sehr hungrig nach einer Verwandlung und ich bin verletzt und brauche einen Verband.«

Obwohl die Frau schon einige Schritte vorausgegangen war, drehte sie sich noch einmal um und musterte Tala mit skeptischem Blick, dann schüttelte sie den Kopf. »Wir haben dich gescannt, deine Verletzungen sind nicht lebensbedrohlich, du wirst es also noch eine Weile aushalten können, und der Nachkomme von Tannin wird dann etwas zu essen erhalten, wenn die Zeit dafür gekommen ist.« Sie zuckte die Schultern und ging weiter.

»Woher weißt du von den Entenstimmen? Und … und von Tannin?«, rief Askender, aber er sträubte sich nicht mehr, sondern lief ihr nun hinterher, Tala zog er an der Hand mit sich.

»Weil du vor vierzehn Jahren hier geboren wurdest, Drachenjunges.«

»Ich? Ich wurde hier geboren? Hier?« Askender riss die Augen auf und stolperte vor Schreck fast über seine dünnen Beine. »Dann kennst du meine Mutter? Ist meine Mutter auch hier?«

»Nun komm schon, dann wirst du alles erfahren«, rief die Frau. Sie war schon weit voraus und bog jetzt um eine Ecke.

»Hast du das gehört, Tala? Ich wurde hier geboren. Ich werde meine Mutter kennenlernen.« Askenders Stimme überschlug sich. Er rannte der Frau nun so schnell hinterher, dass Tala fast hinfiel, weil er ihre Hand nicht losließ. Doch kaum waren sie um die Ecke gebogen, hinter der die Frau verschwunden war, blieb Askender wie vom Donner gerührt wieder stehen und starrte mit offenem Mund nach oben. Der trostlose graue Gang war nun in eine Art gläserne Röhre übergegangen. Die Decke und die Wände waren aus einem durchsichtigen Material und sie konnten plötzlich sehen, was sie umgab und wo sie sich befanden.

Eingebettet in die dunkelste Schwärze der Meerestiefe lagen vor ihrem Blick Hunderte von kugelförmigen Habitaten mit gläsernen Kuppeln, die miteinander verbunden waren wie die Waben eines Bienenstocks und zusammen einen riesigen Ring aus leuchtenden Kugeln bildeten. Das war eine gigantische Unterwasserstation, die auf dem Meeresboden lag. Die Kuppeln waren aus einem transparenten Material, das millionenmal härter sein musste als Glas, sonst würden sie dem Wasserdruck in so großer Tiefe nicht standhalten. Und aus ihrem Innern drang Licht, so hell wie das Tageslicht, nach außen. Unter der nächstgelegenen Kuppel, kaum fünfzig Schritte von ihnen entfernt, bewegten sich Menschen, wie in einer richtigen Stadt. Tala konnte Wege erkennen, die von Bäumen gesäumt waren, und anderes Grün, das dort in der anderen Habitatkugel wuchs. Dicht an dieses Habitat geschmiegt fügte sich die nächste Kugel mit Grün und Leben, und noch eine und noch eine. Und außerhalb des Rings aus Wohnkugeln war die Schwärze der Meerestiefe, aber hier schwammen leuchtende Fische in allen Größen und Formen. Sie sah die Scheinwerfer von etlichen U-Booten und kleine, glitzernde Unterwasserdrohnen, die da draußen in Bewegung waren und irgendetwas erledigten, vielleicht Bergbau oder Energieerzeugung.

Tala hatte nicht bemerkt, wie Askender an die durchsichtige Scheibe trat und seine Nase daran platt drückte, denn sie war selbst so überwältigt von dem Anblick, dass ihr ganz schwindelig wurde und sie sich an der durchsichtigen Wand abstützen musste. Sie schrie erschrocken auf, als ein Schwarm kleiner leuchtender Fische herangeschwommen kam, um sie und ihre Hand zu begutachten.

»Eine Welt unter Wasser«, sagte sie atemlos. »Das ist Adlara?!«

»Ein Ort voller Magie«, wisperte Askender an die Scheibe. »Ich glaube, die Memori-Frauen sind die allermächtigsten magischen Hexenwesen auf der ganzen weiten Welt. Bestimmt ist meine Mutter die mächtigste Frau der Welt. Ich hoffe, sie liebt mich ein bisschen.«

»Deine Mutter ist keine Frau«, meldete sich die Memora ungeduldig. »Und von Liebe kann keine Rede sein. Jetzt beeilt euch, sonst schicke ich einen Roboter, der euch trägt.«

Obwohl sie beide vor lauter Fragen beinahe platzten und Askender ein todtrauriges Gesicht machte, sprachen sie nichts mehr, sondern folgten der unfreundlichen Frau. Tala humpelte und Askender stolperte auf wackligen Beinen hinterher. Die Worte der Memora hatten ihn tief getroffen und verunsichert, und Tala hätte ihn gerne in den Arm genommen und getröstet, nur hatte sie keine Ahnung, was sie zu ihm sagen sollte. Sogar die Memori in ihrem Bewusstsein hatten nichts zu sagen. Sie waren so still, als gäbe es sie gar nicht mehr, und auch die Gnostika hatte keinerlei Informationen über Askenders angeblich lieblose Mutter, die keine Frau war.

∞

Shachar:

»Sie kommen! Zehn verdammte Serafim und Zarastra führt sie an«, rief Shachar und zeigte auf das Hologramm, das über seinem Kopf schwebte und den Zugang zur Zikkurat abbildete. Er ergriff sein Schwert und ging zur Tür.

Die Bastarde mit ihren Feuerschwertern und Heiligenscheinen hatten überraschend lang gebraucht. Er hatte sich schon gefragt, ob er überhaupt noch die Chance bekommen würde, ein paar von denen die Bäuche aufzuschlitzen. Jetzt stürmten sie in donnerndem Laufschritt in die Pyramide herein, Zarastra ihnen voran. Seine gleißend weißen Flügel erleuchteten den langen Flur, als hätte er ein Flutlicht eingeschaltet.

Endlich hatte der oberste Elohim gemerkt, dass sich jemand in die Pyramide geschlichen hatte. Shachar wäre das als Wächter nie passiert, dass ihm irgendein Eindringling so lange durch die Lappen gegangen wäre. Selbst mit zweihundert Frauen und einem Weltreich, das er nebenher regierte, hatte er noch jede einzelne Ratte und Maus bemerkt, die durch die schmalen Spalten und Hohlräume der Zikkurat gehuscht waren. Was immer Zarastra so lange abgelenkt hatte, jetzt hatte er seine Aufmerksamkeit doch endlich dem wichtigsten Ort auf dieser Erde zugewandt, und vermutlich war ihm das hochnäsige Lächeln aus dem Gesicht gefallen, als ihm klar geworden war, was dort gerade vorging. Jetzt war er gewaltig in Rage.

Tokessa hatte den Aufzug und alle Zugänge zur Energiequelle zwar verriegelt und einen Schutzschild um die Energiekammer errichtet, aber Zarastra würde die Codes deaktivieren können. Es war also nur noch eine Frage von Minuten, bis er und seine Serafim hier wären, und bis dahin hatte Tokessa hoffentlich den Drachenstern abgeschaltet. Dann würde Shachar es mit Gegnern zu tun haben, die ihre göttliche Macht und Unsterblichkeit verloren hatten.

Wenn nicht, würde der Kampf verdammt unangenehm für ihn werden.

»Sie sind gleich hier. Jetzt wäre ein guter Moment, um den Drachenstern zu deaktivieren«, drängte er Tokessa.

Die stand noch am Schaltpult und bediente die Technologie mit schnellen und präzisen Bewegungen. Sie warf ihm einen kurzen, besorgten Blick zu. Sie wusste, dass schon ein einziger Seraf stark genug war, um sie beide zu töten. Zehn von denen plus Obermacker Zarastra würden nicht mal einen Wimpernschlag lang brauchen, um sie zu überwältigen … falls Kessa deren Verbindung zum Drachenstern nicht endlich kappte.

»Ich brauche noch Zeit. Es gibt ein Problem?«, sagte sie und schob die Symbole über dem Schaltpult in hektischen Gesten hin und her.

»Ein Problem, für eine allwissende Memora?« Soweit er das von der Tür aus erkennen konnte, hatte sie sich soeben in die Brücke der Raumstation eingeloggt. Was zum Henker …?

»Sobald die Energie weg ist, wird auch die Technologie in der Raumstation ausfallen und sie wird auf die Erde stürzen. Ich habe ihre Umlaufbahn und Absturzkurve berechnet. Wenn ich den Drachenstern jetzt deaktiviere, wird die Station in den Gihon stürzen etwa achthundert Kilometer östlich von hier.«

»Das ist doch gut. Das ist kaum besiedeltes Gebiet. Der Fluss ist sowieso nicht schiffbar und die weite Ebene wird die Überschwemmung auffangen, die der Einschlag verursacht. Sassaris wird davon kaum betroffen sein.«

»Dort gibt es eine Insel, auf der die wunderbarsten Wesen leben, die je einer von euch erschaffen hat. Wenn ich nur noch sieben Minuten warte, wird die Raumstation das feste Land überquert haben und mit achtundneunzigprozentiger Wahrscheinlichkeit ins Meer fallen.«

»Scheiße! Wenn du die Energiequelle nicht sofort abschaltest, war alles, was wir bisher getan haben, umsonst. Sieben Minuten sind nicht drin. Ist es das wirklich wert für eine Flussinsel? Wie viele Leute leben da?«

»Rund vierzigtausend. Halte Zarastra so lange wie möglich auf. Je später ich den Drachenstern deaktiviere, desto besser für die Bewohner von Eden.«

»Für ein paar tausend Sterbliche soll ich mein Leben riskieren?«, brauste er auf. »Scheiß drauf. Ich würde mich nicht mal für eine Million Sterbliche opfern.«

Die Gnostika-Tokessa-Anina, die gerade die Oberhand in Aninas Körper hatte, blickte ihn mit dunklen Augen an und schüttelte den Kopf. »O doch! Du würdest es sogar für hundert Sterbliche tun. Ich kenne dich, Bel Asharu. Du bist all das Elend und die Schmerzen, die du verursacht hast, unsäglich leid. Jetzt hast du die Gelegenheit, Abbitte zu leisten. Die Bewohner von Eden sind wichtig. Sie sind zu gut und rein, um ausgelöscht zu werden.«

»Scheiße!«, schnaubte er, aber er nickte. »Dann öffne die verdammte Tür. Ich werde Zarastra draußen entgegentreten. Er darf nicht in die Energiekammer kommen, denn wenn er dich erst mal sieht und begreift, was du vorhast, wird sein Blitz dich treffen, bevor du auch nur die Hand heben kannst.«

Sie nickte ebenfalls und öffnete mit einer Geste die Türverriegelung. »Ich wünschte, uns wäre mehr Zeit geblieben, Asharu'ma«, sagte sie und lächelte traurig. Das waren der Blick und die Stimme von Anina und sein Herz krampfte sich heiß in seiner Brust zusammen. Irgendwie hatte er bis zu diesem Augenblick immer noch dem absurden Traum nachgehangen, dass Anina und er das hier überleben könnten und dass sie beide dann, nachdem alles vorbei wäre, auf dem Thron von Sassaris sitzen und als gütige Herrscher über die Sterblichen herrschen könnten, dass er mit ihr zusammen alt werden und sogar sterben könnte.

»Ich tue das für dich, Anina!«, rief er und lief hinaus in den Gang, durch den Zarastra und seine Serafim demnächst kommen würde. Mit einem leisen Zischen versiegelte sich die Tür hinter ihm wieder und verschmolz mit der Wand.

Sieben verdammte Minuten gegen Zarastra und zehn Serafim aushalten? Das würde ein Gemetzel geben, an dessen Ende er nur noch ein Klumpen Brei wäre, aber es gab ehrlosere Arten zu sterben.

Shachar hätte jetzt gerne seine Haèl-Gestalt wieder angenommen, denn jetzt wären seine Flügel, sein Schwanz, seine Haèl-Muskeln und die Widderhörner überaus hilfreich. Aber hatte man sich als gefallener Gott einmal für eine Gestalt entschieden, war eine Rückverwandlung nicht mehr möglich. Und somit war er jetzt nichts weiter als ein menschlicher Mann mit einer Todesmission. Zum Glück blieb ihm nicht lange genug Zeit, um seine Entscheidung zu bereuen, denn schon kam Zarastra angerauscht wie eine Lawine aus gleisendem Licht mit weit ausgebreiteten Flügeln und wehenden, blendend weißen Gewändern. Seine Aureole strahlte so grell, dass Shachar die Augen zukneifen musste. Es war albern, so viel Energie nur auf das Erscheinungsbild zu verschwenden, aber der Oberste der Elohim war schon immer ein eitler Aufschneider gewesen, und vielleicht war das eine Schwäche, die sich Shachar jetzt zunutze machen konnte.

»Warst du noch auf dem Klo für ein großes Geschäft, Elohim, oder warum hast du so lange gebraucht? Und warum bringst du gleich zehn Freunde mit? Hast du etwa Angst vor mir?«, rief er ihm spöttisch entgegen.

»Deine Geschmacklosigkeit wird dir schon balden vergehen, Bel Asharu. Errege besser nicht meinen Zorn, da du nunmehro nur noch ein minderer Sterblicher bist.« Zarastras Fehler war, dass er nicht sofort losschlug. Ein paar Blitze von diesem Lackaffen und Shachar wäre bereits Rostbraten, aber in seiner legendären Überheblichkeit hatte der oberste Elohim das Bedürfnis, auf Shachars Spott zu antworten und ihm zu zeigen, wie mächtig und überlegen er doch war. »Du hast deine Haèl-Gestalt aufgegeben. Wie konntest du nur?« Zarastra hörte sich selbst gern reden, das war kein Geheimnis, und er tat ihm den Gefallen und ließ sich nur zu gerne in ein Gespräch verwickeln. Schließlich war jede Minute kostbar und jede Sekunde rettete ein paar Leben.

»Das solltest du auch mal versuchen, Elohim. Flügel werden schon bald außer Mode kommen.«

»Welch ein Irrsinn ficht dich an? Was beweget dich zu dieser Insubordination?«, rief Zarastra und ließ seine Aureole hell aufblitzen. Solange das Scheißding strahlte, hatte der Elohim noch Zugang zur Energie des Drachensterns. »Du warest der Mächtigste von uns allen. Wir haben dich mit Autorität und Glorie ausgestattet und du wirfst es schnöde von hinnen, für ein sterbliches Weib?«

»War das jetzt eine Frage oder nur eine salbungsvolle Ansprache, bei der du wiederholst, was schon bekannt ist?«, fragte Shachar und zeigte ein Grinsen, das im krassen Gegensatz zu der Angst in seinem Innern stand. Er hatte nicht nur seine körperliche Überlegenheit verloren, auch seine telepathischen Fähigkeiten waren weg und somit hatte er keine Ahnung, wie seine Worte auf Zarastra wirkten. Er fühlte sich hilflos, wie ein blindes Neugeborenes und Zarastra musste das wissen.

»Du bist nicht mehr als eine Kakerlake auf zwei Beinen«, rief der Elohim und warf die Arme in die Höhe, als wollte er im nächsten Augenblick Blitze schleudern.

»Und du bist als neuer Wächter der Zikkurat ein Riesenversager, Zarastra«, antwortete Shachar und hoffte, dass seine Provokation den Elohim ablenkte. »Nun sag schon, was hat dich aufgehalten? Warum hast du die Zikkurat unbewacht gelassen? Wo waren deine Serafim? Weißt du, wie leicht es war, hier einzudringen?«

»Dieser Akt kommt einem unverzeihlichen Verrate gleich.«

»Was Verrat ist, bestimmt am Ende der Sieger. Und du wirst am Ende tot sein, Arschloch. Deine Eier werde ich an die Zikkurat nageln und deinen kleinen Schwanz werde ich unter einem Vergrößerungsglas zur Schau stellen.« Shachars Spott war nur ein weiterer verzweifelter Versuch, den Elohim hinzuhalten. Er hoffte, dass seine Worte an dessen göttlicher Selbstgefälligkeit kratzten und ihn vielleicht zu einer Unbedachtheit provozierten. Gleichzeitig behielt er die Serafim im Auge, die sich mit gezückten Feuerschwertern stramm hinter Zarastra aufgereiht hatten und nur auf dessen Befehl warteten, loszuschlagen. Wenn der Kampf losging, würden die Serafim ihn direkt angreifen und Zarastra würde gleichzeitig aus sicherer Entfernung Blitze auf ihn schleudern.

»Diese Spottrede stehet dir nicht an, Bel Asharu, denn du bist des Todes, des unausweichlichen Todes. Mache dir bewusst, dass dein letztes Stündlein geschlagen hat.«

»Ein Stündlein reicht mir völlig, um dich zu töten.«

Der Elohim warf den Kopf zurück und lachte, seine Aureole blinkte bei jedem Lacher grell auf. »Du lächerlicher Popanz! *Du* willst *mich* töten? Hast du vergessen, wer ich bin?« Er wedelte mit den Händen in der Luft, aber er schleuderte keine Blitze. Er protzte immer noch mit seiner Überlegenheit herum. Ihm war offenbar nicht klar, dass er demnächst vom Drachenstern und von seiner Blitzenergie abgeschnitten werden würde. Demnächst! Shachar zählte in Gedanken die Sekunden. Wie lang sieben Minuten doch sein konnten, wenn es um Leben und Tod ging.

»Die Stadt wird von Bar Nashka angegriffen. Hast du dich um die Verteidigung gekümmert, was wirst du tun, wenn sie die Stadttore mit bloßen Händen herausreißen?« Er wusste, dass Zarastra mit seiner Hundertschaft an Serafim nicht nur die Stadttore, sondern auch den Palast und die Zikkurat leicht verteidigen konnte – zumindest solange sie Zugriff auf die Energie des Drachensterns hatten.

»Die Bar Nashka sind Figuren der Elohim«, rief Zarastra lachend. »Wer, wenn nicht ich würde ihre Stärken und Schwächen kennen? Just in diesem Augenblicke sind sie führerlos und ihr Näherrücken ist unkoordiniert und zögerlich. Sie sind keine ernst zu nehmenden Gegner für meine Serafim. Im Übrigen haben wir zwei Raketenbatterien von der Raumstation auf sie gerichtet. Ein Wort aus meinem Munde und sie werden vernichtet sein.«

»Bei einem Raketenangriff werden auch viele Bewohner der Stadt getötet.«

»Was kümmern mich die Sterblichen?«

»Und was ist mit dem Millenniumsspiel? Ohne eure Bar Nashka habt ihr das Spiel verloren.«

Zarastra zuckte die Schultern. »Es wird ein neues Spiel geben, dann werden wir uns revanchieren. Das Millenniumsspiel endet nimmer.«

»Das Millenniumsspiel endet für immer, wenn die Kohini und ihre Rebellenschar euch besiegt haben.« Und zum ersten Mal wünschte sich Shachar mit ganzer Inbrunst, dass ihr das gelingen möge.

»Rebellenschar? Ha! Ha! Ha! Sprichst du etwa von dir und Kyros? Ich werde dich mit meinen Blitzen hinwegraffen. Ebenso verfuhr ich schon mit ihm, dem Untreuen und Wortbrüchigen.«

Shachar warf einen ungeduldigen Blick auf die Stelle, an der sich die Tür befand. Wann waren diese sieben Minuten nur um? Die verdammte Aureole von Zarastra schien heller denn je zu leuchten und jetzt spreizte er seine Flügel und ließ sie strahlen wie Scheinwerfer. Dann machte er einen bedrohlichen Schritt auf Shachar zu. »Mach dich bereit, für immer aus diesem Universum zu scheiden.«

»Ich habe keine Angst vor dem Tod, denn ich habe in wenigen Tagen mehr gelebt und gefühlt als du in einer Million Jahren. Nichts im Universum ist unsterblich, nicht die Götter, nicht der Drachenstern, nicht einmal das Universum selbst. Unsterblichkeit widerspricht den Gesetzen des Universums und das wirst du schon bald merken, wenn du keine Energie mehr hast, um deinen Glorienschein zu heizen, Arschloch.«

»Du bist ein Narr! Der Drachenstern kann nur über meine Stimmerkennung abgeschaltet werden. Deinen Stimmerkennungs-Code habe ich zuvörderst blockiert. Du kannst uns nicht die Energie entziehen. Siehe, was ich mit der Macht des Drachensterns bewirke!« Zarastra hob die Hände und schleuderte zwei kleine Blitze gegen Shachar, die links und rechts von ihm in die Wand fuhren, deren Wucht ihn aber fast von den Beinen fegte.

Dieser Angeber. Hätte er die Blitze direkt auf Shachar gefeuert, würde der sich jetzt jaulend auf dem Boden wälzen, aber der Elohim hatte mit seiner Überlegenheit wohl immer noch nicht genug geprahlt und nicht begriffen, dass Shachar ihn manipulierte.

»Öffnet die Tür. Eilt euch. Ich möchte den Drachenstern sehen«, befahl Zarastra seinen Serafim und wandte Shachar sogar den Rücken zu, so sicher fühlte er sich. Und wie um sich selbst zu beweisen, wie mächtig er war, ließ er seine Aureole aufflammen.

»Deine Arroganz wird nur von deiner Dummheit übertroffen«, rief Shachar und stürzte sich mit erhobenem Schwert auf Zarastra. Er musste ihn schließlich von dieser Tür fernhalten. Aber sein Angriff war vergeblich. Der Elohim wirbelte herum und schoss einen Blitz direkt in Shachars Brust, der ihn von den Beinen riss und rückwärts katapultierte. Er krachte gegen die Wand.

Einer der Serafim trat indessen seelenruhig an die Tür und versuchte das Bedienungsfeld zu aktivieren, aber mit einem Kopfschütteln gab er auf. »Der Zugang ist von innen versiegelt, o Herr. Durch deinen eigenen Stimmcode.«

»Das ist lächerlich!« Zarastra baute sich mit gespreizten Flügeln vor der Tür auf, während sich Shachar wieder aufrappelte. Zum Glück hatte er noch genug Ambrosia in seinem Metabolismus und erholte sich schnell wieder. Er nahm sein Schwert hoch und rannte erneut gegen Zarastra an. Doch die Serafim waren schneller. Drei von ihnen stürzten sich gleichzeitig auf ihn. Sie rissen ihn von den Füßen und hackten mit ihren Feuerschwertern auf ihn ein. Er hatte keine Chance, auch nur in die Nähe von Zarastra zu gelangen.

»Du bist schon so gut wie tot, Zarastra!«, krächzte er, während die Feuerschwerter der Serafim sich in seine Eingeweide bohrten. Ihm war die Ironie der Situation durchaus bewusst, aber ihm gingen langsam die Möglichkeiten aus.

»Tür auf!«, befahl Zarastra dem Stimmerkennungsmodul und würdigte das Gemetzel keines Blickes mehr.

Wie verdammt lange dauerten diese sieben Minuten noch?

Immerhin hatten die Serafim aufgehört, ihn mit ihren Schwertern zu traktieren, denn er lag wie ein Haufen Hackfleisch auf dem Boden. Die Ambrosia brauchte ohne göttliche Energie deutlich länger, um das Wunder der Heilung zu vollbringen.

»Türe auf!«, schrie Zarastra noch einmal mit einem Anflug von Wut in der Stimme.

Tokessa hatte seine Stimmerkennung mit seiner eigenen Stimme deaktiviert und jetzt stand er da wie ein trotziges Kleinkind und brüllte immer wieder: »Türe auf! Türe auf!« Als das nichts nützte, schleuderte er seine Blitze gegen die Tür, einen um den anderen, Tausende von Gigawatt an Energie. Die Tonziegel zerbarsten und das Bedienungspaneel schmolz wie Wachs. Doch die Tür blieb verschlossen.

»Ihr wahnsinnigen Rebellen!«, rief Zarastra und seine Blitze knallten gegen die Tür. »Die Strafe für euch wird eine Unendlichkeit der Schmerzen sein.« Langsam gab das Material der Tür unter der geballten göttlichen Blitz-Macht nach. Es wurde dunkel und glasig und es würde nicht mehr lange dauern, bis es weggeschmolzen war.

Shachar sammelte noch einmal seine Kräfte. Woher er sie nahm? Weiß der Henker, vermutlich war es die Liebe zu Anina, die ihn antrieb. Er würde Anina verteidigen und dabei sterben. Er hievte sich auf alle viere – die Schmerzen waren kaum auszuhalten – und dann, abgestützt an der Wand, stand er wieder aufrecht und umfasste sein Schwert. Sein Körper war zerschnitten und gemartert. Blut strömte aus unzähligen Wunden. Er hatte nichts mehr zu verlieren.

Mit einem gellenden Wutschrei rannte er auf Zarastra und die Serafim los. Er wirbelte im Kreis und ließ sein Schwert auf die Serafim herabsausen, die sich schützend vor ihren Herrn stellten. Seine Schmerzen wurden zu einem Teil seiner Raserei. Er ließ sie durch sich hindurch und aus sich herausfließen und gab ihnen in lautem Geschrei und blinder Raserei

Raum. Sein Schwert traf einen Seraf, dann den nächsten. Er teilte seine Hiebe aus, wie eine Maschine. Links und rechts von oben und unten.

Zwei der Serafim waren schon jaulend zu Boden gegangen, zwei weitere hatten klaffende Wunden in ihren erleuchteten Schädeln, die leider viel zu schnell wieder heilten, und es waren immer noch sechs verdammte Serafim mit verschissenen Feuerschwertern, die sich ihm umso entschlossener entgegenwarfen, und schließlich versagten seine Kräfte. Das war ein Gehacke und Gemetzel. Blut spritzte in alle Richtungen und sprenkelte die Wände – nicht nur das Seine.

»Anina«, stöhnte er und ging in die Knie.

Einer der Serafim baute sich breitbeinig und mit einem höhnischen Lachen vor ihm auf. Er holte zum finalen Schlag aus, um Shachars Kopf abzutrennen, aber da plötzlich kamen die Frauen.

Zwei Hundertschaften von aufreizend gekleideten Frauen stürmten in den Flur. Verdammt, das waren seine Frauen. Sein ganzer Harem kam angerannt. Ihnen voran lief eine üppige, dunkelhäutige Schönheit, die nur einen purpurnen Umhang trug und darunter nackt war. Sie gehörte nicht zum Harem, aber jeder Zentimeter an ihr war atemberaubend schön. Die Serafim erstarrten beim Anblick der Frauen mitten in ihren Bewegungen. Eine solch geballte Ladung an menschlicher Weiblichkeit hatten sie in hunderttausend Jahren noch nicht gesehen. Das war, als würde man Hungernden eine Delikatesse unter die Nase halten. Zarastra fuhr erschrocken herum und seine Blitze erloschen.

»Pukia!«, rief er der schönen Anführerin in einer Mischung aus Schreck und Ärger entgegen. »Wie gelangtest du hierher? Das ist kein Ort für ein Menschenweib. Begib dich umgehend zurück in meine Gemächer. Dort ist dein Platz.« Seine näselnde Stimme überschlug sich vor Empörung.

»Ich suche nur nach Tokessa, mein Liebster«, säuselte die Schönheit, die sich Pukia nannte. Shachars Schmerzen waren zu groß, sonst hätte er sich über die Unterhaltung gewundert.

»Mir ist keine Tokessa bekannt, und ich habe im Augenblicke wahrlich Vorrangigeres zu tun. Geh zurück ins Bett. Ich werde dir beiwohnen, sobald ich meine Feinde niedergeschmettert habe. Und entferne diese anderen Frauenzimmer. Sie lenken meine Serafim von ihrer Aufgabe ab. Der Verräter muss hingeschlachtet werden.«

»Gib mir Tokessa lebendig und ich lasse dich sofort in Ruhe«, sagte Pukia und ging mit aufreizendem Hüftschwung und erhobenen Händen auf Zarastra zu, als wollte sie ihn umarmen und an Ort und Stelle verführen. Shachar konnte nicht lachen, weil er damit beschäftigt war zu sterben, aber der Gesichtsausdruck von Zarastra war unbezahlbar – eine Mischung aus Geilheit und Panik.

»Du hast nichts zu fordern, Menschenweib. Nun gehe hinfort«, brauste er auf und schaute sich Hilfe suchend nach seinen Serafim um, wohl in der Hoffnung, sie würden die Frau wegschaffen, aber seine unbesiegbare Schar von leuchtenden Idioten war damit beschäftigt, die Haremsschönheiten zu begaffen und gegen diverse spontane Reaktionen ihrer göttlichen Männlichkeit anzukämpfen.

Shachar stützte sich an der Wand ab, um wieder auf die Beine zu kommen. Niemand beachtete ihn in diesem Moment. Selbst der Seraf, der ihn gerade noch voller Wut hatte enthaupten wollen, stand nur noch da und glotzte auf die schöne Jari, und dabei zeigte sich ein beachtlicher Ständer unter seinem weißen Gewand. Die Frau namens Pukia ging unbeeindruckt von Zarastras Zurückweisung auf ihn zu. Sie schlang ihre Arme um seinen Hals, drückte ihren üppigen Körper an ihn, dabei entlockte sie ihm ein unwilliges, aber sehr lüsternes Stöhnen. Er legte sogar seine Hände auf ihre Hüften. Es war geradezu entsetzlich, wie leicht der Verstand dieses Idioten zu lähmen war, wo er sich doch immer damit gebrüstet hatte, dass er weit über den Gelüsten auf menschliche Frauen stünde und niemals von schnöder Wollust unterworfen werden könne. Aber jetzt gerade wirkte er ziemlich unterworfen, sogar seine Aureole war erloschen.

»Dir ist wohl das Licht ausgegangen, Zararschtra!«, rief eine Männerstimme aus dem Hintergrund. Und nun bahnte sich ein Elohim den Weg durch die Frauenschar. Sie machten Platz für ihn und einige klopften ihm im Vorbeigehen sogar auf den Rücken. Er preschte nach vorn und baute sich mit einem frechen Grinsen vor dem Seraf auf, der als Erster aus seiner Geilheitstrance erwacht war und ihm den Weg verstellte.

Erst nachdem Shachar sich das Blut aus den Augen gewischt hatte, erkannte er den Mann. Das war nicht irgendein Elohim, das war der berühmt-berüchtigte El Shaddaj, auch Kyros genannt, der Abtrünnige, der Verräter, der sich auf die Seite der Kohini geschlagen hatte, der für seine Liebe auf die Unsterblichkeit verzichtet hatte, so wie Shachar.

Kyros sah furchtbar aus. Sein Oberkörper war vernarbt, sein Haar versengt und seine weißen Flügel grau von Asche und zerfleddert – offenbar hatte er schon Bekanntschaft mit Zarastras Blitzen gemacht. Und er hatte nicht einmal eine Waffe bei sich.

Dennoch brachte sein Erscheinen Zarastra völlig aus der Fassung.

»Du lebst ja immer noch?«, rief der und hob die Hände, um Kyros mit einem Blitz zu begrüßen, aber er wackelte vergeblich mit seinen Fingern, denn es schoss kein Blitz heraus, nicht mal ein knisternder Funke kam aus den göttlichen Fingerkuppen.

Es war passiert! Endlich.

Der Drachenstern war abgeschaltet, das Wurmloch war kollabiert und Zarastras leuchtende Aureole war genauso verschwunden wie das Schimmern seiner Flügel. Auch die Serafim hatten ihr Leuchten verloren und das Feuer ihrer Schwerter war erloschen. Sie hielten nur noch Griffe ohne Schneide in den Händen, die sie nun mit weit aufgerissenen Augen anstarrten. Die verlockenden weiblichen Reize der Frauen waren vergessen, die diversen Erektionen unter den wallenden Gewändern schrumpften dahin.

»Und du bist bald genauso tot wie Tyrannos«, rief Kyros.

Und dann geschah alles auf einmal, so schnell, dass Shachar kaum wusste, ob das real oder nur ein Traum war: Mit einem zornigen Knurren schob Zarastra Pukia von sich, da sie ihn immer noch umarmt hielt und ihn in seiner Bewegungsfreiheit behinderte, aber sie drehte sich weg, zog dabei das lange Messer aus seinem Gürtel und schnitt ihm in einer geschmeidigen, blitzschnellen Bewegung die Kehle auf.

Zarastra brüllte wie ein Tier und fasste sich an den Hals, aus dem das Blut wie aus einem Springbrunnen sprudelte, aber Pukia war verdammt schnell. Schon stieß sie zu und rammte das Messer tief in seine Brust – genau dort, wo sein Herz schlagen musste. Sie stach ein Mal, zwei Mal und auch ein drittes Mal zu, bevor der überrumpelte Nicht-Mehr-Gott überhaupt erst begriff, was gerade geschah, oder gar zu einer Abwehrreaktion fähig war. Er war damit beschäftigt, seinen Schock hinauszuröhren. Er war sterblich. Eine aufgeschlitzte Kehle und drei Stiche direkt ins Herz … verdammt, aber das kam beinahe einer Enthauptung gleich.

Gleichzeitig griff Kyros die Serafim an. Er rannte auf den nächstbesten Seraf los, im Lauf bückte er sich mit der Eleganz einer Tänzerin nach dem einzigen Schwert, das noch über eine Klinge verfügte, nämlich Shachars Schwert. Er hatte die Waffe verloren, als die Serafim ihn übermannt hatten. Kyros hob es auf, ließ es einmal durch die Luft wirbeln und fing es wieder auf. Dabei drehte er sich auf den Fußballen einmal im Kreis und schlug dem Seraf mit einem einzigen Hieb den Kopf ab. Es zischte und knirschte und schon flog der Kopf mit flatternden Haaren durch die Luft wie ein Ball bei einem Spiel. Die anderen Serafim wichen vor Angst zurück, als der Kopf ihres Artgenossen direkt vor ihren Füßen auf dem Boden klatschte. Sie rafften ihre mit Blut bespritzten Gewänder hoch und rannten davon wie eine Horde verängstigter Affen. Aber sie kamen nicht weit, denn zweihundert Frauen blockierten den Flur. Die Serafim schlugen nach den Frauen und wollten sie zur Seite stoßen, um freie Bahn zu haben, aber das waren zweihundert Frauen gegen eine Handvoll nicht mehr allmächtige Serafim. Sie waren mit Knüppeln, Steinen, Gürteln, Stangen und Haarnadeln bewaffnet, die geflügelten Soldaten der Götter hingegen hatten keine mächtigen Feuerschwerter mehr und waren zahlenmäßig deutlich unterlegen. Sie empfanden zum ersten Mal Todesangst.

Nur drei von ihnen hatten genug Mumm gehabt und waren nicht geflohen. Die stürzten sich mit wütendem Geschrei auf Kyros. Shachar taumelte vorwärts. Er konnte nicht tatenlos zusehen und vor sich hinsterben, auch wenn jeder einzelne seiner Knochen wehtat und sein Blut aus zig Wunden herausströmte. Er bekam einen Seraf am Flügel zu fassen und zerrte ihn von Kyros weg. Kyros wirbelte herum und schlug dem Seraf den Kopf ab.

Shachar und Kyros tauschten einen stummen Blick und ein Nicken aus, dann wandte Kyros sich blitzschnell wieder um und ging auf den nächsten Seraf los.

Von Pukia kam ein gellender Schrei. Zarastra hatte es inzwischen geschafft, ihr das Messer aus der Hand zu winden und sie zu Boden zu stoßen. Sie schrie und wehrte sich und trat nach ihm, aber Zarastra war fast zwei Köpfe größer als sie, und obwohl das Blut in Fontänen aus seinem Hals sprudelte, schaffte er es trotzdem noch, sich aufrecht zu halten. Verdammt, sein Blutdruck müsste inzwischen komplett in den Keller gestürzt sein. Dieser Mistkerl sollte eigentlich taumeln und in die Knie gehen. Aber auch er hatte genug Ambrosia im Kreislauf, um nicht sofort tot umzufallen. Shachar rannte los und warf sich auf Zarastra. Er riss ihn von den Beinen, gurgelnd und keuchend knallte er auf den Boden und Shachar begrub ihn unter sich. Er donnerte seine Faust auf dessen Nase. Immer wieder. Er knirschte, noch mehr Blut spritzte. Shachar hatte keine Ahnung, ob das sein Blut oder das des obersten Elohim war. Aber dieser zähe Wichser schaffte es, sich mit ihm herumzuwälzen. Dabei schrie der überhebliche Affe und fluchte gar nicht vornehm und plötzlich hockte er auf Shachar und stach mit seinem Messer auf ihn ein. Der oberste Elohim raste vor Wut und heulte vor Schmerz.

»Wie kannst du es wagen? Ich bin unsterblich! Wie kannst du es wagen?«, schrie er bei jedem Messerstich.

Was dann geschah, war genauso unspektakulär wie entsetzlich. Plötzlich tauchte Kyros hinter Zarastra auf. Seine zerfledderten Flügel waren weit gespreizt, sein Schwert hocherhoben. Er holte aus und schlug ihm mit einem geradezu lässig anmutenden Hieb den Kopf ab. Zarastra hatte gerade noch verkündet, er sei unsterblich, und dann, zack, weg war der Kopf. Er rollte über den Boden und blieb wie durch einen bizarren Zufall direkt neben dem abgetrennten Kopf eines Serafs liegen.

Von den zehn Serafim hatte kein einziger überlebt. Kyros hatte drei enthauptet und Shachars Frauen hatten die anderen getötet. Verdammt, aber seine Frauen waren die reinsten Bestien. Shachar hatte sie all die Jahre nur als Fickstuten angesehen, dabei hatten sie gerade sechs ausgewachsene Serafim regelrecht zerfetzt und ausgeweidet. Denen würde auch keine Ambrosia mehr helfen. Verdammt, aber hätte er nicht solche Höllenschmerzen, würde er jetzt schallend über die Ironie dieser Situation lachen.

Kyros ging mit schleppendem Schritt zu Zarastras Kopf hinüber, packte ihn an den goldenen Haaren und hielt die Trophäe vor sich, sodass er in die toten Augen des obersten Gottes schauen konnte.

»Tja, Zarastra, jetzt bis du angearscht. Ich hab's dir ja gesagt.«

Shachar hatte es geschafft, den kopflosen Körper von Zarastra von sich herunterzuwälzen und wieder aufzustehen. Mit zitternden Beinen lehnte er an der Wand, als Kyros mit dem abgeschlagenen Kopf vor ihn trat und ihn hochhielt, damit auch er in die toten Augen seines Gegners schauen konnte.

»Das Zeitalter der Götter ist vorbei«, sagte Kyros.

Shachars Ohren brausten, Blut quoll aus unzähligen Wunden, Höllenschmerzen pulsierten durch seinen ganzen Körper und er konnte noch gar nicht richtig fassen, was da gerade geschehen war. Der Drachenstern war abgeschaltet, die Götter waren sterblich und in den toten, aufgerissenen Augen des obersten Elohim lag noch der Ausdruck des vollkommenen Unverständnisses über das, was ihm da gerade widerfahren war. Sein eigener Tod.

Eigentlich müsste die Welt den Atem anhalten und das Universum stillstehen.

Shachar fielen keine pathetischen Worte ein, um diesen unfassbaren Moment, den Urknall der Geschichte, irgendwie angemessen zu würdigen. Er hatte kaum die Kraft, überhaupt zu sprechen.

»Scheiße, aber danke, El Shaddaj«, sagte er mit brechender Stimme.

»Nichts zu danken, Bel Asharu. Es war mir ein persönliches Anliegen«, antwortete Kyros mit einem gleichmütigen Schulterzucken, als wäre es nicht die unaussprechlichste, entsetzlichste und gigantischste Tat gewesen, einen Gott zu töten.

Doch jede weitere Unterhaltung erübrigte sich, denn jetzt öffnete sich die Tür. Das geschmolzene schwarze Material wurde transparent und verschwand schließlich mit einem leisen Flirren und Tokessa kam aus der Energiekammer. Verdammt! Sie zu sehen war besser als jeder abgetrennte Götterkopf.

Die Frauen jubelten zu ihrer Begrüßung, schnalzten mit den Zungen und klatschten in die Hände. »Anina! Anina!«

»Geschafft!«, sagte Tokessa. Licht und Wärme schien von ihr auszugehen wie von einer Sonne. »Das Labor ist zerstört. Das Wurmloch ist kollabiert und die Energie des Drachensterns ist für immer erloschen.« Sie lächelte. Das war das wunderschöne Lächeln von Anina, das nichts mit der kalten, logischen Gnostika zu tun hatte. Anina hatte wieder die Gewalt über ihren Körper, sie war wieder da. Als sich ihre Blicke trafen, sah er in ihren dunklen Augen die Schönheit ihrer Seele.

»Geschafft!«, stöhnte er und ließ endlich los. Er gab dem Schmerz und der Schwäche nach, die ihn zu überwältigen drohten. Sein letzter Blick ruhte auf Anina, dann verlor er das Bewusstsein.

∞

Kyros:

»Was? Das Labor ist zerstört?«, krächzte Kyros und seine Siegesfreude verwandelte sich schlagartig in nacktes Entsetzen. Wer war die Frau, die das soeben mit einem unschuldigen Lächeln verkündet hatte? In seiner Fassungslosigkeit ging Kyros auf sie los, packte sie an den Schultern und schüttelte sie. »Was sagst du da? Wer, beim Schafpimmel, bist du? Ich brauche das Labor. Ich brauche es!« Er war hin- und hergerissen zwischen dem Wunsch, dieser Frau den Hals umzudrehen und sich schreiend auf den Boden zu werfen. Er konnte es nicht fassen, konnte nicht glauben, dass er so kurz vor dem Ziel alles verloren hatte.

»Lass sie los!«, rief Pukia und zog ihn an seinem Flügel weg von der Frau. »Das ist Tokessa, die Trägerin der dritten Wa'ari. Es war ihre Mission, das Labor und den Drachenstern zu zerstören.«

Kyros hörte sie kaum. Er verpasste Pukia einen Seitenhieb, der sie rückwärts taumeln und auf ihrem Hintern landen ließ, aber ein paar der Haremsfrauen, die eindeutig auf der Seite der fremden Schönheit namens Anina waren, gingen dazwischen. Die einen zerrten ihn von Anina weg, die anderen stellten sich schützend vor sie. Kyros knurrte vor lauter Wut, aber cr schlug nicht nach den Frauen, sondern ließ es zu, dass sie ihn zu rückhielten. Jetzt war sowieso schon alles verloren.

»Du wirst alle Antworten erhalten, Kyros, aber nicht jetzt sofort. Es ist noch so viel zu tun bis zum Ende«, sagte Anina. Sie kam wieder auf ihn zu und legte ihre Hand auf seine Schulter. Doch auch wenn diese Geste sich gut und tröstlich anfühlte, schlug er ihre Hand weg.

»Diese gequirlte Scheiße habe ich von Pukia auch schon gehört. Ich brauche das verschissene Labor. Wie soll ich meine Bar Nashka retten? Verfickte, verfluchte, falsche Memora-Schlangenbrut!« Er brüllte und zitterte am ganzen Körper und schluchzte gleichzeitig. Verdammt, er war noch nie in seinem Leben so tief unten gewesen, nicht einmal, als er dachte, dass Zarastras Blitze ihn töten würden.

»Alles wird gut, Kyros«, sagte Anina ruhig mit einem verfluchten, warmherzigen Lächeln. Woher sie ihn kannte, wollte er gar nicht wissen, diese Memora-Kacke überforderte ihn gerade völlig. »Da drin ist etwas, das du dir unbedingt ansehen solltest.«

Sie zeigte auf die Energiekammer, in der sich bis vor wenigen Augenblicken noch das Wurmloch zum Drachenstern befunden hatte, aber Kyros schüttelte den Kopf. Er wusste, wie es da drin aussah und dass da nichts mehr war, außer totes Gestein und kahle Wände; keine Energie mehr, keine Technik mehr, keine Rettung für seine Bar Nashka, keine Rettung für ihn.

»Geh hinein. Los doch!« Mit diesen Worten wandte sie ihm den Rücken zu und beachtete ihn nicht länger. Sie lief zu Shachar, der blutüberströmt am Boden lag, und ging neben ihm auf die Knie. »Liebster!«, sagte sie und zog seinen zerschmetterten Körper in ihre Arme. »Asharu'ma, halte durch.« Sie küsste sein blutiges Gesicht. Die Stirn, die Augen und die Wange. Aber der Haèl reagierte nicht. »Mershad und die Nindu Sar sind schon auf dem Weg hierher. Ich habe sie im Hologramm gesehen. Du kannst noch nicht aufgeben. Der Kampf ist noch nicht vorbei.«

Sie redete weiter auf den halb toten Shachar ein, aber Kyros hörte nicht mehr hin. Er war sich sicher, dass Shachar genug Ambrosia in seinem Blut hatte und binnen einer halben Stunde wieder auf den Beinen sein würde. Aber eine halbe Stunde konnte schon zu lange sein, wenn man kämpfen musste oder angegriffen wurde. Und in einem Punkt musste er dieser unheimlichen Memora Tokessa-Anina recht geben: Der Kampf war noch lange nicht zu Ende, nur weil Zarastra und zehn seiner Serafim tot waren. Es waren noch neunzig Serafim in der Stadt unterwegs, und auch wenn sie nicht mehr über göttliche Kräfte verfügten, waren sie gefährliche Krieger. Ganz abgesehen davon, dass die Bar Nashka immer näher rückten. Wenn sie die Stadtmauern erst mal erreicht hatten, würde nichts und niemand mehr sie aufhalten können. Ohne den Kishar würden sie ihrem Wahnsinn freien Lauf lassen und eine entsetzliche Zerstörung würde über Sassaris hereinbrechen. Er musste sich so schnell wie möglich auf den Weg machen und dem Heer entgegenreiten und irgendwie versuchen, sie zur Umkehr zu überreden. Ob sie überhaupt noch auf ihn hören würden, das bezweifelte er.

Aus irgendeinem Grund, sei es aus Trotz oder Wut, wollte er nicht in die Energiekammer hineingehen. Was immer sich diese verfluchten Memori auch in ihrem perversen Plan ausgedacht hatten, er vertraute ihnen weniger denn je … aber da drin waren seltsame Geräusche und ein schwaches Licht, wo eigentlich gar nichts mehr sein sollte, und in einem letzten Anflug von Hoffnung dachte er, dass Anina, die angeblich Tokessa sein sollte, die Daten aus dem Labor vielleicht ja gerettet hatte, bevor sie es zerstört hatte, dass sie sie da drin für ihn bereitgelegt hatte.

Vielleicht, ja, vielleicht gab es ja doch noch Hoffnung für die Bar Nashka. Er lief in die Energiekammer hinein und erstarrte, als hätten ihn zehntausend von Zarastras Blitzen gleichzeitig getroffen, denn da stand Sin Kishar Hand in Hand mit Miri und beide sahen aus, als ob sie hundert Jahre in der Hölle verbracht hätten.

»Fuck!«, keuchte Kyros und stolperte vor Schreck beinahe über seine eigenen Beine. »Wo warst du, du Affenarsch?« Er konnte sich leider nicht höflicher über das Wiedersehen freuen. Hätte er irgendwelche pathetischen Worte geäußert und dem emotionalen Chaos in seinem Innern freien Lauf gelassen, dann wäre er Sin schluchzend in die Arme gefallen oder zusammengebrochen und das brauchte der Cyber-Idiot nun wirklich nicht zu sehen. Aber der Cyber-Idiot schien ebenfalls gerade einen emotionalen Weltuntergang in seinem Innern zu erleben, denn er gab ein merkwürdiges Geräusch von sich, das verdammt nach einem Aufheulen klang. Er ließ Miris Hand los und rannte auf Kyros zu.

Bis zum Schluss war sich Kyros nicht sicher, ob Sin Kishar ihm die Faust auf die Nase hauen oder ihm die Flügel ausreißen wollte. Er tat nichts von beidem, sondern riss Kyros in seine Arme, und bevor er ihn abwehren konnte, küsste er ihn. Verdammte Schafspimmel. Der Typ küsste ihn auf den Mund. Drückte ihn an sich und küsste ihn voller Zärtlichkeit. Scheiße! Warum fühlte sich das so gut an?

»Kyros!«, sagte Sin mit kratziger Stimme. »Mein Bruder, mein Freund, mein Seelengefährte.« Und dann schluchzte der Cyber-Idiot los und Kyros weinte ebenfalls.

∞

Kessa:

Der Countdown bis zum Abschalten des Drachensterns lief lautlos auf dem Schaltpult ab, während Kessa mit angehaltenem Atem dem Lärm zuhörte, der gegen die verriegelte Tür donnerte. Noch vier Minuten und fünfzig Sekunden. Sie dachte an Shachar, der da draußen sein Leben riskierte, und wünschte sich, sie hätten noch ein wenig mehr Zeit für ihre Liebe gehabt, noch ein paar Tage länger in seinem Bunker bleiben können und zum ersten Mal empfand auch die Gnostika positive Gefühle für Shachar, so etwas wie Überraschung und Achtung für das Opfer, das er brachte.

»Es war kein Fehler, ihn zu lieben, und kein Fehler, ihn zu retten«, sagte die Gnostika. *»Der große Plan steht kurz vor seinem Ziel, und du hast es immer gewusst, dass du dafür das größte Opfer bringen musst: dein Herz.«*

Vier Minuten und vierzig Sekunden.

Plötzlich wurde das Kampfgeschrei draußen durch ein anderes Geräusch im Innern der Energiekammer übertönt. Der Drachenstern aktivierte sich. Das war unmöglich. Mit hektischer Präzision überprüfte sie das Schaltpult, den Countdown und versuchte das Öffnen des Wurmlochs zu blockieren, aber egal was sie auch versuchte, es funktionierte nicht. Das Abbild einer Galaxie erschien und ein dumpfes Dröhnen war zu hören. Ein Gateway war offen. Hatten die auf der Raumstation es etwa geschafft, Kessas Sperrcode zu umgehen und ihren Schutzschild abzuschalten? Ihre Verschlüsselung sollte eigentlich unüberwindlich sein.

Auch das noch! Jetzt kamen die Angreifer nicht nur von außen, sondern auch durch das Gateway. Wie hatte sie sich so irren können? Sie irrte sich nie. Als jemand aus dem Gateway heraustrat, griff sie zu ihrem Messer, aber dann erkannte sie Miri und Sin Kishar, der sie auf seinen Armen aus dem Drachenstern heraustrug.

»Hilf mir! Ich brauche Hilfe«, rief Sin ihr zu, bevor er überhaupt irgendetwas anderes um sich herum wahrnahm. Kessa warf einen kurzen Blick auf den Countdown: Vier Minuten, drei Sekunden, dann lief sie zu Sin und Miri hinüber. Die Gnostika war mindestens genauso erstaunt über deren Erscheinen wie Kessa. Das lag außerhalb des großen Plans und außerhalb der Logik.

»Miri?« Sie legte ihre Hand auf Miris Stirn und dann die Finger an ihre Halsschlagader. Sie war kalt und schweißnass, aber da war noch ein schwacher Puls. »Wie ist das möglich? Ihr beide solltet gar nicht hier sein.«

»Ich weiß nicht, wo wir sind und wer du bist, aber sie braucht dringend Hilfe, wir brauchen Kyros, sonst stirbt sie. Kyros muss hier sein. Wo ist er?«

Kessa schüttelte den Kopf und lief zurück zum Schaltpult, denn sie konnte den Countdown jetzt unmöglich aus den Augen lassen. Drei Minuten, vierzig Sekunden. Draußen vor der Tür setzte Shachar sein Leben ein, um die Serafim aufzuhalten, jede Sekunde, die sie länger wartete als unbedingt nötig, brachte ihn dem Tod näher.

»Leg Miri auf den Boden, halte ihre Beine hoch, sodass Blut in ihren Kopf fließt. Sie lebt noch und es wird ihr sofort besser gehen, sobald das Wurmloch deaktiviert ist. Der Drachenstern erzeugt Interferenzen mit ihrem Metabolismus. Je mehr Energie sie aus ihm abzieht, desto stärker sind die Wechselwirkungen. Ich schalte ihn in wenigen Minuten ab. Bis dahin hält sie durch.« Das hoffte Kessa zumindest. Miri sah aus, als würde sie an der Schwelle des Todes stehen.

Sin Kishar nickte stumm und folgte ihrer Anweisung, ohne eine weitere Frage nach ihrem Namen oder dem Grund ihres Hierseins zu stellen. Sie wunderte sich über sein Verhalten, denn sie erinnerte sich noch an ihn, als sie mit Miri aus Lyria geflohen war und er sie bei der Hängebrücke eingeholt hatte. Er war hart und kaltherzig gewesen, entschlossen, sie alle zu töten. Ihn jetzt zu sehen, wie er widerspruchslos gehorchte und Miri vorsichtig auf den Boden legte, war zwar gut, aber auch irritierend. Das war kein Dämon mehr, sondern ein Mensch, gealtert und gereift. Sein Gesicht war von Sorgen, aber auch von Weisheit geprägt. Er bangte um Miri, um jemanden, den er liebte. Der Virus hatte funktioniert, sogar sehr viel besser als im Plan vorausberechnet.

»Wo kommt ihr beide her? Ihr solltet jetzt beim Heer der Bar Nashka sein und den Angriff lenken, sodass es nicht zu einem bestialischen Abschlachten und Blutvergießen kommt.«

»Das war der ursprüngliche Plan, vor fünfundzwanzig Jahren«, sagte der Kishar und lachte bitter. Er kniete sich zu Miri hinunter und legte ihre Beine auf seine Schultern und streichelte sie mit den Händen. »Ich war auf einer einsamen Insel gefangen. Ein Ort, von dem ich nicht wegkommen konnte. Vermutlich war es eine Art Simulation, auf jeden Fall ein künstlich geschaffener Ort, umgeben von einem Dämpfungsfeld. Egal wohin ich mich wandte, ich kam immer an den gleichen Punkt zurück. Miri hat mich dort gefunden.«

»Du warst fünfundzwanzig Jahre lang in einer Simulation gefangen?« Sie keuchte vor Schreck, denn das war alles andere als planmäßig und kein Wunder, dass Miri sich bei dem Sprung in die Simulation völlig verausgabt hatte. Sie war in eine nicht mehr existierende Zukunft gesprungen. Eigentlich war das wissenschaftlich unmöglich.

»Wo immer dieser Ort war und die Simulation abgelaufen ist, auf der Raumstation oder auf einem anderen Stützpunkt der Götter, es ist gut, dass Miri dich daraus befreit hat, denn in einer Minute einundfünfzig Sekunden wird die Energiequelle deaktiviert und die Simulation wird kollabieren. Dann wärest du in der Zukunft einer parallelen Realität gefangen und könntest nicht zurück. Vielleicht wärest du sogar zusammen mit der Simulation gestorben.«

Der Kishar zuckte die Schultern. »Das ist mir egal. Ich wäre gern gestorben. Ich bin nur wegen Miri von dort weg. Sie braucht mich und Kyros zusammen.«

Draußen vor der Tür schrie Shachar vor Wut und Schmerz und Kessas Hand zuckte nervös über dem Symbol für die Deaktivierung. Nur noch eine Minute und vierzig Sekunden. *»Denk an all jene, denen wir damit Frieden und Freiheit bringen. Sein Opfer ist für sie«,* sagte die Gnostika, aber das tröstete Kessa kaum.

»Es wird noch Jahrhunderte dauern, bis wirklich Frieden und Freiheit herrschen«, sagte sie halblaut. Und wie zur Antwort wurde das Donnern gegen die Tür und das Kampfgeschrei immer lauter.

»Wie lange noch?«, knurrte der Kishar, der nicht durch das Kampfgeschrei nervös wurde, sondern durch Miris Zustand. Sie war inzwischen ganz wächsern und Kessa war sich sicher, wenn sie jetzt ihren Puls fühlen würde, würde sie kaum noch etwas spüren. Das Leben floss aus ihr hinaus – oder vielmehr war es die Nähe des Drachensterns, die das Leben in Turbogeschwindigkeit aus ihr heraussaugte.

»Eine Minute, vier Sekunden.«

»Fuck!«

»Danach wird sie sich gleich erholen. Der Drachenstern ist ihr Verderben.«

Der Kishar keuchte verzweifelt, aber er nickte und streichelte zärtlich über Miris Gesicht. Vor ein paar Wochen noch hätte er in seiner Wut die ganze Zikkurat verwüstet, dachte Kessa.

»Du fragst gar nicht, wer ich bin oder wie ich mir dessen so sicher sein kann«, sagte Kessa, mehr, um ihn abzulenken.

»Miri hat das Gateway gerufen und ich wusste, dass es uns an den richtigen Ort führt. Ich hatte erwartet, dass es uns zu Kyros bringt, damit er und ich sie noch einmal retten können. Aber das war es wohl nicht. Wo auch immer wir sind und wer auch immer du bist, Miri und ich sind hier genau richtig.«

Kessa hielt vor Staunen die Luft an, denn dieses Vertrauen und die Gelassenheit war absolut untypisch für den Herrn aller Kriegsdämonen. Nicht der Virus hatte ihn verändert, etwas anderes, Gutes war mit ihm geschehen.

»Auch wenn ich nicht so aussehe, ich bin Tokessa, Miris Schwester, und ich bin eine mächtige Memora. Ich will Miri auf keinen Fall schaden. Unser Plan mit Miri war, dass sie eigentlich gesund beim Heer der Bar Nashka sein sollte.«

Wieder zuckte der Kishar die Schultern. »Es spielt keine Rolle, was du und deine Schwesternschaft geplant haben. Miris Quantensprünge führen sie dahin, wo sie sein soll.«

»Es ist gleich so weit«, sagte Kessa. Die Worte des Kishar verwirrten sie, denn weder sein Auftauchen noch sein Verhalten war so vorgesehen, aber der Countdown raste seinem Ende entgegen. Sie zählte laut mit: »Zehn, neun, acht …«

Schon eine Sekunde nachdem Kessa den Drachenstern abgeschaltet hatte, stöhnte Miri laut und öffnete die Augen. Die Tür bebte unterdessen unter dem Ansturm einer göttlichen Raserei. Da es keine Energie mehr für den Türöffnungsmechanismus gab, musste Kessa darauf vertrauen, dass die Tür sich von allein öffnen würde, sobald die Restenergie aufgebraucht war. Deshalb lief sie zu Miri hinüber, um zu sehen, wie es ihr ging. Sie versuchte bereits, sich aufzusetzen, und der Kishar half ihr.

»Wo ist Kyros?«, fragte Miri. Sie hievte sich mit einem leisen Ächzen auf die Beine und schaute sich neugierig um. Obwohl Kessa durchaus mit einer schnellen Regeneration gerechnet hatte, war sie dennoch verblüfft, wie superschnell Miri sich erholt hatte. Sie war zwar noch blass, aber sie stand aufrecht und es war kaum vorstellbar, dass sie vor wenigen Augenblicken noch am Tor des Todes gewartet hatte.

»Miri?«, wisperte Kessa atemlos.

Jetzt trafen sich ihre Augen und Miri furchte verwirrt die Stirn. Der Kishar wollte sie festhalten, aber sie löste sich von ihm und machte einen wackeligen Schritt auf Kessa zu. Mit halb offenem Mund und großen Augen kam sie näher und Kessa wäre ihr am liebsten entgegengegangen und hätte sie in ihre Arme gezogen, aber die Gnostika warnte sie. Miri könnte gefährlich sein. Sie war viel mächtiger, als sie es sein sollte, und die Gnostika wusste nicht, warum sie hier war und warum sie sich nicht wie geplant verhielt. Außerdem wusste Miri nicht, wer sich in dem fremden Körper von Anina befand. Womöglich würde sie feindselig reagieren. Aber Miri reagierte alles andere als feindselig. Irgendwie musste sie es spüren oder wissen, wer Anina war. Vielleicht hatte sie auch telepathische Fähigkeiten. Die Gnostika hielt inzwischen gar nichts mehr für ausgeschlossen, wenn es um die Kohini ging.

»Kessa? Bist du das?«, rief sie und ging schneller. Die letzten paar Schritte legte sie stolpernd zurück und warf sich schluchzend in Kessas Arme. »Das ist nicht dein Körper, aber ich erkenne deine Seele. Wie ist das möglich? Bin ich tot? Bin ich im Reich der Toten?«

»Ich bin es, meine Kleine. Ich bin Kessa.« Die Gnostika hatte in Kessas Bewusstsein noch die Oberhand, sonst hätte sie womöglich ebenfalls angefangen, vor Rührung zu heulen. »Wir leben beide noch und ich bin dir einige Erklärungen schuldig.« Aber in diesem Moment versagte die Verriegelung der Tür und sie öffnete sich ganz langsam, Zentimeter für Zentimeter. Kessa beendete die schwesterliche Umarmung schnell.

Reiterei gegen die südliche Stadtmauer vor. Es war nur noch eine Frage von einer Viertelstunde, bis der Sturm auf Sassaris und das Gemetzel beginnen würde. Shachar hatte seinen schnellsten Streitwagen kommen lassen und stellte ihnen seinen besten Wagenlenker zur Verfügung, sodass Kyros, Sin und Miri dem Heer entgegenfahren und ihren Angriff noch rechtzeitig stoppen konnten.

Sin würde diesen Sturm aufhalten können … o verdammt, das hoffte Kyros so sehr, aber ausgerechnet jetzt preschte Kessa, Miris wiedergeborene Memora Schwester, dazwischen und hielt Miri am Arm zurück, als die zu ihnen auf den Streitwagen klettern wollte.

»Du musst hierbleiben. Fahr nicht mit den beiden zu den Bar Nashka hinaus«, sagte sie.

»Wir können den Angriff noch stoppen«, antwortete Miri.

»Es ist zu gefährlich. Die Bar Nashka sind im Endstadium ihrer Erkrankung und der Wahnsinn wird sie in Tiere verwandeln. Sie werden den Kishar vielleicht noch erkennen und ihm, wenn er Glück hat, nichts antun, und Kyros kann im Notfall wegfliegen, aber du bist die Kohini. Ihre Erzfeindin. Ihr geballter Wahnsinn wird sich gegen dich richten. Bevor sie sich gegenseitig zerfleischen, werden sie dich töten. Deine Kohini-Macht war an den Drachenstern gekoppelt. Jetzt ist er deaktiviert und damit sind alle deine Kräfte weg. Du bist nur noch ein normales Mädchen, verstehst du?« Sie nahm Miri jetzt an beiden Schultern und zog sie von dem Streitwagen weg.

»Ich verstehe gut«, sagte Miri und schob ihre Schwester wieder von sich. »Aber ich habe den Virus an sie übertragen, ich kann nicht tatenlos bleiben und zusehen, wie sie an ihrem Wahnsinn zugrunde gehen. Ich bin inzwischen eine von ihnen. Sie sollen sehen, dass ich sie nicht im Stich lasse.«

»Du kannst nichts für sie tun, und du musst die Schuld dafür nicht auf dich nehmen, oder leidest du etwa an einem Rettersyndrom?«, kam es nun energisch von Pukia.

Pukia hatte sich inzwischen angezogen und trug das weiße Gewand eines toten Serafs, was sie für Kyros auch nicht gerade sympathischer machte, aber was viel schlimmer war: Sie hing wie eine Klette an den Fersen ihrer Memora-Kollegin Kessa und tat so, als würde sie dazugehören und hätte hier irgendetwas mitzureden. Sie schenkte Miri jetzt ein kaltes Lächeln und machte dabei eine gebieterische Geste. »Der Virus wurde von den Memori entwickelt, weil es notwendig war. Und du warst lediglich das Medium, um ihn zu übertragen. Jetzt nimm dich zurück und lass den Dingen ihren Lauf, wie es vorausgeplant ist.«

Miri sah Pukia an, als hätte sie kein Wort verstanden oder gar nicht zugehört, als wäre Pukia nur eine bedeutungslose Wanze. Sie hatte bisher überraschend zurückhaltend auf Pukias Anwesenheit reagiert. Deren Erklärung, dass sie nun nicht mehr Pukia, sondern Ermithala sei, schien ihr genügt zu haben, um ihr beim Wiedersehen nicht an die Gurgel zu gehen. Aber die überhebliche Stimme, mit der Pukia jetzt gerade sprach, klang für Kyros so verdammt nach der alten Kotzkuh, dass er sich fragte, ob deren Persönlichkeit vielleicht doch wieder die Oberhand gewonnen hatte. Wer konnte schon sagen, was in den bescheuerten Gehirnen dieser Memori vor sich ging? Wütend sprang er wieder vom Streitwagen herunter und stellte sich demonstrativ zwischen Pukia und Miri.

»Die Zeit drängt und du erzählst nur Schafsscheiße«, schrie er Pukia an. »Du hast keine Ahnung von Miri oder gar von Schuldgefühlen. Also halte die Klappe, Memora! Wir werden den Angriff der Bar Nashka aufhalten. Wir beruhigen die Männer und verhindern, dass sie durchdrehen, dass sie die Stadt niederbrennen und die Bevölkerung abschlachten oder sich gegenseitig an die Gurgel gehen. Sie haben schon genug Blut und Schuld auf sich geladen. Auf euch Memori ist geschissen. Wir werden die Bar Nashka retten, irgendwie …«

»Die Bar Nashka sind nicht mehr zu retten«, sagte Pukia ruhig. »Das war niemals der Plan. Ich schlage vor, wir verteidigen die Stadtmauern so gut es geht und warten einfach ab, bis der Virus sein Werk getan hat. Es kann sich nur noch um ein paar Stunden, vielleicht Tage handeln. Dann sind sie alle kampfunfähig. Dann ist der Spuk vorbei.«

»Ich warte nicht ab oder sehe gar dabei zu, wie sie meine Stadtmauern einreißen und die halbe Bevölkerung niederschlachten«, rief Großkönig Shachar, der nun Kessas Hand ergriff, als müsste er sich von ihr Rückhalt holen. »Wir bleiben bei dem, was wir vorhin in der Zikkurat besprochen haben. Ihr drei fahrt hinaus und versucht, sie von dem Angriff abzuhalten. Wenn es euch nicht gelingt, wird es ein Gemetzel geben, denn ich werde meine Stadt bis zum letzten Blutstropfen verteidigen, auch wenn ich dann gegen euch antreten muss, El Shaddaj.«

»Und was ist, wenn sie gar nicht metzeln und wüten?«, fragte Sin vom Streitwagen herab.

Seine Stimme war leise und ruhig und doch ging sie Kyros durch Mark und Bein. Wie stark er wirkte! Er trug nicht einmal eine Rüstung, sondern nur eine Hose und eine Tunika, die er auf seiner Insel wohl selbst genäht hatte, und doch strahlte er Erhabenheit aus. Kyros' Herz klopfte bei seinem Anblick. Wie gut er aussah! Wie er sich verändert hatte seit heute Morgen. Er war viel älter und doch deutlich schöner. Er war verwundbar und sterblich geworden und dennoch wirkte er so unerschütterlich wie ein Gebirge. Er strahlte mehr Macht und Weisheit aus als alle Anwesenden zusammen. »Ich habe meinen Männern vor wenigen Stunden, für mich vor fünfundzwanzig Jahren, den Befehl gegeben, keine Zivilisten zu töten und kein unschuldiges Blut zu vergießen. Sie sollen die Zikkurat erobern und nur wer sich ihnen in den Weg stellt, darf angegriffen werden. Wenn sie nicht auf Widerstand stoßen, wird es auch kein Gemetzel geben.«

»Ich fürchte, sie haben deinen Befehl längst vergessen«, sagte Kessa traurig. »Sie sind inzwischen unberechenbar und werden sich vermutlich nicht mal mehr an dich erinnern. Der Virus hat ihr Programm zerstört und damit auch ihre Loyalität dir gegenüber.«

»Das mag sein, aber sie erinnern sich jetzt wieder an ihr Leben als Menschen. Sie leiden, weil sie nun den Unterschied zwischen Gut und Böse erkennen. Sie erkennen, wer sie einst waren, wer sie nun sind und was sie getan haben. Und diese Erkenntnis macht sie zu fühlenden Lebewesen. Ich glaube, sie können und sie müssen gerettet werden.«

»Ja, wenn diese Scheißmemora nicht das Labor zerstört hätte!«, brauste Kyros auf und zeigte anklagend auf Kessa. Auch wenn sie Miris geliebte Schwester war, er hätte ihr am liebsten den Hals umgedreht. Shachar knurrte ihn an und Kyros knurrte angepisst zurück.

»Es gab einen guten Grund, warum ich das Labor zerstört habe, El Shaddaj«, antwortete Kessa ruhig, gleichzeitig legte sie ihre Hand beruhigend auf Shachars Brust. »Du hättest im Labor das Leiden der Bar Nashka nicht beseitigen können. Du hattest zwei Möglichkeiten: Entweder du löschst die Erinnerung an ihre Dämonenzeit und setzt ihre Gehirne auf den Status zurück, den sie vor neunhundert Jahren hatten, was vermutlich zu vergleichbaren Schäden wie der Virus führt, oder du beseitigst die Schadsoftware und stellst ihre Bar-Nashka-Programmierung wieder her. Dann werden sie erneut zu den emotionslosen Dämonen ohne Gewissen. Gleich, welche Möglichkeit du gewählt hättest, du kannst ihr Leiden nicht beheben, sondern es nur in eine andere Form von Leid verwandeln.«

Kyros' Geduldsfaden riss und er rastete aus. Laut schreiend ging er auf Kessa los und nur Shachars mörderisches Knurren hielt ihn davon ab, sie anzufassen. »Sag mir nichts, was ich nicht schon weiß, verdammte Memora-Verschwörer-Hexe. Ich habe keine Zeit für diese Unterhaltung. Öffnet das verdammte Scheiß-Stadttor und lasst uns hinaus, oder ich fliege einfach über die Mauer.« Er wäre längst losgeflogen, wenn er noch die Kraft dazu gehabt hätte, aber seine Kräfte und seine Nervenstärke war für heute aufgebraucht.

»Es gibt noch eine dritte Möglichkeit der Rettung«, sagte Sin ruhig. Seine Stimme war gebieterisch und brachte damit Shachars Knurren genauso zum Verstummen wie auch Kyros' brodelnde Wut. Kein anderer, nicht einmal Miri, hätte es geschafft, Kyros zu beruhigen, aber Sins Blick, mit dem er Kyros ansah, die Weisheit und Zuneigung in seinen Augen und vor allem der innere Frieden, den er ausstrahlte, das machte etwas mit Kyros. Es dämpfte seine Angst und seine unerträgliche Scham.

»Welche?«, fragten Kyros und Kessa gleichzeitig.

»Die Bar Nashka bleiben, wer sie sind: dämonische Krieger mit menschlichem Gewissen. Aber sie bekommen die Chance zu heilen.«

»Heilen? Wie denn? In einer Zwangsjacke?«, fragte Pukia mit einem Hauch von Zynismus in der Stimme, der Kyros' Wut sofort wieder anstachelte. Aber Sin blieb gelassen.

»Sie können auf die gleiche Weise heilen, wie auch ich heilte. Das ist mühsam und schmerzhaft, besonders am Anfang, doch wer Erlösung sucht, darf nicht feige sein. Sie können lernen, mit dem Virus zu leben und ihn zu meistern durch eine bewusste Gewissensentscheidung. Sie müssen sich ihren Taten stellen und lernen, mit ihren Erinnerungen zu leben. Sie müssen sich mit ihrer Schuld auseinandersetzen und Wiedergutmachung leisten.«

»Das ist Unfug«, sagte Pukia und winkte ab. »An was für eine Art von Wiedergutmachung denkst du? Etwa an eine rituelle Entstörungs- und Korrekturhandlung? Opfergaben und Gebete?«

»Indem sie ihre Fähigkeiten künftig nur noch dafür einsetzen, Gutes zu tun, Schwache beschützen, Kranken helfen, allen Lebewesen dienen, zerstörte Städte wieder aufbauen und den Frieden behüten«, antwortete Sin und wurde mit jedem Wort ruhiger und eindringlicher.

»Das ist so im Plan nicht vorgesehen.«

»Euer verdammter Plan interessiert uns einen Scheiß!« Kyros explodierte schon wieder. Die Zeit drängte und diese Pukia-Memora-Kuh wollte herumrechten. General Ragul und eine Handvoll der Serafim stellten sich jetzt sogar hinter Kyros und spreizten ihre Flügel, weil sie seine Wut spürten. Sie sahen sich selbst wohl als seine neue Leibgarde an. Gut so, wenn es darauf ankäme, würde er sie auf Pukia hetzen. »Sofern es auch nur die kleinste Chance auf Rettung gibt, dann werden wir sie ergreifen, und jetzt verpiss dich, Pukia.«

»Du kannst mich nicht kränken, Elohim.«

»Ich kann den Serafim befehlen, dir die Kehle aufzuschneiden.«

Zu seiner Überraschung legte Kessa ihre Hände auf seine Schultern und sah ihn ernst und voller Mitleid an. »Deine Schuldgefühle sind groß und dass du sie empfindest, spricht für dich, El Shaddaj, aber für deine Wut auf dich selbst ist jetzt auch nicht der richtige Zeitpunkt. Lass uns ruhig bleiben, denn vielleicht hat der Kishar ja recht. Vielleicht können die Bar Nashka auf diesem Weg heilen und gerettet werden. Vielleicht sind sie es sogar wert, gerettet zu werden.«

»Ich werde beweisen, dass sie es wert sind«, antwortete Sin. »Ich fahre hinaus und werde mit ihnen reden. Wenn sie die Stimme ihres Gewissens hören können und sich an meine Befehle erinnern und sich daran halten, dann ist das der Beginn ihrer Heilung und ihrer Erlösung. Wenn sie metzeln und wüten und mich nicht wiedererkennen, sind sie verloren und ich mit ihnen.«

»Dann bin auch ich verloren!«, sagte Kyros und stieg wieder auf den Streitwagen, wo Sin ihn mit einer Umarmung begrüßte.

»Und ich ebenfalls«, kam es von Miri. Sie legte ihre Hand auf Kessas Schultern, wie zum Abschied, dann kletterte sie hinter Kyros auf den Wagen.

»Ich begleite euch«, sagte Tokessa. »Wenn es eine Rettung für die Kriegsdämonen gibt, dann sollen sie gerettet werden.«

Am Ende machten sie sich alle auf den Weg vor das Tor. Kyros, Miri und Sin, weil sie die Bar Nashka retten wollten, die Kotzkuh Pukia, weil sie nicht an deren Rettung glaubte, Tokessa, weil sie auf Rettung hoffte und der Großkönig Shachar, weil er seine Königsbraut beschützen wollte. Ihm folgten zweihundert Soldaten seiner Garde, und sogar Rugal der Seraf war mit zehn seiner Serafim mit von der Partie, vermutlich, weil er der Meinung war, Kyros müsste beschützt werden.

Ob es klug oder dumm war, den Bar Nashka mit einem so riesigen Aufgebot an Bewaffneten zu begegnen? Kyros hatte keine Ahnung. Es war letzten Endes auch egal, denn diese Begegnung war die einzige Chance, die die Bar Nashka noch hatten. Wenn sie nicht auf Sins Befehle hören würden und nicht zur Umkehr zu bewegen wären, dann würde es so oder so ein Gemetzel geben, und dann war es gleichgültig, ob das vor der Stadt oder hinter den Stadtmauern begänne. Dann würden sie alle sterben.

Kyros ließ es sich nicht anmerken, aber er hatte so eine verdammte Angst vor der Begegnung mit seinen eigenen Geschöpfen, dass er innerlich eiskalt war. Nicht einmal Zarastras Blitze hatten ihn so geängstigt. Was, wenn die Bar Nashka wirklich nicht mehr zu retten waren? Was, wenn sie wirklich bald schon ihrem Wahnsinn zugrunde gehen würden? Was, wenn er seine Schuld niemals würde wiedergutmachen können?

Cloud führte die Sturmspitze der Bar Nashka an. Er saß hoch auf seinem gigantischen schwarzen Schlachtross, begleitet von der Squad, die den Heerführer stets flankierte. Hinter ihnen donnerten die schweren Angriffsmaschinen, der Rammbock, der jedes Bauwerk auf der Welt sprengen konnte, und das Katapult, das präziser und weiter schoss als jeder ferngesteuerte Laser.

Sin machte dem Wagenlenker ein Handzeichen und der stoppte das Gefährt. Mit einer einzigen geschmeidigen Bewegung sprang Sin über die Reling des Streitwagens und lief der Squad und der Bar-Nashka-Reiterei mit erhobenen Armen entgegen.

Kyros hielt den Atem an. Miri griff nach seiner Hand. Auch sie bangte um Sin und um das, was die Kriegsdämonen mit ihrem Anführer – der um fünfundzwanzig Jahre gealtert und definitiv kein Bar Nashka mehr war – tun würden. Er trug nicht einmal eine Waffe. Ein Speerwurf aus dem Schildwall, ein Schuss aus einer Polycarbine-Armbrust oder ein Schwertstreich von oben vom Pferd aus, und er wäre tot. Dennoch marschierte er ohne zu zögern weiter, auch als Cloud das Schwert aus der Scheide riss und mit seinem Ross auf Sin losgaloppierte.

Cloud! Liebe Güte, Kyros hatte den Mann vor ein paar Wochen erst in den Straßen von Burgen aufgegabelt. Er hatte geweint wie ein kleines Kind und war völlig verzweifelt gewesen, weil seine Erinnerungen an sein Menschsein zurückgekehrt waren. Aber Kyros hatte es geschafft, ihn zu beruhigen, und er hatte sich sogar erholt, nachdem der Kishar zum Heer zurückgekehrt war und wieder das Kommando übernommen hatte. Die Führung durch den Kishar hatte ihn mental über Wasser gehalten, wie so viele andere der Männer. Sin Kishar war das Herz und die Seele der Bar Nashka. Solange er da war und solange es ihm gut ging, würden die anderen es auch schaffen. Das hatte sich Kyros eingeredet und das hatte ihm Hoffnung gegeben. Aber seit er in den Höhlen von Alkash erlebt hatte, wie der Kishar selbst dem Wahnsinn verfallen war, war Kyros' Zuversicht zerplatzt wie eine Seifenblase, und jetzt fühlte er sich selbst dem Wahnsinn nahe. Würde der andere, neue Kishar, der gar nichts mehr mit einem Bar Nashka gemein hatte, überhaupt noch zu ihnen durchdringen?

Cloud gab dem Pferd die Sporen und aus seinem Helm kam das wütende Röhren eines Irrsinnigen. Die anderen Bar Nashka auf ihren Pferden und hinter ihren Schilden antworteten auf diesen Schrei des Wahnsinns mit ebenso verrücktem Gebrüll. Tod und Vernichtung und ein absurdes Gemetzel schienen unausweichlich!

Miri zerquetschte beinahe Kyros' Hand, aber sie bewegte sich nicht, sondern wartete ab, wie alle anderen, die sie begleiteten. Als würden sie alle nur auf diesen unausweichlichen Moment warten, an welchem Cloud in seiner mit Hörnern und Stacheln bewehrten Rüstung, hoch auf dem gewaltigen Ross, auf den unbewaffneten Kishar treffen und ihn einfach niederstrecken würde. Sin ging unbeirrt weiter, die Arme ausgebreitet.

»Ich bin Kieran und war einst Sin Kishar Bar Nashka Benej tenebris, ha'elohim!«, rief Sinn mit fester Stimme. »Beendet den Angriff.«

Cloud ritt geradewegs auf Sin los, holte mit dem Schwert aus und schlug zu. Ein gellender Schrei löste sich aus Miris Kehle und Kyros hatte das Gefühl, als ob er das scharfe Schwert selbst an seinem Hals spüren würde. Aber dann schien sich die Welt auf einmal zu verlangsamen, für sie alle, nur nicht für den Kishar. Sin machte im allerletzten Moment einen Schritt zur Seite, packte Cloud am Arm und riss ihn von seinem Pferd herunter. Seine Rüstung krachte laut, als er auf den Boden aufschlug, aber das Geräusch war genauso gedrosselt wie auch der Staub, der beim Aufprall aufgewirbelt wurde und durch die Luft schwebte wie Federn. Als hätte man alles um die Hälfte verlangsamt. Nur Sin war nicht langsam. Er bückte sich, riss Cloud das Schwert aus der Hand und schleuderte es im hohen Bogen von sich. Es rotierte langsam, während es flog, als würde es sich durch eine zähe Masse voranbewegen, viel zu langsam. Dann bohrte es sich mit der Spitze voraus in die staubige Erde. Mindestens zwanzig Schritte entfernt.

Sin war so rasend schnell und alles andere zäh und gemächlich.

Vielleicht bildete sich Kyros in seiner Todesangst das alles auch nur ein. Er warf einen fragenden Blick auf Miri, aber sie konnte es nicht gewesen sein. Kessa hatte gesagt, ihre Kohini-Kräfte seien an den Drachenstern gekoppelt gewesen, und das erschien ihm rückblickend betrachtet mehr als logisch. Er war sogar richtig erleichtert gewesen, als er das gehört hatte. Das bedeutete, dass Miri von jetzt an nicht mehr unkontrolliert durch die Zeit springen und keinen Quantenschock mehr erleiden würde.

Aber wenn es nicht Miri war, wer oder was verlangsamte gerade die Zeit?

Er musste seine Verwunderung auf später verschieben, denn jetzt schien plötzlich alles wieder normal zu laufen und die Squad kam mit donnernden Hufen und schnaubenden Rössern herangeprescht und umzingelte Sin. Er stand wieder mit ausgebreiteten Armen da, als wäre nichts gewesen, als hätte er nicht gerade den Anführer der schrecklichsten Soldatenarmee einfach so von seinem Pferd gezogen.

»Ich bin Sin Kishar Bar Nashka Benej tenebris, ha'elohim! Beendet den Angriff«, rief Sinn erneut.

Cloud rappelte sich stöhnend wieder auf die Beine und baute sich mit einem wütenden Röhren vor Sin auf. Der rührte sich keinen Millimeter. Nur der sanfte Wind, der über die staubige Ebene wehte, bewegte seine weite Hose.

Für einen Augenblick schien die Entscheidung zwischen Tod oder Leben, Erlösung oder Verdammnis an einem seidenen Faden zu hängen. Kyros hielt den Atem an, Miris eisige Hand zitterte in der von Kyros. Aber dieses Mal war die Zeit nicht verlangsamt, denn plötzlich riss Cloud sich mit einem Aufschrei den Helm vom Kopf und wankte auf Sin zu. Er schleuderte den Helm von sich, eine Geste, mit der er wohl seine Unterwerfung signalisierte. Ein Bar Nashka würde niemals vor jemandem in die Knie gehen, aber Cloud neigte den Kopf. Die Reiter der Squad machten es ihm nach. Sie zogen ihre gehörnten Helme aus und neigten ihre Köpfe. Aus Kyros' Kehle kam so etwas wie ein erleichtertes Ausatmen, vielleicht war es auch ein Schluchzen, aber niemand außer Miri schien es zu bemerken. Sie drückte seine Hand und machte ein ähnliches Geräusch.

»Kishar?«, rief Cloud. »Bist du es wirklich?«

»Ich bin es, und ich befehle, den Angriff sofort abzubrechen.«

»Aber was ist mit dir geschehen? Ich erkenne dich kaum wieder.«

»Ich bin vom Virus geheilt.«

»Ist das der Grund, warum du jetzt auf der Seite unserer Feinde stehst?«

»Das sind nicht unsere Feinde. Wir kämpfen auf der gleichen Seite und für das gleiche Ziel. Kennst du unser Ziel, Cloud? Erinnerst du dich noch, warum wir nach Sassaris gezogen sind? Warum wir überhaupt noch ein letztes Mal kämpfen wollten?«

Cloud hatte sich während seiner gesamten Existenz als Bar Nashka ganz sicher noch nie gefragt, für welches Ziel er kämpfte. Er hatte gekämpft, weil der Kishar es befohlen hatte, weil er dazu programmiert worden war, aber zu Kyros' größtem Erstaunen reckte Cloud jetzt das

Kinn in die Höhe und brüllte so laut, dass man es vermutlich bis zu den Stadtmauern hören konnte:

»Wir kämpfen für unsere Erlösung, Kishar!« Die Männer der Squad, die Sin eingekreist hatten, wiederholten Clouds Worte wie ein unheimliches Echo. »Für unsere Erlösung, Kishar!«

»Wir wollen endlich Frieden finden.«

»Es gibt einen Weg zur Erlösung, aber der besteht nicht in Kampf und Blutvergießen. Für uns ist der Krieg zu Ende. Zieht euch zurück.«

Ohne auch nur eine Sekunde zu zögern, nickte Cloud und reckte dann den Arm in die Höhe. Die Squad imitierte die Geste mit ihren Schwertern. »Rückzug!«, brüllte er. »Wir kehren ins Heerlager zurück.«

Das Katapult kam langsam zum Stehen. Mit einem letzten Rumpeln stoppte auch der Rammbock. Stille legte sich über alles. Nur der Wind machte ein sanftes Geräusch in Kyros' brausenden Ohren. Dann rissen die Bar Nashka der Kavallerie ihre Schwerter aus der Scheide und die Männer, die in der ersten Reihe den Schildwall gebildet hatten, senkten ihre Schilde und erhoben ihre Schwerter. Im absoluten Gleichklang schlugen sie mit ihren Schwertern auf die Schilde und das donnernde Geräusch ließ den Boden unter ihnen erzittern.

»Wer hätte das gedacht?«, murmelte Pukia, die dicht hinter Kyros stand.

»Damit ändert sich der Plan«, sagte Kessa und brachte Pukia mit einer Geste zum Schweigen. Laut sprach sie weiter. »Die Bar Nashka erhalten eine Chance zur Erlösung. Sie, die das dunkelste Dunkel der Seele und die schlimmsten Abgründe und Gräuel kennen und überwunden haben, werden verhindern, dass es je wieder zu solch einem Machtmissbrauch oder zu einer Gewalt- und Schreckensherrschaft kommt. Sie werden die neuen Wächter der Welt sein, denn sie sind die Märtyrer, die dieser Planet geboren hat.«

»Fuck!«, zischte Kyros. Eine Gänsehaut zog sich über seinen ganzen Körper und seine Knie wurden weich. Miri kniff die Augen zu und warf sich an Kyros' Brust. Sie weinte leise vor Erleichterung und Rührung. Scheiß auf all diese Emotionen der Sterblichen, die konnten einen Mann ja fix und fertig machen.

Aber was für ein Moment?

Ein Moment der Hoffnung und des Lichts.

15 NEUE WELT?

Aus den Dateien der Memori:
Sobald der große Plan erfüllt ist,
besteht für uns keine Notwendigkeit mehr, uns zu verstecken.
Um unsere Technologie vor böswilligen Zugriffen zu schützen,
wird der Ort Adlara jedoch weiterhin getarnt und verborgen bleiben.
Die Schwestern aber werden in die Welt hinausgeschickt.
Sie sollen ihr Wissen an alle Sterblichen weitergeben, ihnen mit Rat und Tat zur Seite stehen und ihnen beim Aufbau einer neuen Welt helfen.

Tala:

Tala war überhaupt nicht begeistert von der Vorstellung, jahrelang hier in einer geheimen Unterwasserwelt eingesperrt zu sein und von grauen und unfreundlichen Memora-Schwestern ausgebildet zu werden. Wenn sie an die Persönlichkeiten dachte, die in ihrem Bewusstsein lebten, graute ihr davor. Falls die ein Maßstab dafür waren, wie alle Memori tickten, würde sie am liebsten aus der nächstbesten Luftschleuse springen und sich im Meer ertränken. Und auch Franka, die emotionslose Memora, die sie nun wortlos durch die Flure der Unterwasserstation zu ihren sogenannten Quartieren führte, steigerte Talas Vorfreude auf das Leben bei der Schwesternschaft nicht ein bisschen.

Aber da war Askender. Den liebte sie und sie wollte mit ihm zusammenbleiben, und für ihn würde sie so ziemlich alles tun, sogar in den Tiefen des Meeres gefangen bleiben, obwohl sie viel lieber das Licht der Sonne wiedersehen wollte. Sie drückte Askenders Hand und der lächelte, als die Memora vor einer grauen Tür stehen blieb und ein Handzeichen machte. Die Tür öffnete sich und Franka gestikulierte den beiden, sie sollen eintreten.

»Da drin erwartet euch Marianna, eure neue Mutter und Lehrerin. Sie ist die warmherzigste von uns allen und hat in ihren vielen Leben selbst schon Hunderte von Kindern geboren und großgezogen«, sagte sie frostig. Dann wandte sie sich ab und ging davon.

Tala wollte ihr widersprechen, ihr zurufen, dass ihre Mutter tot sei und sie ganz bestimmt keine Memora als neue Mutter haben wollte, aber Askender war schon in den Raum gestürmt und sie sparte sich ihr Gemecker und folgte ihm. Und da drin stockte ihr der Atem. Sie hatte das Gefühl, als würde sie in ihre eigenen Gemächer eintreten, in die Räume, die sie in der Königsburg in ihrer Heimatstadt Lyria bewohnt hatte.

Ein hochstelziges Bett mit Seidendecken und beladen mit bunten Kissen stand in der Mitte des Raumes. Säulen und Fresken verzierten die

Wände. Eine Seite des Raumes war offen und führte auf eine Terrasse hinaus, von der sie einen Blick über die ganze Stadt Lyria hatte, bis zum Hafen und dem lapisblauen Tempel des Meeresgottes.

»Heilige Dracheneier!«, rief Askender, aber Tala konnte gar nichts sagen. Der Anblick trieb ihr Tränen in die Augen. Sie war in der Königsburg in Lyria. Aber das war unmöglich, sie hatte mit eigenen Augen gesehen, wie die Burg gebrannt hatte, wie Lyria gebrannt hatte.

»Das ist natürlich nur eine Simulation, mein Kleines«, sagte eine warmherzige Stimme. »Aber wir möchten, dass ihr beide euch so wohl wie möglich fühlt. Wenn ihr euer Quartier lieber anders gestalten wollt, sagt es nur einfach.«

Hinter ihnen hatte eine ältere Frau den Raum betreten und sie sah nach allem Möglichen aus, nur nicht nach einer Memora. Sie war nicht in einen grauen Kaftan gekleidet, sondern trug eine Tunika mit Blumenmustern in vielen warmen Rottönen. Ihr glänzendes graues Haar war zu einer kunstvollen Frisur aufgetürmt und an ihren Ohren hingen goldene Ohrringe. Sie trug Halsketten und Armbänder, die leise klingelten, als sie näher kam, aber vor allem trug sie ein sanftes Lächeln voller Wärme und Zuneigung in ihrem runden Gesicht. Sie breitete die Arme aus und Tala musste dem Drang, sich weinend in die Arme der Fremden zu werfen, mit aller Macht widerstehen.

»Ich bin Marianna, ich werde euch ausbilden und für euch sorgen, als wäret ihr meine eigenen Kinder.«

Bevor Tala etwas sagen konnte, riss Askender sich von Talas Hand los und warf sich in vollem Anlauf auf das große Bett. »Sieh nur, unser Bett!«, rief er und fuhr mit den Händen über die weichen Laken, als würde er schwimmen wollen. »Wie groß und weich es ist.«

»Du hast ein eigenes Bett, mein Junge«, sagte Marianna mit einem Auflachen. »Dein Schlafzimmer liegt gleich nebenan und sieht genauso aus wie das Schlafzimmer von Tannin dem Drachen, bevor seine Burg von Tyrannos erobert und umgestaltet wurde.« Sie winkte ihm zu und ging dann durch eine Tür zur Rechten. »Das ist dein Zimmer.«

Das Bett und die anderen Möbel im Raum waren dunkler gehalten. Das Licht war gedämpft und die Wände schienen mit Gold überzogen zu sein. Es war, als wären Tausende von Edelsteinen in die Wände eingelassen, Smaragde, Rubine, Saphire. Sie funkelten und glitzerten in allen Farben. Tannin musste Gold und wertvolle Schätze wirklich sehr geliebt haben, denn Askenders Bett war umgeben mit allerlei Kleinodien aus Gold und Silber. Becher mit Edelsteinen besetzt, Armreife und Gürtel, Perlen und Schatullen voller Glitzerkram. Man konnte die ganze Pracht gar nicht auf einen Blick erfassen. Askender schien ähnliche Vorlieben wie sein Vater zu haben, denn er hüpfte herum und klatsche vor Freude in die Hände. Die Ausstattung schien seine Drachennatur ziemlich anzusprechen.

»Ihr werdet auch separate Badezimmer haben, da liegt schon frische Kleidung für euch bereit. Mein Schlafzimmer befindet sich dort, zwischen euren beiden Räumen. Ich werde die meiste Zeit bei euch sein.« Sie zeigte nach links und dann geradeaus. »Die übrigen Räume können wir gemeinsam nutzen. Essen, Wohnen, Spielen, Lernen und körperliche Betätigungen, was immer ihr wollt. Es ist für alles gesorgt. Und jetzt schaut euch die Tiefsee an, kommt!«

Sie führte die beiden durch einen großen Raum, der mit bunten Möbeln ausgestattet war, Tisch, Stühle und mehrere Sofas und überall standen grüne Pflanzen in großen Kübeln, die Tala an die Olivenbäume in Lyria erinnerten. Das Licht im Raum war beinahe so warm und hell wie echtes Sonnenlicht, aber dann trat Marianna durch eine gläserne Tür hinaus auf eine Art Balkon, nur dass der Balkon ganz von durchsichtigem Material umgeben war, und jenseits der Glaswand konnten sie in die dunkle Meerestiefe hinausblicken, in der Schwärme von leuchtenden Fischen in Grün und Blau und Gelb hin und her wogten. Sie kamen neugierig herangeschwommen und stoben schnell wieder davon, als Askender mit der Hand an die Scheibe schlug. Er lachte und hüpfte vor Freude. Den Schock über seine Herkunft schien er vergessen zu haben, während Tala den Atem anhielt und das einfach nicht glauben konnte.

»Zu schön, um wahr zu sein«, murmelte sie mit angehaltenem Atem. Wenn sie sich selbst einen Ort hätte ausdenken müssen, an dem sie für immer leben wollte, dann wäre der diesem Ort ziemlich ähnlich. »Ihr müsst uns sehr gut kennen«, sagte sie. Diese Worte hatte ihr die Linaria eingegeben und die Alte hatte recht. Nur jemand, der tief in Talas und Askenders Herz blicken konnte, konnte so eine schöne Wohnstatt für sie schaffen, die ihrer beider Vorlieben mischte und ihnen spontan das Gefühl gab, zu Hause zu sein.

»Ich möchte eure Freude an eurem Quartier nicht schmälern, indem ich euch sage, dass das alles einem komplexen Algorithmus entspringt.«

»Ich weiß nicht, wer der Algodingsbums ist, aber ich finde es hier wunder-wunder-wunderschön!«, rief Askender und lief zurück in den hellen Raum, um alles anzufassen, jedes Möbelstück, den Boden, jede Pflanze, die Wände, die Teppiche und Kissen … Dann blieb er vor einer Tür stehen, die verschlossen war.

»Was ist hinter der Tür? Ist das geheim?«, wollte er wissen und hüpfte schon wieder vor lauter Aufregung.

»Nichts ist geheim. Wenn ihr Fragen habt oder etwas nicht versteht, dann fragt, und ich werde euch immer mit der Wahrheit antworten. Immer.« Marianna trat an die verschlossene Tür und tippte einmal mit dem Finger dagegen und die Tür schob sich zur Seite auf. Dahinter war allerdings nur ein leerer dunkler Raum.

»Das ist der Ausgang. Hier befindet sich ein Gateway.« Mit diesen Worten berührte Marianna die Tür erneut und sie schloss sich wieder.

»Ein Gateway?«, rief Tala. »Was meinst du mit Gateway? So etwas, wie die Götter es haben?«

»Es macht sich andere physikalische Gesetze zunutze als die Gateways der Götter, aber es hat den gleichen Effekt, es transportiert uns in Nullzeit über große Entfernungen.«

»Wir können also jederzeit wieder weg von hier?«

Marianna nickte und lächelte. »Ich hoffe natürlich, dass ihr freiwillig hierbleiben werdet, aber das ist kein Gefängnis. Was denkt ihr denn? Bislang konnten wir keine Gateways nutzen, denn sonst hätten uns die Götter vielleicht ausfindig gemacht, aber bald schon werden wir keinen Grund mehr haben, uns vor ihnen zu verstecken. Wenn die Götter besiegt sind, aktivieren wir unsere Gateways und ihr könnt wieder Kontakt zu eurer Welt und euren Freunden aufnehmen. Einzige Bedingung ist, dass wir stets wieder nach Adlara zurückkehren, bis eure Ausbildung abgeschlossen ist. Ihr sollt hier geschult und trainiert und auf die Bürde vorbereitet werden, welche wir euch übertragen wollen.«

»Ich kann also nach Mykan und Gilbesh besuchen?«, rief Askender und Marianna nickte.

»Unser Gateway wird euch überallhin führen, wohin ihr wollt. Wenn ihr fleißig lernt und euch angemessen benehmt, dann dürft ihr euch freie Tage aussuchen und reisen, wohin ihr möchtet, in meiner Begleitung.«

»Ich will zu Gilbesh und zu … und dahin, wo Tala hinmöchte.«

»Ich möchte gerne nach Lyria und sehen, ob es dort noch ein paar Überlebende gibt und ob man die Stadt wiederaufbauen kann«, sagte Tala, doch dann fiel ihr etwas viel Wichtigeres ein. »Nein, halt! Zuerst muss ich zu Mirisandra. Ich weiß zwar, dass ich sie nicht anfassen darf, aber ich muss trotzdem mit ihr reden und sie um Verzeihung bitten.«

Ihre Trennung in Burgen war so hässlich gewesen und auch wenn Miri sicher längst wusste, warum Tala so schlimme Sachen zu ihr gesagt hatte, schämte sie sich doch dafür. Sie wollte es Miri selbst erklären, sich bei ihr entschuldigen und auch bedanken. Sie verdankte Miri mehr, als diese ahnte. Im Grunde war Miri immer ihr heimliches Vorbild gewesen. An Miris Beispiel hatte sie gelernt, mutig zu sein, ehrlich zu sein, zu kämpfen und nicht aufzugeben. Sie hatte gesehen, wie sich eine wahre Heldin verhielt, wie sich eine Freundin und eine Liebende verhielt, wie man ein guter Mensch sein konnte. Das alles wollte sie Miri sagen, und zwar bei ihrer allerersten Reise zurück in die Außenwelt.

»Ich komme mit zur Kohini! Die wird sich freuen«, rief Askender und klatschte in die Hände. »Wisst ihr Memori denn überhaupt, wo sie ist?«

»Natürlich.« Marianna lächelte süß. »Wenn es so weit ist, bringe ich euch beide zur Kohini. Ich bin selbst sehr neugierig auf sie, aber für heute schlage ich vor, dass ihr es langsam angeht. Wie wäre es, wenn ihr zuerst badet, das Blut von euch abwascht und euch etwas Sauberes anzieht. Dann könnt ihr essen, soviel in euch hineinpasst.«

»In mich passt viel hinein!«, rief Askender und Marianna lachte.
»Und ich möchte schlafen«, stöhnte Tala.
Marianna zog Tala in ihre Arme und küsste sie sanft auf den Kopf, als wäre das selbstverständlich, und das war mehr Zärtlichkeit, als sie je von ihrer leiblichen Mutter erfahren hatte. »Natürlich, meine Kleine. Du warst so mutig und stark und du hast so viel mehr ertragen und erreicht, als wir alle es für möglich gehalten haben. Du bist eine Kriegerin geworden, eine echte Drachenkönigin. Du hast dir einen langen Schlaf mehr als verdient. Ich werde über dich wachen, mein kostbarer, kleiner Schatz.«

Gilbesh:

»Wilma? Wo ist Wilma?«
Gilbesh lief durch die Flure von Tyrannos' gigantischer Burg. Er war auf der Suche nach dem sogenannten Lazarett, dort, wo Wilma und die anderen Verletzten behandelt wurden. Dennis rannte neben ihm her und rief ihm immer wieder zu, in welche Richtung er sich nun wenden müsse. »Jetzt links, mein Lord«, »Nicht diese Tür, Lord. Sie führt in die Katakomben«, »Gleich die nächste Ecke links, dann die zweite Tür«, und so weiter. Ohne Dennis hätte er sich hoffnungslos in diesem großen, dunklen Gebäude verirrt. Die Flure waren breit und hoch und die Räume waren entweder kalt und lichtlos, oder es waren hohe Hallen, in denen riesige Lavabecken für übermäßige Hitze und Feuerschein sorgten.
Gilbesh wusste nicht mehr, wo ihm der Kopf stand.
Die Welt der Drachen, in die er hineingestürzt war, forderte all seine Intelligenz und seine Kraft. Er hatte bis vor Kurzem nicht einmal gewusst, dass es so etwas wie eine Drachenstadt überhaupt gab, und nun war er deren Statthalter. Mykan mitsamt den Hochhausruinen und Geheimverstecken gehörte wieder den Drachen, genauso wie die düsteren Gebäude des Haèl-Königs, die vollgestopft waren mit magischer Technologie, einer Magie, die Gilbesh nicht verstand und die ihm mehr Angst machte, als ein Anführer sie haben sollte.
Nachdem der unsterbliche Tyrannos nur noch ein kopfloses Stück verbranntes Fleisch war, waren seine Getreuen geflohen oder hatten sich in den Ruinen der Stadt versteckt. Sie mussten aufgespürt werden und Tyrannos' Burg musste gesichert werden. Die technischen Anlagen mussten wieder in Gang und die magischen Waffen der Haèl unter die Kontrolle der Drachen gebracht werden. Es musste aufgeräumt werden und sie mussten sich für einen Gegenschlag wappnen. Alle Drachengeborenen mussten zusammengerufen und mit Aufgaben versehen werden. In jeder Minute verlangte irgendein anderer nach Gilbeshs Aufmerksamkeit, seinem Rat oder einem Befehl. Ein Problem jagte das nächste, aber das Allerschlimmste war: Er wusste nicht, wie es Wilma ging.
Er hatte ein unauslöschliches Gedächtnis, er war stärker als alle Män-

ner, die er kannte, und er hatte Feuer gespuckt und einen Gott getötet. Das große Eine lenkte ihn und versorgte ihn mit Informationen von überallher. Deshalb sollte er sich eigentlich mächtig und unbesiegbar fühlen, aber die Sorge um Wilma machte sie verrückt und hinderte ihn am Denken. Es waren zwölf Stunden vergangen seit der Schlacht am Gateway und er war mit Tausenden von Informationen zugeschüttet worden, aber er hatte keine Nachricht über Wilma erhalten. Und auf einmal war es ihm zu viel geworden. Mitten in der Versammlung der Drachen-Ältesten und Rebellenanführer war er aufgesprungen und hatte gerufen: »Ich muss zu Wilma! Wo ist das Lazarett?« Und dann war er aus dem dunklen Saal hinausgerannt, der einst der Thronsaal von Tyrannos gewesen war.

»Da vorne ist es!«, sagte Dennis jetzt. »Der alte Nimrod kann die Geräte zwar bedienen, aber er ist langsam und es sind zu viele Verwundete. Wir mussten Leute finden, die ihm helfen. Es gibt viele Schwerverletzte, die versorgt werden müssen.«

Als ob Gilbesh das nicht wüsste. Viele seiner Izeh-Söldner und Kameltreiber gehörten mit zu diesen Schwerverletzten und andere Menschen, die auf der Seite der Drachengeborenen gekämpft hatten, aber auch die meisten der Drachengeborenen heilten nicht so schnell wie Askender oder er. Sie alle lagen dort.

Und da musste auch Wilma sein! Sein Herz rumpelte vor Angst.

Er hatte ihr seine Liebe gestanden, genau genommen hatte er herumgeschrien, dass er sie lieben würde, aber sie hatte sich nicht angewidert von ihm abgewandt, sondern »Schön« gesagt. Schön! Das war für ihre Verhältnisse so etwas wie ein überschwängliches: »Ich liebe dich auch.«

In dem Raum, den sie Lazarett nannten, blinkten und surrten und piepsten magische Maschinen, die der Heilung der Verletzten dienten, und ein paar wenige Helfer kümmerten sich um die Verwundeten. Nimrod und Liss leiteten das Lazarett gemeinsam und begrüßten Gilbesh, als er hereinstürmte.

Nimrod wirkte gar nicht mehr so gebrechlich wie noch vor zwölf Stunden. Seine Tatterigkeit war weg. Sein Haar war zwar noch grau, aber sein gebeugter Rücken war verschwunden und auch die dunklen Falten in seinem Gesicht hatten sich mindestens um die Hälfte reduziert. Er sah zwar immer noch aus wie ein Opa, aber wie ein agiler und gesunder Opa. Offenbar hatte er irgendwo noch etwas von diesem Ambrosia-Wundermittel gefunden. Es stand auch kein Bewacher mehr hinter ihm, der ihn mit dem Schwert bedrohte. Das lag daran, dass Nimrod bereits die Waffensysteme der Burg und etliche magische Fahrzeuge in Gang gebracht hatte, und danach hatte Dennis beschlossen, dem Alten zu vertrauen und die Wachen für Wichtigeres einzusetzen. Gilbesh ignorierte Nimrod und wandte sich an Liss, die ihn mit einer tiefen Verbeugung begrüßte.

»Die weise Kriegerin liegt dahinten, mein Lord«, sagte sie und zeigte auf eine Reihe von niedrigen Liegen. »Ihre Wunden sind versorgt und sie wird überleben, aber sie hat viel Blut verloren. Sie ist schwach.«

»Wo ich dich gerade treffe, mein Lord«, sagte Nimrod und schlug Gilbesh auf die Schulter. »Ich brauche unbedingt noch mehr …«

Gilbesh hörte gar nicht mehr zu, er rannte los, quer durch den großen Raum hinüber zu der Liege, auf der er Wilma entdeckt hatte. Sie war bleich und Nadeln steckten in ihrem Arm. Eine Flüssigkeit strömte über einen dünnen Schlauch in sie hinein und über ihrem Kopf piepste ein magisches Gerät in einem langsamen Rhythmus, der vermutlich ihr Herzschlag war.

»Wie geht es dir?«, fragte Gilbesh mit einer Stimme, die er kaum selbst hören konnte, so leise und zitternd war sie.

»Ich komm durch«, antwortete sie, wortkarg wie immer, aber ihre dunklen Augen schenkten ihm ein warmherziges Lächeln. »Erzähl mir«, murmelte sie dann und ergriff seine Hand. Sie wollte, dass er ihr alles erzählte, was geschehen war während der zwölf Stunden, seit man sie von ihm getrennt hatte und seit der Drachenlord durch das Gateway gesprungen war.

Und er erzählte. O verdammt, er redete wie ein Wasserfall.

Er war eigentlich überhaupt kein Schwafler, aber alles sprudelte nur so aus ihm heraus und sie hörte ihm zu, ohne etwas zu antworten, aber ihr Blick war wach und voller Zuneigung auf ihn gerichtet. Und er redete und redete …

Er hatte so unendlich viel zu tun, wurde kaum fertig mit der Last, die plötzlich auf ihm lag, aber diese Momente mit Wilma erdeten ihn und gaben ihm Ruhe und Kraft. Der Druck auf seinem Herzen ließ langsam nach und auch die Bürde, die ihm vor wenigen Minuten noch zu schwer erschienen war, kam ihm in ihrer Gegenwart gar nicht mehr so unerträglich vor.

»Ich werde dich brauchen, wenn ich die Drachen anführen will, bis der Lord wieder zurückkommt«, sagte er schließlich, als er alles erzählt hatte und manches davon sogar zweimal. »Willst du bei mir bleiben, Wilma? Ich meine als meine Gefährtin, für immer.«

Wilma rümpfte ihre Nase. »Nichts ist für immer. Aber ich lieb dich. Reicht das?«

Bevor er ihr antworten oder gar sie küssen konnte, ging auf einmal das Licht aus. Alle piepsenden und surrenden Geräte verstummten schlagartig. Gäbe es nicht ein paar große Fenster aus durchsichtigem Material, wäre es stockfinster im Raum geworden.

»Was, beim Allmächtigen, ist geschehen?« Gilbesh sprang sofort auf die Beine und zog sein Schwert aus der Scheide. »Werden wir angegriffen?«

»Die Energie ist weg. Bleibt ruhig. Keine Panik. Wir prüfen, was los ist«, rief Liss. Jemand brachte Fackeln und sie lief bereits aufgeregt von einem Verletzten zum nächsten, um zu sehen, ob durch das Versagen der Magie-Geräte irgendwelche schlimmen Folgen zu befürchten waren.

»Ich weiß, was los ist«, verkündete Nimrod, der erstaunlich flink dahergelaufen kam. »Das ist kein Angriff. Die Kohini hat den Drachenstern zerstört. Das ist passiert.« Ein Kichern kam aus seinem Mund. »Die Energie, die das göttliche Imperium am Leben erhalten hat, ist ausgeschaltet worden. Ab jetzt gelten wieder die Gesetze der Steinzeit.«

»Was redest du da?« Gilbesh fuhr den Mann zornig an und richtete seine Schwertspitze gegen dessen Brust. »Was bedeutet das für uns, dass dieser Drachenstern zerstört wurde und die Energie ausgeschaltet ist? Heißt das, es gibt keine Technik-Magie mehr? Dann wird die Verteidigung der Stadt zusammenbrechen.«

Ein paar der Drachengeborenen hatten es erst vor zwei Stunden unter Nimrods Anleitung geschafft, die zehn Abwehrgeschütze der Stadt in Gang zu bringen. Die sollten Angriffe der Götter aus der Luft verhindern. Und jetzt war die Energie weg? Das konnte nur schlecht sein!

»Ohne Energie wird es gar keine Angreifer mehr geben«, sagte Nimrod. »Die Götter sind am Arsch. Ihre Drohnen und Raumschiffe und ihre Raumstation werden vom Himmel fallen, und ihre Stützpunkte hier auf der Erde werden ohne Energie so tot und dunkel sein wie meine Tropfsteinhöhle im Karst. Ich sag ja, zurück in die Steinzeit.«

»Ich verstehe von deinen Worten nicht mal die Hälfte.« Gilbesh knurrte wütend. Er hatte keine Zeit für so viel unverständliches Geschwätz. Er war jetzt der Statthalter des Drachenlords und musste Mykan beschützen. Aber wie konnte er das tun, wenn er nichts begriff und von nichts eine Ahnung hatte, außer vom Handel? »Was ist mit dieser Energie, diesem Drachenstern? Wie betrifft das die Stadt der Drachen?«, rief er ungeduldig.

»Die ganze göttliche Macht und Unsterblichkeit hängen an der Energie des Drachensterns«, sagte der Alte. »Ohne Drachenstern funktioniert die Technik-Magie, wie du es nennst, nicht mehr, und die Götter fallen auf das gleiche Niveau wie alle anderen Lebewesen auf diesem Planeten. Ohne ihre Hightech müssen sie Arbeiten von Hand verrichten, ihr Essen selbst anbauen, Tiere halten oder jagen, und sie werden ihr Hab und Gut verteidigen müssen. Wie alle anderen Sterblichen werden sie jeden Tag ums Überleben kämpfen müssen. Ehrlich gesagt finde ich das verdammt geil. Ich hätte nie gedacht, dass ich noch lange genug leben würde, um das zu sehen.«

»Ihr Wissen ist überlegen. Sie können neue Maschinen bauen«, sagte Wilma leise. Ihre Augen waren weit aufgerissen auf Nimrod gerichtet. Offenbar erschreckte sie das, was er über seine Artgenossen erzählt hatte, sehr, aber Nimrod lachte abfällig und schüttelte den Kopf.

»Keine Angst, die meisten sind zu doof, um irgendetwas zu erfinden.

Nur wenige von den Göttern besitzen wahres Wissen. Ich und Tyrannos auf der Seite der Haèl, wir waren die Wissenschaftler und Erfinder, und Kyros und Zarastra auf der Seite der Elohim und dazu noch eine Handvoll von uns, die nicht ganz so blöde waren und uns als Gehilfen dienten. Die anderen Götter sind, so leid es mir tut, degenerierte Vollidioten. Sie waren nur die Nutznießer einer Technologie, die sie nie begriffen haben. Unsere Technologie hat sich selbst regeneriert und instandgehalten. Sie hat auf Sprachbefehle, auf genetische Codes reagiert, deshalb wirkten wir alle so göttlich. Sie hat uns jeden Wunsch erfüllt und kaum einer von denen hat sich jemals Gedanken gemacht, wie die Technologie arbeitet. Es war schon immer so, seit man uns vor vielen Ewigkeiten verbannt hat. Ich erinnere mich kaum noch daran, aber wir waren Kriminelle in unserer Heimat, Mörder, Diebe, Rebellen, Terroristen … Aber weil wir einer überlegenen und moralisch hoch entwickelten Kultur entstammten, hat man uns nicht getötet, sondern verbannt und ausgesetzt, auf einem Raumschiff ins All hinaus katapultiert. Aus Gnade hat man uns die Verbindung zum Drachenstern und hoch entwickelte Technologie gelassen, die uns mit Ambrosia versorgt, uns am Leben erhält und unsere Körper immer wieder regeneriert, für eine unendliche, viel zu unendlich lange Zeit.«

»Das sollte eine Strafe sein?« Gilbesh rümpfte die Nase.

»Für mich wurde es irgendwann zu einer Strafe und mit jedem Jahrtausend wurde sie unerträglicher. Wir haben zwar ewig gelebt, aber wir sind innerlich abgestumpft und kalt geworden. Wir waren leer und tot, nur unsere Körper existierten noch.«

»Und jetzt sind die Götter dumm und schwach und sterblich wie jedes andere Lebewesen?«, fragte Gilbesh. Das war das, was er aus Nimrods wortreicher Schilderung herausgehört hatte, und Nimrod nickte.

»Abertausende von Äonen waren sie die Lenker dieses absurden Spiels und auf einmal sind sie nur noch Figuren in ihrer eigenen Welt. Sie sind nicht mächtiger als Drachen oder Bar Nashka. Die Welt wurde in einem einzigen Moment in die Antike zurückgeworfen, denn es gibt niemanden mehr, der über nennenswerte Technik verfügt.«

»Wir haben Technologie. Und wir haben einen Drehflügler.« Plötzlich erklang eine dunkle Männerstimme hinter Gilbesh und der drehte sich mit einem erschrockenen Aufschrei herum. Er, der ein superfeines Gehör und einen untrüglichen Geruchssinn hatte, hatte gar nicht bemerkt, wie sich der Fremde genähert hatte. Scheiße noch mal und wie der Mann aussah? Stämmig und voller Muskeln, mit einem derben Gesicht, einer großen Nase und wulstigen Lippen, das war einer von Wilmas Volk. Eindeutig.

»Du bist ein Affenmensch!«, rief Gilbesh.

»Ein Erstmensch«, sagte der Fremde mit einem freundlichen Lächeln, aber dann schob er Gilbesh zur Seite und beugte sich wortlos zu Wilma hinunter. Er nahm ihre Hände in seine, küsste erst die eine, dann die andere und dann rieb er seine Nase an der ihren und Wilma gab dabei ein glückliches Gurren von sich, das Gilbesh noch nie von ihr gehört hatte. In seinem Innerem brannte eine Eifersucht, die nicht schlimmer hätte sein können, wenn man ihm all seine Schätze gestohlen hätte.

Er stand kurz davor, den Erstmenschen-Mann von Wilma wegzureißen und sich auf ihn zu stürzen, aber dann sagte Wilma ganz leise »Papa« und lächelte und Gilbeshs glühende Eifersucht verwandelte sich in eine eiskalte Schockwelle.

»Papa?«, krächzte er. »Das ist dein Vater? Er ist hier? Er ist dein Vater? Hier bei dir? Aber woher wusste er, dass du in Mykan bist?« Es hätte zweifellos weitaus klügere und freundlichere Sachen gegeben, die er in diesem Moment zur Begrüßung von Wilmas Vater hätte sagen können. Er hätte den Mann pompöser und ehrerbietiger begrüßen müssen und sich ihm zuerst vorstellen müssen. Ja, er hätte sich vorher auch waschen und etwas anderes anziehen müssen, um nicht wie ein Drachenabschaum zu wirken – der Erstmensch sah so sauber aus und roch so frisch. Beim Allmächtigen, wo kam der Mann denn überhaupt her? Gilbesh schnappte hilflos nach Luft und hätte vermutlich noch ein paar andere, noch dümmere Sachen von sich gegeben, aber da griff Wilma nach seiner Hand und lächelte ihn an.

»Hab einen Funkspruch an Papa geschickt. Vom Flugzeug aus. Papa sagt, er sendet Hilfe.«

»Ich bin selbst gekommen, Kind, mit dem Drehflügler«, antwortete der Erstmenschen-Vater. »Wir kämpfen nicht, aber ich habe Ärzte und Technik. Diese Stadt kann Hilfe brauchen.« Er richtete sich wieder auf und schaute sich im Lazarett um. Doch bevor Gilbesh antworten und sich für die Hilfe bedanken oder sich Wilmas Vater überhaupt erst mal angemessen vorstellen konnte, wurde er schon wieder von Nimrod gestört. Der machte einen mutigen Schritt auf Wilmas Vater zu. Er musterte ihn ausgiebig und schüttelte dabei immer wieder den Kopf.

»Ja, leck mich doch einer am faltigen Arsch, du bist wirklich ein Erstmensch? Es gibt noch mehr von euch? Ich dachte, ihr wäret beim Spiel umgekommen. Zarastra war stinksauer, weil er euretwegen das Spiel verloren hat, und er wollte alle, die vierhundert, die von euch noch übrig waren, nach dem Spiel töten.«

»Aber Gott hat uns versteckt. Viele Generationen lang. So ist es überliefert«, sagte der Erstmensch.

»Gott? Du meinst Kyros? Der hat euch versteckt?« Nimrod krächzte ein schrilles Lachen heraus. »Dieser sentimentale Knallkopf! Aber ihr wart schon immer seine Lieblinge und er hat wegen jedem von euch, der beim Spiel gestorben ist, so ein erbärmliches Gejammer veranstaltet.«

Wilmas Vater wandte Nimrod den Rücken zu und antwortete stattdessen Gilbesh auf eine Frage, die er nicht gestellt hatte, die ihm aber wohl ins Gesicht geschrieben sein musste.

»Kein Verstecken mehr für uns. Zarastra ist besiegt. Wir sind frei und wir helfen euch.«

»Und ihr habt echt einen Helikopter?«, kam es schrill von Nimrod, der nun um Wilmas Vater herumhüpfte, als wolle er einen Balztanz aufführen.

»Und andere schnelle Vehikel«, sagte Wilma leise und warf Gilbesh ein müdes Lächeln zu.

Gilbesh begriff so vieles von der Unterhaltung nicht, aber er wollte nicht wie ein Trottel vor ihrem Vater dastehen, also nickte er und hörte zu und versuchte dabei nicht ganz so dämlich auszusehen, wie er sich fühlte.

»Geländewagen, Boote und Drehflügler«, sagte ihr Vater. »Sie funktionieren mit fossilen Brennstoffen. Unser Wald produziert sie. Keine Energie vom Drachenstern notwendig. Wir sind autark.«

»Leck mich doch einer am Arsch!«, rief Nimrod noch einmal. »Dann seid ihr Erstmenschen jetzt diejenigen mit dem meisten Wissen und dem höchsten technologischen Entwicklungsstand. Ihr seid die verdammt mächtigsten Geschöpfe auf der ganzen Erde.«

»Wir suchen keine Macht. Macht verdirbt das Herz. Wir suchen Harmonie. Wir sind bereit zu helfen und zu teilen«, sagte Wilmas Vater, ohne Nimrod anzusehen. Stattdessen musterte er Gilbesh von Kopf bis Fuß, aber in seinem Blick lag nicht die übliche Abscheu, die Gilbesh von Fremden gewohnt war, sondern Freundlichkeit und Ernsthaftigkeit und dann streckte er ihm die Hand hin, eine faltige dunkle Hand mit kräftigen muskulösen Fingern, die Gilbesh nur zögerlich und mit klopfendem Herzen ergriff.

»Ich bin Adam«, sagte der Erstmensch und schüttelte Gilbeshs Hand kräftig.

»Und … und ich bin, ähm, Gilbesh von … von Izeh, Herr. Und ich … ich … wir alle sind sehr dankbar für deine Hilfe, Herr«, stammelte er hilflos und verneigte sich tief.

»Ich bin kein Herr. Herren herrschen. Ich bin nur ein Mann. Ich diene.«

»Und ich bin der Statthalter dieser Stadt und verwalte sie für den jungen Drachenlord. Ich diene auch.« Gilbesh fühlte sich auf einmal so bedeutungslos, obwohl Adam einen Kopf kleiner war als er und ohne jeden Pomp und Getue auftrat, spürte er die Größe dieses Mannes und sie beschämte ihn und da platzte es aus ihm heraus wie aus einem kleinen Kind: »Ich bin furchtbar hässlich und ungehobelt, ich bin auch ein bisschen habgierig und unwissend und … und unwürdig, aber ich … ich liebe Wilma.«

»Du bist demütig. Das macht dich würdig.« Adam nahm Gilbesh bei den Schultern und zog ihn, eh er sichs versah, in eine feste Umarmung. »Sohn«, sagte er nur. Nur ein Wort. Ein einziges, winziges Wort, das noch niemals jemand zu ihm gesagt hatte, aber Gilbesh hatte das Gefühl, als würde sein Herz explodieren.

Miri:

Es war nur eine kurze Weile von gerade mal einer Stunde, die sie sich nahmen, um sich zu waschen und die Wunden zu verarzten, dann würden sie sich alle wieder zu einer Beratung treffen und entscheiden, wie es weitergehen sollte.

Miri, Sin und Kyros kehrten ins Lager der Bar Nashka zurück und Beyrin umsorgte sie, als wären sie seine kleinen Babys. Er hielt ein Bad für sie bereit, frische Kleidung, Salben und Tinkturen, Unmengen an Essen und Krüge voll mit Bier und Wein. Sie mussten ihm befehlen zu gehen, damit sie ein paar Minuten für sich hatten, sonst wäre er wohl nicht von ihrer Seite gewichen.

Dann hatten sie sich in den Badezuber gesetzt und sich alles erzählt, was sie seit ihrer Trennung im Tal von Alkash erlebt hatten. Sie hatten sich gegenseitig eingeseift und die Haare gewaschen und danach hatten sie gegessen und getrunken. Sin ließ Miri von einer Hühnerkeule abbeißen und sie schob Kyros ein Stück Brot in den Mund. Kyros reichte Sin den Becher mit Wein und umgekehrt. Es hatte so gutgetan, sich gegenseitig zu umsorgen und sich einfach nur zu berühren.

Jetzt lag Kyros auf dem Bett und Miri saß auf seinem Glied. Nebenher beschmierte sie seine beinahe verheilten Brandwunden mit Beyrins Heilsalbe. Sin kniete hinter Miri und massierte ihre Schultern … und auch ein paar andere weitaus empfindlichere Stellen an ihrem Körper. Miri stöhnte und wiegte sich auf Kyros' harter Rute, Sin presste die seine gegen ihren Rücken und stöhnte ebenfalls und Kyros kam mit einem glückseligen Aufschrei und ergoss sich in Miris Leib.

Ja, sie hatten Sex. Und ja, es gab in dieser Stunde – nach dem Sieg und vor dem Krieg – zweifellos tausend Angelegenheiten, die dringender und wichtiger waren als Sex. Und im Grunde brauchte Miri die Zärtlichkeiten der Männer nicht mehr für ihre Genesung, denn das Abschalten des Drachensterns hatte sie mehr als nur geheilt. Aber sie brauchte die Liebe der beiden Männer aus so vielen anderen Gründen und sie wusste, sie würde die vor ihr liegenden Stunden nicht überstehen, bevor sie sich nicht geliebt hatten und miteinander im Reinen waren.

Das war nicht einfach nur Ficken oder Entladen von Wollust. Das war die tiefste körperliche und emotionale Verbundenheit, zu der lebende Wesen überhaupt fähig waren. Und sie wusste, dass auch Kyros und Sin diesen Moment der Verbundenheit nötig hatten, nötiger als alles andere.

Sie drei gehörten zusammen.

Sie waren inzwischen alle drei gekommen. Sin in Kyros' Hand und Miri auf Sins Fingern und jetzt lagen sie satt und zufrieden auf dem harten Bett, Kyros in der Mitte, und streichelten sich gegenseitig.

»Ich bin froh, dass deine Kohini-Kräfte weg sind und du nie wieder unkontrollierte Zeitsprünge machen wirst, die dich umbringen könnten«, murmelte Kyros. »Aber ein bisschen schade ist es trotzdem, dass du unsere Zuwendungen nun nicht mehr nötig hast.«

Miri lächelte und zuckte die Schultern.

Seit sie in der dunklen Energiekammer der Zikkurat wieder zu sich gekommen war und ihren Quantenschock überstanden hatte, spürte sie, dass etwas Grundlegendes sich geändert hatte, dass ein Band oder eine Fessel, die sie bisher gehalten und manipuliert hatte, verschwunden war. Das war ihre Verbindung zum Drachenstern gewesen. Und nun war sie frei. Sie fühlte sich leicht, aber doch stark und immer noch mächtig.

»Ich brauche euch mehr denn je. Eure Körper und eure Seelen. Ich werde euch beide immer nötig haben, solange ich lebe«, sagte Miri.

»Alles, was ich habe, gehört dir längst, Silbervögelchen«, antwortete Sin mit dunkler Stimme und Kyros brummte zustimmend.

»Vielleicht ist das der glücklichste Moment, den ich je in meiner ewigen Existenz erfahren habe. Ich liebe den Cyber-Idioten genauso sehr wie dich, Mirisandra, meine Retterin.«

»Ich habe dich und deine Beleidigungen fünfundzwanzig Jahre lang schmerzlich vermisst, Kyros. Ich weiß wirklich nicht warum, aber ich liebe dich auch«, sagte Sin.

»Das bedeutet, was immer die Zukunft uns auch noch bringen mag, wir drei bleiben zusammen?«, entgegnete Miri mit einer vorsichtigen Frage in der Stimme.

»Wir bleiben zusammen«, antworteten beide Männer gleichzeitig.

Und dann setzte das Wummern ein.

Gerade eben hatte Kyros noch seine Nase in Miris Haar vergraben und Sins Arme um sich geschlungen gefühlt, doch im nächsten Augenblick schnellte er wie vom Katapult abgeschossen im Bett hoch, denn die Schwingungen in der Luft fegten beinahe die Keramik vom Tisch.

»Ein Hubschrauber!«, rief er. Er riss das erstbeste Kleidungsstück vom Stapel, den Beyrin für sie bereitgelegt hatte, und schlüpfte in eine Tunika, die eigens Ausschnitte für seine Flügel hatte. »Das sind Erstmenschen. Meine Erstmenschen. Niemand sonst hat einen Hubschrauber.« Er rannte aus dem Zelt, ohne auf Miri und Sin zu warten. Miri wusste sehr gut, warum. Er liebte seine Erstmenschen und es musste sich für ihn anfühlen, als würden seine Kinder nach langer Trennung zu Besuch kommen.

Miri und Sin beeilten sich, ihm zu folgen. Sie zogen sich hektisch an, während das Wummern draußen im Lager immer lauter wurde und die Luft im Zelt vibrierte. Der Drehflügler, mit dem Miri einst nach Eden geflogen worden war, musste ganz in der Nähe landen. Sie hörte die aufgeregten Rufe von Kyros und einige der Bar Nashka und auch ein paar Serafim waren ebenfalls in hellem Aufruhr, weil sie einen Angriff befürchteten.

»Wenn er jemanden liebt, dann aber mit Haut und Haar«, murmelte Sin, doch er grinste dabei.

Der Drehflügler war direkt auf dem freien Platz vor dem Zelt des Kishar gelandet und als Miri mit Sin herauslief, war Kyros schon dabei, den Piloten zu umarmen und ihm auf die Schulter zu klopfen.

»Mein guter treuer Freund!«, rief er immer wieder und er klang, als wäre er den Tränen nahe. »Wie gut, dass du gekommen bist. Als ob du es geahnt hättest, dass ich deine Weisheit nötig habe.«

Aus Miris Kehle löste sich ein Freudenschrei, als sie den Mann erkannte, und sie lief ihm ebenfalls mit ausgebreiteten Armen entgegen.

»Adam!« Sie hatte das Gefühl, als wären Jahrzehnte vergangen, seit sie sich von ihm im Riesenbaumwald verabschiedet hatte, um zu ihrem Abenteuer aufzubrechen, dabei war es doch nur ein paar Wochen her … oder Monate oder ein halbes Jahr? Sie musste nachdenken. Bei all den Zeitsprüngen, die sie gemacht hatte, hatte sie völlig das Gefühl dafür verloren, wie viel Zeit für die anderen vergangen war.

»Babygesicht!« Adam grunzte ein fröhliches Lachen heraus. Dann zog er Miri in seine langen Arme und drückte seine Nase an ihre, wie es bei den Erstmenschen üblich war, wenn sie einen ihrer Lieben begrüßten. »Ich bringe Grüße von Wilma.«

Dann erzählte er ihnen, was sich in Mykan alles ereignet hatte und was er dort von den Drachengeborenen erfahren hatte.

»Heute hat das Drachenbewusstsein zu Gilbesh gesprochen.« Mit diesen Worten beendete Adam seinen Bericht, der für seine Verhältnisse lang und ausführlich ausgefallen war. »So hat er von eurem Sieg über den Gott Zarastra erfahren. Die Drachen jubeln mit euch. Deshalb bin ich sofort hergeflogen. Wilma ist noch zu schwach. Sie kann nicht kommen. Gilbesh muss seine Drachenstadt ordnen. Sie brauchen ihn. Somit spreche ich im Auftrag der Drachen und der Erstmenschen.«

Es war nicht genügend Zeit, um alles bis ins kleinste Detail zu erfahren. Miri hätte zu gerne noch viel genauer nachgefragt, um mehr über Tala und Askender zu hören und wie und wann sich Gilbesh und Wilma ineinander verliebt hatten, aber das musste warten, denn die Beratung, wie es weitergehen sollte, fand pünktlich zur Mittagsstunde statt und die Sonne stand bereits im Zenit.

»Die Drachen hätten keinen besseren Vertreter hierherschicken können und das genau zur richtigen Zeit«, sagte Kyros. »Gleich beginnt die Beratung über die Zukunft der Welt und in dieser Zukunft werden Drachen und Erstmenschen eine wichtige Rolle spielen.«

∞

Miri:

Die Beratung über die Zukunft der Welt fand nicht etwa in der großen goldenen Halle von Sassaris oder auf der Spitze der Zikkurat, dem derzeit höchsten Bauwerk auf diesem Planeten, statt. Sie fand gar nicht an einem Ort statt, der diesem historischen und weltverändernden Moment in seiner Bedeutung und Erhabenheit vielleicht gerecht geworden wäre. Nein, sie fand im Heerlager der Bar Nashka in Sins Kommandozelt statt.

Beyrin und ein paar menschliche Sklaven der Bar Nashka hatten einen großen Tisch und Stühle herbeigeschafft und nun sorgten sie für die Bewirtung der Teilnehmer. Sins Leibdiener ließ es sich nicht anmerken, wie schockiert er über manche Teilnehmer der Beratung war. Die beiden geflügelten Serafim, die Kyros auf Schritt und Tritt folgten, hatte er mit riesigen Augen und einer tiefen Verbeugung begrüßt, während das Auftauchen von Pukia ihn fast von den Füßen gehauen hatte. Inzwischen trug sie ein rotes Kleid, das eine der Haremsdamen ihr überlassen hatte, und die Erinnerung, die das Kleid bei Beyrin auslöste, erzeugte einen Ausdruck des Ekels auf seinem sonst so freundlichen Gesicht.

»Sie ist jetzt zu den Guten übergelaufen«, hatte Miri ihm zugeflüstert, aber er hatte nur angewidert den Kopf geschüttelt.

Jetzt brachten er und seine Leute Platten beladen mit Essen und Krüge mit Wasser, Wein und Bier. Und offenbar hatten nicht alle Teilnehmer während dieser einen Stunde die Zeit gehabt, um Sex zu haben oder gar zu essen. Die meisten von ihnen aßen hungrig von den angebotenen Speisen, sogar Sins Adjutant Cloud, der als Bar Nashka ja angeblich monatelang ohne Essen auskommen konnte, bediente sich am Fleisch und am Bier.

Dieser Rat der Sterblichen umfasste inzwischen zehn Leute. Sie kannten sich nicht alle, aber das Schicksalsgeflecht oder der große Plan der Memori oder was auch immer hatte sie hier zusammengeführt, um über die Zukunft der Welt zu beraten.

Nicht gerade die einfachste Aufgabe auf dieser Erde.

Miri saß am Kopfende des Tisches. Zu ihrer Linken hatte Kyros Platz genommen und Adam an seiner Seite, zu ihrer Rechten war Sin Kishar. Allerdings erschien ihr der Name unpassender denn je. Er hatte niemals menschlicher ausgesehen als in dieser Stunde. Braun gebrannt war er von seinem Leben auf der Insel. Sein Haar war an den Schläfen ergraut, und die Falten um seine Augen und das Lächeln, das um seine Lippen spielte, zeugten von den vielen Jahren, die gut zu ihm gewesen waren. Na ja, das Lächeln könnte auch vom Sex und von ihrer gegenseitigen Liebe stammen. Sie hatte ihn jedenfalls noch nie so zufrieden gesehen. Jeder musste spüren, dass da ein Mann saß, der mit sich selbst und der Welt im Reinen war.

Auch Pukia saß wie selbstverständlich am Tisch. Während Beyrin und seine Leute Essen und Trinken auftrugen, hatte jeder von ihnen kurz berichtet, warum er hier war und was er oder sie erlebt hatte, und Pukias Geschichte hatte Miri am meisten verblüfft. So schwer es ihr fiel, das zuzugeben, aber jene andere Persönlichkeit, die nun über Pukias Körper bestimmte, meinte es anscheinend wirklich gut mit ihnen allen und verhielt sich definitiv nicht wie die alte Pukia, aber Miri konnte sie dennoch nicht leiden. Allerdings hatte sie Kyros vor Zarastra gerettet und allein dafür schuldete Miri ihr Ehrerbietung.

Neben Pukia saß Cloud und hinter Kyros stand General Ragul. Er hatte sich selbst zum Adjutanten von Kyros ernannt. Kyros war nicht gerade erfreut über diese zweifelhafte Ehre, aber solange Ragul ihnen den Gehorsam der neunzig überlebenden Serafim sicherte und verhinderte, dass die durchdrehten, würde Kyros sich nicht dagegen wehren.

Kessa mit ihrem atemberaubend schönen Anina-Klonkörper saß Miri gegenüber am anderen Ende des Tisches. Links von Kessa saß Mershad der hochgewachsene Obereunuch und zu ihrer Rechten, ganz dicht bei ihr, war der Großkönig Shachar oder Bel Asharu, der jedoch jung und wie ein Mensch aussah. Miri hatte keine Ahnung, welche Namen der abtrünnige Haèl sonst noch trug. Die Götter neigten dazu, unter vielen verschiedenen Namen aufzutreten.

Es war inzwischen unwichtig, wie sie sich nannten. Sie waren besiegt.

»Die Götter sind keineswegs besiegt, nur, weil Zarastra und Tyrannos tot sind«, sagte der besagte Großkönig, als hätte er Miris Gedanken gehört.

Er hatte gewartet, bis alle mit Essen und Trinken versorgt waren und jeder seine Geschichte erzählt hatte. Nun war auch klar geworden, dass sie alle dasselbe wollten, nämlich die Welt zu einem besseren und gerechteren Ort machen. Shachar war beim Kampf gegen Zarastra schwer verletzt worden und man sah ihm seine Verwundbarkeit und Sterblichkeit deutlich an. Auch wenn er noch Reste von Ambrosia in seinem Kreislauf haben musste, heilten seine Verletzungen ohne die Energie des Drachensterns langsam. Er sah erschöpft aus und trug sogar noch einen Verband am Kopf, aber seine Haltung strahlte Autorität aus und sogar Kyros schien ihn zu respektieren, denn er nickte ihm bei jedem seiner Worte zustimmend zu.

»Die Bewohner der Raumstation haben sich zweifellos in Rettungskapseln geflüchtet und werden auf der Erde landen, und es ist nicht schwer zu sagen, wie sie reagieren, wenn sie feststellen, dass ihre Macht weg ist und sie sterblich geworden sind«, fuhr Shachar mit seinen Erläuterungen über die Götter fort. »Nur vierundzwanzig lebten dauerhaft auf der Erde unter den Sterblichen, in Gestalt von Königen, Despoten, Zauberern, Dämonen oder sonstigen einflussreichen Figuren. Das sind die Privilegierten, wie wir uns nannten. Drei davon sind inzwischen tot, zwei sind abtrünnig.« Er zeigte auf sich und Kyros. »Nimrod nicht mitgerechnet. Die Privilegierten halten Armeen, die sich aus Menschen und Mutanten zusammensetzen. Sie leben in Festungen oder auf den Stützpunkten, in prunkvollen Burgen oder Städten und sie werden das Ende ihrer überlegenen Herrschaft nicht einfach hinnehmen.«

»Kurz gesagt, ein großer Scheißhaufen von angepissten Ex-Göttern wird auf der Erde Amok laufen und alle anderen terrorisieren«, sagte Kyros.

»Aber sie werden auf Gegenwehr treffen, und da sie sterblich sind, werden sie Schmerzen und Tod erleiden wie alle anderen Geschöpfe auf diesem Planeten. Sie werden begreifen, dass Krieg überhaupt keinen Spaß macht, wenn man selbst das Opfer ist«, antwortete Pukia.

»Und ihr Weiber in Adlara lacht euch ins Fäustchen, weil ihr euch das alles so wunderbar ausgedacht habt?«, brauste Kyros auf. »Wer soll die Götter für ihre Taten zur Rechenschaft ziehen? Wer soll sie aufhalten, wenn sie sich wieder zusammenrotten und auf die Idee kommen, eine Stadt zu terrorisieren oder einen Landstrich zu verwüsten?«

»Die Sterblichen, die Menschen, die Drachen, die Elfen, einfach alle anderen Wesen, die sie erschaffen haben und die sich deren Unterdrückung nicht länger gefallen lassen wollen. Sie sind jetzt auf Augenhöhe mit ihren Göttern«, sagte Pukia mit einem gleichmütigen Schulterzucken, als hätte sie nicht soeben verkündet, dass das eine endlose Fortsetzung des Krieges bedeutete. »Die Götter haben ihre Macht verloren und sie haben keine Ahnung, wie man kämpft oder überlebt. In diesem Punkt sind sie allen anderen Sterblichen weit unterlegen.«

»Das Blutvergießen geht also weiter?«, sagte Miri mit einem Kopfschütteln.

»Nicht notwendigerweise«, warf Kessa ein. Obwohl sie so jung aussah und ihre Stimme auch jung klang, strahlte sie dennoch Weisheit und Würde aus. »Wir haben die Bar Nashka auf unserer Seite. Sie sollen die Wächter der Welt sein, eine Legion des Friedens.«

Das hatte Kessa schon einmal auf dem Schlachtfeld gesagt und Miri war in jenem Moment vom Pathos überwältigt worden, aber jetzt fragte sie sich, wie Kessas Idee von einer Friedenslegion in der Realität aussehen sollte.

»Die Bar Nashka werden schützen, was schwach ist, verteidigen, was gut ist, und wieder aufbauen, was zerstört wurde«, verkündete Kessa. »Sie werden Wiedergutmachung für ihre Taten leisten.«

»Bevor sie die Welt vor Unheil bewahren können, müssen sie zuerst selbst heilen«, warf Sin ein. »Über zweitausend von ihnen befinden sich in Sarkophagen und der Rest, jeder Einzelne von ihnen, zeigt Anzeichen des Virus. Die Heilung ist nicht in einer Woche abgeschlossen. Bei mir hat es Jahre gedauert. Außerdem war ich an einem besonderen Ort, der meine Heilung gefördert hat, weil ein Dämpfungsfeld meine Implantate deaktiviert hatte. Aber ohne die Energie des Drachensterns gibt es nirgendwo auf der Welt noch so ein Dämpfungsfeld.«

»Es gibt Eden«, sagte Adam und erhob sich von seinem Platz.

»Eden! Du hast recht, daran habe ich gar nicht gedacht!«, rief Kyros. »Die Bäume auf der Insel besitzen eine instinktive Intelligenz und sie erzeugen einen Quantenschirm, der wie ein Dämpfungsfeld wirkt. Der Schild bezieht seine Energie aus den Bäumen und ist so stark, dass er sogar Miris Verbindung zum Drachenstern unterbrochen hat.«

Miri verkniff sich einen verwunderten Kommentar. Das hatte ihr Kyros bisher tunlichst verschwiegen. Doch jetzt war es nicht mehr wichtig. Sie hatte ihre Aufgabe trotzdem erfüllt.

»Ihr könnt unmöglich zehntausend halb wahnsinnige Bar Nashka bei euch aufnehmen«, rief Sin, aber in seiner Stimme schwang Sehnsucht und Hoffnung zugleich.

»Wir können. Ich biete Gastfreundschaft und Hilfe an. Der Wald ist groß genug und mächtig. Er beschützt sich selbst. Deine Krieger werden zur Ruhe kommen. Sie werden ein einfaches Leben führen. Sie werden jeden Tag meditieren und Ka-Tai-Übungen machen. Sie werden hart arbeiten und sich maßvoll ernähren. Wir wissen, wie man innere Dämonen meistert.«

»Einfaches Leben und arbeiten!«, wiederholte Sin und nickte.

»Es werden nicht alle Heilung finden können, aber jeder, der aufrichtig bereut«, sagte Adam und Sin nickte noch eifriger als zuvor.

»Und wenn die Bar Nashka geheilt sind, werden sie in die Welt zurückkehren und ihre Aufgabe als Wächter erfüllen. Überall, wo Hilfe oder Schutz notwendig sind, werden sie zur Stelle sein«, sagte Kessa. Sie verkündete das, wie man einen Befehl verkündete, und alle schwiegen. Die beiden Memori sprachen es nicht laut aus, aber jeder am Tisch wusste es: Die Worte der Memori waren Gesetz. Sie waren die Mächtigen, die Entscheiderinnen, diejenigen, denen alle den Sieg und ihre Freiheit verdankten, diejenigen, die den großen Plan erschaffen hatten, die lenkten und beschlossen, und was immer die anderen auch dachten oder wollten, die Memori würden immer das letzte Wort haben, denn sie hatten die Macht.

»Was sagst du dazu, Kishar? Werden die Bar Nashka heilen und dieser neuen Bestimmung folgen können?«, fragte Kessa an Sin gewandt.

»Ja, Memora, dafür verbürge ich mich.«

»Somit ist die Legion der Wächter geboren.« Kessa stand auf und erhob die Hände und machte ein ernstes Gesicht. Es war klar, dass sie etwas sehr Bedeutsames sagen wollte.

»Es wird noch etliche Jahre dauern, bis es so weit ist, aber auch der große Plan hat bis zu seiner Vollendung Jahrtausende in Anspruch genommen. Die Morgendämmerung einer neuen Ära ist angebrochen. Die neue Welt wird ein besserer und gerechterer Ort sein als die jetzige. Tannins Sohn und Memora Tala werden eines Tages über Mykan und alle Drachengeborenen gebieten und Bel Asharu wird mit mir an seiner Seite alle anderen Sterblichen führen und leiten. Wir werden weise und gerechte Anführer sein.«

Kyros schüttelte den Kopf und stand ebenfalls auf. »Und das habt ihr Memori alles perfekt bis zum letzten Furz geplant?«

»Ja«, sagte Pukia.

»Und Kraft eurer Allwissenheit und technologischen Überlegenheit habt ihr beschlossen, dass dies nun unsere Zukunft und unser Schicksal sein soll? Und wir haben keine andere Wahl, als eure Entscheidung zu akzeptieren, denn ihr Memori seid ja nun, nachdem wir die Götter platt gemacht haben, die mächtigsten verdammten Pisser auf diesem Planeten.«

Pukia nickte und lächelte. »Wir haben nie unsere eigenen Interessen verfolgt. Nie haben wir unsere Überlegenheit missbraucht, um etwa perfide Spiele mit Schwächeren zu spielen. Stets stand das Wohl aller anderen Lebewesen im Vordergrund unseres Handelns. Und aus diesem Grund erwartet euch alle eine bessere Welt.«

»Na klar!« Kyros lachte spöttisch und gestikulierte aufgeregt, als er weitersprach. »Zwei von euch werden als künftige Königinnen herrschen, dazu ein Junge, der vermutlich kaum erwachsen ist, wenn er von euch ausgebildet nach Mykan zurückkehrt, und nicht zu vergessen Shachar, ein ehemaliger Haèl, der bisher nur durch seinen riesigen Harem berühmt war und wegen der Massen von Menschen, die er an seine Zikkurat nageln ließ. Sin Kishar und die Bar Nashka werden eure handzahme Friedenslegion sein und Miri hat ihre Kräfte verloren, sie kann euch nicht mehr gefährlich werden. Bleiben also nur noch die Serafim und ich. Habt ihr euch für uns auch etwas Nettes ausgedacht, mit dem wir euren Traum von einer besseren Welt dienen dürfen? Oder stehen wir eurem Plan im Weg?«

»Dein Zynismus ist völlig unangebracht, El Shaddaj, denn die größte Verantwortung und Macht wirst du übernehmen müssen«, antwortete Kessa. »Du wirst der oberste Richter sein. Du wirst für Gerechtigkeit sorgen und sie auch durchsetzen. Du wirst jeden anhören und jeden gleich behandeln. Du wirst sowohl über Könige als auch über Untertanen richten, über Reiche wie Arme. Du wirst über alle Recht sprechen, seien es Menschen oder Mutanten, ehemalige Götter oder ehemalige Kriegsdämonen, ja, selbst die Memori werden sich deinem Urteil unterwerfen. Wir überlassen dir unser Wissen und die für dein Amt notwendige Technologie und damit erhältst du die Macht, um deine Urteile auch zu vollstrecken, und die Serafim mögen dir als eine Garde zur Seite stehen.«

»Ich?« Kyros lachte, wurde aber ganz rot an Hals und Stirn. »Sieh mich an! Ich habe es in den letzten Millionen von Jahren nur verbockt und mehr als bloß zehntausend Lebewesen ins Unglück gestürzt. Ich hätte es mehr als irgendjemand sonst verdient, selbst gerichtet zu werden. Ich soll andere richten? Danke für die Ehre, aber nein!«

»Dieses Amt ist keine Ehre, sondern eine Bürde und du darfst dich dieser Bürde nicht entziehen. Es ist Teil deiner Buße und dein Schicksal, El Shaddaj. Alle, die nach Gerechtigkeit suchen, werden sich dir zuwenden und du musst für sie da sein. Du hast freiwillig auf die Unsterblichkeit verzichtet und dabei gelernt, was Schmerz und Tod bedeuten. Du hast die Schönheit des Vergänglichen erfahren und die Macht kennengelernt, welche Liebe und Vergebung besitzen. Du hast wahre Freundschaft erfahren und echte Zugehörigkeit. Du weißt, welches Geschenk die Sterblichkeit ist und wie kostbar jedes einzelne Leben ist. Du empfindest Liebe für deine Geschöpfe und Verantwortungsbewusstsein für die Schwachen. Du warst selbst ein Mächtiger und bist nun ein Niemand. Wer, wenn nicht du, soll richten und Recht sprechen?«

Es war auf einmal so still wie in einem Leichenhaus.

Alle sahen Kyros an, der breitbeinig am Tisch stand, jetzt aber nicht mehr rot im Gesicht war, sondern bleich. Er schüttelte den Kopf und schnaubte, aber Miri ergriff seine Hand. Er sah zu ihr hinab und ihre Blicke versenkten sich ineinander. Für den Bruchteil einer Sekunde tauchte sie in seine Seele hinein, denn der Augenkonnex funktionierte noch ganz vorzüglich. Kyros musste ihre Gegenwart in seinem Kopf und ihre Gedanken irgendwie gespürt haben, denn als er den Blick wieder Kessa zuwandte, nickte er.

»Also gut. Damit wurde ich soeben wohl von einem Orden allwissender Hightech-Betschwestern zum Ersatzgott dieser Welt ernannt.« Er lachte zwar, aber sein Lachen klang unglücklich und zeugte davon, dass er sich durchaus der enormen Last und Verantwortung bewusst war, die er gerade übernommen hatte.

»Ich spreche für den ganzen Orden der Memori, wenn ich dir schwöre, dass wir uns stets deinem Urteil unterwerfen werden«, sagte Kessa und legte feierlich die Hand auf ihr Herz.

»Ich werde mich ebenfalls deinem Richterspruch unterwerfen, immer«, sagte Shachar und erhob sich von seinem Stuhl. Adam, der sowieso stand, nickte Kyros aufmunternd zu.

»Für uns ändert sich nichts. Du warst schon immer unser Gott. Wir lieben dich.«

»Was sagst du dazu, Sin?«, fragte Kyros.

»Ich unterwerfe mich dem Beschluss der Memori und deinem Urteil als künftiger Richter der Welt.« Die Zuneigung in Sins Blick raubte Miri den Atem und ließ glitzernde Tränen in Kyros' Augen schimmern.

»Mirisandra? Wie denkt die Kohini darüber?« Diese Frage kam von Pukia.

Miri rief sich erneut ins Gedächtnis, dass Pukia nun eine der sieben mächtigsten Memori und Angehörige des Konzils war, und verdrängte die Erinnerung, wie Pukia ihr einst kreischend das Gesicht zerkratzt hatte. »Ich denke, dass Kyros ein weiser und gerechter Richter sein wird«, antwortete sie und dann holte sie Luft und antwortete im gleichen bedeutungsvollen Tonfall, in dem auch Kessa vorhin gesprochen hatte. »Aber keiner von uns ist jetzt noch unsterblich. Irgendwann ist unsere Zeit abgelaufen und andere werden an die Stelle von Askender, Shachar und Kyros treten. Auch der große Plan der Memori reicht nicht bis in alle Ewigkeit. Ihr habt den Weg vorgezeichnet, den die Sterblichen gehen sollen, wenn sie Frieden und Freiheit wünschen, aber gehen müssen sie den Weg allein.«

»Das ist uns bewusst«, antwortete Kessa.

»Gut, dann bin ich einverstanden. Ich habe aber eine Bedingung: Kyros, Sin und ich bleiben zusammen.«

»Aber Kyros soll …«, begann Pukia, doch Kessa hob die Hand und Pukia verstummte sofort.

»So sei es. Niemand soll euch drei trennen, nicht im Leben und nicht im Tod!« Kessa schaute jeden Einzelnen in der Runde an. »Damit ist das Fundament für eine neue Welt gelegt. Dieser Rat wird regelmäßig tagen und beim nächsten Mal werden wir auch Vertreter von anderen intelligenten Spezies dazu einladen, Menschen, Drachen und Elfen, Echsenmenschen und Hyänenmenschen, ja, sogar die ehemaligen Götter können einen Sprecher entsenden, wenn sie es wünschen. Wer immer in dieser neuen Welt mitbestimmen möchte, ist im Rat willkommen.«

»So sei es«, sagten Shachar und Adam gleichzeitig.

Auch Ragul der Seraf und Mershad der Obereunuch nickten. Miri nickte zwar auch, aber sie hatte eine erschreckende Vorahnung von dem Chaos, das in diesem Rat herrschen würde, wenn Menschen und Bar Nashka aufeinanderträfen oder Drachen und Elfen, Mantikore und Echsenmenschen, Fischmenschen, Hyänenmenschen … Heilige Schafspimmel, niemand wusste genau, wie viele Geschöpfe die Götter auf diese Welt losgelassen hatten. Hoffentlich hatten die allwissenden Memori einen Plan, wie sie mit diesem Gremium umgehen wollten.

»Dann bleibt nur noch eine Frage«, sagte Kyros, während alle anderen nickten und zustimmend murmelten.

»Und die wäre?«, wollte Pukia wissen.

»Mirisandra hat ihre Kohini-Kräfte mit dem Abschalten des Drachensterns verloren. Richtig?«

»Richtig«, sagte Kessa.

»Wer hat dann vorhin die Zeit gebremst, als Sin gegen Cloud angetreten ist, wenn es nicht Miri war?«

Kessa und Pukia sahen sich verwundert an und Miri stöhnte innerlich, denn sie hätte sich gewünscht, dass Kyros nicht danach fragen würde. Sie wollten keinen in diesem Kreis belügen, aber sie wollte ihnen auch nicht die Wahrheit sagen. Vorerst nicht.

»Mir ist nichts von einer angehaltenen Zeit aufgefallen«, sagte Pukia.

»Mir auch nicht«, kam es von Kessa, aber sie musterte Miri mit kritischem Blick, als würde sie sich fragen, ob da etwas war, das ihr entgangen war, etwas, das außerhalb ihres Plans und Einflusses lag. O ja, und ob da etwas war, aber Miri lächelte nur und versuchte unschuldig auszusehen.

»Es muss eine Art Quantenverschiebung gegeben haben!«, behauptete Kyros stur. »Die Zeit war verlangsamt, sodass Sin Cloud überrumpeln konnte.«

»Was immer du wahrgenommen zu haben glaubst, Miri kann es nicht gewesen sein«, sagte Kessa. »Vielleicht hattest du eine Halluzination. Du bist schließlich schwer verletzt worden und hast viel Blut verloren.«

»Wer weiß, vielleicht war es ja auch ein höheres Wesen«, sagte Miri in absichtlich spaßigem Ton, um von dem Thema abzulenken, denn die Wahrheit war, dass sie ihre Kräfte nicht verloren hatte. Ihre Kohini-Magie war anders geworden. Sie spürte sie wie ein leises Summen in ihrem Körper, wie das kaum wahrnehmbare Klopfen ihres Herzens. Die Magie war immer da und wartete auf ihre Befehle. Diese Magie war gut zu ihr. Sie machte sie stark und gesund und vollständig und sie war leicht zu lenken, so wie man seine Blicke oder seine Füße lenkte.

Wer oder was auch immer ihr die Energie hierfür verlieh, es war etwas anderes, Größeres und weitaus Mächtigeres als der Drachenstern.

»Ein höheres Wesen? Natürlich!« Pukia verdrehte die Augen und lachte ebenfalls.

»Es gibt kein höheres Wesen«, sagte Kessa. »Der große Plan ist das höchste, übergeordnete System, das wir kennen, und so soll es auch sein. Wir haben genug von übermächtigen Göttern und Pseudo-Magiern.«

Miri nickte. Sie wollte das Geheimnis ihrer Kräfte vorerst für sich behalten. Sie würde es nur Sin und Kyros anvertrauen, wenn sie wieder allein wären. Sie würde abwarten, wie sich diese neue Welt entwickelte, und falls etwas schieflaufen würde, dann konnte sie immer noch hie und da ein klein wenig Magie einsetzen und es wieder geradebiegen.

Mal sehen, was die Zukunft für diese neue Welt so brachte.

EPILOG

∞

Sieben Jahre später

Trac:

»Da vorne ist es! Sieh nur! Die vielen Türme! Die sind ja riesig!«, rief Elian und kletterte von seinem Pony herunter. Die Arme schwenkend rannte er bis zum Rand des Abhangs. »Wir sind da, Mama! Wir sind endlich da!«

Bri, die junge Frau, die er Mama nannte, stieg ebenfalls von ihrem Pferd und nahm den Kleinen an der Hand, damit er in seiner Begeisterung nicht das Übergewicht bekam und den steilen Hang hinunterrutschte. Staunend blieben die beiden am Rand einer steil abfallenden Klippe stehen und schauten hinab in die Senke, in der Mykan, die Stadt der Drachen, lag.

Inzwischen hatte man angefangen, die Gegend zu bewässern, Bäume und Sträucher zu pflanzen und Wiesen und Felder anzulegen. Die Ebene, die sich einst die Narbe nannte, war längst nicht mehr so trostlos wie noch vor sieben Jahren. Und inmitten dieses grün gesprenkelten Kraters erhoben sich die Ruinen von Mykan mit der Burg des Drachenlords und den Abertausenden von riesigen unbewohnten Wolkenkratzern. Einst hatte diese Metropole Millionen von Einwohner gehabt, Drachengeborene.

»Ich hab noch nie so hohe Häuser gesehen. Die berühren ja fast den Himmel«, wisperte Bri. »Das ist zum Fürchten.« Sie war bisher noch nie aus ihrem Tal im Kadingyrgebirge herausgekommen und das höchste Bauwerk, das sie bis dahin gesehen hatte, war, die neue Kirche von Kandaros, die eine Squad der Wächter für das Dorf gebaut hatte.

»Du brauchst keine Angst zu haben, Mama. Der Drachenlord herrscht doch in der Stadt. Er hat uns eingeladen.«

Das große eine Drachenbewusstsein hatte jeden, der auch nur einen Tropfen an Drachenblut besaß, gerufen und zur Hochzeit von Tannins Sohn nach Mykan eingeladen. Seit Wochen strömten Drachengeborene in die Ruinenstadt, nicht nur, um den Drachenlord zu sehen und an seiner Hochzeit teilzunehmen, sondern auch um dort zu bleiben und beim Wiederaufbau der Stadt zu helfen. Elian, der siebenjährige Junge aus Kandaros, war einer von jenen Drachengeborenen. Nichts hatte ihn in seinem Dorf halten können, nachdem das Drachenbewusstsein in ihm erwacht war, und deshalb hatte er sich mit seiner Pflegemutter Brisis auf den Weg gemacht und eine sehr lange Reise von Kandaros aus über den See und den Pass angetreten. Seine Pflegemutter war zwar keine Drachengeborene, aber das große Eine hatte ihm versichert, dass sie in der Stadt der Drachen ebenfalls willkommen sei.

»Wir müssen einen Pfad finden, der da hinabführt. Hier ist es zu steil«, sagte Bri mit einem Seufzen und schaute sich nach einer Stelle um, wo sie mit ihren Ponys hinabreiten konnten, ohne dass die sich die Beine brachen. Aber da plötzlich schossen zwei geflügelte Wesen von unten herauf, direkt an ihren Nasen vorbei. Bri schrie vor Schreck und Elian fiel rückwärts auf sein Hinterteil. Die beiden Geflügelten zogen einen Kreis über ihren Köpfen, dann landeten sie johlend vor Übermut neben Bri, der gut aussehende Mann mit den weißen Flügeln links, der mit den schwarzen Lederschwingen und den wuchtigen Widderhörnern rechts von ihr. Ein Haèl und ein Elohim! Das war eine seltsame Kombination, denn meist waren sich Haèl und Elohim nicht grün und bekämpften sich eher, als dass sie zusammen auf Abenteuersuche gingen. Aber hier hatten sich wohl zwei ganz besonders nutzlose Zeitgenossen zusammengetan in der Hoffnung, Unruhe stiften und andere quälen zu können. Obwohl sie inzwischen sterblich waren und ihre Überlegenheit verloren hatten, waren die meisten von ihnen bösartig und rachsüchtig und immer auf der Suche nach Opfern, die sie quälen konnten.

»Was haben wir denn da für ein hübsches Mäuschen? Wie heißt du, meine Süße?«, säuselte der Elohim mit falscher Freundlichkeit und beugte sich so weit zu Bri hinunter, dass seine Nase fast ihr Gesicht berührte.

»Bri-Brisis, Herr!«, stammelte Bri und machte einen ängstlichen Schritt rückwärts, aber dabei stieß sie gegen den Haèl und der kicherte erfreut, schlang seinen Arm um sie und zog sie eng an sich, während er seine Reißzähne bleckte.

»Wir teilen uns die beiden zarten Häppchen«, sagte er und grapschte nach Bris Brüsten. Sie schrie auf und wand sich in seinem Griff, aber das brachte ihn nur zum Lachen. »Du nimmst den Jungen, ich das Mädchen, danach tauschen wir.«

»Ich will sie zuerst. Sie ist bestimmt noch unberührt. Ich rieche ihre Unschuld geradezu«, knurrte der Elohim seinen Genossen an und Bri heulte vor Angst.

»Du bist doch der, der sich an Knaben ergötzt. Ich will eine Muschi fühlen«, knurrte der Haèl und der Elohim zischte wütend zurück.

Elian nutzte das Gezänke zur Flucht. »Hilfe! Hilfe!«, schrie er und rappelte sich auf die Beine. Dann rannte er los, flink wie ein Wiesel, zurück in das dichte Buschwerk, aus dem sie gerade erst herausgeritten waren, aber der Elohim schwang sich mit einem einzigen Flügelschlag in die Luft und holte ihn ein, bevor er auch nur zwanzig Schritte zurückgelegt hatte.

»Hilfe! Hilfe!« Elian winkte in Richtung der Büsche, dann riss der Elohim ihn von den Beinen und begrub ihn unter sich.

»Es tut mir leid für euch zwei, aber wer sollte euch denn hier zu Hilfe kommen?«, spöttelte er und sah sich demonstrativ um.

Elian war ein mutiger, kleiner Kerl – ein Drachengeborener eben – und er weinte nicht, sondern schlug mit seinen kleinen Fäusten wild um sich, aber der Elohim verpasste ihm eine schallende Ohrfeige. Elian gab keinen Ton von sich und der Ex-Gott holte zum nächsten Schlag aus. Es machte keinen Spaß, wenn die Opfer nicht heulten und litten.

Das war genug!

Trac machte den Männern der Squad ein Zeichen und sie glitten geräuschlos von ihren Pferden. Er hatte Bri und Elian mit seiner Squad eskortiert, war aber immer in großem Abstand zu den beiden geblieben, weil Bri, die sich vor ihnen fürchtete, es so wollte.

»Kommt uns nicht zu nah, wir haben Angst vor euch Schwarzen Bestien«, hatte Bri zu Trac gesagt, als sie zusammen von Kandaros aus aufgebrochen waren.

Die Bar Nashka waren zwar längst keine Kriegsdämonen oder schwarze Bestien mehr und sahen auch nicht mehr so aus, aber die Kinder von Kandaros hatten genug Gründe, sie und das, was sie einst gewesen waren, zu hassen und zu fürchten. Trac respektierte das und deshalb war er mit der Squad während der Reise immer hundert Meter hinter Bri und Elian geblieben. Er hatte sich mit seinen Männern so gut es ging unsichtbar gehalten, die beiden aber nicht eine Sekunde aus den Augen gelassen.

Jetzt war die Distanz von hundert Metern blitzschnell zurückgelegt. Er und seine Männer jagten geschwind wie Pfeile durch das Buschwerk und bevor der Elohim dem Jungen eine weitere Ohrfeige verpassen konnte, war Trac schon bei ihm.

Die beiden Ex-Götter waren zwar mit Schwertern und Pistolen bewaffnet, aber ihnen blieb keine Zeit, überhaupt an ihre Waffen zu denken. Trac packte den Elohim am Flügel und riss ihn von Elian herunter. Erschrocken fuhr er herum, und als er aufblickte, schaute er direkt auf Tracs Faust, die ihn mit der Wucht eines Rammbocks auf die Nase traf.

Der Gott kreischte wie ein sterbender Geier. Er rappelte sich auf die Beine, aber anstatt sich zu wehren, hielt er sich mit beiden Händen seine Nase zu und hüpfte jaulend von einem Bein aufs andere – einen unwürdigeren Anblick konnte kaum jemand bieten und doch hatte Trac diese göttliche Reaktion in den letzten beiden Jahren schon oft beobachtet.

Die Herren Götter waren echte Waschlappen.

Dem Haèl, der Bri belästigt hatte, ging es nicht besser. Zwei Wächter der Squad überwältigten ihn mit bloßen Händen, ein Tritt mit dem Fuß, ein Schlag mit der Handkante, erledigt. Schon lag er, mitsamt seinen Flügeln verschnürt, am Boden.

Der Kampf gegen die Götter war fast immer so einfach und schnell vorbei. Sie waren zwar kräftig gebaut und großkotzig, und sie liebten nichts mehr, als Schwächere zu terrorisieren, aber wenn sie auf ebenbürtige Gegner trafen, erwiesen sie sich als Feiglinge, die heulten oder flohen.

Schmerzen konnten sie schlechter ertragen als andere Lebewesen, vielleicht, weil sie Äonen lang ein Leben ohne nennenswerte Schmerzen geführt hatten, vielleicht verfügten sie auch über mehr Nervenzellen oder mehr neuronale Verknüpfungen in ihren Gehirnen. Hätte Trac nichts Besseres zu tun, würde er der Frage vielleicht auf den Grund gehen, aber für seine Aufgabe als Wächter war es bedeutungslos, warum die Götter solche Weicheier waren, es machte seine Missionen auf jeden Fall leichter.

Während Trac den Elohim verschnürte, jammerte der wie ein Kind, weil ihm die Fesseln angeblich ins Fleisch schnitten, gleichzeitig aber sonderte er eine Flut von Beleidigungen ab. »Au, au, das tut weh! Hey, autsch, du stinkender Bastard. Binde mich sofort wieder los, du Schwanzloser! Au! Au! Au! Schnür nicht so eng! Weißt du überhaupt, wer ich bin, du Abschaum von einer Spielfigur? Du solltest vor mir knien und meine Füße küssen. Auaaaa! Au! Au! Nicht so eng. Ich werde dich vernichten. Zerschmettern werde ich dich!« Und so weiter. Leider hatten viele der ehemaligen Götter es noch nicht begriffen, dass sie nicht mehr allmächtig waren und dass ihr Handeln Konsequenzen hatte. Viele von ihnen mussten es auf schmerzhafte Weise lernen.

Trac reagierte nicht auf die Kränkungen – er hatte schon einfallsreichere Beleidigungen gehört –, sondern warf den verschnürten Elohim über eines der Packpferde, die sie genau zu diesem Zweck mitführten. Der Haèl landete auf dem zweiten Packpferd neben seinem Götter-Genossen. Sie würden die beiden der Justiz des Drachenlords übergeben und der würde sie vermutlich zu harter körperlicher Arbeit auf den neu angelegten Getreidefeldern von Mykan verurteilen. In der Stadt der Drachen konnte es gar nicht genug helfende Hände geben, um die Verwüstung zu beseitigen, die die Kriege des Millenniumsspiels und Tyrannos' Besatzungszeit angerichtet hatte. Man würde ihnen vermutlich die Flügel stutzen, dem Haèl die Reißzähne und Hörner abschleifen und sie in Ketten legen und dann würde man sie zur Sklavenarbeit zwingen. Das waren überhaupt keine schönen Aussichten für ehemalige allmächtige und unsterbliche Egomanen-Götter, aber wenn sie sich gut benahmen und die aufgetragene Arbeit ordentlich verrichteten, wurden sie meist nach einer gewissen Zeit wieder freigelassen. Manche von ihnen waren danach bekehrt, andere griffen ihr vorheriges nutzloses Götter-Leben wieder auf, nur um wenig später erneut von den Wächtern eingefangen zu werden.

»Du weißt nicht, mit wem du dich angelegt hast, du nichtswürdiger Wicht!«, schimpfte der Elohim weiter. Wenn jemand verschnürt wie ein Sack Mehl auf einem Pferd hing und nach einem einzigen Schlag auf die Nase überrumpelt worden war, dann klangen solche Worte schon reichlich dumm, aber die meisten der Götter waren verblüffend dumm.

Trac beachtete ihn nicht weiter. Er sah zu Elian hinüber und war hin- und hergerissen zwischen dem Wunsch, zu dem Jungen zu laufen, um zu sehen, ob er verletzt war, und seinem Versprechen gegenüber Bri, nicht in ihrer beiden Nähe zu kommen. Aber Bri war schon bei Elian und umarmte ihn und streichelte seine rote Wange. »Tut es sehr weh?«

»Gar nicht! Ich bin ein Drache!«, behauptete Elian und reckte stolz seine Nase in die Luft. »Und außerdem hat der Wächter mich gerettet. Hast du gesehen, wie schnell er war? Wie ein Blitz. Ein Schlag. Bumm! Und der böse Gott ist herumgehüpft wie ein Frosch im Teich. Der Wächter ist gar nicht so böse und auch nicht hässlich, wie du immer sagst.«

Vor über sieben Jahren hatten die Bar Nashka Bris Dorf verwüstet und ihre Eltern brutal abgeschlachtet. Die Kinder, die sie damals am Leben gelassen hatten, hatten das Dorf wiederaufgebaut und sich durchgekämpft, aber wie hätten sie je diese entsetzlichen Erlebnisse vergessen oder ihre Ängste überwinden können?

Als Wächter trugen die damaligen Bar Nashka nicht mehr die dunklen Rüstungen aus Polycarbine oder die bedrohlichen Hörner-Helme und keine Stachel-Handschuhe mehr. Sie waren schlicht gekleidet, hatten weite Hosen und Hemden aus ungefärbten, luftigen Stoffen an und ihr Haar war kurz geschnitten. Trac hatte seinen Kopf als Zeichen der Demut sogar ganz kahl geschoren. Auch hatten sie ihre neurogenetischen Waffen abgelegt und wenn sie kämpfen mussten, taten sie das meist mit ihren bloßen Händen.

Ihr oberstes Gebot war es, nicht zu töten.

Bri warf einen schüchternen Blick in seine Richtung, vielleicht der erste direkte Blick, den sie ihm überhaupt gewährte, und sagte kaum hörbar: »Danke, Wächter.«

Dieser Blick und die zwei Worte waren mehr, als er je hoffen durfte. Ein schwaches Lächeln stahl sich auf sein sonst so ernstes Gesicht und er verneigte sich tief vor der jungen Frau. Er wollte ihr damit zu verstehen geben, dass kein Dank nötig war, dass seine Hilfe selbstverständlich war und dass er nur ein Diener war.

Während seiner Heilung in Eden hatte Trac gelernt, sich seinen Taten von einst zu stellen. Demut und Enthaltsamkeit hatten ihm dabei geholfen, nicht daran zu zerbrechen, obwohl gerade diese beiden Tugenden extrem schwer für einen Bar Nashka zu meistern waren, denn sie hatten jahrhundertelang genau das Gegenteil von dem getan: gemordet, vergewaltigt, erniedrigt. Aber schließlich hatten die meisten von ihnen – wenn auch nicht alle – zu einem Weg gefunden, der es ihnen ermöglichte, zu existieren, ohne an ihren Erinnerungen zu zerbrechen. Und danach, je nachdem, wie weit jeder Einzelne von ihnen fortgeschritten war, begann die Phase der Wiedergutmachung und sie wurden zu Wächtern ernannt.

Seit zweieinhalb Jahren war Trac nun offiziell ein Wächter. Er zog mit einer sechsköpfigen Squad durch die Welt und tat Gutes – oder was immer auch getan werden musste. Sie verlangten keine Gegenleistung, lebten bescheiden und enthaltsam. Sie wachten über die Schwachen und Hilfsbedürftigen und halfen, wo Hilfe nötig war.

Ihre Bar-Nashka-Implantate aktivierten sich zwar, sobald sie den Schutz von Eden verließen, denn sie wurden von der Energie ihres eigenen Körpers gespeist, aber durch Askese, Meditation und körperliche Übungen hatten sie neuronale Neuverknüpfungen in ihren Gehirnen erschaffen und gelernt, ihre Impulse zu kontrollieren. Das war die wichtigste Prüfung für einen angehenden Wächter: Er musste beweisen, dass er auch außerhalb des Dämpfungsfeldes von Eden stärker war als das Bar-Nashka-Programm. Dann erst durfte er in die Welt hinaus, um zu dienen, und dann erst setzte die eigentliche Heilung ein.

So waren die Wächter zu einer Art unbesiegbarer Mönche geworden.

Tracs erste Missionen hatten ihn und seine Squad ins Hochland nach Avilea, dann ins entlegene Abanos und nach Koskos geführt, wo Ex-Götter aufgetaucht waren, die die Elfen und Menschen dort terrorisiert hatten. Es war leicht gewesen, diesen Haufen von überheblichen Nicht-mehr-Unsterblichen zu besiegen. Es war nicht ein einziger Tropfen Blut geflossen. Allein die körperliche und mentale Überlegenheit der Wächter hatte ausgereicht, um die arroganten und nicht gerade gewitzten Gottheiten gefangen zu nehmen. Nun arbeiteten die Haèl als Gefangene bei den Elfen und misteten Kassuga-Ställe aus, im Königreich Abanos legten die Elohim als niedrige Sklaven Bewässerungsgräben an und in Koskos gruben sie Brunnen und arbeiteten in den Treträdern der Amazonen.

Tracs letzte Mission hatte ihn und seine Squad schließlich nach Kandaros gebracht, und das war schwer und gleichzeitig gut gewesen. Die Erinnerungen an das Gemetzel in Kandaros waren noch frisch, und die Opfer seiner entsetzlichen Taten waren noch am Leben. Sie waren damals Kinder gewesen, Elian, der Sohn des Häuptlings, nur ein Säugling. Und auch jetzt waren die meisten Bewohner von Kandaros kaum erwachsen und hatten sich vor ihm und der Squad schlimmer gefürchtet als vor dem Tod.

In Kandaros hatte es keine marodierenden Götter zu besiegen gegeben. Im ganzen Tal hatte eine Seuche gewütet, die von verschmutztem Wasser und einer Rattenplage ausgelöst worden war. Sie hatten einer Memora bei der Bekämpfung der Seuche geholfen, hatten Kranke gepflegt, Fäkalien beseitigt und Ratten gejagt. Nachdem die Seuche überstanden war, hatten sie geholfen, eine Abwasserleitung zu bauen und neue Brunnen zu graben. Sie hatten neue Häuser gebaut, Äcker gepflügt und geholfen, die Saat auszubringen. Sie hatten Kühe gemolken und Schafe geschoren, und gerade als das Dorf Kandaros nach vier Monaten wieder auf eigenen Beinen stehen konnte, wieder über eine Kirche, eine Stadtmauer und Lagerhäuser verfügte, hatte Elian die telepathische Einladung zur Hochzeit des Drachenlords erhalten.

Trac hatte darauf bestanden, Bri und den Jungen bis nach Mykan zu begleiten, denn es war eine weite und gefährliche Reise, aber er hatte Bri schwören müssen, mit seiner Squad auf Abstand zu bleiben und weder mit ihr noch mit Elian zu sprechen. Er hätte sich lieber einen Arm abgehackt, als diese Angst in ihren Augen zu sehen, aber das musste er aushalten. Das war eben auch Teil seiner Buße.

Einmal in der Nacht hatten sie ein Rudel Echsenmenschen abgefangen, die sich Menschenfleisch auf ihren Speiseplan geschrieben hatten, aber Bri und Elian hatten so fest geschlafen, sie hatten gar nichts davon mitbekommen, wie er und seine Squad die Echsenmenschen überwältigt und gefesselt in einer nahe gelegenen Höhle zurückgelassen hatten. Es gab auch keinen Grund, den beiden davon zu erzählen oder gar mit ihren Taten anzugeben. Ein Wächter strebte nicht nach Dank oder Anerkennung. Das Höchste, was er je erreichen konnte, war Vergebung, aber egal ob diese ihm gewährt wurde oder nicht, seine Pflicht war es, zu dienen.

Er hatte Bri geschworen, sie nicht anzusprechen, doch unten im Tal, über einem der grünen Baumwiesen, kreiste eine Schar Kalongs und wo die waren, waren meist auch nutzlose Haèl anzutreffen. König Tyrannos hatte die Riesenfledermäuse mit seiner mächtigen Telepathie gelenkt, aber seit er tot war, gab es niemanden mehr, der sie steuern und anführen konnte. Die Telepathie des Drachenbewusstseins war anders und konnte keine Verbindung zu den Kalongs aufnehmen und Großkönig Shachar hatte seine telepathischen Fähigkeiten zusammen mit dem Rest seiner göttlichen Kräfte verloren. Also flatterten die Riesenfledermäuse durch die Gegend und suchten nach irgendwelchen Haèl in der Hoffnung, unter ihnen einen Telepathen zu finden. Es gab keinen mehr.

Vermutlich hatten ein paar Haèl dort unten ein Räuberlager aufgeschlagen. Angelockt durch die vielen Reisenden, die jetzt nach Mykan strömten, erhofften sie sich leichte Beute und perfides Vergnügen. Die meisten der Ex-Götter waren unfähig, für ihren eigenen Lebensunterhalt zu sorgen, also überfielen sie Städte und Dörfer oder unbewaffnete Reisende.

Nun, das wäre dann wohl die nächste Mission für ihn und seine Squad: Heute Nacht, wenn Bri und Elian schliefen, würden sie ein paar göttliche Wegelagerer gefangen nehmen und sie dem Drachenlord als Hochzeitsgeschenk mitbringen.

Elian befreite sich aus der Umarmung seiner Mutter und starrte nun ebenfalls zum Himmel hinauf. Er hatte Tracs besorgten Blick bemerkt.

»Sind das böse Raben da oben?«, rief er zu Trac hinüber und gestikulierte aufgeregt zum Himmel, zu der Stelle über der Ebene, wo die Kalongs ihre Kreise zogen.

Trac zurrte den verschnürten Elohim gerade auf dem Pferd fest, begleitet von dessen bedeutungslosen Beschimpfungen: »Schwanzloser Eunuch! Spielfigurenversager!« Er ignorierte den Gott und lächelte Elian aus der Ferne aufmunternd zu. Er hatte Bri geschworen, sie nicht anzusprechen, daher schüttelte er nur stumm den Kopf und hoffte, dass der Junge die Geste verstand. Er brauchte keine Angst zu haben, nicht, solange ein Wächter in seiner Nähe war, aber der Haèl, der verschnürt auf dem anderen Packpferd hing, hielt es für eine gute Gelegenheit, um auch noch ein paar gehässige Worte abzusondern.

»Das sind Kinderfresser«, rief er zu Elian hinüber und lachte gehässig. »Sie werden sich auf dich stürzen, du kleine Ratte, und dir die Kehle aufreißen und deine Gedärme fressen und dann werden sie deiner hässlichen Mutter die Tit…«

Punch der Wächter verpasste dem Haèl einen Schlag zwischen die Hörner. Der Gott konnte seinen Satz nicht beenden, denn er verlor sofort das Bewusstsein. Punch hatte eine Faust wie ein Dampfhammer und er musste sich bei seinen Hieben stets zurückhalten, um den Schaden, den sie anrichteten, zu begrenzen. »Ich hätte ihn knebeln sollen«, sagte Punch und verneigte sich entschuldigend in Richtung des Jungen.

»Ein Schlag zwischen die Hörner hilft immer«, sagte Dark, ein anderer Wächter, und vielleicht lag eine winzige Spur von Freude in seiner Stimme. Vielleicht bildete sich Trac das auch nur ein.

»Glaub nicht, was er zu dir sagt. Er ist böse. Beide sind böse!«, sagte Bri und nahm Elian an der Hand. Sie machte mit ihm zusammen ein paar zaghafte Schritte auf Trac zu und schaute ihn fragend an. »Stimmt es, Wächter? Der Gott hat gelogen. Diese Götter fühlen sich nur gut, wenn sie Ungemach verbreiten können.«

Tracs Herz hielt einen Moment inne, weil er nicht wusste, wie er reagieren sollte. Sie hatte ihm eine Frage gestellt. Sie sah ihn direkt an. Und da waren keine Abscheu und keine Todesangst mehr in ihrem Blick. Er nickte stumm und verneigte sich.

»Diese bösen Götter haben auch die schwarzen Bestien erschaffen und sie zu den Monstern gemacht, die sie sind«, erklärte Bri ihrem Pflegesohn und Trac nickte erneut.

»Aber die schwarzen Bestien sind jetzt nicht mehr böse«, antwortete Elian fröhlich. »Ich weiß es von den anderen Drachen, die zu mir sprechen.«

Bri machte mit dem Jungen an der Hand noch einen Schritt auf Trac zu und noch einen. Bis sie nur noch zwei Armlängen von ihm entfernt war.

»Vielleicht hast du recht, Elian. Sie sehen nicht mehr so böse aus wie einst«, flüsterte sie dem Jungen zu. Dann ließ sie Elians Hand los und legte die Distanz zwischen sich und Trac mit ein paar beherzten Schritten zurück, bis sie direkt vor ihm stand. Sie schaute zu ihm hinauf, schaute direkt in seine Augen und holte tief Luft

»Ich kann dir und deinen Männern nicht verzeihen, was ihr damals getan habt, aber ihr habt uns in Kandaros geholfen und viel Gutes vollbracht. Vielleicht seid ihr ja wirklich gut geworden, ich weiß es nicht, aber ich glaube daran, dass ihr es aufrichtig versucht. Vielleicht könnt ihr das Böse in der Welt bekämpfen und verhindern, dass so etwas Schreckliches wie das Gemetzel von Kandaros jemals wieder passiert.«

Trac spürte einen Kloß in seiner Kehle, als er antwortete: »Niemals werde ich ungeschehen machen können, was ich getan habe, aber solange ich lebe und atme, werde ich gegen das Böse kämpfen und versuchen, nur noch Gutes zu tun.«

Sie lächelte schwach und streckte ihm die Hand entgegen.

Diese Geste, ihre Wärme und Menschlichkeit trieb ihm die Tränen in die Augen. Trac nahm ihre kleine, zierliche Hand in seine und zum ersten Mal seit unvordenklicher Zeit fühlte er einen Hauch von ... nein, nicht Glück, aber er fühlte Hoffnung, die wie ein Schmetterling in seinem Herzen flatterten.

Er fühlte einen Hauch von Erlösung.

∞

Mershad der Obereunuch:

Mershad führte die mächtigen Drei in den Vorraum der königlichen Gemächer, wo sie warten sollten. Die Kohini sah sich staunend um, während der Kyros der Oberste Richter ungeduldig schnaubte. Ihm hatte es gar nicht gepasst, dass sie nach Sassaris gerufen worden waren.

»Ich war noch nie im sagenumwobenen Palast von Sassaris«, sagte die Kohini und betrachtete mit weit aufgerissenen Augen die Pracht in diesem eigentlich bescheiden ausgestatteten Raum: Marmor auf den Böden, Fresken an den Wänden und goldene Krüge und Schalen auf den Ebenholz-Schränken.

»Ein Haufen von Ziegelsteinen, der mit Hightech vollgestopft ist, die jetzt nicht mehr funktioniert«, sagte der Oberste Richter abfällig.

»Ich kann mit diesem Prunk auch nichts anfangen«, fügte Kieran der Erste Wächter hinzu und schüttelte den Kopf. Sein Haar war ganz grau geworden, seit Mershad ihn zum letzten Mal gesehen hatte, gealtert wie jeder andere Mensch. Und doch wirkte er nicht alt. »Man könnte mit dem Gegenwert dieser Krüge allerlei Gutes tun.«

»Seid nicht solche griesgrämigen Spielverderber.« Die Kohini lachte und schlug Kyros spielerisch auf den Hinterkopf. »Ich freue mich für meine Schwester, dass sie glücklich ist und mit ihrer großen Liebe zusammen sein kann. Ich möchte nur wissen, warum sie uns so dringend hergerufen hat und wir alles stehen und liegen lassen mussten.«

»... und einen Umweg machen mussten, der uns mindestens drei Tage kosten wird«, fügte Kieran der Erste Wächter brummend hinzu.

»Und jetzt lässt sie uns auch noch warten, die werte, allwissende Memora-Großkönigin von Sassaris«, knurrte Kyros der Oberste Richter.

»Verzeiht, es dauert ganz gewiss nicht mehr lange, bis die Königin erscheint. Es handelt sich wirklich um ein dringendes Anliegen, warum sie euch rufen ließ.« Mershad verneigte sich tief vor jedem einzelnen der Drei. Er konnte nicht sagen, dass er keine Angst vor ihnen hatte. Er hatte sogar eine Höllenangst.

Die Drei waren anscheinend überall und doch schwerer zu finden als Diamanten. Nach fast zweiwöchiger Suche hatte er sie endlich in Panion ausfindig gemacht und ihnen die Bitte seiner Königin überbracht, sie mögen so schnell wie möglich nach Sassaris kommen. Es ginge um Leben und Tod.

Die Drei waren unzertrennlich und was immer sie auch taten, sie taten es gemeinsam. Sie hatten zwar in Eden ihre Wohnstatt, hoch oben im Gipfel eines Baums, so erzählte man sich, aber sie hielten sich nur selten dort auf, denn die meiste Zeit waren sie auf Reisen, und Mershad hatte schon gar nicht mehr daran geglaubt, die drei noch rechtzeitig finden zu können. Sie reisten stets ohne Gefolge oder Eskorte durch die Welt, mit Drehflüglern, selbst fahrenden Maschinen, die sie Geländewagen nannten, und Schnellbooten, aber auch zu Pferd, zu Kamel und sogar zu Fuß waren sie unterwegs. Sie reisten von Siedlung zu Siedlung, von Land zu Land und meist waren sie inkognito. Dann plötzlich tauchten sie an irgendeinem Ort auf und versetzten die Bewohner in überschwängliche Freude oder in Angst und Schrecken – je nachdem. Sie sprachen Recht, halfen den Leuten bei all ihren Problemen oder sie jagten Götter und zogen sie zur Rechenschaft und angeblich wirkten sie sogar Wunder.

Warum man sie die mächtigen Drei nannte, wusste Mershad nicht. Seiner Meinung nach war das Trio Kieran-Mirisandra-Kyros nicht mächtiger als sein König und seine Königin, aber die drei waren geheimnisumwittert und unberechenbar und überaus gefährlich, ganz besonders für jene, die die Ordnung der neuen Welt störten.

Woher die Drei ihre große Macht hatten und wie sie Dinge tun konnten, die kein anderer zustande brachte – Wunder wirken, zwanzig Gegner gleichzeitig in die Knie zwingen, verborgene Untaten aufdecken, Gedanken lesen –, das wusste niemand, aber es gab bereits viele Legenden über ihre Taten und so war der Beiname wohl entstanden. Manche behaupteten, die Kohini sei die mächtigste Hexe der Welt, Kieran sei in Wahrheit immer noch ein Bar Nashka und Kyros sei der einzige Gott, der noch über göttliche Kräfte und Unsterblichkeit verfüge, weil er einen geheimen Zugang zum Drachenstern besäße. Natürlich stimmte das nicht, aber immerhin hatten die Gerüchte Mershad geholfen, ihrer Spur zu folgen und die Drei in Panion aufzuspüren. Sie waren auf dem Weg nach Mykan zur Hochzeit des Drachenlords gewesen und hatten in der Karawanserei Rast gemacht. Angeblich hatte ihnen dort ein größenwahnsinniger Haèl aufgelauert, den die Kohini aber mit einem einzigen Blick, ohne Waffen und Kampf, in die Knie gezwungen und nur durch einen Befehl dazu gebracht habe, die Kamelställe auszumisten und die Latrinen zu leeren.

Endlich öffnete ein Diener die Tür und bat die Drei in den königlichen Wohnbereich herein. Mershad seufzte erleichtert. Die Ungeduld des Obersten Richters hatte ziemlich an seinen Nerven gezehrt.

Königin Anina begrüßte die Drei mit überschwänglicher Freude. Sie umarmte ihre Schwester und küsste sie. Sie drückte Kyros und Kieran kameradschaftlich die Hände und klopfte ihnen sogar auf die Schultern. Der Großkönig war nicht anwesend und das fand Mershad beruhigend, denn zu viel andere Männlichkeit in Gegenwart seiner Angebeteten konnte Großkönig Shachar nur schwer ertragen.

Königin Anina erkundigte sich nach ihrer Schwester, wie es ihr ging, was sie in den letzten Monaten getan hatte, wo sie überall gewesen sei und welche Geschenke sie für den Drachenlord und seine Braut dabeihatte, und die Kohini erzählte munter von ihrer letzten Reise nach Izeh, während ein Diener kühle Säfte und Obst servierte, aber irgendwann verlor der Oberste Richter die Geduld.

»Warum hast du uns herbestellt? Dein Obereunuch sagte, es sei sehr dringend, und jetzt verplempern wir unsere Zeit mit Plauderei. Was willst du von uns, Memora-Großkönigin?« Kyros hatte noch nie ein Geheimnis daraus gemacht, dass er die Memori nicht mochte und ihnen auch nach sieben Jahren immer noch nicht vertraute. Obwohl sie ihn zum Höchsten Richter ernannt hatten, witterte er hinter all ihren Aktionen etwas Verdächtiges.

Königin Anina seufzte aus tiefstem Herzen. Sie beachtete Kyros nicht, sondern ergriff die Hand der Kohini und sah sie lange und nachdenklich an. »Wir hören hier viele sagenhafte Geschichten über dich«, sagte sie zu ihr. »Angeblich kannst du Wunder wirken und hast übernatürliche Kräfte. Du hast, so sagt man, sogar schon Todkranke geheilt.« Die Augen der Königin waren flehend auf ihre Schwester gerichtet, aber die zuckte nur die Schultern und schwieg.

»Ich würde gerne wissen, ob das nur Gerüchte sind. Die Menschen neigen dazu, die Dinge aufzubauschen. Phänomene, die sie sich nicht erklären können, bezeichnen sie als Magie oder als Wunder. Du hast deine Kohini-Kräfte doch mit Abschalten des Drachensterns verloren. Damit bist du ein ganz normaler Mensch geworden, ein guter und starker Mensch, aber eben nur ein Mensch. Du kannst keine Wunder wirken oder jemanden telepathisch manipulieren. Rein wissenschaftlich ist das unmöglich. Unlogisch. Oder irre ich mich, Miri? Kannst du ein Wunder wirken?« Ihre Worte klangen überhaupt nicht wie eine Frage, sondern vielmehr wie ein Flehen.

»Die Memori haben mich erschaffen«, sagte die Kohini mit einem sanften Lächeln. »Ihr müsst es doch wissen.«

»Ich weiß nicht mehr, was ich glauben soll«, antwortete Königin Anina und schüttelte voller Verzweiflung den Kopf. Dann zeigte sie auf die Tür, die in die Räume des Prinzen führte, wo sich auch der Großkönig aufhielt.

»Aber ich flehe dich an, falls du wirklich über Magie verfügst, falls wirklich etwas da draußen existiert, das dich mit Energie und Macht versorgt, dann hilf uns. Der Prinz liegt im Sterben und Shachar bricht das Herz.«

»Was hat er?«, fragte Kieran der Erste Wächter.

»Gendefekt«, sagte Kyros lapidar, bevor die Königin antworten konnte. »Götter sollten keine Nachfahren zeugen. Keiner überlebte je die Pubertät.«

»Ka'Shachar hat schon länger gelebt als alle seine Brüder vor ihm«, erklärte Königin Anina und ging nun durch die Tür voran in den nächsten prunkvollen Raum, in dem jedoch seit Monaten tiefe Trauer und Sorge herrschte. »Ich habe mit all dem Wissen der Memori versucht, Ka'Shachars Gendefekt zu beheben beziehungsweise seine Auswirkungen abzumildern, aber nun versagen nach und nach seine Organe und nichts hilft mehr.« Sie wandte sich noch einmal zur Kohini um und faltete die Hände in einer flehenden Geste. »Er ist gerade erst achtzehn Jahre alt geworden, und er ist ein überaus liebenswerter junger Mann. Sein Herz ist gut und seine Seele rein. Er soll das Großreich einmal erben, wenn Shachar nicht mehr lebt. Bitte hilf ihm, wenn du kannst, Mirisandra.«

Die Kohini senkte traurig den Blick und sagte nichts. Erst als Anina sie an das Bett des Prinzen geführt hatte, sprach sie.

»Die Memori können das komplexe Genom für die Kohini erschaffen, aber sie können nicht den Gendefekt beheben, an dem die Nachkommen der Götter leiden? Woran liegt das?« Bei diesen Worten sah sie den Großkönig an. Shachar saß seit Wochen am Bett seines Sohnes und litt, weil er nichts gegen dessen langsames Sterben tun konnte.

Jari, Ka'Shachars Mutter, war ebenfalls im Raum. Aber sie war in die andere Ecke des Zimmers gelaufen, als die mächtigen Drei hereingekommen waren. Sie blieb dort abwartend stehen, dabei presste sie beide Hände auf ihren Mund. Sie wollte nicht weinen oder die Aufmerksamkeit der Drei erregen, aber sie wollte ihren Sohn auch nicht verlassen.

»Wir Memori denken, dass wir alles wissen, aber das Phänomen ist unerklärlich«, antwortete Anina auf die Frage der Kohini. »Früher war es uninteressant für unseren Plan. Wir waren froh, dass die Götter sich nicht auch noch vermehren konnten, aber seit sieben Jahren suche ich nun schon nach einer Heilung für den Jungen und verstehe einfach nicht, woher der Gendefekt kommt.«

»Der Gendefekt liegt daran, dass die Götter unsterblich waren«, antwortete die Kohini ruhig. »Man kann nicht unsterblich sein und sich vermehren. Das Gleichgewicht muss gewahrt sein.«

»Das klingt sehr unwissenschaftlich. Es klingt esoterisch, metaphysisch«, murmelte Königin Anina und schüttelte den Kopf. »Als Memora kann ich deine Worte nicht ernst nehmen, aber als Frau, die den Jungen wie ihren eigenen Sohn liebt und seinen Vater mehr als ihr Leben, bin ich bereit, alles zu glauben, was du sagst, wenn du ihm nur helfen kannst.«

»Hilf ihm, Kohini! Bitte hilf ihm«, flehte Shachar und ging plötzlich vor der Kohini auf die Knie. Dieser Mann, der düstere Gott, vor dem einst die halbe Welt erzittert war, rang die Hände und flehte eine Sterbliche an. Mershad musste den Blick abwenden, so sehr berührte ihn diese Geste der Erniedrigung. »Wenn es wirklich ein höheres Wesen gibt, das dich leitet, dann hilf meinem Sohn.«

»Ich weiß nicht, ob es ein höheres Wesen gibt, aber ich spüre eine Kraft, die durch mich wirkt, die immer da ist. Es ist eine Kraft, die ich lediglich kanalisiere.«

»Willst du damit sagen, dass du von irgendetwas gechannelt wirst?«, fragte Königin Anina mit kaum hörbarem Flüstern.

Die Kohini zuckte die Schultern. »Meine Kräfte stammen nicht vom Drachenstern. Im Gegenteil, der Drachenstern hat meine Kräfte gestört und korrumpiert und mich krank gemacht. Jetzt sind sie frei und alles, was ich tue, ist, diese Energie in mich hineinzulassen und sie nach außen zu lenken und dabei das Gleichgewicht im Universum zu wahren oder es wiederherzustellen. Wenn irgendwo etwas genommen wird, wird es woanders gegeben und umgekehrt.«

Der Großkönig raufte sich die Haare. »Mein Sohn ist unschuldig und hat nie jemandem etwas Böses getan oder etwas weggenommen. Wie kann er das Gleichgewicht stören? Ich bringe jedes Opfer. Ich habe schon alle meine Sklaven freigelassen und meinen Harem aufgelöst. Was soll ich noch tun? Meine Reichtümer verschenken, in einer Schilfhütte leben? Soll ich in einem Steinbruch arbeiten? Sag dieser Macht, die dich als Medium benutzt, dass ich bereit bin, mein eigenes Leben zu geben, um das Gleichgewicht wiederherzustellen, wenn es das ist, was erforderlich ist, wenn ich Ka'Shachar dadurch retten kann, dann will ich auf der Stelle sterben.«

Königin Anina keuchte zwar vor Schreck, aber sie sagte nichts. Sie war stets an Shachars Seite gewesen, während er um seinen Sohn gebangt hatte. Sie würde zweifellos in unendliche Trauer versinken, wenn er sich selbst opfern würde, aber sie würde ihn nicht abhalten.

Doch die Kohini schüttelte den Kopf und schlang ihre Arme um den Großkönig. Der Oberste Richter knurrte wie ein Raubtier und der Erste Wächter holte tief Luft, als müsste er sich sehr zurückhalten, nicht auch zu knurren oder noch Schlimmeres zu tun, aber die Kohini ließ sich nicht beirren und nahm den Großkönig nun an beiden Händen und sah ihn ernst an.

»Du musst gar nichts opfern, Bel Asharu, denn du hast deinen Sohn schon längst gerettet. Damals, als du deine Unsterblichkeit für Kessa aufgegeben hast, hast du deinem Sohn eine Chance auf das Leben gegeben.«

Shachar starrte die Kohini mit tief gefurchter Stirn an und schüttelte den Kopf. »Aber warum stirbt er dann? Was fehlt ihm?«

Die Kohini trat an das Bett, auf dem der Prinz lag und aussah, als wäre er längst tot, wächsern und eingefallen. Sie nahm sein Gesicht in ihre

Hände und hob seinen Kopf hoch. Nach einem kurzen Moment flatterten die Augen des Prinzen auf und … Mershad war sich nicht sicher, ob er das richtig wahrnahm, aber irgendetwas geschah mit seinen Augen … sie wurden ganz schwarz. Kein weißer Fleck war mehr zu sehen. Und auch die Augen der Kohini wurden schwarz. Es kam Mershad wie eine Ewigkeit vor, aber vermutlich waren nur wenige Sekunden vergangen, während sie dem Prinzen in die rabenschwarzen Augen geschaut hatte, dann ließ sie seinen Kopf wieder sanft auf das Kissen sinken. Ka'Shachar schnappte nach Luft, als hätte er unter Wasser gelegen, und schlug die Augen auf, die nun wieder normal aussahen. Sein Gesicht hatte auf einmal wieder Farbe, sein Blick war wach und sein Atem ging völlig normal.

»Jetzt fehlt ihm nichts mehr«, sagte die Kohini und lächelte fröhlich in die Runde, als hätte sie einen harmlosen Zaubertrick vollführt.

»Was hast du getan? Wie hast du ihn geheilt?«, fragte Anina.

»Ich habe ein wenig von dem ewigen Leben, das Shachar für dich geopfert hat, in ihn fließen lassen.«

»So etwas ist doch … es ist unmöglich!« Anina schüttelte den Kopf, aber sie hatte Tränen in den Augen.

Die Kohini antwortete ihr nicht mehr, sondern nahm die Hand des Jünglings und sah ihn ernst an. »Du hast ein ganzes Menschenleben bekommen und kannst leben wie jeder andere junge Mann in deinem Alter, mit all den Gefahren, die das Leben mit sich bringt. Mit dem Sturm der Gefühle und all den Freuden der Jugend. Du wirst das Leid und das Glück, Sieg und Niederlage, Schmerz und Lust erleben. Ob du einst ein guter oder schlechter König sein wirst, liegt ganz allein bei dir. Vergeude diese Zeit nicht, die dir gegeben wurde, und bedenke, dass jede deiner Taten und jede deiner Entscheidungen Konsequenzen hat. Nichts bleibt ungesühnt, nichts bleibt unbelohnt.«

Mit diesen Worten verneigte sich die Kohini vor dem Großkönig, umarmte ihre Schwester und ging aus dem Raum. Der Richter und der Wächter folgten ihr ohne ein weiteres Wort.

∞

Gilbesh:

Gilbesh war in seinem ganzen verdammten Leben noch niemals so aufgeregt und ängstlich gewesen. Tausende von Erinnerungen rasten durch sein verstörtes Drachengehirn und erstickten jeden klaren Gedanken. Er erinnerte sich, wie seine Mutter ihn direkt nach seiner Geburt angesehen hatte, welcher Ekel und Hass in ihrem Blick gelegen hatte. Die Erinnerung war so klar und frisch, als wäre es erst gestern gewesen. Sie hatte ihn, den Neugeborenen, zu Boden geworfen und eine Flut von Flüchen über ihn ergossen, dann, kaum hatte sie sich wieder auf ihren eigenen Beinen halten können, war sie aus dem Wochenbett aufgestanden und hatte ihn in der Regentonne ertränkt … es zumindest versucht.

Später, als er älter geworden war und jeden Tag aufs Neue Ablehnung und Hass durch andere erlebt hatte, hatte er sich geschworen, niemals sein Herz für jemanden zu öffnen, hart zu sein, reich zu werden, so reich, dass niemand ihm je wieder wehtun konnte. Er hatte sich geschworen, auf gar keinen Fall eigene Kinder in diese Welt zu setzen, damit sie nicht dem gleichen grausamen Schicksal ausgesetzt wären wie er.

Doch was hatte er stattdessen getan? Er hatte sich in eine Frau verliebt, sie geheiratet und ein Kind mit ihr gezeugt.

Zugegeben, inzwischen war er ein reicher und mächtiger Mann, der Statthalter des Drachenlords und er war selbst ein mächtiger Drache. Ein mächtiger Drache brauchte viele Nachkommen, sagten die Drachengeborenen, das gehörte nun mal zum Drachenblut dazu. Aber nichts auf der ganzen verdammten Welt, kein Reichtum, kein Königreich, kein Drachengeborener, nicht mal der Drachenlord selbst hätte ihn je dazu bringen können, seinem Schwur untreu zu werden.

Wilma jedoch hatte das geschafft.

Sie hatte sich ein Kind von ihm gewünscht und er hatte seinen Schwur vergessen, seine Angst vergessen und sogar seine böse Mutter vergessen und im Überschwang dummer Emotionen ein Kind gezeugt – ein hässliches, geschupptes, gehörntes, grünes Drachenkind. Das nahm er jedenfalls an. Wilma lag gerade in den Wehen und sein Kind würde in Kürze das Licht der Welt erblicken. Und jetzt war alles wieder da: die Verachtung seiner Mutter, sein Selbsthass, seine Ängste und seine Seelenpein. Er fühlte sich auf einmal wieder so hilflos und ausgeliefert wie damals am Tag seiner Geburt.

Wilma hatte bisher keinen Schmerzenslaut von sich gegeben, nur ab und zu das Gesicht verzogen, wenn wieder eine Wehe einsetzte, aber Gilbesh stand kurz vor der Verzweiflung. Die beiden Erstmenschenfrauen, die Wilma bei der Geburt begleiteten, warfen ihn schließlich aus dem Zimmer, weil sein nervöses Auf-und-ab-Rennen, sein Fluchen und Zischen und Jammern ihnen zu viel wurde. Er würde mit seinem Verhalten Wilmas Freude auf das neue Leben beeinträchtigen, sagten sie und schoben ihn zur Tür hinaus.

Jetzt marschierte er vor der Tür zu seinem Schlafzimmer auf und ab, wie ein gefangenes Raubtier. Wilma wollte nicht in einem dieser neu erbauten Krankenhäuser gebären und auch keinen Arzt bei sich haben. Sie wollte nur ihre Schwestern aus Eden um sich haben. Obwohl Gilbesh sie angefleht und sogar eine Memora eingeladen hatte, welche angeblich die beste Ärztin der Welt sei, hatte Wilma nur gelacht. Erstmenschen bekamen ihre Kinder natürlich, hatte sie ihm erklärt, eine Geburt sei keine Krankheit, sondern das größte Geschenk.

Zehn andere Männer und Frauen leisteten Gilbesh inzwischen auf dem Flur Gesellschaft, Leute, die er durchaus als seine Freunde bezeichnen würde, obwohl er über siebzig Jahre lang nicht einen einzigen Freund gehabt hatte. Es waren Drachengeborene, Izeh-Söldner, Kameltreiber, sogar Nimrod der Haèl hockte da, runzlig und langsam wie eine alte Schildkröte, aber unverwüstlich und immer noch genauso gehässig wie eh und je. Auch Askender der junge Drachenlord war anwesend, obwohl die letzteren beiden noch weniger Erfahrung im Umgang mit Geburten hatten als alle übrigen Anwesenden.

Er wurde von seinen Freunden mit reichlich Alkohol und Trost versorgt. Kopsik, der Mann aus Izeh, der längst kein Söldner mehr war, sondern zu den Wächtern der Drachenburg gehörte, klopfte ihm beruhigend auf die Schulter. Dennis der Anführer der Mykan-Drachen reichte ihm einen Becher mit doppelt gebranntem Arrak.

»Ich habe das schon drei Mal hinter mir. Drei Töchter«, sagte er mit einem Augenverdrehen und zeigte auf eine seiner Töchter, die ebenfalls anwesend war und mit einem Ohr an der Tür klebte. »Und ich schwör dir, die Geburt ist noch das Harmloseste am Vatersein.«

Gilbesh schüttelte den Kopf. Die Zuneigung und der Trost seiner Freunde überforderten ihn völlig, genauso wie das Wissen, dass sein Kind bald in dieser Welt leben musste und all dem Schrecklichen und Bösen und der Ablehnung ausgesetzt sein würde, die es leider immer gab. Wie sollte er dieses Wesen nur davor beschützen? Wie sollte er nur verhindern, dass irgendjemand dem kleinen Drachen ein Leid zufügte oder ihn zum Weinen brachte?

Er konnte das nicht! Er wollte das nicht.

Er wollte am liebsten davonrennen, aus dem Haus und aus der Stadt und niemals wieder zurückkehren. Er konnte kein Vater sein. Es würde ihn umbringen. Er musste weg von hier. Wilma würde es verstehen. Sie kannte ihn so gut wie kein anderer auf der ganzen Welt. Sie wusste, dass er in Wahrheit gar nicht mächtig und reich war, sondern ein armseliger Feigling, für den die Liebe immer noch ein Angst einflößendes Mysterium war, ein Gefühl, das er kaum aushalten konnte. Er schüttete den Becher mit dem doppelt gebrannten Arrak in einem Schluck hinunter, drehte sich auf dem Absatz herum und rannte den Flur entlang zur Treppe, die hinunter zur Haustür führte. Er würde am liebsten bis nach Izeh laufen, sich in einer Schenke besaufen und nie wieder zurückkehren, aber da erklang plötzlich der kräftige Schrei eines Neugeborenen. Wie das Mäh-Mäh eines wütenden Lämmchens hörte sich das an.

Gilbesh blieb wie vom Blitz getroffen stehen. Wieder kam ein lautes und sehr zorniges Mäh-Mäh aus dem Schlafzimmer.

Die Leute im Flur jubelten und riefen ihm Glückwünsche zu, aber Gilbesh stand nur starr da und lauschte. Wilma würde sein Kind … ihr Kind, niemals auf den Boden schleudern oder in einer Regentonne ertränken, gleichgültig wie es aussah. Wilma würde sein Kind lieben, so wie sie auch ihn liebte, mit Ruhe und Zuversicht und der wunderbarsten Gelassenheit. Sie würde ihr Kind schön finden, selbst wenn alle anderen es für hässlich hielten. Sie würde für das Glück ihres Kindes kämpfen, mit Krallen und mit Zähnen, mit ihrer ganzen Wilma-Stärke. Er drehte sich wieder herum. Er würde an ihrer Seite für sein Kind kämpfen. Scheißegal, wie es aussah.

Die Tür ging auf und eine von Wilmas Schwestern kam heraus.

»Du hast eine Tochter, Drachenmann!«, rief sie ihm zu und grinste breit. Aus dem Zimmer drangen die energischen Schreie des Mädchens. »Mäh-Mäh!« Gilbesh rannte los, zurück zum Schlafzimmer. Er stieß alle, die ihm im Weg waren, zur Seite und stürmte hinein. Da saß Wilma auf einem Stuhl und hielt das Baby im Arm. Es war eingewickelt in weiche, weiße Tücher und Wilma schenkte ihm ein zufriedenes Lächeln. Gilbesh rannte zu ihr und ging vor ihr auf die Knie. Er zog das Tuch vom Gesicht des Babys, aber er konnte wirklich nicht sagen, ob sein Kind Schuppen und grüne Haut oder Hörner hatte. Alles, was er sah, war das wunderschönste Wesen der Welt, das ihn mit dunklen Augen voller Vertrauen anschaute und Mäh-Mäh krähte. Sein Blick war verschleiert von Tränen, als er Wilma anschaute.

»Sie ist so schön. Danke«, sagte er mit einem Schniefen und Wilma lächelte.

»Der Vater hat die Pflicht der Namensgebung«, sagte sie.

Gilbesh hatte bisher noch keinen einzigen Gedanken daran verschwendet, wie sein Kind heißen sollte, aber jetzt plötzlich platzte der Name einfach so in seinen Kopf und aus seinem Mund heraus.

»Sie soll Samima'sha heißen. Das bedeutet in meiner Sprache: Die Liebe hat mich erlöst.«

»Sami klingt schön«, sagte Wilma und lächelte sanft, dann reichte sie ihm das Bündel, seine Tochter. Er zitterte, aber nicht mehr vor Angst, sondern vor Entschlossenheit und Zuversicht.

»Sami«, sagte er und berührte mit seiner schuppigen Nase ihre zarte Babywange. »Du sollst jeden Tag spüren, dass du unendlich geliebt wirst. Dafür will ich sorgen, das schwöre ich.«

∞

Tala:

»Bei der kleinen Oase dort unten machen wir Rast und tränken ein letztes Mal die Pferde, Lady Tala«, sagte Liss, die Anführerin der Drachenritter, und zeigte hinunter ins Tal.

Tala reiste zu Pferd in voller Rüstung und in Begleitung einer Eskorte von einundzwanzig Drachenrittern. Die waren extra nach Lyria gekommen, um sie dort abzuholen und zu ihrer Hochzeit zu begleiten.

»Nur noch eine halbe Tagesreise, dann sind wir da!«, fügte Liss mit einem aufmunternden Lächeln hinzu. Tala versuchte das Lächeln zu erwidern, aber es wollte ihr nicht gelingen, die Vorfreude und Fröhlichkeit zu heucheln, die sich eigentlich für eine Braut gehörten. Sosehr sie sich auch nach Mykan und einem heißen Bad sowie einem warmen Bett sehnte, so sehr fürchtete sie sich vor dem Wiedersehen mit Askender und … vor der Hochzeit. Sie waren drei Jahre lang getrennt gewesen. Er hatte seine Herrschaft als Drachenlord in Mykan angetreten und sie war in Lyria gewesen, wo sie den Menschen dort geholfen hatte, die Stadt wieder aufzubauen. Jetzt waren die drei Jahre um und ihre seit Langem verabredete Hochzeit stand bevor.

Drei Jahre waren eine unendlich lange Zeit für zwei junge, heißblütige Liebende, aber die Memori hatten darauf bestanden. Sie wollten der Vermählung von Askender und Tala erst zustimmen, nachdem die beiden mindestens drei Jahre getrennt voneinander verbracht hatten. Der Sinn dieser dummen Regel hatte Tala zuerst überhaupt nicht eingeleuchtet. Sie wussten seit Langem, dass sie beide sich liebten und zusammenbleiben wollten, daran würde eine Trennung nichts ändern.

Aber Tala hatte in diesen drei Jahren in Lyria gelernt, für sich allein einzustehen und sich nicht auf die Hilfe von anderen oder gar auf Rettung durch Askender zu verlassen. Sie hatte gearbeitet und geplant, Steine geschleppt und Blumen gepflanzt, sie hatte Entscheidungen getroffen und andere um Rat gefragt, sie hatte Erfolge gefeiert und Tiefschläge eingesteckt. Sie hatte auf dem Boden neben anderen geschlafen und aus einem Topf mit ihnen gegessen. Sie war mit dem ersten Sonnenstrahl aufgestanden und hatte beim letzten immer noch im Kerzenlicht über Plänen zum Bau von Häusern, Straßen und Kanälen gebrütet. Sie war vielen Versuchungen und Zweifeln ausgesetzt gewesen. Einmal war sie sogar von einem sehr hübschen, aber auch sehr eingebildeten Prinzen aus Barrassos geküsst worden. Sie hatte ihm dafür ein blaues Auge verpasst und war sich danach sicherer denn je gewesen, dass sie nur Askender liebte

Kurz vor ihrem Aufbruch nach Mykan hatte sie dann wirklich und wahrhaftig eine echte und vollständige Gnostika erhalten und danach war ihr alles klar gewesen. Sie hatte begriffen, warum sie diese Zeit hatten getrennt verbringen müssen. Die Gewissheit, mit der sie sich nach diesen drei Jahren für Askender entschieden hatte, stand auf dem solidesten Fundament, auf dem ein gemeinsames Leben nur stehen konnte. Sie wollte für den Rest ihres Lebens mit ihm zusammen sein – natürlich nur, wenn auch Askender seine Meinung in den vergangenen drei Jahren nicht geändert hatte oder gar eine andere Liebe gefunden hatte. Im Gegensatz zu ihr trug er keine alten und weisen Persönlichkeiten in sich, sondern er war voll Übermut und voller jugendlicher Hormone und Abenteuerlust. Jeden Tag hatte er neue Ideen, neue Emotionen und neue Erfahrungen. Wer könnte es einem gerade mal einundzwanzigjährigen Mann verdenken, wenn er mit anderen jungen Frauen Abenteuer erleben wollte? Als echte Memora wusste Tala nun auch, dass sie Askender würde loslassen müssen, wenn es so wäre, dass sie ihm nicht böse sein durfte, falls seine Liebe nicht länger von Bestand war.

Er war jung und überschwänglich. Er war ein Drachenlord voller Feuer und Leidenschaft und er musste all die Erfahrungen erst noch sammeln, die sie bereits in sich trug.

Tala befürchtete, dass er sich kaum noch an sie erinnerte. Auch wenn Gilbesh eine Eskorte geschickt hatte, um sie nach Mykan zu holen, wusste sie dennoch nicht, wie Askender inzwischen über die anberaumte Hochzeit dachte. Vielleicht sah er sie nur als leidige Pflicht an, der er sich aus politischen und moralischen Gründen nicht entziehen konnte. Er würde sie heiraten, aber nicht lieben, und sie musste das akzeptieren, aber das würde verdammt schwer werden und es würde ihr Herz brechen.

Sie und ihre Eskorte nahmen den schmalen gewundenen Pfad, der hinab in die Senke führte. Das war mühselig und gefährlich und Tala musste sich ins Gedächtnis rufen, warum sie nicht mehr die Gateways der Memori nutzen konnten – obwohl die Reise schon fast zwei Wochen andauerte, ihr Hinterteil wund war und jeder ihrer Knochen schmerzte.

Die Gateways waren abgeschaltet worden.

Nachdem Askender und sie ihre Ausbildung in Adlara vor drei Jahren abgeschlossen hatten, hatten die Memori den geheimen Ort unter dem Meer stillgelegt. Sie hatten die Energie heruntergefahren, alle Zugänge versiegelt und Adlara unter einem mächtigen, undurchdringlichen Schirm – vielleicht für immer – verborgen.

Es gab keine überlegene Technologie mehr. Nur noch die Gaben, welche alle Lebewesen in sich trugen, und das Wissen der Memori, das sie allen Lebewesen gleichermaßen zur Verfügung stellten. Kyros, der oberste Richter, bezichtigte die Memori zwar der Heimtücke und behauptete, dass sie dadurch nur ihre Bedeutung und Vormachtstellung in der Welt stärken wollten, aber im Grunde seines Herzens wusste der Mann sehr wohl, dass er sich irrte. Die Memori hätten die Macht und das Wissen gehabt, schon vor Jahrtausenden eine Vormachtstellung auf der Erde einzunehmen, wenn das wirklich ihr Ziel gewesen wäre.

»Hier sind Spuren von anderen Reitern, Lady Tala«, sagte Liss, als sie die Oase beinahe erreicht hatten. Sie schwang sich von ihrem Pferd, um den aufgescharrten Boden genauer in Augenschein zu nehmen. »Zwei Ponys, sieben riesige Rösser von einer Wächter-Squad und sechs Packpferde.«

Die Männer und Frauen der Eskorte wurden unruhig und zückten ihre Waffen: Speere, Schwerter und Langbögen.

»Wir müssen die Wächter nicht fürchten«, sagte Tala, auch wenn ein Teil von ihr niemals verzeihen konnte, dass sie einst Bar Nashka gewesen waren und ihre ganze Familie abgeschlachtet hatten. Aber die Memora in ihr kannte den großen Plan und wusste, dass alles so gekommen war, wie es hatte kommen sollen, und sogar noch besser. »Sie sind sicher auf dem Weg nach Mykan zur Hochzeit des Drachenlords – zu meiner Hochzeit«, fügte sie mit einem Seufzen hinzu.

Ihre Hochzeit! Wie sie sich danach sehnte, endlich mit Askender zusammenzukommen. Richtig! Nicht nur Händchen halten und Küsse austauschen, so wie sie es vor ihrer Trennung getan hatten. Nein, sie wollte mit allem Drum und Dran mit ihm zusammen sein.

Und wie sie sich gleichzeitig davor fürchtete, von ihm abgelehnt zu werden.

»Es könnte eine Falle sein!«, rief ein anderer Drachenritter und zeigte zum Himmel hinauf, wo eine Schar von Kalongs kreiste.

Das lenkte sie von ihrem Liebeskummer ab. Beim Anblick der Kalongs schossen ein paar böse Erinnerungen durch Talas Gedanken. Diese Haèl-Geschöpfe waren schlimmer als eine Grube voller Krokodile, weil sie ohne ihren König Tyrannos führerlos und seelenlos waren. Ihr Leben war unnütz, sie tranken Blut und jagten neugeborene Lebewesen jedweder Art, um sich an ihren inneren Organen zu laben. Die Welt würde nichts vermissen, wenn man die ganze Brut ausrotten würde, aber ein Wächter würde keinen Kalong töten, weil ein Wächter grundsätzlich kein Lebewesen tötete, gleichgültig, wie nutzlos es war. Das war zwar schade, aber anders als durch strengste Grundsätze waren die Bar Nashka nicht zu retten gewesen.

Also, falls die Wächter hier haltgemacht hatten, um das Gleiche zu tun, was auch Talas Eskorte plante, nämlich verschnaufen und Pferde tränken, dann hatten sie die Riesenfledermäuse über ihren Köpfen ignoriert und die Haèl, die sich höchstwahrscheinlich in der Oase versteckt gehalten hatten, gefangen genommen.

»Das ist kein Hinterhalt«, sagte Tala deshalb zuversichtlich. »Wir werden in der Oase niemanden mehr antreffen, der uns gefährlich werden kann.«

Auf den ersten Blick schien der Ort verlassen zu sein. Man sah die Spuren eines Kampfes, aufgewühlten Boden, zerrissene Grasnarbe, ein paar abgebrochene Zweige und auch ein paar abgeschlagene Widderhörner, die auf dem Weg lagen, der zur Wasserstelle führte. Der Anblick beruhigte Tala. Zum einen freute sie sich, dass ein paar der verfluchten Götter ihr Fett wegbekommen hatten, und zum anderen war es ein Beweis, dass die Wächter hier bereits aufgeräumt hatten. Das war ihre klassische Vorgehensweise: Götter überwältigen, sie verschnüren, ihnen, wenn sie ganz besonders aggressiv waren, die Hörner absägen und sie dann zu irgendwelchen niedrigen Sklavenarbeiten verdonnern.

»Die Squad hat hier aufgeräumt und ist dann weitergezogen«, stellte Liss mit einem zufriedenen Nicken fest. »Den Spuren nach zu schließen, war das vor ungefähr einem Tag.«

Tala nickte ebenfalls. Sie war zwar keine Meisterin im Spurenlesen, aber es war leicht zu erkennen, dass der Kampf schon etwas länger zurücklag. Die Fußspuren waren angetrocknet, die Zweige welk, die Wächter und ihre Gefangenen vermutlich schon längst in Mykan angekommen, wo sie mit Kieran und Miri und Kyros und so vielen anderen Gästen zusammen an der Hochzeit teilnehmen würden.

Nur noch eine halbe Tagesreise bis nach Mykan, dann würde sie Askender wiedersehen und der Wahrheit über ihre Liebe ins Auge schauen müssen. Sie wusste, sie würde es sofort merken, wenn seine Liebe erloschen war. Würde es an seinen Augen und seiner Körperhaltung sehen und an seiner Stimme hören.

Dann würde ihr Herz brechen.

Er würde die Hochzeit nicht absagen. Er hatte ihr sein Wort gegeben, sie waren schließlich verlobt und er hatte alle Drachengeborenen nach Mykan eingeladen. Auf der Straße waren ihr so viele von denen begegnet, dass sie sich fragte, ob es überhaupt noch Menschen gab, die kein Drachenblut in sich trugen. Nein, gleichgültig, ob Askender sie liebte oder nicht, die Hochzeit würde auf jeden Fall stattfinden. Diese Ehe würde das Machtgefüge in der Welt stabilisieren und alle wollten es so, die Drachen, die Kohini, der Oberste Richter, der Erste Wächter, der Großkönig von Sassaris, aber ganz besonders wollten die Memori, dass sie die Frau des Drachenlords wurde. Nur sie wollte nicht. Sie wollte nicht mit einem Mann das Bett teilen, von dem sie annehmen musste, dass er sie nicht mehr liebte, dass er ihr in einem Anfall der ersten jugendlichen Liebe sein Herz geschenkt hatte und jetzt beim Erwachsenwerden feststellte, dass er Tala von Lyria nicht für den Rest seines langen Drachenlebens lieben konnte.

Vielleicht sollte sie es Askender leichter machen und gar nicht erst nach Mykan reiten. Jetzt wäre eine gute Gelegenheit, um ihrem Pferd die Sporen zu geben und zu fliehen, weit weg von Mykan, zurück nach Lyria. Dort brauchte man sie immer noch. Dort hatte sie einen Verwalter und ein paar junge Hopliten zurückgelassen und ein kleines Völkchen von Überlebenden, das sich langsam von dem damaligen Massaker erholte.

Aber diese Gedanken kamen aus dem Herzen der jungen Prinzessin. Die Memora in ihr ermahnte sie, vernünftig zu sein und sich nicht von unreifen Gefühlen leiten zu lassen. Sie musste ihre Eitelkeiten zurückstellen und auch ihre Liebe. Egal, was der Drachenlord für sie empfinden mochte, sie musste die Lady der Drachenstadt werden und alles tun, damit Askender ein guter Herrscher sein konnte.

Dennoch hätte sie ihrem kindischen Fluchtimpuls vielleicht nachgegeben, aber auf einmal brachen die Haèl über sie herein. Es war nicht nur eine Handvoll, es waren Hunderte, die sich zusammengerottet hatten. Die ehemaligen Götter hatten sich diese kleine Oase offenbar als Stützpunkt auserkoren und es irgendwie geschafft, sich vor den Wächtern zu verstecken. Fünf Götter auf einem Haufen konnte man leicht besiegen, weil sie wehleidig waren, aber fünfhundert, das war eine Größenordnung, der sich noch niemand hatte stellen müssen.

»Schart euch um die Lady! Waffen! Zielt zwischen ihre Hörner, da sind sie am empfindlichsten«, befahl Liss. Sie riss ihr Schwert aus der Scheide und galoppierte schon auf den Haèl los, der die Vorhut bildete.

Diese heißblütige, verrückte Drachengeborene! Immer stürmte sie drauflos, schlug zu und dachte hinterher erst nach.

»Vorsicht! Sie nehmen uns in die Zange! Sie kommen auch von hinten!«, rief Tala noch, aber da war es schon zu spät. Die Haèl griffen von allen Seiten an. Sie hatten Knüppel und Metallstangen und stießen mit ihren Hörnern zu. Tala zerrte ihr eigenes Schwert aus der Halterung auf ihrem Rücken und wehrte einen um den anderen Schlag ab. Ihre Hiebe trafen zielsicher, sie hatte viel Zeit zum Üben gehabt in den vergangenen Jahren und durch die körperliche Arbeit in Lyria war sie sehnig und kräftig geworden. Sie hatte mindestens schon zehn Haèl kampfunfähig gemacht, einen sogar tödlich getroffen. Jaulend vor Schmerzen waren sie vor ihrem Pferd und ihrem Schwert davongerannt, aber es waren einfach zu viele. Wenn sie zwei vertrieben hatte, kamen fünf neue nach. Sie mussten irgendeinen Anführer gefunden haben, der es geschafft hatte, sie zusammenzuhalten. Doch in dem Gewühl von Waffen, Prügeln und schwarzen Flügeln konnte Tala keinen Anführer ausfindig machen, und da plötzlich rammte einer von ihnen seine spitzen Hörner in den Leib ihres Pferdes. Das Tier wieherte vor Schmerz, strauchelte und stürzte. Tala konnte gerade noch abspringen, sonst wäre sie unter ihrem Tier begraben worden.

»Schafspimmel noch mal!«, schrie sie und rannte. Sie würde das hier nicht überleben. Sie rannte, so schnell ihre Beine sie nur tragen konnten, den Weg zurück, den sie gekommen waren, hinaus aus dem Schatten der kleinen Oase, hinein in die schwarze Steppe, die sie umgab. Die Haèl waren größer und stärker und sie konnten fliegen, mindestens zwanzig von ihnen schwangen sich kreischend und vor Spaß röhrend in die Luft, um ihr nachzujagen. Sie hatte so was von gar keine Chance. Aber da entdeckte sie am Himmel einen goldenen Raubvogel. Riesig war er und leuchtete in der Sonne gleißend hell. Aber beim zweiten Blick erkannte sie, dass das kein Vogel war, sondern ein Drache mit mächtigen goldenen Schwingen und einem langen goldenen Schweif.

Riesenschafs-Riesenpimmel! Das war Askender. Seit wann konnte der denn fliegen? Wo hatte er die Flügel her? Und wie hatte er in drei Jahren nur so groß werden können? Er war fast doppelt so groß wie bei seiner letzten Verwandlung.

In einem einzigen Feuerstrahl, der sich aus seinem Rachen entlud, fegte er die Kalongs vom Himmel herunter. Sie stürzten zur Erde und schlugen mit ihren brennenden Körpern in die Schar der Haèl ein, die Tala hinterherjagten. Die Angreifer hatten keine Zeit, zu verstehen, was gerade geschah. Der riesige Drache schoss über ihre Köpfe dahin, entlud im Flug sein Feuer und brannte sie alle weg. Es dauerte nicht mal fünf Minuten, da war von den fünfhundert Haèl nichts weiter übrig als verkohlte Knochen. Der Rest von ihnen floh in alle Himmelsrichtungen davon.

Tala stand da und starrte zum Himmel. Askender flog einen letzten Kreis über die Oase, dann landete er nur wenige Schritte von ihr entfernt. Sie hatte keine Ahnung, was sie mehr entsetzte: dass ihr Liebster binnen eines Wimpernschlags fünfhundert Feinde besiegt hatte oder dass er inzwischen sogar fliegen konnte oder …

… dass er zu ihr gekommen war.

Sie stand da und war starr vor ängstlicher Erwartung, während Askender sich mühelos in einen Menschen zurückverwandelte. Er trug eine goldene Rüstung, sein langes weizenblondes Haar flatterte im Wind und ein goldener Reif, eine Art Krone, zierte seinen Kopf. Irgendwann würde sie erforschen müssen, wie er es machte, dass er nach seiner Rückverwandlung immer komplett angezogen war. Er musste die Kleidung bci sciner Verwandlung irgendwie in seinem Drachenkörper absorbiert haben. Aber im Augenblick war ihr Verstand nicht klar genug, um überhaupt etwas zu denken.

Da stand Askender vor ihr. Kaum drei Meter entfernt und er sah so … (Verdammt noch mal, war das überhaupt Askender?) Er sah so unfassbar gut aus. So männlich, so erwachsen, so groß und breitschultrig. Heiliger Widderschwanz!

»Du … du kannst fliegen«, stammelte Tala, die trotz ihrer Allwissenheit und Abgeklärtheit vor Aufregung zitterte.

»Ich bin ein Drache!«, sagte er mit dunkler männlicher Stimme und zuckte die Schultern, als wäre das ja wohl selbstverständlich im Paket des Drachenseins mit enthalten.

»Offenbar wurde dein Genom etwa auch fürs Fliegen konzipiert.« Ein feuerspeiender fliegender Drache, der auch noch verboten gut aussah? War das überhaupt real?

»Willst du mit mir klugscheißen, Schweinequiekerin?«, fragte er mit seiner Männerstimme und lachte.

»Ich bin nun mal klüger als du Entenquaker, aber du bist so …« Ihre Stimme versagte.

O Schafsrotz und Moderhinke! Das war nicht mehr der Teenager, von dem sie sich vor drei Jahren unter Tränen verabschiedet hatte. Das war ein erwachsener Mann. Wie war das möglich, dass in nur drei Jahren aus einem fast noch bartlosen Jüngling ein riesiger, breitschultriger Kerl geworden war? Wo kamen denn auf einmal all die Muskeln her? Und dieses kesse Lächeln, der Bartschatten auf seinen Wangen? Er war in die Höhe und Breite gewachsen und überragte sie um mehr als einen Kopf.

»Du siehst so … so unfassbar gut aus, Askender. Wo hast du all die Muskeln her?«

»Ja, nicht wahr?«, rief er und die alte unschuldige Begeisterung, die sie an ihm so geliebt hatte, schwang in seiner dunklen Stimme mit. Er machte einen Schritt auf sie zu und winkelte den nackten Arm an, damit sie die Beule bestaunen konnte, die sein Bizeps bildete. »Ich habe mit Gilbesh und Dennis jeden Tag trainiert. Gilbesh meinte, die Memori hätten das Kampftraining bei mir etwas vernachlässigt. Und wir essen Fleisch. Zwei Tonnen mehr Fleisch, als ich je bei den Memori gegessen habe.«

»Das ist gut.« Sie nickte und fragte sich, ob sie beide sich nach drei Jahren nichts anderes zu erzählen hatten als Kampftraining und Fleischessen.

»Du siehst auch sehr schön aus, Prinzessin«, sagte Askender und machte einen weiteren Schritt auf sie zu. »Noch schöner als je zuvor. Jede Nacht habe ich von dir geträumt, weißt du? Von deinen wilden Locken und deinen warmen Augen.« Er ging noch einen Schritt und stand jetzt dicht vor ihr. Ganz furchtbar dicht. Er streckte die Hand nach ihr aus. Aber als sie ihm die ihre zum Gruß reichen wollte, nahm er sie nicht, sondern legte seine Hand an ihre Wange. »Was für eine zarte Haut du hast und was für osbolli-kumtschak-süße Lippen. Davon habe ich auch sehr, sehr oft geträumt.« Und dann kam der Kuss der Küsse. Askender schien die Eskorte der Drachengeborenen gar nicht mehr wahrzunehmen oder die rauchenden Leiber der verkohlten Haèl. Er schob seine Hand in ihren Nacken, legte die andere auf ihr Hinterteil und zog sie an sich, und ... verdammt, aber der Kerl musste irgendwo das Küssen geübt haben.

Tala dachte nicht länger darüber nach, sondern ließ sich einfach von seinem Kuss mitreißen, schlang ihre Arme um ihn, presste sich fest gegen die harte Welle, die sie an ihrem Bauch spürte, und küsste ihn zurück, tief und feucht und mit all der Liebe, die sie für ihn empfand, und mit sehr viel mehr Leidenschaft, als sie je zu empfinden erwartet hatte.

Der Kuss war reinstes Drachenfeuer, das durch ihren Körper raste. So küsste kein Mann, der nicht liebte und nicht vor Sehnsucht brannte. Er wollte sie genauso sehr, wie sie ihn wollte, und er liebte sie noch immer genauso wie vor drei Jahren, vielleicht sogar ein wenig mehr, wenn sie bedachte, wie riesig die Beule war, die sie da spürte.

»Askender«, stammelte sie atemlos, als er den Kuss endlich beendete. Sie musste sich an ihm festhalten, denn ihr war ganz schwindelig vor Glück.

»Nachts warst du in meinen Träumen«, raunte er ihr leise zu. O Mann, war seine Stimme dunkel und erwachsen. »Und morgens bin ich in einem ungeheuerlichen Zustand aufgewacht. Du weißt gewiss, was ich meine.« Er blickte an sich hinab. »Gilbesh sagte, da hilft nur eines: Es wird Zeit, dass wir endlich heiraten.«

»Dann willst du mich also immer noch heiraten? Nach den langen drei Jahren?«, fragte sie kleinlaut.

Er machte einen Schritt von ihr weg, hielt sie aber an beiden Händen fest und sah sie ernst an, als wollte er ihr ein fürchterliches Geständnis machen. Ängstlich hielt sie die Luft an.

»Ich glaube nicht, dass ich dir jemals einen korrekten Heiratsantrag gemacht habe. Der alte Nimrod hat behauptet, ein richtiger Mann müsse seiner Angebeteten auch einen richtigen Heiratsantrag machen. Nicht einfach nur so heiraten, weil irgendjemand es so beschlossen hat, seien es nun die eigenen Eltern oder die Memori.«

»Du meinst, ohne korrekten Heiratsantrag ist unsere Verlobung auch nicht bindend?« Was redete sie denn da? Nach dem Kuss, nach dem, was sie gerade gespürt hatte, wollte er ganz sicher alles Mögliche von ihr, nur keinen Rückzieher machen.

Er ging vor ihr auf die Knie und hielt immer noch ihre Hände, als er zu ihr aufblickte. Das mächtigste Wesen auf der ganzen Welt schaute sie mit glitzernden Augen an.

»Tala, Königin von Lyria, Lady der Drachenstadt, willst du mich heiraten?«

Sie hatte in ihren Erinnerungen Hunderte von Heiratsanträgen gespeichert, die ihre anderen Persönlichkeiten von allen möglichen Partnern in allen nur denkbaren Lebenslagen und nach allen möglichen Traditionen erhalten hatte, aber jetzt, hier, zwischen einem Haufen verkohlter Haèl-Leichen und einer Schwadron von blutbesudelten Drachenreitern, versagte ihr die Stimme und ihr Herz raste so schnell, dass sie keine Luft mehr bekam.

Sie konnte nicht sprechen.

Sie nickte. Nickte noch einmal und noch mal. Dann krächzte sie schließlich ein kaum Hörbares »Ja, ich will!« heraus.

Die Leute der Schwadron jubelten und schlugen mit den Waffen auf ihre Schilde und Rüstungen. Und auch wenn sie es nicht hören konnte, wusste sie, dass Millionen von Drachengeborenen überall auf der Welt jetzt gerade ebenfalls jubelten.

ZEITTAFEL DES MILLENNIUMSEPOS

Jahr

300.000 vor Beginn der Geschichte	1. Millenniumsspiel	Homo Sapiens als Spielfigur konzipiert und in einem ersten Versuch eingesetzt, dann für weitere Spiele genetisch modifiziert und eingekreuzt.
150.000 vorher		Wa'ari kommen auf die Erde und bilden Symbiosen mit Menschenfrauen, die Memori entstehen.
35.000 vorher	265. Millenniumsspiel	Haèl erschaffen Spinnenfrauen, Kyros erschafft die Erstmenschen.
4.000 vorher	299. Millenniumsspiel	Tannin der Drache wird von Tyrannos erschaffen. Memori schmieden den großen Plan.
3.500 vorher		Memori ziehen sich zurück und verstecken sich in Adlara.
0	**Beginn des 303. und letzten Millenniumsspiels**	**Haèl erschaffen diverse Monster für das Millenniumsspiel wie z. B. Echsenmenschen und Hyänenmenschen.**
89		Geburt von Kieran, später Sin Kishar genannt.
104		Elohim tauchen auf der Erde auf und bieten Menschen Hilfe an.
115		Haèl lassen ihre Monster auf das Spielfeld los.

116		Elohim rekrutieren menschliche Soldaten, um sie in Cyber-Marines (Bar Nashka) zu verwandeln.
118		Bar Nashka werden auf das Spielfeld geschickt.
167		Bar Nashka haben alle Haèl-Spielfiguren besiegt. Die Elohim glauben, das Spiel gewonnen zu haben.
168		Bar Nashka setzen die Zerstörung der Welt gemäß ihrer Programmierung fort.
957		Mirisandra wird in Lyria geboren.
975	**Millenniumsepos Teil 1 bis 3**	**Die zehntausendste Kriegerin der Haèl, die Kohini, erwacht und tut allerlei Unerwartetes.**
1000	Ende des letzten Millenniumsspiels	Die Götter sind besiegt. Oder doch nicht?

GLOSSAR MILLENNIUMSSPIEL

TEIL 1 BIS 3

(enthält Spoiler)

A

Adam und Eva: Erstmenschen, eine hominide Spezies, die von Kyros für ein vorhergehendes Millenniumsspiel erschaffen wurden.
Adlara: geheimer Ort im Norden, an dem sich das Kloster der Memori befindet
Alea: Königin der Koskos-Amazonen
Alkash: Tal, liegt südöstlich von Sassaris, Jagdgebiet von König Shachar, einst auch Wohnsitz von Kyros
Anina aus Enkos (im Königreich Abanos): Deckname von Tokessa
Anthios: Ruinen und Landstrich am Kandarsee
Antonio Di Lieto: Menschenname von Cloud
Askender: Blinder Junge aus Kandaros, der Entenstimmen hört, späterer Drachenlord.
Auli von Lamos: Schönste Frau der Welt. Auf dem Weg nach Sassaris zum Königinnenwettbewerb wird sie von Gilbesh gefangen genommen.
Avilea: Hochland im Süden von Sassaris, das von Elfen bewohnt wird.

B

Bani: Wagenlenker von Großkönig Shachar
Barnas: Sprecher der Kameltreiber
Barrasos: Stadt südlich des Kadingyr, Nachbarstadt von Lyria
Bar Nashka: Elohim-Name der Schwarzen Bestien. Menschliche Elitesoldaten wurden für die Millenniumskriege rekrutiert und mit Cyberimplantaten ausgestattet. Ihre Erinnerungen an ihr früheres menschliches Leben wurden gelöscht.
Bel Asharu: der wahre Name von Shachar
Beyrin: Sklave und Leibdiener von Sin Kishar
Blotho: ängstliche Memora, die in Tala weiterexistiert
Brisis oder Bri: Mädchen, das die Zerstörung von Kandaros überlebt
Broma: Bewerberin um den Königinnenjob
Burgen: stark befestigte Hauptstadt von Cordi. Liegt am Kandarsee und wird von den Bar Nashka erobert

C

Celian: Memora-Persönlichkeit in Tala mit schmutziger Fantasie
Chad: Adjutant von Sin Kishar
Chatura: Schachspiel in Sassaris

Chimsad Misham: Oberhofmeister von Großkönig Shachar
Cibil: Mitbewerberin im Königinnenwettstreit
Cloud: Soldat der Bar Nashka, vierter in der Hierarchie, Menschenname Antonio di Lieto
Clodwig: angeblicher Vater von Mirisandra
Cleveland: alte Memora, die in Tala lebt
Cordi: Land, das sich vom Kadingyrgebirge bis zu den Hyänenlanden erstreckt, überwiegend von Nomaden bewohnt
Cyber Marines: ursprünglicher Name für Bar Nashka
Cybergenetische Panzerhaut: Schutzhaut der Bar Nashka, die unter der Rüstung getragen wird.

D

Dalnish: Liebhaber der Haremsdame Mahira, hingerichtet
Dennis: Anführer der Drachengeborenen in Mykan, Soldat von König Tyrannos
Dessel: Koskos-Amazonen-Kriegerin und Schamanin mit haariger Genmutation
Dimensionstor/Gateway: Götter Technologie für Teleportation
Drachenstern: Galaxie, aus der die Götter ursprünglich stammen. Sie haben ihre Energiequelle, das schwarze Loch, nach dieser Galaxie benannt, daher ist Drachenstern auch der Ausdruck für die Energiequelle der Götter, die sich in der Stufenpyramide von Sassaris befindet.
Dryda: Mutter von Gilbesh

E

Eden: Insel im Fluss Gihon, auf der intelligente Riesenbäume wachsen. Die Erstmenschen leben dort.
Eliani: Lieblingsfrau des Häuptlings Stavros.
Elian: Sohn von Eliani und Stavros
Elohim: außerirdisches Volk, das die Bar Nashka erschaffen hat. Technisch so hoch entwickelt, dass ihre Fähigkeiten für normale Menschen unerklärlich bleiben und wie Göttermacht oder Magie erscheinen.
El Schaddaj: Elohim-Name von Kyros.
Ellen: Längenmaß in Lyria, etwas mehr als ein halber Meter
Erstmenschen: Hominide, die von Kyros für eines der vorhergehenden Millenniumsspiele erschaffen wurde.
Erster Wächter: Kieran, früher Sin Kishar, der Anführer der Wächter in der neuen Welt.
Eunika: Magd in Kandaros
Eva: Erstmenschenfrau, Mutter von Wilma, Ehefrau von Adam
Exo-Panzer: Bezeichnung für die Cyber-Panzerung, welche die Bar Nashka über ihrer cybergenetischen Panzerhaut tragen.

F
Fischfrau: Gefangene von Gilbesh
Flavius: Mantikor, der von Gilbesh gefangen gehalten wird.
Fort Jericho: Stützpunkt der Elohim vor den großen Kriegen, jetzt Sassaris, Standort des Labors und Drachensterns
Franka: Memora in Adlara
Fritz: groß gewachsener Drachengeborener

G
Gateway (Dimensionstor): Götter-Technologie für Teleportation
Gihon: breiter, unüberwindlicher Fluss, der während des Millenniumskrieges entstanden ist. Auf einer Insel im Gihon befindet sich Eden mit dem Riesenbaumwald.
Gilbesh: von Drachen abstammender Händler, Chef der Izeh-Karawane, Vasall des Drachenlords
Gnostika: Symbiont der Memora, der Eigenname der Gnostika ist Wa'ari
Gorgis: Sklavin der Memora Hyraka in Lyria
Gwendolyn: energische Memora, die in Tala lebt

H
Haèl: Haèl afel bedeutet dunkle Götter. Gegner der Elohim im Millenniumsspiel.
Ham-San: bedeutet Herz des Harems, großer Aufenthaltsraum im Harem von Shachar
Hataros: Gebirge, in dem der Sage nach die Kohini schlummert
Hikmat: Kameltreiber von Gilbesh
Huren in Burgen: Kalista, Ryla, Jokasta
Hyraka: Mutter von Tokessa und Miri und einflussreiche Memora

I
Ishach'ma: in der Sprache von Sassaris bedeutet es: weise Frau
Izeh: weit im Osten gelegene Hochebene. Heimat von Gilbesh
Izeh-Söldner: Barbarische Söldner aus Izeh, die Gilbeshs Karawane begleiten und beschützen

J
Jari: eine der zweihundert Ehefrauen von Shachar und Mutter von Prinz Ka'Shachar.
Jisylor und Momimbi: Eltern von Lomi Dumbil
Joana: Memora in Tala
Jokasta: ältere Hure in Burgen

K
Kadingyr: Gebirgskette, nördlich von Lyria

Kalista: Hure in Burgen
Kalong: Riesenfledermaus, die telepathisch von Tyrannos gesteuert wird.
Kappabeeren: wachsen in den Hügellanden von Cordi und werden von den Nomaden gesammelt.
Kaplis: Ruinenort in der Ebene des Gihon.
Kanalfisch: weißer Fisch, der in den Kanälen von Lyria lebt.
Kandaros; Kandarsee: Siedlung und See im Massiv des Kadingyr
Ka'Shachar: genannt Kasha, Sohn des Großkönigs von Sassaris, leidet an einem Gendefekt
Kate: Memora in Talas Bewusstsein.
Kelch von Culchi: Elfenscheiß
Kassuga: tödlicher Riesenvogel, den die Elfen reiten
Ka-Tai: Kampfkunst und Kampfphilosophie der Erstmenschen, vergleichbar der Shaolin-Kampfkunst und dem Wu De
Kessa: Tokessa
Kieran: früherer Menschenname von Sin Kishar
Kishar: Sin Kishar Bar Nashka Benej tenebris, ha'elohim, Heerführer der Bar Nashka.
Kleon: Bastardsohn von König Pheistos von Lyria, Halbbruder von Prinzessin Tala
Kohini: bedeutet in der Sprache der Götter: *Die Zehntausendste Kriegerin.* Ist eine legendäre Kriegerin, welche die Haèl erschaffen haben, um die Bar Nashka zu besiegen.
Königinnenbewerberinnen: unter tausend anderen, Ritula, Nhanai, Borma die Schwarze, Ulleris, Meccebes die Tätowierte, Cibil die Blonde
Kollo und Mora: zwei Drachengeborene, technikbegabt
Kongregation: die Gemeinschaft aller Götter
Konzil: Sieben Memori, die jeweils die ältesten Wa'ari bzw. Gnostika in sich tragen.
Bagsora 670.000 Jahre alt
Malli 90.000
Kessa 42.000
Gisella 29.900 Jahre
Memora Oberin (Schikla) 21.000
Ermithala 17.000
Kempf 8.000
Kopsik: Nachfolger von Tschukit als Anführer der Izeh-Söldner
Koskos: kleine Siedlung am südlichen Ausläufer des Todesfelds
Koskos-Amazonen: Bewohnerinnen von Koskos, die unter Albinismus und schweren Gendefekten leiden, matriarchalische Gesellschaft, sie stellen die Pusch-Droge her
Kriegsdämonen: anderer Ausdruck für Bar Nashka
Kyros: Menschlicher Name von El Shaddaj

L

Large: Bar Nashka, technischer Offizier.
Licht von Hashti: ominöser Elfenscheiß
Limbak: Fluss, der im Kadingyr entspringt und ins Westmeer mündet.
Limbakkan: kleine Hafenstadt, völlig unbedeutend
Linaria: uralte, gehässige Memora, die in Tala lebt
Lindeval: Assistentin der Memora Oberin, wartet vergeblich auf eine Gnostika
Lilik: Amme von Prinz Ka'Shachar
Liss: drachengeborene Kriegerin mit Narbe im Gesicht
Lomi Dumbil: vornehme Elfin, Gefangene von Gilbesh
Lugal Shin: Oberster der Elohim, nennt sich Zarastra
Lykon: Beinahe-Verlobter von Miri, Bastardsohn des Königs von Lyria
Lyria: Stadtstaat, in dem Miri geboren wurde

M

Machasver: Hofbeamter in Sassaris, ehemaliger Eigentümer von Mahira
Mächtige Drei: Ehrentitel für Miri, Kieran und Kyros
Mahira: Haremsdame in Sassaris
Malakim: nach Gilbeshs Religion sind damit Abgesandte des Allmächtigen gemeint: Samhael = Gottes Zorn (Kyros), Mikhael = Gottes Krieg (Miri) und Hachmael = Gottes Weisheit (Wilma)
Mangia: Zentralebene von Mangia, eine vom Krieg verwüstete Region, in der es kaum Menschen und Siedlungen gibt.
Marianna: Memora in Adlara und Erzieherin von Tala und Askender
Maßeinheiten im Epos:
Daumbreit = Zentimeter
Elle = 44 cm
Schritt = 60 cm
1 Meile = 1,5 km
Meccebes: Bewerberin um den Königinnenjob
Memora: Priesterin, die mit der Gnostika verbunden ist. Diverse Memori, die in der Geschichte genannt werden: Hyraka (Miris Mutter), Linaria (alte Schreckschraube), Joana (Klugscheißerin), Kate (Martial-Arts-Kämpferin), Tokessa (geliebte Schwester von Miri), Shaila (Dummbatz), Gwendolyn (no nonsense Frau), Blotho (ängstlich), Cleveland (weise), Celian (schwanzfixiert), Lindeval (Assistentin der Memora Oberin, leider keine Memora), Pukia (omg, das darf nicht wahr sein, oder?), Zabo (von allen Verehrte, ist in Kessa geblieben)
Mersos: Meeresgott in Krakengestalt
Mershad: Oberster Eunuch im Harem von Shachar
Mik, Mikardus Septendris: Seemann aus dem Norden, auch der ehrenwerte Mik genannt

Millenniumskriege/Millenniumsspiel: 1000 Jahre währender Wettkampf zwischen Elohim und Haèl
Mîhri: bedeutet in der Sprache der Götter Silber.
Mirisandra: Mädchen aus Lyria, Tochter der dortigen Memora
Modderspinne/Strahlungsspinne: durch Mutation entstandene giftige Spinnenart
Momiteti: Elfennamen
Mykan: Ruinenstadt, liegt in der Narbe, ehemalige Großstadt, dann Stützpunkt und Sommersitz von König Tyrannos.

N
Nagarr: Eigenname für alle Drachengeborenen, die Nachkommen von Tannin, dem einen Drachen.
Nebelstein: Berggipfel im Kandartal und Passhöhe
Neurogenetische Panzerhaut: Schutzhaut der Bar Nashka
Neuronale Waffe: Waffe, die über den genetischen Code nur von Bar Nashka bedient und gesteuert werden kann.
Nhanai: Königinnenbewerberin aus Sassaris
Nhanaishar: Stadtgöttin von Sassaris.
Nilos: Küchensklave mit Nierenkoliken
Nimrod der Jäger: abtrünniger Haèl.
Nindu-Sar: Wächter des Harems in Sassaris.
Nin Urassa: Wahrer Name von König Tyrannos

O
Oberster Richter: Kyros, der über alle Lebewesen Recht spricht. Selbst die Memori unterwerfen sich seinem Urteil
Orikos: Vater von Tokessa und Chronist von Lyria
Osbolli-Kumtschak: Drachensprache, bedeutet wunderschön und süß

P
Palimhügel: Hügelgelände jenseits des Aquädukts
Panion: Karawanserei an den Ufern des Gihon, Drehkreuz des Handels
Palagol, der Gehaltvolle: Großvater von Lomi Dumbil
Paralysgift: wird aus der Paralysnuss gewonnen, verursacht Magen- und Darmbeschwerden, kann auch zur Empfängnisverhütung eingesetzt werden.
Pheistos: König von Lyria, Vater von Tala
Ploion: Name des zweiten kleinen Mondes, Raumstation der Götter
Polycarbine, Leichtbaumaterial: neuronal gesteuerter Stoff, aus dem alles hergestellt werden kann
Pukia: genannt die Schöne Pukia, Lieblingsmätresse von König Pheistos und Geliebte von Chad, später im Auftrag der Memori unterwegs und Trägerin der sechsten Wa'ari.

Punch: Bar-Nashka-Soldat
Pusch: Droge, die aus Pilzen gewonnen wird und zu Pulver oder Elixier verarbeitet wird. Je nach Dosierung kann sie lähmend oder bewusstseinserweiternd sein.

Q
Quelle des Ubamaz: Heilquelle im Tal von Kandern
Quad: Bar Nashka, Leibwache von Pukia.
Quadbike: Fahrzeug, das von Tyrannos genutzt wird.

R
Ragul Malak: der General der Serafim.
Reptiloiden/Echsenmenschen: von den Haèl für das Millenniumsspiel gezüchtete Spielfiguren. Ihre Nachfahren leben noch auf der Erde und verstecken sich in dunklen Höhlen und Tunneln.
Ritula: Mitbewerberin um den Königinnenposten
Ryla: einäugige, wohlbeleibte Hure in Burgen

S
Saèli'ma: bedeutet meine Geliebte, meine Liebste, Seelengefährtin.
Salos: Nachbarstadt von Lyria
Salesische Pissgurre: Schimpfwort für eine dumme Frau
Samima: eigentlich Samima'sha, Tochter von Gilbesh und Wilma
Sassaris: Königreich und Hauptstadt am westlichen Meer, Stützpunkt der Götter.
Shachar: Haèl, den die Götter als Wächter der Zikkurat auserkoren haben. Gelegentlich sucht er eine neue Königin. Sein wahrer Name ist Bel Asharu. Das Wort Shachar bedeutet lediglich König.
Schafsärsche von Salos: beliebte Beschimpfung für unsympathische Zeitgenossen
Schafrotz und die Moderhinke: Schimpfwörter und echte Erkrankungen von Schafen
Shaila: Memora, die in Tala lebt.
Shandra: bedeutet in der Göttersprache Blut, das im Kampf vergossen wird
Schaumkirsche: Schaumkirsche, die auch in einem der abgelegenen Gärten des Palastes wächst, hochgiftige Mutation der Tollkirsche
Silberkriegerin: sagenumwobene Retterin (siehe auch Kohini), Silberkriegerin ist der Name, den das Volk von Beyrin der Kohini gegeben hat.
Sekmu: Koch von Großkönig Shachar
Semira: Geliebte Menschenfrau von Nimrod
Simon: kahlköpfiger Drachengeborener
Sin Kishar Bar Nashka Benej ha'elohim: Anführer des Bar-Nashka-Heeres

Söhne des Lichts und Söhne der Finsternis: Elohim und Haèl afel
Sonnenfresser: anderer Ausdruck für das schwarze Loch, den Drachenstern
Sprache in Sassaris: Die Sprache, die in der Stadt Sassaris gesprochen wird, ist aus der Elohimsprache entstanden. Daher sind viele Begriffe gleich oder ähnlich.
Squad: Einheit der Bar Nashka bestehend aus acht Reitern
Squad der Wächter: besteht nur noch aus sieben Reitern, weil sieben eine heilige Zahl ist
Stavros: Häuptling in Kandaros
Strahlungsspinne/Modderspinne: durch Mutation entstandene giftige Spinnenart
Storm: Bar-Nashka-Soldat
Surija-Hügel: Berg auf dem die Königsburg von Lyria erbaut wurde

T
Tannin: Der erste und einzige Drache.
Tala: Prinzessin von Lyria und Thronfolgerin, eine der Heldinnen der Geschichte
Tegra: Hafenstadt im hohen Norden.
Theilopylos: Burg auf einer Felsnadel am Rande des Kandarsees, gehört Tyrannos
Theodor: menschenfressender Kater, Spion des Tyrannos und Doppelagent.
Thymos: Drache in einer von Miris Balladen
Tokessa: Tochter der Hyraka, Schwester von Miri, eine mächtige Memora, Deckname auch Anina, Trägerin der dritten Wa'ari und eine Heldin der Geschichte.
Tor Namush: mächtiger Haèl und Stellvertreter von Tyrannos
Trac: Arzt der Bar Nashka.
Tschukit: Anführer der Izeh-Söldner.
Tyrannos: König der Haèl, sein wahrer Name lautet Nin Urassa

V
Vashtus: Schatzmeister des Großkönigs von Sassaris, Vater von Ritula
Veltur, Riten von: erhabener Elfenscheiß

W
Wa'ari: der Eigenname der Gnostika-Symbionten,
Die sieben ältesten Wa'ari bilden das Konzil
Bagsora 670.000 Jahre
Malli 90.000
Kessa 42.000
Gisella 30.000 Jahre

Memora Oberin (Schikla) 21.000
Ermithala 17.000
Kempf 8.000
Wilma: Tochter von Adam und Eva, Erstmenschenfrau, Technikerin und Meisterin des Ka-Tai der siebten Ebene

Y
Yperia: Dienerin von Tyrannos

Z
Zarastra: oder auch Lugal Shin, oberster Elohim.
Zentralebene von Mangia: eine vom Krieg verwüstete Region, in der es kaum Menschen und Siedlungen gibt
Zweischwänziger Widder: Männlichkeitssymbol in Lyria.

Liebe Leserin, lieber Leser,

vielen Dank, dass Du mich und meine Helden bis hierher begleitet hast.

Wenn Dir die Geschichte gefallen hat, schreibe mir gerne eine Mail oder eine Bewertung bei Amazon. Für mich ist Deine Rückmeldung die Krönung meiner Arbeit und der Ansporn für neue Bücher.

Wenn Du mehr über mich und meine Schreibarbeit wissen willst, besuche mich doch bei Facebook oder Instagram.
Wenn Du keine Neuerscheinung verpassen willst oder gelegentlich kostenloses Bonusmaterial haben möchtest, dann abonniere doch meinen Newsletter.

Du findest das Anmeldeformular auf meiner Website:
www.clannonmiller.com
oder über den QR-Code.

Noch mehr Fantasy von Clannon Miller
Valkyria – Saga

Eine Königin ohne Königreich, uralte Feinde, die ihr nach dem Leben trachten und ein gefährlicher Ehemann ganz aus Versehen.

Ich bin Liligrim Streitaxt, die Königin der Valkyria, und wer glaubt, es sei irgendwie cool, eine Königin oder gar eine Valkyria zu sein, der hat keine Ahnung von dem Schlamassel, in dem ich gerade stecke.
Abgesehen davon, dass ich sieben aufsässige Schwestern an der Backe habe, sind wir auch dauernd auf der Flucht vor unseren Feinden, den Thursen. Wir verstecken uns auf der Erde, wo wir uns als Menschen ausgeben. Unsere spießigen Nachbarn wissen nicht, dass wir unbesiegbare und unsterbliche Kriegsgöttinnen sind. Naja, beinahe unsterblich. Sollten wir jemals den Thursen in die Hände fallen, kann ich für nichts mehr garantieren.
Und außerdem ist da noch meine kleine Schwester Kara. Sie ist ein Mensch und ziemlich sterblich und dummerweise befindet sie sich in den Klauen des skrupellosen Waffenhändlers Wolf Lohenstein. Mein Plan für Karas Rettung ist nicht gerade ausgegoren, aber der einzige, der mir auf die Schnelle einfällt: Ich schleiche mich als Leibwächterin bei Lohenstein ein.
Ach ja, und bevor ich es zu erwähnen vergesse, da gibt es auch noch diesen unfassbaren Arsch: Lohensteins rechte Hand Gunnarson, geheimnisvoll, gefährlich, mächtig und irgendwie uralt. Dass ich ihn ganz aus Versehen mit einem unauflösbaren Eheschwur an mich gebunden habe, macht meine Mission auch nicht wirklich einfacher.
Wie gesagt, Königin der Valkyria zu sein, ist im Prinzip ein richtig undankbarer Job!

Printed in Poland
by Amazon Fulfillment
Poland Sp. z o.o., Wrocław

51677339R00210